俞樾詩文集

四

俞　樾　著
張燕嬰　編輯校點

人民文學出版社

春在堂襍文

序

余往年編次《賓萌集》，其《襍篇》一卷，皆襍文也。同年王文勤公方爲廣東方伯，已取而刻之矣。然其時編葺亦間有遺漏，而嗣後又歲有所作，同治辛未歲命人寫錄之，得如干首。吳下有潘氏昆弟，曰祖謙，字濟之，曰祖均，字和甫，乃相國文恭公之孫，皆曾從余學詩賦者也，請以此編付之剞劂，卽題曰《春在堂襍文》，然止二卷耳。是歲余行年五十有一，至於今，八十五歲矣，此數十年中，謬以虛名流皤海内，來求余文者，無月無之，積之遂多，不忍竟棄，絡續付刻。以前所刻者爲《初編》，續刻者《春在堂續編》，凡五卷，《三編》，凡四卷，《四編》，凡八卷，《五編》，凡八卷，《六編》，凡十卷，合之《初編》二卷，凡三十七卷。烏乎，余所作不爲不多矣。其文多碑、傳、序、記之文，文體卑弱，無當於古之作者。又性好徇人之求，苟有子孫羅列其祖父事實以告，輒曰是仁人孝子求顯其親者也，義不忍割，於是失之煩宂者往往有焉。然當代名公鉅卿之行事，所謂磊落軒天地者，亦多見於吾文，豈以吾文之鄙陋而遂土苴視之哉？《六編》之刻，成於癸卯，此刻之後，又得文數十篇矣。余年齡衰暮，未必能刻七編，或卽附之《六編》之後曰《六編補遺》可也。光緒三十一年冬十月曲園記。

春在堂襍文卷一

重建詁經精舍記

學問之事，莫大乎通經；通經之道，義理尚矣。然義理不空存，必有所麗。學者抱一卷之書，奉一先生之教，信口説而背傳記，是末師而非往古，曰：『吾於義理已得之矣。』質文之異制，語焉而不知；古今之異言，問焉而莫辨，譬猶不窺其藩，不涉其庭，而曰『吾已升堂而入室也』。然典籍散佚，自孟子時已病之，兩漢經師於煨燼之餘先後講求，三代遺文乃始可讀，訓詁名物十得二三。夫唐宋以後儒者不能通曉古言，譬猶生於楚者，不能齊言也；其不能推明古制，譬猶北人不信南方有萬石之舟，南人不信北方有千人之帳也。何者？其去之也愈遠，其求之也愈難。是故唐宋以後儒者於訓詁名物雖亦有所發明，終不若兩漢經師之足據也。西湖孤山之陽，有屋一區，阮文達公視學兩浙時，嘗於其地集通經之士，成《經籍纂詁》一書。推文達之意，通經必從訓詁始，訓詁之不通，如名物之不識，如義理何？事有先後，固如是也。及文達撫浙，遂即其地刱建詁經精舍，而奉漢儒許、鄭兩先師栗主於其中，使學者讀許、鄭之書，通曉古言，推明古制，即訓詁、名物以求義理，而微言大義存其中矣。文達去浙，精舍興替不常，洎乎庚申、辛酉之亂，鞠爲邱虛。於是同治五年二月，浙江布政使湘鄉蔣公重建詁經精舍，公之言曰：『吾湘，故潭屬也，請言潭故。考《宋史·尹穀傳》，稱潭士以居學肄業爲重，州學生日試，積分高等，升湘西嶽麓書院生，又積分高等，升嶽麓精舍生，潭人號爲「三學生」。是精舍規制，在書院上。今浙省敷文、崇文、紫陽三書院已次第修復，而精舍未建，非所以明經訓、儲高才也。』乃屬舊肄業精舍生丁君丙、林君一枝董其事，五閱月而畢功，用錢七千緡，皆出自公。其後故有三祠，曰正氣、曰先覺、曰遺愛。道光初從金沙港移附於此者，有舉無廢，仍其舊貫。西偏有樓，《志書》所稱『第一樓』也。樓後尚有隙地，乃彉而大之，爲前後各三楹相連屬，以居掌教者。而精舍課士之法，及奉漢儒許、鄭兩先師栗主，皆如文達故事。當是時，兩浙初定，日不暇給，公能加意文教，修復精舍，俾肄業於是者講求古言、古制，由訓詁而名物、而義理，以通聖人之遺經，其有裨兩浙之人材學術者甚鉅。規模既立，公旋遷廣東巡撫以去。去後二年，浙江巡撫、今遷兩江總督菏〔一〕澤馬公聘德清俞樾主精舍講席，丁君因請以文紀之。樾既忝竊皋比，義不得而辭，乃述重建本末，勒之石。

【校記】

〔一〕菏，原作『荷』，據《校勘記》改。

杭州重建慶春橋記

慶春橋，古菜市橋也。剏始之年，蓋不可考，然《咸淳臨安志》已載有菜市橋，橋亦古矣。宋諺云：

『東門菜，西門水，南門柴，北門米。』是橋也，宋時蓋在東青門之外，皆菜圃也，故東青門亦名菜市門，而橋亦以是名。元至正十九年，張士誠據兩浙，改築杭城，自艮山門至清泰門以東，擴而大之，絡市河於內，於是菜市之橋亦絡於城內。明太祖命曹國公朱文忠取杭州，以爲省城，易東青門曰慶春門，橋從門名，是爲慶春橋。然杭人猶呼曰『菜市橋』，從其朔也，自明代以至於國朝，相仍不改。歷年滋久，勢將傾圮，及今弗圖，將有霣隊之患。於是城中搢紳先生請於方伯，方伯請於大中丞李公，於釐捐局發錢三千貫，又由本地公捐錢八千餘貫，爲修葺之資。即經始於同治八年某月某日，至是年某月某日而畢工，都凡用錢一萬一千貫有奇。高卑廣狹，仁其舊貫，庀材量功，有加於昔，欄楯完固，秩砌平夷，舟楫通於下，輿馬交於上。洞如坦如，罔不逵由，僉曰：斯橋亘於慶春門之內，由其名，思其義，方今聖人在御，薄海內外，咸煦育之，當春始和，布德行惠，有司百執事敬迓於東郊，天地溫厚之氣，朝廷寬大之德，是承是迎，於是乎入。又況其外則郊壇存焉，牲牷玉帛，有事靈場，罔不經由乎是，用能承天之庥，以造福於杭民。民氣和樂，年穀順成，疾癘不作，閭閻殷富，允若茲。茲橋之成，豈細故歟？乃刊貞石，紀成功，爲休頌，垂無窮。辭曰：

古菜市橋，今曰慶春。歲久不葺，行者孔艱。乃鳩厥工，厥工雲屯。乃庀厥材，厥材輪囷。厥功既成，砥平規圓。我車我檋，我舲我船。熙熙有衆，罔不率循。溫溫春氣，入自郊闉。福我黎庶，於是乎先。於萬斯年，尚無有遷。

潘玉泉觀察養閑草堂記

潘君玉泉以養閑名其堂，何子貞、馮景庭兩前輩各爲文以記之，而君又徵文於余。余聞，昔有士人，每夜露香祈天，久不懈，一夕忽聞空中語曰：『帝使我問汝所欲。』答曰：『某所欲至微，但願衣食粗足，逍搖山水間以終其身足矣。』空中大笑曰：『此上界神仙之樂，何可易得？若求富貴可也。』然則人生清閑之樂，百倍於富貴，乃上帝所吝惜而不輕予人者。君何修而得此於天哉？且君以宰相之子，有位於朝門，望甲天下，而才略又足以副之。方江浙之陷於賊也，君躬履行間，與士卒同甘苦，其知勇忠誠，尤爲遠人所信服，故能聯合衆志，輔翼王師，而東南底定之功，遂自蘇州始。君與有力焉，宜其大用於世，以光輔我中興。乃事定之後，同時共事之人節旄相望，而君棲遲偃仰，至今日猶養閑於茲堂。天之於君，信乎獨厚矣！亦可見人之役役不得閑者，或其人之自不求閑，而非天之果吝之也。雖然，君之養閑，君之自養也，吾安知非天之以閑養君而欲大用之乎？閑之也愈久，養之也愈深，而用之也將愈大，吾懼君之不終於閑也。君行年五十矣，尊有酒，坐有客，室有圖書，庭有花木，與吾輩閑退之人從容笑語於其間，此真上界神仙之樂，不可多得者也。元人吾子行之言曰：『手冗心閑則思，心冗手閑則臥，心手俱閑則著書作字，心手俱冗則早畢其事，以安吾神。』此言極有味，余喜誦之，請以此爲君養閑之助。

薛慰農觀察《烟雲過眼圖》記

薛慰農觀察綜其生平所閱歷，繪圖凡八，而總題之曰『烟雲過眼』。嗟乎，天地吾逆旅也，其忽然而過吾前者，野馬也，塵埃也，曾何足以控摶乎？余齒未五十，而向所曾經，恍如隔世，都不記憶。因君紙上之烟雲，尋吾夢中之蕉鹿，異同之迹，有可言焉。漢諺云：『黃金滿籯，不如一經。』君第一圖曰《椿庭侍讀》，志家學也。而余年十五即侍先君子讀書南蘭陵，雖頑鈍無似，而至今粗通經訓者，先君子之教也。此與君同者一。蘇家兄弟，風雨對牀，今猶豔稱之。君第二圖曰《棣萼〔一〕談經》，志友愛也。而余在臨平湖厲廬與家兄壬甫分燈讀書者前後六七年，此與君同者二。臯比絳帳，徒榮觀耳。吾人作秀才時爲童子師，其酸寒風味，頗自不惡，此君第三圖所以繼之以《滁山村學》也。而余未通籍前授徒新安，自乙迄己，凡五載，所居曰汪村，距城十五里，故村夫子面目，至今未改。此與君同者三。唐人云：『不覩皇居壯，安知天子尊。』都下九衢車馬，萬國衣冠，吾儕得厠於其間，豈曰非福？此君第四圖所以繼之以《燕市紅塵》也。而余自與計吏偕，暨讀書中秘，居京師較久，巢痕雖掃，而爪印猶存。此與君同者四。秦淮佳麗甲天下，君少時以秋試至金陵，桃葉渡口，長板橋頭，故熟游地也。撫今思昔，於是有《淮水秋風》之圖，是居第五。而余於金陵全盛時曾未一游，同治乙丑及丁卯，一再至焉，則兔葵燕麥而已，不覩其盛，烏知其衰。此與君異者一。古人於舊所治處每有不能忘者，羊叔子徘徊於峴首，白太傅眷眷於杭州，賢者多情，於此可見。君前守嘉禾，多惠政，禾之人思君，君亦思禾，於是有《鴛湖春萼》之圖，是居第六。而余雖嘗備位於朝，未得補外。此與君異者二。方江浙之陷於賊也，實以滬瀆一隅爲旋乾轉坤之樞紐。君負文武才，李肅毅伯招致戎幕，東南底定，與有力焉。於是乎有《滬瀆從軍》之圖，是居第八。而余章句陋儒，未一投筆，此與君異者三。至其第七圖曰《章門戢影》，乃因避地而作。余遭庚辛之亂，流離轉徙，自浙西而至浙東，又自海外之舟山而至滬上，江艬海檝，曾無定居。同治建元之歲，始航海至丁沽，寇氛既遠，稍謀息肩，閉户拏經，或匝月不一出。君居章門，余居津門，南北異地，情事亦小異，其爲戢影則同。此與君異而同者一。夫人生蹤迹，動若參商，況余材力曾不能望君萬一，乃綜計所遭，異者惟三，同者有四，異而同者又一，何其相同之多乎？此余之所甚幸，而樂與君並論者也。君解組後爲崇文書院山長，而余今年亦忝主詁經精舍講席，同在湖上，又皆有樓以攬湖山之勝。湖樓鐙火，相與論文，在他日視之，亦一烟雲也。君其於《滬瀆從軍》之後補爲一圖，則余之幸與君同者，此又其一矣。

【校記】

〔一〕 萼，原作『蕚』，據《校勘記》改。

許萊盟《蕉陰問字圖》記

許君萊盟，總角好學，旄勤不亂，深明簱隩，尤精六書，《凡將》、《急就》，靡不尋暘，洨長全書，靡不貫綜。耆年舊齒，一鄉矜式，聞名傾耳，匪伊朝夕。不我遐棄，伻來以圖，觀德於始，原本所由。乃知先德也愚先生，底究羣典，咀嚼七經，廣學甄微，鱻於雙匹。君從問字，日知所無，案經考典，承寫其流，五十而慕，至今不替。乃審厥象，傳播丹青，巴且叢生，垂芳遺藻。是稱君子之澤，匪惟蓼儀之思。余材薄思淺，日就荒落，感君堂構，能無撓廎，乃述都較，用示凱式。

故中議大夫高公八十生日上壽記

郭君日長，既致身通顯，乃言於朝，請贈本生父母如其官。制詔許焉。君故高氏子，本生父高公，以君貴，贈中議大夫，母姓邱氏，以君貴，贈淑人。君奉璽書，布几筵告於寢廟，昭明顯融，在高氏爲有子矣。夫干霄之志遂，則糞本之意殷；養生之事窮，斯追遠之念起。當著雍執徐之歲，上溯中議公及淑人之生，蓋行年八十矣。君奉觴上壽，仍如生時，而屬其友俞樾以文記之。或曰：『生日之禮，古人所無，況施之身後乎？郭君此舉，殆非禮矣。』樾曰：否否，不然。此禮，以義起也。君念自幼出後郭氏，於厥所生不克盡一日之養，每誦歐陽公之言『祭而豐，不如養之薄』，未嘗不流涕也。乃於縣弧設帨之日，設詷几以依之，陳五鼎以歆之，匪云祭也，蓋曰養也。禮所謂『事亡如存』者與？余於此舉，既有以見君之孝，而又有以知中議公及淑人之賢。今夫一命之士，歸美其親，尚以爲積善之報，況君階三品郎官之尊，上應列宿，而中議公與淑人，晏然於其身後坐受寵名，詔書褒美，焜燿九泉，然則中議公之爲人，其必竺厚而寬仁者也；不然，則俊偉而有令望者也；不然，則恂恂長厚、不得罪於鄉黨州閭者也；不然，則急人之急、憂人之憂，有古朱家、郭解之風者也。淑人之爲人，其必溫良而慈惠者也；

不然，則克勤克儉，宜其家者也；不然，則好行其德，相夫子以睦姻恤鄰者也；不然，則競競自持，無疾言、無遽色者也。此數美者，人不及知，郭君不能言，而愚推造物篤祐之意，與聖天子褒美之辭，知其必有合矣。《詩》曰：『君子有穀，貽孫子。』其中議公與淑人之謂乎？《禮》曰：『父母既没，思貽父母令名。』郭君有焉。乃作頌曰：

懿彼哲人，德旼旼兮。宜顯於世，乘朱輪兮。不於其躬，於子孫兮。有子檵檵，善承先兮。雖後他族，篤本根兮。烏烏之私，達帝閽兮。自天錫命，告墓門兮。春露秋霜，歲月遷兮。鞠膐上壽，如生存兮。有肉在俎，酒盈尊兮。惟冥惟漠，鑒此勤兮。式飲式食，苾而芬兮。冥靈大椿，壽無垠兮。南游蒼梧，北昆侖兮。萬有千歲，乃上仙兮。垂曜億軨，福後昆兮。

隱梅盦銘

隱梅盦者，顧君寥薌所築也。高閣觀海，空廊玩月，蘭坡桂壑，春秋是宜，具區之勝，畢輸於此。自非名人魁士，莫適爲主；乃有屠君石臣，藐然高厲。樂於陵灌園之契，爰居爰處，琴書自娛。舊植梅樹，近者零落，因地裨補，以仍舊貫。於是四方士仁，慕君風規，請書銘於石，用詔來者。辭曰：

泉潄潄，石婁婁。花茉茉，人幽幽。

唯自勉齋銘

唐君鶚安，取其先世質肅公之語，名其所居曰『唯自勉齋』，請湘鄉相公書之，而其同里吳少村中丞用陶士行運甓故事爲之圖。吳縣馮景庭宫允曰：『此六書指事之法，謂運甓卽自勉之可見者。』乃余觀其前，有暨陽吳君所繪小象，坐木養和，憑几觀書，几所陳者，茶甌一、硯一、墨一、筆倍之，如是而已，未見其朝夕運甓也。中丞此圖，其果有當君意乎？雖然，君子勞心，小人勞力，陶士行之運甓，蓋止以勞力自勉，若君之危坐觀書，雖若甚逸，而其勞有百倍於運甓者矣。余始識君，君方爲吳縣令，其時大亂初平，瘡痍未復，君務撫循其民，且謂『仁政自經界始』，力以請丈自任。然則君之坐對一編，所孳孳請求者，固自有在，其自勉之意，豈必待運甓而見乎？請循宫允之例，以六書譬之。中丞所圖者，象形也；余所論者，會意也。君酷嗜金石，嘗詒余唯自勉齋石墨，希世三種，一夏仲兗碑、二張元異碑、三王伯敦碑，皆據宋搨本鉤摹而精刻之。或疑，時方多故，君任煩劇，何暇從事於此？不知此亦君之甓也。余在吳下爲賓氓，每過君齋，惟論金石文字，不及其他，然有以知君自勉之深也。故爲之銘，其辭曰：

陶公運甓晨至昏，君坐讀書容溫溫，其自勉也相匹倫。君爲質肅二十九世孫，質肅之意君克敦，請以兹圖詔後昆。

徐烈女傳

徐烈女，浙江歸安人。小楂大令之女也。有齋表度，其毀秉德。禮已習於牖下，言不出於朱外。許嫁同里鄭氏，五兩之幣既將，三周之輪未御。其時蘇臺告陷，菰城戒嚴，坿近保聚，咸遭蹸轢。烈女家在雙林鎮，厥土衍沃，其民饒富，爲所覬覦，非伊朝夕。咸豐十年十有二月八日，賊果大至。雖開黄皮之室，難敵赤眉之兵，空驅黑雲之都，莫禦白波之賊。金鏑雨集，彤珠星流，田單鐵車，固非素具，袁閎土室，豈能久匿。烈女潛出後户，將投清流，爲賊所遮。抗志不屈，蒙袂疾走，負石自投。越三日賊退，家人求得其屍。茹清飲潔，衣苔帶藻，肌骨未殠，刃痕猶新。烏乎，可謂烈女矣！臺臣上聞，璽書褒美，所司旌表，一如律令。余同年生鄭聽槐比部，乃其君舅也。感貞柯之早摧，惜嘉禮之未成，寓書於余，請爲之傳。因撮辜較，用詒將來。

論曰：浙西陯陷，載離寒暑。市廛灰燼，老弱溝渠，何其酷也。然金石之質，在波中而不流；松柏之節，因歲寒而益見。天子嘉赤石不奪之志，有疾風勁草之思，爰命所司，廣加采訪。凡摩笄之毅魄，剺面之貞魂，因已含笑九原矣。余自反初衣，久輟史筆，雖有論譔，豈爲光榮？惟念是歲之夏，吳中不守，巡撫徐公，握節效忠，銜須赴義，卽烈女之季父也。後先數月，忠烈一門，雖明月之珠，自然無纇；而醴泉之水，實亦有原。當時，紆青拕紫之倫，戴纚垂纓之士，或闍敖游涌而逸，或華元棄甲而復，夫夫也，豈獨顈泚於尸臣，抑亦顏赬於碩女矣。

魏氏兩王孺人傳

舊史氏俞樾曰：錢唐魏氏有兩節母，皆姓王氏，一於例得旌，一於例不得旌。然皆賢明，閑習禮法，有古賢婦風。余與魏君錫曾相遇於閩中，錫曾博雅好古，君子人也。兩節母者，一其母，一其本生母。以余故居史職，請爲之傳。出所撰兩母事狀及年譜視余。詳哉言之乎！夫爲人子，述其母，例宜詳，若立言之士，則宜舉其大者，傳信於後。余雖非其人，然例存焉，撮大端，著於篇。

節孝王太孺人，仁和人。年二十有三，歸贈修職郎國學生魏君。魏君諱謙豫，字謹齋，性峭直，不能容人過。孺人每以和劑之。其始歸，不逮事姑，而事無巨細，必由舊。春秋祭祀，終其身無損益。秋或薦蟹，必陳醯若薑，曰：『吾家故事也。』謹齋君從父，山東兗沂曹濟道春松君，丁母憂，里居，督家人嚴，羣從稟命惟謹。孺人所居爲聽事之樓，飭婢媼，屏聲息，俟間灑掃。客至，不知樓之有人也。春松君亟稱之。孺人歸三年，而謹齋君卒，遺腹生女，未適人而夭。謹齋君有弟，曰漁塘君，諱謙泰，生子錫庚，遂以爲後。俄而錫庚殤，越十有五年始後錫曾。錫曾曰：『吾本生曾祖復堂公諱浚，中年喪子，吾曾祖秋浦公命第三子筠軒公諱蓉者後之，筠軒公生五子，早卒，吾祖瑤舟公經理其內外事，本生祖妣趙太安人德之，故錫曾之爲謹齋公後，趙太安人之意也。』又十有二年，而漁塘君始以孺人苦節籲郡縣，達大府，聞於朝，旌如例。明年，漁塘君卒。漁塘君故母事孺人，或稍拂孺人意，必斂容靜聽，俟孺人言已乃退。孺人亦不藏怒於胷中，言已，又躬視小郎飲膳，問旨否，如平常。自錫庚之殤也，漁塘君竟無子。及錫曾生次子本詒，議以爲錫庚後，仍歸之漁塘君。告廟之日，本詒殤焉，孺人哭之慟，蓋傷漁塘君後嗣之艱也。咸豐三年，賊陷金陵，浙西聳。孺人命錫曾奉謹齋君及漁塘君夫婦之柩，卜葬於錢塘縣九條沙之原。自御肩輿，繞墓域行一周，曰：『葬事畢，吾責謝矣。』謹齋君於昆弟中最長，故孺人晚歲行輩最尊，族人有所事，必請於孺人。有議分祭田者，一言折之，遂已。生平營喪事八，葬事一，婚嫁事六。卒年七十有二。

樾曰：南中地隘民稠，婦女多樓居。客登其堂，輒聞樓上諠笑聲，譙呼聲，移什物聲，屧聲，刀尺聲，雖地實限之，然褻賓客，亂內外。余每至人家，聞其若此，心弗善也。孺人居樓而人不知，其敬慎嚴肅可知矣。其爲賢婦，宜哉！聞孺人疾革時，親故候問，日率一二十人，朝集莫散，如是者旬日。烏呼，非孺人之賢，其烏能得此於人哉？

王太孺人，亦仁和人。年二十一，歸贈修職郎貢生魏君爲繼室。魏君諱兆奎，字月廬，初娶於汪、於周，皆無子。孺人少於月廬君九歲，歸十六年而月廬君卒。時姑趙太安人猶在堂，老耄失明，未之知也，人亦祕[一]不以聞。孺人飲泣，承堂上歡。或問及月廬君病狀，必勉作數語以對，踰年始知之，撫孺人曰：『兒殁，累汝矣。吾憐汝！吾憐汝！』孺人有六子：錫名、錫爵、錫曾、錫普、錫疇、錫祿。女子子一人。錫疇幼殤，錫曾以趙太安人之命出後月廬君從兄謹齋君。語詳《節孝王孺人傳》。功令：婦人年三十以內，夫死，不嫁，旌其門。月廬君之卒也，孺人年三十有六矣，故旌不及焉。孺人撫諸孤成立，以婚以嫁。然以少時從父宦游滇中，習知仕宦驕阤之狀，故其教諸子，各就材質所及，不責以仕進。性不喜逸樂，雖生長官舍，而日事黹繡，晚歲鍼鉥不去諸手，猶以婦功課諸婦及諸女孫焉。於汪、周兩外家，無敢失禮，爲長子娶婦周，卽周孺人姪也。女適張氏，其姑卽周孺人妹。且《詩》曰『不思舊姻』，吾以思舊姻也，遇汪孺人之妹適錢氏者尤厚，及遭寇亂，命錫爵收養其孫。臨歿謂錫普曰：『汪氏母、周氏母，與汝父分葬，宜謹視松楸，無忘吾言。』杭之初陷也，月鑪君弟茗卿君歿未久，柩在城中。孺人命錫名百計出之。娣婦王，亦旋卒，合而葬之。當是時，寇氛甚惡，錫名冒險從事，人以爲難，蓋體孺人意焉。孺人始時，子、婦、壻、女咸在，孫女二十五人，外孫男女六人。歲時伏臘，畢集於前，爲孺人壽，極門庭之盛。亂後零落，或死於病，或死於餓，或死於難，至今存者，僅子二人：錫爵、錫曾，孫五人：本濂、本存、本恂、本初、本參而已。孺人亦遇賊，赴水者再，皆救而免。以錫曾在閩候補鹽場大使，乃航海至閩，從錫曾居。其年春秋已六十有一，感念今昔，俯悼卑幼，衋然傷心，未幾病卒。病中自言：『吾分内之事都畢，無所罣礙。』臨屬纊，尚召集諸孫，分賜瓜果，問佳否焉。

樾曰：孺人有過人之行三焉：含悲茹痛，承君姑歡，一也；篤於前室之母氏，二也；不避艱險，命其子出夫弟之喪於賊中，三也。之三者，豈獨閨中所難哉？雖丈夫，猶難之。孺人所處之境，前豐後嗇，安之若素，蹈危履險，無蹙蹶之狀，器識固已遠矣。老病告終，神明不衰，有以夫！

【校記】

〔一〕祕，原作『祕』，據《校勘記》改。

孫琴西同年《遜學齋詩》序〔一〕

予讀《詩》三百篇，而知古詩人之立言，各有其體也。十五國之風，大半出於勞人思婦之所作，與夫民俗歌謡之辭，故其言微而隱，其旨婉而曲，使人讀之，不能卽得其意之所主，而抑揚反復，常有存乎文辭之外者。蓋其人固微者也，情之所感，事勢之所激，耳目聞見之所觸，不能已於言，而又有所不能明言，故其言如此。若夫大、小《雅》之作者，則皆王朝之卿士大夫也。其上者爲周公、召公，卽下之，亦家父、凡伯之倫也。故其爲詩，往往陳祖宗之功德，王業之艱難，而中葉以後，政事之得失，民人之利病，君子小人之進退，中國夷狄之消長，無不見於其詩，視風人之辭何其異哉？蓋言出於人，其人不同，其言亦異，而世之論《詩》者，執一以概之，徒見風人之辭微婉不盡，以爲詩教固如此，是有風而無雅矣。瑞安孫琴西，予同年友也，其人疏簡寬易，而常有當世之志。戊午歲，天津戒嚴，舉朝爭和戰未決，琴西時以翰林直上書房，兩進封事，言甚切。是年夏，遂拜出守安慶之命，攜家累出都，因兵阻，迂道吳中。予適寓吳，得相見，蓋自別於京師已四年矣。出所箸詩十卷，屬余校刻，且語余曰：『刻成後，勿遽播我詩，以我詩多狂言也。』余謂：君以一書生，受天子知遇，入史館，直内廷，雖由草茅進，非家父、凡伯爲周之世臣者比，然固從中朝卿大夫之後矣。方今天子神聖，朝廷清明，而海疆不靖，垂二十年。君預修《宣宗成皇帝實錄》，備知其事本末。又自粵賊踞金陵，蔓延東南數省，爲宵旰憂，而君官京師，聞見尤近，憂時感事之忱，不能自已，而發之於詩，此豈得謂之狂言哉？予固不足以知詩，然嘗讀《三百篇》而知詩人立言之體。刻琴西詩竟，因書此於簡端，告海内之讀琴西詩者〔二〕。至其詩，上追漢、魏，而近作尤似蘇、黄，世多知之，弗論也。〔三〕

【校記】

〔一〕此序又見於《遜學齋詩鈔》（簡稱『《遜》本』）書前，用作校本。

〔二〕『告』至『者』，《遜》本作『爲讀琴西詩者告』。

〔三〕『也』下，《遜》本多『咸豐九年夏四月德清俞樾』。

黄蔚亭《誦芬詩略》序

餘姚黄氏，以忠孝世其家。在宋南渡有慶元通判，佚其名字，建炎四年，城陷死焉，《宋史》疏漏，無聞焉爾。厥後有諱墀者，當明初葉，文皇靖難，不屈而死。迨其末年，委鬼當路，忠端嶽嶽，抗疏批鱗，致命圜土，廟食宛陵。是稱『三忠』，世濟其美。恂恂小雷，孝乎惟孝，萬里尋兄，事詳《明史》。聖清龍興，徵求遺獻，梨洲先生，耽經樂術，其書滿家，僶俛衡門，盤桓利貞，海内高之，學者宗之。煥往輝來，邁種厥德。其七世孫炳垕，字蔚亭，高明令融，兼苞載籍，何規履矩，不忝所生，作爲詩歌，以播先烈，遠而彌芳，庶同如蘭。歲在商横，賓興賢能，君舉於鄉，有令子曰維瀚，字彦方，亦預其選。呦呦鹿鳴，式燕嘉賓，父拜於前，子拜於後，冕紳莘莘，咸曰休哉，亦世載德，斯之謂與！余忝詁經講席，因與過從，卒業是編。感衛悝讚先之義，嘉令德之孔爍，庶流芬之不沬，輒題其端，識都較焉。

盧孺人《焦尾閣賸草》序

昔謝道韞『柳絮因風』之句，今古豔稱之，其後以節著，不失爲賢媛，而『天壤王郎』一語，君子終病其不婦。烏呼，此吾所以賢盧孺人也。孺人爲國學生菊人王君之配。王君自幼以文藝有聲，孺人父南屏處士見而器之，曰：『此讀書種子也。』遂以孺人女焉。已而王君竟以父老廢讀，舍儒而賈，時孺人猶未歸，聞之不樂，然及其既歸也，則相敬如賓客。王君雖服賈，固高才生也，而孺人亦能知其才而安之，不以其不克致身青雲，幾微見顔色，奚有如『天壤王郎』之語者乎？吾於是歎孺人之賢，而又有以賢王君。王君者，蓋亦修身、齊家之君子也。彼士夫之家，朝誶而莫誶，其亦有媿於此乎？夫人之所欲，天必從之，孺人薄貨殖，憙詩書，雖失望於初，天必償之於後。集中有句曰：『矮屋數椽鐙一點，我家喜有讀書兒。』固已見及此矣。歲在戊辰，余主講詁經精舍，有王生曰禹堂者肄業其中，乃孺人之長子也。年少而學贍，爲詩古文詞，斐然可觀，余甚偉之。一日，以孺人《焦尾閣賸草》求序於余，則孺人之没已四載矣。余憫孺人之志而敬其賢，且知天之必有以償之也，故書其簡端如此。生其益勖所學，則所以成王君未究之志而慰孺人於泉壤者，亦必不遠矣。

徐誠庵《荔園詞》序[一]

古人之詩，無不可歌者。《三百篇》以至漢魏，無論矣。至唐人，而『永豐楊柳』之篇，禁中奏御；『黄河遠上』之章，旗亭傳唱。蓋詩與樂猶未分也。其後以五言、七言限於字句，不能暢達其意，乃爲長短之句，抑揚頓挫，以寄流連往復之思，而詞興焉。詞興，而詩於是不盡可歌矣。詞之初興，小令而已，椎輪大輅，踵事而增。柴桑『歸去』之辭，東坡衍之而成《哨遍》；屈子『東皇太一』之歌，高疏寮采其意而成《鶯啼序》。一唱三歎，大放厥詞，實開元人北曲之權輿焉。典興，而詞於是不盡可歌矣。嗟乎，聲音〔二〕之道，與世升降，詩而流爲詞，詞而變爲曲，至於曲，而聲音之道卑矣。於是十二律、八十四調及自宋以來相傳之十六字譜，悉舉而委之伶工，而士大夫以爲非吾事，其何以解於知聲而不知音、知音而不知樂之譏哉？少陵云『晚節漸於詩律細』。夫詩之律，誠有難言，至詞之律，則宋元槧籆，猶有可尋，承學之士，所宜遵守。然周公謹賦《木蘭花慢》『西湖十景』詞，六日而成，楊守齋見之，曰：『語麗矣，如律未諧何？』遂相與訂正，數月而後定。填詞易而協律難，自昔然矣。張玉田之父寄閑翁賦《瑞鶴仙》詞，有云『粉蝶兒撲定花心不去，閑了尋春兩翅』，詞成歌之，惟『撲』字不諧，易以『守』字，乃諧。嗟乎，詞人之詞，不當如是耶？徐誠庵大令，余三十六年前與同補博士弟子員者也。今需次吳下，而余適寓吳，朝夕往來〔三〕，相得甚歡。出所著《荔園詞》二卷見示，余讀之，則於紫霞翁所論『作詞五要』無一不合，蓋嚴於守〔四〕律者也。以余亦嘗從事於此，問序於余。余不知律，何足〔五〕知詞？〔六〕毛公不云乎，『曲合樂曰歌，徒歌曰謠』。余之詞，但可謂之謠而已。若〔七〕誠庵之詞，其尚有〔八〕詩樂相通之遺意乎？因書此於簡端，願世之人識曲而聽其真，勿徒賞其字句之工也〔九〕。

【校記】

〔一〕此文又見於同治十年刻本《荔園詞》書前（以下簡稱『《荔》本』），用作校本。

〔二〕音，《荔》本作『韻』。

〔三〕朝夕往來，《荔》本作『晨夕過從』。

〔四〕守，《荔》本作『持』。

〔五〕何足，《茘》本作『烏』。

〔六〕『詞』下，《茘》本多『又烏足以序誠庵之詞』一句。

〔七〕若，《茘》本無。

〔八〕『有』下，《茘》本多『古人』二字。

〔九〕『勿徒』一句，《茘》本作『若徒賞其字句之工，抑末也』，併多『蔭甫俞樾』。

《紫陽課藝》序

同治四年，余浮海南歸，適吳下紫陽書院主講乏人，當事者遂以余承其乏，借講席之清閑，養山林之疏嬾。皋比虛擁，兩易暑寒，至六年之冬，吾浙馬穀山中丞以余粗通古訓，延主詁經精舍，遂辭蘇而就浙。顧念吳中爲人文淵藪，雖遭兵亂，不乏好學能文之士。省會舊有紫陽、正誼兩書院，今正誼改課經解、詩賦，而以制藝課士者，獨紫陽耳。聚吳中羣彥而課之於此，凡他省之來游於吳者，亦得與焉。雖登賢書貢成均者，莫不抽豪授簡於斯堂，宜乎文之彬彬稱盛矣。是時，天子方垂意斯文，封疆大吏，咸承上意，興書院以教育人材。而余學植荒落，意興衰積，猶得從容揖讓於講堂之上，借月旦品題，與諸君結文字之緣，兹非幸歟？自五年二月至六年十一月，中間因鄉試停課者兩月餘，共舉行一十八課，所閲文不下六千餘篇。兹擇其尤者，得八十篇，付之剞劂，至中丞、方伯、廉訪每月所課，余未得披覽，故所選不及焉。吳中人文，固不盡於此，余姑借此一編，以存雪泥之爪印而已。

《吴中唱和集》序

庚午冬，竹樵方伯恩錫自奉天府尹拜蘇藩之命。樾時寓吴中，其舊知方伯者輒喜相告曰：『詩人也，詩人也。』今年春，方伯莅吴，樾適從西湖詁經精舍還吴下寓廬，一見如故，以《南游草》一卷見示，誦之，清麗絶倫，因步集中《雨泊常州》詩韻，題贈一律。方伯不以樾爲鄙陋，詩筒往復，幾無虚日，蓋未匝月，而方伯已二十疊韻，樾亦疊至十餘。幕府諸君屬而和之者又數人，唱和之盛，古未有也。昔東坡先生最喜疊韻，然亦不過數疊而止。明李西涯與吴匏庵兩公用『斑』、『般』韻更唱迭和，各至五首，一時有『攙奪蘇家行市』之戲。今蘇家行市，得無又見奪乎？方伯編次疊韻諸章，付之剞劂，因書此於簡端，以識緣起焉。

《吴中唱和續集》序

竹樵方伯好尚風雅，雖簿書旁午，而嘯詠無廢，古人所稱『雹掃庭訟，響答詩筒』，不是過也。今年夏，余偶出『腴』字韻詩，方伯不棄，日與疇唱，積久遂多，裒然成集，於是有《吴中唱和集》之刻。嗣後，傳箋之使，日或再至，興往情來，極一時之盛，未踰兩月，又得五、七言詩如干首，彙而刻之，是曰《續集》。夫獨絃之歌，不能成曲；獨繭之繅，不能成絲。余比年來詩興落寞，亦由獨唱而莫之和也。今得方伯執騷壇牛耳，而幕府諸君子又各有子勝斐然之志，唱妍酬麗，前喁後于，渢渢乎，泱泱乎，吾知《續集》之刻，亦猶《容齋續筆》之一續再續，至五續而未已也。

淩忠介公遺像頌

忠介殉甲申之難，事具《明史》。聖朝褒嘉，永示臣則，爰有遺像，子孫保之。其昆裔曰霞者，雅度宏綽。余與之善，因獲拜觀，乃作頌焉。辭曰：

棠棠忠介，生明末流。見危授命，大節不搖。赫矣遺像，百世常留。委韭在囿，視此孔羞。

吕文穆公墨蹟贊

吕文穆公裔孫以公所書『飛翠鳴玉，出入禁門』八字見示，筆墨嚴重，如見其人。因爲之讚，誌欽挹焉。辭曰：

有宋中葉，帝錫賢輔。篤生文穆，桃被朝野。哲人往矣，其書則存。所書惟何？鳴玉禁門。公有賢裔，曰多保本南。俾樾作讚，永懷公之風。

楊孺人誄

孺人姓楊氏，休寧諸生楊君之女，禮部司務汪君之配也。玉質外曜，蘭芬内含。病橋木之早摧，感寸草之未報。雖在稺齒，便如成人。其大父太平府教授惺予君，視同扶牀之孫，課以鞶楹之學。凡韋母周官，班姬漢史，一經口授，咸能背諷。既嫻習於凿繡，更留連於文翰，有林下風焉。及笄歸汪君，琴瑟甫調，干戈繼作。燧火晝舉，羽書夕馳。教授君聚鄉兵以殺賊，守危城而登陴。雖張赤心之旗，莫禦白波之賊；空望旄頭之氣，終歸箕尾之魂。孺人聞訃摧傷，感動臧獲，焦肝灼肺，遂以成疾。已而汪君服官郎署，移家日下，北方霜雪，積勞日深；南國燧烟，思鄉時切。用是疾益繇惙，術窮和緩。於咸豐十有一年四月二日卒於京師。烏乎哀哉！余與汪君，誼敦夙契，備聞芳型，乃作誄曰：

辰彼碩女，内行貞良。如何不淑，萎此蘭芳。魂歸故里，山遙水長。旂旐表德，彤管之光。

春在堂襍文卷二

吳母朱太夫人八十壽序

帝同治之七年，夏五月甲申，平齋觀察雲于吳門厲廬躬率子若弟爲母太夫人壽。是歲，太夫人行年八十矣。觀察將饌肥鱻以甘之，鏗金絲以樂之，匃合僚友、若姻婭、若鄉人士君子爲酒食以張之。太夫人曰：『雲，汝來前，自吾爲汝家婦，汝藐焉始孩，俄而遘先資政之變，吾惸惸撫爾曹以成立，以有室家，茲維囏哉。爾服官於吳，乃克敏克敬，克廉以能，雖未究厥志，吾心怏焉。今爾子又成進士，釋褐衣而來，秉鞭而牧於茲，尚克堪賡續爾未究之志，以無負老婦之教，其何樂如之？鐘鼓云乎？玉帛云乎？』太夫人曰：『雲，吾行年八十矣，無德以詒汝，惟守老氏之教，曰儉曰慈，吾肉視藿，而酒視漿，吾布衣而練裳，吾惟三黨之不能胥匡，是用偟偟。今爾芬芬爾，今爾芸芸爾，惟吾一人，是樂是娛，是重吾不德也，甚無謂，甚勿取。』太夫人曰：『雲，以國步之孔艱也，戎事之未大集也，物力之詘也，民生之匱也，吾老嫠[一]婦，不緯是恤而私憂之。念兩宮皇太后以神聖女母天下，卑宮惡衣，蚤朝晏退，不遑自暇逸，近臣藎規，猶懼侈心之易萌，請去奢行儉，法殷般庚。老婦何人，其敢耽一日之樂？』於是觀察奉命，悚懼退而告其友俞樾曰：『樾，吾聞之，酒食之苾芬，不如君子之文；金石之鏗鏘，不如君子之章。吾子其出一言，爲太夫人壽乎？』樾曰：『雲，此若言，非吾之所克當也。雖然，吾欽太夫人之善教也，又嘉吾子之不口體是養而養志也，請爲頌辭，垂曜億齡。』頌曰：

懿歟壽母，德孔嘉兮〔二〕。媞媞北堂，垂令儀兮。輔相君子，肅以和兮。厥子克家，有守爲兮。施於有政，民曰宜兮。子又有孫，樹旌麾兮。咸秉母教，無忒差兮。宜百斯歲，笄六珈兮。如彼南山，長峩峩兮。百爾君子，聽我歌兮。

【校記】

〔一〕 嫠，原作『嫛』，據《校勘記》改。

〔二〕 兮，原作『分』，據《校勘記》改。

汪小樵五十壽序

余自束髮出游，所交海内賢士大夫，得之新安汪氏者尤多。其羣從昆弟，接芬錯芳，指不勝屈。亂離以後，故交落落如晨星，曩時文酒讌游之樂，曠如隔世。而小樵寓吳下，適余主講紫陽，復得與之相見，敘三十年契闊，蓋亦幸矣。雖然，余始與君相見也，在武林旅次，君甫應童子試，受知於吳崧甫前輩，入錢唐學，補博士弟子員。乃至同治三年，余寓天津，有汪子柳門款吾門而來謁，卽君之長子也。問之，已舉於京兆，歌《鹿鳴》之三章矣。其明年，柳門又來，具白束，布紅氊，循芸館舊章，以後進禮見，則已成進士，入詞林矣。嗟乎，余始識君於應童子試時，而今乃見其子之成進士入詞林，此數十年中，人事變遷，何可勝道，而君之齒亦已五十矣。柳門偏乞其諸同年之文爲君壽，以余與君總角交，必欲得余一言，爲君侑一觴。余惟君天性之篤厚，學行之純粹，諸君子之文，則既詳言之矣，余又何言哉！無已，請卽諸君子之言而更實之。今夫造物者，不妄以福澤予人，而科第尤甚。君家號素封百餘年矣，登科第者未之有，然皆份份儒雅，樂善好施，識者知其後之必大。道光、咸豐以來，果以文學崛起，列賢書者四人，成進士者二人，而翔步玉堂，膺清華之選者，尚止柳門一人。非君積累之厚，何以得此？然則，諸君子之言，信而有徵矣。柳門學優而才贍，他日輶軒旌節，敭歷中外，未可限量。君拜紫泥之誥，享黃髮之壽，由六七十以至期頤，諸君子必更有以壽君，余必更有以實之。君指示孫曾，曰：『此吾應童子試時老友也。』亦足掀髯而一笑矣。

李太夫人七十壽序

嘗讀《唐書·李光弼傳》，稱其沈鷙有守，賞信罰明，有古名將風，與郭子儀齊名，封臨淮郡王。弟光進，封武威郡王。兄弟兩郡王，可謂盛矣。而其母韓國太夫人，亦姓李氏，史不詳其本末，世無得而稱焉。若李太夫人之歸贈光祿大夫李公，則以光祿公本姓許氏，故與李氏得通婚姻。世徒見其與韓國太夫人事同，而其嗣君，小荃中丞暨大學士肅毅伯少荃制府，赫然稱中興元功，亦與臨淮兄弟同，遂以韓國爲比。竊嘗綜而論之，則有過之者四焉。韓國雖膺寵名、封大國，然其行事無聞。太夫人明詩習禮，淑慎其儀，事舅姑孝，遇娣姒和，撫兄弟子女慈，教子女嚴而有法，御臧獲侮甬寬而有制，一門百口，無間言。光祿公以名進士官比部郎，每得壺內助焉。嘗以鄉人士君子應公車，徵入春明門，靡所止息，謀所以館之；又謀卜地郊坰，瘞鄉人之不獲歸骨者，二事皆刱始，費不訾。太夫人脱簪珥助，事乃集。至今廬鳳之人至京師者謳思弗衰，視韓國之無一事可傳者異矣。此其過之者一。臨淮之父名楷洛，謚忠烈，官左羽林大將軍。擊吐番還，卒於道，未聞韓國勉諸子以必成父志也。光祿公咸豐間奉命練鄉兵，捍桑梓，親教士卒以嬴越句卒摶力之法。天不假年，未究厥勳。太夫人撫中丞昆仲而忞慔之，曰：『爾父未竟之志，其在爾曹乎？』咸奉教惟謹。用是投袂而起，誅鑿齒而殺九嬰，繳大風而射十日，乾清坤夷，東南底平，太夫人之教也。此其過之者二。《唐書》雖以李、郭並稱，然收兩京、殪元惡皆出汾陽，而臨淮若少遜焉。中丞昆仲則不然。方江浙之陷於賊也，肅毅伯首以舟師浮海至滬瀆，水則宏舸連舳，巨艦接艫；陸則激矢蝱飛，礟石雷駭，千里之內，旍旗相望，桴鼓一震，而姑蘇之臺無麋鹿矣。由是壓穴之在金陵者，風至蔄折，莫能自固。而浙西之賊亦悽遽睒睗，禽僵而獸斃，麾城撕邑，若振槁，若撥蘀。然後移旌北指，而向之趁趯㹻𤢖，爭爲梟雄者，莫不狼跋乎絃中，魂褫氣懾而自踢趹，銷夔息燧，歸報天子，兩宮慰勞，舉朝誠和，蓋勳業之隆，軼臨淮遠矣。當是時，中丞方節制全楚，旋移撫吾浙，舉悚悚黔首而衽之、席之、饘粥之。大亂之後，民獲再生。彼臨淮兄弟，有武略而無文治，方此何如也。此其過之者三。且臨淮雖兄弟並王，此外無所見。今中丞與肅毅伯熙天耀日之功，旋乾轉巛之略，固已震古鑠今，彪蔚一時。而觀察、都轉諸公，亦爭自底厲，以成功名，左麟右鳳，前輝後光，何其偉歟？又，光弼惟一子曰彙，光進二子，曰節，曰制。今太夫人有孫十五人矣，他日文通武達，各紹父業，以光輔熙朝，景運重侯累相，其可量乎？此其過之者四。執是四端而論，太夫人之與韓國，雖姓氏偶同，而實非韓國所可比擬也。歲在祝犂大芒落圉如之月，太夫人行年七十矣。維時中丞之隸吾浙，將及一稘，政修而事舉，吏肅而民和，咸願獻一言爲壽。樾於肅毅伯爲詞館後輩，而倖與同舉於鄉，得託年家子之末。又辱承中丞知愛，故不敢以不文辭，而又不敢以常詞進，輒抒所見如此。洪惟我國家，重熙累洽，超踰唐代，而中丞昆仲諸公，豐功偉烈，亦度越臨淮。然則太夫人曼福緐齡，必遠過韓國，從可知矣。

其二爲江蘇府縣作

夫含元精之和，應期運之數，龍驤雲起，垂竹帛而勒盤盂，揆厥所元，蓋必有繇矣。何者？有丸熊之母，而後有柳仲郢之文學；有封鮓之母，而後有陶士行之勳業。自古名臣得之母教者，十而八九，譬猶珠生於赤野，玉出於禺氏，世徒欽其符采之彪蔚，而不知其醞積之深厚，未足以品連城、論照乘也。歲在祝犂大芒落圉如之月，爲李太夫人七十覽揆之辰，維時小荃中丞方開府浙中，而少荃相國以參知政事節制全楚，觀察、都轉諸公，亦皆鴻軒鳳舉，極一時之盛，門望爲海内甲。於時，賢士大夫游鳴珂之里，登戲綵之堂，莫不願獻一言爲太夫人壽。然而玉笈金箱之記，翠嫣元扈之册，固有識者之所嗤鄙，何足以侑春酒、啓慈顔乎？且夫積厚者流光，本大者葉茂，太夫人致此曼齡緐福者，固自有在，請得揚扢而陳之。惟太夫人，生而淑慎，明詩習禮，有古女士風。侍御公以名進士官比部郎，白雲一司，頌明允焉，是攝是贊，太夫人實左右之。内言不出，世無得而稱，稱其小小者。侍御公嘗以鄉人士君子應公車徵，入春明門，靡所止息，謀以館館之，而事出刱造，厥費不貲。太夫人脱簪珥爲助，乃觀厥成。藥房井匽，罔不肸飾，迄今其鄉人至京師者謳思弗衰。已而，侍御公奉命集鄉兵，捍桑梓，親教士卒以搏力句卒贏越之法，鴥然成一軍。天不假年，未就厥勳。太夫人撫中丞昆仲而敦愼之，曰：『爾父未竟之志，其在爾曹乎？』當是時，羣盜蠭駴飍矞，幾半天下，封狐雄虺，磨牙而爭之，所過無完郛，慄慄黔首，鷹瞵鶚視，不遑啓處。聖上視民如傷，聽朝不怡。中丞昆仲諸公，感國步之孔囏也，民生之日以蹙也，天子憂民之勤，與慈母拳拳之意不可負也，用是投袂而起，誓將繳大風於青丘之澤，誅鑿齒於疇華之野，然後可以上報主知，下紹先志。䊗䊗相公，首以舟師遵海而到滬瀆，樓船萬艘，千里相望，長轂殷野，高旗彗雲，不踰一稘，而胥臺麋鹿，埽盪無遺，浙西蛾賊，睽瞿奔觸，其增巢蹷穴之在金陵者，亦翦焉傾覆。風從雲合，東南遂平，於是移旌北指。而向之颮颮紛紛爭爲梟雄者，靡不鳥驚獸駭，脱角挫脰，譬之猶舉炎火以焫蜚蓬，傾滄海以沃熛炭。帝用嘉焉，爰錫之金策，登之鼎輔。中興元功，莫之與尚。太夫人覩家門之鼎盛，喜先志之獲醻，其亦爲之加一膳、進一觴乎？夫以熙天耀日之功，旋乾轉巛之略，赫濯若此，彼封鮓、丸熊之瑑瑑，不足云矣。其在《詩》曰：『濟濟多士，生此王國。王國克生，維周之楨。』此見我國家與天合靈符，故篤生將相，文通武達，萃於一門，爲亘古盛事也。又曰：『我日斯邁，爾月斯征。夙興夜寐，無忝爾所生。』此見中丞昆仲諸公，奉太夫人之教，爭自底厲，以成豐功偉業，流福祚於無窮也。某等雖不足以窺測萬一，而受相國知遇最深，故不敢以常詞進，而敬爲太夫人誦《詩》焉。若夫岡陵之頌、眉壽無害之詞，則又比之虛車，例之鞶帨，不足以陳於此矣。

朱久香前輩七十壽序

伊維顯蝸昭明之世，必有敦龐耆艾之臣，如古所稱學爲儒宗、行爲士表者，立朝則建忠弼之謨，居家則著肅穆之行，俾庶士悦雍，同僚服德，以增邦家之重，而爲朝野所宗。是故喬木非難，世臣爲難，白珩非寶，良臣是寶。凡伯、家父，《大雅》舊人，《春秋》貴之。規筴榘模，彝式斯在，耆年舊齒，光容有輝，今於久香先生見之矣。先生童咳多奇，研綜箕蓺，孝弟淵懿，形於岐嶷。嘗以冬日，從女兄食，時當沍寒，薦用鋞銚，啓之鬵然，有飶其香。追惟聖善，漣如輟食，家人異焉。厥後官禁近侍，講幄興言，將父投牒，遄歸或勸。徐之九棘可至，弗顧也。咸豐初，以内閣學士攝工部侍郎，危言讜論，有史魚如矢之直；朝章國典，有世叔討論之功。海内士仁，豔思印歎，謂當膺緄職、位鼎足。俄以母疾請終養，蓋明發之懷，老而彌篤，陳情之章，匪一而再，孝乎惟孝，足以風矣。先生學有本原，閎中肆外，摛翰著作，超踰等倫。嘗與許滇生、戴鹿林兩先生同被恩命，賦詩内廷，由是承天寵、握文衡，凡分校禮闈者一，充朝考閱卷官者一，視學者再。莘莘士子，納我鎔範，祈祈生徒，致之廱泮，帥禮蹈仁，所在祇肅。素絲羔羊，藐然高厲，經臨亭傳，不自表襮。空輿輕騎，翩如其來，雖亭公負弩，候人荷戈，循塗偵伺，或不知爲使者冠蓋也。家故清貧，自奉尤儉，澣衣濯冠，菜羹疏食。奉錢所入，自遠祖以下，祭田之已失者復之，不足者益之。又置義田，建義莊，以贍族人，矜孤頤老，惟力是視。居鄉不與外事，而民之休戚，時之利弊，則必以告。劉勝寒蟬，君子無取焉。道光二十有二年，邑有萑苻之盜，告之方伯，殲厥魁，事乃定。

越十有餘歲，而亂又作，以減田租號於衆，衆惑之。有謝敬者，以摶力之法衛鄉里，當事者謀誅敬以謝賊。先生曰：『是爲賊殺民也。』力言敬可用。當事者始不聽，後不得已，從先生之言以蕆事，而反以不早解散爲先生咎。先生卷舒委隨，亦無悶也。中興伊始，公道章明，先生蹷而復起，行且大用矣。乃安徽學政報滿，即疏請歸省先人邱隴，旋以足疾乞休。度門卻掃，縣輿養神，鍾美積德，克昌厥後。天降雄彦，萃於一門，有丈夫子三，咸瓌姿琦行，有聞於時。次君接武玉堂，後先輝映，海内榮之。今歲，先生行年七十矣。仲冬初吉，諸子將奉觴上壽，而屬樾以一言爲之侑。竊惟先生自道光屠維赤奮若以第三人入詞館，越至於今，稽蓬萊之籍，二十有一科矣。魯國靈光，望之巋然，乃歐陽子所謂『邦家之光，非閭里之榮』也。樾五十無聞，不植將落，小言詹詹，奚足爲先生重乎？顧念諸君子諉諸之意，不敢以固陋爲辭，乃誦《詩》曰：『酌以大斗，以祈黄耇』，敬以爲先生壽。又誦《詩》曰：『君子有穀，詒孫子，于胥樂兮』，并以爲諸君子頌也。

曾滌生相侯六十壽序

帝同治之九年，爵相曾公移畿疆之節，再隷兩江。大江南北，傒福貞貞，兒童識司馬，走卒知君實，喜色相告，望若雲霓。惟時公行年六十矣，歐陽夫人，少於公者五歲，五十而有五。節堂之上，嘏集機翔，天子下璽書，發軺傳，嘉錫便蕃，優禮隆密，所以褒茂庸，示異數也，禮也。於是上自王公大臣，下逮布衣韋帶之士，莫不進一詞爲壽。樾，西浙之鄙儒也，聞見褊儉，語言樸陋，尚奚云哉？顧樾嘗從公游，與聞緒論，以爲三代以下，魁士名人，指不勝屈，然以德行而兼政事，可以副古大臣之稱者，四人而已：曰諸葛孔明，曰陸敬輿，曰范希文，曰司馬君實。之四賢者，公平日所嚮往者也。竊以四賢之行事而考之今，公殆兼有其長而去其短者乎！諸葛孔明，治國之才，管仲、子產之流亞，乃得荆州形勝之地而不能用，終爲吴有，徘徊散關、斜谷之間，爲司馬宣王所拒，逡循而坐困，豈天之棄漢乎？抑將略果非所長乎？公當咸豐初，以侍郎家居時，粵賊爲封狐雄虺，荐食東南，爰奮於墨絰之中，躬秉鈇鉞，稜威首塗，樓船萬艘，千里相望。既克武漢，順流而東，隆衝以攻，渠幨以守，批亢擣虚，多壘雲徹。不數年間，向之颮颮紛紛爭爲長雄者，咸禽僵而獸斃，金陵爲賊增巢壓穴之所，一舉而空之，若傾滄海而沃熛炭，常陽之維，因以耆定。是公之英武，過於武侯也。陸宣公仕德宗朝，多所匡贊，讀其奏議，曲而中，微而達，所論邊事，動合機宜。然德宗不能盡用，故託之空言而已。公則不然。文廟之始御極也，鋭意求治，公已由翰林躋卿貳，屢奏封事，言朝政得失，天下傳誦，有宣公之風，文廟皆虚己聽之。及至躬履行間，英風外發，景思内昭，千緒萬端，罔有遺漏。自中興以來，言節制之師，首推楚軍。寸符尺籍，皆公手定，蕭規曹隨，至今遵守，若漢人用馬將軍故事，唐人用英公法也。宣公坐論於廟堂，而公折衝於疆埸，是公之謀略，過於宣公也。范希文、司馬君實，皆宋賢相。然有宋一代，士大夫好以議論相高，故希文任西事，與韓魏公齟齬；而司馬公論役法，亦與諸賢不合，卒爲小人所乘。公豁達大度，含囊萬物，天下之士有一藝者雲集而景附。公量能而使之，取節而用之，履屐之間，各得其任，故能動如雷雹，發如風雨，桑蔭不徙，而大功立，廓清江左，爰至於河朔。朝廷倚公重，凡有大議，輒就幕府取決焉。讚雲雷之業，佐密勿之謀，異日處中當軸，秉國之鈞，旋乾轉坤，光融天下，珍禕懿鑠，與閎夭、散宜生比烈矣。是公之相業，過於范文正、司馬文正也。夫此四賢者，耀華名於玉牒，勒鴻伐於金册，稱譽葉語，至今不休，萬世仰望，若神人然。而公又兼有其長，而去其短，是天之篤祐我聖清，聚千載昆侖旁薄之氣，鍾之於一人，以消百六陽九之阨運，而開泰元神筴億萬年無疆之休者也。然則曼福絣齡，豈有量歟？樾以不才，挂名門下士之末，宜躋公之堂，奉兕觵、介麋壽，以方主西湖詁經精舍講席，不獲乘下澤車北來。不勝區區之意，謹以平日所竊聞於函丈者，度長絜短，借尚論以進頌禱之詞。我公聞之，得無有『賜也賢乎』之戲乎！

其二為丁雨生撫部作

同治改元之九歲，仁育羣生，義征不憓，凡猰窳鑿齒之倫，以次翦除。衝棚息而輶軒騁，威械藏而俎豆布，乾亭巛慶，將均禧於九垓。天子穆然深思，以爲東南常羊之維，神禹荆揚之域，皆公風纚露沐所手定也。江南父老，眾潤攸同，若漢潁川百姓願復借寇君，唐淮南之民請留李蔚也。乃詔公移畿疆之節，再隸兩江。命下之日，大江南北，暢舞暢飛，有封公復來之喜。而是歲孟冬之吉，適值我公行年六十，嵩生嶽降之辰，咸含和而頌曰：文武之佐，磻溪藴玉璜；堯舜之臣，榮河鏤金版。若我公者，恬波於沸海之中，靜浸於稽天之下，其造福我蒸黎者，湑陽而無計量，虹洞而無端厓，延洪納祉，緜端無疆，非其宜歟？惟時進中和樂職之章，寓眉黎臺駘之祝者，瓌瑋連犿，不可以麗計。竊以爲，兒童識司馬，走卒知君實，公之勳名，滿天下矣。雖復比物荃蓀，連類龍鸞，豈足加其毫末哉？夫銘昆吾之治，勒景襄之鐘，麗辭狀物，皆其迹也。若乃執大同之制，調泰鴻之氣，綱紀八極，經緯六合，則神明之際，可得而言。昔在咸豐之初，遘陽九之阨，大盜起於潢池，驫駥飍矞，延易乎東南。公先是已起家詞林，歷官卿貳，進明臺之議，效謇諤之節，海內印望，若神人然。既而憫下民之昏墊，感聖主之憂勤，乃起於墨經躬提，幡鼓旗旝。首塗八表，響振虓怒之旅，如虎如螭，龍驤鳳矯，武義璜璜，雖嚄唶宿將，莫之先也。剖毫析芒，部分如流，履屐之間，各得其任。雖飛耳長目，未能逮也。用能廓氛江汜，恬波海澨，玉桴金鐸，隨流而攘，麾城摲邑，掃清逋殘。神鉦一震，風雲聽命，齊斧所指，野無横陣，地靡嚴城，不數年間，而向之左蠻右觸，奮翼鼓觝，爭爲長雄者，若舉洪爐而燎毛髮，磨蕭斧以伐朝菌，雖折春螽之股，堪秋蟬之翼，未足言其易也。論者以爲甘露良佐，麟閣著其美；建武功臣，雲臺紀其績，以今方古，公其當之矣。然其歘歷囏難，圖維終始。長嬴之後，隨以揫斂；沍陰之極，繼以敷榮。沈幾先物，總達衆材，淵乎深哉。精通乎鬼神，神合乎太一，豈徒兔起鳧舉，霆砰電射，爭一日之長，徼一戰之勝哉？管子有言，『聽於鈔，故能聞未極；視於新，故能見未形；思於濬，故能知未始』。公之舉事，備此三者，故能內熙庶績，外總十連，輕裘緩帶，不下堂階，而吏畏其威，士悅其教，民歸其德。雖跅弛之士，虓虎之將，奉令貫行，罔不肸飾，所臨逮之邦，士女昌逸，學校如林，棚車鼓笛，聞於通衢，四方秀艾，挾册負素，諷誦相摩。史稱姚崇善應變以成天下之務，宋璟善守文以持天下之正，兼而有之，其惟公乎？夫國家當隆盛之時，其大臣必有耆艾之福。矧我聖清，靈長之運，與天無極，而公熙天耀日之功，龍文虎武，炳烺如此，然則祥圖瑞史，豈有量歟？當黄扉介壽之時，歐陽夫人五十而晉五，莞筵藻席，黄髮相莊，凡攀飛騰、挂羽翼者，莫不拜節樓之前，伏猊座之下，敬獻一觴，稱賤子上壽。日昌素承盼睞，受知遇最厚，而知公亦最深。又幸而獲與同官江南，故不敢以常辭爲侑。竊爲誦《易林》之詞，曰：『金齒鐵牙，壽考宜家。』請以爲公慶。又爲誦《玄經》之詞，曰：『蒼木維流，厥美可以達於瓜苞。』并爲三江之民同慶也。

其三爲李筱荃撫部作

伊古神聖，受命自天，敦龐而純固，永永無極。其間崇替相因，文久而息，必有芒芒芠芠，若將霣隊之虞。天於是又篤生良弼，以奠其軛，以理其亂。用讚雲雷之業，而成泰元神筴億萬齡無疆之休。昔周之宣，有方有虎，詩人歌功，事列於《雅》。求之當代，其惟我公乎？洪惟聖清，與天合靈符，胙之爲神明主，經緯六合，若泰山而四維之。乃協氣横流，嘔生吹落，爰有猰窳鑿齒之倫，起於粤西。今載今翌，延易乎常羊之維；名都鉅邑，咸燒掇而焚杇之。悇悇黔首，不遑啓處，禽僵而獸斃。天子憪焉，聽朝不台，若曰：維於内外文武大僚，孰能龍驤鳳矯，龕靖神縣，揮齊斧而折遐衝？當是時，公已由詞臣起家，洊歷卿貳，吐金聲於中朝，光名滿天下矣。念聖主憂民之勤也，萌氓之不獲安其生也，羣盜如毛而莫之或薙也，楨榦芻茭久而不給於供也。乃奮於墨経之中，用摶力句卒之法，抗颺虓虎，自成一軍，舟艫戰馬，莫不富實。方其始也，羣情猶猶與與，難於慮始，左書右息，亦或有異同之論。公景思内昭，英風外發，百將一心，三軍同力。有冬抱冰、夏握火之誠，故天助之；有握蛇騎虎、不避艱險之志，故士歸之。剖豪析芒，部分如流，千緒萬端，罔有遺漏。至於飛艫巨艦，竟水浮川，鷁舸千艘，銜尾相望，既克武漢，順流而東，是猶韓信之破歷下，耿弇之攻祝阿。中興元功，始基之矣。齊管夷吾有言：兵未出境，而無敵者八：一聚財、二論工、三制器、四選士、五政教、六服習、七徧知天下、八明於機數。公之舉也，實備此八者然，故動如雷電，發如風雨，莫當其前，莫蓋其後。旗旝首塗，則八表響振；戎路載脂，則郊壘疊巷。衝櫓所臨，而萬雉俱潰，恬波於沸海之中，靜浸於稽天之下。霆砰電射，天下光蝸，南清江表，北至於河朔。帝嘉茂庸，特崇徽錫，白茅青箱，封以名號之侯；金印紫綬，任以槐嶽之位。於是上自王公大臣，下逮布衣韋帶，名人魁士，外至開梧以東，壽靡以西，繩行沙度之國，風車火徼之民，咸芔然而歎曰：若我公者，所謂仁愛洽於下，信義服鄰國，上曉天文，中察人事，下識地理，四海之内視如家室者與？所謂言事合機宜，風采可畏愛者與？行見處中當軸，秉國之鈞，含囊萬物，坱圠無垠，豈僅東戡南翦、武義璜璜爲足以銘昆吾之冶、勒景襄之鐘哉？公涖畿疆，於今三年，政修而事舉，吏肅而人和。天子知江南之民思公深也，特命公再督兩江。大江南北，喁喁然怨來，暮歌孔邇。於是公年六十矣，歐陽夫人少於公者五歲，門望甲海内，勳名動蠻貊。天子下明詔，頒珍物，上尊之酒，靈壽之杖，嘉錫便蕃，優禮隆密。海内士夫，仰下風而望餘光，若升闕里之堂，而登龍門之阪。瀚章以年家子出公門下，受知遇至深且久，自惟昆弟六人，皆秉公教，用能遘辰遻時。粗自樹立，又重之以昏姻，其曷敢無一言爲長者壽。竊以我公，四海之表儀，神化之丹青，天既使之憂天下之憂，亦必使之樂天下之樂。是宜登壽車，行福塗，貺以萬吉，虹洞無厓。他日黄髮皤皤，赤舄掔掔，郭汾陽滿中書二十四考，房玄齡居相位三十二年，功名著於盤盂，與聖清靈長之運，同播休美於無窮。則今日之言，其猶臺萊之首章乎！

張母宋太夫人八十壽序爲丁雨生撫部作

夫紬翠嫣之策，稽槐眉之紀，疊聞罕漫，世靡得而云也。厥有云者，若柳母丸熊，陶母封鮓，又皆彫琢曼詞，捋撦瑣節，曾不足以闕。縵齡駢福之所繇，奚以焜綠純而耀彤管？楊子不云乎，『我心孔碩，乃後有鑠』，請爲太夫人舉其落落大者，以侑眉壽之觴。惟太夫人乃友山方伯之壽母也。方伯曾陳臬事於粵東，旋膺屏藩之寄。日昌時適居鄉，託甘棠之下而庇焉。側聞方伯，金榦玉楨，蠲細舉大，先秋霜以宣威，後陽春以布化，蓋心焉儀之。及日昌奉命撫吳，而方伯亦從皖藩移節於是邦。晨夕與共登其堂，讀其壼史，乃知方伯敭歷中外，騰茂而蜚英，明物而瑩功，皆太夫人之教也。太夫人始歸贈公，年甫十有七。事繼姑以孝聞，又以兄公及叔皆不幸早世，撫其子女，不啻己出。昔伯魚於兄子之疾，一夜十起，史策傳爲美談，得之中閨，尤爲僅矣。俄而贈公應龍蛇之讖，定黔婁之謚，方伯昆仲，年未弱冠，中人之產，廓外而虛內。太夫人豐摯幣，腆脩脯，聘名師，禮賢者，命諸子從之游。蚤夜敦慔之，使讀先人之書，一門之內，份如也。及方伯成進士，官秋曹，太夫人喜先志之克疇，嘉方伯之不負所教。而又懼刑名之官，非明非允，不足以稱厥職，乃訓以治獄之道，務在平恕，毋以刻爲能。聞有所平反，輒欣然加一餐焉。已而方伯出守鳳翔。惟時回民之羣不逞者方爲封狐雄虺，以荐食茲土，聲勢沸騰，種落煽熾，長圍外合，潛隧內攻，彤珠星流，飛矢雨集。方伯以十雉之城，介重圍之中，兵無加衛，墉不增築，木石將盡，樵蘇兼絕，乃用墨子梯突、蛾傅之法，罥梁棟以礧之，寘鐳甀以偵之，焚穬火以薰之，凶醜駭而疑懼，卒逡遁而引去。疆吏以聞，天子嘉焉。當是時，太夫人方就養在塗，聞警不進，止於晉陽，而風語讕言，日三四至。太夫人曰：『吾子與城共存亡，義也，復何恨？可念者，其民耳。』風鶴既靖，安車乃來，而帝有恩言，同日而至。方伯由鳳翔太守，拜東西川廉訪使，古人超棘之榮，不是過也。未入蜀，移粤東；未踰年，遷方伯；由是而皖，由是而蘇。蘇爲東南大都會，財賦甲天下，而兵亂以後，雕劫殊甚。太夫人每誡方伯以民力未蘇，宜休養生息之。崇德尚儉，以興政化；和毓威恩，以移風俗。斯言也，凡我同官，孰不當書之紳而銘之几歟？此太夫人珍懿禕〔一〕鑠之尤大彰明者。若夫遇三黨以恩，御臧甬以慈。雖貴，而衣必澣濯；雖高年，而鍼管刀鑴不釋諸手。在他人視爲甚難可貴者，固戔戔者矣。上章敦牂之歲，太夫人行年八十，正月既望，其設帨之辰也。方伯龍驤雲起，方將搏扶搖而上。而諸子，仲仁典簿，叔則孝廉，季範茂才，亦皆負一時之望。有孫十三人，曾孫二人。門望爲海内冠。太夫人受紫泥之封，享黄兒之壽，增始昌而永極長，其後福固未可量。日昌幸與方伯同官，敢進兕觥，爲北堂慶，而以此言爲之先。

【校記】

〔一〕禕，原作『禕』，據《校勘記》改。

錢母胡太淑人八十壽序

嘗讀《詩》，而知周之興也，不獨其朝多君子也，雖其閨門之中，亦皆有士君子之行。故在《詩》

曰：『釐爾女士。』女士者，女而有士行者也。中葉以後，士大夫家法，不能如昔，詩人歎焉。故在《詩》曰：『彼君子女，謂之尹吉。』説者謂：尹氏、吉氏，皆周之貴族，思尹思吉，周之盛也。然則觀世者，豈必觀其大哉？入士大夫之家，問其閨門之行，而時之治亂，世之盛衰，可得而知矣。樾於丁卯之歲，薄游金陵，子密吏部以其先文端公《直廬問寢圖》屬題。樾爲詩曰：『猶見承平舊家法，至今尹吉有餘思。』蓋亦詩人之義也。越四年，而子密又以尊慈胡太淑人八十初度，屬樾以一言爲壽，因歷舉太淑人珍禕懿鑠之行相告。樾憬然曰：此詩人所謂女士也，此卽周之尹氏、吉氏也。周東遷以後，尹吉餘風不可復見，周室亦遂以不振，而我聖清，靈長之運，與天無極，雖中更離亂，而乾嘉以來，士大夫閨門之盛，於今未隊，東周詩人所慨想而不得見者，樾得而見之。而國家中興之美，卽徵之此矣。謹按子密之言，太淑人年十八歸贈中議大夫警石先生，所居旣文端舊屋，顔曰頤和室。侍君姑以孝聞，相夫子安貧樂道，無戚戚之容。中議公官海寧州校官，絶意進取，以文史自娱。學舍中一堂二内，書籍充棟，其殘缺者，太淑人爲補綴之，縹囊緗帙，皆所手製，至今中議公鉛槧之痕，與太淑人鍼鉢之迹，皆如新也。中議公有兄，早卒，初議以子密爲之後，太淑人曰：『以次子爲兄後，義未安也。』更以長子後之。其長子爲子方孝廉，樾與同舉於鄉者也。考之《禮》，大宗無後，小宗不得有後，則長子之生，卽當以後大宗，明矣。而《禮》又有『適子不爲後』之文，設小宗止一適子，大宗遂無後乎？樾嘗以爲此禮家之駁文，得太淑人之言而益信矣。子密之官京師也，攜婦子以俱。太淑人命之曰：『遇先世忌日及四時俗節之祭，可與南中並行。』而中議公以父在未傳爲疑，後以先世皆久居京師，甘其飲食，於彼於此，惟神所宜，卒從太淑人之言。蓋太淑人雖讀書不多，而所言動合禮意，類如此。所謂女而有士行者，非歟？子密失怙後，奉慈母爲嚴師，一家長幼，不敢稍踰尺寸，故家庭嚴肅，無嘻嗃之習，尹吉餘風，庶幾勿替。子密其謹守太淑人之教，以修其身，以齊其家，以光復文端公之德業。他日家門鼎盛，流播詩歌，亦中興之盛事也。樾雖不及登堂，而敬獻此言，爲太淑人壽，其亦欣然進一觴乎！若其他徽言孅行，不勝書，亦不必書。

張母孟太夫人八十有四壽序爲湘鄉相國作

嘗聞鄭亞之序《會昌一品集》也，曰：周、霍雖有勳伐而不知儒術，枚、嚴善爲文章而不至巖廊，未嘗不慨生才之難。雖然，必有丸熊之母，而後有柳仲郢之文學；必有封鮓之母，而後有陶士行之勳業。自古名臣，得之母教者，十而八九。況乃賢良射策，登平津之上第；雅歌投壺，居南伯之重任。斯尤儒臣之榮遇，衣冠之盛事也。揆厥所元，其必有繇乎？歲在重光協洽陬月既望，爲孟太夫人八十有四覽揆之辰。當是時，哲嗣子青中丞方移轉漕之節，巡撫江蘇，震華鼓，杖金鉞，綠軿朱幰，渡江而南；祥霙瑞霰，應時布澤。壤叟轅童，咸喁喁然怨來，暮歌孔邇。蓋太夫人雲櫎畫軜，未臻乎姑胥之臺，而歡謠嘉誦播吳下矣。稽之古禮，奉觴上壽，非有常期，以歲之正，以月之令，春酒一尊，祝眉梨而祈綽綰，禮也。國藩幸與中丞同官江南，甚願獻一言，爲太夫人壽，而又以鳳篆龍泥之文，紫琳丹瓊之書，固有識者所嗤鄙，未足以侑壽觴、啓慈顏也。竊因中丞之所樹立，以徵太夫人之所教，而有以信吾向者之說。語有之，切人不媚，請揚扢而陳之，可乎？惟太夫人生而淑慎，習禮明詩。其來歸也，年甫十八，贈公壽圖先生，以一黌之儁，拔乎其萃，入官郎署，觀政冬曹，前後三十餘年。太夫人以君舅君姑春秋高矣，性樂泉石，憚於就養，乃爲贈公置簉室焉，而自留膝下，以婦代子，蒸蒸色養，左右無方，孟筍江魚，方茲未逮。及贈公以蔞翣歸，太夫人善遇簉室，恩禮有加，其所生女，撫如己出，斯又樛木逮下之仁，鳲鳩均平之德也。素性克儉，辭隆從窊，疏帳縹被，無華錜之飾；三弋苔菜，乏兼珍之膳；而倉粟府金，以賙三族；侊飯壺漿，及於鄰里，施而不德，所謂天布也。居家肅雍，不嚴而理，臧獲侮甬，咸守繩墨，罔踰尺咫。太夫人安神閨房之内，優游北堂之上。不嘯不指，守《内則》之禮；無非無儀，遵詩人之教。所謂和調而不緣，溪盎而不苛，積善成德，美意延年，非其宜歟？然而，不觀其枝之扶疏，不知其根之茂也；不觀其流之灝溔，不知其原之深也。中丞以丁酉拔貢官比部，庚子登賢書，丁未魁天下。軺車四出，有公門桃李之盛；儤直内廷，有禁中頗牧之譽。迴翔臺閣，洊登槐棘，公才公望，自此遠矣。兩河之間，古曰豫州，使車逮臨，遂授節鉞，旗旛首塗，殲厥巨憝，遵彼汝墳，孔道夷如。俄督河渠，旋總漕政，維時巨波滉瀁，決於清泠之淵，乃講堨流之法，求鄣泄之宜，大隄雲横，民用安枕。又以海寇乘間出没，粵賊餘燼，櫱芽其間。中丞戔猾禽姦，無裨遺種，淮揚徐海，安於磐石，士女昌逸，學校如林，威械藏而俎豆布，戎亭虚而文館盈，士悦其教，民安其德。天子知其才之有餘於任也，於是復有撫吴之命。吴故東南一大都會也，瘡痍之後，民力未復，得中丞撫循之，以教以養，吾知其必有豸矣。歐陽子有言，『劉、柳無稱於事業，姚、宋不見於文章』，中丞乃文通武達，兼而有之，何其盛歟！昔光武中興，馮勤居三公，號稱任職。馮母年八十，每會見敕，御者扶上殿，謂諸王曰：『使勤貴寵者，此母也。』今中丞以槐鼎之器，配蹤元凱，光輔中興，視彼馮公，蓋有過焉，則太夫人之盛美可知矣。國藩向者之言，不信而有徵乎？次公菊垞觀察，以名諸生舉於鄉，家居奉母，垂二十年。曾以搏〔一〕力之法，保衛鄉里，又參戎幕，積軍功，官二千石，將筮仕於鄂。他日棠棣兩碑，後先輝映，東川西川，對持虎節，太夫人受綠純黄玉之封，極金齒鐵牙之壽，傒福貞貞，虹洞無厓。若然，則今之所陳，其猶升歌之三終，自是而閑歌合樂，渢渢乎未艾也夫！

【校記】

〔一〕搏，原作『摶』，據《校勘記》改。

汪蓮府兵部六十壽序

吾人交友，其猶讀書乎？中年以後，博覽古今書籍，蘭臺之藏，龍威之秘，涉獵所及，不爲不廣矣。然清夜不寐，偶一尋繹，其瞭然在心目間，背諷猶得十之六七者，皆童時所誦習也。交友亦然。士大夫通籍後，交滿天下，自名卿鉅公，以至儒林之秀穎，巖穴之幽潛，接芬而錯芳，指不勝屈矣。然風雨之日，閉户而獨居，獨居而深思，所思者，皆數十年前共晨夕、同游釣者也。語曰：『先入者爲主。』束髮時所讀之書，所交之友，皆融結於肺腑之中，其爲主也久矣，豈後來者所能間乎？余年十五侍先大夫讀書南蘭陵，卽主君家。君長余九歲，善屬文，每一篇成，先大夫深賞之。余時初學爲舉子業，惴惴，懼不中繩墨，視君之文，若碔砆之與美玉。然君頗不余鄙，相得甚歡。君或以試事至武林，則又主余家，彼此年少氣盛，以文酒相娛樂，跳踉大叫，放飯流歠，僮僕匿笑，鄰里驚詫，不之顧也。日月如流，歲不我與，離羣索居，忽忽不知老之將至，余今年五十有一，而君則六十矣。君之子及兄弟之子，以余習於君，請以一言爲壽。嗟乎，余何言哉？君之學，則先大夫所深賞也，愚不足以贊一辭也。君之行，和調而不緣，溪盎而不苛，視人之事，如己之事，重然諾，好施與。君之才，剖豪析芒，左宜而右有，千緒萬端，處之裕如，則鄉里之所共見，僚友之所共聞，又不待詹詹小言爲之揄揚其美也。余何言哉？雖然，竊有説焉。夫自辟舉之途廢，而士惟以科目進，從唐以來有然矣。至明代又益以舉人一途，與進士並重。我朝因之，二百餘載，春秋兩闈，得人爲盛，士林豔稱，以爲榮遇，父詔兄勉，若登仙然。而造物者亦遂吝惜之，不輕以予人，有皓首窮經，而老困場屋者焉。君家爲休寧望族，號素封，以貲雄於鄉，十數傳矣。自咸豐以來，始以文學起家，舉孝廉者四人，成進士者二人，入詞林者一人。論者謂，其先世皆忠厚長者，遲之又久，殆將大昌其家。而揆厥所原，則實自君於咸豐辛亥登賢書始。今夫科名之難，不難於繼起，而難於發端，昔人所以有『破天荒』之喻也。有開必先，君其一宗之巨擘乎？君嘗服官於朝，供職兵部，旋以故鄉離亂歸，而謀安集之，祖黨姻婭，咸倚爲重。君亦力以自任，爲一鄉生聚休養，期於大亂之後，胥匡以生，暇則以經義課子。其子維卿茂才，亦少年能文，如君曩時焉。君得子甚遲，而今亦抱孫矣。種梓樹蓀，後福固未可限量。雖然，切人不媚，頌禱之浮詞，非鄙人所施於君者也。且諸子誠欲得華言風語，以悦君之耳目，則輦下貴人，固優爲之，何必求之江湖之摮叟哉？余五十無聞，不殖將落，年來以畫餅虚名，叨冒講席，湖山壇坫，聊以自娱，以視君優游家食而利澤及人，蓋不及遠甚。又不止如鄉者，區區文字之工拙矣，重違諸子之請。又念與君訂交最先，追惟昔款，不能自已於言。惟願君康強逢吉，自七八十以至期頤，方瞳綠髮，神明不衰。與故鄉父老，享聖世升平之福，興之所至，或扁舟薄游江浙間，過我春在草堂，敘數十年前文酒讌游之樂，亦何異白頭鐙下重理舊書也？

李少荃伯相五十壽序

昔唐室中興，子儀、光弼，並稱寶應功臣，海内號曰『李郭』，雖漢寇、鄧，宋韓、范不能望也。爰暨我朝，而公與侯相湘鄉曾公，左提右挈，旋乾轉坤，以奏中興之績，一時歌詠成功者，皆以公與湘鄉公並稱『曾李』，以配唐之『李郭』。自薦紳先生，下逮兒童走卒，異口而同辭，皆曰：『我公，今之李臨淮也。』樾獨以爲不然。世以臨淮比公者，特以姓氏之偶同耳。夫臨淮何足以擬公哉？史臣之論臨淮也，曰『邙山之敗，閫外之權不專；徐州之留，君側之人伺隙。失律之尤雖免，匪躬之義或虧』，蓋有貶詞矣。夫臨淮何足以擬公哉？以樾論之，公其今之李西平乎？當咸豐之初，大盜起於粤西，延易乎東南，名都大邑，相繼陷陷。湘鄉公起義旅於楚，是曰湘軍。公參預其間，不二年而復安徽，乃刱立淮軍，號召忠義之士，募擒生踏伏之卒，乘輪船，越賊巢，從海道而至滬。考《唐書·李晟傳》，晟始事鳳翔節度李抱玉爲右軍都將，抱玉遣晟將兵五千擊吐蕃。晟曰：『以衆則不足，以謀則太多。』乃請將兵千人，疾趨大震關，至臨洮，屠定秦堡，因解靈州之圍。公之始事，適與之符矣。既至滬瀆，遂旁規江錫，以斷賊援，復以浦東與浙西接壤，分兵下浙西郡邑，俾無後顧憂，而前軍始得薄蘇而壘。昔李晟圍朱滔將鄭景濟於清苑，滔與王武俊，悉收魏博之衆而來，復圍晟軍。晟内圍景濟，外與滔等拒戰，日數合，自正月至於五月，賊不敢逼。公所遭艱難辛苦，殆視此有加矣。姑蘇既平，東南之大局一振，賊之負隅於金陵者不能自固，戮瞿奔觸，剿殄無遺。江浙底定，至於閩越，朝廷以南服之無虞。而中原羣不逞之徒猶未靖也，燒掇焚杅，民無定居，震驚畿輔，遠及秦隴。於是乎又有北征之命。公先是已籌畫兵食，選士庀材，磨厲以須矣。奉命之後，發如雷電，動如風雨，莫當其前，莫蓋其後，故前茅未舉而賊燄已熸。昔李晟在定州，奉詔赴難，張義武欲沮之。晟以愛子爲質，不惜良馬玉帶以啗其意，卒以成行，遂殪朱泚。公之慷慨誓師，鼓行而北，意氣之盛，亦何媿古人乎？公既北行，轉戰齊魯燕趙之郊，營於運河西隄，進扼膠萊河，以蹙賊於海隅。蠢茲羣醜，若入乎囊中，禽獮而草薙之，三輔乂安。兩宮慰勞，羣公卿士，動色相慶。唐德宗曰：『天生李晟，爲社稷萬人也。』公之謂矣。天子知公威望之重，爲遠人所敬服，故雖已參知政事，而仍使節制畿甸，折衝萬里，倚若長城。唐德宗用張延賞之言，疑將帥生事邀功，不從晟計，使渾瑊與吐番尚結贊同盟於平涼，卒爲所劫。蓋外裔無信多詐，自昔然矣。公主持中外大計，誾誾侃侃，不苟異，不苟同。嘗曰：『亦須略論是非，未可專論利害。』議者壯之。李晟遭德宗昏闇，故雖位至將相，而不得行其志。今天子沖齡，神武同符，聖祖行見，親御魁柄，委重於公，東西南北，無思不服。雖海外蒙奇、兜勒之國，無不喁喁然同我太平，奉我正朔，於以耀華名於玉牒，勒鴻伐於金册，又豈特如西平而已乎？史稱西平，『器偉材雄，人望而畏，出身事主，落落有將帥之風，見義能勇，聽受不疑，忠於所事，長於應變』。斯言也，卽可爲公誦之。又曰：『作善遺慶，父子兄弟，皆以功名始終。道家所忌之談，李氏以善勝矣。』準斯以言，公之祥源福緒，蓋未有艾也。樾於公爲詞館後輩，而甲辰之歲，又倖與同舉於鄉，叨附同歲生之末。然初不相識。庚戌會試後，公問於湘鄉公，曰：『今科得人乎？』湘鄉公舉樾名以告，公心識之。後撫江蘇，過江浙同年，必問樾所在。遂延主紫陽書院講席。嘗謁公金陵，相見甚歡，次日親詣樾小舟，促膝情話，移時乃去。自惟江湖散人，匹敵與名世大賢有一日之雅，終身榮之。昔湘鄉公六十生日，樾以文爲壽，舉湘鄉素所心折之諸葛武侯、陸忠宣、范文正、司馬溫公，度長絜短，自附於方人之子貢。今我公五十生日，樾其能已於言乎？是以又有李西平之說。倘湘鄉公聞之，必將莞爾而笑，曰：『賜也賢乎，我則不暇也。』

其二爲應敏齋同年作

同治建元之十有一年，定三革，偃五兵，光融天下，均禧於九垓。而適於正月之五日，爲伯相合肥李公五十生辰。海内士大夫胥含和而頌曰：昔周之宣，有方有虎，詩人歌功，事列於《雅》。若我公者，恬波於沸水之中，靜浸於稽天之下，其造福黎萌者，虹洞而無端厓。天之報之，千祿百福，豈有既歟？咸願爲文以張之，爲詩歌以永之。而若寶時者，則尤不可無説於處此，何也？公之功在社稷，名在四裔，利澤在天下萬世，此人人所能言，不待鄙言爲之肸飾也。惟公之旋乾轉坤，撥亂反正，成此巍巍之功，實以上海一隅爲樞紐。在咸豐之季，東南淪陷，自大江以南，名都鉅邑，曾無藩籬之固。而公刱立淮軍，招集忠勇材智奇傤之士數十輩，募果毅之軍數百人，乘輪船，摩賊壘，霆砰電射，龍騰鳳矯，而至於滬瀆。當是時，寶時適從事於滬，實親事公於行間，竊見公剖豪析芒，部分如流，千緒萬端，罔有遺漏。寶時奉令承教，伈伈俔俔，懼不稱任，使有負知遇之厚。公教之誨之，每賜書翰，親命筆札，洋洋焉，纚纚焉，多至五六紙，長至數千言，其於籌畫兵食，相度事機，駕馭遠人，料量賊勢，猶燭照而數計也。昔周公之數，七順也：一順天得時，二順地得助，三順民得和，四順利財足，五順德助明，六順仁無失，七順道有功。公之舉事，實兼此七順，故所至之處，野無橫陣，地靡堅城，乘勝逐北，神兵電掃，蓋自蘇臺告復，而東南之大局一振矣。又分兵下閩浙邊郡，而賊之蟄於金陵者，趁趩㺃䝂，不能自固。齊斧一麾，渠魁盡殪，威械藏而俎豆布，衝棚息而輶軒騁，倸倸黔首，復睹漢官威儀，公之功也。天子念東南既平，而中原捻勢猶熾，爲封狐雄虺，以蠶食我赤子。廟堂以一夫不獲爲己憂，於是又有北征之命。公秉黃鉞，建華旗，鼓行而北，周歷乎齊魯燕趙之郊，西至乎秦蜀，風纚露沐，不遑啓處。虓怒之旅，如虎如螭，師之所向，無不靡披。未及二年，繳大風於青丘之澤，誅鑿齒於疇華之野，譬之猶舉炎火以焫蜚蓬，傾滄海以沃漂炭。振旅愷入於京師，告成功於北闕下。兩宮慰勞，舉朝諴和，所謂千載一時者也。其勳業之盛，邁唐之李、郭，越宋之韓、范遠矣。方今天子，倚公如長城，故以參知政事，而仍寄以保釐之任。《詩》有之曰：『樂只君子，殿天子之邦。』傳曰：『殿，鎮也。』夫王畿之重，豈可無重臣之鎮撫之乎？公節制畿畺，乃古所謂殿天子之邦者。其下云：『樂只君子，萬福攸同。』此乃善頌善禱之詞。然則，海内士大夫，欲爲文以張之，爲詩歌以永之，其亦詩人之義乎？至於公之歇歷囏難，深惟終始，以正治國，以奇用兵，圖難於易，爲大於細，夏抱火而冬握冰，左執矱而右搏虎，有丹不奪赤、石不奪堅之定力，有平則慮險、滿則慮嗛之深識，有目上於天、耳下於淵之明智。此他人所不知，知之不能盡，而惟寶時知之獨深。故當公縣弧之辰，不敢以常詞獻，惟祝公延洪納祉，山崇川增，以佐聖清之景運，使風車火黴之民，咸喁喁然有中國相司馬之慕。此天下之福，而寶時亦與焉者也。謹於三千里外，帣韝鞠跽，奉觴上壽，而以此言爲之先。

吴平齋觀察六十壽序

同治建元之十載，老友退樓吴君行年六十有一矣。諸同人以君舊歲六十生日，猶在五五之中，未得以一觴爲壽。乃謀於今歲登君之堂，酌此大斗，以祈黄耇，禮也。君固辭不許。樾曰：此古禮也，君何辭焉？古人紀年之法與今人異，今人一歲則增一年，古人則必踰歲復及所生之日而後增年。是以絳縣老人生於魯文公之十一年，至襄公三十年，凡七十四年，而傳曰『七十三年』者，蓋老人之生也於夏正月甲子朔，在周正爲三月甲子朔，至魯襄三十年三月癸亥始得七十四年，而此則二月癸未，所謂『其季於今三之一』也，未足者四十日，故尚稱七十三年。然則以古人紀年之法論之，君今年六十有一，乃真六十也，其稱慶不亦宜乎？雖然，樾竊不知諸君子何以壽君。夫風語華言，瓌瑋而連犿，豈友朋切直之誼哉？君前服官於吴，有惠政，未究厥施，人咸惜之。有令子廣庵觀察，以名進士秉鞭而作牧，天殆使之成君未竟之志乎？樾山中人，不與聞世間之事，此固非所論也。惟見君數年來夷然曠然，不以外物滑其天和，室以内，琴書雅潔，無塵壒之累；庭以外，花木蕭疏，有窈窕之致。閉門卻掃，不通俗客，惟與知己數輩，不衫不幘，笑傲其間。性嗜古，蓄齊侯罍二，左抱而右擁，是稱『抱罍生』。積金石文字數十卷，鉤摹而精刻之，手爲題跋，考其本末，訂其異同，是稱《二百蘭亭齋金石文字》。藏秦漢以來公私印章不下千餘，亦摹而鏤之版，以詒好古之士。夫天下之物，莫壽於金石，而金石又託君之書以壽於世，然則，君之壽豈有厓歟？方君稱觴之日，樾適在西湖詁經精舍廡樓，不獲廁諸賓之末。因書此言以獻，其前所陳，明補祝六十壽之合乎古禮；其後所陳，見君之頤性養壽者固自有在。而樾之所以祝君者，亦非尋常鞶帨之詞也。

春在堂襍文續編卷一

徐莊愍公祠記

咸豐十年夏四月十有二日，賊陷江蘇省城，巡撫徐公死之。於是兩江總督何公桂清、浙江巡撫王公有齡先後以聞，詔下禮部、兵部，視巡撫例議卹，賜謚莊愍。其同時死難之妾施氏、子候選郎中徐震翼、女徐氏，及族弟工部主事徐曾庚、幕友候選布政司理問鮑鄂銜，及男僕楊安、女僕劉氏、裴氏，均分别旌卹如例。蓋致身授命，臣子之大節；而褒忠勸義，國家之鉅典。當是時，羣盜爲封狐雄虺，蔓延江浙，金陵大營先已潰散，蘇州雖號省會，而内無廝輿白徒之兵，外無蚍蜉蟻子之援，人心冰釋，大局瓦解，雖有智勇，困無所施。公坐守危城，效死弗去，及城已陷，猶率小隊，躬與鏖戰。賊或以刀斮之，冠將墜矣，公手自整攝，揚聲大駡，遂遇戕害。烏乎，仲路結纓，温序銜須，方之古人，曾無愧焉。忠義所感，闔門抗節，子女捐軀，賓僚并命，有死無貳，下及輿臺，洵可謂忠孝節義萃於一門者矣。用是，璽書褒嘉，恩禮優渥，賞延昆裔，榮逮泉壤。今皇帝御極，宇内廓清，吳會休養生息，稍復其舊，而士民懷思公德，謳吟弗衰。大中丞合肥張公，及方伯永康應公，順民之心，議建專祠。婁門中由吉巷有官房一區，先時曾爲正誼書院，今書院改建，乃即其屋張而大之。中爲享堂三間，奉公栗主，同時殉難文武諸官附焉。其後爲樓屋五間，祀公家屬，同時殉難諸官之婦女附焉。又其後舊有屋十間，今益爲一十六間，賃於民，而歲入其租，以備葺治之需。由是疏房櫳牖，可以依神；前堂後室，可以行禮。吴中搢紳先生，及吾浙之宦游於吴者，瞻拜祠宇，莫不慨然太息，想見公之爲人，乃屬樾以文記之。樾於公爲鄉人，誼不得而辭，而亂後公之行狀、墓誌均散佚不可見，乃粗敘大略，以告後世。公諱有壬，字鈞卿，别字君青，湖州歸安人。道光八年，以順天籍中式舉人，明年成進士。官户部主事，累遷至郎中，授四川成綿兵備道，累遷至江蘇巡撫，署兩江總督。生平精於隸首之學，著有《務民義齋算學》行於世。當軍書旁午時，仍能布算如常時，蓋其動心忍性之功如此，卒成大節，非偶然也。至其他政績，則有國史列傳，不備書。

仁和縣典史公廨建立林公祠墓記

林公之歿也，大吏具其事聞於朝，卹贈如例。而其同官與杭郡士大夫又葬其遺骸於孤山林處士墓側，至今祠墓巋然，與岳、于兩少保同爲湖山生色。烏乎，林公不死矣。吴康甫大令攝仁和尉，又就公廨初瘞處立石識之，并建祠，肖其象，朝衣危坐，手一巨觥，蓋其授命時情狀如此也。設栗主八，則其父母、女兄、妻與子女及義女張秀寶咸與焉。康甫之爲此舉，何其周歟！康甫嘗於衆安橋下岳忠武王初瘞處請建宗祠，與西湖棲霞嶺祠墓同列祀典，其表章林公，亦猶此志乎！康甫屬余以文記之。余謂：既有楊君晉藩之記，余文可不作矣。乃余有不能無言者，以余與林公固有連也。林公娶周孺人，周之從兄祖誥，字雲笈，署江西安義縣，死難者，乃余外姊姚恭人之夫，而外姊與余婦又兄弟也。周孺人自幼恆居雲笈家，余親串往來，屢見之，與余婦尤相習也。烏乎，孰意其克成大節，卓卓如此哉！余重違康甫意，又感林公一門忠烈，葭莩之末，與有光榮，故書數語，刻之祠壁。

精忠柏臺記

精忠柏，在吾浙按察使司獄公廨之右，土地廟前，卽宋大理寺獄風波亭故址也。岳忠武遇害之日，柏卽枯死，乃自宋至今，枯而不仆，虛中實外，堅如金石，蓋忠義之氣，大之可以動天地、泣鬼神，卽其被於一物者，猶不可磨滅如是，噫，可敬也。咸豐庚申、辛酉間，杭城再陷，始燬於兵火，幸嘉慶間范君正庸、何君太青先後繪圖勒石，石雖泐，而脱本猶存。余同年生士香蒯公陳臬吾浙，屬吳君廷康依舊圖重刻之，卽於故處壘土爲臺，樹石其上，命曰『精忠柏臺』。余惟唐時御史府列植柏樹，是稱『柏臺』，今直省按察使，總司一省之紀綱，唐時所謂『外臺』也，故亦有『柏臺』之稱。茲柏託根適當其地，柏亡圖在，猶足以扶正氣而鎮神姦。公之補刻是石，意在斯乎！爰作贊曰：

秦漢以降，有二古柏。孔明廟前，柏爲最古。其一維何？在浙圜土。有宋鄂王，實忠且武。浩然之氣，斯柏是託。王死不朽，柏死不斁。森森臬臺，棱棱霜鍔。爰繪之圖，爰勒之石。脂韋絜楹，對之有怍。誰與作歌，世無杜甫。爰爲之記，用勵凡百。

西湖退省庵記

同治十有一年秋八月，太子少保侍郎彭公雪琴入覲於京師，詔署兵部右侍郎。拜命二十日，引疾去位。優詔許焉，仍命公每歲巡視長江水師一次。公以長江水師繫東南大局，念曩者與故相曾文正締造之艱，又感兩宫皇太后及天子倚畀之重，誼不敢辭，乃於十二年三月自浙江拜疏，具言：江路遼闊，緜歷五行省，請一年駐上游，一年駐下游，以省每歲往返之勞。臣原籍衡陽，江東岸有環堵室，署曰退省庵，請於浙江杭州築數楹，亦仍其名，以爲巡視下游休息之所。詔曰：可。公乃謀於浙江巡撫楊公石泉，就西湖三潭印月隙地而經營焉，庀材鳩工，屬黎喬松太守主其事，闢虚堂以容圖書，構小樓以受風月，怪石羅於庭，清流環於階，雖無丹雘之觀，而有蕭閑之致。既成，公自題曰『西湖退省庵』。先是，己巳之春，公疏請來浙就醫，寓詁經精舍第一樓。時余主精舍講席，一見如舊。及公此來，仍寓湖樓，余從吳下寓廬與公書曰：『西湖三潭印月，乃前年從者去浙後所修葺，平橋九曲，精廬一區，風景殊勝。其東北隅尚有餘地，公宜仿邵康節先生安樂行窩之例，建西湖退省庵，以爲巡視長江兩年一往返雲裝烟駕息肩之地，則西湖又增一名蹟矣。』公築此庵，用余議也。余曰：是宜有記。公轉以屬余，乃書其緣起。至公勳業及出處大節，海内户知之，不具書。銘曰：

公之往兮，遡江而上。問公何居，南嶽之虚。公之來兮，浙右爲期。問公何處，西湖之渚。公巡於江，旌旗蔽空。高颿巨艦，玉斧雕弓。公隱於湖，烟波釣徒。雲諏水訪，挈榼提壺。湖山之美，能令公喜。築室湖中，上告天子。三潭明月，孤山梅花。年年歲歲，來游來歌。

张氏宗祠記

昔在咸豐之季，江浙淪陷，名都大邑，化爲榛莽。自聖賢祠宇，至僧廬道觀，以及士大夫家廟，咸燒掇而焚杅之，無遺礎焉。中興以來，百廢粗舉，咸鳩工庀材，重立垣墉。以余舊官柱下，稍習記載之文，走使具書求爲文以識重建歲月者，蓋多有之。而張君豫立，亦以先祠記見屬。余曰：『重建耶？』曰：『否，稍稍繕完，葺牆耳。』問：『庚申、辛酉間何以得免？』曰：『是祠也，幾毁於賊者屢矣。鄉之人以吾先世之爲忠厚長者也，哀於賊，免焉。』余歎曰：『大劫之中，巋然獨存，張氏之先德厚矣。』因詢建祠始末，及其見重於鄉里之由。君曰：『是祠也，在秀水縣治西七里之北辰圩，吾先曾祖奉直公於乾隆四十二年承先志而成之者也。祠之旁有屋數椽，褋蒔花木，則其暮年所居，以避城市之囂塵者也。奉直公性爽直，好施與，凡遇水旱偏災，當路者屬以周急振乏之事，不辭勞，不惜費。家世故多田，是鄉田以千計，賃耕者或負應輸租，宜送有司催納，輒命徐之。有積負至數歲者，司責者執不可貸。乃呼而告之曰：「糧從租出，若户皆然，如國賦何？」私以錢匄之，俾輸所負租，百餘年來守遺訓，無苛求佃農者，故雖遭大亂，里中父老猶保護其宗祏，公之德也。』又曰：『豫立少時侍先資政公家居，適親故有獄不得白，或謂先資政公與大守厚，宜一言，謝不可。固請之，則曰：「吾奉直公有言，是非自有公論，居鄉而妄預人事，所右者德我矣，所左者不我怨乎？」吾家不得罪於鄉里者，守此訓也。』張君所言，辜較如此。由前之説，知其有恩於人；由後之説，知其無怨於人。此張氏之祠所以得免於大亂後也。張君字少渠，所娶余外姊之女，故熟於余。余因其請，卽次第其言爲記。張君官吳下，所至有聲，蓋亦恂恂長厚，能世其家者。張氏之興，未有艾也。

重建寶積寺記

吳中有二寶積寺。其一在吳縣西南横山下，《吳郡圖經續記》云："楞伽寺在横山下，又有寶積、治平二寺，皆近建也。明洪武初，并寶積於治平，而横山之寶積寺廢矣。其一在郡城中黄土塔橋之東。考《吳地記後集》，於長洲縣下續添橋梁，有黄土塔橋，又有寶積寺橋，而寺之緣起不詳。明王鏊《姑蘇志》載在城之寺十有七，有寶志庵、寶林寺，而無寶積寺。國朝道光間所修志書云："寶積寺在黄土塔橋東，梁天監中建。"夫建於梁天監中，則亦古刹矣。緜歷千載，志乘闕如，地之盛衰，固有時邪？意亦有待其人邪？衡峯和尚，性體堅定，願力宏大，道光中卓錫於此，卽訪求故老，考訂圖經，慨然思復其舊觀。經之營之，不遺餘力，堂構粗定，大亂洊至，皓壁丹柱，化爲丘墟。同治之初，三吳底定，衡峯以此寺業廢於已成，功墜於幾立，眷言靈宇，載懷興葺。而是時，東南初復，物力猶艱，瘡痍之餘，百廢未舉。衡峯行潔而誠著，衆所悦服，禪誦之外，尤善丹青。其他技能，若六壬式經、占宅經、葬書、祿命書、相書無不通曉，以故士大夫多喜從之游，檀施雲集。衡峯儉以律己，菲衣惡食，損之又損，如是數年，克成初願。三門岌嶫，大殿崇閎，講經則有堂，會食則有廡，宴坐則有室，賓至則有寮。下至庖湢井匽，罔不牉飾。乃莊嚴諸佛菩薩象及諸天之色相，十八尊者之威儀，顙顋睽睢，曲盡其狀。嗚呼，其用力勤矣，其用意周矣。余頻年主講西湖精舍，見湖上諸叢林，大半榛莽，一二緇流，謀修復之，而終莫能就。衡峯於此寺，二十年中，鼎新者再，功在不舍，卒底於成。地之興衰，固存乎人哉！故老相傳，寺爲要離故宅，即奉要離爲本寺伽藍。然則吳中古蹟，無先於此者矣。余故爲詳書本末，以表衡峯二十年之苦心，且使後之續記《吳郡圖經》者有可考也。

潘簡緣香雪草堂記

簡緣先生築室鄧尉山中，曰香雪草堂。堂之西尚有隙地，治爲圃，曰西圃。蓋先生城中所居舊有西圃，故山居亦襲其名，六十以後遂自號西圃老人。堂之東有小閣，閣中藏宋楊逃禪《四梅花卷》，因顔之曰四梅閣。錢唐戴文節繪《山居圖》、《四梅閣圖》、《湖山偕隱圖》各一，其云偕隱者，謂先生配汪夫人也。先生詩云：『老妻亦解幽居樂，催促移橈共入山。』伉儷之賢，其今之陶翟乎？庚申、辛酉間，東南淪陷，山中亦無樂土。大難既夷，市廛榛莽，而入山訪舊，則草堂巋然獨存，逃禪《四梅卷》及文節三圖亦皆無恙。先生因賦《還山詩》，有云『天留茅屋老餘生』，海内聞之，無不爲先生慶。余與先生爲同館後輩，因得從容茗話於城中之西圃，見其泉石幽深，花木陰翳，牆頭薜荔，幕青帷綠，徘徊其下，輒不能去。不知山中西圃，其勝又當如何？先生乃示以《山居圖》，并出一長卷，凡詩五十五首，皆往來山中所作者。受而讀之，草堂之勝，大略可見。於是嘆先生之品之高，而先生之福亦遂不可及矣。香山詩云：『試問池臺主，多爲將相官。終身不曾到，惟展宅圖看。』世之達官貴人，經營第宅，風亭月榭，重楣累翼，而馳驅鞅掌，曾不得一日偃仰其中者，夫豈少哉？先生家門鼎盛，壯歲入玉堂，循階隨牒，便可坐致霄漢。乃甫至四十，卽謝病歸田，高臥湖山，侶鷗鷺而友麋鹿。溯自咸豐三年甲寅之歲經始草堂，至於今二十有二年矣，春秋佳日，青鞋布韈，無歲不游，無游不暢，信有如東坡所云『隱居之樂，雖南面之君不與易』者，非癖烟霞、芥軒冕如先生者，其何修而得此福於天哉？先生年逾耆艾，神明不衰，雖汪夫人先逝，偕隱不終，然嗣君辛芝昆仲輩，皆翬然而起，致身通顯，先生頤養天和，優游桑梓，自茲以往，歲月方長。有山水之緣，無人事之擾，此其福豈可量邪？余故里無家，僑居吳下，偶於先生舊第馬醫巷之西買得隙地，搆爲曲園，卷石勺水，聊以自娛。視先生城中西圃，已有不如之歎，若視山中西圃，殆猶磧礫之於玉淵矣。而先生不棄，屬爲之記，因書數語於《山居圖》後。他日，訪先生於山中，共坐草堂之上，看靈巖元墓，諸山淺青濃碧，羅列左右，當更勝城中薜荔牆也。

顧樂全悟琴心室記

往年，丁雨生中丞撫三吳，幕中有客能鼓琴，嘗招余及潘玉泉、吳介山兩君同聽之。余不解音律，問兩君，頗知之乎？皆曰不知。余曰：『然則吾三人者，合成犇字矣。』相與大笑。雖然，陶元亮性不解音，蓄素琴一張，絃徽不具，每朋酒之會，撫而和之，曰：『但識琴中趣，何勞絃上聲。』以是言之，人豈必摟攙擽捋，而後爲知琴哉？嵇中散爲《琴賦》，其亂曰：『愔愔琴德，不可惻兮。體清心適，邈難極兮。』然則知琴者亦知心而已，故曰：『非曠遠者不能與之嬉游，非淵靜者不能與之閑止，非放達者不能與之無㤻，非至精者不能與之析理。』顧子樂全，精於琴者也，嘗以『悟琴心』名室，而求記于余。余不習觸撥，何以記爲？雖然，余所不知者音也，至於琴心，則粗識之矣。凡詩人之優柔，騷人之精深，皆琴心也。凡山川匡谷，鳥獸蟲魚，草木之華實，皆琴心也。既以解嘲，亦以廣君，試由愚言而求之，其必有悟所未悟者乎？

曲園記

曲園者，一曲而已，強被園名，聊以自娱者也。余故里無家，久寓吳下，歲在己巳，賃馬醫巷潘文恭舊第而居之，至癸酉歲，太夫人自閩北歸，以所居隘，謀遷徙，而無當意之屋。適巷之西頭有潘氏廢地求售，乃以錢易之，築屋三十餘楹，用衛公子荆法，以一苟字爲之。取《周易》樂天知命之義，顔其聽事曰『樂知堂』，屬彭雪琴侍郎書而榜諸楣。堂之西爲便坐，以待賓客，顔以曾文正所書『春在堂』三字，别詳《春在堂記》。春在堂後尚有隙地，乃與内子偕往，相度而成斯園。即於春在堂後連屬爲一小軒，北向，顔曰『認春』。白香山詩云：『認得春風先到處，西園南面水東頭。』吾園在西，而茲軒適居南面，『認春』所以名也。認春軒之北，襍蒔花木，屏以小山。山不甚高，且乏透、瘦、漏之妙，然山徑亦小有曲折。自其東南入山，由山洞西行，小折而南，即有梯級可登。登其巔，廣一筵，支瓢作几，置石其旁，可以小坐。自東北下山，遵山徑北行，有回峯閣。度閣而下，復遵山徑北行，又得山洞。出洞而東，花木翳然，竹籬間之。籬之内，有小屋二，顔曰『艮宧』。艮宧之西，脩廊屬焉，循之行，曲折而西，有屋南向，窗牖麗廔，是曰『達齋』。曲園而有達齋，其諸曲而達者歟？由達齋循廊西行，折而南，得一亭，小池環之，周十有一丈，名其池曰『曲池』，名其亭曰『曲水亭』。循廊而南，至廊盡處，卽春在堂之西偏矣。大都自南至北，修十三丈，而廣止三丈，又自西至東，廣六丈有奇，而修亦止三丈，其形曲，故名『曲園』。所謂達齋者，與認春軒南北相值，所謂曲水亭者，與回峯閣東西相值，艮宧則最居東北隅，故以『艮』名。艮，止也，園止此也。然艮宧南有小門，自吾内室往，可從此入，則又首艮宧，艮固成終成始也。嗟乎，世之所謂園者，高高下下，廣袤數十畝。以吾園方之，勺水耳，卷石耳，惟余本寠人，半生賃廡，兹園雖小，成之維艱。傳曰『小人務其小者』，取足自娱，大小固弗論也。其助我草堂之資者，李筱荃督部，恩竹樵方伯，英茂文、顧子山、陸存齋三觀察，蒯子範太守，孫歡伯、吴煥卿兩大令；其買石助成小山者，萬小庭、吴又樂、潘芝岑三大令；贈花木者，馮竹儒觀察。備書之，矢勿諼也。

留園記

出閶門三里而近，有劉氏之寒碧莊焉。而問寒碧莊，無知者，問有劉園乎？則皆曰有。蓋是園也，在嘉慶初爲劉君蓉峯所有，故卽以其姓姓其園，而曰『劉園』也。咸豐中，余往游焉，其泉石之勝，花木之美，亭榭之幽深，誠足爲吴下名園之冠。及庚申、辛酉間，大亂洊至，吴下名園，半爲墟莽，而閶門之外尤甚。曩之闤城溢郭、廛合而雲連者，今則崩榛塞路，荒葛罥塗，每一過之，故蹊新術，輒不可辨，而所謂劉園者，則巋然獨存。同治中，余又往游焉，其泉石之勝、花木之美、亭榭之幽深，蓋猶未異於昔。而蕪穢不治，無修葺之者，兔葵燕麥，摇蕩於春風中，殊令人有今昔之感。至光緒二年，爲毗陵盛旭人觀察所得，乃始修之平之，攘之剔之，嘉樹榮而佳卉茁，奇石顯而清流通，涼臺燠館，風亭月榭，高高下下，池邐相屬。春秋佳日，觀察與賓客觴詠其中，而都人士女，亦或掎裳連襼而往游焉。於是出閶門者，又無不曰劉園劉園云。觀察求余文爲之記，余曰：『仍其舊名乎？抑肇錫以嘉名乎？』觀察曰：『否，否，寒碧之名，至今未熟於人口。然則名之易，而稱之難也，吾不如從其所稱而稱之。人曰劉園，吾則曰留園，不易其音，而易其字，卽以其故名，爲吾之新名。昔袁子才得隋氏之園而名之曰隨園，吾得劉氏之園而名之曰留園，斯二者，將無同。』余歎曰：美哉斯名乎！稱其實矣。夫大亂之後，兵火之餘，高臺傾而曲池平，不知凡幾。而此園乃幸而無恙，豈非造物者留此名園以待賢主乎？是故，泉石之勝，留以待君之登臨也；花木之美，留以待君之攀玩也；亭榭之幽深，留以待君之游息也。其所留多矣，豈止如唐人詩所云『但留風月伴烟蘿』者乎？自此以往，窮勝事而樂清時，吾知留園之名，長留天地間矣。因爲之記，俾後之志吳下名園者有可考焉。

怡園記

顧子山方伯既建春蔭義莊，闢其東爲園，以頤性養壽，是曰『怡園』。入園有一軒，庭植牡丹，署曰『看到子孫』。軒之東有屋如舟，署曰『舫齋賴有小溪山』，涪翁句也。其前三面環水，左則蒼松數十株，余摘司空表聖句，顏之曰『碧澗之曲，古松之陰』。其上有閣曰『松籟』，憑檻而望，郭外西山，隱隱見眉嫵矣。繞廊東南行，有石壁數仞，築亭面之，名曰『面壁』。又南行，則桐蔭翳然，中藏精舍，是爲『碧梧棲鳳』。又東行，得屋三楹，前則石欄環繞，梅樹數百，素豔成林，後臨荷花池，石橋〔一〕三曲，紅欄與翠蓋相映，俗呼其前曰『梅花聽事』，後曰『藕香榭』云。梅花聽事之西鑿坏於垣，曰『遯窟』，窟中一室，曰『舊時月色』，亦余所署也。循廊東行爲南雪亭，又東爲歲寒草廬，有石筍數十株，蒼突可愛。其北爲拜石軒，庭有奇石，佐以古松。又北爲坡仙琴館，以藏東坡琴也。館之右有石似老人，傴僂而聽琴，築室其旁，曰『石聽琴室』。又西北行，翼然一亭，顏以坡詩，曰『繞偏回廊還獨坐』，廊盡此矣。庭中有芍藥臺，牆外有竹徑，遵徑而南，修竹盡而叢桂見，用稼軒詞意築一亭，曰『雲外築婆娑』。亭之前即荷池也，循池而西，至於山麓，由山洞數折而上，度石梁，登其巔，則螺髻亭也。自其左履石梁而下，得一洞，有石天然如大士像，是曰『慈雲洞』。洞中石卓、石橙咸具，石乳下注，磊磊然。洞外多桃花，是曰『絳霞洞』。洞之北即余所謂『古松之陰』也。出松林，再登山，有亭曰『小滄浪亭』，後疊石爲屏，其前俯視，又即荷池矣。茲園東南多水，西北多山，爲池者四，皆曲折可通，山多奇峯，醜凹深凸，極湖嵌之勝。方伯手治此園，園成，遂甲吳下，精思偉略，即此徵之。攀玩終日，粗述大概，探幽搜峭，是在游者。

【校記】

〔一〕橋，原作『槗』，據《校勘記》改。

尚書立齋李公家傳

公姓李氏，諱亦疇，字書年，號立齋。其先山西洪洞人，明初有諱宗賢者始遷河南夏邑，遂家焉。父諱敏第，字瀛少，雍正八年進士，由翰林起家，累官至山西布政使、護理巡撫，内遷光祿寺卿，終太常寺卿。居官廉，其殁也，無銖金寸錦之儲。母韓夫人，長洲韓文懿公女孫也。躬織紝，課之讀。已而，公與兩兄先後補博士弟子員，韓夫人喜曰：『爾曹自此爲讀書人矣。』乾隆四十四年，中式舉人，明年成進士，改翰林院庶吉士，散館授檢討。俄以大考改主事，五十一年，補禮部祠祭司主事，五十三年，充貴州鄉試副考，明年升員外郎，又明年升儀制司郎中。五十六年，本部京察一等，適山西太原府缺員，詔巡撫揀員調補，而以公補所遺缺，遂補寧武府知府，旋由寧武調平陽。平陽剽捍，爲他郡劇。公至，廉得各縣之豪猾者，名捕之，誅其魁。民好以細事訟於大府，甚者走京師，僉謂：『公宜痛治之。』公曰：『亦問其枉不耳。果枉也，豈禁其赴愬哉？』遇事務持其平，久之，訟稍息。嘉慶四年，遷江蘇蘇松督糧道，八年，調江安督糧道。如期轉漕，不愆於素，而鉤稽微密，積弊咸去。九年，升山東按察使。
仁廟召見，有『實心辦事，操守亦好』之諭。先是，瀛少公曾爲山東按察使，有惠政，至是，公繼之，稱濟美焉。俄以巡撫長公奏保所屬吏不當，公坐左遷，詔以道員用，兩江總督冶亭鐵公請留南河。是時以河流倒漾，議改海口，已報可矣。公親至海口達觀，初無攔門鐵板沙，乃力言海口順流，本無壅塞。利不什，不變法。此役不已，數百里田廬蕩決，老弱轉徙，弊且不可言。鐵公心動，爲奏，寢其事。十二年，補江南河庫道，明年升安徽按察使，於是有平反霍丘范顧氏冤獄一事，皖人至今傳之。范顧氏者，霍丘縣招解，謂與姦夫楊三謀殺本夫范受之者也。公曰：『原供：「正月十三日夜，范受之同妻弟顧三觀燈，燈散回家，又爲樗蒲之戲。迨人定後，范顧氏與楊三等各持械毆擊死之，又支解之而糜於釜，灰其骨而瘗之野。」此非咄嗟可辦者。以時言之固不給，且范受之爲贅壻於妻母家，其居近市，前後左右皆鄰也，羣毆無聲歟？炙骨無臭歟？』而潁川守、霍丘令咸護前持益力，巡撫亦信之。公曰：『逆倫大獄，坐死者五人，苟有疑，可遽定乎？』密偵其事。有陳姓者，與范有連，言范受之於正月十四日曾至其家，一宿而去。公曰：『然則，正月十三日之未死可知矣。』命蹤跡范受之所在，縣案以待，逾兩載，范受之歸，五人者皆不死。公平反疑獄，類如此。十四年，遷安徽布政使。入覲，面陳安徽吏治，仁廟嘉其不欺。是歲，河決李家樓，波及宿、亳、靈、泗，議者欲緩堵決口，借黃以助清。公曰：『黃河自陝豫來，奔騰浩翰，非海不足以受之。今欲借徑於湖，是以海視湖也。歷來借黃濟運，不過偶然漾入之流，若大溜全注於湖，則湖必淤矣。況遇伏秋大汛，湖不能受，則清口亦必不及洩，高堰危而淮揚可虞。不得已，仍開五壩，是清口未受蕩滌之利，而高寶先受淹浸之害，與刷黃本意，無乃左歟？』總督百文敏公從其議，河復故道，民安其居，公之力也。護理安徽巡撫，旋授浙江巡撫。時浙江嚴、衢諸郡民有傳習天罡會者，有詔窮治。公捕得葉機等數人，鞫之，皆愚民爲巫覡所惑，妄冀消災獲福，無它圖，因誅其爲首者，而釋其餘。又以海多盜，嚴飭所屬毋縱盜，及得盜，則以其情罪重大者置之法，餘減等免死。杭城遇旱，歲苦無水。公稽乾隆五十年故牘，於南門外閘口設水車，戽江水入內河，杭民始不憂旱，而下游嘉、湖兩郡亦蒙利焉。撫浙一年，百廢咸舉。惟爲孟氏嫡裔之在諸暨者，援衢州孔氏例，請設五經博士，部議，格不行，士林惜之。十九年，遷漕運總督。公曾爲糧道，周知利弊，故督漕五年，漕艫之至通州，率早於往歲，玉音褒美焉。會有運弁不職，御史某劾之，并及公，改京職，以主事候選。宣宗御極，授守護昌陵尚書。道光三年，以原品致仕，時年七十矣。公爲政務持大體，而遇事果斷，無所徇及，與人交，一本於仁恕。守平陽時，有翼城令，因公事負帑金，公察其非侵冒，代請於院司，分年彌補，不足則益以私貲。其任皖藩也，故令陳君家屬以負官錢不得歸，公見其子而才之，爲畫策償所負，資之歸，其子鑾後官巡撫云。督漕時，所舉將弁，如陳君階平、段君焜後，皆至提鎮，世咸服公能知人焉。公既歸，里居林下二十餘載，道光十八年，重逢己亥鄉試，詔加太子少保銜，重赴鹿鳴宴，明年，重赴恩榮宴。而公之次子銘皖，適於是年成進士，海内榮之。公卒於道光二十四年，年九十有一。公娶吴夫人，先卒。如夫人二，曰管宜人，曰謝宜人。子銘右早卒，銘皖、銘翰、銘霍、銘榮、銘舟、銘恩，皆克稱其家聲。銘皖由進士起家，今官湖北安襄鄖荆道。銘翰、銘霍皆舉人。

舊史氏俞樾曰：余爲童子時，即傳聞公治霍邱獄事，比寓吴，適公次子薇生觀察守吴，遂得借閲公行事，觀察屬爲之傳。余惟公大臣，國史固有傳，不當私有撰述，姑敘次其事爲家傳，附其家乘焉。公恂恂長者，而處事果而有斷，待人寬而有制，古所稱『和調而不緣，溪盎而不苛』者與？宜乎天降雄偉，萃於一門，子孫繩繩，未有艾矣。

余母呂太宜人傳

呂太宜人，湖北漢陽縣漢口鎮人，處士錦儒公次女也。年十六，歸佩圃余公。公已娶黄宜人矣，無子，故簉以宜人。宜人既來歸，始知之，曰『吾命也』，莊事黄宜人，没齒無間言。宜人生子三，曰誠之、明之、循之。黄宜人生子曰惠之。惠之與明之同歲生，乏乳，宜人以己乳乳之，哺明之以糜。佩圃公之卒也，謂宜人曰：『天下事，孰愈於讀書乎？善撫諸子，毋廢書。』時宜人齒未三十，佐黄宜人治家，課諸子讀惟謹。誠之試於郡，冠其曹，遂入邑庠。宜人以諸子咸成立，宜異宮，請於黄宜人，析田宅，無私焉。黄宜人卒，愛惠之如所生。已而誠之、明之皆早世，循之以知州官河南，嘗權知淮寧、永寧縣事。宜人來就養，又恆至其壻樊君署，先後十數年，輒與惠之俱。宜人性慈善，族黨中以緩急告，必諾，遇人有所爭，出一言，咸折服。雖居官舍，而飲食之珍者撤勿嘗，服飾之華者屏勿御，惟以潔己愛民勖其子，故循之所至有聲，咸曰：『賢母之教也。』循之亦前卒，惟惠之獨存。宜人之卒也，年已八十八矣。宜人有一女，適同邑辛卯恩科舉人、河南候補道原任河南府知府樊君，諱琨，字玉農。有外孫五人，或爲部郎，或爲道府，皆有聞於時。余長子婦，樊君女也，故得聞其略焉。

論曰：余嘗讀《玉泉子》，載鄧敞初婚李氏，又娶牛僧孺之女，既至家，牛始知其詒己也，卒相安，無異言，未嘗不歎牛氏之賢。今觀宜人事，豈有異歟？宜其膺多福，享大年，有子三人，有孫七人，食報於天者，如此其厚也。《易林》云『富壽宜家』，其宜人之謂乎！

萬宜人傳

宜人姓萬氏，江蘇某縣人。父錦榮，嘗得危疾，宜人刲股肉和藥以進，乃瘳。及父卒，無兄弟姊妹，矢不嫁。母問之，曰：『願終事母。』母戲曰：『爾將速吾死邪？』遂不敢言。歸同邑蔣君，年二十有三矣。蔣君名某，亦孝子也。父兆男，以貧故，棄儒而賈。火其廬，喪厥貲，驚憂，得疾以卒。君之母傷於火，爛焉。君屑藥以敷之，傷疾稍差，而舊有羸疾，加劇。又因其長女適劉氏者以哭夫而死，心悼之，病日臻。先是，君侍父疾，曾刲其股，至是又刲焉，母之疾爲少間。而君屢遭顛沛，家益落，至二十九歲始娶宜人，未四十而卒。長子及女皆殤，次子煜纔五歲，宜人慟甚，卒之日，以首觸牀，斂之日，又以首觸棺，血涔涔然，仆於地，再絶，再蘇。姑曰：『仰事俯育，緊爾是賴，以若所爲，是不慈不孝也。止，止。』乃不敢復言殉。而家窶甚，以鍼黹活，及姑卒，往依其母，母病在牀褥二年，宜人衣不解帶亦二年，治其母之喪，如其姑之喪，一以禮。其教子也嚴，有過必撻。或謂：『若止一子，宜少寬。』宜人大息曰：『吾非不愛子也。人有數子，此之不立，他猶可望。吾止一子，若不肖則遂無子矣，何以見吾夫地下哉？』煜用是自奮，不數年以賈起家。咸豐之季，常州陷於賊。煜奉母渡江至如皋，幸安全。宜人顧鬱鬱不樂，謂煜曰：『吾家雖幸無恙，而族姻之陷水火者不能出，其難民之扶老攜幼而至者，皆吾鄉里也，晝乞於市莫之與，夜宿於寺廟莫之容，終必轉於溝壑矣。汝誠無力，然豈可坐視乎？鬻吾釵鐶，猶可數十金，以畀汝，汝其稱吾意焉。』煜乃冒烽火至江南，訪得其叔母及姑姊從兄，與俱歸。又謀於同里之吴君容光、汪君彦傑，爲鬻糜糫餅以食難民，請於官，以空屋在官者居之，全活無算。宜人乃稍慰，因戒煜曰：『汝父雖赤貧，奉母能竭其力，爲弟妹嫁娶勿失其時，人有以緩急告者，必有以副其欲。吾家食其舊德，馴致溫飽，大難至而免焉，豈非爾父之遺澤乎？汝宜勉之，成人之美，濟人之急，毋墜父風，毋忘吾言。』煜謹受教。同治□年，宜人得痰疾，九月十三日卒，年六十有四。以子煜官五品，故贈宜人。煜初娶於張，死寇難，以節烈旌其門。繼娶□，生三子一女。

舊史氏俞樾曰：昔昌黎作《鄠人對》，甚不以刲股爲然，《新唐史·孝友傳》取其説。雖然，君親一也，弘演納肝，莫敖斷脰，流聲史策，以爲美談，何獨於顓顓之愚孝而苛責之哉？蔣君夫婦，皆嘗刲股，可謂難矣。宜人居大亂之時，拳拳於其親故，又推而至於轉徙之遺黎，惟恐失所，此豈尋常閨閤中人所見及哉？宜人用心如此，宜乎出於險中，而天且昌其後也。

節孝朱孺人傳

朱孺人，江蘇某縣人。適同縣黄鏞，字玉音。鏞父芝庭，芝庭有兄桂庭，無子，遂子之。桂庭卒十有五年，孺人始來歸，事芝庭夫婦，能得其歡心，治家事，咸脩飭。道光六年，芝庭卒，鏞以毁致疾。孺人侍疾謹，湯藥非親嘗不以進。是歲冬，鏞卒，孺人年甫二十有九，一女才三歲。孺人痛不内勺飲，瀕死者數矣。父朱公勸之曰：『爾已重身，幸生男，緜夫祀，不愈於殉乎？』孺人乃始啜粥，越八月，果生男，名曰溶。黄氏家故不豐，薄田數畝，不足以贍。孺人佐以織，凡三日必出布一匹，夜或無燈火，織猶未休，聞兒呱呱泣，則謹乳之，乳已復織。女至五六歲，課以女功，不少寬。溶七歲出就傅，孺人時時以忠孝故事陳説勉勵之。溶能丹青，至蘇州售其技，母女二人，謹守門户，早納國課，嫁女娶婦，罔不肸飾。於三黨之戚無所乞貸，而歲時饋問，未嘗失禮。然有喜慶事，具酒食招之，則不一往，曰：『吾未亡人，惟五服内有長者之喪可往拜奠，否則有何事而履人庭邪？』由是人益高之。歲朝，族之長老必衣冠而拜於其家。凡守節二十三年，於道光二十八年卒。至同治九年，溶請於官，旌如例。

董孝女郭貞婦合傳

孝女董氏，直隸永平府樂亭縣人。父董桂林，早卒，女年甫十二，與寡母煢煢相依。有求婚者，輒泣曰：『母無子，如女嫁，誰奉母耶？』卒不嫁，以紡織供甘旨。歷四十年，母卒，女罄所蓄以殮其母，而亡以營葬，乃殯於所居之室外，親封以泥，守之，又十有八年，時食必薦。鄉人憐其孝，咸賻之，乃克葬。樾曰：古者先殯而後葬，殯者於西階之上掘坎，埋棺，其名曰『肂』，塗之以土，備火也。孝女此舉，合乎古矣。夫孝女，豈知古有斯禮而循用之哉？先王制禮，原本乎人子之至情，故孝女發乎本心而自合乎禮也。同其時有郭貞婦。

貞婦豈氏，年六歲童養於夫家。其夫郭自立家貧，出謀食，久不歸。貞婦依孀姑以居。姑以子不知在亡，勸婦嫁，婦泣曰：『如婦嫁，誰奉姑耶？』卒不嫁，以紡織供姑甘旨。姑没，喪之如禮，而其夫竟不歸。同治十三年，直隸總督、大學士李公鴻章以貞婦與董孝女事並言於朝，旌如例。是歲也，董孝女年七十，郭貞婦年六十有四。

鄭孺人傳

鄭孺人，諱蘭孫，字娱清，别字蘅洲，杭州仁和人。幼孤，鞠於外家，其外王父孫公，博雅士也，愛其慧，教之讀。六歲通四聲，九歲能爲小詩，以庭前花木命之，賦輒有新意。至十四五，工書畫，且善爲唐宋人小令。孫公益奇愛之，難其壻，久之，謂：『同里徐君，才壻焉。』徐君諱鴻謨，字若洲，故杭之巨族，居姚園寺巷，有高樓一區。自其五世祖文敬公、高祖文穆公以來，累朝賜予秘籍，及購藏羣書，皆庋其上。徐君自幼博覽無遺，年十四補博士弟子員，作《觀潮賦》，傳誦一時。孺人歸徐君，年甫十有九。事其姑孫太孺人，能得其歡心。已而徐君官江南，攝揚州府經歷，遂奉孫太孺人就養於揚。以揚州風俗豪侈，輒誦隨園詩曰：『青山也厭揚州俗，多少峯巒不過江。』徐君戲反其意曰：『青山也羡揚州好，多少峯巒隔水看。』慰之也。咸豐三年，賊陷江寧，順流而下，將薄揚州。時徐君奉檄乞援於淮，孺人曰：『事急矣，吾姑高年，不宜久居危城。』而又懼中途遇鈔掠，乃盡棄其囊匧，惟奉純皇帝賜文穆詩卷及其家乘與先代遺像，從孫太孺人挈子女以出，奔如皋。未至，失其長女，女甫十歲，意必殤折矣。未幾，竟得於吴陵之鄉間。先時，有曾媪攜二女與孺人同居，曾媪旋物故，孺人攜其二女至如皋，爲擇良奥而歸之。及失女復得，僉曰：『陰德之報也。』越二年，孫太孺人卒，徐君方護理揚州府清軍同知，孺人獨治喪，衣衾皆手自縫紉，人稱其孝。明年，大旱，孺人鬻衣易粟，食鄰比之餓者。徐君既服闋，復之官，孺人與其子琪居如臯，家益貧，不能具脩脯，乃自課琪讀書，作《示兒詩》四章。九年，賊再陷揚州，徐君力戰，受創，幾死。傳聞已歿於陣，孺人欲冒險往偵之，乃先爲孫太孺人卜地於如臯城東，權葬焉，封以土，識以石。已而舟次泰州，知徐君遇救未死，乃迎之至如臯，躬視醫藥，歷十月之久，始愈。而孺人亦病矣。孺人故達佛理，遇兵亂，益視死生如夢覺。初至如臯，曾賦《自輓詩》十六章，至是知不起，然猶治家事，勉琪誦讀，如平時。十一年，徐君攝六合瓜步司巡檢，其夏五月，孺人卒於如臯。先卒前十日，謂琪曰：『吾病不可爲矣，後十日當逝，汝父未還，身後事吾自任之。』乃召僕媼治斂具，且命題墓碣曰『蓮因室主人墓』。蓮因者，其所居室名也。琪及其女兄各刲股，羹以進，竟不效，如期而卒。卒之日，異香滿室，有金光穿户出，左右皆見之。孺人著有《蓮因室集》。生子二：曰琪、曰珙。生女一，曰雲芝。珙早殤，琪有雋才，詩文字畫，能世其家。雲芝亦能詩，嫁同里袁啓瀛。

舊史氏俞樾曰：余主講詁經精舍，始識琪，蓋精舍中之高才生也。琪爲余言孺人性，謹厚有識略，居恒寡言笑，臨大事則從容治之，無倉皇之色。嗚呼，如孺人者，可不謂賢哉？躬操井臼，不廢翰墨，兵亂中猶時以詩歌見志，可謂女士矣。

孫芳蓉傳

孫芳蓉又名福，字有慶，陽湖縣洛陽鎮天潢村人。嘗執羈靮，事先通奉君。道光二十四年，余舉於鄉，通奉君命之從余入都應禮部試。報罷南旋，客授徽州者五年，芳蓉無歲不從。暨余成進士，官京師，奉使河南，亦皆從焉。咸豐八年，余從河南免歸，僑居蘇州，芳蓉亦老矣，然猶時來余家。九年冬，辭而去，期於明年來。其明年，亂，不果來。余亦遷徙靡定，遂不復相聞。至同治十一年，其弟芳葵字有斐來謁余於吴下寓廬，乃知芳蓉於同治二年死矣。追念其在余家，首尾三十年，勤於所事，儉於自養，余家事無巨細，悉與聞之，而錢幣出内無所苟。雖丘里細民，有士君子之行焉。芳葵言，今年正月十六日，芳蓉見夢，云仍從先通奉君筦家事。嗚呼，其信然乎？抑否乎？芳蓉生時曾入貲得從九品銜，終身不娶，以芳葵子雙福爲之子。孫氏故鉅族，宗派繁衍，時方脩家譜，余故書其大略以授芳葵，俾附家乘，存其人焉。

永靈東廟碑

德清縣新市鎮故有永靈廟，考之《縣志》，神姓朱氏，諱泗。父煦，三國時朱然之弟，晉咸寧中伐吴，煦與焉。妻從行，至鎮而產子，是爲神。神博通書史，旅力過人。永昌元年死王敦之難。泰寧二年封鎮國將軍，立廟於鎮，宋紹興五年賜額曰『永靈廟』。廟故在鎮西偏，宋元祐初，鎮東之人以走祀不便，復建廟於東偏，規制閎麗，視西有加。國朝咸豐間毁於賊，同治三年，賊與官軍相持，見空中若有神鐙，旌旗蔽野，鉦鼓殷天，賊遂驚走，蓋神助也。於是里人錢增重塑神像，權奉安於戴侯祠。是年冬，陳汾源、姚文藻等倡議，醵貲先建廟右之集禧堂，以居神。六年春，方議重建大堂，神忽降而有言：宜視西廟崇二尺，以壯青龍形勢，爲一方保障。鎮之人且喜且㥘，鳩工庀材，奔走從事，逾年而大門以至堂皇，次第落成。徵文於余，以紀其事。余考《三國·吴志》，朱然本姓施氏，爲朱治姊子。治初無子，以然爲嗣，故從朱姓。而煦無聞焉。殆史失其傳乎？然爲丹陽郡故鄣人。故鄣與安吉接壤，而然又嘗爲餘姚長、山陰令，則其弟或從行，經由茲地而生子，亦事理所宜有者。朱氏世爲吴將，甚見委任。當咸寧時，吴猶未亡，煦以勳戚子弟，安得反從晉伐吴，即從伐吴，亦不能至此。《縣志》所傳，疑失實也。廟舊有宋元符二年碑記，稱神爲鳳陽府人。鳳陽府自明始置，安得見於宋碑，其僞託不待辨。惟言神生於鎮之施家巷，以《吴志》徵之，朱然本施氏子，爲治行喪，竟乞復本姓，權不許。至五鳳中，然之子績上表，還爲施氏。然則施家巷爲神之故蹟無疑矣。余惟神之靈爽，至今不替，而深惜正史之無徵，惟此一事，合於正史，故表而出之，以傳信於後。庶後之人，益敬事神，而被神賜於無窮也。

贈太子少保謚文勤福建巡撫王公神道碑

光緒元年冬十月甲戌，福建巡撫王公巡閱臺灣，還至於省城，越十有三日丙辰，薨於位。天子悼焉，詔贈太子少保銜，視總督例賜卹，賚白金，治其喪，予謚文勤。并命於福建省城、臺灣府城建祠祀焉，凡祭葬咸賜如例。於是公之子儒卿等，奉公之喪，暨其配劉夫人之喪，於其明年之十有二月某日，葬於寶應城北之龍首村殷家莊，立祭葬碑，一準律令。而神道之左，禮宜有銘，乃以屬樾。樾舊史氏也，且爲同歲生，又以長女女公之次子，故誼不敢以辭。公姓王氏，諱凱泰，字幼軒，號補帆。原名敦敏，字幼徇。其先世自蘇州遷寶應之白田鋪，遂爲揚州府寶應縣人。曾祖諱箴本，曾祖妣苗氏、朱氏、張氏、刁氏；祖諱曰晉，祖妣劉氏；父諱瑤楨，妣楊氏；皆以公貴，累贈至資政大夫，妣皆夫人。公自幼有神童之目，年十有一，四子書、十三經皆卒讀，其父贈資政公親爲講授大義。十五歲爲縣學生，旋充道光二十三年優貢，試於朝，列二等，用訓導。二十六年應順天鄉試，中式舉人。三十年會試，中式第二名貢士，賜進士出身。改翰林院庶吉士，充國史館協修。咸豐二年散館，授編修。當是時，粵賊已自桂林走兩楚，東南大擾。俄而金陵陷，其餘氛及於畿〔一〕輔。朝廷命將四出，未即克，而齊、魯、皖、豫之郊，羣盜如毛而起，兵疲餉匱，勢岌岌不可支。公雖在詞館，慨然有匡濟時艱之意，改今名焉。旋充國史館、實錄館提調，奏辦院事，充咸豐九年會試同考官。是科一甲二名進士孫念祖，公所得士也。十年，丁楊夫人艱。彭文敬公知公才，奏請辦理本籍團練。公謀於團練大臣晏公端書，增勇丁之額，而汰其羸弱，嚴其賞罰，裁浮費，杜侵漁，其在公局，雖一飯必自齎也。敘功，加侍讀銜。同治元年，捻寇突至，公力卻之。又加四品卿銜。服闋入都，充實錄館協修，兼文淵閣校理。上以公知兵，命赴江蘇軍營，而公適丁資政公艱南歸。今相國肅毅伯李公鴻章時爲江蘇巡撫，駐上海，以公牘調赴營。公辭，不可，遂以二年九月至滬，治營務，兼筦釐捐事。李公以上海一隅，規復江蘇，旁及嘉、湖，公在幕府，與有力焉。其受主知，膺大任，實始此矣。四年五月，詔以道員留浙江補用，從浙江巡撫馬端敏公之請也。至浙，攝糧儲道事。其明年，赴天津交米，即入都引見。還次河間府，而升授浙江按察使之命下。公念浙中新復，安良之法在於除莠，惟求無枉無縱，以稱斯職，而其有大功於浙者，尤在三江閘濬沙一事。三江閘者，所以洩山陰、會稽、蕭山三縣之水者也，始自明嘉靖中，郡守湯公於三江口建大閘，有二十八洞，命曰『應宿閘』。歲久不濬，閘外漲沙日高，三縣之水不得洩，民大困。公親往相度，掘港開溝，使水怒流，足以刷沙。又禱於湯公之廟，其夜見神燈數十，往來閘口，大聲如雷，質明，沙泥盪滌無遺。事詳公所撰《三江閘濬沙記》。至今浙東人猶能言之。遷廣東布政使，至則裁鹽米之陋規，罷差徭之供億，清州縣之積累，覈釐捐，丈沙田，濬城中六脈渠，榜所居曰『儉明簡』，爲之説曰：『居官之要，清慎勤而已。惟儉也，故清而不蹶；惟明也，故慎而不葸；惟簡也，故勤而不煩。是三者，清慎勤之本也。』九年，遷福建巡撫，甫下車，爲六言韻語，勸其士以立品勵學，勸其民以息訟止鬭，禁火葬，戒溺女，又以閩俗多淫祀，迎神、賽會無虚日，嚴禁之。而尤以教士爲首務。其在粤也，粤秀山之麓，故有應元宫，以祀雷神公，卽其地建應元書院，爲舉人肄業之所。逾年而梁君耀樞魁天下，卽應元書院肄業士也。至閩，又仿廣東學海堂例，創設致用堂於西湖書院中，課諸生以經學。十二年，福建鄉試，公爲監臨官，以闈中場屋積弊甚深，痛治之。其始，士林狃於故習，頗有煩言，既蕆事，弊絶風清，乃大悦服。十三年春，以三年述職之期，入覲於京師，行至蘇州而病作，請假，許之，請開缺，不許，溫旨慰留焉。假未滿而臺灣事起，詔回任，乃力疾行。俄而，廷臣以臺灣一郡孤懸海外，獷悍難治，議移福建巡撫駐其地。公疏請先履行之。光緒元年五月，由省赴臺，維時炎曦毒霧，酷暑鬱蒸，公以國事爲重，不避艱險。臺灣風俗，與内地絶異，民嗜博，無老少，皆食鴉片烟，又錮婢女，至老不嫁。公皆作歌，以勸化之。七月初，親詣鳳山，時已得痰溼痞滿之疾。至八月，病日臻，尚擬往巡南路，颶風作，不果至。九月，乃以疾聞，請一月假，而劉夫人卒於家。公𢡟焉心傷，然不敢以私廢公，治事如故。十月初，以整頓臺地并巡撫兼顧省臺大局事宜入告，拜疏後卽内渡，甫至省城，而疾不可爲矣。同治初，公入都，墜車，傷於股，氣血衰耗，自此始。其回閩撫任也，本輿疾以往，又在海外積勞，且受瘴癘，宜其疾之不起也。公不立崖岸，而謹守禮法，無尺寸踰。性儉約，雖至歇歷封疆，所曳屨者，往往猶官翰林時故衣也。遇事必綜覈名實，然亦無苛求，故屬吏多畏而懷之。生平一介不苟取，故亦不苟與人，始或有所望，久而知其清況，亦多諒之。公卒之年，五十有三，論者惜其未竟所用，然在近代疆吏中，固卓然可傳者矣。公娶劉夫人，先公兩月卒。子三人：儒卿、豫卿、壽卿。孫二人：念曾、念祖。公遺疏上，詔賜儒卿舉人，豫卿員外郎，壽卿主事，念曾俟及歲送部引見。蓋朝廷篤念藎臣，風勵有位，意深遠矣。樾既撰次其事，乃係以銘，曰：

公在翰林，乃玉乃金。高文典策，庶士傾風。公在軍旅，乃文乃武。運籌帷帳，折衝樽俎。公任屏藩，善理劇煩。自浙而粵，遺愛存焉。公任節鉞，不避鼿䡉。安内攘外，臣力以竭。天子曰咨，惟汝予悲。賞延於世，非予汝私。乃建之祠，乃予之謚。乃祭乃葬，天子所賜。龍首之邨，式公墓門。凡百有位，視此刻文。

【校記】

〔一〕 畿，原作「幾」，據《校勘記》改。

春在堂襍文續編卷二

尹氏《綱目發明》序

自孔子作《春秋》絶筆獲麟，司馬溫公繼之以《資治通鑑》，然散而無紀，體例猶未善也。朱子因《通鑑》作《綱目》，而後秦漢以後之事，筆則筆，削則削，華衮斧鉞，上紹麟經。自朱子作《綱目》，劉友益輩講求書法，然於紫陽之義，未盡得也。尹堯庵先生作《綱目發明》，而後微言大義，闡發無遺，正例變例，犂然各當。愚故嘗曰：「《綱目》者，朱子之《春秋》，而《發明》者，《綱目》之《公》、《穀》也。」然其書世罕傳本。有明之季，先生同邑遂昌包君萬有得永樂中内府刻本。至國初，處州修《府志》，先賢遺書，皆醵金刊刻，是書亦刻以行世，存版學宫，年久散佚。雍正初，又重刻之，嘉慶中，又補其缺，而後海内學者得見全書。至咸豐戊午歲，遭粤寇之亂，版之缺者又居大半。同治甲戌，尹氏修譜牒，乃復補刊，以還舊觀。此固其後人抱殘守闕之盛心，而亦見先生之書，大義炳然，如日星河嶽，不可得而廢也。《綱目》託始於三家之分晉，先生推而論之，以爲王澤之斬，自秦併天下始，秦併天下，自三家分晉始，《綱目》首此，以著古今世道更變之端。烏乎，知言哉！夫三代之天下，與漢唐之天下，判若冰炭，而其間爲之輨轄，秦也。秦興而封建廢，井田壞，先王禮樂，掃地無遺。凡古人之制之委曲緐重期於久遠而不可亂者，悉舉而更張之，委曲者，改而便利，繇重者，改而簡易。古人百年之久而未底於成者，後世可以旦夕之間必其效，而大朴以散，大僞以生，天地風會，日異月新。譬彼舟流，不知所届，推原禍本，皆秦爲之也，則皆三家分晉爲之也。烏呼，知言哉！先生之三十六世孫名俊者，求序於余。余何足序先生之書，然讀其首篇，有慨乎是，輒書此以報之。若夫先生之書，深得紫陽之意，足爲《綱目》功臣，則固不待余言也。

《昭代叢書》序

古書以十干編次者，始於《管子》。《管子》有《輕重甲》、《輕重乙》、《輕重丁》、《輕重戊》、《輕重己》諸篇，而丙篇及庚篇以下俱亡。漢有令甲、令乙、令丙，師古謂『若第一、第二』，然亦徒存其目而已。昭明《文選》賦自《賦甲》至《賦癸》，詩自《詩甲》至《詩庚》，蓋亦仿漢令之意。嗣後著述家以十干編次卷袠，最繇者莫如宋洪景盧之《夷堅志》，甲至癸二百卷，支甲至支癸一百卷，三甲至三癸一百卷，四甲、四乙二十卷，可謂多矣。若夫羅列四部，彙爲一書，以十干爲第者，則始於宋左氏之《百川學海》，而明季汲古閣毛氏《津逮祕書》實繼之。昭代龍興，人文蔚起，大者爲金匱石室之藏，即私家撰述，藏在名山，亦無美不備。於是康熙間，新安張心齋氏有《昭代叢書》之刻，其書止於甲、乙、丙三集，各五十種。乾隆中，震澤楊列歐氏又緝成五編，曰《新》、曰《續》、曰《廣》、曰《裨》、曰《别》，亦各五十種。以張、楊兩家蒐輯之富，而編止於八，卷止於四百，蓋成書若斯之難也。至道光間，吴江沈翠嶺先生又緝二編，曰《補》、曰《萃》，亦各五十種，乃合張、楊兩家之書而刻之，從張氏之例，命《新編》曰《丁集》、《續編》曰《戊集》、《廣編》曰《己集》、《裨編》曰《庚集》、《别編》曰《辛集》、《補編》曰《壬集》、《萃編》曰《癸集》，於是十干始全，洋洋乎大觀矣。又就原書，汰除其小品之無裨掌故有傷大雅者凡六十種，别爲一編，命曰《别集》，而補以有用之書，仍如其原數。烏呼，先生之於是書，用力可謂勤矣。語曰『善作者不必善成』，又曰『莫爲之後，雖盛不傳』，蓋作之難，成之尤不易。張、楊兩家之書，非得先生爲之後，則亦如《管子·輕重》之篇，止於己，《文選》之詩，止於庚，《夷堅志》之四，止於乙，海内無以覩其全矣。余於先生，雖未及見，而其嗣君颫生以《全書》見贈，且乞一言。余謂，此書之美富，夫人而知之，不待鄙言也。惟歷二百餘年始成全書，既非一日之功，亦非一人之力，頭緒紛緐，篇目薈蕞，誠宜挈其綱領，弁之簡端，故不辭而爲之序。後人讀是書也，可以見昭代藝文之盛，觀是序也，可以識前人編纂之勞矣。

王白田先生《讀書志疑》序

白田先生，篤志經史，譔述甚富。《讀志書疑》十六卷，乃其隨筆箚記之書也。凡九經、諸子之義蘊，歷代史傳之事實，唐、宋諸大家詩文之得失，有所見輒記之，區其類而錄之，實事求是，細入無間。而三禮之學，尤爲精邃，故於學制之異同，樂章之沿革，以及喪紀之等衰，廟祧之制度，他人所口張而不能噏者，歷歷言之，如示諸掌。兩漢宗廟之禮，略見《韋元成傳》，莫得其詳。先生探賾索隱，因端竟委，爲兩漢廟制存其大略，以補班、范所未備。昌黎云『補苴罅漏，張皇幽眇』，先生有焉。其族元孫，補帆中丞刻之於閩中，因原書漫漶，寄樾校定，并屬弁言於簡端。樾之譾陋，何足序先生之書哉？昔袁桷序《困學紀聞》，以楊雄氏《法言》爲比，何義門先生譏其不類。若以先生此書，比浚儀王氏之書，庶幾其類乎？先生易簀前，作詩訓子，有曰『讀書考古，其益無窮』。此書之作，正其讀書考古而有得者。今得補帆刻以行世，推先生所得之益以益後人，其益更無窮矣。樾幸與校讎之役，卒業是編，輒撮舉大旨，以告世之讀先生書者，覽者勿以爲僭。

沈東甫先生《九經辨字瀆蒙》序

唐顔師古著《匡謬正俗》，於諸經訓詁音釋，考之甚詳。至宋賈昌朝作《羣經音辨》，凡經中字同而音訓異者，以類相從，分爲五門，一一爲之辨别。蓋古人讀書，於聲音文字不敢鹵莽滅裂，固如是也。本朝經術昌明，乾嘉間碩儒輩出，是正文字，發明古訓，駕唐、宋而上之。而言小學者尤衆，若段氏玉裁之《尚書撰異》、《詩小學》、《周禮儀禮漢讀考》，徐氏養原之《儀禮今古文疏證》、《周禮故書考》、《論語魯讀考》，趙氏坦之《春秋異文箋》，考訂異同，網羅繁富，皆卓然成一家言。然未有彙萃羣經，條分縷晰，以著一書，如岳氏之《九經三傳沿革例》者，則東甫先生所撰《九經辨字瀆蒙》，固言小學者不可不讀之書也。先生著此書在雍正中，其時乾嘉諸老未出，海内學者猶沿明季餘習，束注疏於高閣。而先生孜孜討論於音義之歧，字體之異，辨别豪芒，張皇幽眇，洵乾嘉學派之先河矣。夫九經之字，辨之不勝辨也。然古義不外乎聲，苟泥乎其形，則《衛風》之『桑葚』，《魯頌》何以爲『桑黮』？《特牲篇》之

「挼祭」，《少牢篇》何以爲「綏祭」？ 卽一經中亦有不可通者。若以聲而求之，則《周禮》之「禖」、《儀禮》之「辟」、《禮記》之「蕆」，其聲同也；《公羊》之「犀丘」、《穀梁》之「師丘」、《左傳》之「郪丘」，其聲同也。自唐以來，罕達此理，國朝黄生撰《字詁》，乃始發之。當先生時，古音猶未大顯，故於「蛾」、「蟻」之類，猶不免致疑。然所論如經典通借，及先儒異讀，以至同音異義、易音易義，異字同義，排比鉤稽，使學者依類而求之，以通古書假借之例，其意甚善，視毛西河《春秋簡書刊誤》斤斤於同異之迹者，固遠勝之矣。是書《四庫全書》著録，百餘年來，流布未廣，亂後又失其版。先生之曾孫仲復觀察藏有鈔本，將刻以行世。余謂，先生所纂《新舊唐書合刻》、《廿一史四譜》已補刻於武林吴氏，卽《唐詩金粉》，坊間亦尚有其書。而此書獨無刻本，則剞劂之舉，不可緩也。觀察以名翰林出爲監司，學有家法，能以經術通世，務用阮文達在杭州西湖故事，於上海刱設詁經精舍，延余主講席。乃出是書見示，余爲校正譌字二百三十餘處，因書數語於簡端而歸之。俾學者知先生此書實爲乾嘉諸老道其先路，欲爲乾嘉之學者，宜先讀是編，於聲音文字，所裨非淺也。

姚巽園先生《禹貢正詮》序

《尚書》一經，經也，而實史也，其《禹貢》篇，卽史家地理志之權輿，觀《漢志》之詳列《禹貢》地名可見矣。惟古今水道，遷變不同，自漢唐以來，郡國地名又沿革不一，於是説《禹貢》者愈久而愈棼。本朝崇尚實學，鉅儒輩出，朱氏鶴齡始爲《長箋》，視宋毛晃之《禹貢指南》、程大昌之《禹貢論》有過之矣。

及吾邑胡氏《錐指》一書出，採葺緐富，辨論詳明，海内推爲絶學。徐氏《會箋》，彌補其後，未足與之方駕也。故自有胡氏之書，説《禹貢》者可以無作矣。然其書緐重，初學苦不能讀，余幼時受《禹貢》，止讀蔡氏《集傳》而已，有不能背諷之虞，煩師長櫝楚，每思節取古義，附録時賢論説，以成一書，務令言簡意明，使初學者易以成誦，而因循未果。乃今讀歸安姚巽園先生《禹貢正詮》，歎其先得我心矣。先生自序稱：古義新解，擇善而從，敘次詮釋，先後貫串，取便童蒙佔畢，此誠初學讀《禹貢》者之善本也。其書於『渭汭』，不從蔡傳以『汭』爲水名；於『陽鳥』，不從林之奇説爲地名，卓然不爲曲説所惑。惟説『夾右碣石』，引一説云：『夾卽古陜字，總敘冀州貢道，西自陜右，東自碣石，俱已入於河。』此則刺取之偶疏者。《説文·邑部》之『郟』，卽今河南汝州之郟縣，至《左傳》『定鼎郟鄏』之『郟』，則在今洛陽縣，俱不得爲冀州西境也。《説文》又有『陜』字，云『弘農，陜也』，此字從『夾』，與『夾』迥異，不得謂『夾』卽古『陜』字矣。蓋博采羣書，小有疏舛，昔賢著書，皆所不免，正足見其網羅放失之盛心，不得爲是書病也。又，此數語乃寫定後添注上方者，或後人所竄入，非先生本文乎？余在吳下，晤先生從弟少讀太守，出此書見示，因得卒業，輒書數語，以識景仰之私。并辨及此條者，不欲使讀先生書者滋其疑義也。

姚巽園先生《春秋會要》序

史之爲體，有編年，有紀傳，編年仿於《春秋》，紀傳仿於《尚書》。觀一人之始終，莫如紀傳，而甲與乙不相聯係；考一時之治亂，莫如編年，而前與後不相貫穿，於是後人又有《會要》之作。《西漢會要》、《東漢會要》，則宋徐天麟爲之，《唐會要》、《五代會要》，則宋王溥爲之，自兩漢至五代，法度典章，條分件繫，蓋編年、紀傳外，不可少之書也。而歸安姚巽園先生即用此例，以讀《春秋》，於是有《春秋會要》之作。其書首以世系，而執政及后夫人皆附見焉。次以吉、凶、軍、賓、嘉五禮，各有條目，以類相從，秩然不紊。大經大法，無不臚載，蓋其用力勤矣。宋張大亨撰《春秋五禮例宗》七卷，取《春秋》事迹，以吉、凶、軍、賓、嘉五禮分類統貫。元吴澄《春秋纂言》分爲七綱，天道、人紀外，亦以五禮分綱。而明石光霽《春秋鉤玄》又仿其例，以《春秋》書法，分屬五禮，五禮所不能括者，别爲《褋書法》一門，皆與先生是書相出入。蓋《春秋》一書，屬辭比事，非此不足以觀其義類也。而是書以『會要』名，則又以史學爲經學，非徒抱遺經而究終始者比矣。余以同郡後學得讀其書，竊爲之識其簡端，亦見老輩人讀書精審，尚與宋、元、明儒者脈絡相貫，非如近人之束書不觀，徒以揣摩爲事也。

梁茝林先生《倉頡篇補注》序

許氏《説文解字序》稱：『秦丞相李斯作《倉頡篇》，中車府令趙高作《爰歷篇》，太史令胡毋敬作《博學篇》。』而《漢書·藝文志》《倉頡》一篇，班氏自注曰：『上七章，秦丞相李斯作；《爰歷》六章，車府令趙高作；《博學》七章，太史令胡毋敬作。』則已并而爲一矣。後人又以楊雄《訓纂》、賈魴《滂喜》并《倉頡》爲《三倉》，此小學之權輿，實許氏《説文》之所本。杜林有《倉頡訓纂》、《倉頡故》，張揖有《三倉訓詁》，郭璞有《三倉解詁》，陸璣《詩疏》所引有《三倉説》。其時學者誦習，代有發明，閭里書師，以此爲教，因文見道，厥功鉅矣。今許氏之書，僅存於世，而《三倉》亡佚，已成絶學，間有徵引，莫覩全書，學者悕焉。乾隆間，孫淵如先生始刺取諸書，爲《倉頡篇輯本》，洵抱殘守缺之盛心矣。顧其書，於所採之書止載書名，未標卷數，讀者猶以爲憾。於是，道光間梁芷林先生又博考羣書，一一注其所出，蓋其用力之勤，不在孫氏下矣。夫一書卷帙，多或盈千，苟不注明某卷，後人何從覆覈。唐李匡乂《資暇集》已有此例，程大昌《演繁露》、王伯厚集《鄭易》，皆用其法，在小學家尤不可少。遼僧行均《龍龕手鑑》於『鏰』字云『在《中阿含經》第五十五卷』，於『懏』字云『出《阿差末經》第三卷』。今先生此書，實事求是，無愧昔賢，不獨孫氏之功臣，實小學家之圭臬也。嗣君敬叔觀察，敬承先志，手自寫刊。樾於先生爲年家子，得與校讎之役，僭書數語於其簡端，俾海内承學之士，知《倉頡》之篇復見於世，粗有條理者，雖孫氏刱始於前，實先生踵成於後也。

梁茝林先生《農候襍占》序

《漢·藝文志》有《泰壹襍子候歲》二十二卷，《子贛襍子候歲》二十六卷，《隋·經籍志》有《東方朔歲占》一卷，此皆唐以前古籍，今雖亡逸，然可見雨暘寒燠，關乎農事，推測占驗，箸有成書，自昔然矣。長樂梁茝林先生，敭歷封疆，政績彪炳，而生平手不釋卷，撰述緐富。其已刻各種，風行海内，家有其書。而嗣君敬叔觀察，復蒐輯其未刻之書，手自編纂，次第刊布，《農候襍占》其一也。是書自正月至十二月，自天文地理至草木蟲魚，凡有涉占驗者，旁徵博引，備列無遺，分別部居，有條不紊，蓋視《隋志》所收《田家曆》十二卷，或加詳矣。昔齊有一足之鳥，孔子以童謠占之，曰：『天將大雨，商羊起舞。』於是諸國水溢，齊獨有備不害。劉子政載其事於《説苑》，而曰：『聖人非獨守道而已，睹物紀，即得其應矣。』夫欲睹物而得其應，非求之占驗不可。然則先生此書，其有裨於旱潦之備，而足以爲聖天子敬授民時之助者，豈小也哉？樾幸與觀察同年，託於年家子之末，得與校讎之役。既畢，輒書數語於其簡端，異日買田數畝，歸老於烏巾山之陽，攜此書與村夫子共讀之，課晴雨，話桑麻，不至爲老農老圃所笑，則先生之惠我多矣。

梁茝林先生《論語集注旁證》序

《論語》自何晏《集解》行，而鄭、王各注廢，自朱子《集注》行，而何氏《集解》及邢、皇二疏又廢。然元陳天祥有《辨疑》之作，明高拱又有《問辨錄》之作，皆於紫陽之説不無異同。至我朝之毛西河而大肆攻擊，遂使漢、宋之學判若冰炭。竊謂：《論語》一書乃聖人之微言大義，自漢至今，學者循誦，各有所得，世謂漢儒專攻訓詁，宋儒偏主義理，此猶影響之談，門户之見。其實，漢儒於義理，亦有精勝之處，宋儒於訓詁，未必一無可取也。元儒張存中作《四書通證》六卷，凡朱注引經數典者，一一注其所本，詹道傳作《四書纂箋》二十八卷，就朱注正其句讀，考其名物，所引成語，亦各證其出典。善哉，此二家之書，皆以漢學治宋學，意在發明，不主攻擊，而自足以求空疏之弊。蓋元代去宋未遠，士大夫尚知讀古書，講實學，異於有明一代，奉《大全》爲圭臬，陳陳相因，使人生厭者也。乃今又得茝林梁先生《論語集注旁證》之書，先生博學閎才，箸述繁富，而此書尤義藴精深，體例詳慎，大都原本紫陽，比附古義，又博采通儒之論，折衷師友之言，繁而不冗，簡而不漏，視張氏、詹氏之書，未知何如。然合漢、宋而貫通之，使空疏者不至墨守講章，高明者亦不敢拾西河唾餘，輕相詬病，於學術士風，非小補也。先生下世，此書始刻於閩中。樾與其嗣君敬叔觀察爲同年友，常以文字過從，因得及剞劂之未竟而先覩之。乃敬書數語於其簡端，俾讀先生書者，知從事宋學，仍當不廢漢學，以救自明以來時文家之積弊。此則先生著此書之意也夫！

沈肖巖《田間詩學補注》序

余治經不專主一家之學，意在博采衆説，擇善而從。嘗謂：三禮之學，名物制度，後儒推測，終不如漢儒近古所得爲多。《春秋三傳》，微言大義，漢儒亦有所受之，未可一概掃除，抱遺經而究終始。《易經》尤以漢學爲是，後世襍以道家邪説，剏分先後天，不經甚矣，雖紫陽頗用其説，未敢苟同。獨至《詩》之一經，則發抒本乎性情，音節純乎天籟，此何必拘拘於齊、魯、韓之異同，毛、鄭、孔之得失，漢學、宋學之門户哉？惟後人作詩，必有題目，而古人無之。是故國史采詩，詩必有序，序卽可以當詩之題目矣。後人不信序説，於是有詩而無題，爲説詩一大病。國朝錢飲光先生《田間詩學》，一以小序爲斷，而於漢、唐以來諸家之説無所偏主。其《凡例》曰：舍序説詩，非附會卽穿鑿。又曰：吾之從朱，猶之從毛、鄭，取其是者而已。竊謂：治詩當以錢氏此言爲法。其《凡例》又云：宋、元、明三朝治詩數百十家，以余所覽，僅數十種，擇其議論精當、能發昔人所未發者具錄之，餘未能偏及。然則先生采輯，猶有所遺，此肖巖沈君所以有《補注》之作也。君爲先通奉君門下大弟子，官上虞校官，爲人好學不倦，而尤致力於《詩》，博采唐、宋至昭代説經之書，凡有涉於《詩》學者，以補錢氏之所未備。中間遭值亂離，參預戎事，而卒未嘗一日廢。今年九月，訪我於西湖詁經精舍，出此編見示。蠅頭細字，無寸紙之隙，知其用力勤矣。辱君不棄，問序於余。余謂：錢氏之書，《提要》已稱其精核。君又從而補之，則其精而且核所不待言。惟淺陋如余所箸《羣經平議》，亦剌取至數十條，殆昌黎所謂『貪多務得，細大不捐』者乎？然《詩》教至廣，學者各得其所得，與他經不同，實有不必拘守一先生之説者。君與錢氏之意，蓋一揆也。世有深於《詩》者，請以此言質之。

雷甘杞《説文外編》序〔一〕

孔子曰：『必焉〔二〕正名乎！』鄭康成謂：『正書字也。』自周内史達書名之職廢，而文字之間，無復考訂〔三〕，漢人改篆爲隸，但求便美，罔顧形聲，許叔重於是有《説文解字》之作。古人制字之精〔四〕意，粗有存者〔五〕，此書之力也。然〔六〕經典爲後人傳寫，多非本真，字體苟簡，動成詭異，學者童而習之，以爲固然，而許君所收之九千三百五十三文，轉有似乎隱僻而不適於用者，積非成是，良可慨也。一二好古之士，蒐輯遺文，冀存古意，若宋張有之《復古編》，元周伯琦之《六書正譌》，明焦竑之《俗書刊誤》，糾正俗體，不爲無功，然小學之晦久矣。以王厚齋之博學，而猶懵然於『𢀈』、『孝』之辨，重悂貤繆之後，欲一一理而董之，宜其得失之〔七〕參半也。本朝經術〔八〕昌明，超踰〔九〕唐宋。乾嘉間，大儒輩出，於諸經皆有論定，而小學之精，亦遂非宋、元、明諸儒所能及。嘗〔一〇〕見錢氏大昕《潛研堂集》、陳氏壽祺《左海經辨》，皆以經典相承之俗字，於許氏之書求其本字，得數百字〔一一〕。而嘉定李鄦齋所〔一二〕著《炳燭編》，有『文字證古』一篇，辨明某字之爲某字，亦〔一三〕不下百餘條。然未有專著〔一四〕一書，爲後學準繩者〔一五〕。余同鄉湖州周蓮士明經曾著《經字考》，而余未之見，亦未知成否。但聞其書仍依《康熙字典》分部，則未免童牛角馬，不今不古之議，未善也。吳縣雷君甘杞，閉户讀書，專事樸學，君子人也〔一六〕。今年春，訪余於春在堂〔一七〕，以所著《説文外編》見示。其書十五卷，先舉《四書》中字，次及諸經中字，凡《説文》所無者〔一八〕，皆於《説文》中求其本字，各有辨證〔一九〕，疑則蓋闕，而《玉篇》、《廣韻》中字之常用而不可少〔二〇〕者，亦附考之〔二一〕。其用力可謂勤矣。余嘗〔二二〕語君：《大學》、《中庸》兩篇，可〔二三〕歸并《禮記》中，不必別出〔二四〕。諸經以《周〔二五〕易》爲首，《論語》、《孟子》宜列於後。君頗以爲然，而以寫定既〔二六〕久，不能改。然此亦編次之小疵〔二七〕，不足論也。其大要辨別正俗〔二八〕，皆有〔二九〕根據，自是治經學小學者不可不讀〔三〇〕之書。宜急刊行之，傳布〔三一〕藝林，俾承學之士，家置一編，如宋元憲之寶玩《佩觿》，則於正名之道〔三二〕，所裨非淺也〔三三〕。

【校記】

〔一〕 編，原作『篇』，據《校勘記》改。此文又見於《説文外編》卷首（以下簡稱『《外》本』），用作校本。

〔二〕 焉，《外》本作『也』。

〔三〕之間無復考訂，《外》本作『亂』。

〔四〕精，《外》本作『本』。

〔五〕粗有存者，《外》本作『後世猶有知者』。

〔六〕然，《外》本作『顧』。

〔七〕之，《外》本無。

〔八〕術，《外》本作『學』。

〔九〕踰，《外》本作『於』。

〔一〇〕嘗，《外》本作『所』。

〔一一〕得數百字，《外》本無。

〔一二〕嘉定李鄦齋所，《外》本作『李氏賡芸』。

〔一三〕亦，《外》本無。

〔一四〕著，《外》本作『簣』。

〔一五〕爲後學準繩者，《外》本作『成鉅觀者也』。

〔一六〕『余同鄉』至『君子人也』，《外》本作『吳中經學，首推惠氏，惠氏傳江氏。雷君深之，親及江明經沅之門，多見乾嘉老輩，與聞緒論』。

〔一七〕於春在堂，《外》本作『吳門寓廬』。

〔一八〕者，《外》本作『鈕氏新附考續考未及者』。

〔一九〕各有辨證，《外》本作『於他書求其通字』。

〔二〇〕少，《外》本作『廢』。

〔二一〕考之，《外》本作『及焉』。

〔二二〕嘗，《外》本無。

〔二三〕兩篇可，《外》本作『宜』。

〔二四〕中不必別出，《外》本無。

〔二五〕周，《外》本無。

〔二六〕既，《外》本無。

〔二七〕亦、之，《外》本無；疵，《外》本作『失』。

〔二八〕辨別正俗，《外》本作『別僞體定正假』。

〔二九〕皆有，《外》本作『無一字無』。

〔三〇〕不讀，《外》本作『少』。

〔三一〕布，《外》本作『播』。

〔三二〕則，《外》本作『其』；之道，《外》本無。

〔三三〕『也』下，《外》本多『光緒元年冬十有二月德清俞樾』。

《歷代長術輯要》序

汪剛木先生精於史學，又精於算學，於是有《二十四史月日考》之作。其書上起共和，下迄有明，各就當時所用之術，依法推算，詳列朔閏、月建、大小、二十四氣、略如萬年書之式。經始於道光十有六年，至同治十有二年而書成，都凡五十三卷。既病其緐也，又删繁就簡，仿《通鑑目録》之例，專載朔閏，其後朔與前朔天干相同，則亦不記，改日乃記之，成書十卷，命之曰《歷代長術輯要》，而以《古今推步諸術考》二卷附於後，蓋推步諸術，固此書之條例也。既成，問序於余。余於史學粗疏，而算學又素未問津，何足以序先生之書哉？惟念『長術』之名，本於杜征南，杜氏嘗著《術論》，大旨謂：天行不息，日月星辰，皆動物也，物動則不一，累日爲月，累月爲歲，不得有豪毛之差，而算守恆數，故術無有不差失。《易》言治曆明時，言當順天以求合，非苟合，以驗天。杜氏此論，雖若通達，然不求之術，而徒求之紀載之文，則其爲術勞，而終不免於疏且舛。今杜氏《長術》具在，不過就前後推排以成其説。孔穎達於《隱二年傳》云：『杜觀上下，若月不容誤，則指言日誤，若日不容誤，則指言月誤。』蓋杜氏所恃以考定經傳者，止於如此，非知術者也。本朝經學昌明，諸老先生講求實學，而顧震滄氏著《春秋朔閏表》，其法用方幅之紙横書十二月，每月繫朔晦於首尾，細求經傳之干支日數，不合卽爲置閏，則亦猶夫杜氏之術也。今先生此書，雖襲杜氏『長術』之名，而各就當時所用之術以布算，則非苟以求合者，視杜氏異矣。且以一人持籌握管而坐，致二千餘年之日至，其精力，固有大過人者。讀其書，自周迄明，歷歷然如指諸掌，而羣書所見朔閏有不合者，則備載於每年之下，蓋存其説，以待後人之考定，固不至削足合屨，如杜氏所譏也。余於是書，雖無能贊一辭，然其用力之勤，用意之精，則固深知之。故不辭而書數語於簡端，既喜其書之成，又冀其之流布於世，爲讀史者一助也。

余苹皋《史書綱領》序

長沙余苹皋司馬著《史書綱領》如干卷，而李次青廉訪爲之序。序目既出，得而讀之者咸曰：『盛乎哉，余君之爲此書也。是可與秀水朱氏《經義考》並爲不朽之大業矣。朱氏之書，所考者經籍，凡經籍之大旨無不具。余君之書，所考者史書，凡史書之大概無不具。自有此兩書，而甲乙兩部，固已得其輨轄矣。』君獨謂予曰：『以吾書比朱氏之《經義考》，固吾所大願也，然而，吾之意則有進焉。吾此書以「綱領」名，綱者，若綱之有綱，領者，若衣之有領，區區之意，蓋欲綱羅古今史書、志書義例，以垂示後世，使夫後世之修史者、修志者，皆於是乎得其義例之所在，而不至無所適從，倀倀乎如擿埴而冥行也。故吾於史書，不徒錄其序目而已，其有凡例者，亦備錄而無遺，蓋視《經義考》加詳焉。』予聞而歎曰：然則君之志大矣。古者經止於六，《樂經》亡而存者五，後世附益以《論語》、《孟子》、《孝經》、《爾雅》諸書，而列爲經者十有三，自此以往，雖説經之書日出不窮，而十三經之外，固不能益其一矣。史則不然，有一代，必有一代之史，而後之史，必視前史而加緐，又況編年、紀事，各自成書，故事、職官，分類編纂，山水有志，金石有錄，自郡國以至於一邨一聚，悉有紀載，此豈特倍蓰於經而已乎？苟無以提其綱，挈其領，則惟有望洋向若而歎，斯已矣。自同治以來，東南大亂初定，郡縣徵求文獻，修輯志書，以予舊官柱下，粗習紀事之文，往往就予而商推焉。予每思博考古志書，自《元和郡縣志》以下，若《乾道臨安》、《嘉定赤城》之類，一一考其體例，輯爲一書，以備志局諸君之採擇。而頻年從事研經，未遑致力於此，今得君此書，則史家體例囊括乎其中，又豈特志乘之準繩哉？予所有志而未逮者，可輟筆不作矣。惟君此書，卷袠緐重，視《經義考》不啻倍之，寫録一通，已非易事，若欲付之剞劂，流播士林，事更難矣。予故書此於簡端，欲讀者知君以數十年心力，始成此書。其爲力也勤，而其爲用也又甚廣，未可聽其閉置於塵篋中也。

何崃青《五經典林》序

自來治經者，其要有三，曰義理，曰名物，曰訓詁。三者之中，固以義理爲重，然義理於何寄？亦寄之於名物、訓詁而已。名物之不辨，訓詁之不明，而曰『吾已得其義理』，此可以談空空、覈元元，而非所以治經也。國朝經學昌明，實事求是，儀徵阮文達公《經籍纂詁》一書，於諸經訓詁集大成矣。而經籍之名物，尚未有彙萃成書者。婺源江氏《四書典林》，體例甚善，惜其止於《四書》，而不及羣經，學者猶以爲憾。慈谿何崃青先生，博聞強識，敦行不倦之君子也。仿江氏之書，爲《五經典林》六十卷，大都以《十三經注疏》爲主，旁及子史暨前人文集、諸家類書，無不廣搜博采，鱗羅布列。自阮文達《經籍纂詁》後，又得此書，則羣經中名物、訓詁，若網在綱，可以展卷瞭然。學者先致力於此，然後研求義理，則用力省而功倍矣，豈非握六藝之鈐鍵、廓九流之潭奥者乎？書成，無力付梓，其邑人董君仰甫力任剞劂之資，遂克刊布。余雖未識先生，而其大弟子馮夢香茂才，乃余詁經精舍中高材生也，先生介夢香索序於余。余學植荒落，何足爲此書重，姑書數語於其簡端，俾學者知所從事焉。

吴康甫《慕陶軒古甎圖録》序

三代以上，金多而石少，三代下，則石多於金，而晉、宋以後，又益之以甎。夫由鐘鼎而碑碣，由碑碣而甎甓，其事愈降，而亦愈細，一甎之文，多不過十廿，若以方之湯盤、禹鼎，得無如《抱朴子》所譏『拊甂瓴於洪鐘之側』者乎？雖然，余經生也，欲通經訓，必先明小學，而欲明小學，則豈獨商周之鐘鼎、秦漢之碑碣足資考證而已，雖甎文，亦皆有取焉。《詩·江漢》篇『肇敏戎公』，《傳》曰：『公，事也。』蓋讀『公』爲『功』，故訓『事』。《後漢書·宋閎傳》正作『肇敏戎功』，可證也。而甎文書『某年月日立功』，亦有作『立公』者，如云『興寧二年七月廿三日立公』是也。『功』、『公』通用，可證經義者一。《易·豐·象傳》『豐其屋，天際翔也』，鄭康成、王肅、虞翻本『翔』皆作『祥』，孟喜以『惡祥』説之，蓋古字古義如此，今作『翔』者，假字耳。而甎文『吉祥』字亦有作『吉翔』者，如云『赤烏七年造作吴家吉翔位至公卿』是也。『翔』、『祥』通用，可證經義者又其一。《莊子》云『道在瓦甓』，夫文在卽道在，斯言洵不虛矣。好古之士，搜求於瓴甂之間，鉤摹點畫，考訂文字，豈得以玩物喪志譏之哉？吾湖爲古甎淵藪，甎之出其土者甚衆，余奔走四方，不獲措意於此。道光癸卯，余館於荻港吴氏，獲交於章子紫伯。紫伯有甎癖，收藏頗富，嘗以一甎贈余，文曰『永嘉元年八月吴興俞道初、俞道由兄弟治作之』。余喜曰『是吾宗也』，爲作七言古詩一章。詩不存於集，載入《春在堂隨筆》中，而是甎已於亂後失之。一甎之不能守，愧莫甚焉。吴君康甫，博學好古，殘甎零甓，罔不蒐羅，彙而刊之，爲《慕陶軒古甎圖録》如干卷。同治甲戌之春，訪余西湖講舍，手是編見示，并屬序其卷端。嗟乎，余固一甎之不能守者，何以序君之書哉？姑以證明經義可也。按，錄中有一甎曰：『富且貴，至萬在。』『萬在』之文，甚不可曉，疑『在』乃『載』之假字。載從『𢦏』聲，在從『才』聲，亦或從『𢦏』聲。《州輔碑》『𢦏貴不濡』，『在』作『𢦏』，與『載』聲同，例得假借。『萬在』卽『萬載』也。《國語·周語》『陽失而在陰』，余作《羣經平議》，讀『在』爲『載』，謂『陽在陰下，以陽載陰也』。惟彼時未見君書，故不能引是甎爲證。今得是甎證明之，爲之狂喜。書以報君，卽以爲序，亦見甎文之有裨經義不淺也。

吳康甫《問禮盦彝器圖》序

昔阮文達博考古器源流，稱三代以上，至漢唐之世，及趙宋以來，風會好尚，凡歷三變。然余觀《史記》，稱梁孝王有罍樽，直千金，孝王誡後世，善保罍樽，無得以與人，則收藏古器，以爲寶物，亦與趙宋以來士大夫好尚不甚相遠。又推而上之，郜鼎、紀甗，列國以相賂遺，則此風由來古矣。余又疑古時彝器相傳，亦必有圖其形製、流播人间者，《史記》載：少君見上，上有故銅器，少君曰：『此器齊桓公十年陳於柏寢』，已而案其刻，果齊桓公器，一宮盡駭。此蓋少君曾見其圖，熟其形製，故一見卽識之，而假此以欺人也。李義山云『禹鼎湯盤有述作，今無其器存其辭』。誠使古器各有圖以傳於後，則豈獨存其辭，兼存其器，豈非好古者所大快乎？聖清同天稽古，古器畢出，爰集大成，以成《西清古鑑》之書。宣和所儲，方茲褊矣，歐、趙諸家，又何足論？海内士夫，亦各會萃成書，而阮文達《積古齋鐘鼎款識》

尤爲鉅觀，然其書止録銘辭，不具形製，洵如韓公所謂『無其器，存其辭』，讀者猶有憾焉。吳君康甫，耄而好學，信而好古，蒐輯商周至秦漢鐘鼎彝器，凡若干事，準其大小廣狹而爲之圖，又摹其銘辭，無毫髮出入，使人一展對而數千年之物如在目前，設或遇諸他所，卽可指目爲某王某公之器，人人爲少君不難矣。抑又思之，漢時一罍樽已直千金，今距漢時又二千餘年，去古愈遠，古物愈珍，所直當不啻此。吾儕寒士，雖好古物，其能如邳公之鐘鼎什物、珪璽錢貝必具哉？恐彭淵材布橐中，不過李廷珪墨一丸而已。得君此書，則金敦玉豆，圓壺方鼎，皆吾几席間物也，君之貺我，不已多乎？因書此於其卷尾，卽以爲謝。若其裒集之盛意，則我同年生徐侍郎序已盡之，故不及也。

吳平齋《兩罍軒彝器圖釋》序〔一〕

余嘗著《羣經平議》，解《尚書》『巽朕位』，謂『巽』爲『纂』之叚字。及讀薛尚功《鐘鼎款識》，有宰辟敦三，其文並云『用饌乃祖考事』，則固嘗叚『饌』爲『纂』。又著《諸子平議》，解《晏子春秋》『賴君之賜，得以壽三族』，謂『壽』爲『保』之叚字。而薛書載叔液鼎、魯正叔槃並云『永壽用之』，則固已叚『壽』爲『保』。古彝器銘詞之可寶貴如此。吾人欲讀古書，安可不觀古器哉？老友吳君退樓，癖嗜金石，收藏富有，因出其所儲鼎彝鐘罍〔二〕之屬，鉤摹而精刻之，爲《兩罍軒彝器圖釋》十二〔三〕卷。其中戣、戵兩器，卽《顧命》『七兵』之二，歷三千餘年，鄭、孔諸大儒所不能言者，而今得見之，古器之裨益經義，爲不淺矣。兩齊侯罍，乃君所以名其軒者，故爲説加詳，足補古饗禮、食禮之闕。余讀其銘，屢言

『璧玉』、『備玉』，乃悟《周官》『玉府』之職『共王之服玉』，『服玉』卽『備玉』也。古『服』、『備』字通，《趙策》『騎射之服』，《史記·趙世家》作『騎射之備』，可以爲證。鄭司農解『服玉』爲『冠飾十二玉』，殆未得乎。余從前未讀君書，故《羣經平議》中不克援引此器以解『服玉』之義，益嘆古器之可寶貴也。李義山云『商盤禹〔四〕鼎有述作，今無其器存其辭〔五〕』。若君此書，則存其辭〔六〕，兼存其器，大小輕重，悉依本朝權度而詳載之。一展卷而古器宛然在目，非好古者所尤幸乎？是蓋於阮氏《積古齋》後又成一鉅觀，洵考古家必傳之書矣〔七〕。余識見淺陋，不足以考訂異同，辨別真僞。惟研求古訓，積有歲年，深知其有裨於經義，故輒書所見於卷端，亦欲讀是書者，勿徒以爲耳目玩賞之資〔八〕也〔九〕。

【校記】

〔一〕此序又見於《兩罍軒彝器圖釋》（簡稱『《兩》本』）書前，用作校本。

〔二〕鼎彝鐘罍，《兩》本作『鼎鐘尊彝』。

〔三〕十二，《兩》本作『十有二』。

〔四〕禹，《兩》本作『孔』。

〔五〕辭，《兩》本作『詞』。

〔六〕辭，《兩》本作『詞』。

〔七〕矣，《兩》本無。

〔八〕玩賞之資，《兩》本作『之玩』。

〔九〕『也』下，《兩》本多『同治十有二年太歲在癸酉畢陬之月，德清俞樾譔并書於春在堂』。

顧駿叔《畫餘盦古錢拓本》序〔一〕

三代以下，石多而金少，觀王蘭泉司寇《金石萃編》，金不及石十之二三，此可驗矣。然余以爲，古鐘鼎雖號〔二〕重器，不過紀一人之功，彰一家之美而已。若夫自秦漢至今，歷代所必有爲帝王御世之大寶，而可以考見世之治亂、時之盛衰者，則莫如錢之一物。漢武帝鑄白銀〔三〕爲三品，新莽之世，多至二十〔四〕八品。唐宋以降，尤留意錢文。唐『開通元寶』錢，爲歐陽詢所書，宋太宗鑄『太平通寶』錢，至宸翰親書之，作真、行、草三體。其爲製，厚輪大郭，歷久如新，此其可寶，豈在古鐘鼎下乎？及世衰道微，人官物曲，咸趨苟簡，如宋廢帝時，千錢長不滿三寸，隋大業後，裁皮糊紙以爲錢，班駁黑澀，風飄水浮，觀其錢，而其時可知矣。至於千秋萬歲，語取吉祥，北斗龜蛇，事〔五〕歸厭勝，他如安息國之文爲王面，幕爲夫人面，拂箖國之鑄彌勒佛於其上，則尤極詭異之觀，視古鐘鼎之刻畫雲雷、圖寫人物，殆有甚〔六〕焉。余考《史記索隱》，於漢武白金三品皆引《錢譜》爲説，則知錢之爲譜，唐以前即有之。宋代士大夫好尚古物，網羅放失，於是古錢〔七〕大出，譜錄日繁。至本朝《西清古鑑》所收，集錢譜之大成矣。余親故中，惟孫古雲襲伯家藏古錢甚富，其家在吳中，亂後殘破，錢亦亡失不可問。顧子駿叔爲吳門佳士，癖嗜金石，收藏古錢〔八〕，幾及千數，自上古之刀布〔九〕，及秦漢唐宋〔一〇〕元明，無所不有，而安南、高麗諸外國之錢，亦附列焉，年號無考者，别爲一册。其中《錢鑑》一種，尤爲古箸錄家〔一一〕所罕及，物聚所好，其信然乎？偶出拓本見示，因書數語於其上，俾世之好古者知求吉金於三代下，莫重於此，勿以錐刀之末而小之也〔一二〕。

【校記】

〔一〕此文又見於蘇州圖書館藏《畫餘庵古泉譜》（以下簡稱『《畫》本』）卷首，用作校本。

〔二〕號，《畫》本作『稱』。

〔三〕銀，《畫》本作『金』。

〔四〕二十，《畫》本作『廿有』。

〔五〕事，《畫》本作『義』。

〔六〕甚，《畫》本作『加』。

〔七〕錢，《畫》本作『泉』。

〔八〕錢，《畫》本作『泉』。

〔九〕之刀布，《畫》本無。

〔一〇〕秦漢唐宋，《畫》本無。

〔一一〕家，《畫》本作『者』。

〔一二〕『也』下，《畫》本多『同治十有三年太歲在甲戌中秋日，德清俞樾序於吳下寓廬之春在堂』。

陸星農觀察《百甎硯齋硯譜》序

三代以上，多金而少石，鐘鼎彝器，皆金也。三代以下，彝器罕見，而碑碣如林，於是金少而石多。

考古者由金而及石，又由石而推之以至於甎。洪氏《隸續》始收漢永平、建初等甎，自是厥後，蒐羅益廣，考求益精，古甎之出於世者亦日益衆。諸家著録，遂有成書，而瓴甋之微，與鐘鼎並重矣。余同年生陸君星農，以庚戌第一人出爲監司，宦游湖南十許年。生平酷嗜古甎，先後得甎數百，考定文字，辨別形模，其可爲硯材者，礱之琢之，背窳就攻，成大小硯百餘枚，以成數命所居曰『百甎硯齋』。歲在丁丑，季秋之月，其長君馨吾過余吴下寓廬春在草堂，以君之命，贈余宋泰始甎及石羊殘甎硯各一，并以一巨册見示，則《百甎硯》脱本之副也。每一硯皆摹其形，釋其文，附有考證，往往足以證明經史疑義，蓋古物之可貴如此，而君考古之功亦甚深矣。余頻年從事研經，因究心小學，於金石之文，時有采獲。即如此册中宜侯王甎，『王』字中畫獨長，蓋古人作字，初無定形，後人不知，遂誤作『壬癸』之『壬』，如文七年《左傳》之『宋公王臣』，或作『壬臣』是也。乃《尚書·牧誓》『厥遺王父母弟』，漢石經竟作『厥遺任父母弟』，不特誤『王』爲『壬』，并且從『人』作『任』，蔡邕等正定六經文字，無乃鹵莽邪？又，此册中『太歲』或作『泰歲』，『大吉』或作『太吉』，蓋『大』、『太』、『泰』三字古通用。相如《上林賦》『蕩蕩乎八川分流』，又曰『東注太湖，衍溢陂池』，此『太湖』即『大湖』，泛指湖之大者。《説文》『湖，大陂也』，《廣雅》『湖，池也』，是『湖』與『陂』、『池』同類。下句『陂池』，無一定之地名，則上句『湖』字，亦無一定之地名，注家不知『太』、『大』同字，而以『震澤』實之，則上文所言『八川』皆在秦中，安能東注吴縣之太湖乎？故余謂：欲讀古書，當識古字，而非博考古金石文字及古甎古瓦之類，未免少見而多怪矣。觀君此册，有會余心，因書此於其卷端。湘中僻遠，自來搜訪古甎者均未之及。爬羅剔抉，自君始也，風氣所開，殆亦有非偶然者乎？

《四裔年表》序代

《爾雅》所載『四極』、『四荒』之名，莫知其所在，古者必有紀載，學者罕能言之。《帝王世紀》稱：神農以上有大九州，而《史記》載騶衍之説，亦稱海外有如赤縣神州者九，當時斥爲迂怪，莫之信也。乃歷漢唐至於今，海外諸邦，交乎中國，於是始有『五大洲』之名，曰歐羅巴、曰利末亞、曰阿細亞、曰南北亞墨利加、曰墨瓦蠟泥加，乃歎騶衍大九州之説，必本於古書紀載，一孔之儒，所見不能及遠。燕齊之民，與言甌越，零桂之人，與談秦隴，則已口張而不能噲矣，况又其遠者乎？雖然，今之世與古異。古者德澤不加，則不饗其質，政令不施，則不臣其人，所自治者，冠帶之倫，此外不過而問焉。今則不然，自與泰西互市以來，東洋亦踵而行之，禮樂刑政，通乎中外，苟執拘虛之見，而不馳域外之觀，其何以長駕而遠馭哉？余嘗謂，今之人才，固不如古，而事則有難於古者。如《左傳》稱公孫揮能知四國之爲然，其所謂四國之爲者，不過如晉、楚、齊、秦之類，今則自日出至於日入，鱗集仰流，同我太平，士生今日，而求知四國之爲，豈特倍蓰古人乎？余於《四裔年表》一書，所以深有取也。其書爲吴縣嚴君良勳與美國林君樂知所同譯，而崇明李君鳳苞彙集成編。其上層紀中國之年，自少昊氏始，至於本朝。其下層以西曆紀年，自漢哀帝元壽二年以前則逆數而上，至少昊氏之四十年，爲二千三百四十九載，自漢平帝元始元年以後則順數而下，至咸豐十一年爲一千八百六十一載，所列日本、印度諸國，皆考其沿革，紀其治亂興廢，四千餘年之事，若視諸掌，其蒐輯之功，可謂勤矣。《梁書·裴子野傳》稱，是時西北徼外有白題及滑國遣使入貢，莫知所出，子野據《漢書》知之，時人服其博識。敕使撰《方國使圖》，自要服至於海表，凡二十國。是古人於海表諸國，亦嘗紀載成書，然欲若此之原原本本，鱗羅布列，恐古人亦有所不逮矣。上海製造局刊行此書，問序於余，余謂此書之作，真所謂能知四國之爲者也。方今天子神聖，懷柔遠人，士大夫有宏才遠略者，或樽俎折衝於内，或仗節奉使於外，家置一編，以備參考，此其爲益甚鉅，固非徒侈談海外九州，使拘拘者爲之盱洋向若而歎也。

重刻《詞律》序

《唐書·藝文志》「經部樂類」有崔令欽《教坊記》一卷，其書羅列曲調之名，自《獻天花》至《同心結》，凡三百二十有五，而今詞家所傳小令，如《南歌子》、《浪淘沙》，長調如《蘭陵王》、《破陣樂》，其名皆在焉，以此知今之詞卽古之曲也。而《唐志》列之樂類，又以此知今之詞卽古之樂也，推而上之，蓋卽清商署之遺音。《唐書·禮樂志》謂，南朝文物最盛，人謠國俗，世有新聲，隋平陳因置清商署，武后時猶存六十三曲，其所列諸名，如《白紵》、《采桑》、《烏夜啼》、《玉樹後庭花》之類，至今詞家猶循用之。夫近世儒者與言十二律之還相爲宫，六十律之由『執始』而終『南事』，皆茫乎莫辨，而獨與言詞，則曰小道也，伸紙染翰，率爾而作。嗟乎，詞卽樂也，可易言乎？此萬氏《詞律》一書所以發憤而作也。《詞律》之作，蓋以有明以來，詞學失傳，舉世奉《嘯餘圖譜》爲準繩，但取其便乎吻，而不知其戾乎古，於是掃除流俗，力追古初，一字一句，皆取宋元名作排比，而求其律，律嚴而詞之道尊矣。惟因行匧之中書籍無多，且成於康熙二十六年，其時《欽定詞譜》未出，無所據依，故考訂之疏，猶或不免。道光中，吴縣戈君順卿、高郵王君寬甫均議增訂之，而卒未果。咸豐中，秀水杜筱舫觀察乃始有《詞律校勘記》之作，萬氏原文有誤叶者，有失分段落者，有脱漏至二十餘字者，有并作者姓名而誤者，一一爲之釐訂，洵乎萬氏之功臣矣。同治中，吾鄉徐誠庵大令又撰《詞律拾遺》，補其未收之調一百六十有五，補其未備之體三百一十有六，雖遺漏尚多，然蒐輯之功，亦不可没也。恩竹樵方伯，久任蘇藩，去煩蠲苛，與民休息。公事之暇，不廢詠歌，而尤工於倚聲，所著《蘊蘭吟館詩餘》，深入宋賢之室。每以《詞律》一書爲詞家正鵠，而原版漫漶已甚，乃與筱舫觀察重刻之。即以筱舫《校勘記》散附各闋之後，以便學者檢閲，又購得誠庵《拾遺》原版，使附《詞律》以行，以廣其傳。此在詞學中，亦可云學覽之潭奥，摛翰之華苑矣。余幸與諸公游，樂觀厥成，乃書此於其簡端，俾學者知萬氏刱造之功，與諸君子精益求精之意，勿以詞爲小道而易言之。且由今樂而推古樂，則漢初所謂制氏之鏗鎗者，或猶可得其仿佛也。

徐誠庵大令《詞律拾遺》序

余嘗謂，唐宋以後，至有明一代，而學術衰息，無論其餘，卽詞爲小道，亦骫骳無足觀。雖以楊升庵之淹博，而所爲詞，龐亂鉤裂，他可知矣。及聖清之興，大儒輩出，論學則務實行而掃空談，治經則守師法而恥臆説，舉義理、名物、聲音、訓詁，無一不實事求是，力追古初。而萬氏《詞律》一書，亦出於其間，宗《花間》、《尊前》之典型，而痛闢《嘯餘圖譜》之紕繆，苟合乎古，雖盭於吻而必遵，或背乎法，雖熟於耳而必斥，蓋就詞而論，亦庶幾所謂『吾從先進』者乎？然掃除榛楛，大輅權輿，廓清之績雖著，補苴之功或疏。吾友徐君誠庵，固詞人也，廣搜博采，涉書獵史，成《詞律拾遺》八卷。卷一至卷六補萬氏所未備，原書未收之調，今爲補之，曰『補調』，原書已收之調，而體有未具，今亦補之，曰『補體』。卷七、卷八則訂正萬氏原注者居多，曰『補注』。書成，出以示余，且屬爲之序。余不知音，何足序君之書？顧念詞學之衰久矣，宋沈義父撰《樂府指迷》，謂『詞中去聲字最喫緊，入聲可代平聲，不可代上聲』，所論皆入微。而三百年來，莫窺斯祕，至萬氏出，而規矩先民，不踰尺寸，爲詞家一大功臣。今徐君拾遺補闕，繩愆糾繆，又爲萬氏一大功臣。從此兩書並行，用示詞林正軌，俾後之論詞者，知我朝詞學之盛，直接兩宋，亦猶經學之盛，直接兩漢也，又不獨有功萬氏而已。余幸與誠庵游，獲觀此書之成，故不辭而序之，欲學者知萬氏之後，復有是書，家置一編，以爲凱式，庶不負其拳拳編緝之雅意也。

陳子莊太守《庸閑齋筆記》序

昔《春秋》於隱、桓間書家父、凡伯、仍叔之子，蓋皆《大雅》舊人，見故家遺俗猶存也。《孟子》亦稱『故國不在喬木，而在世臣』。三代以下，如晉之王、謝，唐之崔、盧，皆以衣冠舊族，爲時所重。求之我朝，若海寧陳氏，其亦所謂名宗望姓、鼎族高門者乎？余於陳氏，識子莊太守，蓋吾舅氏姚平泉先生之高足弟子也。出方雅之族，兼文學、政事之才。同治初，受知於左季高相國，疏薦於朝，筮仕吳中，曾文正公及李少荃相國皆器重之。歷宰大縣，所至有聲，論者至比之陸清獻。近年歸老於家，泉石優游，居多暇日，乃娱情翰墨，著《庸閑齋筆記》一書，首述家門盛蹟、先世軼事，次及游宦見聞，下逮詼諧游戲之類，斐然可觀。昔宋范公偁爲仲淹玄孫，所撰《過庭録》多述祖德，間及詩文、襍事，此書殆其流亞乎？余勸付剞劂，以廣其傳，讀是書者，當歎王氏青箱，具有家學，叢談瑣語，亦見典型，固與寒門素族殊也。

春在堂襍文續編卷三

《枝山文集》序

往年，吳中重修唐六如居士桃花仙館，而以祝京兆、文待詔兩公附祀。余爲題四絶句，其一云：『重將祠墓訪圖經，三百年來夢墨亭。仙館桃花還似舊，草堂何處問懷星。』蓋深惜京兆之流風餘韻不可復見也。越三載，而京兆之族裔耔庵大令以《枝山文集》殘本四卷見示，乃明嘉靖中謝君雍所手錄以贈文衡山先生者。謝君字元和，集中有《贈謝元和序》，盛稱其能子能友，而期以德業大成者，卽其人也。寫此時年已八十一歲，筆墨黯淡，編次不苟，洵舊帙之幸存者。耔庵因錄副本，付之剞劂，而問序於余。余惟京兆與六如居士齊名，六如以畫傳，京兆以書傳，然六如詩文，率易積唐，不稱其畫，而京兆之文，則戛戛獨造，猶有古作者遺意，詩詞亦清麗可誦，在明代詩文中，不依傍門户而自成一家，視六如居士，殆有過之。《四庫全書》收《懷星堂集》三十卷，今此本止四卷，非其全者，故止云殘本。然記、傳、襍説、詩、詞無所不備，讀此亦可見《懷星堂集》之大概矣。謝君以通家子弟、垂暮之年手錄其文，耔庵以三百年後裔孫重刻以行世，是皆可風也。海内好古之士，不能盡見《懷星堂全集》，而獲覩是編，則京兆之流風餘韻，庶幾其不沬矣。

《蘆槎詩稿》序〔一〕

近時曾沅浦中丞刻《王船山先生遺〔二〕書》，以勝國遺老之書，閟二百餘年而大顯於世，士林詫歎，以爲奇觀。然船山先生之書，王氏世守之，未嘗失墜，且其《諸經稗〔三〕疏》、《四庫全書》久已著錄，則其書固不甚晦也。若蘆槎逸士，亦勝國遺老，其所撰述〔四〕，雖不及船山之富，然其自爲小傳，稱〔五〕於兵、農、錢穀、禮樂〔六〕、刑名、曆算、漕河、水利、茶馬諸政皆有著〔七〕撰，而二十一世孫淩颿臚舉其目，至二十三種，凡一百五十二卷，則亦不爲少矣。乃問之世，世無知者，問其家，家無藏者，獨此古今體詩文〔八〕百餘首，其裔孫名〔九〕書賢者〔一〇〕同治庚午歲於〔一一〕他所得之，初猶不知爲誰何〔一二〕之作，因詩中事實與其家譜所載逸士合，而末卷有聯句詩，自署其名卽逸士名也，乃大驚喜。編次寫定，將以壽諸剞劂，而問序於余。嗟乎，事之顯晦，洵有時哉？此一編也，雖不及《船山全書》之十〔一三〕一，然沉玉淪珠，不致泯没，則亦幸矣〔一四〕。逸士姓沈氏，名潛，字乾初〔一五〕，寧波慈溪人。明諸生。入本朝，抗志不仕，以明經終〔一六〕。蘆槎逸士，蓋〔一七〕其自號云〔一八〕。

逸士所著書，有《四書五經尊王錄》二十卷、《尊聖錄》六卷、《九經開卷大義》一卷、《御覽五經大義》五卷、《五經詳節》十四卷、《諸史人物第一》四卷、《諸史詳節》十卷、《名臣錄》四卷、《歷朝政務》六卷、《大學衍義參略》八卷、《私議官制》一卷、《蘆槎文集》廿卷。其外，制義、試牘、詩選、文選尚甚衆。

【校記】

〔一〕此文見於《蘆槎詩稿》（浙江圖書館藏光緒三年刻本，簡稱『《蘆》本』）卷首，用作校本。

〔二〕遺，《蘆》本作『全』。

〔三〕稗，原作『裨』，據《校勘記》改。

〔四〕撰述，《蘆》本作『著書』。

〔五〕稱，《蘆》本作『云』。

〔六〕禮樂，《蘆》本無。

〔七〕著，《蘆》本作『論』。

〔八〕文，《蘆》本作『五』。

〔九〕名，《蘆》本無。

〔一〇〕者，《蘆》本作『於』。

〔一一〕於，《蘆》本作『從』。

〔一二〕何，《蘆》本作『氏』。

〔一三〕十，《蘆》本作『什』。

〔一四〕『矣』下，《蘆》本有『其詩字句，或有疵累，且疑傳寫有誤。然重其人，存其詩，不當以工拙論也』。

〔一五〕『初』下，《蘆》本有『亦字汝昭』。

〔一六〕『入』至『終』，《蘆》本無。

〔一七〕逸士蓋，《蘆》本無。

〔一八〕『云』下，《蘆》本有『同治十二年冬十一月德清俞樾』。

《馮氏清芬集》序〔一〕

陳思王有言，『家有千里騏驥勿貴〔二〕』。是以世擅著述，昔人所難，一門之中，人人有集，〔三〕史氏以爲美談。宋劉元高編《三劉家集》，祖孫父子詩各一卷，明代有長洲《文氏五家詩》，亦祖孫父子也，煥往輝來，士林美之。南海馮氏，爲嶺南〔四〕巨族，余與竹儒觀察交，觀察大父子皐先生以翰林作令山左，而其舉於鄉也，實與先君子爲同歲生，辱有通家之誼，因得悉其家世。承以叔祖子良先生詩錄見示，并以贈公尹平刺史畫卷〔五〕屬題，駿烈清芬，亦粗見大略矣。今年春，余來滬上，〔六〕又出示《馮氏清芬集》三卷，蓋皆子良先生所編輯者，其曰《水豹堂詩選》，則觀察六世祖南浦先生詩也；曰《白蘭堂詩選》，則其高祖石門先生詩也；其曰《拙園詩選》，則子皐先生詩也。詩雖不多，而琢磨風雅，陶寫性情〔七〕，讀其詩，皆可想見其爲人。《水豹堂詩》有《詠白牡丹》詩十首，其發端云『清如冰雪淡如雲，富貴叢中只見君』，胡君承謨作序，稱其超然於富貴之外。至石門先生，遂以白蘭名堂，亦可見其清白相傳，家風勿替矣。子皐先生以玉堂中人出爲循吏，未竟所施，於濟南城外買荒園一區，褋蒔花木，小有泉石，是名〔八〕『拙園』，與賓朋觴詠其中，不以升沉爲念，識者謂：清白吏子孫，天固宜〔九〕昌大其家。而尹平刺史又坐事戍塞外，没齒不歸。鬱久而發，將於觀察徵之。觀察負幹濟才，長於議論，文學政事，兼而有之〔一〇〕。又嘗於席〔一一〕間見觀察公子，美秀而文，蘭茁其芽，杜少陵云『詩是吾家事』，韓昌黎云『固宜長有人，文章紹編剗』，觀於馮氏，其勿〔一二〕信矣乎？世德之芬，相承未艾，此一編以『清芬』名，臨風三嗅，久而彌芳，亦如蘭之爲香祖矣，豈止若黄庶〔一三〕《伐檀集》僅附《山谷集》後哉〔一四〕？

【校記】

〔一〕此序又見於光緒乙亥刻本《馮氏清芬集》書前（簡稱《馮》本），用作校本。

〔二〕『家有』一句，曹植《與吴季重書》作『家有千里驥而不珍焉，人懷盈尺和氏而無貴矣』。

〔三〕『史』上，《馮》本多『則』字。

〔四〕南，《馮》本作『表』。

〔五〕卷，《馮》本作『册』。

〔六〕『又』上，《馮》本多『觀察』二字。

〔七〕陶、情，《馮》本作『抒』、『靈』。

〔八〕名，《馮》本作『曰』。

〔九〕固宜，《馮》本作『必將』。

〔一〇〕文學政事，兼而有之，《馮》本作『政事文學，彪炳於時』，并多『哲弟吉雲觀察，金友玉昆，一難競爽』。

〔一一〕席，《馮》本作『坐』。

〔一二〕勿，《馮》本作『弗』。

〔一三〕庶，《馮》本作『氏』。

〔一四〕『哉』下，《馮》本多『光緒二年仲春德清俞樾序』。

石琢堂先生《竹堂文類》序

琢堂先生爲余六十年前同館前輩，蓋先生乃乾隆庚戌廷試第一人，而余亦以道光庚戌入詞館，後先相距，適甲子一周也。咸豐中，余自河南罷歸，故里無家，僑寓吳下，卽居先生獨學廬中所謂『城南老屋』者是也。其中微波之榭，眠雲之舍，猶尚無恙，園中五柳，存者三焉。余徘徊其間，不勝景仰之意，而先生之遺書，顧未得一讀，蓋其時鏤版已殘缺過半矣。俄而大亂猝至，倉皇出走，亂定復歸，則城南老屋化爲丘墟，再過經史之巷，兔葵燕麥，搖蕩春風而已。乃有先生之孫，曰鼎清子和者，過余春在草堂，手巨編見示，則先生全集也，凡爲文者八卷，爲詩者十有六卷。余讀而歎曰：我朝乾嘉之間，氣運隆盛，文物休明，士大夫遭際盛時，享升平之福，故發爲文章，有俯仰揖讓之態，無志微噍殺之音，蓋亦時使然哉。先生根柢深厚，議論名通，讀其《與姜中丞》三書及《上成邸書》，又代擬河道及海運各奏議，老成深識，通達治體，非徒以文字見長。詩亦風格遒上，有盛唐人遺音。自道光中葉〔一〕，至咸豐之季，海内多故，運會少衰，詩文體格，亦流於骫骳。數十年中，未見有與抗行者。烏乎，讀先生之文，亦可以觀時矣。夫故家喬木，古人所重，凡伯、家父，皆《大雅》舊人，《春秋》貴之。方今大難削平，剝極而復，世運與文運，皆將起而紹乾嘉之舊，則先生之集，固宜播之士林，以爲模楷，不可聽其銷歇於皀朽蟫斷之中也。原版因寇亂全燬，子和以世家子抱守遺書，不敢失隊，昌黎云『文章紹編劃』，庶幾不愧。然亂離之後，以筆耕自食，剞劂之資，未能任也。吳下士大夫多憙文章，重道義，必有能任其事者，子和其謹待之。惟余忝與先生先後六十年同爲庚戌翰林，又嘗厲先生獨學之廬，而世事變遷，恍如一夢，烏衣門巷，不可復識。讀集中《城南老屋記》，不勝今昔之感矣。

【校記】

〔一〕葉，原作『棄』，據《校勘記》改。

《蓮溪文集》序

古無所謂文集也。集者，其身後子若孫，與夫門生、故吏裒集其所爲詩文，以行於世，於是乎有集之名。今所傳漢人文集，若《蔡中郎集》、《孔北海集》，皆卷帙不多，非如後人文集，動輒數十卷也。然其根柢深厚，故其光油然而幽，其味黯然而長，雖或寥寥數篇，而使人尋繹不能竟。烏乎，此所謂古人之文歟？秀水沈蓮溪先生，自幼有神童之目，博涉羣書，尤邃於三《禮》，中年後，敭歷中外，政績爛然，而仍不廢學。其著述已刊者，《詩集》八卷，《續集》三卷，《懷小編》二十卷，以及時文、試帖各如干卷，而古文固未出也。光緒二年，距先生之殁十有九年，其嗣君書森太守，乃編纂其遺稿，得三十餘篇，次第爲二卷，刻以行世，蓋文之可傳者固不在多也。余讀先生時文、試帖，皆粹然經史之言，異乎世俗之爲時文、試帖者，及讀《懷小編》，於經史疑義，雖至隱僻至瑣屑者，鱗羅布列，原原本本，其典覈似葉大慶之《考古質疑》，而簡要勝之；其精審似袁文之《甕牖閑評》，而詳贍勝之，在近人説部中罕與倫比，然後歎先生之學之博而有要，宜其發爲詩文者之與世俗殊也。時文、試帖且然，況進於此者乎？然則此文之必傳而無疑，正不必如《弇州山人四部稿》以多爲貴也。其中有駢儷之文，合而編之，蓋古人文集，原不分駢散也。先生於嘉慶丙子歲以優行貢成均，而先君子亦於是年舉於鄉，至今歲而甲子周矣。樾叨在年家子之列，因得讀先生遺書，輒書數言於簡端，俾學者知以根柢爲重，非可徒求之文也。時樾亦編次先君子遺文爲三卷，將刻之吳中。吾兩家於兵燹之後抱守遺編，幸無失墜，而先疇舊德，念之憬然，《小宛》詩人之義，又當與書森共勉之者也。

《沈蓮谿先生筆記》序

宋王明清撰《投轄録》，所載皆奇聞異事，而其書止寥寥四十餘條，蓋事果可喜可愕，正不必以多爲貴，如洪景盧之《夷堅志》，至四百二十卷之多，轉爲陳振孫所譏矣。秀水沈蓮谿先生，著述緐富，其《文集》及《懷小編》，殫見洽聞，久已風行一時。嗣君書森觀察又出《筆記》一卷見示，事迹新奇，敘次雋永，而盧提督、唐將軍諸條，更足補史乘之遺。當良朋萃至，縱談及之，人人傾耳，不待投轄而客自留，是亦《投轄録》之比也。末附《小慧戲録》一卷，雖屬文人游戲，亦見前輩典型。因勸書森并付剞劂，以貽好事者，當不下公是先生之極没要緊書也。

馮景庭先生《顯志堂稿》序〔一〕

自孔氏諸弟子各以其所學散處諸侯之國，原遠而末分，至於今益甚。有曰性理之學，則究性命、辨義利者也；有曰經世之學，則策富強、課農戰者也；有曰經籍之學，則窮訓詁、考制度者也；有曰載記之學，則誌得失、鏡古今者也；有曰曆算之學，則精推步、測高廣者也；有曰詞章之學，則研聲律、儷青〔二〕白者也。是數者，各得其質之所近，各行其業之所習，彼此相笑而莫能通。孔子曰：『吾道一以貫之。』苟不得其所以貫，萬猶不給也；苟有以貫之，則此數者，固可得而一。若景庭馮先生，其有以貫之乎？先生於余爲同館前輩，同治中，余寓〔三〕吳下，主講紫陽，先生亦主正誼講席，時相過從。其後先生移家木瀆，距城稍遠，然歲必一再至，談經史疑義，又或縱言及於時事。甲戌正月，猶過我春在草堂，而是年夏，余自武林歸，則已聞先生之訃矣。先生既歿，相國李公言於朝，建祠於其鄉，俾後進之士俎豆尸祝，有所矜式。而先生之書，亦遂次第刊刻行於時。其嗣君申之、培之以《顯志堂稿》十二卷求序於余。余讀而歎曰：是吾〔四〕所謂能貫之者也。先生於學，無所不通，而其意則在務爲當世有用之學。所著有《抗議》十五〔五〕篇，蓋漢仲長公理《昌言》之流。方咸豐、同治間，吳會可謂多故矣，而於先生集中見二事焉，則皆大局之所繫。其一迎師於皖，皖軍至，而東南以次底定，旋乾轉坤，於是乎在。其一減三吳之浮賦，四百年來積重難返之弊，一朝而除，爲東南無疆之福。而是二者，稿皆出於先生。先生治經，通小學，故不爲浮詞，尤精隸首之學，能推而行之，清丈之法生焉。敘庚申間事，有史筆，間爲小文，清而腴。烏乎〔六〕，豈非吾所謂有以貫之，則此數者，固可得而一乎？先生以廷試第二人官翰林，負重望，咸豐初，潘文恭公以先生與林文忠同薦，使先生大用於時，其所設施，必將赫然爲中興名臣之冠，豈止於此而已哉？然使後之人拜先生之祠而讀其書，皆務爲有用之學，則先生之澤，固遠而大矣〔七〕。

【校記】

〔一〕此文又見於光緒二年刻本《顯志堂集》卷首（以下簡稱《顯》本），用作校本。

〔二〕青，《顯》本作「清」。

〔三〕廩，《顯》本作「寓」。

〔四〕吾，《顯》本作「我」。

〔五〕十五，《顯》本作「四十」。

〔六〕烏乎，《顯》本作「嗚呼」。

〔七〕「矣」下，《顯》本多「光緒二年嘉平月侍生德清俞樾頓首拜譔」。

《小滄洲詩鈔》序

《小滄洲詩鈔》二卷，會稽朱庸堂先生撰。余與其嗣君璞齋太守交最久亦最深，乃得受而讀之。其爲詩，陶冶性靈，琢磨風雅，有縫月裁雲之妙，無紙勞墨瘁之音。小杜詩所謂「玉白花紅三百首」，方處士詩所謂「裁霞曳繡一篇篇」，可以移贈此編矣。昔蜀韋縠選唐詩《才調集》十卷，所取多晚唐人詩，專以穠麗秀發爲宗，及北宋之初，有《西崑酬唱集》，乃楊億等十七人唱和之作，其詩皆組織工緻，鍛鍊新警，誦之而音節鏗鏘，詞采工麗，使人之情爲之一往而深。竊謂，詩主溫柔，固應如此，及歐、梅迭出，詩格遂變，雖蹤橫排奡突過前人，而纏綿悱惻之意，或反遜之。近代學者，喜言蘇、黄，山谷詩尤爲時尚，其生硬之致，固自可喜，然溫柔之教，無復存矣。風雅遺意，將遂散微。余讀先生詩，所以手不忍釋者，愛其用意微婉，立言深穩，與古詩教有合也。先生詩舊有刊本，亂後亡失，璞齋將重刊之，余因書數言於其卷端，願世之讀先生詩者，知此爲詩家之正軌，勿以側豔少之也。

朱鏡香《竹南精舍駢儷文》序

昔楊子雲以詞賦起家，論者以比相如，使守其少作而不變，則其沈博絶麗之才，亦足雄視漢廷矣。乃晚而自悔，思託經術以自尊，遂有《太玄》、《法言》之作，後世卒未嘗列之於經，而《長楊》、《羽獵》之後，不復發翰林、子墨之麗藻，或亦文人之左計乎？余三十歲前，好爲駢四儷六之文，今《賓萌外集》四卷，皆其時所作也。四十歲後研求經義，旁及周秦諸子，兩《平議》粗有成書，回視少作，頗有雕蟲之歎。卒之於經義所得至麤，而欲復爲曩時妃青儷白、侔色揣稱之作，則遂不能矣，含毫擲簡，爲之慨然。鏡香大令登道光丁酉拔萃科，余亦於是歲副賢書，得附同年生之末，及甲辰歲，又與同舉於鄉。君文章爾雅，以詞華傾後輩。咸豐間，君需次吳門，余亦僑寓於是，時相過從，每見其湧思雷出，書篋几杖之外，殷殷留金石聲，著壁成繪，在泉成珠，輒驚喜讚歎而不能已。俄而東南離亂，朋輩星散，彼此不相知。

及今歲之夏，復相遇於吳中，鬢毛斑矣。乃出示所刻《竹南精舍駢儷文稿》，則左挈江、鮑，右提徐、庾，其搜逑索偶之工，翦月裁雲之妙，猶曩時也。余癡抱一經，江郎才盡，讀君之文，真不啻聆九奏中之新聲，食八珍中之異味矣。因書此於其簡端，既識吾愧，且賀君文字之興，老而不衰，後福未有量也。

丁濂甫同年《蜀游草》序

予與君同年成進士，同得館選，在京師時，文酒讌游，甚樂也。每見君所爲詩賦，雍容大雅，不矜才使氣，而他作者，狂搜險覓，終莫能出其右。散館日爲《乾清宫賦》，予輩爲題所懾伏，率皆掇拾《文選》字句，模擬靈光景福，而才實不足以稱之，辭殫韻竭，龐亂鉤裂。而君仍爲近體小賦，餘波綺麗，寬然有餘，然後知君伐毛洗髓之功深也。同治庚午歲，君奉使典蜀試，試事畢，又拜視學浙江之命。既下車，刻其所爲時文、律賦以示多士，余既得而讀之。而今年春，君又出《蜀游草》一卷見示，蓋自京師首塗，由秦入蜀，又由蜀而楚，以至吾浙所歷，如井陘之險、太華之高、劍閣之嶄巖，瞿塘之轟豗，無不見之於詩。初不必如韓昌黎所謂『險語破鬼膽』者，而每讀一篇，令人如身履其地，如目睹其景，姚武功云『格調江山峻，功夫日月深』，君詩之謂矣。余小有點定，君頗不以爲謬。猶憶三月間，君招杜蓮衢侍郎及余小飲署齋，蓋三人者，皆庚戌同年也，酒間出是編共讀之光景，猶如昨日，而豈知君之遽作古人哉？晨星零落，可勝太息。哲嗣麗生庶常，以君遺意，索序於余，云將壽之棃棗。因於西湖精舍重讀一過，不勝人琴之感矣。

楊性農同年《移芝室集》序〔一〕

功令：凡歲陰在辰、戌、丑、未之年，季春之月，聚天下鄉試中式〔二〕之舉人，而試之禮部，禮部以其數聞，天子親定其中式之數，率較每科成進士者，率二三百人，此二三百人，相謂曰同年。既同年矣，然或相識，或竟不相識，既相識矣，或相處如親昆弟，亦或否焉，蓋仍各以其氣類合也。予與性農楊君爲庚戌進士同年，然予在京師，簡於交游，同年諸君，多不相識，卽與君亦止一〔三〕見而已。未幾皆乞假而歸，相隔數千里。君歸，遂不出，予歸，復出，旋以事失官，亦不復出。蓋自與君爲同年，未嘗得數日聚，蹤跡之疏如此。然予意中實未嘗忘君，非以同歲成進士之故，蓋氣類固有合焉。君重節概，喜文章，不樂仕進，一以著述爲事。數十年來，士大夫文體骫骳，其卑者，惟〔四〕妃青儷白，取悦俗目，其高者，矜言古文欒嬳，貌爲簡老，而無馳騁〔五〕自得之樂。獨〔六〕君則不然，凡所爲文章〔七〕，皆〔八〕道其胷臆〔九〕所欲言，無所規橅而自合乎古之法度。其詩亦然。蓋以詩文論，已卓然成一家矣。嗟乎，天下雖大，而講求學問文章，得與於作者之列者，落落然不過十數人，視夫進士同年，每科率二三百人者，孰難而孰易邪〔一〇〕？君往歲與予書，言始見吾駢儷之文而美之，後見吾所爲琴西同年詩序，斂華就樸，有『一變至道』之歎。然則如予者，固亦日往來於君之意中。古人所謂海内知己，天涯比鄰，又豈在形迹之疏密邪？因讀君《移芝室集》，輒書數語於其卷首，所以見吾兩人之交，以此而不以彼也〔一一〕。

【校記】

〔一〕此序又見於光緒刻本《移芝室文集》（以下簡稱『《移》本』）書前，題作『移芝室文集序』，用作校本。

〔二〕式，原作『試』，據《校勘記》改。《移》本亦作『式』。

〔三〕『二』下，《移》本多『再』字。

〔四〕惟，《移》本作『不過』。

〔五〕騁，《移》本作『驅』。

〔六〕獨，《移》本無。

〔七〕章，《移》本無。

〔八〕皆，《移》本作『率自』。

〔九〕『臆』下，《移》本多『之』字。

〔一〇〕邪，《移》本作『耶』。

〔一一〕『也』下，《移》本多『德清蔭甫俞樾序』。

王夢薇《入越吟》序〔一〕

王君〔二〕夢薇，蓋才而隱於下位者也。能爲詩歌，又善丹青，而尤長於〔三〕駢儷之文，古豔幽秀，有六朝人筆意。以君〔四〕之才，求之館閣諸公〔五〕，亦未易覯，而以末僚需次兩〔六〕浙，浮沉簿尉間，良可慨矣。余從〔七〕前主講蘇州〔八〕紫陽書院，曾讀君時文〔九〕，而未見其人。今年春，君始來見余於西湖精舍〔一〇〕，出所作詩文見示，并以《入越吟》乞〔一一〕序，蓋君之近作也。余讀其詩〔一二〕，五言如『雲牽危石墮，濤挾暗沙奔』，『雲開鷹翮健，風細鴿鈴圓』，七言如『寒欺酒骨眠難穩，愁擁詩腸句不新』，『雲勢欲拖雙塔去，雨聲陡合四山來』，〔一三〕皆可誦〔一四〕也。讀〔一五〕既竟，喟然而歎，爲誦白香山詩云〔一六〕：『袖裏新詩十首餘，吟看句句是瓊琚。如何持此將干謁，不及公卿一字書。』因即書此於其卷端〔一七〕。

【校記】

〔一〕此序又見於《紫薇花館詩稿》卷四《入越吟》（簡稱爲『《入》本』）前，用作校本。

〔二〕君，《入》本作『子』。

〔三〕『能爲』至『長於』，《入》本作『工詩詞，精醫畫，尤善爲』。

〔四〕君，《入》本作『生』。

〔五〕館閣諸公，《入》本作『當代館閣中』。

〔六〕兩，《入》本作『吾』。

〔七〕從，《入》本無。

〔八〕蘇州，《入》本作『姑蘇』。

〔九〕讀君時文，《入》本作『閲生之舉業文』。

〔一〇〕『君始』至『精舍』，《入》本作『於西湖精舍相見』，并多『雲情鶴態，非尋常風塵中人也』。

〔一一〕乞，《入》本作『一卷索』。

〔一二〕『蓋君』至『其詩』，《入》本作『余受而閲之，皆生近作也』。

〔一三〕『來』下，《入》本多『或雄健，或清麗』。

〔一四〕 誦，《入》本作『傳』。
〔一五〕 讀，《入》本作『閲』。
〔一六〕 云，《入》本作『曰』。
〔一七〕 『端』下，《入》本多『光緒元年冬十月德清俞樾』。

胡春波遺文序

同治乙丑，余自天津浮海南回，適吳下紫陽書院主講乏人，今相國合肥李公時以蘇撫攝江督，與余有同歲之誼，遂延主紫陽講席。丙寅、丁卯，承乏二年，遂得徧觀吳下人文之盛。十載以來，舊時同學諸子，如吳清卿大澂、誼卿大衡、馮聽濤松生、戴青來兆春，皆捷南宫，入詞館，其餘歌鹿鳴而舉於鄉者，指不勝屈。然余於吳下諸君子所尤心折者，則爲胡君春波，凡二年中行一十八課，而春波之文往往在高等。乃自戊辰以後，余移主浙江之詁經精舍，遂與春波疏闊，始猶歲一再見，比年來，則久不相聞矣。然余每逢鄉試之歲，江南題名小録至蘇，必問春波中否，而春波竟不售，余大詫歎。去歲，有欲延名師課其子弟者，余猶以春波告。乃今年夏，蔣心香比部過我春在草堂，出一編見示，曰春波之遺文也，屬爲之序。噫，春波卒矣，余甚悲。春波在諸子中，以文而論，固不居人後，乃餘子半皆掇巍科，登上第，而春波竟抱璞以終也。又念春波雖失意以死，而其遺文幸尚可編纂，或沈玉淪珠，其身後得顯於世，則又未始不爲春波幸也。春波之文，不務以雕琢爲工，剽竊爲富，而俯仰寬博，無噍殺之音，前後融洽，無淩躐之弊，每拈一題，必使題理題神，表裏俱到，所謂清真雅正者，庶幾近之。宜其投之場屋，無往不利，而卒不得志於有司，科名得失，其命也。夫余主講江浙間，每歲閱文多矣，求如春波之理真法密者，不可多得，誠得此種文，懸以爲鵠，庬亂鉤裂之習，吾知免矣。是宜早付剞劂，傳播藝林，不獨藉以傳春波身後之名，且使讀者知文以理法爲主，從此上窺先正法程，於文運未始無小補也。獨余紫陽校藝時所期於春波者，豈止於此，至今日而序其遺文也。楊子不云乎，鍾期死而伯牙絶弦，獲人亡則匠石輟斤。三復茲編，可爲長太息矣。

日本竹添井井《棧雲峽雨日記》序〔一〕

文章家排日紀行，始於東漢馬第伯《封禪儀記》，其造語之奇，狀物之妙，洵柳州《游記》之濫觴〔二〕，然所記不過〔三〕登岱一事耳。至唐李習之之〔四〕《南行記》、宋歐陽永叔之〔五〕《于役志》，則山程水驛，次第而書，遂成文家一體。然其書頗略，聊志〔六〕游跡而已，未足模範山川，鑴劖造化也。夫吾人北轅南柁，束囊晨征，車行則轙馬鈴騾，舟行則檣烏水狗，此豈細旃廣厦可以仰屋梁而著書哉？又況游覽所至，未必能如惠子〔七〕之載書五車自隨，某山某水，不過聞〔八〕郵童而諮津吏，而欲考訂古今，窮極原委，抑又難矣。竹添君〔九〕以東國儒官來游中士，又非生長於斯者比。余初以爲，游屐經臨，不過吟弄風〔一〇〕月，藉以〔一一〕排遣旅懷耳。乃讀其所著《棧雲峽雨日記》〔一二〕，則自京師首塗，由直隸、河南、陜西而至四川，又由蜀東下道楚以達於吳，緜歷九千餘里，山水則究其脈絡，風俗則言其得失，政治則考其利弊〔一三〕，物產則察其盈虛，此雖生長於斯者，猶難言之，而君〔一四〕航海遠來，乃能於飲風衣日之際，紙勞墨瘁之餘〔一五〕，歷歷指陳，如示諸掌，〔一六〕此〔一七〕足以觀君之〔一八〕學識矣。君〔一九〕重意氣，喜交游，在海外知余之名，及至中土，訪余於杭州詁經精舍，不值，又至吳下庽廬春在草堂，始得修相見禮，而以此問序焉。因書此詒之〔二〇〕。

【校記】

〔一〕此文又見於《棧雲峽雨日記》卷首，爲據俞樾手寫本上版（以下簡稱『稿本』），用作校本。

〔二〕『其造語』至『濫觴』，稿本無。

〔三〕所記不過，稿本作『止記』。

〔四〕下『之』字，稿本無。

〔五〕之，稿本無。

〔六〕志，稿本作『存』。

〔七〕子，稿本作『施』。

〔八〕聞，稿本作『問』。

〔九〕君，稿本作『井井』。

〔一〇〕弄風，稿本互乙。

〔一一〕藉以，稿本無。

〔一二〕『記』下，稿本多『二卷』。

〔一三〕利弊，稿本作『本末』。

〔一四〕君，稿本作『井井』。

〔一五〕餘，稿本作『時』。

〔一六〕『掌』下，稿本多『豈易言哉』。

〔一七〕此，稿本作『是』。

〔一八〕君之，稿本作『其』。

〔一九〕君，稿本作『井井』。

〔二〇〕『之』下，稿本多『光緒丁丑夏四月曲園俞樾』。

金眉生《六幸圖》序

往歲，客有問余者曰：『子何著書之多也？』余告之曰：蓋得力於三無。其一無錢。孔子謂顔淵曰：『使爾多財，吾爲爾宰。』然多財必孔、顔乃可，他人而多財，則受其累矣。余郭無一畝之田，家無一歲之儲，筆硯耕耨，歲食其入，僅足而無餘，以故目不能識秤星，手不能撥算珠，終日終年，一編而已，此得力於無錢者一也。其二無官。凡居是官，必有是官之事，即近世以來，未必各舉其職，然出則僕僕風塵，大寒暑無間，歸而車滿其門，屨滿其户，既罷去，而吏抱文書至高等身，尚何暇治其他邪？余三十歲始入承明廬，未四十即失官而歸，嗣後不復出，無衣冠襏襫之苦，無簿書填委之勞，此得力於無官者二也。其三無能。《詩》曰：『我從事獨賢。』賢者固多勞也。余有生以來，人間可謂多事矣。

干戈徧於海内，冠蓋交於海外，賢士大夫苦其心思，勞其筋骨，敝其脣舌，猶若不足以勝之。而余閉一室而坐，無過問者，不材之木，固無所用之，此得力於無能者三也。乃今觀六幸翁之自紀，其一爲貧〔一〕，卽余三無之一也。而君悉數其幸事以至於六，則視余三無而倍之，多乎哉，君之幸乎！余雖以三無自足，至是又不能無愧於君，何也？余讀書苦不能記憶，每讀諸史列傳，未終篇輒忘其姓名，偶得一義，不筆之，明日遂失之。而君讀書，無不能記，余所不及者一也。余未通籍以前，伏處三家村中，作村夫子而已。罷歸後，又杜門不輕見一客，故落落寡交游。而君羔雁滿天下，余所不及者二也。有此二不及，豈得以三無傲君哉？雖然，君之不及余者亦有一焉：余無能，而君多能也。君自朝章國典，以及河渠、鹽務、水利、荒政，與夫寰内之形勢，域外之情狀，無不犂然於心，如示諸掌。名公鉅卿，咸就君而諮訪焉，得失可否，待一言而決，君坐是不得安居於家，一歲日月舟車者半，視余之偃蹇曲園中者，迥不侔矣。君得無幸者六，而不幸者一乎？或謂余曰：『子惟無能也，故以有事爲苦，若才大如海者，雖處盤根錯節，從容談笑，綽有餘裕，夫何病焉？』余曰：若然，則君之多能又一幸矣。天使君耳目無恙，猶以爲幸，況賦君以絶人之才智乎？今而後，請益君之六幸爲七幸。

【校記】

〔一〕貧，原作『貪』，據《校勘記》改。

范月槎觀察《仕隱圖》序

范君月槎以觀察使者需次江南，丁丑之春，以事至姑蘇，過我春在草堂，手一編，屬爲之序，則曩者官國子監助教時所爲《仕隱圖》也。余曰：所施不同，故有異名。君前爲國子先生，飽閑散而寡參尋，有古人避世金馬之風，謂之隱宜也。今官觀察使者，方將振飭紀綱，激揚風化，爲一道之福星，純乎仕矣，其尚謂之隱乎？斯圖也，宜於昔，不宜於今，奚以序爲？君曰：『否，否，吾今猶昔也。昔備儒官，固所謂廣文官冷者，今以監司候缺，亦惟掃地焚香，彈琴詠風，如是而已。斯固隱者之事也，吾今猶昔也。』余聞而異之，既而憬然曰：此殆有道者乎？古之至人，尸居而龍見，淵默而雷聲，神動而天隨，從容無爲而萬物炊累焉，尚何仕隱之足言哉？且夫仕而謂之仕，隱而謂之隱，世俗之見也，有道者不然，無仕非隱，無隱非仕。范文正公爲秀才時，便以天下爲己任，隱而仕者也。謝太傅大人之容，王公之度，而寢處常有山澤間儀，仕而隱者也。仕亦隱，隱亦仕，蓋不以外物爲物，有君形者存爾。余觀君之爲人，和調而不緣，溪盎而不苛，蕭然自得於窮達之外。昔之官儒官，今之官觀察使，一也。雖使異日者，建朱節，震華鼓，總十連而督八州，在他人視之，以爲仕宦之至榮矣，而以君自視，固與助教閑曹無異也。則仕隱一圖，君固終身以之矣。昔之隱，小隱也；今之隱，中隱也；異日以大仕成其爲大隱，斯爲仕隱之極乎？姑書其卷端，以爲之券。

羅景山軍門《思痛録》序

壬申之春，余於家兄壬甫福寧郡齋見羅景山軍門，爲述咸豐十一年收復嚴州，與賊相持，以千七百人，據斗大孤城，當賊四五十萬之衆，糧盡援絶，然猶守死至三月之久然後去。方言此時，意氣慷慨，口講手畫，若太史公敍述楚漢間戰事，委曲詳盡，余固已心偉其人。越數日，招飲於其署齋，酒後出所自述《思痛録》二卷見示。攜歸讀之，乃知君少負大志，年十七徒步從軍，大小千餘戰，無不搴旗斬將，身先士卒，所擒馘不可勝計。卽間有敗衄，亦能全其卒伍，自引而歸，蓋卓然中興名將也。我國家承平二百餘年，地大物博，稂莠蘖芽，大盜起於粤西，延易乎東南，爲從古未有之劇寇，論者謂，唐黄巢之亂不是逮也。乃自咸豐二年，賊由永安州走昭平，爲燎原之始，以迄同治四年，盡殲其餘黨於嘉應州而後，已首尾凡十餘年，而君無日不在行間，幾於無役不與，無戰不先。及軍事大定，乃覼縷生平，年經月緯，著此一編，戰功之多，於此可見。而十餘年中，凡官軍與賊勢之盛衰，及同時共事之人賢否功罪，無不具於此編，豈獨見君之將才哉？抑亦可以觀史才矣。君雖絳灌之倫，而雅好文墨，嘗得晉江陳壹齋大令所緝《史緯》一書，謂其簡不失要，約不傷嚴，心好之，爲補刊其原版之殘缺者，使成完書，分貽同好。因以全帙見贈，并知余從事撰述，已付剞劂者積百餘卷，亦索全集一部去。嗟乎，余章句陋儒，無用於世，當江浙初定之日，曾寓書李少荃爵相同年，訪求中興來名臣名將事實，妄思譔著一書，備柱下采輯。而年逾五十，蹉跎未就。辱君不棄，問序於余，余何足以序君之書？重違雅意，漫書數語，以誌執鞭之慕。抑余此次自浙來閩，由錢塘江泝流而上，道嚴州，過蘭溪，所經如七里瀧、童子灘，皆君昔年鏖戰之處，請攜此編於歸舟讀之，泉聲山色中，猶想見君英姿颯爽，横槊指揮時也。

《梔子同心圖讀法》序〔一〕

昔蘇氏《璿璣圖》，縱横往復，皆成章句，宋元間有僧起宗者，以意推求，分爲十圖，得詩三千七百五十二首，而明人康萬民又增一圖，更得詩四千二百六十〔二〕首。今《四庫全書》集部有《璿璣圖詩讀法》一卷，即此兩家所演合成一編者也。夫《璿璣圖》止八百餘言，而得詩幾及八千首，其神妙真非意計〔三〕所及矣。嗣是以後，寂寥千載，未有嗣音。至國朝康熙間，永康才女吴絳〔四〕雪又有《梔子同心圖》之作，其圖凡一百六十五字，左旋右折，皆可成詩，舊讀止回文詩數聯、《長相思》詞數闋〔五〕，未盡其妙。咸豐初，應菉園明經瑩復就其圖潛心玩索，得五言絶句六首，七言絶句四首，詞三十二首，又六言詩八首〔六〕。其鉤心鬭角之巧，乃始稍稍呈露，亦不負作者苦心矣。絳雪以才女而兼節烈，事湮没幾二百年，吴康甫大令爲其縣丞，訪求得之，屬黄君韻珊製《桃溪雪傳奇》以張其事，又刻其詩集〔七〕，附以此圖，固表揚節烈之盛心，亦憐才之雅意也。余因勸并刻應君《讀法》以貽好事者，使海内錦繡才人，因此讀法，交相推廣，或更有不盡於是〔八〕者。他日滙爲〔九〕一集，與《璿璣圖讀法》並傳千古〔一〇〕，不亦足見昭代之多才而爲藝林之佳話乎〔一一〕？

【校記】

〔一〕此序又見於《徐烈婦詩鈔》（以下簡稱「《徐》本」）中，用作校本。

〔二〕六十，《徐》本作「六」。

〔三〕計，《徐》本作「想」。

〔四〕絳，原作「絳」，據《校勘記》改。下同。

〔五〕「回文」至「數闋」，《徐》本作「詩詞數首」。

〔六〕首，《徐》本作「句」。

〔七〕集，《徐》本無。

〔八〕是，《徐》本作「此」。

〔九〕爲，《徐》本作「成」。

〔一〇〕千古，《徐》本無。

〔一一〕「平」下，《徐》本多「同治十三年十二月上浣德清俞樾蔭甫序于春在堂」。

余蓮村《勸善襍劇》序〔一〕

天下之物，最易動人耳目者最易入人之心，是故老師鉅儒，坐皋比而講學，不如里巷歌謠之感人深也；官府教令，張布於通衢，不如院本平話之移人速也。君子觀於此，可以得化民成俗之道矣。管子曰：論卑易行。此蓮村余君〔二〕所以有《勸善襍劇》〔三〕之作也。今之襍劇〔四〕，古之優也。

《左傳》有觀優魚里之事，《樂記》有優侏儒之語，其從來遠矣。弄參軍之戲，始於漢和帝，梨園子弟，始於唐明皇，他如踏搖娘、蘇中郎之類，無非今戲劇之權輿。而唐咸通以來，有范傳康、上官唐卿、呂敬遷等，弄假婦人爲戲，見於段安節《樂府襍錄》，則俳優不已，至於淫媟，亦勢使然乎？夫牀笫之言不踰閾，而今人每喜於賓朋高會、衣冠盛集演諸淫褻之戲，是猶伯有之賦『鶉之賁賁』也。余子〔五〕既深惡此習，毅然以放淫辭自任，而又思因勢利導〔六〕，卽戲劇之中寓勸善之意〔七〕，爰搜輯近事，被之新聲，所著凡二〔八〕十種，梓而行之，問序於余。余受而讀之，曰：是可以代遒人之鐸矣。《樂記》曰：『人不能無樂，樂不能無形，形而不爲道，不能無亂。先王恥其亂，故制雅、頌之聲以道之，使足以感動人之善心，不使放心邪氣得接焉。是先王立樂之方也。』夫制雅、頌之聲以道之，誠善矣。而魏文侯曰：『吾聽古樂則唯恐臥，聽鄭、衛之音則不知倦。』是人情皆厭古樂而〔九〕喜鄭、衛也〔一〇〕。今以鄭、衛之音節〔一一〕，而寓古樂之意記〔一二〕，所謂其感人深，其移風易俗易者，必於此乎在矣。余願世之君子有世道之責者，廣爲傳播，使之〔一三〕通行於天下〔一四〕。誰謂周郎顧曲之場，非卽生公説法之地乎〔一五〕？

【校記】

〔一〕　此序又見於《庶幾堂今樂》（以下簡稱『《庶》本』）卷首，用作校本。

〔二〕　蓮村余君，《庶》本作『余君蓮村』。

〔三〕　勸善襍劇，《庶》本作『善戲』。

〔四〕　襍劇，《庶》本作『戲』。

〔五〕子，《庶》本作『君』。
〔六〕因勢利導，《庶》本作『因勢而利導之』。
〔七〕善、意，《庶》本『懲』、『旨』。
〔八〕二，《庶》本作『數』。
〔九〕皆厭古樂而，《庶》本作『多』。
〔一〇〕『也』上，《庶》本多『而厭雅頌』。
〔一一〕音節，《庶》本作『聲律』。
〔一二〕古樂之意記，《庶》本作『雅頌之意』。
〔一三〕之，《庶》本作『此戲』。
〔一四〕天下，《庶》本作『海内』。
〔一五〕『乎』下，《庶》本多『同治十二年德清俞樾序於吴下寓廬春在堂』。

蒯子範太守判詞序〔一〕

《唐〔二〕選舉志》吏部擇人之法，其四曰判。凡試判登科，謂之入等，甚拙者謂之藍縷，故唐人無不工判語。張鷟所撰《龍筋鳳髓判》，〔三〕至今〔四〕膾炙人口，明人有以張文成判、蘇文忠表並課子弟者，蘇文忠亦工判語，然今所傳，如『五日京兆，判斷自由；九尾野狐，從良任便』及『敦召南之化，此意可佳；空冀北之羣，所請不允』，類皆游戲之筆，此外不傳者，蓋已多矣，由當時未曾薈集成書故也。蒯子範太守爲當代龔、黄，政事文學，兼而有之。嘗攝長洲令，余寓吳下，聞其折獄時手自判牘，時作雋語〔五〕，有古人電掃庭訟，響答詩筒遺意，輒爲之忻慕，曰：佳乎吏也。顧君事煩〔六〕，而余性懶，未得常見。及君攝蘇州太守，乃時相過從。未久，而君移鎮江，旋入都展覲，拜夔州太守之命，於是蹤跡又疏闊矣。今年，自蜀中詒書，并寄示判語〔七〕一册，皆昔年爲牧令時據情定斷〔八〕、援筆直書者也。其處事之公平，察姦之明允〔九〕，固不待言，而率爾命筆，燦然成章，有他人支頤搖膝竟日不能得者。君於堂皇高坐、隸卒環侍之時，成誦在心，借書於手，所謂『文章本天成，妙手偶得之』，與東坡判語同一風趣，青錢學士，獺祭雖富，轉無此雋永矣。至丁四姐、王金妹等事，尤見其用心之厚。隨園詩云『他生願作司香尉，十萬金鈴護落花』，請爲君誦之。余山中筆墨，不過批風抹月，評量山水，得讀此編，詫爲奇絶，因勸君早日付梓〔一〇〕，傳布藝林，無使此零珠碎玉，長沈埋於司空城旦書中也〔一一〕。

【校記】

〔一〕此序又見於民國十八年刻本《吳中判牘》書前（簡稱《吳》本），用作校本。

〔二〕唐，《吳》本作『唐書』。

〔三〕『判』下，《吳》本多『文詞典雅』。

〔四〕『今』下，《吳》本多『猶』字。

〔五〕時作雋語，《吳》本無。雋，原作『儁』，據《校勘記》改。

〔六〕煩，《吳》本作『繁』。

〔七〕語，《吳》本作『詞』。

〔八〕 斷，《吳》本作『案』。

〔九〕 『處事』至『明允』，《吳》本作『遇事之明察，持論之公平』。

〔一〇〕 因、早日、梓，《吳》本作『并』、『早』、『剞劂』。

〔一一〕 『也』下，《吳》本多『甲戌初夏年愚弟俞樾校讀於吳下廡廬春在堂』。

春在堂襍文續編卷四

湖南永明縣知縣陳君墓志銘

君諱濟鈞，字貫千，别字西卿。先世自福建遷廣西潯州府之貴縣，遂爲貴縣人。世居縣城之西，曰松柏社。祖諱某，有隱德，能以《周易》筮，多奇中，尤精於醫。父諱某，孝弟誠篤，工詩文，通曉星學，隱居教授。道光紀元，由府學生舉孝廉方正，以母老不仕，詔賜六品銜。君其第三子也。生而聰敏，讀書能見大義，弱冠補博士弟子員。道光九年舉於鄉，屢試春官不第，俄遭父喪，既葬，廬於墓者三載，鄉黨稱焉。二十四年，以大挑一等得知縣，分發湖南。是時楚中有雷再浩之亂，君從事兵間，鞫所獲纍囚，脅從者輒免之。補永明縣知縣，歷署攸縣、酃縣、沅江縣、桂陽縣，皆有政聲。其攝沅江也，適遇水災，請發常平倉以賑之，活數萬人。其攝桂陽也，賊環攻之，守禦有法，城賴以完。後因言軍事，忤大府意，失官，大府旋悔，議復之。君以母老，不願復仕，遂已。咸豐二年，賊陷貴縣，君全家避城南柳村。賊至，君夫人及適湯氏之孀妹及冢婦黄皆死之。君聞難悲且憤。逾二年，又丁母王太夫人憂，道梗不得歸，焦肝灼肺，始有心胃疾。君次子璚，官浙江杭嘉湖兵備道，請於朝，封君如其官。璚旋以吏議左遷，大吏知其才，留治海塘。君詒書戒勉甚切。同治八年至浙，縱游湖山，時學使徐壽蘅侍郎乃君分校所得士，相見極歡。而君以第四子珩官湖南，爲生平宦游舊地，樂其風土，遂往就養。十二年冬十一月二十七日，卒於湖南，年七十有六。君配徐夫人，以死難旌。子七人：璿，早卒。璚，咸豐十一年拔貢生，浙江杭嘉湖兵備道，降同知特用，知府奏保道員。乃璣，江西候補知縣。珩，湖南候補知州。璵，候選從九品。瑢，殤。瑛，未仕。諸子奉君喪歸，將卜葬。樾，湖人也，於璚爲舊部民，璚以狀乞銘，誼不得辭。銘曰：

君仕於楚，而卒於楚。楚人謳思，曰我召父。位不甚達，其齡孔修。名不甚顯，其澤孔攸。陳寔子孫，爲龍爲鳳。丹桂五株，我識其仲。天祚令德，報在後昆。百世而下，式此墓門。

贈中憲大夫章公墓志銘

國家當隆盛之時，非特朝多君子也，其布衣韋帶之士，亦必有孝弟著於閨門、至行立乎鄉黨者，雖抱淑守貞，不聞於時，天必將厚其積而發之〔一〕於子孫，以大昌其家。烏乎，此吾所以銘瑩齋章公也。公諱某，字士玉，瑩齋其自號也，浙江金華人。生有至性，七歲入鄉塾，塾師爲説《論語》『入孝出弟』之義，輒有感發。出告反面，動如成人。家故清貧，無菽水之資，慨然曰：『瓶之罄矣，惟罍之恥。雖微毛生捧檄之望，敢忘仲氏負米之義？』乃以舞勺之歲，棄儒術，習會計，以養其親。一日，負甔石自外歸，飢疲，少憩，有父老憫之曰：『孺子得無餒乎？』遺以糗餌粉餈。公辭曰：『吾親未得食，吾敢先諸？』力負而歸。厥考啓和公不善治生，念兒曹況瘁，恆鬱鬱。公每日必密置錢數百於父牀頭，俾得攜錢就二三老友游飲爲樂。或是日囊無一錢，必稱貸以供之，雖甑釜生塵，而老人杖頭錢無匱也。啓和公嘗貸宋翁錢如干千，貧未有以庚也。公錙銖積累，數歲之久，始親負而還之。宋翁曰：『吾券已燔矣。』公曰：『父命也。』卒償如數。烏乎，宋翁之不責償，公之必償以成父志，皆古君子哉。公之事親也，食必精鑿，飲必清旨，有珍果嘉殽必以饌。凡賈所入必歸之親，己有所需則請之，無私財焉。執親之喪，水漿不入口者三日，杖而後能起，遇忌日，必疏食。尤篤於兄弟。有妹爲母所奇愛，既嫁，公體母意，餽問無虛日。同產弟樸齋公自幼從公學賈，教之書數，晝食同枓，夜臥同裀，視寒暖，問飢飽，若慈母之於弱子然。縣令張君手書『誼篤壎篪』四字顏其門，欲以其事上聞，力卻之乃已。樸齋公卒，公已臥病外舍，諸子秘不以聞。疾稍間，始聞之，卽輿疾歸，哭之其室，淚盡，繼以血，曰：『吾兄弟相依六十年無須臾離，今先我死，我何獨生爲？』自是病益不斟，踰歲而卒。公喜讀書，雖服賈，而一鐙一卷，與老儒無異。每讀南北朝及五代諸史，輒廢書歎曰：『吾儕幸生聖明之世，無兵燹之災，休養生息，皆君恩也。宜何如圖報乎？』或謂草野微賤，雖欲報無繇。公曰：『循分守己，勉爲聖世良民，是卽所以報也。』鄰里鄉黨，有壯不能娶、死不能葬、貧不能自活者，皆賙之。歲大無，糴穀於多田之家，糶而糶之，如市之賈，而陰溢其升斗之數。冬日，製棉衣三百襲，以施寒者，歲以爲常。嘗曰：『必待力有餘而始謀濟人，則終無濟人之日矣。』生平盛德，事不勝舉。其熟於鄉人之口、至今稱道者，有數事焉。其一事：公東郭外有地數畝，栽柏〔二〕樹百餘株，歲收柏實十數石。一歲爲人私斫之，守者以告公，曰：『今歲饑饉，是皆貧無食不得已耳，勿禁也。』於是東郭之柏樹遂盡。又一事：公之鄰某氏子以圃質於公，公厚予之值，歸其券。明年，復以質，亦如之。又明年，復以質，應之無倦。又一事：公里中有不孝子，詈其父母。公曰：『是豈性與人殊哉？』每見之，必與言父母鞠育劬勞及人子事親之道，又歷舉古孝子事實以告之。越半載，子不復詈；越一載，具酒肉養焉。又一事：公之戚某，行年五十，止一子，將娶婦而夭。投杖曰：『天乎！予之無罪也。』公曰：『君誠長者，然嗜食牛犬肉，或亦當戒乎？』某謹受教，無何，生丈夫子二。公之言曰：『人以愛子之心愛親，則孝子矣；以愛身家之心愛民，則良吏矣；以責人之心責己，以恕己之心恕人，則賢人君子矣。』又曰：『農工商賈，皆有益於人，士而無益於人可乎？在一鄉，當思爲一鄉所效法；在一邑，當思爲一邑所效法。使不善者皆化爲善，此士之益於人者也。』公所言，皆中理解，雖樸直無文，可書而誦也。公之子果堂太守，纂集公遺言爲一卷，曰《誦芬錄》，今撮其大旨著於篇。《詩》有之，『肆成人有德，小子有造』。傳者又推本君德，謂文王之德如此，故大夫士皆有德，子弟皆有所造成。烏乎，知言哉。夫惟有聖人爲之君，故久道而成化，化行而俗美，雖桑户棬樞間，彬彬多君子矣。其父老既有君子之德，則其子弟服習其教訓，觀摩其行事，謹願者可以無過，而其才智者，則必能負聲振采，大顯於世。而其尤者，至爲朝廷楨榦之臣，盤盂鐘鼎，焜耀無窮。故《詩》又曰：『濟濟多士，生此王國。王國克生，維周之楨。』我國家當乾隆之時，重熙累洽，比户可封。觀公之所爲，而時之清平，俗之休美，可知也。果堂太守以名進士爲賢太守，得公之教者深矣。苟終身服膺而弗失，則必且金榦玉楨，爛然爲中興名臣，其所造成，豈可量哉？樾生也後，不及識公，而兄林與太守同舉於鄉，故獲在年家子之末。太守不以樾無似，以狀乞銘，樾不得而辭焉。按狀，公生於乾隆三十三年，卒於道光十六年，壽六十有九。初娶方氏，生子二：曰紅幼，殤；曰倬雲，亦早卒。繼娶李氏，有賢德，嘗侍公疾，衣不解帶月餘，焚香祝天，請以身代。公愈，而李竟得勞疾，先公卒。生子二，曰倬標，曰格。格亦幼殤。倬標即果堂太守也，道光二十七年進士，由禮部主事轉陝西道監察御史，授福建泉州府知府。於是請於朝，贈公中憲大夫，方、李皆恭人。有孫男四人，女七人。曾孫男九人。即於公歿之年葬於縣東鄉之望府墩。銘曰：

雖無位而有公輔之器，雖不豐而有濟物之功，雖不食報於其身，於其後人。烏乎，百世而下，欲知公之遺澤，視此石。

【校記】

〔一〕之，原作『諸』，據《校勘記》改。

〔二〕柏，原作『栢』，據《校勘記》改。下同。

童嘯泉墓志銘

吾邑有躬行君子，曰童君嘯泉。其居家以實行爲主，而不務名譽；其爲學以致用爲要，而不尚文藝，古所謂君子儒也。余蓋與同補博士弟子員，而未得與之交。光緒建元之歲，距君之殁十有六年矣，其孤寶善乃始具狀乞銘。余既與同縣，又同入學，誼固不得而辭焉。按狀，君姓童氏，諱履康，嘯泉其字也，浙江德清縣新市鎮人。曾祖近臣，祖繼宗，父桂芳。君生七歲而孤，母朱太孺人命偕其兩弟入塾〔一〕讀書，夕自塾歸，必使背諷其日所受經。年二十一歲入德清縣學。君念家無恆產，無以爲養，乃出而教授於杭州馮氏。新市距杭州百里，舟一夕可達，君之在杭也，間日必作書問太孺人起居，佐以甘旨之物，歷十有五年無間焉。其兩弟以貧廢讀，君積脩脯所餘，使營什一利以自食。既爲仲弟娶婦，又爲季弟聘焉，而己顧未有室。朱太孺人曰：『宜順長幼之序。』君曰：『不然。貧家作事非易，在己者必能急也，宜先弟。』其後仲與季皆生子，而後君乃娶。烏乎，有弟而兄啼，世俗之恆情也。漢魯恭不欲先弟成名，魏崔光韶於宦婚榮利之事，未嘗不先以推弟，君此舉，其有古人之風乎？及朱太孺人疾，君刲臂血爲書，禱於神，求減己算以益母。凡懸衾、篋枕、斂簟及洗滌中裙廁牏，必以屬其妻，曰：『長婦職也。』時適大水，兩弟皆失業，君典質服物具饔飧，其冬至，不能衣枲著，而治太孺人之喪，一皆如禮。仲弟婦卒，撫其子女如己子女。有再從子葆禾，少而孤，亦養於家。『孝乎惟孝，友于兄弟』，君之謂也。君讀書不爲辭章雕琢之學，好觀史書，論兵法，推古今成敗所由，慨然有經世之志。粵寇之方熾也，君發憤作十策，曰原德、曰議戰、曰論守、曰料賊、曰任將、曰鍊兵、曰籌餉、曰安民、曰勤後治、曰保邦本，皆切實可用。今粵寇既平，士大夫謀所以善其後，言人人殊。寶善爲余言君《勤後治》一篇，有三大端，曰：復庠序，以宏正教；曰一文武，以起衰懦；曰勸耕稼，以備蓋藏。余謂：復庠序、勸耕稼，此孔子富、教之成法也。文武之不一，教之失也。春合諸樂，秋合諸射，古之士未有不兼文武者，君此言，豈俗士所能識歟？咸豐十年，杭城初陷，君適在城。盡棄其囊篋，而攜《通鑑》一袠、酒一鴟夷，徙至破屋中，且讀且飲，如平時。會賊卽棄城去，君乃出，謂其親故曰：『吾居患難中，靜以待命而已，無憂焉。』大亂之後，米價驟貴，君采救飢古方，凡方書中所言服之不飢者輒身試之，欲以活人。其年秋，偶得微疾，遂卒，年四十有五。娶卜孺人。生子二，寶善其長也，同治癸酉科拔貢生。次子葆良，殤。女子子一。銘曰：

古之君子，内行爲先。維孝維友，斯其本根。聞君之風，可式人倫。古之學者，恥爲章句。不能折衝，奚取俎豆。讀君之書，可覘建樹。昔年泮水，與君同游。今日仙潭，宰樹蕭蕭。克家有子，其又奚求。我刻貞石，以銘其幽。

【校記】

〔一〕 塾，原作『墪』，據《校勘記》改。

衃贈知府銜安徽鳳臺縣知縣孟君墓志銘

咸豐八年三月，賊陷安徽全椒，前知縣事孟君死之。其明年，給事中方公濬頤等以聞，詔贈知府銜，蔭一子州判，賜祭葬銀如例。又越十載，爲同治七年，兩江總督、大學士、一等毅勇侯曾公，從紳士薛時雨等言，請於全椒縣城建立專祠，下部議，從之。於是其孤沅乃始設位招魂，葬衣冠於山陰縣棲凫之原。爰具狀就樾乞銘。樾方主詁經精舍講席，而沅適奉檄監院事，朝莫見焉，故誼不得而辭。按狀，紹興山陰之有孟氏，蓋孟子四十七世孫、宋信安郡王諱忠厚者之裔，從宋南渡，因家於越。子姓繁衍，析爲六支，鳳墺其一也。有諱英人者，由鳳墺而遷郡城之香橋，即君六世祖也。祖諱明章，父諱封，以縣令起家，官至順天府東路同知。母戴宜人，生子五，君居長。生有異稟，讀書一過輒成誦。同知君教子嚴，懼染貴游子弟積習，不令居官廨。弱冠即遣詣都下，肄業成均，君僦居僧廬，躬執炊，讀不輟。嘉慶二十四年，應順天鄉試，中式。是時同知君方任繁劇，公私事旁午，乃始命君隨任，襄家事。君因於其間諮民情，講吏治。至道光十六年，大挑一等，以知縣分發安徽。同知君戒之曰：『州縣之官，民命繫焉，柰何不慎？吾服官二十載，無他長，惟耐煩忍欲而已。汝往矣，苟分外取一錢，非吾子也。』君至徽，權知旌德縣。縣有汪四者，以殺人繫獄刑，有日矣。君察其辭色，疑其寃，請重讞之，不可，至於再，至於三。大吏怒，褫君職，仍留訊是獄。君研鞫，竟得實殺人者，出汪四。大吏大驚，亟還君官。旋丁同知君艱。服闋還徽，適太湖有積案，命君往受事。甫半載，案牘爲空。十七年，題補全椒縣。縣東南多圩田，每夏秋霪雨，江潮漲溢，圩隄稍缺，即成巨浸。君在任，兩遇水災，嘗冒雨乘小舠督民修築，晝夜立泥淖中，無倦容。民咸感泣，百其力，有撤屋材助成之者。君又相視圩岸之不如法者，命改築，自是圩田皆獲全。被災之衆，餼之於城，活無算。邑之中，民衛、田户參半，而衛籍困苛派，不聊生，甚者破家。君籌巨貲，佽運費，刻文於石，永禁苛派，衛户以蘇。其催科，不遣吏役，方春時，親歷村聚，勸諭父老，使早納租課。終君之任，賦畢輸，無逋税。邑有井養書院，垂廢矣。君復之，豐其旣稟，拔其高才生，飲食焉，教誨焉。風雪之夕，循行閭里，聞誦讀聲，輒識其門户，旦而使偵焉，曰寒士也，則月有饋，饋以粟，佐以銀，於是士爭向學矣。惟西北鄉風俗雕悍，爲盜淵藪，盜有巨魁，曰陳、曰孫。君禽治之，境遂無盜。鄰邑有巨猾湯氏子武，斷鄉曲而罔市利，捕獲置法，一邑肅然。已而調鳳臺縣，鳳臺與壽州同城，民素悍，小有言，刃相向。吏尤詭譎，匿其凶頑，以要重賞，乃罔恆獲。君至，履行四鄉，立保伍鉤攝之法，奸無所容，未及一稘，盜賊屏息，囹圄空焉。父老嗟歎，謂數十年來未之見。而君亦由是得怔忡疾，浸衰矣。君性廉潔，稟同知君嚴訓，一介不苟取。又伉直，不畏彊禦，不阿上官。遇事不合，侃侃言，不少屈，故二十餘年不得轉一階。時戴安人春秋高，又聞君以勞成疾，命之歸。君遂以養親行，奉戴安人寓金陵。俄粵賊自長江東下，金陵戒嚴，因奉戴安人避江北。已而賊由浦、六北犯，滁人聳。大吏以全椒君舊治，命協理團練事。全椒四面受敵，城中故無民團，君倡爲之，隨地設守，東西扞禦，與賊相持數年。咸豐六年大旱，斗米錢二千。君出舊治縣時所積穀，平糶於市，兵民賴之。當是時，官軍營於和、全接壤之河村步。至八年三月，賊大至，軍潰，賊遂乘勝犯全椒城。或語君曰：『公非守土官，何俱死爲？』君怒叱之，率團勇至北關迎敵。二十七日，賊至益衆，鏖戰三時許，君受創墮馬。賊環刺之，遂遇害。有勇丁自賊中跳身出，述君死狀甚詳。烏乎，君故縣令也，或不死，人猶諒之，卒赴義如歸，所謂『致命遂志』者乎？璽書褒美，俎豆百世，亦足慰君九泉矣。距生於乾隆五十九年，年六十有五。配張恭人，生子一，沅也。咸豐二年舉人，仁和縣學教諭。女四，上元黄家聲、吳縣石霖、六合劉家炘、江寧甘元煥，咸其壻。銘曰：

戢暴安良，古之循吏。百里域之，未竟厥施。曰歸將母，終死王事。孟氏遺言，舍生取義。君允蹈之，無忝其裔。天祚忠孝，將昌爾嗣。俞樾作銘，以告來世。

余蓮村墓志銘〔一〕

同治十有三年冬十月丁丑，蓮村余君卒於蘇州。蘇之人，無識不識，咸太息曰：『善人亡矣。』越二月，其門下大生有鄭君者〔二〕，以《余孝惠先生年譜》來乞銘其墓。孝惠先生，蓋其門弟子所私謚也。謹按《謚法》，慈惠愛親曰孝，勤施無私曰惠。君之行，允副此二者矣。余初不識君，辱君見訪於吳中〔三〕寓廬，屬纊之際，猶手一册，屬其弟子轉以示余，期以〔四〕昌明正學，廓清異端，所責望者甚厚。然則銘幽之文，余安得而辭？謹按《年譜》，君姓余〔五〕，諱治，字翼廷，蓮村其自〔六〕號也。先世居武威，元淮南宣慰〔七〕副使忠宣公守安慶，死之，其次子德旺，避居梁溪青城鄉浮舟村，遂爲今常州府無錫縣人。十四傳至維樛，維樛生昭燎，昭燎生茲恬，茲恬生來貢，是爲蕙田君，則君之考也。君生時，母孫宜人夢五色雲墮其室，及生，以叔父書田君無子，爲之後，季父藍田君亦無子，兼祧焉。九歲讀書於塾，或授以俗本酒詩，君曰：『酒乃誤人之物。』辭弗習。其後從李申耆先生游，先生甚重之，爲書田、蕙田兩君作《家傳》，曰：『二公篤行碩德，雖未獲自顯，令子治克自振拔，爲吾黨重。其益勵所學，立身行道，上慰先人乎？』君感其言，始有濟世之志。當是時，江南方承平，風俗浮靡，市井之子，酒食徵逐〔八〕，士大夫亦徒以文藝相尚。君獨慨然以人心世道爲憂，思有以維持補救，挽回劫運。以爲聖賢經傳，非愚蒙所能通曉，宜以淺近之言發明之。鄉塾舊有《神童千家詩》諸書，蓋宋時村書之流亞〔九〕，詞意卑陋，君仿其體例，别撰五七言詩以課童蒙。又以功令重《四書》文，乃從先正文稿中擇其可以感發懲創者，都爲一編，俾求名之士知以積德爲本。蓋君之爲教，皆在因勢而利導之。其後遂有《勸善襍劇》之作，大意以俳優侏儒最害風俗，然由來久遠，既不能廢，則莫如因而用之。乃仿元人襍劇，采取近事，被之管絃，使善者可以爲法，惡者可以爲戒。烏乎，君之用心，可謂曲而至矣。生平善事不勝書，其規條詳所著《得一錄》中。而戒溺女，禁淫書，則尤致〔一〇〕意者。東南大吏，頗采其說，下所屬施行焉。當江浙陷賊時，君著《劫海迴瀾》文，又繪《江南鐵淚圖》，見者無不感泣，鄉愚婦豎，咸切齒腐心，願與賊俱亡。東南之底定，固由師武臣力，而君之書，未始無功也。余嘗寓書合肥相國言及君，相國復書曰：

『蓮村余君，吳中善士，久耳其名。』然則君之善聲，固藉藉公卿間矣。君爲金匱縣學生，五應鄉試，不中式，遂絶意進取。大吏錄君〔一一〕功，由附生保舉訓導，加光錄寺署正銜。妻顧宜人。無子，以兄子蔭培兼祧。女子子三，長適陶育，二三未行。是歲十一月己未〔一二〕，蔭培奉君之喪歸〔一三〕，權厝於浮舟村之東圩〔一四〕。余爲之銘，須其葬，納之壙〔一五〕。其銘〔一六〕曰：

古三不朽，曰德言功。言之可重〔一七〕，功德與同。如何後人，鞶帨求工。無益於世，或興厥戎。君獨不然，意在發蒙。其説彌淺，其效彌崇。惟將忠孝，化彼愚惷。海外景教，流行域中。不端其本，言乃愈哤。詒我一編，其理平庸。未充〔一八〕營衛，勿去其癰。欲除盜賊〔一九〕，宜〔二〇〕崇其墉。君言孔嘉，我衰且窮。愧無以報，有恧予衷。敬將此意，銘君幽宮〔二一〕。

【校記】

〔一〕此文又見於光緒九年刻本《尊小學齋詩文集》（以下簡稱『《尊》本』），用作校本。《尊》本題作『例授承德郎候選訓導加光祿寺署正銜余君墓志銘』。

〔二〕有鄭君者，《尊》本作『薛君景清』。

〔三〕中，《尊》本作『下』。

〔四〕以，《尊》本作『於』。

〔五〕『余』下，《尊》本多『氏』字。

〔六〕自，《尊》本無。

〔七〕慰，《尊》本作『尉』，誤。

〔八〕酒食徵逐，《尊》本作『徵逐酒食』。

〔九〕　流亞,《尊》本作「支流」。
〔一〇〕　尤致,《尊》本作「其尤用」。
〔一一〕　「君」下,《尊》本多「勸導之」。
〔一二〕　「是歲」至「己未」,《尊》本作「光緒元年十二月壬申」。
〔一三〕　歸,《尊》本無。
〔一四〕　「權厝」至「東圩」,《尊》本作「葬於縣北萬安鄉青蓮墩」。
〔一五〕　「需其」至「之壙」,《尊》本作「書而刻之石,以納諸壙」。
〔一六〕　銘,《尊》本作「辭」。
〔一七〕　重,《尊》本作「貴」。
〔一八〕　充,《尊》本作「培」。
〔一九〕　除盜賊,《尊》本作「清奸宄」。
〔二〇〕　宜,《尊》本作「先」。
〔二一〕　「宮」下,《尊》本多「德清俞樾謹撰」。

王梅庵處士墓志銘

台之黄巖縣有隱君子,曰梅庵先生,余不及見其人,而獲交於其子,不得親炙其言論,而獲讀其書。以書之所言,合之其子子莊孝廉所爲行狀,蓋敦行不怠之古君子也。先生姓王氏,諱維祺,字道齡,梅庵其自號也。先世居縣之南鄉，曰逍奧。其九世祖諱世補，始遷縣東之柔橋村。曾祖諱聖倫，祖諱文標，父諱宣澤，字兑齋。母盧孺人。先生於兄弟行最幼，居第四，自童孺時，資性純謹，不與羣兒伍。七歲入小學，所業倍他兒，年十一，從符先生龍文學爲制義，後屢以貧輟業，符先生與先生之姑之夫馬君朝陽縱臾之，遂就學如初。先生既屢廢學，懼無所成，益自刻厲，學日進。年二十四補博士弟子員。是時盧孺人已前卒，兑齋君以一門數十人無内主，析其產爲四，俾諸子自爲計。先生由是不得專力於學。一應鄉試，不中式，遂不與試。出授徒，藉〔一〕脩脯供甘旨，凡十年，兑齋君卒。乃謝生徒，家居讀書，不復出矣。先生貌清癯，長不逾中人，而舉止端重，望之儼然。事兑齋君以敬以順，無幾微之忤。事諸兄尤友愛，方析產時，諸兄或有所慊，輒損己貲以和解之。其居家也，稱有無以給衣食，存贏餘以備不虞，雖一錢尺帛，皆有文籍可稽也。自奉甚約，而族黨故舊之貧者必周之，不以匱乏辭。或爲人解紛息訟，不自以爲功，而受人之惠罔不報。方從符先生時，館於蔡氏，蔡媪視先生甚厚，愛之如子。後媪貧，不能自存，月餽之粟，媪卒，經理其喪葬焉。與人交必以誠信，非其人則遠之，所與善者，終身無間言。配徐孺人，無子，勸納簉室。先生曰：『「二女同居，其志不相得」，吾懼焉。盍子兄之子？』徐不謂然，乃副以何孺人。何柔婉，徐愛之，先生又撫御有方，閨門之内賓如也。已而孝廉生，先生教之以義方，大要歸於樹氣節，慎交游，存寬厚。孝廉輯之爲《家訓》六篇，曰述德第一，曰立品第二，曰勤學第三，曰治生第四，曰襍訓第五，曰遺聞第六。先生雖以貧廢學，而好之不衰，至老而《四書》、《五經》尚能背誦，子史諸書，亦皆流覽，得其要領。孝廉嘗曰：『吾少侍先君，隨所質問，其應如響，以爲爲師者類然。及就外傅，每有所叩，師或不能應，歸以質先君，無不知者，然後知先君之學之深也。』所著《時鳴集》一卷、《有真意齋襍纂》二卷、《醫學約鈔》四卷，余皆未之見。所見者，《家訓》六篇，孝廉所編次也。又爲《柔橋王氏譜》，未成，孝廉卒成之。先生生於乾隆四十四年閏六月十一日，卒於咸豐七年十月二十三日，年七十有九。徐孺人生女子子三，其壻曰符禹九、曰趙仁山、曰夏印卿。側室何孺人生丈夫子棻，字子莊，同治六年丁卯科舉人。又女子子六，喻興雲、何福饒、虞大用、徐維齡、牟泰豫、顧用光，皆其壻也。其適符氏、喻氏者，俱早寡，守義不嫁。適何氏者亦早寡，遇賊不屈，死。孫四人，曰憲、曰愘、曰愷、曰恂。孝廉既合葬先生及徐孺人於白龍山之原，虛其左，爲何孺人生壙。書來乞銘，銘曰：

位不列於廟堂，而行則信於父兄。名不出於鄉里，而澤則被於孫子。名位雖晦德孔修，厚其本者豐其條。烏乎，先生之風永無斁，千載而下視此石。

【校記】

〔一〕藉，原作『籍』，據《校勘記》改。

朝議大夫炳南婁公側室陳孺人墓志銘

故朝議大夫炳南婁公有側室，曰陳孺人，順天府霸州沙筏村人。其家世故微也，而莊姝婉孌，有大家風。年二十有四，始以巾櫛事公。當是時，公年踰六十矣，其諸子皆仕宦，家門鼎盛，中外戚屬，恆四十餘人。孺人日惟事公之事，暇則事鍼管線纊，又暇則靜坐，不臧否一人，不縱臾一事，家人以是咸敬愛之。其明年冬，公寢疾，逾年不瘳。孺人奉侍惟謹，藥石焉，饘酏焉，悉手治之。下至中帬廁牏，身自浣滌，不委之倭御。俄而疾革，孺人刲臂肉羹之以進，秘其事，無聞者。及公卒，始涕泣言之，自傷誠意微薄，不足感動，晝夜哀號，欲以身殉。防閑者衆，不得間，越月餘，竟歐血死。時咸豐七年三月也，年二十有七。生女子子一，殤。無子。遺言願附公兆域，以終侍公之意。嫡諸子從之，禮也。嫡孫椿來乞銘。銘曰：

三心五噣其光微，彼姝者子乃有齋。莊事所天無詬謑，夫病不辭刲其肌。夫亡遂欲摩其笄，卒從地下相扶持。同穴之義非有私，我書貞石蘿其限，欲表女宗茲可稽。

候選訓導連君墓志銘

濱東南皆海也，而吾浙海濤異他處，衍溢漂疾，易爲患。朝廷歲縻金錢，以巨萬計，築塘捍之，海水猶或齧入，蕩田廬，淩岡壟，然則塘工尤要哉。余於咸豐末避地上虞之查浦，其地負海，而前臨曹娥江，土人謂之『前海』、『後海』，前後皆有塘，塘工險要，爲浙東最。父老每爲余言：『欒川連君，從事於江海兩塘者十餘年，吾儕至今安全者，連君之力也。』余固已知君之爲人。至光緒二年，君之孤以君事略乞銘其墓，則君已古人矣。按事略，君諱仲愚，連川其字也，上虞人。曾祖雄飛，祖彭年，四川忠州直隸州知州。父聲佩，候選通判。君自幼爲忠州君所奇，撫其背曰：『可兒可兒，異日興我家者，此子也。』及應童子試，冠其曹，然君不屑爲科舉之學。友於兄弟，厚於本支，信於朋友，其器識之宏，學養之深，言行之篤實，材幹之優裕，事略所載，未得其十一。余無以言也，舉其一瑣事云。兒時，偶大嘑，鄰人趙僂抱至瓜田，摘一瓜予之，乃喜爲之笑。六十年後追念此事，買田二畝，與其孫，爲趙僂祭田。即此一事，可見君之爲人矣。君生平落落大者，在前江後海兩塘。上虞之西鄉，曹江在焉，其上爲新昌、嵊縣，萬山重疊，衆流奔赴，下接大海，潮汐洶涌。而乾隆以後，外來流民盜種山場，每逢大雨，山中泥沙隨流俱下，溪河先淤，而江身亦日以高。江高而水大，水大而塘危，道光三十年秋八月，霖雨連日，風潮大作，決大口十有七。布政使汪公臨視，借庫銀三千兩，命知縣張公致高修築之。張公以屬君。君寢食於工次者，一年有餘，而十七決口皆合。咸豐三年，海水逼塘下，護沙不盈十丈，而江塘適又決大口三。權知縣事林公鈞議築決口及修前後塘，又以屬君。君自是奔走於前江後海，無暇日矣。君以爲，善治病者，必治病之所自來，善用兵者，必不使敵臨城下，於是有創修臨江大牆之舉。牆成，凡三千六百丈，而其内土塘有重關之固，於是首險次要各工，乃得次第經理，而賀家步柴塘，厥工尤鉅。先是，塘之最險者曰孫家渡，爲江海互激之區。其後，因孫渡嚴守無可乘，乃移而衝突賀家步。海潮西上，江水東下，激而怒起，高過於塘。塘内一河之隔，皆民居也，地形局促，不能加廣，即無可增高。君乃議築柴塘八十餘丈，以分水勢，至今賴之。然君之言曰：『水勢遷移不定，則隄工夷險無常，安知今日之次要，非異日之首險？孫家渡、賀家步，其明徵也。』而後海石塘，歷年既久，日就傾圮，數百里民命，全係於此。每至塘上，輒徘徊不能去。同邑有邵培福者，感君高義，創設管塘會，君甚嘉焉，命其會曰『衆擎』。捐田四十畝入會中，鄉里慕義者咸附之，先後得田二百餘畝。歲入其租，以供修築之費。君以孫家渡爲全塘扼要之地，即於其地建别業一區，藏庋書籍，襍蒔花木，顔其堂曰『留耕山房』，平時養老於此，有事即爲公所。其中有捍海樓，憑欄而望，則江海形勢，皆在目中。君雖老且病，猶可於此中臥而治之。

孰意樓成而君旋卒也。君卒於某年月日，年七十歲。上虞縣學生，候選訓導，加光祿寺典簿銜。配某氏。生丈夫子六人：茹，副貢生，候選内閣中書；芳，候選州同；葧、藻、荇，俱國學生；蘅，優稟生。孫十一人，入邑庠者三人。曾孫一人。君所自著有《塘工紀略》四卷，都凡海塘四千七百六丈，江塘六千六百二十六丈，皆君手所規畫，故言之甚詳。余剌取其事，銘君墓。又附《敬睦堂條規》，則以贍族黨鄰里之貧者，連氏子孫，所宜世守者也。銘曰：

庚辛之際，道路荆榛。君運於海，以食飢民。大亂初定，百度一新。凡百有爲，惟君是詢。功在黌舍，利及民田。君所措意，尤在海濱。經之營之，垂二十年。前江後海，無役不親。微君之力，民其介鱗。何以報之，視彼後人。

候選訓導葛君墓志銘

自昔循良之吏，必以教化爲首務。兩漢所紀，修横舍，立校官，皆良有司事也，厥後有司與學校分職，政教始歧而爲二。然士大夫有世官庠序克稱其職者，往往起家爲循吏，不於其身，即於其子孫。嗚呼，吾持此論久矣，乃今以銘雲莊葛君之墓。君姓葛氏，諱龍光，字穎波，雲莊其自號也。先世於明初自山西洪洞縣遷河南許州城北蘇橋村，遂爲許州人。曾祖廷敬，本生曾祖丙辰，雍正十年舉人。祖元福，候選州同。父萬全，由孟津柘城教諭，升南陽府教授。君生於儒族，幼穎悟，嘉慶十八年入州學，旋補廩膳之額。君之仲兄重光，爲安徽泗州州判，君往省之。州判駐洪澤湖之濱，其地距州城百里，民俗剽悍。道光八年大無，亂民蠭起，闌入州判署。君率家衆禦之，傷焉。既而察其衆皆烏合耳，曉以利害，咸解散，遂以無事。道光十五年，君父教授君爲柘城教諭，明年，君攝鹿邑訓導。柘與鹿鄰邑也，父子鄰比爲校官，時人榮之。至道光三十年，而君之子兆堂爲鹿邑訓導，又卽君秉鐸故地，家世相承，以俎豆爲職，世以比孔穎達之三世司業，可謂盛矣。君嘗訓兆堂曰：『凡人志氣精力難振作而易銷沈，宜及時自勵，以冀成立，陶士行之運甓可法也。』故不止授以詩文格律，并爲招延拳勇之士，使之習射御角力。及兆堂應州試入學，冠其曹，君手書數百言戒之，勉以有用之學。蓋君雖終於儒官，然其所蘊蓄，固甚宏矣。兆堂以軍功由訓導遷知縣，在江蘇歷宰大縣，有循聲，蓋由承君之教。又其家爲學校官者且三世，耳目濡染，無非禮樂教化之事，故與俗吏殊也。孔子曰『君子學道則愛人』，斯其徵歟？君未仕前曾幕游於皖，既謝鹿邑事，又一攝光州學正，其晚年，復客靈璧，先後在皖者十餘年，所交多知名士，以詩畫自娛樂。道光十八年，自靈璧還柘城學舍，省教諭君起居。俄而得病，十二月丙申卒，年四十有一，蓋卽兆堂入學之歲也。君自經史外，襍藝無不通曉，常侍其母喬夫人瘧疾，時夫人年七十矣，諸醫咸束手，君用大黃治之，卽愈。又研究音律，善絲竹。所著詩文，經兵亂散佚，故無傳也。配李夫人，長葛人。其在室也，值歲饑，卽能鬻衣襦、質釵鐶，佐家人食餓者。既歸君，而賢益著。君之卒也，念親老子幼，忍不死。治舅姑之喪皆如禮。方析爨時，止受屋之半及田九十畝，其餘固不較也。及兄公亡，撫其子女如己出。兆堂官鹿邑時，從之官，感念今昔，每爲慨然。咸豐二年，鹿邑有劉同源者，創邪説惑衆，將作亂。邑人聳，左右私相告語，太夫人聞之，命兆堂言於邑宰，掩捕得之，脅從皆散，境内帖然。其明年，粵賊陷歸德，鹿邑亦戒嚴。太夫人時在里，寓書勉其與同城文武努力戰守。歸德屬邑先後失守，而鹿邑獨完。及宦江蘇，太夫人就養來吳，於光緒二年二月癸亥朔卒於吳縣署，距君之卒，三十九年矣，年七十有八。子二人：長兆堂也，江蘇蘇州府吳縣知縣，候補直隸州知州，奏保以知府用，加道銜。光緒初，恭遇覃恩，遂加四級，贈君通奉大夫，而太夫人亦受封焉。次震堂，候選訓導。孫六人，世薰、世苞、世藟、世蕙、世芳、世蔭。孫女三人，韓元戢、高其嘉、高其文，咸其孫壻。曾孫五人：雨臣、喜臣、潮臣、鼎臣、賡臣。當咸豐中，余奉使河南，已知兆堂賢。及罷官寓吳下，而兆堂適宦吳，遂相習也。兆堂兄弟奉太夫人之喪歸，而乞銘於余。蓋君之葬於許州蘇橋河陽之原已三十七年，至是啓而合葬焉，禮也。銘曰：

學校之職，古昔所崇。教始於身，由家而邦。移風易俗，庶幾時雍。維君家世，學爲儒宗。祖孫相繼，俎豆是共。被服嫻雅，不與俗同。有子起家，爲黄爲龔。學道愛人，報之者豐。謂余不信，銘此幽宫。

候選郎中徐君墓志銘

同治之初，朝廷削平禍亂，詔下各督撫，撫循其民，與天下休養生息。而其時，賢士大夫亦能仰承德意，完殘奮怯，起瘡痍而衽席之。蓋禽薙草薙，戡定四方，諸將帥之功也；教養兼籌，以奠其後，則賢有司之功，而其鄉之士大夫，亦與有力也。江蘇之震澤縣有震澤鎮，亦一大鄉聚也，鎮人有寅階徐君者，其鄉之賢士大夫也。今年夏，徐君之子澤之以狀乞銘其墓。余讀而歎曰：『此於大亂之後助朝廷勞來安集者也，於法宜銘。』謹按狀，君姓徐氏，其先爲徐偃王之後，以國爲氏。明季有諱曠者，自淮渡江，十傳至永昭，始居震澤鎮，是爲君高祖。永昭生覲光，覲光生學健，同治初，以孝子旌。學健生三子，長諱醖，字玉書，君所考也。次諱榮森，字湘波，是爲君本生父。自高祖以下，咸以子孫貴顯，迭膺封贈，爲鎮鉅族。道光二十九年，大水，湘波君爲粥以食餓者，君時尚幼，已能左右之，湘波君異焉。君有二弟，皆以劬學死，湘波君乃命君輟讀，治家事。當是時，金陵久陷於賊，而蘇杭諸巨室猶承平，舊俗繁富夥夠，以奢靡相高。君喟然曰：『燕巢幕上而以爲安，不亦傎乎？』乃務爲節儉，有餘貲，輒市穀以備緩急。俄而大營潰，蘇垣陷，君以摶力句卒之法衛鄉里，有衆一旅。賊至，苦戰卻之，然衆寡勢不敵。時吾湖趙忠節公奉命總理湖郡團防，君乞援焉。忠節以出境剿賊，慮餉不繼，君乃盡出所儲，以助兵食，忠節喜曰：『蕞爾一隅，乃有同志如君者乎？』率偏師來鎮，會攻平望，克之。而賊來益衆，湖軍適有他警，旋撤去，賊圍四合，火於上風，君知事不可爲，身殉無益，突圍出，而鎮遂陷。君奉湘波君走滬上，尚圖再舉，而君亦病，病中猶時搥牀大呼殺賊也。同治元年，今爵相合肥李公以巡撫駐上海，聞君之才，檄辦上海撫卹事。湘波君諭之曰：『今東南淪陷，惟存上海一邑，四方之民走來歸者，如爵叢獸曠。汝既與斯役，盡一分心，造一分福，毋惜費，毋憚勞。』又曰：『家鄉故舊，流離可憫，汝其念之。』君泣受教，乃謀於同里施君少欽，鳩巨貲，郵鄉里，以振乏絶，命之曰『興仁之會』。其時爲賊蹂躪之區，皆不得耕，間有耕者，賊伺其熟刈之，民耕而不得食，大困。洋人趨利，載米數十艘以往，官曰：『是齎〔一〕盜糧也。』議有禁。君爭之曰：『賊何患無米，其患無米者，陷賊之民也。是濟民，非濟賊，請勿禁，且請勿抽其釐。』米船咸集，災黎以甦。三年，江蘇平，邑令萬公屬君以善後事，君請先施粥一月，一月後，擇其尤貧者旬餼之粟，以三百人爲額，至今循之。大亂初定，百廢未舉，而君適奉檄辦内地絲捐，因請於絲捐内計包抽釐，以供善後之用。於是平治道塗，修造橋梁，建復書院，疾病者藥之，物故者槥之，暴骨者埋而揭之，孤無父者育之，是曰保嬰，寡無夫者衣食之，是曰恤嫠。兵革之後，向之質庫皆廢，鄉民重息以貸，無應者，鬻在箔，至無以飼，生計益窘。官議集富商設公典，商皆峙躕。君首出貲爲之倡，兩浙江南之有公典，自君始也。邑中善舉，無不取決於君口講指畫，每日自辰逮於酉，凡事之待舉者及有宜變革者，隨時書寸紙粘臥室壁，次第行之，雖細無遺。亂民畢永泉、陸劾庭期其黨於某日起事，君偵知其期，密言於巡撫丁公，檄縣令掩捕，得之，竿其首，遂以無事。太湖漊港久淤塞，有詔開濬。君隨同沈太守偉寶履行其地，度深淺，計窊隆，開竇灑流，數月而畢。又以本鎮運河爲蘇湖往來要道，瓦礫填積，舟楫不通，乃言於官，開正河自西迤東，又開支河之在南北者，凡二百八十丈有奇。君勇於任事，尤好獎勵後進，族黨之無恆產者，其子弟十齡以上，君察其才器秀穎者，使之讀書，樸願者亦授以所業，賴以成立者，不下百餘人。歲在癸酉，子濟之舉於鄉，僉曰：『爲善之報也。』君在道光中已議敘光祿寺署正，後以籌餉功得候選同知，賞藍翎，以善後事竣，易花翎，君遂援例改郎中，加五級，躋二品，封祖父母、父母如其秩。而君精力猶壯，至是擬率濟之入都，俾應禮部試，而自赴部供職。乃未及成行，而母沈太夫人卒，君悲號成疾，緜歷年餘，竟以不起。光緒元年元旦，君集族人議修宗譜，建義莊，及病篤，又手書數百言訓其子，猶拳拳以修譜、建莊二事爲言。是年九月乙巳，君卒，年三十有八。娶周夫人，生子二，長澤之，同治十二年舉人，候選内閣中書。次望之。湘波君之存也，以君弟鎔甫、咸甫兩君俱無子，命以望之爲鎔甫後，而兼承咸甫之祧。女子子三人，皆殤。光緒二年九月癸未，澤之等葬君於浙江烏程縣馬要村。余雖不識君，然重君之爲人，是能於大亂之後爲國家勞來安集者也，故撰次其事，而係以銘。銘曰：

東南底定，同治之初。亹宇雖復，元氣猶虧。惟良有司，奠厥攸居。誰其佐之，賢士大夫。恢恢徐君，密慮深圖。曰莠宜去，曰粟宜儲。曰湖宜濬，曰道宜除。曰幼宜學，毋任呶呶。曰嫠宜恤，毋使歔欷。浸仁沐義，民氣以蘇。求民之利，忘躬之劬。未登中壽，咸曰於戲。雖不永年，澤在鄉閭。有子英英，早登賢書。積善至蕃，斯言豈誣？千載而下，式此幽墟。

【校記】

〔一〕 齋，原作『齋』，據《校勘記》改。

沈懋卿事釋疑

桐鄉沈君懋卿，一鄉所稱善士者也。其嗜善也如芻豢，其赴義也如不及，其於人也，寒者衣之，飢者食之，病者藥之，死者棺之槥之，埋而楬之，嬰兒失其母者乳之餔之。當庚辛之亂，扶攜提挈，其三黨之族姻，以避寇鋒，辛苦墊隘，卒不相舍，以安以全者，無慮數十家。由是數百里間，無識不識，咸以善士稱之。初無子，中年以後舉丈夫子二，其鄰有不戒於火者，火及其間，天反風，以免。僉曰：『善士之報也。』乃於乙亥之冬，竟以牆壞壓而卒。禮有之，死而不弔者三：畏、厭、溺。沈君善士，宜備五福，而反死於三不弔之一，向之稱善慕義者，至是而不能無疑，曰：『是殆有隱慝焉？』有舉其事以問於樾者，樾曰：　隱慝之説，始於《左氏》。僖公十有五年『震夷伯之廟』，《傳》曰『展氏有隱慝焉』。使展氏誠有隱慝，則天且震其廟，必不昌其子孫，而展氏之後，乃盛於魯，且生和聖焉，其無隱慝明矣。夫隱惡而揚善者，舜也；　不逆詐，不億不信者，孔子也。奈何襲《左氏》之誣辭以疑善士乎？　然則其壓而死，奈何？　曰：　此古人所謂遭命也。《禮記・祭法》篇《正義》引《援神契》云：　『命有三科，有受命，有遭命，有隨命。』又從而説之曰：　『受命謂年命也，遭命謂行善而遇凶也，隨命謂隨其善惡而報之。』是人之壽命，有此三科，受命者正命也，餘二者雖皆非正，而有遭與隨之異。沈君之死，行善而遇凶，正所謂遭命者。世人不讀古書，不知古義，挾私意以測之，謂必有以致此，則是有隨命而無遭命。古人所謂三命者，缺其一矣。且子不聞『禍虛』之説乎？　漢王充著《論衡》，有《福虛》、《禍虛》之篇，大旨謂，世人以受福佑者爲行善所致，被禍害者爲行惡所得。其實窮達有時，遭際有命，一身之行，一行之操，前後無異，而一成一敗一全一壞，乃遭遇適然耳。以是言之，沈君之無子而有子，遇火而反風，福也。福固虛也，遭遇之適然也。其後以牆壓而死，禍也。禍亦虛也，遭遇之適然也。世人不察，見其得福，從而誇美之，見其得禍，從而譏笑之，其亦未離乎流俗之見矣。《論衡・禍虛》篇廣徵博引，娓娓千言，謂：　子夏喪明〔二〕，以有三罪，則伯牛癘疾，宜有十過，子路葅醢，當有百罪也。蒙恬之死，以絶地脈，則顏子何以夭亡？　李廣之不侯，以殺降卒，則孔子何以不王？　其言可謂辨矣，而其理猶有未明。及讀其《命義》篇，始有以得其理。《命義》篇曰：　『性與命異，或性善而命凶，或性惡而命吉，操行善惡者性也，禍福吉凶者命也，或行善而得禍，是性善而命凶，或行惡而得福，是性惡而命吉。性自有善惡，命自有吉凶，命吉之人，雖不行善，未必無福，凶命之人，雖勉操行，未必無禍。』烏呼，斯言盡之矣。

余故以沈君之死歸之遭命，又引王充『福虛』、『禍虛』之説，而以性善命凶爲沈君定論。世之致疑於沈君之事者，其亦可以釋然矣。

【校記】

〔一〕明，原作『命』，據《校勘記》改。

春在堂襍文續編卷五

恩竹樵中丞五十有五壽序爲張子青前輩作

昔白香山以五十四歲官蘇州刺史，其明年，賦詩有云『今歲花前五十五』，又云『且喜年年作花主』，蓋在蘇州所作也。夫白公以文學而兼政事，爲政風流，照曜千古，然以遭逢唐室之衰，黨事方興，不樂居要路，其在蘇也，亦不久而去，所謂『年年作花主』者，徒付之虛語而已。竹樵中丞由奉天府尹拜蘇藩之命，亦適屆五十四歲，與香山莅蘇年齒相符，至今年，則香山所謂『今歲花前五十五』者也。而是年春，公已被命攝漕督，旋權蘇撫，玉節金符，綠輧紺幰，蓋不久而真除之命下矣。夫今之督撫，唐之節鎮也，香山詩所謂『萬人開路看，百吏立班迎』，仕宦之榮，無踰於此，而公已身被之。然則年齒雖同符香山，而遭遇盛時，致身通顯，蓋遠過之矣。公家世文通武達，軒冕相襲，公以門資在擁樹之中已注官牒，及歲就試，輒居高等，内歷白雲之司，外居黃堂之位，俄遷觀察，旋擢都轉，陳臬事於皖江，臨事侃侃，有赤石不奪之節。昔范純夫數上疏，極激切，文潛、少游輩懇勸不回，曰：『吾出劍閣關，稱范秀才，復爲布衣，何所不可？』公之風節，正與相似，角巾野服，退就私第，闔門養威，將及十載。中興之始，蹶而復興，仍由觀察而都轉，而廉訪，光復其初。潘陽，古黃龍府，爲昭代龍興豐沛之邑，長〔二〕白之山，鴨緑之江，雄秀甲天下。公尹京作翊，六載於兹，訪四樓之遺蹟，尋三河之舊壤，政事多暇，歗詠方滋，吏肅民和，帝用嘉焉，不次之遷，肇始於此。今由方伯而開府，水大鱗舒，風高翼展，其造福三吴之民，而上副聖天子倚毗之重者，豈有涯與？羊叔子以寬厚宏其化，杜征南以文雅播其猷，吴人至今稱頌不衰，公其兼之矣。之萬嘗與同官於吴，當公攬揆之辰，竊獻此言，爲稱觥之助。夫公之豐功偉略，隆隆日上，夫人而知之，其曼福絣齡，如川方至，亦夫人而信之，不待鄙言爲之肸飾也。姑誦香山太傅『年年作花主』之詩，爲公慶，且爲吴人慶。公其欣然而進一觥乎！

【校記】

〔一〕長，原作『太』，據《校勘記》改。

方子穎觀察五十壽序

壬申之春，余發錢塘江，泝流而上，自嚴而金華，而處，而溫，水行則有七里瀧之迴沈縈浥，陸行則有桃花嶺之嵲巍嵯峨，其間澗曲崖深，巖層岫衍，丹青綺分，望若圖繡，清風鳴條，山壑俱響，顧而樂之，不復知有登涉之勞矣。既至溫，則崇山峻流，爽秀尤異。觀察使者，子穎方君，吾故人也。一刺〔一〕入，詫曰：『豈來游雁宕乎？』遂留飲於其署中之且園。且園者，康熙間司寇高公所建也。司寇名其佩，字韋之，嘗爲溫處道，工詩，能以指濡墨作畫，至今海内猶珍之。園其所手葺，林疏石瘦，頗有畫意，歲久傾圮，君又新之，花嶼竹齋，風亭月榭，視舊有加〔二〕焉。是夕，小飲既酣，翦燭清話，夜午未休，并出示《雁山游記》一編。余讀未終，恍如置身七十二峯間，看大小龍湫從巖澗中飛流而下矣。次日，又觴我於曾氏之怡園，園有花木泉石，亦東甌一勝地。余詩云『領略怡園好風景，不辭半日此流連』，謂此也。夫余以省親閩中，假道永嘉，小住半日，猶流連而不能已。君乃於山水鄉爲雁山作主人，此其福爲何如邪？昔高公官至刑部侍郎，而終身以且園自號，蓋雖歇歷中外，不能忘且園也。君詩畫不下高公，而政治之美過之，行見金符玉節，爲國家宣力四方，其智名勇功，未可限量。然而論山水之樂，則或視今茲有間矣。君自言官溫、處久，樂其政簡而民樸，每當風日晴和，簿書多暇，春之日菜花黃，秋之日楓葉赤，或命巾車，或棹輕舟，角巾野服，與僚佐數人，倘佯於山巔水涯，酒村魚市，於是斑白之叟，羈貫之童，相與迎拜，曰：『吾公來矣。』有瀹茗進者，有擷園蔬野蔌獻者，君笑而受之，解杖頭錢以犒之，俄而夕陽在山，炊烟四起，乃相與披襟岸幘，吟風弄月而歸，樂哉游乎！雖山公之游習家池，歐陽子之在醉翁亭，不是過矣。余前年五十生日，有詩五章，偶爲君誦之，而君今歲亦行年五十，乃和余詩，即以自壽。其詩有云：『賓朋爭欲投佳句，父老渾忘是長官。』誦此詩也，不獨見君之風流文采，而其政平訟理，流愛於人，亦可想見矣。余山中人，不與聞世間事，君之惠政，不能具言，而惟借且園一夕之談，爲君發一笑之樂。君本由刑部郎外擢，異時天子思君治行，或擢君刑部侍郎，如高公故事，豈非且園中一佳話乎？

【校記】

〔一〕 刺，原作『剌』，據《校勘記》改。

〔二〕 加，原作『如』，據《校勘記》改。

其二 爲潘芸臺太守作

溫、處在漢初爲東甌國，其地襟山而帶海，距省會絶遠，島嶼緜邈，林麓黝儵，磝硂乎數州之間。國家建置郡縣，而統以兵備道，俾宣布朝廷威德於山陬海澨間，專方面之寄，而分牧伯之任，蓋視諸路尤重哉。今觀察子穎方公，於同治三年由刑部郎中京察一等，特簡斯任，凡榷關防海，諸大政咸屬焉。公既下車，以溫爲濱海劇郡，瓌異叢育，商賈駢坒，潮波汩起，迴復萬里，羣盜出没其中，長鯨修鯢，往往而有。乃躬自巡歷，講求方略，仿古飛雲蓋海之制，增製龍艚快蟹諸船，馭以習流之卒，督以下瀨之將，輕舠巨艦，連舳接艫，金鼓所震，巉澗闃如，大盜數百，先後授首，閭閻安堵，闤闠填溢，水浮陸行，四隩來暨。永嘉一縣，古巖邑也，含溪懷谷，岡巒糾紛，曰西溪，曰楠溪，乃莽罠之野，昧莫之坰，爲萑蒲淵藪，由來舊矣。公募勁卒，親駐要隘，禽姦戔猾，兩溪肅清，行旅歌於塗，農夫舞於野，荀子曰『善附民者善用兵』，公其有焉。公又以祁祁生徒，未知嚮學也，謀益書院膏火之資，出俸錢，爲之倡，廣招秀艾，挾册負素，諷誦其中，以時習之，月則有試。公又以屨縷之甿，貧無以自存也，乃即舊有養濟院彍而大之，蘖房井匽，罔不胗飾，矜孤頤老，胥匡以生，孔子曰『善爲吏者樹德』，公其有焉。退食之暇，無他嗜好，惟耽圖籍，手自讎定，黄墨精謹，縢帙充積，數逾萬卷。署有且園，康熙中司寇高公其佩所建也。館宇清華，竹木幽邃，閲歷已久，小有撓廡。公稍稍葺治之，披襟岸幘，坐嘯於風亭月榭之間，與達者數子，雅歌投壺，悠然自得，所謂『居官無官官之事，處事無事事之心』者乎！性又愛山水，雖居冠蓋，不廢登臨，如溫之雁蕩、仙嚴，處之南明、仙都，皆浙東勝地，風谷雲谿，秀甲天下。公於暇日，命駕往游，或臨流賦詩，或摩厓作書，仰矚俯映，流連忘返，林徒雲客，詫爲神仙中人。於是溫、處二郡之人，既安公之政教，又慕其風化，神君慈母之稱，徧於一道，若廉州之謳顏有道，澶州之誦韓大中也。有雅知公者，作而言曰：『此知其細，未知其鉅，但知其造福於溫、處之一隅，未知其有功於中興之大局也。』昔唐建中、貞元間，宗社危而復安，一時名將，若李晟、渾瑊、馬燧諸人，皆號定難功臣。而後世尚論之士，往往歸功於陸贄，當涇師之變，事出倉卒，贄從幸奉天，遠近調發奏請，報下書詔日數百，皆周盡事理，衍繹熟復，人人皆曉，旁吏承寫不及。興元赦令下，人心大悦。李抱貞入朝言：『山東宣布赦書，士卒皆感泣，人情如此，知賊不足平也。』以是而言，李晟、馬燧諸將血戰之功，不如陸宣公一内相之力矣。咸豐間，公以刑部主事值樞垣。文廟之狩熱河也，公簪筆隨扈，軍書旁午，千緒萬端，倚馬視草，筆不及凍。每有大政，樞邸輒與密議，公勸以久任宿將，優容言官，以故臺諫竭忠，將士效命，猰㺄鑿齒之倫，以次翦除，衡棚息而輶軒騁，威械藏而俎豆布，乾清坤夷，天下光融。議者以曾文正公及合肥相國並稱曾李，以配唐之李郭，而不知居中當局，以房謀而兼杜斷，是攝是贊，成此巍巍之功，則公一人之力爲多。然則，公其今之陸宣公乎？宣公遭德宗昏闇，不能竟其用。方今朝廷清明，天子神聖，有殷宗中興之則，有成周隆平之制。公歔歷中外，如日之升，異時樹六纛，總十連，繫天下之輕重，豈止溫、處之民仰澤懷風，想望德音乎？歲在横艾涒灘則壯之月，爲公五十縣弧之辰。某忝守括蒼，叨隸宇下，敬獻此言，以侑壽觴。《詩》曰『樂只君子，德音不已』，此溫、處之民所私祝者也。《傳》曰『觸石而出，膚寸而合，不崇朝而徧雨乎天下』，此海内賢士大夫所共望於公者，非溫、處所得私也。

吴母胡太恭人七十壽序

同治紀元之十有一年，皇帝大婚禮成，仰式乾文，俯憲坤典，延期流祚，普氾無私。乃發德音，降璽書，凡天下婦人年七十以上者，咸與恩賜。而吴母胡太恭人，適於是歲十有一月稱七十眉壽之觴。鄉人士君子相與言曰：『方今聖上，家環海而子蒸黎，惠浸萌生，仁霑葭莩，推娥臺娰幄之恩，引年曠典，及於門内。雖棬樞桑户，得被大賚，況華鎮六樹，受加命之服，金齒鐵牙，衍宜家之壽。而珍禕〔一〕懿鑠之行，溢於壼史，其可無一言以侑春酒、介兕觵乎？』惟太恭人生安定之門，嫻習《詩》、《禮》，事父母以孝聞。年二十有一，歸贈中憲樂亭君爲繼室，琴瑟靜好，十有六年。其始來歸也，君舅遠宦巴蜀，不得親執棗栗之摯，每感卜子之言曰：『古之嫁者，不及舅姑，謂之不幸。』若節春秋，誉魚菽之祭，必豐必潔，節羹剅粥，罔不肸飾，數十年如一日也。贈公始官七閩，繼仕三秦，宦轍所至，魚軒必偕，是攝是贊，吏民頌内助焉。及贈公捐館舍於秦安，服用無副，筲餘一縑，太恭人百計經營，始得奉旅櫬歸先兆。維時，前室子仁山、竹平兩君皆未成立，所生子友麓大令年甫十有二，太恭人撫之，有尸鳩均平之德。積紡績所蓄，具摯幣，腆脩脯，聘名師，禮賢者，命諸子從之游。蚤暮敦慔，使讀先人書，旦而受業，夕必自鉤稽之，訓之曰：『汝家自黄葉老人以至汝父，居家爲孝子，居鄉爲良士，居官爲循吏。吾見世之人，有薄其兄若弟而不恤者焉，有多取其先人之貲田而不知讓者焉，有篤於聲色而不顧父母之養者焉，有役役於貨財而没齒不饜者焉，之數者，吾家無一也，汝曹承其遺澤，可不勉乎？』諸子稟承慈訓，爭自琢磨。友麓壯歲有聲庠序間，視科第如拾芥，會遭庚申之亂，奉母避兵滬瀆。大府聞其名，聘居戎幕，今合肥相國屢上其功，奏加運同銜，以同知直隸州用，補常州府陽湖縣知縣。江蘇自收復後，户籍〔二〕田結，混淆無別，吴縣地尤大，閭丁匿口，愈治癒棼。上游知友麓才，使推勾之，數月而已，簿注釐然，如示之掌，此可知其賢且能矣。他日雙旌五馬，臨隷大郡，太恭人康强逢吉，由八九十而至期頤，黄髮垂肩，曾玄繞膝。天子方敬奉兩宫，用孝治天下，恩從祥風翔，德與和氣游。太恭人以名門之壽母，爲熙朝之人瑞，其必有馮親、荀母之褒，金尊玉杖之賜，曼齡駢福，垂曜億軨，然則此日所陳，其猶嚆矢乎！

【校記】

〔一〕禕，原作『褘』，據文義改。

〔二〕籍，原作『藉』，據《校勘記》改。

杜筱舫觀察六十壽序

端蒙汭漢之歲，余見今相國合肥公於金陵。合肥公曰：『子見觀察杜君乎？』余曰：『未也。』合肥公曰：『是賢而才，且工文辭，宜往見。』乃投刺於其行館，適君他出，門者辭焉。已而君來余舟，一見如舊相識。其明日，以巨帙來，發而讀之，君所著《古謠諺》也。舟窗無事，日讀一卷，歎其取材之富，體例之精，合肥公所謂工文辭者，洵不虚矣。未幾，君權蘇藩，又攝臬事，余寓吴下，過從益熟。又有以信君之賢而且才，非徒文辭之工也。越十年，太歲在閼逢閹茂，值君六十攬揆之辰，鄉人士君子皆言於余曰：『子熟於君，而又工於文，宜以文爲君壽。』余謝曰：熟於君則信矣，工於文則未也。夫文之不工，而徒以縟旨繁文、星稠綺合爲瓌瑋連犿之辭，豈切人不媚之義乎？然則，余將何以壽君？無已，請卽爲君歌古謠諺。自來名人魁士，其生也必有所自來，如東坡前身爲五戒，王梅溪前身爲嚴闍黎，往籍所載，非盡虛罔。君之生也，其大父夢老僧擔登入室，殆杜少陵所謂釋迦抱送者乎？故生而穎悟，神識湛然，請誦古謠諺曰：『少達妙理婁居士。』古之名流，多有法學，釋〔一〕之、定國，聲光漢臺，元常、文惠，績映魏闕。君始舞象勺，卽治申韓家言，弱冠之歲，受任明府聘，三閱月而手治大獄七十有三。唐張文瓘於旬日間決疑事四百餘事，君殆庶幾矣。故雖在幕府，而具文武幹用，隱然負公輔才。請爲誦古謠諺曰：『令德日新裴鏡民。』國朝承平日久，地大物博，至道光之季，羣盜萌芽，始爲封豕長蛇，以薦食我黎庶。楚督東巖裕公，整旅討賊，檄君從行，始治文牘，供資糧扉屨，既而從方伯夏公，旗旝首塗，玉桴金鐸，隨流而攘，自楚南至於粵西，所經如芙蓉之江，銅鼓之山，皆苗猺峝寨，風土詭異。君金鼓鐵馬之間，不廢嘯詠，著有《南行》、《北行詩》各一卷，《南征傳奇》四卷，所謂『上馬殺賊，下馬草露布』，君兼之矣。請誦古謠諺曰：『有文有武是曲大，有謀有勇是吳大。』自是厥後，軍事孔亟，朝廷命將出師，東屠西翦。君輒參豫其間，袁浦之陷也，以海船駐守清江，姑蘇之陷也，以民兵保衛江北。暨乎江浙肅清，東南底定，諸大帥〔二〕論功於朝，謂君才大心細，簡核精詳，屢克名城，咸資贊畫，洵無愧斯語矣。請誦古謠諺曰：『入粗入細李普濟。』海王之國，謹正禹筴，齊有渠展之鹽，燕有遼東之煮，由來舊矣。國家歲入，鹽官爲大，軍興以來，榷法弛廢，鐺户疲焉。君手定《章程》一十四事，行於淮北，條制得宜，時以爲便。其梟散之民，非官與牢盆以姦利相市者，名捕其十一人，置之法，積弊一清，貲課充足，少府之儲，用是饒裕。請爲誦古謠諺曰：『鹽政奚廢公未逢，鹽政奚興逢我公。』君以明敏之材，濟之以練達，大府引重，朝議翕然。嘗權江安糧道，權江藩，權蘇藩，權蘇臬，權蘇松太道，所至綏撫僑舊，鎮靜流末，完殘奮怯，皆有條次。其陳臬於三吳也，值如皋有冤獄，君平反之，活三人於歐刀之下、砧質之上。《唐書》所謂『遇徐、杜者生』，君其有杜景儉之風乎？請誦古謠諺曰：『一問得竟，皋陶、鄧盛。』東南兵事，自咸豐二年賊由永安州走昭平爲燎原之始，以迄同治四年盡殲其餘黨於嘉應州而後，已首尾十餘年。君在戎幕久，聞見最真，乃手著《平定粵寇紀略》及《江南北大營紀事本末》兩書，文贍事詳，森然起例，宏纖巨細，鱗羅布列，有良史體裁。乃其餘事，又工爲小令，因萬紅友《詞律》，宗《花間》、《尊前》之典型，闢《嘯餘圖譜》之紕繆，有功詞學不淺。而大輅權輿，容有疏略，著《詞律校勘記》，爲紅友彌縫其隙，故讀君《采香詞》二卷，格律精嚴，合於紫霞翁之作詞五要。請誦古謠諺曰：『曲有誤，周郎顧。』昔范攄自序其《雲溪友議》，引諺曰：『街談巷議，倏有裨於王化。』君所輯《古謠諺》，亦古太史陳詩之遺意也。余所徵引，皆本是書，以君所輯，爲君歌之，可以欣然而進一觴矣。君雖年登耳順，精神淵著，器宇端凝，望其風采，似四五十歲人，而峻級清階，已至方伯，他日回豐貂以步文昌，聳高蟬而趨武帳，華鼓朱節，宏總上流，智名勇功，豈在杜征南下乎？勳位愈崇，年德彌劭，自七八十以至期頤，仰承天子靈壽杖之賜，而俯聆海内士大夫《鶴南飛》之曲，祥圖瑞史，焜燿無窮，余又將何以壽君哉？請仍爲君誦古謠諺曰：『且貴且富，有南山之壽。』

【校記】

〔一〕釋，原作『識』，《南齊書·孔稚珪傳》有『古之名流』至『魏闕』一段，此處當化用其語，故從改。

〔二〕帥，原作『師』，據《校勘記》改。

袁母郭太夫人百歲壽序

昔在咸豐紀元之十載，恭逢文宗顯皇帝三旬萬壽，乃加恩於大臣之耆壽俊在厥服者，而及其父母。維時故漕運總督袁端敏公之母郭太夫人行年八十有四矣，有詔存問，御書『懿粲頤齡』四字賜其家，海内稱述，以爲至榮。逾十有三載，太夫人年九十有七，準故事，計閏月爲百歲，河南巡撫以聞。詔曰：『年屆百齡，精神強固，洵是熙朝人瑞。』下禮部旌賞如例。於是文孫筱隝詹事移書中外知交，具事實，徵詩文。《禮》曰『古者有吉事則樂與賢者歡成之』，其斯之謂與？海内士大夫，善頌善禱，比物荃蓀，連類龍鸞，喬喬皇皇，極天下之大觀。樾與詹事同歲成進士，誼不能無言，而聞見偏僿，文辭儉僿，又不知所以爲言，乃竊從文廟御書『懿粲頤齡』四字敬繹其義，而憬然曰：至乎哉！顯皇帝之與天合靈符，先天而天弗違也。在《禮》百歲曰期頤，然則太夫人之年登百歲，顯皇帝知之矣，故以『頤齡』二字錫之也。古人多大年，往往有至百歲以上者，傳稱召公百八十歲，殷高宗、周穆王皆百三四十歲，而自百年以上，不更爲之名，則皆以期頤統之，亦猶自始生至十九皆曰幼也。百年者，壽之大，齊太夫人已符其數，過此以往二十年而甲子再周，又二十年而古稀再屆，進而上之至百八十歲，爲巾幗中之召公。安神閨房，飲食頤頤，無不可以『頤齡』稱也。雖然，頤齡由於懿粲，太夫人之頤齡，信有徵矣，其懿粲可得聞歟？曰：太夫人之在母氏也，年未十齡，值歲大無，即能佐家人煮糜鬻、紉衣襦以施貧者。及歸贈光祿公，事尊章以孝，處築里以和，御臧甬以寬而有制，待鄰里鄉黨以仁。道光二十六年，中州大旱，端敏公時官京師，太夫人命出白金千兩爲之倡，於是鄉人士君子官京師者咸效之，得金萬，由户部下河南。奏庶艱食鮮食，同鄉官之醵金助本籍賑，自此始也。咸豐六年，項城大饑，族有不能舉火者五十餘家。月饋之粟，又煮粥於路，待饑者而食之，人一盂。荀子云『美意延年』，兹非太夫人頤齡之所自致乎？雖然，懿則懿矣，猶非其榘之大者。太夫人之落落大節，則在視國事如家事，勉其子若孫以移孝作忠，而爲中興大局之所攸賴。咸豐間，羣盜磐牙，遠者自五嶺外，近者自兩河間，所在蠭起。端敏公佩使者印，督師於皖，太夫人屢書戒勉甚切。公嘗乞假歸省太夫人，惟問軍中疾苦，剿撫次第，不及其他。歲在丙辰，太夫人年八十矣，設帨之日，以軍事孔亟，戒勿稱觴。以書諭端敏公曰：『聞捷音勝聞祝嘏也。』端敏公念天子憂勤之意，又感慈母之拳拳，景思内昭，英風外發，龍驤鳳矯，掃清逋殘，俘其名賊，克其崇墉，臨淮鳳陽，以次收復。太夫人又以所居項城，當蒙亳西，而皖北之賊，出入恆於斯，命諸子諸孫用摶力之法捍禦鄉里，郛其野以守，鼓其民以戰。每寇至，諸孫年十五以上能執干戈者咸列，睥睨間，賊往往衄而去。用是，寇在其垣，耕穫無廢，緜歷年歲，元氣不傷。中州者，畿輔之門户也，中州安而畿輔亦安，功在一方，事關大局，太夫人之懿榘，兹爲尤矣。筱塢以詞臣起家，累參軍事，又奉詔駐關中，治西征糧食，資糧屝屨，無闕於供，士馬飽騰，秦隴底定。自兹以往，滅烽臥鼓，九服清怡，使粒食之民粲也晏也，享泰和之福，太夫人教忠之意至是而大慰矣。惟文宗顯皇帝至誠如神，以太夫人之懿榘，卜太夫人之頤齡，用是有『懿榘頤齡』之賜。太夫人善承天貺，徯福貞貞，未可限量。范望之注《太玄》曰：『古者天子世孝，天瑞之鼎，諸侯世孝，天子鑄鼎以賜之。』今天子敬奉兩宮皇太后，瑚輿彩仗，祇詣慈宫，蒸蒸至孝，洞三光而貫九幽，鉤鈐明，延嘉生，受天之瑞昭昭矣。太夫人生舒長之日，登期頤之壽，筱隝疏聞於朝，乞歸爲太夫人壽，是合於古者諸侯世孝、天子賜鼎之禮。樾故舉『懿粲頤齡』四字，敬繹其義而敷陳之。他日鑄爲鼎鐘，紀恩榮而蘄眉壽，其有取乎斯義歟？

其二 爲衛静瀾廉訪作

同治建元之十有三載，爲聖天子親政後初届元日令辰。是歲恭逢慈禧端佑康頤皇太后四旬萬壽，爰乃涣汗大號，首親親，次賢賢，縟儀既登，鴻釐大來。維時鉤鈐明，延嘉生，蒼烏見，而海内士大夫家亦往往有眉黎之壽母，其達於朝聽，特加異數者二人，一爲李大司空母姚氏，一卽太夫人也。李母年逾八秩，而太夫人則行年滿百，尤爲曠古所希聞，而當代所僅見。此聖天子睿感通寰，孝思浹宙之徵，而亦兩宫皇太后泰元神筴、永永無極之符應也。於是河南巡撫上言，宜加優禮，用彰人瑞。帝曰：『俞哉，其應得賞賚之典。』禮部以聞，特賜御書額一方，以介大年，示優寵禮也。先是，咸豐十年，太夫人年八十有四，文廟御書『懿粲頤齡』四字賜其家，及同治六年，復以壽逾九旬，今天子賜以御書『彤管揚輝』四字，至是，天章三錫，昭回雲漢，四方士仁，游鳴珂之里，登畫錦之堂，莫不黎收而拜曰：『楊子有云「金齒鐵牙，壽考宜家」〔一〕，其太夫人之謂乎？』雖然，嘗聞徐幹《中論》之論壽矣，有王澤之壽，有聲聞之壽，有行仁之壽。太夫人遭逢聖世，吟德懷和，其王澤之壽優渥若此，寶書文册，錫自天府，善頌善禱，徧於藝林，其聲聞之壽彪炳若彼，盍亦窺其致此之原，而推其所謂行仁之壽乎？榮光幸同鄉里，竊聞其略，敬爲諸君子揚扢而陳之。方太夫人之在母氏也，值歲大無，時年未十歲，卽佐家人煮糜鬻，縫衣襦，爲濟貧事。其來歸也，事君舅君姑以孝，處先後宛若以和。及贈光祿公捐館舍，諸孤稚幼，太夫人朝夕忞慔之曰：『爾父讀書，未竟其志而歿，爾等不能承先志，是不子也。』於是豐摯幣，腆脩脯，聘名師，禮賢者，命諸子從之游。晚自塾歸，篝燈自課之，閉廬精誦，丙夜未休。諸子稟承慈訓，朝益暮習，枕經藉書，方在庠序間，已蔚然爲遠近師表矣。道光初，河決大梁，長君松農公以校官奉檄，莅版築事，露立風雨中，晝夜不息。或勸少休，曰：『毋避勞苦，吾母教也。』三子相友公爲禹州訓導，以身爲教，士民景從。寇至，佐有司捍禦危城，咸倚爲重，後卒於官，巷哭罷市，謳思弗衰，蓋亦母教也。若夫德業事功，震鑠今古，海内户知之者，實惟端敏公，太夫人次子也。方居臺諫時，直聲動天下，曾被詔詰問，公颺言於朝，稱不敢負老母，然則陶歐偉望，實有自來，已上達九重清聽矣。洪惟我國家建立四維，中參成位，承平既久，理大物博。至咸豐間，羣盜萌芽，猰窳鑿齒之倫如猬毛而起，遠者自五嶺外，近者自兩河間，趁譚狉獉，延易乎常羊之維。是時，端敏公久居言路，執憲轂下，臺閣生風，謇諤之誠，無媿黯鮑。文廟知其忠誠，可屬大事，命督師皖北。太夫人廣書訓之曰：『兵者兇器，不得已而用之，當行以不嗜殺人之心。殲厥巨魁，脅從罔治，則其黨涣散，羣盜自平。』端敏公奉太夫人教，弗迓克奔，蘇刃者死，順刃者生，以故動如雷電，發如風雨，莫當其前，莫蓋其後，旗旛首塗，郊壘疊卷，向之驫駴飍矞爲蜸虻巨雄者，至是皆睽瞿奔觸，禽僵而獸斃。露布上陳，璽書褒美，真拜公漕運總督、欽差大臣。論者謂：『禽姦戔猾，稟於廟謨者遠也；義征仁育，得之慈教者深也。』厥後，端敏公扼守臨淮，當南北要衝，忠誠慷慨，在險彌亮，貴謀賤戰，與賊相持，食少事煩，鞠躬〔二〕盡瘁。太夫人以國步之孔艱也，戎事之未集也，上念天子宵旰之憂勤，下念端敏未竟之志，日以『成父志，報國恩』爲諸孫勖。筱隖同年，起家詞林，以禁中頗、牧出而宣力四方，先後參李肅毅伯、左恪靖伯軍事，旋奉命治關中軍餉，秦黔底定，厥功偉焉。自茲以往，乾亨坤慶，九服清怡，丹冥投鋒，青徼釋警，定三革而偃五兵，驅一世之民，躋之仁壽之域，以副朝廷之隆遇，而慰端敏之遺意。太夫人於此可以欣然進一觴矣。其生平辭隆從窊，嗇於自奉，惟以利物濟人爲事。寒者衣之，饑者食之，病者藥之，物故者櫘之，陰行其德，不可更僕數，而落落大者，則有二端。道光甲辰之歲，黄流溢於中牟，波及於項城，民用蕩析離居，不遑啓處。端敏公時官京師，太夫人命出白金二千兩爲之倡，於是鄉人士君子官京師者畢出金，得金萬，由户部下河南，助民粒食，遠近慕義，傳爲美談。嗣後，各行省有偏災，同鄉京官，醵金以賑，自太夫人始。此一事也，非直鄉里之福，天下郡國，徧受其賜，檀弓物始，君子美之，是爲一大端。項居蒙亳之西，皖之賊，出於斯，入於斯，無定蹤。太夫人命四子悍軒公及諸孫受臣司馬、篤臣觀察，團民兵，築保城，人爲戰，家爲守。每遇警，諸孫年十五以上能執兵者咸登陴，與邱民同甘苦，故被賊雖久，而民間耕鑿無廢，且扼賊蹤，使不得大逞，草薙禽獮，卒歸於盡，兩河安而畿輔亦安矣。此一事也，雖功在梓桑，而有關全局，是爲一大端。其他珍禕懿鑠之行，不可勝書，宜其曼齡綒福，神明不衰，靈貺畢甄，家門鼎盛。有孫十人，曾孫十有二人，太夫人扶靈壽之杖，被只孫之服，課孫曾讀書，與曩時課諸子無異。徯福貞貞，未可限量，由百歲而甲子兩周、古稀再届，其仰承兩宫皇太后之慈福，而被天子之龍光者，行見祥圖瑞史，大書特書不一書，又豈止期頤之慶而已乎？王充曰：『太平之世多長壽。』此太夫人之遭於時者也。楊子雲論壽曰：『物以其性，人以其仁。』此太夫人之修於身者也。榮光服官吳下，不得帣鞲登堂，奉觴稱賤子上壽，而敬獻此一言，以侑春酒。雖詞旨淺薄，未足揄揚盛美，然以熙朝盛瑞，歸本於聖天子以孝治天下之效，海内士大夫，當以爲知言也。

【校記】

〔一〕楊子，『金齒鐵牙，壽考宜家』一語實出《焦氏易林》。

〔二〕躬，原作『恭』，據《校勘記》改。

趙母蔣太恭人八十壽序

同治建元之十有二載，天子方敬奉兩宫皇太后，琱輿彩仗，鳴玉慈庭，於是鉤鈐明，蒼烏見，海内士大夫家亦往往有眉壽之母，殆所謂『睿感通寰，孝思浹宙』者乎？同時徵文於樾以壽其親者二家，一爲袁筱隖詹事之祖母郭太夫人，其一卽太恭人也。袁母年届百齡，詹事以聞於天子，得褒揚之盛典。而太恭人則五代一堂，準功令，亦在慶賞之例。哲嗣雨田大令，方宦吳下，敬請於大中丞，上其事於朝。璽書褒美，恩禮有加。然則此兩家之壽母，皆尟有倫比，非尋常眉黎耋鮐者儔也。或謂：『袁母以端敏爲之子，詹事爲之孫，顯庸光大，似視太恭人爲優。』樾竊謂，是非可以優劣論者。夫華釵寶鏌，外觀之耀也；金友玉昆，人倫之盛也。袁母雖享大年，而端敏諸昆弟已不獲侍盤匜之側矣。太恭人所生三子，長卽雨田，次爲某甫別駕，三爲某甫貳尹，並以通材偉識，馳譽當時，有長離、鸑鷟、鵷雛之目，今者不远千里，届期畢集，𢁠韝鞠䟡，奉觴上壽，豈非吉祥之善事，門庭之至榮，以視袁母，豈有恧歟？樾庽吳下，得交於雨田，因得備聞太恭人之懿行，而後歎天之降福，非偶然也。太恭人之歸贈中憲公，年甫十有九，前室生丈夫子三，長次皆前卒，三爲式如少府，亦未成立。太恭人法鳲鳩均平之德，撫之如己出，有梓潼季姜之風。幼則束以禮義，長則訓以詩書，諸子率教，戚黨稱賢。贈公爲山陰名諸生，一黌之俊也，試於鄉者二十有二次，文章爾雅，屢與舉元薦凱之數，而沈玉淪珠，卒未一登天府。家居以文學教授，户外屨滿，四方秀艾，挾册負素，諷誦相摩，注弟子籍者數百人。其門下諸生，多掇巍科，躋顯仕，而鏟跡銷聲，角巾終老，唐人所云『弟子已折桂，先生猶灌園』，其斯之謂歟？太恭人淑慎其躬，不以窮通得喪，幾微見顏面。其接物也平以和，其治家也嚴以整，性又好施與，樂善不倦，用能上以佐成夫子之名，下以垂裕後昆。雲摶水擊，鬱爲鼎門，非德厚慶鍾，安能致此？今式如雖已下世，而膝下子若孫，森然玉立，且有曾孫，於太恭人爲玄孫，此五代同堂之慶所由來也。其所生君子女五人，皆適良奥之家，歲時讌集，中外孫曾，瑤環瑜珥，畢集於前，太恭人顧而樂之，欣然忘老。今歲四月二十有九日，爲八秩設帨之期。雨田與諸弟、諸子各自其游宦之所乞假而歸，歸則設毾㲪，布氍毹，陳六曲連環之屏，張九光雙花之鐙，重樓疏堂，爛焉如錦。又爲魚麗之優，兩晝夜，以娛賓客，所謂能竭其力者，諸君有焉。且聞是日承太恭人教，止用蔬食，不事牲殺，伊蒲之饌，既潔且精，楚桂胡鹽，以芼芳卉，醬醯麥豉，具有式法，不啻游護世之城，而飫郇公之庖也。楊子雲之論壽曰：『物以其性，人以其仁。』夫以太恭人之懿行，重之以仁愛，宜乎年已大耋，神明不衰，由九十以至期頤，殆可操券。他日，繼袁母而以百齡達天聽者，必太恭人也。

薛覲唐中丞六十壽序爲應敏齋同年作

昔在咸豐之季，大盜爲封狐雄虺，以薦食我黎苗，竄於金陵，蔓於天下。維蘇維杭，終受其毒，而卒藉海上一彈丸之地，旋乾轉坤，緻大風而誅窫窳，於是中興諸巨公，勒功於景鐘，紀名於庸器，龍驤麟振，論者比之唐之李、郭。而實時淵乎深思，竊不禁憬然於我大中丞覲唐薛公也。方癸丑之歲，公猶以前金山令需次吴中，以籌餉爲向忠武公所器，蒙文廟特恩，越次而遷五馬。適撫軍吉勇烈公駐軍上海，聞公之名，貽書向公求之。向公未許也，公曰：『上海爲海口門户，無上海，是無門户也。』力請於向公，率川勇千有五百赴滬。蓋公之深識遠慮，固知滬上一隅，有關東南全局矣。既至滬，適有小警，全軍十七營皆潰，公所部三營堅壁不動。吉公按視，歎曰：『兵不在多，在將得人耳。』事聞，旋拜松江太守之命，公之受主知、膺大任，實基始於此。已而蘇有潮勇之已汰者，踞城外，恣淫掠，有司不能戢。大吏知公才，檄攝蘇州府事。受事未二旬，值中秋，潛軍往捕之，禽薙無遺，蘇人始得安枕臥，至今三吴父老謳吟弗衰，亦猶松江之人嘖嘖於公之單騎犒師也。初，公守松江，值上海諸軍凱撤，薄城下而過，民情洶洶，咸登陴，軍譁且怒。公單騎出，慰諭之，始按隊去，松江人繪圖紀其事，是謂『單騎犒師』云。嗣是之後，由太守而觀察、而廉訪、而方伯，特加巡撫銜，勷理五口通商之事，豐功偉績，不可勝書。乃至庚申夏，而金陵大營告潰矣，公方駐上海，議外國互市事，旋奉命遷巡撫，權總督，并攝欽差大臣。當是時，賊燄熾甚，全局已土崩瓦解，不可收拾。賊以二十萬衆攻上海，志必克。城中羸卒無多，不任戰，居民逃亡，城爲之空。或勸移駐江北，公怒曰：『上海爲海口門户，無上海，是無門户也。』誓與城俱存亡，固守七晝夜，賊始解去。嗟乎，使當日公一動足，則上海必陷於賊，上海陷於賊，而軍餉無出，文報不通，從此蘇杭遂成絶域。異日者，雖有方叔、召虎之臣，李廣、程不識之將，其何所託始以廓清江浙，奏中興之第一功哉？此實時所以淵乎深思，而憬然於我公也。既而謝巡撫事，專治通商，於壬戌之春奉命入都，兩宫召見，慰勞有加，特命署禮部左侍郎，旋授工部右侍郎，充總理各國大臣。公由縣令起家，十年之間，外至督撫，内至卿貳，聳高蟬而趨武帳，回豐貂而步文昌，遭際之盛，千載一時。俄而引疾歸，旋抗陳情之疏，角巾野服，蕭然自得，消揺乎桑梓之間，徜徉於伏臘之會，或經歲不入城市，而鄉里善舉，悉躬倡之。訓諸子曰：『儉刻二字，所宜明辨，處己宜儉，待人戒刻。』諸公子各能稟承家學，有聞於時，綴組雲臺，彯纓天閣，海内榮之。實時事公久，承公知遇最深，當官軍收復松江時列名薦牘，遷直隸州牧，綴翠羽於冠，至今戴德焉。今歲爲公六十攬揆之辰，不敢以常詞爲壽，輒述公之治績有關於聖朝中興之大局者，爲公侑一觴。想海内知言之士，必不河漢斯言也。

蒯子範太守[一]六十壽序

同治十有三年，天子親政，既逾歲，益習於庶事，方諮民瘼，課吏治，以應中興景運。適有客自蜀來，以夔州太守子範觀察政績徵求詩文。余得而讀之，歎曰：『昔人有言，得一良令，則百里之民安；得一良守，則千里之民悦。君之治行，無愧龔、黄，天子或法漢廷故事，增秩賜金，璽書褒美，公卿有缺，卽以補之，君其首選乎？』夫夔之相去遠矣，君所以治夔者，余雖聞其略，未得其詳，然吳固君之舊治也，而余則吳下之賓氓也。方君宰長洲、守蘇州，余皆廑吳，雖杜門息轍，不與聞外事，然言君之善政者，旦暮溢吾耳。市之人告曰：『降寇散卒，驛騷於衢，君執而戮之矣。』野之人告曰：『驛路觥陒，君平治之矣；橋梁撓傾，君營建之矣；河渠壅塞，君疏濬之矣。』庠之人告曰：『先賢之祠墓已繕完，生徒之講舍已修葺，凡名流之故蹟及匹夫匹婦義烈之遺風流韻已表彰矣。』南畝之人告曰：『吾儕小人，輸粟於倉，向苦不足，今有贏餘，負而歸矣。』縉紳之徒告曰：『某某之獄，糾繚數十年，今片言而決矣。某也某也，以冤獄株連，今扶老攜幼而歸矣。某也，非官與牢盆而擅鹽官之利，捕之急則白刃見，今竿其首於郊矣。』屨縷之氓告曰：『吾無食，官與吾粟也；吾無衣，官與吾帛也。』窮巷之婦女告曰：『吾無夫，無所依，官設清節堂，吾往依之也。吾有子，未出痘，官設牛痘局，吾往就之，求種痘也。』噫，君之善政，何其衆歟！亦有謗者曰：『吾邑納糧，舊有大小户之别，小户重而大户輕，由來久矣。今乃一之，何也？』識者曰：此君之持正也。考之《周禮》，雖有土田之名，然在近郊之地，同出什一之税，豈當有别乎？又有謗者曰：『自來言道學者，其居官所在，必首禁妓，今未聞焉，何也？』識者曰：此君之通達也。昔齊高帝以建康居民錯襍，多姦盜，欲立符伍。王儉諫曰：『謝安所謂「不爾，何以爲京師也」？』深識宏論，豈一孔之儒所能識乎？君以明敏之才，重之以練達，故相國曾文正公及今合肥相國倚君如左右手。於是輿誦騰於野，薦剡交於朝，其入覲也，羣公動容，天語褒寵，召對後六日卽拜夔州太守之命，中外驚詫，以爲殊遇。昔漢丙吉與魏相書曰『朝廷已知弱翁治行，方且大用』，其是之謂乎？君之治夔，雖道遠不能悉知，然聞其創設書院，修築隄岸，積儲米穀，勸課蠶桑，則知其夔也，猶之治吳也。余與令弟蔗農觀察甲辰之歲同舉於鄉，故在吳下得時相過從。既至夔，猶時有書問往來。今歲之春，寄所刊《帶耕堂時文》二册，理法清真，格律遒上，猶見先正典型。又寄《判語》一册，則皆昔年爲牧令時據情定斷，援筆直書者也。青錢學士，龍筋鳳髓，有此典雅，無此儁永。余爲弁言，勸付剞劂，蓋雖山川悠遠，而文字之交固不隔也。歲之九月，爲君六十稱慶之辰，同鄉沈義民明府，亦甲辰同年也，向辱君知遇最厚，因與余議所以爲壽者。余曰：『君子贈人以言，舍文字何以壽君哉？且徵求詩文，固君之雅意也。余爲小文，子其書之，郵寄蜀中，以明吾兩人拳拳之意，無日不在白鹽赤甲間，亦猶君之不能忘吳中舊雨也。』夫以君之治行，而又值聖天子旰食宵夜，勤求上理，必將一歲九遷，其官由觀察而陳臬開藩，爲期非遠。他日金符玉節，重莅三吳，余以吳下寄奴，再陪觴詠，其以君善政來告者，必日益衆矣。自七八十以至期頤，余之所以壽君者當更有進，義民其執筆以待可也。

【校記】

〔一〕守，原作『子』，據下文改。

金眉生廉訪六十壽序

去歲爲眉生金君六十生辰，余思爲小文以壽之，而因循未果，但和君《晚菊詩》四章，聊侑一卮而已。今年正月，君來吳下，出一巨編見示，則皆海内士大夫以文壽君者也。余受而讀之，笑曰：『《禮》

有之，「多文以爲富」，君可謂富矣。雖然，未足以盡君也。諸君子之言，雖皆臚列君一生行事，然謂君長於治禺筴〔一〕，則唐之劉晏優爲之矣；謂君長於治河渠，則漢之賈讓優爲之矣；謂君長於治軍饟，則西漢之蕭何、東漢之寇恂優爲之矣；安見君之空前而絶後哉？』然則將何以壽君？曰：余聞君今歲將至滬瀆，創設同倫書院，此黄帝以來所絶無之事。意當時若風后、力牧之徒，尚未足以辦此，其大於前三事，非止倍蓰而已。君嘗與余言其略。同倫講院分十二門，若經學、若史學、若天文、若地理、若性理、若典章，下而至於詩賦、時文，無不延訪名師，分門教授，而於東洋、西洋諸大國中擇其秀穎之士，使之自行束脩，謁吾徒而來，請讀中國之書焉，受中國之業焉。烏呼，豈非黄帝以來所絶無之事乎？考之紀載，神農以上有大九州，然則今所謂歐羅巴、利未亞諸洲，神農以前固與吾中國通者也。黄帝以來，不能及遠，乃就一州之中畫爲九州而治之，此外存而弗論，雖堯舜之聖，所治者冠帶之倫而已。乃至今日，而海外之州復與吾通，飈輪往來，視道若咫。中國士大夫見所未見，棄所學而師之。孔子曰『學在四夷』，此固不足爲中國之辱，雖然，孟子不云乎，『吾聞出幽谷而遷喬木者，未聞下喬木而入幽谷者也』。夫風會所開，聖人不能止，則與其化我而爲彼，曷若化彼而爲我哉？子思子作《中庸》，論至聖之聲名，施及蠻貊，推之舟車所至，人力所通，日月所照，霜露所隊，凡有血氣，莫不尊親。竊謂，自今以往，更數百年，必將如子思之言，而未始非君同倫講院之設有以發其端。造物者必將永君之年，以成君之志，然則君之眉壽無有害，卽於此舉，操其券矣。

【校記】

〔一〕筴，原作『莢』，據《校勘記》改。下同。

張少渠五十壽序

予嘗署所居曰『讀先秦兩漢書室』，蓋漢人之書，予皆喜讀之，而獨不喜讀王充之《論衡》，以爲有大謬於聖人者。其書有《福虚》之篇，大旨謂世人以受福佑，爲行善所致，實則遭遇使然耳。嗟夫，福善禍淫，聖人之所以爲教也，餘慶餘殃之説，著於《周易》天人相應之理，備於《春秋》，充之立言如此，豈其然乎？豈其然乎？張子少渠，樂善不倦之君子也，其婦爲余外姊之女，在余婦則爲女兄之女，故相習也。嘗有術者爲少渠推算行年，謂曰四十有九當有大戹，恆惴惴焉。是歲適奉檄與於海運之役，凡從事海運者，必至滬瀆，附火輪船以行，有輪船曰福星者，行有日矣，江蘇海運局之官附是船者二十餘人，少渠初亦預焉，忽有一輪船先福星二日而首塗，少渠乃捨而就之，同襗之友，咸摻其袪，竟不爲留，問其故，不能言焉。既行，而風逆船遲，於二十四日解維，二十九日始抵丁沽，至三月六日，即其生日矣。少渠之姊壻姚訪梅觀察官津門，以其符大衍虚一之數，潔尊爲壽，有來告者，曰：『福星輪船於二月廿二日没於海矣。』一坐皆驚，訪梅乃手一樽以進，曰：『始吾以此酒爲君壽，今敢以此酒爲君賀也。天佑善人，固如是哉！』少渠南歸，爲余述其事，余笑謂之曰：『子不福星，子真福星矣。』至今歲，少渠年五十矣，凡在親串，例以詩文爲壽，余亦不能不循世俗之禮，因卽書此言以詒之，旣使世人知天道福善之不爽，用以折王充『福虚』之説，而又勉少渠益勖於善，將見自五十而至期頤，受福更無量也。

金廉訪夫人師夫人六十壽序

嘗讀《北門》之詩而有喟焉，夫既『終窶且貧，莫知我艱』矣，乃并其室中之人而不能相諒，交讁也，交摧也。至《女曰雞鳴》之詩則不然，其夫若婦，雞鳴而起，弋鳧與雁，相與爲樂，有酒肴之宜，有琴瑟之好，又能以襍佩佐其君子，通殷勤於賢士大夫。其夫賢矣，其婦亦非常人也。三代下，是夫是婦，吾見罕矣，乃今得之於眉生廉訪與師夫人。廉訪服官三十年，免官以來二十餘年，其名滿天下，其文章經濟，焜燿人間，自王公大臣，以至兒童走卒，無知不知，皆曰：『眉生先生，當代之魁士名人也。』至夫人，則内言不出，知者或尟。余辱與廉訪游，又同居浙右，故竊聞其略。夫人爲韓城右姓，祖若父皆顯宦也。生而高賢姣孋，習《禮》明《詩》，學琴於胡知珠。夫人兼長書畫，然其在室也，惟助母氏庀家事，不以才藝自多。及歸廉訪，年二十一矣，以不逮事姑爲恨。每誦《魯語》之辭曰：『夫婦人，學於舅姑者也。』事舅如其父，遇先後宛若如其女昆弟。廉訪官南河，食指數百，三黨咸來就之，一饘一粥無私焉。下逮臧獲，遇之如一，門以内皆感而敬之。小有不韙，輒相戒曰：『夫人雖不言，吾曹能無愧色乎？』庚申之變，奉其君舅，渡海避寇，闔門百口，無一失所者。及廉訪以事去官，居患難中，夫人陽陽如平常，中外依附者，仍與同居，不以盛衰而異。生平豐於施人，嗇於自奉，四十年來，未嘗獨裁一帛，至今所曳婁者，猶嫁時衣也。夫人生女子子七人，中年卽爲廉訪納篷室，得一子，子之如己子，見者不知非其所出也。廉訪負經世大略，喜談天下事，有王景略、陳同甫之風，米鹽瑣屑，固不甚措意。夫人量入爲出，防匱於豐，故當綽然有餘。使廉訪無内顧之憂，得以縱游山水，偏交海内賢豪長者，夫人佽助之益，爲甚宏矣。當廉訪半野樓落成，以詩張之，夫人及公子、女公子更唱迭和，流傳海内，一門風雅，望若神仙。而讀夫人詩，夷猶自得，有詩人樂道忘饑之意，彈琴詠風，古之女士也，視《雞鳴》三章何愧哉，異乎《北門》之詩矣。余不才，而廉訪頗不鄙棄，於蘇於杭，時共觴詠。每語余，自滬而杭，必取道魏塘，當掃徑以待，勿以風利不得泊爲辭。余敬諾之。然則如余者，固當在襍佩贈之之列。夫人少廉訪二齡，今年適當六十曰耆之歲，余可無一言爲壽哉？敬誦《鷄鳴》三章，爲夫人壽，卽以爲廉訪壽。因思吾儕久謝軒冕，世間榮落，頗不以關懷。惟名教樂地，未肯多讓耳。廉訪有此賢内助，雖古《北門》之詩人，亦當且羡且妬於千載之上，況他人乎？其何修而得此？廉訪自號六幸翁，夫人之賢，乃其一大幸也，歷數六幸而不及此，負夫人之賢矣。毛、鄭説《詩》，以兕觥爲罰爵，余援此例，卽借公子輩介壽之兕觥，罰廉訪一觥焉。

恩竹樵方伯六十壽序

昔孔門分政事、文學爲二科，然竊謂長於文學者，容或不能政事，而長於政事者，未始不可以兼文學。歐陽子言，『劉、柳無稱於事業，姚、宋不見於文章』，此亦各從其重者言耳。唐宋文人如韓、蘇諸大家，孰非蓋代名臣，卽歐陽子，亦豈專以文章見歟？寇萊公風節動一世，而詩情清麗。趙清獻立朝議論，侃侃不屈，而所爲詩亦諧婉多姿。吟風弄月，古人不廢，爲君援筆賦梅花，奚損廣平相業哉？竹樵方伯恩公，當代之韓、蘇也，自同治九年由奉天府尹拜蘇藩之命，其明年，綠軿紺幰，莅至胥臺。而樾適爲吴下賓萌，承公不我遐棄，時相過從，始以所著《南游集》見示，誦之清妙絶倫，因次集中詩韻奉贈一律，是爲酬唱之始。嗣後，詩筒往返，幾無虚日，傳牋之使，日或再三，遂有《吴中唱和三集》之刻，傳誦藝林。自是以來，公有所作，必以示樾，而樾偶爲詩歌，亦必就而正焉。文字之交，日以加密，更唱迭和，形跡兩忘。溯公莅吴之年，與白香山之官蘇州刺史同爲五十四歲，至是七易暑寒，而公則行年六十矣。吴下士大夫，與凡吾儕之廛於吴者，咸思以文爲壽，乃皆就樾而謀，謂樾固深知公者也。雖然，樾之與公，不過道義相切劘，文章相討論，至其智名勇功，高掌遠蹠，爲國家宣力四方者，固未得窺其涯涘。即其藩吴，七載中間攝蘇撫者再，攝漕督者一，經文緯武，造福三吴，而樾杜門謝客，聞見褊僿，亦未能揚搉而陳之也。其將何以壽公哉？無已，請就公之文章、政蹟兩極其盛者言其大略焉。公出蘇垣瓜爾佳氏，爲昭代著姓，道光初元，公甫四齡，已以任子讀中秘書。及歲試列高第，釋褐雲司，有聲郎署，繼而一麾出守，典郡齊魯間，旋由都轉而陳臬於皖。是時大盜磐牙，所在皆有，公嘗出鋭師，扼之烏江，再戰再勝，以視世之嚄唶宿將，亦無媿焉。及其綜理儲胥，統籌全局，危言深論，感動朝聽。雖坐是左遷，嶽嶽然不爲之動，公之節概，上媲古人，豈猶夫突梯滑稽脂韋絜楹者乎？同治之初，蹶而復起，旋有尹京作翊之命。瀋陽爲我朝豐沛之邑，士信民敦，工樸商慤，公在任六載，政簡刑清，遂以大治。天子知其才，擢拜蘇藩。下車以來，民安其政，士服其教，僚友稱其仁恕，守令感其寬和，蓋不務爲察察之政，赫赫之功，而務於瘡痍之後，彫敝之餘，與民休息，以復其元氣。史稱謝方[二]明深達政體，闊略苛細，又稱王弘斟酌時宜，每存優允，公之謂矣。政理之暇，酷探騷雅，發爲詩歌，戛寒玉之清韻，揚天葩之奇芬，手定其詩十卷，曰《承恩堂集》，詞一卷，曰《藴蘭吟館詩餘》。昌黎有言，『餘事作詩人』，公則以政之餘作詩，詩之餘作詞，而三者皆能獵微窮精，揮常取特，異夫世之野麇蒙象者，殆其稟受有獨優乎？楊德祖云：『銘功景鍾，書名竹帛，斯自雅量，素所畜也，豈與文章相妨害哉？』觀於公而益信矣。至其憙交游，篤風義，憐才愛士，不殊存殁，在京師時與曹艮甫觀察同官相善也，及以廉訪使駐合肥，又善於徐君荔庵，兩君皆前卒，乃取其遺詩，手校付梓，俾淪玉沈珠，卒顯於世，其用心可謂厚矣。楊子曰：『我心孔碩，乃後有鑠。』公宅心寬博，祥源福緒，如日方升。今歲之秋，將以三年述職，入覲京師，天子知人善任，必將有不次之擢，封疆節鉞，固在意計中，不必以風語華言瀆陳於公之側也。惟樾以江湖孷叟，自忘疏賤，雲鵬籬鷃，相與論交，七載周旋，亦不異萱之逢杜矣。當公六十稱觴之日，不敢以常詞爲侑，而惟舉公文章、政績之卓然者，粗述大端，以明聖門政事、文學兩科未始不可合而爲一，而歐陽子之言，猶未爲定論也。公其听然而一笑乎。

【校記】

〔一〕方，原作『芳』，據《宋書》本傳改。

其二 爲吳子健中丞作

皇帝御極之三年，氣調而時豫，均禧於九垓，星紀之野，燦如晏如。竹樵方伯以三年述職之期，拜疏於朝，願一登文石之陛，涉赤墀之塗，優詔許焉。先是，廉訪勒君亦請入覲，行有日矣。元炳乃與制府上言，請暫留方伯，以待廉訪之還。制曰『可』。維時斗南中繩，九暑乃至，考之《管子》，夏之日，君子修游馳以發地氣，稽之漢制，伏日不干他事，謂之伏閉。方流金鑠石之時，簿書小簡，方伯既未首塗，清簟疏簾，綸巾羽扇，頤性養壽，無廢嘯歌。而是歲太歲在彊梧〔一〕汭漢，距嵩生嶽降之年甲子一周矣。六月乙未，按憲書爲聖心守日，最吉之辰，則方伯生日也。凡在寮宷，僉謀所以爲壽，珠零錦燦，華藻雲飛，而屬元炳以一言爲之喤引。楊子云：『翕其羽，朋友助也。』元炳幸與同官，深得翕羽之助，《易》美金蘭，《詩》詠百朋，其敢以不文辭哉？竊嘗淵淵深思，自古題期立象之世，將模唐範虞，齊烈乎羲農，必有名宗望姓，鼎族高門，爲海内冠冕者，晉稱王、謝，唐稱崔、盧，世家喬木，爲時所重。方伯出蘇垣瓜爾佳氏，重侯累將，世爲右姓，蟬冕交映，台衮相襲，斯固昭代之王、謝、崔、盧也。故在勝帶之初，已以任子荷天之寵，及歲與試，輒居高等，詔以文職用。内歷爽鳩之職，外剖銅虎之符，蒙羽之山，夾谷之臺，隼旟莅臨，不肅而治。俄權安徽按察使，兩攝藩條，兼總儲胥。方是時，大盜爲封狐雄虺，睽瞿奔觸，所在皆是。方伯兩以鋭卒勝之烏江，帝用嘉焉，錫以孔鳥之羽，用焜燿乎其冠蓋，金符玉節，儲以有待矣。方伯峨然守正，直而不阿，無蓬轉隨衆之心，有赤石不奪之節，懼芻茭之不給，感時事之多艱，危言高論，忠憤激發，舉朝動容，海内想望。雖坐此下除，然光名滿天下矣。同治建元之初，朝論以方伯文通武達，宜蒙抽擢，俾復雁門之踦，電飛景拔，高步雲衢，仍由都轉而廉訪，光復其初。方伯寵辱不驚，逌然任運，奪戟還笏，喜愠兩忘，古人之風，不可及也。昭代龍興之地，實惟瀋陽，滄海南迴，混同東注，體大物博，是曰倍京。方伯拜師尹帝鄉之命，握玉麟符者，首尾六年。尋三河之舊壤，訪四樓之遺址，登唐宗駐蹕之山，尋仙人對弈之坪，政簡刑清，觴詠間作。古稱『前尹赫赫，後尹熙熙』，方伯以一身兼之矣。吳會者，海内之名區，東南一大都會也，財賦之盛，甲於天下，非有體國經野之才，不能班條理務，顜若畫一。天子以爲，舟大者任重，馬駿者遠馳，蘇藩之劇，宜得其人，特降璽書，九命作伯。震華鼓，建朱節，雙旌六纛，翩然南來。至則宣布德意，搜揚人物，完殘奮怯，皆有條理，和調而不緣，溪盎而不苛。政事之暇，輒從魁士名人游，與之更唱迭和，有古人電掃庭訟，響答詩筒之意，殆所稱『化洽行春，風澄坐嘯』者乎？中間攝漕督者一，攝蘇撫者再，威騰乎閫外，禮縟乎區中，遵五迸四，務崇寬大。元炳承乏於斯，每檢故牘，所謂舊令尹之政，猶可按也。方今天子旌賢寶臣，知人善任，近者獻其明，遠者通其聰。方伯起金、張之族，膺柱石之寄，稱譽葉語，溢於朝聽，不次之遷，可豫卜矣。異日玉露金風，商秋應節，碧油紅旆，恭詣闕廷，華林飾館，延英召對，占《周易》之三接，遵漢法之四見，上奏治平之策，下陳方俗之宜。天子嘉之，必將擢居外相，宏總上流，智名勇功，從此其隆隆日上乎！元炳忝撫三吳，與方伯晨夕過從，先趨後息，藉以匡其不逮。當茲覽揆之辰，奚可無一言以爲壽？然而切人不媚，信言不美，飛蓬之問，不在所賓，則凡瓌瑋連犿之辭，固未足以陳於前矣。其何説於處此？竊意方伯深於詩者也，謹爲誦詩。《詩》曰：『樂只君子，遐不眉壽。』『樂只君子，遐不黃耇。』請以祝延長而祈綽綰。又曰：『樂只君子，天子命之。樂只君子，福祿申之。』是則路車乘馬，君子來朝；湛露彤弓，自天申命，又可於此徵之也。

【校記】

〔一〕彊梧，原作『疆梧』，據文義改。

其三代作

昭代龍興遼左，襲九竅，重九㷡，神合乎太乙，一時蕭、曹、房、杜之元臣，衛、霍、韓、耿之宿將，各樹閥閱，傳子孫，鼎族高門，軒冕相襲。而蘇垣瓜爾佳氏，尤爲著姓，蓋金之諳班，元之怯薛，重侯累將，世濟其美，古稱金張世族、袁楊鼎貴，不能踰也。竹樵方伯恩公，以名宗望族，爲天下甲門，武達文通，源淵有自。生甫數齡，卽以名公孫拜道光初元恩詔，瑤環瑜珥，蘭茁其牙而已。以虎門胄子與青領之生，同受上庠謨訓，所謂玉映觿辰，蘭芬綺歲者與？及歲就試，按轡文雅之場，環絡藻繪之府，高文典册，揚、班之儔，羣公嗟歎，以高第奏御，詔用京職。懷香握蘭，趨翔廊閣，依光日月，上應列星。白雲之司，古稱司憲，國家明刑弼教，尤重其選。公居郎署，執憲詳平，參處法意，至析秋豪，而雷霆之震，仍合仁恕，遠邇疑讞，平決攸歸，殆所稱張、于二氏，陳、郭兩族，決獄無冤，慶昌枝裔者乎？大稽百憲，積優成陟，帝用嘉焉。乃錫以銅虎竹使之符，俾典大郡。初莅沂州，《禹貢》徐州之域，古齊、魯、莒三國地也。登蒙、羽之山，訪郯、費之域，宣風展義，民大和會。於是依流平進，移守濟南。夾谷之臺，想宣尼之遺跡；伏、鄭之祠，尋漢儒之故里，公之德業，從此遠矣。煉玉量珠，典司禺筴，朝議旋以爽鳩舊屬，俾陳臬於皖。而是時，大盜起於粵西，絳頭毛面之屬，所在有之。公兩以精士練材，多力五百，利趾三千，扼之烏江之滸，午其將，取其軍，若撥蘴然。古有一日而破十二壘，三日而九捷者，練迹校名，亦無讓焉。夫興師十萬，日費千金，楨幹芻茭，魯公申儆，資糧屝屨，陳鄭疲焉。公既任儲胥之重，感時事之艱，自以受國厚恩，世家喬木，休戚共之，不敢以劉勝寒蟬，委蛇隨俗。讀集中詩，有曰：『萬竈無烟倉無粟，戰馬哀嘶僵四足。朝發封奏達九重，隻手上撼天門哭。』其意氣忼慷，忠義奮發，握蛇騎虎，不避艱難，可以想見矣。張蒼左遷，汲黯中廢，逌然任運，無失其常。同治之初，天子有故舊不遺之意，仍還公笏，殊階榮級，視昔有加，爰有奉天府尹之命。其地爲我朝豐沛邑，長白之山，鴨緑之水，乃聖清神源福緒之所鍾也。風俗敦龐，山川雄秀，公雍容坐旗，歲稔民和，因與二三僚友，張銷寒之會，攄懷古之情，凡永祚之宫，薰風之殿，覽秀之亭，誓師之臺，望古遙集，逸興遄飛。登高而賦，固大夫九能之一，而其政簡刑清，亦可驗矣。三吴財賦，甲於天下，地大物博，紱冕所興。方牧之寄，廟堂重之。公九命作伯，金符玉節，翩然南來，莅臨吴會。東南當大亂之後，民困未蘇。公下車以來，宣朝廷德意，務與父老休養生息，不以苛細爲事，不以操切求功，禁罔闊疏，風績清簡。中間攝蘇撫者再，攝漕督者一，曹無留事，神無滯用，疏簾清簟，不廢嘯歌，與吴下諸名流唱妍酬麗，積成篇帙，非劉輿長才，裴邈清才，兼而有之，其能若是乎？今歲爲三載述職之期，疏請入覲，優詔許焉。九和時節，西灝沆碭，將以秋請之禮，乘朝車，詣闕下，嘉謨嘉猷，揚扢而陳之。天子素知公才，必有不次之擢，馬燧之總十連，陶侃之督八州，不在指顧間乎！其在《大雅》曰：『文王孫子，本支百世。凡周之士，不顯亦世。』此周之所以興也。及東周之衰，吉甫、申伯之後，皆不克紹先世之美，論者惜焉。我國家重熙累洽，浸仁沐義，故家遺俗，光藻不渝，方雅之族，勳賢之里，稟仰太和，枝附葉著，爵位蟬連，台衮相襲。公以任子起家，而功名之盛，彪炳一時，華藻雲飛，鬱爲文棟。此固間氣所鍾，而益足以徵聖朝源遠流長、繩繩未艾。《詩》所謂『不顯亦世』者，可以此觀之也。是歲六月，其日乙未，爲公六十懸弧之慶。凡銅墨下吏，仰盛德之光，而戴二天之庇者，咸願以一樽爲壽，而屬某以文侑之。夫支離曼衍之詞，金箱玉笈之記，非可陳於大君子之前也。敢以野人之噴言，粗述公文章、勳業之盛美，而推本所由，不特祝公之富貴壽考媲美汾陽，且以卜我國家之翔機集嘏，薦祉登祥，永永年代，麟儀儀而鳳師師，建中和之極，無疆惟休也。立言之君子，儻有取乎？

其四

嘗讀《南山有臺》之詩矣，其首章曰：『南山有臺，北山有萊。樂只君子，邦家之基。樂只君子，萬壽無期。』其詞美，其旨永，夫亦可以無加矣，乃必衍之而至於五章，則不過變文以協韻，而初無加乎首章之意，無乃可已而不已歟？曰：古人之愛敬其人也，言之不足又長言之，長言之不足，又從而詠歎淫泆之，所以見其愛敬之深，而不自知語之緟、意之複也，豈獨《南山有臺》之詩，凡詩人之詞類然。而樾今者之壽竹樵方伯，則有合乎詩人之義。歲在彊梧汭漢，月在圉且，其日乙未，爲公六旬覽揆之辰。樾既爲文以壽之，又譜《長壽仙》小詞一闋，書齊紈以獻焉。區區之忱，所謂善頌而善禱者，如祖約之賦終南，其意盡矣。而諸君子之宦游於吴者，仰下風而望餘光，咸欲以一樽效詩人稱彼兕觥之意，而屬樾侑之以文。樾笑曰：余既賦《南山有臺》之首章矣，又將賦其二章乎？雖然，古人之愛敬其人也，言之不足又長言之，長言之不足，又從而詠歎淫泆之，則樾之於公，雖至再至三，誼固不得而辭。夫樾之得交於公，交於詩也，以文爲壽，不如即以公之詩爲壽。嘗受公《全集》而讀之矣，讀《綠筠仙館吟草》，

《春柳》、《秋柳》諸作，風神絶世，想見公三五少年時，蘭芬玉暎，王、謝佳子弟也。讀《南鴻小草》，抒寫胷臆，不假塗澤，憶京華之舊游，尋歷下之勝迹，想見公一麾出守，政簡刑清，古之循吏即詩人也。讀《臨淮江上録》及《壽陽行役集》，多卽事感懷之作。其時盗賊磐牙，東南淪陷，公以世臣，受恩深重，故見之歌詠者，有杜少陵『感時花濺淚』之意，如云『歲月隨流水，干戈逼海天』；又云『淮皖幾曾留淨土，干戈何日解征衣』，懷抱可見矣。讀《歸里集》及《蔬香小圃集》，時公以抗言時事，朝議左遷，在他人必有不能釋然者，公角巾歸第，怡然自得，開詠菊之社，賦銷寒之詩，春宵花月之吟，城東九秋之詠，平章風月，管領烟霞，幾欲與樂天、天隨諸公平分半席，若忘前此之金戈鐵馬，爲國家宣力四方者。蓋其智深勇沈，蓄之者愈厚，而用之者將愈遠矣。讀《濼水重游集》，則公蹶而復起時所作也，有《酬李蒓客七古》一章，忠義激發，慨然有攬轡登車，澄清四海之志。讀《嘉禾堂集》，則公尹奉天時所作也。其地爲我朝豐沛之邑，山川雄秀，風俗善良，公坐鎮陪京，不勞而理，訪四樓之遺蹟，經五國之故城，集中所謂『簿書餘暇會詩友，追蹤元白揚風騷』者，極一時文酒讌游之盛焉。嗣是爲《貞白堂集》，則公藩蘇以後之詩，而《荷芳坐嘯集》，又奉命攝漕督，在淮上所爲詩也。勳業益隆，而詩格亦進而日上。樾與公交自辛未歲始，時公初莅蘇臺，行年五十有四，與白香山太傅初任蘇州刺史年齒適同。至於今茲，七易寒暑矣，唱和之作，别爲一編，不入《貞白堂集》。蓋此數歲中，詩筒往返，無月無之，而公所著《承恩堂詩集》，固日在案頭也。故承諸君子之屬，而卽以公之詩爲稱觴之助，斯固樾之善於藏拙哉！公承天子知遇，勳名爵位，如日方升，而詩亦必一官一集，有加而無已，自七八十，以至期頤。諸君子苟徵余文，樾取之大集，清新無窮，視《南山有臺》之詩，變文協韻，五章而仍如一章者，或轉勝之乎？

沈母李氏蔣氏兩夫人壽序

光緒建元之三年，天子方受學綠圖，問道柏招，未親庶政。兩宮皇太后，内持維，外紐綱，陶天下爲一家。稽之前史，母后臨朝，自漢和熹至宋宣仁，代有其事，然未有兩宮並聖，娥臺姒幄，巍巍比崇如今日者也。天子琱輿彩仗，祇詣慈宮，尊履蒸蒸，奉承洪業，於是鼎大可觴，蒼烏見而延嘉生，織女明而鈎鈴耀，一時士大夫家，咸有壽母之慶，所謂喜洽祥流，雲蒸川增者歟？而書森觀察，暨其金友玉昆，適爲尊慈兩太夫人合而稱眉壽之觴。蓋兩太夫人者，方今之鍾、郝，古所稱先後宛若也。金罍兕觥，同時並舉，左箎而右笙，左麟而右鳳，此尤聖世之祥，兩宮皇太后曼福騈齡之兆矣。凡獲交於觀察昆仲者，莫不披華啓秀，傾液漱芳，以將其善頌善禱之意，而屬樾以一言爲乘韋之先。緬維先大夫以嘉慶丙子領鄉薦，於秀水沈氏有同歲生二，其一爲雪門公，同列賢書，其一爲蓮溪公，以優行貢成均，兩太夫人，卽兩公之德配也。樾以年家子姓，希韝而拜堂下，敢以譾陋辭哉？竊嘗讀其壼史，於兩太夫人珍禕懿鑠之大者，有以得其都較。今者愔愔樞讌，酣湑無譁，敬請揚扢而陳之。惟李太夫人之歸蓮溪公也，公方以名進士官比部。京朝官食玉而炊桂，自昔難之。太夫人黽敏有無，量入爲出，上以奉君姑，外以佐夫子，秩秩如也。蓮溪公出守京江，旋移秣陵，太夫人皆從之官，馭下以寬，持躬以儉，内政井然，罔不肹飾。蓮溪公無内顧憂，循聲大起，遷淮徐觀察使者，行且大用矣，以病免歸，文史自娱，優游終老，皆太夫人襄助之功也。至蔣太夫人之歸雪門公也，公時甫舉於鄉，書生門户，清寒如舊，而蔣故素封，漿酒藿肉，把珠載金。太夫人既來歸，則屏去珍髢，躬操井臼，有桓少君之風焉。雪門公官樂清教諭，儒官清苦，惟以琴劍自隨。太夫人不從之官，家居十餘年，椸無新衣，篋無舊蓄，而接遇族姻，撫御臧甬，一以寬厚爲本，内外無間言。古稱富而能貧，儉而能廣，太夫人之謂矣。兩太夫人皆能以令德相其夫，及其繼也，又皆能以懿榘教其子，諸子亦能敬承家學，雲搏水擊，鵲然而起。書森觀察嘗爲姑蘇太守，有政聲。寅甫大令奉檄滬上，亦以幹局稱。達夫、子美兩孝廉，於庚午之歲同舉於鄉，以天府賢能之書，爲竇氏連珠、李氏花萼之集，士林傳述，以爲美談。此外三筆六詩，外朗内潤，酪酥醍醐，並有令譽，所謂謝有覽、舉，王有養、炬，復見於今矣。至於列孫行者二十有四人，列曾孫行者十人，雞鳴盥漱，咸至寢門，幾如郭令公之於羣孫，不盡能辨，頷之而已。其大者峥嶸見頭角，今歲有應童子試而冠其軍者，觀察公子也。兩太夫人之教，至是而益遠矣。先是，李太夫人居京師，而蔣太夫人家居，初未謀面，及中年以後，乃始同居里閈，歡然如女兄弟。已而遭庚申、辛酉之亂，避居海𪔛之溆浦，崎嶇轉徙而達申江，益相依如左右手。蓮溪公始無子，以雪門公長子爲子，卽書森觀察也，故觀察事兩太夫人如一，諸子諸孫亦事之如一。兩太夫人，安神閨房之内，優游北堂之上，含飴弄孫，頤性養壽，樂可知也。又皆耽禪，悦樂無事，清簟疏簾間，焚香静坐，手牟尼珠，口伊蒲饌，六鑿之擾，不足以滑和，不入於靈府，怕然無感，體氣和平。兩太夫人之由八九十而期頤，爲熙朝人瑞，可於此卜矣。今歲五月，爲李太夫人設帨之辰，行年七十，而蔣太夫人又十年以長，屆八十常珍之歲，三月上浣，其生日也。觀察昆仲，諏八月之吉，爲兩太夫人壽，是月也，金風届節，玉露啓塗，一年景物之美，無逾斯時，於以祝延長而祈綰綽，不其美歟？樾念，嘉慶丙子至今，六十有二年矣，先大夫同譜之友，晨星寥落，而兩太夫人康彊逢吉，神明不衰，且吾母今歲亦年逾九十矣。《詩序》云：『南陔者，孝子相戒以養也。』此非樾與觀察昆仲所當共勉者乎？故承諸君子之屬，不敢以辭，又不敢以常詞進，輒爲誦束廣微《南陔》之詩，曰『馨爾夕膳，絜爾晨餐』，願爲兩太夫人侑一觴。更誦其卒章，曰『勗增爾虔，以介丕祉』，則又祝兩太夫人祥源福緒，如日方升，而觀察昆仲，名位亦隆隆日上，異日以一品百齡之兩壽母，恭逢兩宮皇太后萬壽慶典，聖天子以孝治天下，錫類推恩，必有靈壽上尊之賜。樾舊史氏也，又將執筆而紀其盛矣。

樊母余太夫人七十壽序

著雍攝提格之歲，方春始和，余在吳下曲園。冢婦樊請於余曰：『吾母今歲行年七十矣，遠在黔中，不克奉春酒，介眉壽，區區之意，冀得大人一言，增榮益譽，以爲光華，可乎？』余曰：『玉笈金箱之記，翠嫣元扈之册，固有識者所嗤鄙，余切人不媚，非所願也，爾欲有言，願聞其略。』婦乃舉其珍衛懿鑠者，於朝夕佐餕之餘，畢言於余。余歎曰：『允若茲，所謂「式瞻清懿」者矣。』乃撰次其言，命兒子紹萊書之以獻焉。維太夫人之歸我親家玉農都轉也，年甫十有七，家故素封，食指緐，總總然。太夫人處之裕如，鉅細咸舉，一門少長無間言，事其姑，尤得其歡心。歲在辛卯，都轉公舉於鄉，旋選授河南中牟令。太夫人主內政，以儉助廉，故都轉公循聲大起，由邑令而秉牧鞭，綰郡符，又積功加鹽運使銜，錫以孔翠之羽，用飾其冠。當是時，羣盜如牛毛，起於皖豫之間，趁䢓狉獠，所至飄忽。都轉公守河南郡，力扼虎牢之險，以爲藩籬。方與賊相持於殽之嶔巖，而郡中訛言寇且至，左右請出城避之。太夫人執不可，傳太守教，命門者毋出居民，簡民之壯者，諭以大義，使助官兵登陴。人心大定，賊亦旋爲都轉公擊退。是役也，微太夫人有定力，一舉足則城中不逞之徒且乘間起，都轉公兵懸於外，不能反顧，伊雒之間危矣。其時鄂之被兵尤甚，族人皆走中州，太夫人咸厚遇之。若從子，若從子婦，若從子之子與婦，資糧焉，扉屨焉，兒童之褿褯，婦女之蔮結，凡有所需，罔弗具，歷六年之久無缺。而太夫人之簪珥、之衣帔，盡付質庫矣。及都轉公歸道山，太夫人家居，益好施與，親族待以舉火者數家，其幼稚不能成立者，招至家，或使之讀，或使之學賈於外。歲庚午，鄂大水，維時辜較歲所入穀不足以食一歲，太夫人曰：『塗有餓莩，吾豈忍獨飽？』命諸子籍〔一〕鄉里之無食者，計大小口而授之食，賴全活者無算焉。諸公子守都轉公家學，又稟承太夫人之教，克自樹立，後先競爽，讓村觀察、芾林太守、萼樓方伯、稚農比部，金友玉昆，輝映於時，所謂韋趙兄弟，人之杞梓也。雲嶠郡丞雖早世，然有子克家，且抱孫矣。萼樓官黔久，有文武幹用，大府引重，以公才公望期之。太夫人於丙子之冬，御安輿，陳棨戟，浮南明之河，而望銅鼓之山，黔中士女，羅拜車下，瞻望慈容，塗歡而里忭。今茲春日載陽，風和氣晼，讓村諸君，綵服褊襴，鞠跽上壽，有孫四人，曾孫一人，瑤環瑜珥，蘭茁其芽。太夫人顧之而喜，可知矣。余忝在姻家，與聞德門盛事，雖微子婦之請，固將有以壽之。《易林》不云乎，『金齒鐵牙，壽考宜家』，自茲以往，讓村諸君，名位勳業，隆隆日上，太夫人由八九十以至期頤，天子推恩錫類，必有靈壽上尊之賜。余更將載筆而紀其後也。

【校記】

〔一〕籍，原作『藉』，據《校勘記》改。

潘玉泉方伯六十壽序

天子在位之三年，太歲在彊梧汭漢，其月曰塗，其日庚戌，爲吴下玉泉方伯潘公六旬覽揆之辰。公以名公之子，早歲通籍〔一〕，有位於朝，嫻習政事，通達政體。當庚申、辛酉間，崎嶇戎馬，攝贊機宜，卒以耆定東南，紓朝廷南顧之憂，而造吴會無彊之福。其勳名爛焉，與李、郭諸賢比肩相次。當茲六十曰耆，扶杖於鄉，碩德清望，冠吴中而動海内，所謂人之杞梓，國之楨幹也。張子青制府歷舉其生平行事，爲文以壽之，環瑋連犿，華藻雲飛，洵文章之冠冕，述作之楷模矣。而吴下諸君子以爲善言必二，更屬樾以一言進。樾曰：制府之言盡之矣，又何言哉？無已，請更舉其大者言之。夫公之官雲司，總秋典，參處法意，小大以情，劉孔才所謂『法家之材，司寇之任』，雖推重一時，未足見公之逸羣絶倫也。其卓然關乎中興之全局，而大有造於三吴者，則於咸豐之季得三事焉。溯自庚申，蘇城之陷，大江以南，惟上海、松江、寶山、奉賢、南滙、川沙、金山數城獨完，而上海以撫藩所駐，稱重鎮，然所募兵，雖逾五萬，皆市井無賴，不習戰，甚者與賊通。而江浙間遺黎，麕集於滬，洋涇之上，築室萬區，商賈輻輳，賊所覬覦，非一日矣。當是時，曾文正公之師已克安慶，其介弟沅浦中丞沿江東下，次於蕪湖。公乃與同人謀創迎師之議，力言於中丞薛公、團練大臣龐公，馳書達皖，遂以今大學士、肅毅伯李公總統援滬之軍，由輪船至滬，其後由滬規復三吴，實基此也。其大有造者一也。迎師之議甫定，而賊大至，防兵之在金山、嘉定、青浦者，四五萬人，不戰而潰，於是滬人大聳，而泰西人之在滬者觀望，靡有定。公又與同人謀，謂非借助於彼，則滬上未可安枕臥也。或曰：『如大體何？』公曰：『吐蕃、回紇、沙陀，古人嘗用之，不足爲病。』或又謂：『用之恐有後患。』公曰：『前年七月之役，不已藉彼力乎？至今年餘，未見其患，且患之有無，不在借兵否也。』或又慮索費且無饜，公請先與議定其費。議者無以難，於是有會防局之設。賊聞之退去，及歲除，烽火寂然，皆公之力也。其大有造者二也。迨蘇城之既復也，降賊八人，自部署其衆，爲二十營，分屯閶、胥、盤、齊四門，不受約束，髮鬖鬖如故。合肥相國知其意叵測，命八人者入見，數以要挾之罪而誅之。泰西之將曰戈登者，助戰有功，而得一城，必大掠。相國乃與之約，勿入蘇城，其意固已恚矣，至是以殺降將爲名，謂背其前所與議者，移營崑山，招降賊之子，與同起居，募廣勇千人，將助之復讎。是時，蘇城初克，外患猝至，則又大譁。公奉相國檄，駕一葉之舟，親至其軍。戈登盛氣逆之，降賊之子在坐，所持其父之頭，血漉漉在側。公告以賊情，責以大義，指天畫地，辨論三日，異謀遂寢，欣然受賞而歸。使當日無公爲之排解，事幾不可問矣。此其大有造者三也。是三者，皆有關乎中興之全局，非煦煦孑孑鄉里稱善者比。今東南砥屬，靜柝沈烽，吳中士女，昌逸閭閻，殷富甘食，美服棚車，鼓笛相與，游敖嬉戲，於鸝坊鶴市之間，夫孰知公之維持桑梓者，如此其勤且囏也。公今年六十矣，豪飲雄談，仍如少壯。有丈夫子四人，金友玉昆，後先競爽。女子二人。内外孫三十一人，晨夕問安，都不能辨，如郭汾陽頷之而已。傒福貞貞，未可限量，天之報施，固不虛也。公方且欿然自下，口不言功，知交中有欲以一觴爲壽者，謹謝勿受。惟賦《水調歌頭》四章，自述其懷，有曰：『豪情壯采，已隨風卷與雲氣。』其志趣之高雅，可知矣。養之愈深，發之愈大，異日名位勛業隆隆日上，必將如子青制府所言。切人不媚，不敢彫琢曼辭，以瀆清聽，謹舉其落落大者，爲公誦之。想吳下諸君子，亦必以樾爲善言德行也。

【校記】

〔一〕籍，原作『藉』，據《校勘記》改。

其二爲張子青前輩作

昔《春秋》於隱、桓間書家父、凡伯，又書任叔之子，蓋皆《大雅》舊人，聖經持筆書之，見故家遺俗猶存也。孟子亦稱『故國不在喬木』，三代以下，如漢之袁、楊，晉之王、謝，唐之崔、盧，皆以衣冠右姓，軒冕相襲，爲時所重。聖清襲九𥨊，重九熱，神合乎太乙。維時蕭、曹、房、杜之元臣，並樹閥閱，傳子孫，鼎族高門，代濟其美，規筴槼模，彝式斯在，非徒家乘之光榮，乃國脈所繇靈長，運會所繇洪鬯者也。之萬以丁酉拔貢，丁未進士，出吾師吳縣相國潘文恭公之門，因得與諸公子游，接芬錯芳，如萓逢杜。其後奉命撫蘇，與玉泉方伯尤相習也。方伯爲文恭公季子，幼稟異資，官太常博士，積優成陟，將外擢矣，特命以員外郎用。懷香握蘭，趨翔廊閣，依光日月，上應列星，白雲之司，古稱司憲，國家明刑弼教，尤重其選。方伯由奉天司員外郎遷福建司郎中，金行既御，循故事報囚，遠邇疑獄，平決攸歸，實總厥成，一時頌明允焉。當咸豐之初，大盜起於粵西，趁趯猭獝，延易乎東南，而金陵爲增巢屭穴，三吳之民，睽瞿奔觸，不遑啓處。方伯時讀禮家居，受詔，以搏力句卒之法衛桑梓，敵干𣪊甲，觖然成軍。先是，當事者用漢代奔命舊制，於材官騎士外，選取精勇，以赴急難，而所募選皆粵東人，素剽悍，後又罷遺之，益不靖，翔於郊，鬨於廛，攘於塗，大爲閭里患。方伯言於大府，收捕之，駢誅數百人，遂以無事。金陵既陷於賊，民之流離失職者，扶老攜幼，望蘇臺而來歸，若獸走壙。方伯創議留養，城内外設廠十餘處，衣之食之，病者藥之，物故者櫬之，所全活者無算。積前後功，以道員用，加鹽運使銜，錫孔翠之羽，用飾其冠。而方伯之有大造於東南，爲中興大局所繫者，則尤在會防之役。當庚申、辛酉間，蘇杭並陷，江浙已土崩瓦解，不可收拾，惟滬瀆一彈丸地僅存。賊以數十萬衆攻之，志在必得。方伯從海道走京師，力言於樞廷諸公，請如唐用蕃將故事。雖在風車火徼之民，有棄逆助順者，録用無遺。於是合中外爲一家，遂有會防局之設。合肥相國，來撫三吳，以方伯主局事。其後由海上一隅，規復東南，旋乾轉坤，基始於此。蘇垣已復，賊之有名號者，雖已乞降，跋扈如故。乃禽殘翦猾，以安反側，而殊裔遐圻，未達機要，拘執小諒，思發大難，安危之端，間不容髮。方伯奉合肥公之命，親詣其軍，指天畫地，譬喻萬端，遂使渙然冰釋，自引而去。雖魯仲連之排難解紛，郭令公之單騎見虜，不是過也。此方伯之有大造於東南，而爲中興大局所繫者也。夫舊家大族，與國家同休共戚，固與寒門素族有殊。方伯以門資早歲通籍，有位於朝，故能嫻習故事，通達治體，才博智贍，方圓可施。自曾文正公，及合肥相國，皆所器重，深圖密慮，咸與聞之，卒以奠金湯而鞏磐石。孟子所謂『故國不在喬木』，有以哉！嗣是厥後，凡遺散降衆，安集難民，招徠商旅，興修學校，事無巨細，方伯悉借箸謀之，累以功，加布政司銜，紫泥之封，視從一品。而方伯澹於名利，優游家衖，築養閑草堂。即以養閑自號，日於其中，摩挲金石，評量花木，一二知己之友，角巾野服，時相往來，飲酒賦詩，以樂其志。文恭公曾集先賢語録爲《正學編》，方伯一一爲之疏解，發明其義，視宋范公偁之《過庭録》、項安世之《項氏家説》，其紹聞衣德之意雖同，而義藴則過之，粹然儒者之言也。德配汪恭人，本吳中望族，其事親孝，其相夫敬，其教子嚴，其御下寬，持盈以約，處泰而謙，中外族黨無間言。諸子稟承家學，金友玉昆，後先競爽，或以優行貢成均，或食餼於庠，皆列仕版，膺清秩，賦詩鳳池，講經虎門，容臺嚴重，醖署清閑，一時有李氏四桂之譽。孫十有五人，長者已青青其衿矣。天倫之盛，人爵之榮，兩者並臻其極，海内言高門鼎貴者，首屈一指焉。之萬以養親久居吳下拙政園，與方伯過從甚密，文酒讌游，無月無之。今歲十有二月，爲方伯六旬初度，自爲《水調歌頭》六章，高唱入雲，蘇、辛避席，其精神淵著，可以想見。異時天子有人惟求舊之思，方伯名公之子，無忝前脩，書名帝屏，爲日久矣，必將受特達之知，膺非常之遇，封疆節鉞，在指顧間。自七八十以至期頤，名位勳業，如日之升，視曩時之造福鄉閭，當有遠過之者。請以斯言爲券也。

春在堂襍文三編卷一

上虞重建儒學記

惟聖清稽古若時，敦崇聖緒，設教導化，敘經志業，天下郡縣無大小，咸建學，典墳既章，禮樂具舉，和化普暢，雍雍如也。有邑於曹娥江之東者，曰上虞，稽之志乘，蓋猶秦之舊縣。厥地負海，島嶼緜邈，林麓黝儵，民風敦龎，士習修飭，學庭顯敞，悉如典禮。若節春秋，以上丁舍采，祁祁髦俊，巾卷在庭，耇德故老，於是觀禮。咸豐之季，粤寇雲擾，皓壁頳垣，毁於兵火，講舍邱墟，生徒離散。無何，大亂底定，乾清坤夷，頫林舊制，有待修復。邑令王公，下車伊始，周觀横舍，慨然大息，乃諮乃諏，進縉紳耆老而謀焉。爰有邑人王君某，爲之籌費用，集貲財，木石粗給，畚築始具。又有邑人連君某，理而董之。是時，文武官廨，同時營建，皆由連君敦理，晝夜不輟，寒暑無間。盛夏烈日中，猶躬親簦笠，往來達觀，未匝一歲，厥功告成。不雕不繪，體尚質之意；背窳就攻，昭子來之美。故時，崇聖祠規模卑隘，廣而大之，高堂邃宇，有加於舊。徵文於余，用紀本末。余惟先舅氏姚公光晉字平泉，曾秉鐸於茲土，至今多士，謳思弗諼。余昔避寇，亦曾假一廛焉。以瞻以儀，樂觀厥成。故述斯記，俾刻之石。

鎮海尊經閣記

素王既歿，道在遺文。《小戴禮》有《經解》之篇，經之名所由立矣。暴秦閏位，焚如棄如，炎劉代興，稍稍修葺。《七略》之作，二曰『六藝』，師古曰：『六藝，六經也。』然《樂經》亡，而經之存者五，《漢·藝文志》有《五經雜議》十八篇，蓋自武帝置五經博士，而石渠諸儒所論説者，惟五經矣。乃史家記載，或云『七經』，或云『九經』，後世就《釋文敘錄》所列分『三禮』、『三傳』而六之，去《老》、《莊》，進《孟子》，而『十三經』之名立。國朝因之，上自太學，下至郡縣學官，師以此爲教，而士以此爲學，經正民興，可謂盛矣。凡郡縣學，咸建尊經閣以庋諸經，俾多士得以誦習於其中，意甚善也。鎮海之爲縣，亦寧波一大邑也，民物昌阜，人文日新。其縣學明倫堂後，故有尊經閣，其始建於何時，蓋不可考，明嘉靖中，邑人薛文介言於都御史溫公，檄縣重建，而文介爲之記。自嘉靖至今，三百餘年，閣廢久矣。又自明倫堂改建後，堂基恢拓，并閣之遺址，亦不復存。光緒五年，邑人周君茂榕言於陳君某，曰：『吾學無尊經閣，於制未備，明倫堂後，固無餘地，而泮池之東，有鯤池書院者，去黌舍百步而遠，尚有隙地，可以建閣。今雖無文介其人，然學校之事，責在吾黨，盍圖之？』陳君曰：『然。』爰告之衆，衆論翕合，乃相陰陽，乃卜時日，乃庀羣材，乃鳩衆工，歷若干月而尊經閣成，規制崇閎，丹雘絶熾。落成之後，購經籍以充牣之，凡歷代國史，以及諸子之書、諸家之集，亦略具焉。以經統之，所以尊經也。美哉斯舉乎！是可與文介匹休矣。余研求經訓，沾沾於章句之末，未足以窺微言大義。然竊謂，人材之盛衰，由於經術之顯晦，茲閣之建，豈獨有舉無廢存學校故事已哉？異時，邑中人士有以文章勛業顯者，必自此舉始之矣。余故書其建閣緣起，刻石閣下，俾後之人知余言之有驗也。

孫文節公祠記

咸豐五年，吾師孫文節公以安徽學政死寇難。顯皇帝憫焉，賜謚、賜祭葬、賜世職，悉如典禮。於原籍、原任地方敕建專祠，春秋致祭，所以勸獎忠臣，風厲百世，意深遠矣。太平府爲公駐節之所，宜建祠宇。當塗縣知縣張君攀桂，從士民之請，請於大府，祠公於采石磯。既得請，乃於太白樓後卜地而經始焉，鳩工庀材，百堵皆作，棟宇既立，俎豆以陳，而使樾紀其事於石。謹按，公姓孫氏，諱銘恩，字蘭檢，江蘇通州人也。道光十四年中式舉人，其明年成進士，改庶吉士，授編修。已而遷司業，遷右中允〔一〕，遷右庶子，遷翰林院侍講學士，轉侍讀學士，遷詹事府詹事，歷官清要，垂二十年。入則簪筆，出則輶軒，光譽令問，溢於朝野。道光三十年，英人之在閩者欲賃居城中神光寺。寺故閩士讀書之所，官已諾之，士乃大譁，公言於朝，其事遂寢。咸豐二年，公由廣東正考官還朝，時粵賊已由岳州東下，陷漢陽府。公請於九江以下，沿江兩涯多置木簰，支帳屯兵，蟬聯魚貫，綿亘數百里，束江面而窄之，并條陳用簰之法凡十二事。朝廷以公知兵，可大用，遷內閣學士，權工部左侍郎，授兵部右侍郎。會安徽學政缺員，詔命公往。瀕行入辭，諭以安徽寇氛方熾，學政無守土之責，如途梗，可迂道行。公叩頭謝曰：『蒙天恩體恤，臣不敢稍有趨避。』既至皖，皖中大吏皆以安徽學政駐太平府，而賊據金陵爲巢窟，太平與之逼近，城郭不完，兵餉俱乏，勸勿遽往。公不可，遂至太平受事。召縉紳耆老，激以忠義，命之搏力以衛鄉里，出白金千，爲之倡。名捕其與賊通者，置之法。部署粗定，而蜀兵之亂作。其時大營餉匱，兵勇多逃，逃則爲草竊姦宄。當塗令王乃晉廉知蜀兵劫城外居民，捕三人讞之，而蜀兵三十餘人，入縣署劫之去。旋闌入學政署，皆手白刃，勢洶洶。公從戈鋋中出，坐堂皇，問故，衆氣懾，乃呼冤。公詰其魁，則明正邦、黄利中也。召而諭之曰：『有冤固宜雪。然白晝擁兵入使者署，大不道，罪且駢死矣。』兩人見公神氣嚴凝，不敢犯，願候察治，率其衆出。越數日，又有熊正武三人者，亦蜀人也，擁衆數百至，稱奉蘇將軍檄，自爲一隊，隨地殺賊立功。公曰：『太平、寧國，見俱無賊，至此何爲？廬州府新被圍，汝曹欲立功，盍如廬乎？』命巡捕官爲之具舟，舟具，皆帖然去。公之處危城中，遇事鎮定如此。四年三月，有詔命公協同前任河道總督潘錫恩守徽、寧諸郡，而公陳情之請適至。先是，公父光祿公與公同舉於鄉，後公十年成進士，授知縣，不赴，里居養痾，至是年六十有六矣，臥病三月不愈。公不得已，疏請省視，而不料前二日適有防守徽、寧之命也。疏入，忤上意，命如所請，俟銷假日降補三四品京堂。公拜命未踰月，代者未至，而太平府陷。從者以公已開缺，請避之，公曰：『吾一日未去官，即一日不出此城。寇至，吾死之，亦以明吾心也。』及寇至，公衣冠出，坐大堂，賊擁之去，僕范源從。既至金陵，賊皆稱公爲忠臣，勸之降。公大駡，不屈，遂與范源同遇害。是歲七月，我舟師奪獲賊首秦日綱之船，於船中得衆賊奏稿一册，五月二十四日有楊秀清等會奏之稿，言公死難本末甚具。五月二十四日，實五月十五日，賊從天主教，無閏月，與時憲書不同也。欽差大臣向公、安徽巡撫福公以聞。璽書褒獎，典禮優渥。公雖死，而公之心白矣。采石磯當太平府北，公仗節死難，實經臨其下，靈爽所憑，其在茲乎？廟食千祺，禮亦宜之。樾以道光三十年會試出公門下，受知遇最深，追惟盛德，爲之流涕。敬述大略，用諗來者，俾後之人，拜公祠宇，想其生平，頑廉懦立，裨益名教，於聖世褒忠勸義之意，或亦有當與？

【校記】

〔一〕允，原作『充』，據《校勘記》改。

鎮海李氏養正義莊記

自范文正創立義莊之後，近世士大夫多踵而行之者。而吳中爲文正故里，義莊尤盛。余自僑寓姑蘇，見搢紳之家，義莊林立。其官大者，或自言於朝，不者則介疆吏以聞。璽書褒美，傳示家乘，何其盛也。及余與修《鎮海邑志》，乃知鎮海李氏亦有義莊之舉，而疆吏不以上，朝廷未之知。同一義莊，何顯晦之不同邪？然則，余安可以無記。李氏之在鎮海，聚族而居者數百家，生長海濱，率以煮鹽爲業，故貧者居多。有弼庵君與弟也亭君，以貨殖起家，謀建義莊，未果而卒。兩君有賢子，曰聽濤，曰梅塘，承先志，卒成之。都凡置田二千畝，歲入穀四千餘石，分給貧者。生無以養，予之粟，死無以斂，予之棺，以所入較所出，僅足而無餘，則又儲金數萬兩，備異時之恢拓焉。乃卜吉地，建屋宇，署曰『養正義莊』。其中爲堂，堂有樓，麗廔開明，前後洞達，南挹太白，北抱笠山，左右眺大海，極登臨之勝。俾一族之士角文藝於斯樓。樓之前鑿池於庭，面以小軒，以待賓客，設義塾四塾，各一師，選族之秀者，使課之讀。

讀則分課，食則會焉。即奉弼庵、也亭兩君栗主於義塾之堂，歲時祀之，禮也。嗚呼，觀於李氏之義莊，洵所謂意美而法良者矣。夫君子之爲義也，非以爲名也，何爭乎顯晦之迹也哉？然而弼庵、也亭兩君之高義，與聽濤、梅塘之善承先志，則固不可以不記也。余舊史氏也，記述吾職，其敢遺諸？因書其事之本末著於篇，并附諸《縣志》，俾後有考焉。

鎮海方氏寶善義莊記

余自與修《鎮海縣志》，始得與其邑之賢士大夫通束脩之問，知其人多富而好禮，肫肫其仁，往往有置義莊以贍宗族者。余於李氏之養正義莊已爲之記矣。居無何，又有以方氏義莊告者。方氏世居邑西之柏樹村，有曰鑑航君者，諱亨寧，字建康，鑑航其別字也。孝弟義俠，邑志有傳。晚歲嘗議建家祠、纂宗譜、創義莊，未果厥志，晻忽徂逝。有賢子曰仁詰，字仰喬，念古人堂構之言，又感詩人葛藟之義，乃霰然隕涕曰：『是余之責也，夫是余之責也。』夫凡鑑航君所欲爲者，次弟成之，末乃及於義莊，蓋其事愈巨，而爲力彌勤矣。先置義莊之田，自割膏腴之産凡一千畝，而其從弟名承者，其從子名瀛者，各助以田百畝，辜較田一千二百畝。乃營義莊之屋，其屋五十有七楹，前後中正屋九楹，左右旁屋三十有六楹，又爲倉屋十有二楹。繚以周垣，榜其外曰『寶善義莊』。土事不文，木事不鏤，而高堂邃宇，望之翼然，庖湢井匽，罔不肸飾，過者美焉。乃定義莊之條例，略如范文正成法而損益之。凡族之鰥寡孤獨廢疾者，貧不能自存者，月有餽，餽以米。死不能斂者，予之棺，久而不能葬者，予之甎與石。其子弟之秀者，置塾於莊，命曰『正性』，延師而教之。族中之人有應試者，自試於縣府，以至試於禮部，皆有佽也。烏乎，斯可謂法良意美者矣。余讀《蜀志》，稱許文休與九族中外同其饑寒，又讀《唐書》，稱李英公所周給無親疏之間，方氏此舉，何媿斯言。鑑航君可謂有子矣。義莊既建，乃奉鑑航君栗主於堂，春秋祀之，禮也。余舊史氏也，粗習紀載之文，李氏之莊既爲之記，則於方氏之莊，義不得而辭，故書其本末，刻之石。

鎮海試館記

功令：凡歲陰在子、卯、午、酉之年，聚天下郡縣學生而試之於各直省，是爲鄉試。子、卯、午、酉之明年，聚鄉試所得士而試之於禮部，是爲會試。凡鄉、會兩試，爲士子出身之途，海内之士爭趨之。然自各直省至京師，皆有會館，以弛其負擔，而自郡縣至省城，則無有焉。其挾册負素而來者，求一廛之庇而不得，擔簦躡屩，屏營歧路間，噫，憊矣！此試館之所以始也。吾浙鄉試之士，莫多於寧波一郡，其於省城有試館者，惟鄞與慈谿，而此外各縣無之。鎮海於寧郡，亦大縣也，縣人兵部郎中、贈榮祿大夫夢香方君，始創試館之議，未就而歿。其哲嗣正甫觀察慨然曰：『此余之責也夫。』乃買仁和縣平安坊黄氏老屋一區而改築之，其地曰純陽庵巷，屋背西而面東，外爲大門，門有樓，以祀魁星，是爲魁星閣，由門而進，爲笙鹿堂，堂後復有門，顔以四字，曰『羣賢畢至』。由門而進，則爲樓屋，樓上祀文昌之神，是爲文昌閣，樓下則奉鄉賢栗主於其中，春秋祀之。又進則亦爲樓屋，於樓下奉夢香駕部栗主，亦春秋祀之，崇德報功，禮也。其旁有便坐，以待賓客，其後則庖湢井匽，罔不肹飾。士之以鄉試至者，咸於此少休焉。願居者聽之，悉視鄞、慈谿之例。都凡黄鶯户下地二畝有奇，又朱義功户下地七分有奇，其外餘地又三分有奇，實得地三畝有奇，歲輪糧如額。其規條、經費及館中什物，悉以簿籍之。經始於光緒二年，至五年三月而成，凡費緡錢一萬餘貫。烏乎，正甫可爲能成先志矣。夫外郡縣之人之至省城，亦猶外省之人之至京師也。余從前驅車入春明門，輒就會館而楮車焉，然則省會之不可無試館，從可知矣。顧安得每縣悉有如方氏父子其人者乎？鎮海固爲人文所萃，而試館既建，則應試之士必益多，異時科第之盛，甲於浙東，可以此徵之。方氏之澤孔長矣。余故書其本末而勒之石，俾居是館者，毋忘其所自始也。

方正甫觀察生壙記

觀察方君既營生壙，而屬余爲文以記之。或曰：墓志非古也，況生壙乎？余曰：不然。生壙之作，始於趙岐，而後世若盧照鄰、司空圖，皆嘗爲之。韓文公之子昶，并自爲墓志。然則生壙之有記，奚不可者，雖然，必視乎其人。夫人苟無卓犖可傳之事，則死而志之，亦諛墓也。其人苟有可傳，則及其生存之日，敘次其事，俾過而讀之者歎美其賢，而願友其人，君子固有取焉。此余所以樂爲方君述也。君名義路，字正甫，浙江鎮海人。世居西管鄉柏墅村。高祖上曜，曾祖元祚，祖亨學，俱贈榮禄大夫。考仁榮，字夢香，輸家財，助軍興，授光禄寺署正，累遷兵部郎中，以子貴，贈榮禄大夫。夢香君賢且才，常居滬上。其季父介堂君，兄潤齋君，先以貨殖起家，夢香君復彉大之，遂巨富。性好施與，有義舉必先之。君侍夢香君於滬，日習其所爲，亦勇於爲善。今滬上有四明義莊，自君成之也。夢香君以邑人之秋試者衆，而省城無館舍以弛負擔，議建試館，未就而歿。君慨然曰：『是在我矣。』當析產時，卽割己貲萬餘金別儲之，越數年，遂築鎮海試館於仁和之平安坊。承先志焉，孝也；恤寒士焉，仁也。此一舉也，仁孝備矣。又置義莊，以贍其族人。其於塗之人，則寒者帛之，饑者粟之，物故者櫝之，暴露者楬而埋之。其樂善好義，固由秉夢香君之教，亦其天性然也。至其臨大事，決大疑，則不動聲色，而所擘畫悉中窾郤，近而江厦，遠而滬瀆，又遠而漢口，咸置廛舍，貨別隧分，賓客之司會計者，無慮數十人，無不當其才。故事無鉅細，悉有條理，每當諸務叢襍，千緒萬端，而君從容應之，剖豪晰芒，部分如流，雖老於事者，或謝不如，而君之年，固甚少也。其居家也，事母以孝，遇宗族戚黨以和而敬，其待人也以誠，故能恢宏先業，自顯於時。由國子監生加國子監典籍銜，以同知試用於福建，賜藍翎，易花翎，晉加道銜。嗣由侯相左公奏保，特恩予三品銜，加四級，授資政大夫，晉榮祿大夫。配吳氏，封淑人，疊晉一品夫人。非君器宇恢袥，識量淵深，何能遭際盛時，致身通顯若是哉？子二人：長積驊，爲君側室吳氏出，聘户部福建司主事慈谿張君宏訓之第三女。次積馭，聘郡學生慈谿楊君家驃之長女。君以五叔父無後，故以積馭後之，禮也。女子二人，皆許嫁同邑人，長壻乃江西廣豐知縣同治辛未進士陳君聿昌之子；次壻乃兵部職方司郎中鄭君受祺之子。家門鼎盛，姻婭皆貴顯，君又富於歲月，祥源福緒，正未有艾。而君有鑒於世之營葬者，每惑於堪輿之説，拘忌陰陽時日，積久不葬，爲識者所譏。是以既營先隴，卽自造生壙於杜山之原，其所見可爲達矣。余去歲亦營生壙於錢塘之右台山，自惟碌碌，無可稱道，故惟以詩紀之而已。若君之行事，乃所謂卓犖可傳者。余舊史氏，敢以不文辭乎？惟君之齒猶未也，異時耆年舊德，推重一鄉，顯融光大，必當不止於此。余姑以此言爲乘韋之先也。

鎮海鯤池書院記

鎮海梓山之陽，有鯤池書院焉，始建於乾隆之初，爲蛟川書院，後改今名。院中奉沈端憲、黄文潔二公栗主，春秋祀之，皆鄉先賢也。咸豐十一年毁於兵。大亂既夷，百度草刱，釐補穿敝，日不暇給。顧瞻講舍，猶爲邱虚，牧兒蕘竪，薪刈其下，過者唏焉。邑有傅君曰昌理、曰昌珩者，昆弟也，富而好禮，趨義若不及，乃喟然興歎曰：有舉無廢，舊貫必仁，僧廬道觀，尚或新之，況先儒俎豆在堂，諸生巾卷在庭，而使兔葵燕麥摇盪春風，責在吾黨，其敢忘乎？爰出巨貲，庀材鳩工，經始於同治之十年，凡用錢四千餘緡，踰年而畢功。前堂後室，悉還舊觀，材美工巧，有加於昔。落成之日，仍奉沈、黄二公栗主而祀之，如故事焉，禮也。精廬既建，多士咸集，挾册負素，諷誦相摩，僉曰是不可以無記，乃以屬樾。樾嘗與修《鎮海縣志》，故於其本末粗能言焉。自來講學家每以沈端憲、黄文潔兩公學術微有異同，爲紫陽之學者，率右文潔而左端憲。嗟乎，尊德性、道問學，聖門本爲一事，斤斤於朱、陸之辨，已爲多事，況沈、黄兩公同爲鎮海先賢，其在古制皆所謂國故者也。鄭康成解『國故』曰：『若周有周公，魯有孔子。』古人釋奠於學，必祭之。沈、黄兩公之在鎮海，庶足以當此。鎮海之士，讀兩公之書，而各有得焉，則於沈潛高明，一無偏倚，進於聖賢之域，不難矣，又何事斤斤辨論於其間哉？樾考之舊志，其地在前明爲純陽閣，後又爲羅漢堂，今一變而爲諸生横經講藝之所，非吾道之光歟？然則居斯院者，但當尊其所聞，行其所知，以尋兩公遺緒，勿執門户之成見，入主出奴，而轉爲異端之徒所竊笑也。樾章句陋儒，何足言學，於兩公學術之異同，不敢輒有辨論，而嘉傅氏昆弟之意，若無文字紀述，懼不足以毖久遠，故不辭而爲之記。自兹以往，學術昌明，人文益盛，庶不墜沈、黄兩公之遺風，而傅氏昆弟重建書院之雅意，亦可以無負矣。

半園記

往歲，余卜宅於姑蘇，得倉米巷老屋一區，議以千緡易之而稍修葺焉，後得地於馬醫巷，乃罷前議。未幾，復經其地，則石工木工，咸集其門，築之丁丁，聲達於外。問之，則曰：『史方伯所爲也。』逾年，而方伯果來，訪余於曲園，則偉堂史君也。其人和調而不緣，谿盎而不苛，與余一見如舊相識。越日報謁，登其堂，藻室華橡，綺疏青瑣，赫然改觀。余乃歎曰：地果以人美乎！使曩者爲余所得，則因陋就簡，不過環堵之室，辟潤溼，圉風寒，其能崇麗若斯哉？已而方伯索余書榜，曰『半園草堂』，余率然寫付之，亦不知所謂園者何如也。今年春，余往過之，方伯欣然曰：『吾園成矣，盍一游乎？』乃與偕往。園在屋西，所謂半園草堂者，園中之主屋也。其屋南嚮，東北有小室曰安樂窩，池東有屋三間，曰還讀書齋，又以修廊亘之中，有小亭二，曰風廊、月榭。東南隅有室正方，前臨荷池，後栽修竹，以竹與荷花皆有君子之稱，因名之曰君子居。其西南隅有屋如舟，顔曰不繫舟。從其後繞出西廊，有樓屋三重，其下層顏以四字，曰且住爲佳，中曰待月樓，上曰四宜樓，憑欄而望，則闤廬城中萬家烟火了然在目矣。斯園也，高高下下，備登臨之勝，風亭月榭，極樫柏之華，視吴下諸名園無多讓焉。余曰：『此即所謂半園者歟？』君曰：『然。』余曰：『園至此，歎觀止矣，奚以半名？』君曰：『不然。吾園固止一隅耳，其鄰尚有隙地，或勸吾籠而有之，吾謂，事必求全，無適而非苦境，吾不爲也，故以「半」名吾園也。』余因喟然而歎曰：『美哉，君之名斯園乎！《老子》曰：「知足不辱。」《禮記》曰：「知不足然後能自強。」君之名園，其此二義矣。』君請其説。余曰：『以君之力，固足以籠有餘地，乃甘守其半，不求其全，此君之知足也。然君之園，視吴下諸名園固無愧矣。君乃以半名之，曰「吾園固止一隅耳」，此又君之知不足也。合知足、知不足兩義，而君進乎道矣。』余於馬醫巷手治曲園，輒援老子『曲則全』之義以解嘲，聞君之言，不禁爽然自失也。

李弼庵墓志銘

君姓李氏，諱承輔，字弼庵，浙江鎮海人。曾祖某、祖某、父某，皆有潛德。君幼而孤，家貧甚，恃其母葉太夫人織紝以食君與厥弟也亭君，同力作以助之，故廢鉛槧之業。已而也亭君游於滬，以貨殖起家，君喜曰：『善樂生者不窶，吾弟之謂矣。吾弟斡乎外，吾筦乎内，吾家其昌乎！』於是手治家政，皆有條理，督率子弟輩，以身先之，能學者使之讀，不者使之商，數年之間，家果大起。咸豐、同治間，軍事方棘，君輸金數萬，供資糧扉屨之需。朝議嘉焉，優敘如例。時太夫人猶在堂，以八旬老母，膺二品之封，鶴髮朱顏，笄伽翟茀，鄉里榮之。及太夫人歿，君年逾六十矣，日處苫塊，爲孺子泣。人或慰之，君曰：『吾少寒微，吾母撪搰以長養我，今幸稍贏餘，而不獲奉母至百年，此恨豈有極邪？』與弟也亭君終身同居，垂老無間。以故居湫溢，廓而大之，重臺高閣，望之煥然。別治家廟，以妥以侑，若節春秋，修饋食之禮，份如也。自奉儉約，而好施與，矜孤頤老，施而不德，貧賤之交，恆滿坐上。晚歲議立義莊，與也亭君謀之，欲得十畝之地營建屋宇，而未得其地。俄，也亭君卒，君慟之甚，未幾亦病。同治十一年七月之晦，啓手足於正寢，年七十有七。君娶於張，生丈夫子三：源，國學生，江蘇補用同知，加鹽運司運同銜，賜藍翎，易花翎；濂，國學生，同治六年補行二年浙江鄉試，中式舉人，光緒二年進士，户部四川司兼山東司主事；沛，國學生，福建補用同知。女子子三人，沈建勳、向照青、林長清皆其壻。孫五人：昌祥、葆祥、詠祥、寅祥、燕祥。某年月日，源等葬君於某原，兼爲張夫人營生壙於其右，以狀乞銘。銘曰：

惟孝惟友，任恤睦婣。君之內行，肫肫其仁。積善成德，獲祐於天。以昌其家，以康其身。我銘其幽，昭示億年。鬱鬱宰樹，庇其後人。

李也亭墓志銘

嗚呼，吾嘗銘弼庵君之墓矣，有云『厥弟也亭君，以貨殖起家』者，今又得而銘其墓。按狀，君姓李氏，諱容，也亭其自號也。少穎異，有幹才，八歲而孤，恃母葉太夫人機杼以生。十三歲棄柔翰，而賈於滬，挾貲北行，歲獲利三倍，家驟富。然君雖商也，而實具經世之略，往來南北洋，凡島嶼之險害、潮汐之上下，皆熟察而默識之。道光二十八年，閩盜起，君請於大吏，造戰艦，募死士，出洋擊之。戰屢捷，閩盜熸焉。咸豐三年，粵東盜復熾，君又捐貲買輪船，載習流之士追盜於山東。粵盜亦戢。當是時，朝議以運道多梗，謀轉漕於海，大吏知君才，命董之。是歲，賊陷上海，乃移運於婁江，與其役者，皆慮劉河淤淺，憚不行。君所部船獨先進，餘船從之，漕事以濟。及官軍復上海，君贊襄善後之事，仍董海運如故。於是江浙諸大吏疊以君功上於朝，賞六品銜，加鹽提舉銜，旋擢鹽運司運同，賜藍翎，易花翎。而君恂恂如平常，與人交，有終始。嘗與人共居積，其人以他事亡其貲，君分財，恆多與之，論者謂有管、鮑之風。葉太夫人歿，君時隔重洋八百里，自雇輪船奔赴，及至家，猶及視含斂，鄉里稱其孝焉。與兄弼庵君白首同居，門無異爨，視兄子如己子。謂弼庵君次子濂也才，尤愛之，曰：『吾家千里駒也。』爲捐郎中，使宦學於京師，後果成進士，官户曹，有聞於時云。先是，族無家廟，君與弼庵君創爲之，又議立義莊，未果而卒，諸子遵先志成之。君卒於同治七年八月甲寅，年六十有一。以子嘉貴，封榮祿大夫。娶樂氏，繼娶彭氏，俱封一品夫人。子一人：嘉也，國學生，江蘇補用同知，賞三品冠服，由藍翎賞花翎。女一人，適張錫璇。孫六人：兆祥、鍾祥、增祥、慶祥、瑞祥、鴻祥。某年月日，葬君於某原。嘉以狀乞銘。嗚呼，如君者，豈獨以貨殖起家云爾哉？蓋古所謂豪傑之士也。弼庵君之葬，余既銘其墓矣，安得無辭以識君之幽宫。乃爲銘曰：

古有巨商，國受其福。弦高犒師，功在鄭國。惟君之才，兼有其識。雖隱於賈，時議翕服。當咸同間，時事孔亟。雲帆轉漕，霜鋋殺賊。君與其事，事無不克。宜受褒揚，赤韍有赩。子子孫孫，食其舊德。我作銘詞，垂曜罔極。

靳君芝亭墓誌銘

君諱芝亭，字嵐友，姓靳氏。其先山西洪洞縣人也。明永樂初，有諱尚質者始遷居山東東昌府館陶縣，遂爲館陶人。曾祖宗魁、祖福、生父館陶縣學生廷相，並以君貴，累贈資政大夫。曾祖妣杜、祖妣劉、妣張與李，累贈夫人。自曾祖以下，咸高行篤學，鄉里稱焉。君甫髫齔，敏達異常，皃事其親，蒸蒸其孝，事其二兄，溫溫其恭。年二十有一試於縣，冠其曹。故事，縣試弟一者，必補博士弟子員，而君適丁父憂，未逮乎學使者之試，及服闋，仍裒然以縣試弟一，籍〔一〕諸生，俄餼焉，充道光二十九年拔貢生，踰年朝考，用教職。咸豐二年，選授濟南府禹城縣訓導，旋攝陵縣教諭。所至以砥學礪行，忞慔其士。而是時，粵寇已踞金陵爲堀穴，分兵北犯，燹火及高唐州。山東巡撫崇公檄君至軍，使治軍書，會和碩僧親王督師山左，錄君功以聞，詔以知縣用，加直隸州銜。七年，選授安徽涇縣。涇故與賊密邇，君拊循其民，教以句卒摶力之法，使扼要以守，高其壘，廣其塹，敵干𣪠甲，峙其糗糧，終君之任，賊不得逞。九年，江南鄉試借浙闈以行，君與其事。已奉檄，偵賊於常州。曾文正公督兩江，以軍營尤重火器，設子彈局，以君筦之，敘功升直隸州知州。馬端敏公久於皖，知君才，及其撫浙也，以公牘調君往，命治儲胥。時浙中初定，吏治尤亟，公言於朝，留君浙江，權海寧州事，以人與地宜，遂借補焉。州城濱海，亂後塘圮，海水齧入，蕩田廬，毀城郭。君白大府，先修繞城石塘，復築大小山圩，以衛民田，竟内瀦水停洿，咸疏濬之，以障以泄，海不爲災，而田疇饒衍，舟楫通利，農夫忭於野，行旅歌於塗。君曰：『民懷生矣，是宜教之。』舊有安瀾書院，亂後鞠爲園蔬。君修復横舍，採召生徒，月必有試，巾卷盈廷，儲金錢若干爲母，入其子爲書院費，然君在官弗取焉。師儒脩脯，諸生膏油，悉捐奉錢與之，曰：『勿用其子，母錢愈饒，庶無匱乎？』安瀾而外，精廬校舍，所在多有，曰雙山，曰龍山，曰仰山，一視此。君官海寧九年，自學校倉廥下，及《管子》書所謂慈幼、恤孤、養疾之法，罔不畢舉，積優成陟，以卓異聞。且敘塘工之功，擢知府，大吏又颺言於朝，曰：『是其於民也，盡心焉耳矣。』有詔送部引見。而州之人知君當去也，籲於臺司，願如潁川借寇恂故事，不可，乃刊石勒銘，以識去思，又爲君設位於安瀾書院中，俎豆而尸祝之，用于公生祠之例也。觀州之人之惓惓於君，則君之治州者可知矣。後以會辦石塘加三品銜，會東塘海防同知缺員，以君權之。杭所屬海塘分爲三，曰東，曰西，曰中，而東塘尤險。光緒三年五月，颶風大作，塘上木石飛走如籜，海水贔怒，柴塘蘇蘇然陷，而土堰一線，亦兀兀動。君晝夜立風雨中，督丁夫修築，不遑暇食，卒轉危爲安。用是功陟監司，而君之精力耗矣。四年五月得疾，遂不起，於八月癸卯卒於官。君生平輕財重然諾，寒門後進，多所識拔，尤篤於宗族。一族二百餘人，歲饑饉，輒計口授之粟，病中尚念晉豫大無，輸金賑之。朝廷嘉其義，賜花翎以奬焉。元配梁夫人。生子曰喆，以後其兄，繼配吳夫人，生子曰玨。妾王氏，生子二，曰琦，曰珂。玨與珂皆諸生。女子子四人。君歿之明年，玨等奉君之喪，歸葬於館陶縣蔡家口祖塋之側，梁夫人祔焉。乃以狀乞銘於余。讀君之狀，歎君之賢而才，是合銘法矣。銘曰：

大亂之後，是需循吏。循吏而才，無出君右。君治鹽官，曰教曰富。以穀其民，以秀其士。民不曰官，曰我父母。鰟渚鯋潯，大波怒起。而君莅之，靡險不治。有桑滿畦，有禾盈畝。惟君之賜，非神之佑。丹旐北歸，甘棠斯在。父老謳思，來何不再。銘其幽宫，用示千載。

【校記】

〔一〕籍，原作「藉」，據《校勘記》改。

兩浙鹽運使高君墓誌銘

君諱卿培，字滋園，姓高氏，安徽貴池人也。曾祖懷獲，祖君輔，並有潛德。父燦，歷官浙江海鹽、餘杭、天台縣尉，所至有聲。三代並以君貴，贈如君官。君生而明敏，讀書能通大義。少孤，奉母陳太夫人家居，以貧故不克事章句之學。然義氣磥落，與常兒異。年甫弱冠，橐筆游京師，則名姓已隱然動公卿間。道光二十三年，入貲以縣尉發浙江試用，卽奉檄攝南潯巡檢，旋補西水驛丞。會陳太夫人卒，以憂去官。服闋，仍至浙江。當是時，粤賊已踞金陵爲巢穴，東南諸行省咸震動。浙與江蘇、江西、安徽皆接壤，議防議勦，日不暇給。尤苦無餉，乃設局專治其事，曰籌防，曰助餉，君從事於中，器幹恢張，綜理微密，不苛征於民，而財用充牣，大吏倚之如左右手。疏薦於朝，以知縣用。俄擢知府，賜戴孔雀翎。咸豐之季，杭城再陷，君皆以勸捐催餉在外，不及於難，然顧大局糜爛江浙間，無可以辦賊者。而湖南自曾文正公起義師，名將輩出，士氣奮揚。君默計，異日爲朝廷滅賊，奏中興之功者，將於此乎在。乃如楚。會今相國、一等侯左公帥師入浙，知君之才，謂君曰：『用兵必先裕餉，餉之所出，惟鹽惟釐，君在浙久，熟其利弊，今以此二事專屬於君，君其勉之。』君感左公知遇，亦力以自任。所謂釐者，計商賈所廢著百物，千而入其一，是謂抽釐，而浙中以絲茶爲大綱。乃明定章程，顜若畫一，至今遵守，莫能易也。鹽則鹺綱廢弛，引商疲病，乃改行票運，仍按引抽釐。鹽、茶兩課，歲入四百萬，左公一軍，糗糧楨幹，無闕於供，士飽馬騰，所向克捷。未逾再稔，全浙廓清，固由師武臣力之故，而君之功亦非細矣。左公上君之功，詔授兩浙鹽運使。君益以廉節自勵。又以禺筴爲國家大利，宜籌經久之計，票運可以濟變，難以持久，力以招復引商爲事。中間兩權臬使事，析愿禁悍，不爲苛察繳繞之政，時論稱焉，僉謂：『封疆之任，非公莫屬。』行且開幕府，受節鉞，而君以積勞得目疾，又傷長公子之秀而不實，目疾益甚，遂引疾去官，未竟其用，海内惜之。逾年，大吏又強起君，使督辦釐局，君不獲辭，又莞局務者數年。所用惟悃愊無華之士，其紛更擾民者率罷斥之，故君在釐局，民無謗言，至今浙中推善治釐者，蓋無出君右云。君雖服官數十載，無中人之產，齋廚蕭然，不異寒素，以故里無一椽之庇，而其仲子以鹽運副使需次兩浙，乃遂僑居於杭。相國左公以君歷年籌解協餉，厥有成績，颺言於廷。詔賜二品冠服，旋以覃恩封榮祿大夫。君謝事家居，惟與諸故舊銜杯酒，敘殷勤，頤性養壽，宜登耄耋。乃感重膇之疾，緜歷數年，於光緒六年四月戊午卒於家，年六十有六。娶陳氏，繼娶裘氏，皆封一品夫人。子二人：尚綸，貴池縣廩膳生，候選郎中，早卒；尚縉，兩浙候補鹽運副使。孫二人：春榮、春森。某年某月，尚縉等葬君於杭州之某原。以樾雅知君，具狀乞銘。銘曰：

我交於君，由王文勤。君賢且才，文勤實云。惟君服官，垂三十載。積優成陟，宦蹟咸在。其蹟伊何，在浙西東。統籌全局，佐成大功。厥功伊何？功在轉餉。餉以不匱，師乃用壯。文勤之殁，我文其碑。今君逝矣，我又何辭。鬱鬱佳城，森森華表。銘其幽宮，萬世永保。

柳母俞太宜人墓誌銘

柳君商賢以狀來乞銘其母之墓，而又以不合葬懼不當於禮，就樾而諮焉。樾曰：『合葬，禮也。雖然，唐嚴善思述古葬法有云：「尊者先葬，卑者不合於後開入。」今太宜人之歿，距先德之葬不已久乎？卜地別葬，禮固宜之。惟古人志墓之文，詳於夫而略於妻，婦從夫也。今既不合葬，而太宜人之令德又於法宜銘，則固不得而略。』謹按狀，太宜人姓俞氏，某縣人，歸柳府君爲繼室。府君初娶金氏，生二女而卒。宜人撫二女如所生。已而生二子、三女，長子商賢也，次曰養賢。道光十九年秋九月，柳府君病，宜人日夕侍，歲暮，病日臻。自歲盡前一日至明年三月庚子柳府君卒，凡七十二日，宜人無一夕帖枕席臥。繇是得奇疾，臍中出水，甚者流血，自度且不治，盡籍所有，歸之兄公。時商賢才七歲，養賢四歲，兄公二人勉以撫孤子，乃稍稍進飲食，厥疾有間，然瘦癯日甚，欒欒然終其身。其自奉也儉，非祭祀，非賓客，庖無肉也。而遇有應出之費，必與兩兄公均。命二子從師學，豐摯幣，腆修脯。子若女婚嫁皆以時。其治家也勤，井臼焉，鍼管線纊焉，朝莫恆於斯。及子納婦，始以家政付之，然未嘗一日坐以嬉也。方蘇郡之陷於賊也，所居橫金鎮距城遠，地且僻，寇蹤猶未至，城中避寇者咸來歸，族姻畢至。宜人皆納之，其素不相識者，牽率而來，亦舍以外舍，無慮二百餘人。既商賢等謀奉母至滬，族姻或尼之。宜人曰：『從子，順也。』遂行，行未匝月，聞故里被寇，宜人念親故流離，悽愴不樂，遂日益羸病矣。同治二年，江蘇平復，還所居，戒商賢等曰：『大難獲免，幸也。毋躁功名，毋騖交游，修身讀書，繼先人志足矣。』七年，商賢等以宜人守節年月籲大府，聞於朝，旌如例。十年，商賢舉於鄉，明年試禮部，罷歸，宜人曰：『吾固不望汝以祿養也。』是時，宜人益衰老，其年八月病，藥之不瘳，遂勿藥，謂商賢等曰：『吾志願粗慰，死亦無憾，何藥爲？』九月甲辰卒，年六十有一。商賢以舉人揀選知縣，充國史館謄錄。養賢，太學生。長、次女壻曰錢榮高、曰王汝鎔，三女許嫁錢國柱，未嫁殤。其金宜人所出之二女，長亦殤，次適俞繩礽。凡子女，非所出，例不書，宜人視之如己出，故書。孫二：曰紹澂、曰紹湜。孫女二。初柳府君之殁也，與金宜人合葬先塋，地稍卑下，宜人遺命，毋合葬。光緒三年冬十二月甲申，商賢等葬宜人於吳縣高峯山，來告窆。乃銘曰：

昔宜人之喪，議稱繼母。余曰不然。是視其子，子實所生，何繼之有？今宜人之葬，或議其不祔。余曰不然。是所以嚴其父，不震不動，安先人之遺魄。惟宜人之賢，有以詒其後人。維子之孝，不違而道。我作銘，銘其幽。以此義，垂千秋。

訓導謝君墓表

仲諧謝君之卒也，吾鄉陳無軒先生既爲文以誌其墓矣。至光緒改元之三載，距君之卒六十年，而其孫駿德復求余文以表於其墓之原。君姓謝氏，諱篪賢，字仲諧，浙江鎮海人。其先吳人也。始祖宇，自宋建炎中官於是，乃家焉，傳十有五世而至於君。君祖諱泰宗，考諱佑績。佑績生三子，君其仲也。

大興朱文正公視浙學，取君爲縣學生，逾十年，又受知於儀徵阮文達公，以君熟於《周禮》，能言成周爵祿之制，置高等，補廩膳之額。嘉慶六年充歲貢生，議敘儒學訓導，然卒不仕。讀書樂道，以圖書、字畫、金石自娱，名其所著詩文曰《秋鳴集》，其他討論經史，自記其所得者曰《瞥觀集》。定海黄君式三，篤學士也，嘗稱君能集古人所長，不偏於一，則可知其所學矣。其爲人也，孝於親，友於昆弟。伯兄早世，遺二子、一女，撫之成立。有再從嫂，嫠也而貧，月繼之粟。有六世從祖絶無嗣，失其墓，君詢於故老，走數十里，於崩榛荒葛中爬羅剔抉，而墓碣見，視之信也，歲時祭拜如禮。佃者樂某卒，其妻寡居，子始齔。君憫之，歲蠲其租。鎮海故事，輸税以錢，吏故昂銀之直，浮於市賈者倍蓰，其納糧也，輸三斗粟，不足當二斗。君言於阮文達，裁抑之。謝氏至今賴焉。又以謝氏先世傳誌多出吴梅村、黄梨洲、姜西溟諸公，手裒集其文而迻書之。或有墨跡在，雖殘闕必加標飾。梁山舟學士見而歎曰：『此仁人孝子之用心也。』然性嚴重，尤嫉惡。有疏族某，横於鄉里，每來必予以錢米，饜乃去。及君之父卒，益無忌，來益數。君年甫十七，直前訶之曰：『吾與若同六世祖者也，吾父在殯，不哀吾喪，而肆無禮，行縛送官矣。』其人氣懾而去。仁者必有勇，信夫。君娶朱氏。生子二：輔衮、輔冕。衮之子三：曰驤德、馭德、駿德。冕之子三：曰馴德、駉德、騂德。同治十二年，駿德官縉雲教諭，加五品銜，乃以覃恩貤〔一〕贈君爲奉直大夫。昔歐陽公爲《連處士墓表》，稱其『行之以躬，不言而信』；又爲《太常博士周君墓表》，稱其『孝於其親，友於其兄弟』。余之文雖不敢望歐陽氏，而君則無愧夫二子矣。故輒據墓志及黄君式三所爲傳及其孫駿德所述遺事，粗加次弟，書之碣，以表其阡。

【校記】

〔一〕 貤,原作『馳』,據《校勘記》改。

候選同知葛君墓表〔一〕

平湖之鄉,有古君子人焉,曰壽芝葛君。其爲人乃古所謂孝友睦婣任恤之君子也。厥先爲江南之江寧人,明之季有諱如宇者,避亂而至浙江平湖之乍浦鎮,其地曰牛橋,是爲遷浙之始祖。四傳而有諱元舉〔二〕者,以雍正五年武進士,官山西大同參將。《嘉興府志》、《平湖縣志》〔三〕皆有傳,則君之高祖也。曾祖諱鏇,祖諱淞,考諱楨,字价人,爲縣學生。工書善射,挽強弓,左右發悉中,士林異之。是生三子,而君爲長,諱肇基,壽芝其字也。幼磊落,與常兒異,以〔四〕家貧,棄鉛槧之學,奔走衣食。年十五,渡海至崇明,白波若山,巨艑掀舞,舟中之人,愕眙相顧,君陽陽如平常〔五〕。价人君之卒,君年甫十有六,有弟曰承基,字克齋,小於君一歲而有羸疾。季弟曰丕基,字子秋,藐焉始孩。君日在外謀,升斗猶不足。母張太淑人製黃白〔六〕紙錢,鬻諸明器之肆,以佐饔飧。君夜〔七〕歸輒助之作,至丁夜弗休,其艱苦如此。而事母孝,撫弟妹厚,簞瓢捽茹宴如也。年二十三,始游於閩,出所學以佐人,人爭以厚幣聘之,家稍稍裕。乃歸兩女弟於良奧之家,裝送甚盛。或問之,曰:『吾母所憐愛,敢不盡心乎?』然力實未足,擮掮營辦,不使太淑人知也。道光中葉,夷釁〔八〕始搆創艾於粵東,而棄疾於吾浙。君在閩,聞警遄歸,奉母以避於鄉,運先世木主以行,其餘出器處器勿〔九〕顧也。所居地甚僻,距城且二十里,日徒步爲太淑人市鮭菜，雖雨無間。及寇退而返家中，什器蕩然，無復存者〔一〇〕。君壹不以介意，曰：『吾家故貧，此復吾故耳。』以母老不欲遠出，而太淑人以室毁於寇強之行，乃復如閩。未一年，太淑人卒，君以不獲親含歛，啼曰：『吾不可爲人矣。』既免喪，爲兩弟授室。自後復游於閩，凡客閩三十餘年。其兩弟亦賢且才，佐君成家，日益饒衍，族姻之待以舉火者數十家。而粤寇之亂又作。君挈家轉徙兵火間，凡十有七遷，始由滬而達於閩，惄焉以先人邱隴爲憂，亂定復歸，松楸無恙。君乃躬自節省，銖積寸累，創建宗祠，創立〔一一〕義莊，置田千有餘畝，廛十有三區，歲入其息，上以供祭祀，下以賙族之貧者。手定條例，垂示子孫，讀君所自爲記，藹然仁人孝子之言也。生平篤於天性。其女弟之歸朱氏者早卒，遺一女，君攜歸育之，長而嫁之，一如嫁兩女弟時。克齋、子秋兩君亦先下世，君〔一二〕教養其遺孤與己子等。有同祖兄，頑嚚不友，以酒爲凶，至則謾罵，無人理。君問所需而予之，始去，去數日則復至，則又予之。及其人死，君爲養其嫠、撫其孤，而其孤亦無狀〔一三〕，甚於其父。君卒善遇之，父若子仰給於君者，凡四十年如一日〔一四〕。其避粤寇之亂，恆以所乘舟濟人於斷潢絶港間，耄倪之顛仆道路者，多賴以免焉。方帆風出吴松口，有二孺子號於海之澨，使問之，曰：『羅店鎮郭氏子也，今無歸矣。』則挈之之閩。復使人至滬，蹤跡其父母所在而歸之。婘屬中有孤女，依君以居，君择壻嫁之，其所嫁〔一五〕壻，今爲官人焉。有故交以負人錢訟繫於官，君以己錢償所負，出其人。凡君所爲，類如此，豈非所謂孝友睦婣任恤之古君子哉？君雖不仕，嘗以同知注選籍，累授奉政〔一六〕大夫，封中議大夫〔一七〕。元配許，繼室以劉、以丁，皆封宜人〔一八〕，晉淑人。生丈夫子二：曰金烺，光緒五年舉人，内閣中書；曰金銘，縣學生，是爲克齋君後。女子子一人，其壻沈賡韶早卒，以節孝旌其門。孫男三人：曰嗣濼、嗣濂、嗣澎。孫女四人。君生於嘉慶十二年七月〔一九〕，卒於光緒六年四月丁未，年七十有四。〔二〇〕金烺等於君卒之年十月庚申葬君於平湖縣太平橋之〔二一〕謝字圩，三淑人祔焉。而屬余爲文以表其阡。余惟表墓之例，在舉其大節表示後人，不必覼縷其細者。然君既未仕，不獲設施於世，而其行誼則實有合於古者孝友睦婣任恤之道，故刺取其子〔二二〕所爲行略而備書之，使人知《周官·大司徒》以六行教萬民者，不外乎此。後之人，過斯墓，讀斯文，薰其德而善良焉，則於國家化民成俗之道，或亦有裨與？

【校記】

〔一〕此文有單行刻本（下稱《葛》本），用作校本。『候』上，《葛》本多『清故中議大夫』。

〔二〕舉，《葛》本無。

〔三〕『嘉興』句，《葛》本作『府縣志』。

〔四〕『以』上，《葛》本多『年十五』。

〔五〕『奔走』至『如常』，《葛》本作『衣食於奔走』。

〔六〕黃白，《葛》本無。

〔七〕夜，《葛》本無。

〔八〕釁，《葛》本作『衅』。

〔九〕勿，《葛》本作『弗』。

〔一〇〕無復存者，《葛》本無。

〔一一〕創立，《葛》本作『立』。

〔一二〕君，《葛》本無。

〔一三〕 而,《葛》本無。亦,《葛》本作『益』。

〔一四〕 『有同祖兄』至『如一日』,《葛》本作『有同祖兄,頑嚚不友,使酒謾罵。君問所需而予之,無少忤。歿則爲養其嫠、撫其孤,其孤益五狀,君復周之,凡四十年無倦意,亦無德色』。

〔一五〕 其所嫁,《葛》本無。

〔一六〕 授奉政,《葛》本作『階中議』。

〔一七〕 封中議大夫,《葛》本無。

〔一八〕 封宜人,《葛》本無。

〔一九〕 『月』下,《葛》本多『壬子』。

〔二〇〕 『金』上,《葛》本多『其孤』。

〔二一〕 之,《葛》本無。

〔二二〕 子,《葛》本作『孤』。

翰林院侍讀學士林君墓表

光緒四年十一月己酉,翰林院侍讀學士、提督江蘇學政林君卒於官。巡撫以聞,皇太后以其在穆宗毅皇帝時曾預君疇務成之列,緬懷舊學,有惻聖懷,璽書悼惜,賜次子開棻爲舉人,異數也。於是諸孤奉其喪以歸,其明年十有一月丁酉,葬於侯官縣陣坂山之陽。先期具書狀,走吳下,乞銘於樾。書至,而君之葬逾月矣,銘幽之文無及焉。乃舉君行誼之大者,表於其阡。按狀,君諱天齡,字受恆,又字錫三，姓林氏，福建長樂人。其十世祖由長樂遷省城，遂家焉，而仍籍長樂。曾祖輔廷，祖逢春，雄於財，喜施與，耗其貲。父經光，能承其志，以舉人官黔中二十年，歷任劇縣，權牧守，多惠政，然性鯁直，不能事上官，年未六十引疾歸，所得俸錢，輒以贍族姻之貧者，無銖金寸錦之儲，而稱貸者猶踵於門，解衣質錢以應之，無吝也。生丈夫子三，而君爲長。幼穎悟，異常兒，然以廉吏子，又少孤，一家十餘人皆恃君生母劉太夫人織紝以食。太夫人泣，君亦泣，機聲鐙影間漣如也。長樂陳公學瀾，以耆年舊德教授鄉里，知君之才，許以其子妻之，招之就學，畀以膏火之資，每語同學者曰：『如林生者，豈長貧賤者哉？』年十八，充府學生，以詩賦受知於長洲彭文敬公。公授以《儒門法語》一書，曰：『士先器識，吾願子不徒以文章名也。』君自是始博覽先儒之書。其所造，於姚江爲近，然其論學曰：『主敬、主靜一也，而學者必從主敬始，則程、朱之説，尤爲無弊矣。』咸豐五年應鄉試，中式副榜，九年舉於鄉，其明年成進士，改庶吉士。請假南歸，主臺灣海東書院講席者兩年。臺灣縣大海中，風濤滉瀁，行者畏之，君與陳夫人俱往，舟至澎湖，颶風大作，砰訇淙射，波而上，搖而下，釜甗皆毁，不能具食者五六日。同舟之人，惶悑失措，有號哭者。君手一編讀之，陽陽如平常。既至，立課程，校文藝，講求義理，陳説古今，與諸生相勉爲根柢之學，暇則或爲歌詩以娱之。臺灣之俗，富而悍，僿而不文，主講席者率鄙夷之，又以瘴癘之地，不久輒求去，無有勤懇如君者。於是諸生咸大喜，南北兩路，彬彬多文學之士矣。同治二年，假滿還朝，散館授編修。瀋陽相國倭文端公方掌翰林院事，獨器重君，每與縱論古今學術得失，未嘗不稱善。又見君所擬《治安策》四篇，奇賞之，薦於朝，遂有上書房行走之命。當是時，朝政清明，宫府無閒，而不得志者有所觖望，從而媒孽之意叵測。君力言於文端，又以書進，反復數千言，文端韙之，事遂寢。越數日，廷臣亦有疏論是事者，不知君已先之矣。俄奉命視學山右，所至嚴關防，杜弊竇，試之日，鍵内外門，禁僕隸出入，終日危坐堂皇，食於是，飲於是，皆以一人，於門隙傳送茶銚飯筥必驗也。閲試卷，遇有佳者，或字句有疑，則召而試之，以定去取。其或議論權奇，能馳騁筆力，則文雖未純，亦皆甄録，曰：『其文如此，是非庸庸者也。收之，或可爲國家得一士之用；棄之，則鬱邑侘傺，積然自放於禮法之外。而其甚者，以跅弛之材，挾不軌之志，如唐之黄巢，明之牛金星、李巖，皆其已事也。是尤可懼矣。』君之所慮者遠，而所見者大，類如此。未滿三載，以上書房需人，召還朝，命授孚郡王及惠王二子讀。九年，以贊善充江南鄉試副考官，闈中積勞歐血，復命前一夕，猶歐血至升許。已而擢侍講，轉侍讀，京察一等記名，以道府用。政府中有知君貧者，議出之爲監司，皇太后以廷臣品學無逾君者，命在弘德殿行走。君拜疏辭。疏入，召見，溫諭慰勉之。君感激流涕，遂入直。寅而入，申而出，每當天寒風勁，驅車東華門，輪鐵碾冰雪中輷輷然，霜霰騰蹂，入帷，齒相擊也。君素有風欬疾，至是益劇，然以聖學爲重，雖甚病，不敢以休沐請。穆宗每間數日必問曰：『汝嗽稍可邪？』十一年，轉右庶子，權國子監祭酒。是歲，大婚禮成，上始親政，以萬幾無暇，不能日御書房。君與同直諸公合辭言十餘事，其尤要者曰：『勤聖學，保聖躬，罷土木。』上韙其言。未幾，有江蘇學政之命，君出都時賦詩曰：『三年講幄慙無補，但願羣公輔聖明。』情見乎辭矣。未至江蘇，道拜侍講學士，尋轉侍讀學士。其視蘇學也，與視晉學同，而遇士較寬，士亦無敢干之者。手書數百言，榜諸堂，惓惓以砥學勵行爲多士勖。又會同督撫言於朝，請以太倉陸桴亭氏從祀文廟。部議從之。故事：鄉試中式者，必自書年貌及三代名氏呈學使者，謂之親供，由使者咨禮部，而吏胥即因以爲利，江蘇尤甚。君嚴禁之，士林稱焉。十三年冬，穆宗崩，明年正月，遺詔下，君自以講幄舊臣，不獲攀髯一慟，北望擗踊，欷歔澎湃，每言先朝故事，未嘗不涕泗横流也。光緒二年，學政報滿，奉命留任，於是視事如故。四年八月，自江陰行部至太倉，而疾作。十月辛未至松江，甫入試院，氣逆上，不可止，或勸回署，不許，力疾行試事。至卒之日，天遲明即起，手書《四書》文題四道，發提調官考試童生，猶以不克親莅爲憾。午後，尚進糜粥，與幕中諸友談，文藝相酬答，薄暮小極，將就枕，甫登牀，奄然逝矣，手加膝，猶趺坐也。事出倉卒，故無遺疏。而事聞之日，朝廷震悼，下詔褒歎，賞延於世。蓋君直内廷久，其學行固兩宫所深悉矣。配陳夫人，賢而才，主内政三十年，咸有條理，故君未嘗一問家事也。子五人：長開章，光緒元年恩科舉人，官郎中；次開棻，即君殁後賜舉人者也，官内閣中書；又次開馥、開鈞、開淦。女子子二人。孫一人：胥生。孫女二人。夫以君之賢，又爲甘盤舊學，後之過是墓者，宜何如矜式歟？樾自君視學江蘇始相識，不足以知君之深。謹就行狀，掇大略，刊貞石，毖來世。乃系以銘曰：

天啓穆宗，聖神文武。削平禍亂，乂安區宇。一二儒臣，日侍禁籞。啓心沃心，豈曰小補。懿歟林君，宇量高雅。三十登朝，通籍金馬。敬奉丹書，親承天語。出其緒餘，聲動朝野。三晉三吳，同被時雨。厥德之純，厥學之裕。雖嗇於年，垂曜千古。謂余不信，視此抔土。

兵部候補主事汪君行述

君姓汪氏，諱丙照，字蓮府，安徽休寧人，世居縣之四都。其族繁，所居成聚，遂以姓姓其邨曰汪邨。曾大父諱秩，大父諱承炘。考諱彦瑞，始娶程氏，生一子而卒。繼娶吴氏，生五子，君其四也，於兄弟行居五。家素富厚，長兄東垣君承父業，奉吴恭人僑居常州。君時猶年少，事吴恭人孝，事東垣君敬，於諸兄弟怡怡如也。所師事者，如丁君士元、馬君晉蕃，皆東南知名士，而予舅氏平泉姚公及先君子先後主其家尤久，余與同學爲時文。君之文出，先君子每欣賞之，余雖與俱學，弗如也。道光十六年，以浙江商籍入杭州府學。咸豐元年，應浙江鄉試，中式舉人。君家自國初來雖號素封，然未有以科第顯者，其得科第自君始。是時，大盜已起廣西，俄據金陵爲巢穴，東南大擾，而皖南北尤爲往來之衝。君家自吴恭人之卒，仍還休寧舊居，君卽在本籍，用古摶力之法捍衛鄉里。五年春，休寧陷，君適至郡請兵，故免於難。遂道浙江，如京師，入貲，得主事，分兵部職方司行走。居久之，念家鄉屢經兵燹，諸親故流離失所，中夜思維，展轉達旦，乃請假出都，寄孥於南昌，而自赴安慶謁曾文正公於行營。今相國合肥李公猶在幕府，方將率舟師順流而下，由海道以達於滬，見君而器之，欲與俱。君願還徽，辭焉。李公乃爲書，薦之皖南葉觀察，以君筦茶局事。嗟乎，李公一至滬，遂由滬上規復江蘇，旋乾轉坤，爲中興元功。君當日苟從之東下，以君之才，必能襄贊戎機，裨益大局，其功名詎可量歟？而君惓懷桑梓，辭隆就窳，行誼之過人遠矣。茶局故無定程，君既至，手自規畫，整紛剔蠹，茶税有加於昔，軍餉饒裕，而商人悦服。徽與閩，壤相接也，時閩亂未紓，故徽防猶亟，駐重兵焉。主是兵者，適乞假回籍，營中不逞之徒遂謀爲變，以索餉爲名，聚衆而譟。觀察張公、太守劉公禁之不可，勢且岌岌矣。君力勸發餉，以杜其口，散其衆，括本局所有猶不足，又貸之於鹽局、釐局，餉既發，衆乃無辭，其勢遂定。主兵者亦歸，誅其首亂者，因以無事。使非君力主發餉之議，其事未可知，此君之大有造於鄉里者也。汪邨亂後，井里荒蕪，人民零落，户籍田結，混淆無别。君皆綜而理之。族有竹坪君者，以書畫有聞於時，歿已久矣，絶無後，棺猶未葬，君爲葬焉。族之人倚君爲重，不願君出，君亦遂不復出。其兄弟五人皆前卒。伯兄東垣君諱翔麟，生三子。仲兄早世無子。三爲友士君，諱夢魁，生二子。四爲焘士君，諱振翎，生一子。季弟爲琴軒君，諱兆蓉，生四子。諸子中，東垣君仲子曰鴻逵，咸豐十一年舉人，候補工部主事；季子曰鴻運，候補浙江鹽場大使。琴軒君長子曰鴻禧，候補禮部司務，充倉監督。此三人者，尤君所才也。而數年來，諸子相繼下世，無一存者。孀婦遺孤，煢煢相向，皆賴君以活。顧之蠹然。而君亦老且病矣，晚歲謝茶局事，優游鄉黨間，嘗自爲楹聯，屬余書之，其辭曰『柳下惠厄窮遺佚；魯仲連排難解紛』，亦可見君之爲人矣。光緒三年秋，患痢疾，久不差。至四年二月甲申遂卒，年六十有七。娶洪淑人，從君之京師而卒。生六女一子，子曰鴻祺。妾吴，生三女，無子；胡，生二子，曰鴻福、鴻祥。有孫一人，曰原璿，鴻祺所生也。余與君爲四十年前共學之老友，故因其孤之請而撰次其事，俾後有考焉。

海壇鎮總兵孫公家傳附其孫古愚君傳

孫公諱大剛，字劍淩，浙江寧波府鎮海縣人。祖諱玉，父諱燕燕，俱隱居不仕。公年十八充鎮海水師營兵，旋補定海鎮標右營額外外委，五遷而至黄巖鎮標右營游擊，時嘉慶元年也。當是時，閩浙洋盜方熾，北接山東，南通兩粵，出没數千里，其渠魁曰蔡牽，次則朱濆。牽之艇，百數十，濆數十，皆乘風潮往來，飄忽無定。朝廷切責督撫提鎮務獲盜。公率兵船巡洋，遇則擊之，疆臣以聞，兩奉硃批，曰『好』，又於奏報功狀尤翕赫處，奉硃筆作圓圍於旁。蓋天子聰明神武，於行間將士功罪，不啻若目擊，而將士奉詔書則感且泣，又震慴股栗，若天威之臨其上，罔敢不力？公素勇敢，至是益奮。四年，補福建烽火門參將，五年，署閩安水師副將，旋升廣東順德内河副將，護理南澳鎮總兵。閩浙總督王德，以堪勝水師總兵聞，有旨引見，未至，升福建海壇鎮總兵，遂入京謝，召見兩次，賜克食兩次。公起行伍，至節鎮最，大小數十戰：戰潭頭，禽王杜；戰拍脚澳，禽楊店；戰東西柱，禽范中材；戰瑞安海口，禽周伯元；戰竿塘，禽李車；戰白犬洋，禽林秋秋；戰南圯，禽陳發；戰北竿塘，禽劉紫紫；戰四礵，禽林免、吴有；戰馬蹟，禽駱然；戰青龍港，禽彭求；戰白沙墺，斬茭青六，禽陳宗章；戰嶼頭，禽陳六六、鄭康康；戰永寧，禽陳角；戰臺山，禽楊法；戰馬砌，禽王松；戰披山，禽郭淡；戰浮鷹，禽陳鉋；戰大岞，禽李貫；戰崇武、烏垢，禽林民；戰高麗外島，禽王香；戰東岺，禽不懂簫；戰韭山，禽王長；戰獺窟，禽胡解；戰積穀，禽許但；又戰竿塘，禽陳海；戰北茭，禽陳養；戰崇武，禽李得順、陳元；戰祥芝牛山，又戰烏垢，禽楊亞豪、翁亞二、亞目；戰石圳，禽陳據、江茅；戰南日，禽陳亮；戰小岞，禽王標；又戰祥芝，禽許智明；戰壁頭，禽陳加舵；戰鐘門，禽何平平；戰小日，禽邱金；戰下里，禽陳談；戰五榈厝，禽金抄；又戰小日，禽嚴東邱；戰浯嶼，禽曾辛；四戰東壁，禽高四四；戰赤表，禽林星。當日文書上，幕府率曰禽某某等，今略記其姓名如此。其草薙禽獮，無姓名可考者，蓋不可以數計。又其餘緝獲奸宄，非洋面力戰所禽斬者，今亦不盡録也。所獲盜船七十餘艘，大礮、器械、糧食稱是，烏呼，多矣！當崇武洋面之戰，傷於額，傷於左股，仍躍過賊船，禽其魁十有八人，斬首十級，璽書嘉奖焉。方李忠毅公之中礮而殁也，軍氣大沮，公策勵將士，揚揚如平常。十四年八月，會同福建水師提督王得祿追蔡牽於浙，遇之於漁山，麾眾直攻其所坐船，轉戰一晝夜，至於黑水洋，卒裂其舟，蔡牽斃於海。時朱濆已前死，海盜悉平。先後敘功，交兵部記名者一，交總督存記者一，照一等軍功例給與軍功，加一級紀録二次者，再賞戴花翎，賜翎管、小刀、搬指。韭山之役，以失蔡牽，降參將，護理海壇鎮總兵，踰年仍還其官。蓋公之忠勇，仁廟深知之也。每入覲召見，賜克食，悉如前。二十四年，恭逢仁廟六旬萬壽，入京祝嘏，恭詣太和殿朝賀，恩禮優渥，同時介胄之士，莫能及也。公自幼好學，能讀兩《漢》、《三國志》諸書，馭士卒嚴而有恩。或以緩急告，輒周卹之，歲散數千金，不少吝。有降盜，無食，公予之資，使聚其族墾某嶴地以自食，子孫繁衍，遂成邨聚，因姓公之姓，奉公爲始祖焉。公爲人如此，宜其以功名始終，稱一時名將矣。道光元年卒於位，年六十有八。子六人：奉堯，候選知州；灝，二品蔭生，候選通判；鼎鰲，福建福寧鎮總兵，署厦門提督；餘三子曰奉廷、曰鼎晟、曰鳳儀，皆不仕。灝之子懷邦，余爲作古愚君傳者也。

古愚君諱懷邦，字承寵，古愚其自號也。其祖海壇鎮總兵，諱大剛；父灝，二品蔭生，候選通判，未選官卒。咸豐二年，君由監生補蔭，應朝考，列二等，亦以通判注選籍。君讀書尚氣節，兼習兵家言，孫、吳之書，背誦不失一字。嘗六至京師，慨然有經世之志。時粤寇踞金陵，陷姑蘇，浙東西戒嚴。十一年，寧波陷，君團練民兵於鄞之大雷，得二萬餘人，謀復寧波。維時諸暨有包立身，大嵐有吳芳林，樟村有范邦祚，皆與大雷合。賊至，互相應，輒大勝，於是勢愈振。君遣謀者走間道，約官軍，夾擊賊，道梗不得達，乃命其長子琳、幼子琅留大雷辦賊，而跳身走定海，與官軍期會。同治元年二月丁丑，賊陷定海，搜得君書，知與官軍有約，乃大索得之，遂遇害，年六十有一。浙江巡撫左公宗棠以聞，詔贈道銜，視四品官陣亡例議卹，給雲騎尉世職。方君之遇害也，琳、琅猶在大雷，四月甲戌，賊由大嶴嶺突至，琅率一軍據嶺上，霣石如雨，斃賊無算，禽其渠。琳一軍由鳳嶴出十字港，攻賊壘，燬之。乙亥，賊破大嵐，攻樟村，琅往援。賊焚樟村，范邦祚死，琅墜深溪中，半日始出，遂自此得脾疾。四月甲子，琳、琅隨官軍收復郡城，而琅益病，越二年卒。未幾琳亦卒。今存者，其中子瑛。

舊史氏俞樾曰：余主講詁經精舍，始識瑛，瑛言於余，請爲家傳。然總兵公事實，瑛已不能言之，出示履歷一紙，則服官本末，頗具所載，戰功皆本當時公牘，尚有條理。余因次弟之如此。乾隆、嘉慶間，天下承平，一二海盜出没風濤中，上煩朝廷宵旰，而將帥之臣各出其死力以求稱上意。自咸豐以來，中原擾攘，而濱海亦日以多故，君子聞鼓鼙而思將帥，何能無慨然乎？古愚君以名將之孫，有至性，母卒，廬於墓。又慷慨有大略，卒死王事，可謂不隤其家聲者矣。故以附焉。瑛亦權奇自喜，將門之後，固與尋常佔畢者異乎？

沈文節公家傳

沈公諱炳垣，字紫卿，其先自元至元間由烏程遷海鹽，遂世爲浙江海鹽人。祖諱三祝，精天文句股算法，著《步天歌輯注》、《春秋推步》諸書，爲朱文正、阮文達諸公所推重。父諱奎中，性至孝，不求聞達。兩代皆封贈如公之官。公生四歲，能辨四聲，有神童之目。年十一歲，大母張太安人謂之曰：『吾晨起見朝暾已升，而月色猶在，案頭燈熒熒未滅，乃成十字，云「日光月光火光，三光並照」，汝可對之？』公應聲云：『君道臣道父道，一道同風。』太安人欣然，決其爲偉器矣。道光十五年，公年十有七，入郡庠。十七年，丁母陳太夫人憂，其明年，大母張太安人及父奉直公相繼卒，公一年之中三遭大故，哀毁逾常，而治喪葬皆如禮，撫諸弟有加焉。二十三年舉於鄉，二十五年成進士，改翰林院庶吉士。是歲舉家病喉風，甚危，其夜忽風雨交作，霆砰電射，煜爚有光，滿室皆琉黃氣，病者皆若失。遲明，視牆壁，類霹靂所刻畫者，僉曰：有妖物爲雷所擊矣。由後思之，殆公忠義之氣所感召乎？二十七年散館，授編修。咸豐改元，奉敕分寫《朱子全書》，書成，蒙恩賚焉。二年大考翰詹，列二等弟九，遷中允，旋被命副太僕寺少卿。徐公繼畬爲四川鄉試考官，取士如額，遂寧郭伯塤與焉，蜀中知名士也。逾年補右春坊右中允。都中舊有悦生堂，以養老病，兼設義塾，公户其事者數年，每歲捐白金百兩助之。又以海内兵禍方亟，勸人戒殺生，以回劫運。是時粵寇已據金陵爲窟穴，東南震驚，北犯及直沽，畿輔聳焉。公數上封事，言時事甚切。五年秋，拜廣西〔二〕學政之命，瀕行，僚友祖餞。或諷以寇蹤飄忽靡常，行部所至，宜見機引避。公出佩刀示衆，光瑩可鑒，因伉慨語坐客曰：『吾受恩重，設遇寇，必以此刀手刃渠魁，然後就義。』方言此時，意氣浩然，有齧齒穿齦之意。聞者咸大息，或泣數行下也。遂驅車竟去。行抵衡山縣，聞永明失守，從者咸懼，公曰：『行也。使者多一日遷延，則州縣多一日供億，當官民交困之時，其忍累之。』自京師首塗，七十日而至廣西。共駭異曰：『使君行何速也！』六年廣西鄉試，巡撫勞公以有軍事奏請以公代充監臨官，鄉試畢，復出按試諸郡，是歲於南寧度歲。其明年，舉行南寧試。事未畢，而所屬之永淳陷，距郡城二百里。公親臨陴睨間，助府縣守禦，三晝夜，賊乃退。將由南寧而試鎮安，鎮安告警，不果試。乃於四月二十日啓行，還桂林，五月晦，至梧州府。適有艇賊來攻府城，僚屬以公無守土責，勸從間道行，假途廣東，可達桂林。公曰：『余奉命視廣西學，可涉廣東境乎？且學政爲士林表率，學政一動足，則士心摇，士心摇則民心涣矣。吾甘死此，不出城一步也。』諸搢紳乃言，城外有廟，素著靈異，請禱於神。公偕之往，行數里不見有廟，知其詒己出城，將與之遠遁也，拂衣而歸。爰與右江鎮總兵蔣公福长及梧州府知府陳公瑞芝共商戰守之策。拊循士卒，勉以忠義，令曰：『殺賊首一級，賚銀五十兩。』盡出其行篋所齎，以供犒勞。已而糧盡，履行市廛，勸分同食，又出衣物易粟，食餓者。八月十日城陷，仰藥，未死，賊救之，蘇，擁之至船，以言甘之。公揚聲大罵，遂糜於亂刃之下，年三十有九。廣西巡撫以聞，詔贈内閣學士，兼禮部侍郎銜，予謚文節，賞騎都尉世職，視總兵官陣亡例賜卹，入祀昭忠祠。又於廣西省城建立專祠，春秋官爲致祭禮也。公娶李氏，封夫人。生三子：長守廉，詔以主事用；次守誠，詔以光禄寺署正用；次守謙，詔以七品京官用。女子子一人，適刑部主事樓汝達。

舊史氏俞樾曰：咸豐朝以學政死寇難者三人，一爲湖北學政馮公，一爲安徽學政孫公，與公而三焉。天子褒崇忠義，一例哀榮，易名之典，公與孫公，皆曰文節。烏乎，以文而往，以節而歸，固其所遭之不幸，然身雖隕而令名無窮矣。公與吾兄福寧君同舉於鄉，辱有同歲之誼，而於翰林又爲前輩，在京師頻相過從，恂恂儒雅。善翰墨，至今爲吾兄所書便面墨色猶新，而公已爲古人，與常山、睢陽比烈矣。公於國史宜有傳，而其諸子又屬余爲家傳。因據其弟秉樞所爲年譜及其諸子所爲行述，稽合廣西巡撫勞公奏疏，粗舉大略，附其家乘焉。

【校記】

〔一〕西，原作『東』，據《校勘記》改。

味琴吴公傳

吴公諱鼇，字青鼇，别字味琴，浙江歸安人。吴故右族，累世富厚。父諱世傑，字鯉泉，善廢舉之術，能通流財物，使相歸移。恆往來楚蜀間，候時轉物，致貲累巨萬。公生而敏悟，授之書，不再讀，誦如流，父老嗟歎，有奇童之目，以大器期之。會鯉泉公春秋高，有所往，命公從行，遂廢鉛槧之業。當是時，公年甫冠也，而營理產業，課役童隸，各得其宜，有東漢樊君雲之風。鯉泉公以爲能，事無巨細，一以付之。米鹽靡密，罔有遺漏，整紛剔蠹，白黑分明，不數年間，增贏十倍。遠而楚、蜀，近而蘇、滬，咸置廛舍，貨别隧分，千緒萬端，衎衎辦舉。鯉泉公年七十後不復出游，與德配徐夫人家居，頤性養壽，極棲游之適。公與兄静巖君，將車扶杖，迭奉壽觴，洩洩如也。公性嚴重，每入内，雖盛暑不袒。事兄嫂極敬，有事必諮之，故家庭間無間言。好讀《管》、《商》、《申》、《韓》、《吕覽》諸書，凡醫卜之術，與相人相地諸襍家言，咸獵精窮微，得其竅卻。蜀中有單先生者，佚其名，奇士也。公從之游，壬遁之學，得之單者爲多。又嘗從之學琴，故於摟搶擽捋，尤極其妙。每長夏無事，焚香垂簾，鼓歸風送遠之曲，望之如神仙中人也。生平精於鑒别，所藏書畫，悉名人真蹟，無一贋本。喜李北海書，每日必臨摹數百字，後得趙文敏行書《胡笳十八拍》長卷，寶愛之，寢食恆於斯，中年以後，書法益進。咸豐之季，東南大亂，公所遺翰墨，散佚無存。其子平齋觀察於故紙中得數字，標飾成册，其筆意神似趙吴興，洵可寶也。爲人頎身山立，聲如洪鐘，眼爛爛如巖下電，喜與人排難解紛，或以緩急告，罔勿應，然從不言於人。施而不德，公之謂矣。俄鯉泉公與徐夫人相繼逝，未滿喪，公繼配康夫人卒，公疊遭變故，年甫四十，鬚髮蒼然，自知不能永年，凡資產之在楚、蜀者，皆使人辜較之，銖金寸錦，咸有籍也。嘉慶二十五年八月，痁作，繼以痢，遂以某日捐館舍，年四十有四。配李氏，繼室以康、以朱。生子二：鎮，候選布政司理問。鈞，改名雲，歷官寶山、金匱縣知縣，鎮江、蘇州府知府，以道員留江蘇補用，即平齋觀察也。鎮之子承泠，候選訓導；承淵，江蘇候補縣丞。雲之子承潞，同治四年進士，官江蘇太倉直隸州知州，以道員候補，賜孔雀翎，詔俟補道員，後錫用二品冠服；承溥，江蘇候補同知。曾孫八人，元孫二人。公以雲與承潞貴，三遇覃恩，累贈榮禄大夫。李、康、朱，皆一品夫人。光緒六年，太歲在庚辰，距公之卒甲子一周矣。平齋觀察緬懷先德，懼就淪没，手具行狀，乞友人俞樾爲之傳。樾舊史官也，義不得以不文辭，乃按狀，粗加次弟，俾附家乘焉。

論曰：歐陽公稱，爲善無不報，而遲速有時。以公之行誼，名不挂朝籍，年不登中壽，造物者於公，豈有吝歟？然公之子若孫，鵲然而起，雲搏水擊，蔚爲高門。又遭際聖朝，凡遇國大慶，天子輒推恩錫類，封贈有差，公於身後，三膺恩命，至於極品，顯融光大，亦足以芘廕其子孫矣。平齋歷典名郡，官至監司，卓然有聞於時，中年以來，怡情金石，壹意撰述，而其子廣庵又以科弟起家，治行之美，不墜家聲，然則公之遺澤其未艾乎？樾與平齋文字至交，平齋行年七十，樾亦六十矣。念先通奉公生於辛丑，至今歲庚辰，適滿百歲，而樾碌碌，不能顯揚萬一，每念及之，爲之汗下。《詩》不云乎，『夙興夜寐，無忝爾所生』。《小宛》之義，願與平齋共勉之也。

王孝子傳

光緒六年某月日，寧波府知府宗君源瀚，具王孝子事實上院司，浙江巡撫譚公，循例於歲終彙題，旌如律，於是王孝子之名動海内。或曰：『是奇孝，曠百世而無二者也。』或曰：『嘻，父死必殉乎？是非聖人之中道，苟以奇行取名者也。』孝子之兄曰繼香子獻者，痛厥弟之已死，而論未定，乃爲書哀於舊史氏俞樾，請爲之傳，且論定其人。樾時方著《右台仙館筆記》，已於弟九卷中備載王孝子事。至是重違子獻之請，乃刺取筆記之文，爲《王孝子傳》，且著論以告天下後世焉。其傳曰：王孝子名繼穀，字子詒，於兄弟行居六，故自稱漱六道人，會稽人也。父英瀾，字杏泉，爲鄞縣教諭。光緒五年，教諭君病，孝子禱於城隍神，請以〔二〕身代。然父竟不起。孝子大慟曰：『神不鑒我由我，不以身先之也。』事母俞益謹。一日，私語兄曰：『昨夢父告以母祿將盡，奈何？』明年三月，母果病，時其家猶在鄞，其兄子獻孝廉奉父喪歸會稽，獨孝子留侍母病。夜夢齒盡脱，指裂見血，則啼曰：『是非吉徵也。』聞兄將歸，則又喜曰：『事母有人矣。』於四月五日冒雨走出，至暮不歸。明日，或言有素衣冠者僵立月湖賀公祠外水中。往視之，孝子也，死矣，立而不仆。於祠前衆樂亭黏黄紙一幅，大書『漱六道人歸真處』七字，又有小字云：『漱六道人，會稽諸生也。年二十隨父至鄞，己卯十月二日父卒，越一百八十日入月湖以去，時年二十九。』已而，又於其書案得二書，一致其兄子獻，一致其弟繼業子虡。致兄書言：『本欲留數日，面訣乃去，來有定時，不能如願。』致弟書則處分身後事，斂用白布道袍，勿用僧道作法事，一時咸共悲歎，然莫知其何以死也。久之，於廢紙簏中得其《禱神疏稿》，其略云：繼穀於去年臘月之望，夜夢不祥，次旦卽瀝誠上疏，請折兒算，以益母年。乃入春以來，母體違和，日益沈頓。因憶去秋父病，乞以身代，良由志願未堅，以致精誠莫達，椎心泣血，悔恨何追！今母抱疴日亟，而兄在越未歸，力竭計窮，淚枯腸裂。若空言籲禱，恐難感格神明，刲股剖肝，不免傷殘肢體，曷若踵汨羅之行，嗣曹江之志，削兒紀算，續母桑榆。至於晨昏侍奉，尚有諸昆，似續宗祧，已延弱息，塵世利名，固非本懷，身後毁譽，在所不計，湛湛月湖，寸心可鑒，神聽不遠，哀此愚忱。乃知孝子實因代母而死，遺筆不言者，懼傷母心也。嗚呼，是誠奇孝，曠百世而無二者矣。世之訾孝子者，誤以孝子爲殉父耳。夫父死而必殉之，天下無人子矣，是非聖人之中道，不可以訓者也。然使孝子而誠殉父歟？則教諭君之卒，宜即從之死矣，何以越一百八十日之久，始入月湖以去哉？是故孝子之死，非以殉父，實以代母。蓋有鑒於前者代父之請，不以身先之，不爲鬼神所許，故母病垂危，亟圖一死，雖其兄在越將歸而不能待也。夫請代之事，則古之聖人固有行之者，周公是也。周公既請於太王、王季、文王，乃卜於龜而聽命焉，其曰：『體，王其罔害。』知武王不死也；又曰：『予小子新命于三王，惟永終是圖。』知己亦不死也。蓋公有請代之言，武王不死，則公宜死，而三王有『永終是圖』之命，則未許公以死。其後，周公相成王成太平，此所謂『惟永終是圖』者。三王假卜以命公，而公知之也，此公所以不死也。不然，公既請代矣，自言之而自食之。曩所謂請代者，苟爲美言以動神聽耳，曾謂聖人而若是乎？周公，聖人也，武王殁，成王幼，非周公則遂無周矣，故請代而神不許其死。王孝子，一儒生耳，其生其死，非獨無與於天下，即在王氏，上有諸昆，下有子姓，亦無大輕重，故不死則神不許其代。此則其人之異，而其用心，則固與周公無異也。王孝子事，世多知之者，故余止就筆記之文删次爲傳，其他有不詳焉，惟世人不知，誤以孝子爲殉父而死，故爲詳論之。使知孝子之死，非殉父，而實代母。孝子死而母病愈，則神許之矣。孝子之孝，誠曠百世而無二者也。且其死，不於父，而於母，蓋其請代父也，猶冀不死而可以得請也，不死不得請，故其請代母也，必先死之，是亦甚重乎其死，豈苟以一死求名者哉？世有訾議孝子者，子獻其以此義曉之可矣。

【校記】

〔一〕以，原作『於』，據《校勘記》改。

浙江海寧州知州惲公家傳

惲公諱敷，字子寬，别字遜堂，江蘇武進人。明時有湖廣按察司副使諱巍者，以忤劉瑾知名，公之十世祖也。父諱輪，字印槐，積學，工爲文，而不得志於有司，垂老猶不籍於學官，則盡以所學授其二子。其長子諱敬，字子居，能爲古文詞，所著《大雲山房集》，學者宗之，世稱簡堂先生者是也。公則其次子，與簡堂先生互相砥礪。嘗曰：『吾兄綜貫三才，吾但欲通知人事耳。』乾隆五十九年，應順天鄉試，中式，旋以知縣注選籍，逾數年，天子命王大臣選其材之可用者，而公在一等，以知縣分發浙江。嘉慶二十三年，權知歸安縣，其明年，權臨安，未幾，又權定海。是時定海未爲直隸廳，猶以縣隸寧波府，而斗絶海外爲重鎮，額設兵五千，邑子之剽悍者竄名軍籍中，則淩轢鄉里，不可制。公至，痛治之，又爲清釐田畝，民大悦服。及受代去，爲立生祠焉。道光二年，宣平縣闕員，公以次當補。會嘉、湖兩郡大水，而嘉興所屬之嘉善，地尤卑下，被害重。浙江巡撫帥公曰：『是非惲君，莫能治。』乃調補嘉善。公請於大府，發錢粟振之，又勸邑中富民爲粥，以食餓者。日坐小舟行四鄉，溺者拯之，棺槥漂没者，鉤撈而出之。民間男女乏食者如干人户，知之，故所賚錢米無虚者。事定，辜較其數，籍以示人，命之曰《徵信録》。其計口授食外，每日必增與一錢，不入籍；外此，胥吏廪食及簿書之費亦不入籍，數且鉅萬。或爲公難之。公曰：『此窮民活命之錢，可他用乎？苟得多活一民，則吾受其累，無恨也。』及冬，當漕請緩，大吏皆曰：『湖州所屬之歸安、烏程，災與嘉善同，彼皆漕，此獨緩，不可。』公爭曰：『湖擅蠶桑之利，蠶既登，民未大困，嘉善以陶埴爲業，四境皆水，陶者失業，災雖等於湖，民之困，倍於湖。』爭不已，卒緩嘉善漕。公敏於事，而性仁恕，事母鄭夫人至孝，每笞囚，必貸其五，曰：『吾爲太宜人貸汝也。』於獄囚，夏必使人糞除其室，冬則衣以纊絮，食以糜粥，曰：『太宜人所賜也。』有母訴其子不能奉養者，公留其母子於署中。母見鄭夫人勤儉如寒素時，則大悔。子見公年五十餘，而事鄭夫人婉孌若孺子，泣曰：『吾乃非人子也。』亦大悔。其後，母子皆以慈孝聞。公聽訟，必坐堂皇，縱民觀聽，每決一獄，民間率傳述之，至今嘉善之民猶能言其數事。其一爲：錢氏子至縣應試，館某氏樓下。樓有女悅之，投書與期，錢託故去。有屠者陸姓，得其書，如期往，既登樓，卽滅鐙，及出，爲女父母所覺，逐之，陸出刃擊殺其父，遯去。其家訟錢氏子殺人。公察錢非殺人者，問女曰：『鐙既滅矣，安知爲錢氏子？其身亦有斑瘢可辨識乎？』女曰：『其臀有瘤。』驗錢無有。公使人物色於浴堂，得陸屠，一訊而服。又其一：有民某甲者，與季父同居，聲相聞也。甲自遠歸，疑其婦，欲試之。以所齎金置社廟香鑪中，僞爲貧寠也者而歸。婦事之如初，既臥息，乃以實告質。明往取，亡矣。訟於官。公至其家，廉得狀，又知其季父故嘗謀鬻婦，非端人，必夫婦密語，爲季父所竊聞，晨往攫取之耳。乃佯曰：『此當問之神。』翼日，使舁社廟神至，問之不答，以杖敲其頭，有片紙自神耳出，曰：『攫金者其季父也。』其季父在旁失色，叩頭服罪。神耳中書，實公僞爲之。公發姦擿伏，類如此，然讞定後必申說以孝弟之義。嘗有富民曹某死，族人利其財，訟其遺孤爲他人子，願以金二萬爲壽。孤之生母亦使言於公，請倍之。公皆不答，判其子爲曹後，而謂其生母曰：『汝主善士，天與以一子，豈他人所能搖？然汝以數萬金賂我求勝，何如以此贍族人，上承先人之志，下爲子孫計乎？』堂下聞者皆感泣。嘉善故有陋俗，喪家延僧誦經畢，輒繼以絲竹，男女襍坐聽之，曰『鬧喪』。公嚴禁之，遂絕。縣城東曰張涇灣者，東南鄉之民率往來於是，舊無橋梁，公出錢爲倡，遂成大橋，至今便之。俄以前在定海時曾獲巨盜敘功，升知州。五年，遷海寧州知州，甫下車，即修葺文廟，創建奎星閣。其治海寧，如治嘉善，方將有所設施，丁鄭夫人艱，遂歸。賃城外南鄉小屋以居，九年三月己未，以咯血卒毀也，年六十有一。身後貧甚，無以治喪。定海、嘉善諸父老咸來弔，且致賻，而嘉善人思公尤深，咸云：『公已爲城隍神。』有爲不善者暴死，則曰公殛之也。光緒元年，嘉善人臚舉公政績上臺司，請入祀名宦祠。巡撫楊公以聞，詔下禮部議，從之。公初娶張夫人，生子二，曰儉，曰侃。繼配梁夫人，生子世臨，字次山，道光二十五年進士，改翰林院庶吉士，官至湖南巡撫。祀湖南名宦祠。父子同祀名宦，海内榮之。儉之子峻，侃之子琪孫，世臨之子桂孫、頌孫、俟孫、炳孫、秀孫，皆以仕學世其家。

舊史氏俞樾曰：先兄壬甫太守與次山中丞同歲舉於鄉，而中丞又爲余詞館前輩，晚年居吳下，余亦寓吳，相善也。中丞撫楚，被吏議歸，然楚之人卒俎豆而尸祝之，其居官可知矣。中丞卒，而其諸子猶以執友視余，述其母鄭夫人之命，請余爲海寧君家傳。余乃得備聞海寧君遺事，豈非古所謂『政平訟理』者與？雖古循吏，何以加茲？余乃益歎中丞之賢，爲有自來矣。

鮑公吳夫人合傳

鮑公諱某，字嗣僑，一字潤之，號古村。其先世東海青州人，晉咸和間有諱宏者，爲新安太守，遂家於歙。傳四十六世，至國朝康熙間，有諱啓忠者，自歙遷和州，居梁山鎮，遂爲安徽和州人。曾祖諱偉，字嵐皋，見《州志義行傳》。曾祖妣張。祖諱皚，字修亭。祖妣沈。考諱本泰，字小山。妣吴。自曾祖以下至於公四世，皆以公次子源深貴，贈光禄大夫、振威將軍。曾祖妣以下皆一品夫人。修亭公無子，以弟之子爲子，是爲小山公。小山公生二子，長爲柘庵公，諱東疆，次卽公也。公生二歲而小山公殁，時柘庵公亦甫八歲，有姊妹二人，皆稚。吴太夫人撫之，以至成立，延名師，課公讀，甚嚴。然公素羸弱，年十五應童子試，方盛暑，坐鋪席作文，文成納卷，甫下堂，瞑眩仆地，衆掖之出。吴太夫人自是不令應試，公亦絶意進取，然誦習經史如故。嘉慶十年，娶吴夫人，逾三年，生子源進，以柘庵公年十五而殤，無子，遂以後之。二十二年，吴太夫人卒，哀毁逾常。方是時，修亭公有簉室二，猶在堂，曰顧夫人、曰傅夫人，修亭公之殁也，小山公幼，保抱攜持，兩夫人之力爲多。張夫人臨終有遺命，謂兩夫人皆賢，且有功，宜優之。以故，道光二年，顧夫人卒，公喪之如祖母，命源進喪之如承重曾孫。九年，傅夫人卒，公功服，命源進期服，遵張夫人遺命，且以申小山公之孝思，禮以義起者也。道光四年，吴夫人卒，公賦詩十六章悼之。自是，家事無巨細，畢集於公。上奉傅夫人，下撫諸子，日不暇給。或勸繼娶，公曰：『兹事良不易，一不得人，慈孝兩傷，不如其已也。』及諸子娶婦，始命分任家政。後次子源深元配亡，有富人欲女之，公辭焉，而使繼室以其元配之女弟，曰：『吾家貧，貧女宜吾家也。』公既不繼娶，而其兄柘庵公及長姊之適章氏者皆早卒，所與往來慰藉者，惟適汪氏妹一人。至八年，而妹亦殂謝，公益畫然傷懷。顧以諸子皆賢，稍自解。十七年，源深充拔貢生，明年試京師。初在高等，覆試黜焉。十九年，應順天試，已中式在前列，改置副榜。公聞之不樂。二十一年正月，感寒疾，二月己未卒於家，年五十有三。蓋公數十年來所歷之境，皆悲傷憂鬱，得開口而笑者，月不數日，宜其不克永年也。其天性純篤，每遇吳太夫人忌日，設祭，必流涕。先世所遺書籍、衣服、器皿，偶見之，必愴然不怡，蓋終其身如是。鄉黨中，貧富無異視，雖敝衣草履而來者，必延之坐，必送之於門外，有求必與之。嘗有族人，屢告貸於公，一日，不告而私發公之囷，取穀如干石以去。公聞之，乃自責曰：『我賙之不早故也。』坐是家中落。每歲除，索逋者盈於門，而族姻之貧乏者，仍餽之粟。其族姻之貸於公而未償者，一日悉燔其券，曰：『無使兒輩知其姓名也。』訓諸子，必以義。方源深居其母吳夫人喪，已屆禫服，未畢者數日耳，不使應試，曰：『此大事，不可遷就也。』世俗應試，輒減年歲，公戒源深曰：『進身之始卽欺罔其上邪？』命以實年注籍。其教子，一出於正，類如此。所著有《釀齋詩稿》，又有《史鑑節要》、《孔門諸賢姓氏》、《十三經源流》、《廿四史評語》、《帝王統系》，皆爲口訣，以授童蒙，學者便之。又嘗爲陳其年、章〔一〕藻功兩家四六補注，亂後失其稿矣。生丈夫子六人：源進，廩膳生，爲兄後；源深，道光二十五年進士，翰林院編修，山西巡撫兼提督；源煦，廩膳生；源薰，從九品；源灝，殤；源滋，光緒五年舉人。有孫七人：孝威、孝愉、孝光、孝裕、承詔、孝先、孝述。孫女十一人。曾孫二十三人：友敬、友益、友尚、友敘、友誼、友善、友嘉、友喆、友恂、友恪、友忱、友懌、友恆、友欣、友松、友棣、友楨、友楷、友芝、友荀、友荃、友芷、友菊。曾孫女五人。元孫一人，傳厚。人倫之盛，海内推之。公生前雖若侘傺不自得，然天之報之者，固已優矣。公不再娶，其子孫繁衍，皆自吳夫人出也。

吳夫人，和州含山人。父諱焕，字朗山。母汪，早卒。夫人於姊妹行居次，而長姊幼殤，其幼弟幼妹，皆夫人撫之。年十七歸於鮑，事顧、傅兩太夫人及吴太夫人，悉得其歡心。吴太夫人卒，事顧、傅兩太夫人仍如初。每晨起，詣堂上問安否，即入廚，率家人具饌事。己手治女紅，口處分家事，無一刻休暇。田租出入，雖有主者，其簿籍必躬受而鉤考之。事無巨細，咸宿具。故吴夫人之存，古村公不知有家事也。族姻及鄰里有乞貸者，言於古村公，必如所請。婢女有過，訓誡之，不施鞭箠，遇傭婦尤寬，見一婦竊物，秘之，以他故遣去，不欲敗其名也。其長厚，類如此。其在室時，所撫兩女弟猶未嫁，皆爲相攸，歸之鮑氏，一適古村公之族兄，一適其族弟。適族兄者，偶與夫反目，夫人召之歸，反復勸導，仍歸於好。夫人於兩女弟，雖兄弟，實猶慈母、嚴師焉，兩女弟亦敬事之不衰。夫人勞於家事，早衰，多病。道光四年夏，偶感時疾，自知不起，曰：『吾死無恨，恨未見子婦耳。』於是長子婦王、次子婦陳同日以童養來歸。七日病篤，召子若婦至牀前，謂之曰：『吾不及見爾曹成立矣。吾於爾曹，亦無他望，但望砥行勵學，勿墜家聲，異日，無論出處，勿忘忠厚二字，吾瞑目九泉矣。』又指幼子源滋曰：『是呱呱者最稚，兄若嫂，善視之，無貽爾父憂。』翼日丁亥，遂卒，年三十有六。夫人之卒，諸子皆幼，故莫得其詳。鮑氏有敘眉刺史者，曾爲夫人作傳，今佚。

舊史氏俞樾曰：余與公次子花曇中丞於翰林爲前後輩，而於道光丁酉科又有同歲之誼。今年夏，中丞以書狀來乞爲公與吴夫人家傳。自惟名位卑微，不足表揚先德，重違來意，撮其大略著於篇。公抱道不仕，又未及中壽而歿，故無大表襮之事。然其過人之行則有二焉：柘庵公之殤，執大宗之義，必爲立後，一也。居顧、傅兩夫人之喪，皆有加禮，二也。烏乎，世俗之習，於薄久矣，公與夫人，務從其厚，不亦賢乎？語曰：『積厚者流光。』宜其子孫衆多，蔚然爲高門鼎族矣。

【校記】

〔一〕 章，原作『童』，據《校勘記》改。

鮑母陳夫人傳

陳夫人，安徽和州人。父諱鼒，母楊，生女子子二，夫人其次女也。生而婉娩，不苟言笑，家素貧，井臼之事，童而習之。道光十四年，年十有九，歸同里鮑氏花雲中丞爲繼室。中丞初娶卽夫人之姊，早卒，有富人欲女之。中丞父古村公不欲，乃繼室以夫人。夫人至，凡其姊之簪珥衣裙，襲而藏之，不敢褻用。事古村公甚謹。嘗因事譴謫之，愉然順受而已。後察非其過，曰：『吾誤責爾，爾何不辨？』益愛重之。及病篤，謂之曰：『吾諸子婦，惟爾最賢善，相爾夫，必膺厚福。』事中丞和且敬，雖燕坐，見之必起，雖謅謎小言，未嘗相爾汝也。中丞讀於堂，則夫人於閨中治女工，不敢先寢。有憂愁恚怒，多方解之，有善事，力贊成之。中丞初館於田氏，歲入二十緡，古村公命歸十緡於其私室，夫人悉公之。古村公卒，家益貧，黃州太守徐君延中丞司記室，中丞稱貸，得十金，以半治行，以半留家中。夫人受而儲之，饘粥之費，仍取辦於鍼黹。中丞自黃州寄金歸，夫人以三之二佽諸娣姒，歲以爲常。二十六年，中丞應江南鄉試，有請代作文字者，捷則以二千金餽。中丞故謀之夫人。夫人正色曰：『無論。外犯科條，内損德行，且舍己耘人，非計也。君將以二千金了此生乎？』中丞笑曰：『君言實獲我心矣。』是歲舉於鄉，明年成進士，入翰林。夫人從之京師，布衣蔬食，與曩時無異。咸豐四年，中丞奉命視貴州學，偕夫人之官。時貴州苗頑逆命，塗次聞警者屢矣。甚或望見賊兵旗幟，從者皆失色，夫人陽陽如平常。及至黔，勸中丞出養廉銀，爲僚友倡，以除戒備事。甫集，寇薄城，城中川、滇之勇交鬨。夫人使健僕負次子孝裕及一孫、一外孫夜縋城出避，而自與長子孝光及子婦輩從中丞居城中，曰：『寇至死耳，何懼焉？』後又從中丞於同治元年之廣西學政任。道河南之新野，聞戒，夫人鎮定如赴黔時。及五年，中丞爲江蘇學政，則東南已大定。而故鄉亂後，族姻多失所，相距又近，來告貸者無虚日。夫人率有以賙之，然莫能干以私。御奴隸寬而嚴，每中丞出行部，必戒之曰：『爾曹無需索供億，損主人清名。』十年，中丞開府山西，夫人曰：『巡撫更重於學政，不可以纖芥累有司，累有司卽累民矣。』請中丞申前禁尤力。晉地苦寒，夫人有宿疾，時發時止，然不欲以内政擾中丞，力疾，治事不輟。中丞治官書，見賓客，黎明卽起，夜分未息，夫人雖念之，未嘗勸休息。子婦輩或以爲言，夫人曰：『封疆重任，敢徇私愛乎？』及聞乞休得請，欣然曰：『自此庶可息肩矣。』中丞於屬吏有餽，率不納。夫人嘗至京師嫁女，屬吏有以兼金助裝送者，或曰：『在京師，非在晉也，受之可。』夫人曰：『在京在晉，庸異乎？』卒卻之。其明大義，類如此。天性純篤，以來歸時未及事君姑，又在京師欲迎養其父贈奉直公不果，嘗以爲恨。居古村公喪及奉直公喪，皆素食三年，每朔望日及先人忌日及己生日，皆素食。山西節署中值六十生辰，齋廚蕭然，但以食二案餉幕中賓客而已，外人莫知爲巡撫夫人生日也。性慈善，雖微物不欲傷之，蟻入水，蛾投火，必救之出，鷄鶩魚蝦，生者不入於庖，所縱生物，無慮六七十萬。歲施寒衣、施糜粥、施藥餌、施棺槥。居京寓，聞門外有丐者病臥風雪中，使人衣食之，其人竟得活。嘗泊舟沙岸間，有哭聲甚哀，問之，曰：『死無以斂也。』使人持洋錢乘昏暮投其家。中丞在晉，慮囚有婦，婦衣甚單，夫人賜以棉衣，且徧及諸囚婦焉。光緒三年，中丞將去晉，時晉災已有象，中丞刊《救饑丸方》檄行之，夫人製丸數千，散之百里内。及還南，知晉大饑，乃與中丞出巨貲振之。他如和州修文廟，山西、安徽置義園，山西創保嬰局，湖口設救生船，中丞諸善舉，夫人率縱臾之。又置義田，以贍族人，建義祠，以祭外姻之無後者。晚年議創牛痘局，未及成而夫人歿矣。夫人生平惡僧尼，不令入門，且未嘗捨財營立寺刹。然實深達佛理。未卒前二年，兩孫殤焉，夫人雖悼之，旋自解曰：『吾此身終須棄去，何況其他？』病中與中丞兩次訣别，惟以諸善事未成爲念，不及他事。時諸子女未盡在側，或請促之歸，夫人曰：『何必在我前，乃爲送我邪？』及子女畢至，亦無所悲喜。每日必西向坐移時，病凡百五十日，然未嘗終日偃臥也。易簀前兩時許，使人扶掖下牀小坐，乃復上牀，家人扶之東向臥，命扶起，易西向，食粥少許，微語曰：『我將歸矣。』光緒六年四月癸丑卒於寶應縣寓正寢，年六十有六。以夫貴，封一品夫人。子二：孝光，刑部主事，今官江西知府，加道銜；孝裕，兵部主事，今官兩淮運判，加提舉銜。孫八人：友善、友嘉、友喆、友恂、友恪、友忱、友懌、友恆。曾孫三人：傳纓、傳綸、傳厚。女四，孫女二，曾孫女一。

舊史氏俞樾曰：夫人之歿也，彭雪琴侍郎已爲志墓之文，瘞之幽宫矣。然墓志體嚴，有不能具載者，於是其長子伯熙太守又具事狀請余爲家傳。余讀魏晉間人所爲家傳，皆極纖悉，故爲夫人傳，不嫌稍詳焉。夫人賢明而有才，慈祥而有體，古稱『女士』，此之謂與！至其暮年，了然於死生之故，超然於來去之際，已似有得於『幻滅亦滅』、『非幻不滅』之旨者。噫，吾不得而測之矣。

光祿大夫漁臣徐公家傳

公諱夔，字俞臣，别字漁臣，姓徐氏。其先爲浙江人，元時有諱志弘者，自浙東衢州路遷湖南道長沙縣，遂爲今湖南長沙府長沙縣人。曾祖諱雲上，妣何。祖諱光楚，妣羅。考諱國搢，妣羅。以公長子樹銘官，曾祖考妣贈二品，自祖考妣至於公與夫人，贈封皆一品。公修幹而腕容，少從其父笏亭公學，鏓通經訓，工爲文章，尤精義理之學，於宋、元、明諸大儒皆有以得其涂畛。出所學以教授其鄉，鄉之子弟從者甚衆。所爲文，原本心性，根柢經術，一依先輩法程，而不屑爲雷同景附之詞以諧合衆目，故雖爲識者所推服，而亦坐此連蹇於有司。當是時，祖母羅夫人年百歲矣，父母皆在堂，公上事重親，下與諸弟曉瀛、价紉、芸渠三君研覈所學，亦不復有仕進意，益博覽古書，講求先儒修己治人之道。每與同志之友以議論相往復，初若淼漫無厓涘者，然其大要，則在推之事物而返之身心，參之古人所已行而繩之以今之法度。諸子稟承其學者有所立。長子樹銘，由詞臣歷官卿貳，每欲迎養公，輒以親在不許。嘗一至山東學政署中，訓之曰：『賊蹤飄忽，而蒐乘補卒，猝不易辦，宜使民間人自爲戰，商子所謂「摶民力以待外事」者，其意可師也。』於是濟南、濟寧皆治民摶，寇不敢犯。又嘗一至福建學政署中，以士習浮僞，命刊《朱子全書》，以授諸生。已而，母羅夫人及笏亭公相繼卒，公既畢窀穸之事，乃履行先代墳域，雖十數世以上悉修葺之。又建宗祠，修族譜，以副笏亭公遺意。沅湘數被大水，公出貲爲鄉里先，積米粟，振流亡。鄉人有訟者，以片言開諭之，立解。族黨有貧者，歲時必周之，孤獨者月有餼焉。山居數十年，布衣疏食，雖貴不易。爲諸孫延師，必道義之士，嫁女娶婦，必於士大夫之家。其御下尤恕，曰：『勵節砥行，士君子所難，可責之若輩乎？』公素無疾，晚年偶患欬，樹銘以《東坡志林》所載青黱方進，卽愈。光緒五年二月，微有眩疾，三月丁巳，晨起櫛髮沐浴，具衣冠而坐，召集子若孫，與講《中庸》第一章，以爲『位育之效，本之中和，中和之實，徵之喜怒哀樂，而持守之要，則在戒慎恐懼。吾生平不敢行一疚心之事，而今而後，庶幾保吾本性還之太虛，願汝曹皆以吾心爲心，吾無恨矣。』方言此時，陽陽若無病者。翼日戊午子時，焚香端坐而逝，年七十有七。配張夫人，先公七年卒。生子六人：樹銘，其長也，道光二十四年舉人，二十七年進士，由翰林官兵部侍郎，左遷大理寺少卿；樹鈞，江西補用同知；樹録，太學生；樹釗，江蘇六合縣知縣；樹鋒，同治九年副貢生，浙江候補知縣；樹鐸，議敘布政司經歷。孫八人：豐立、慤立、毅立、成立、儉立、敬立、友立、端立。樾與公長子樹銘同歲舉於鄉，於翰林又爲前後輩，承以行略屬爲家傳，乃撮大略，俾附其家乘焉。

論曰：自古盛德之士，砥學厲行，不自顯於世者，往往食報於其子。東坡謂：李郃博學隱德之報，在其子固。今於漁城徐公益信矣。然觀公易簀之時爲子若孫講《中庸》首章自明『戒慎恐懼』之意，雖老不衰，至『得正而斃』而後已，此與曾子啓手足、示門人何異，然則公之所造，豈李郃之流所能望哉？愷悌君子，神所勞矣。徐氏之興，未有艾也。

孫宜人傳附其子肇禮

孫宜人，諱采芙，字韻珊，江蘇儀徵人，故休寧張氏也。其先世以禺筴之商至揚州，從其外家姓，遂姓孫氏。父諱庚，候選鹽大使，於六十一歲生宜人。母吳，生母荀。宜人幼慧，其父課之讀，自經史外，凡醫卜星算之書，咸使涉獵，九歲辨四聲，十三歲能詩，尤工刺繡。道光二十八年，歸績谿胡君爲繼室。胡君名培系，字子繼。績谿胡氏，自明諸生東峯先生以來以經學世其家，子繼學有根柢，克紹先業，一時稱嘉耦焉。當娶宜人時，方寓杭州，其母章、吳兩宜人皆在里中，已而相繼卒，宜人慟曰：『吾竟不獲親事吾姑乎？』凡遇時物，非薦之寢不敢嘗，終其身如是。宜人家故饒富，靡衣鮮食，及歸胡，而子繼方窮困，無儋石儲，宜人安焉。攻苦食啖，未始有不豫色。客至，質衣裝，供膳飲必豐腆。衣皆手製，箴管線纊，寒暑不去手。子女衣履，無不鮮齇，而已所衣者，褸裂挾斯，非甚敝不易。自其四十歲時，子繼爲製白鷴補服一襲，宜人服之，十餘年未嘗更也。道光三十年，子繼爲夫已氏所齮齕，誤傳已死，宜人脱耳上金環，吞之。及暮，子繼至，亟飲尊羹下之。宜人曰：『吾與君相依爲命，脱有不諱，吾義不獨生。今兩無恙，豈非天乎？』咸豐三年，子繼館於杭州同知繆武烈公所，聞安慶陷，時宜人方歸寧於揚。武烈曰：『賊順流下，揚州危矣。』助子繼資，使迎宜人。子繼至揚州，揚已戒嚴。二月戊戌犂旦，聞人聲諠閧，曰：『至矣！至矣！』則皆走，城中爲空。子繼偕宜人登舟，至仙女廟而揚陷，乃道通州，由蘇達杭。自是，子繼游歷浙東西諸郡縣，紹興、諸暨、湖州、龍游、壽昌、海鹽、秀水、石門、衢州，又嘗至江蘇之溧陽，所如輒與宜人俱。時子女皆幼，間關戎馬間，不遑啓處。同治元年，子繼偕鄧觀察輔綸入楚，寓居寶慶府。俄子繼以仲弟之喪歸里營葬，又嘗如江寧應鄉試。宜人留楚，益自刻苦，薪水之外，每月所用，纔白金二三兩而已。東南平，仍回浙江。八年，子繼選授寧國府訓導，乃與宜人俱之官。其地兵燹之後，雕敝殊甚，宜人居官舍，仍如寒士時。凡祭祀、賓客及日用飲食，皆躬自料量。嘗語子繼曰：『吾銖積寸累，爲君營邱中之費。異時，得就山水佳處，結屋數椽，買田二頃，與君偕隱，而使兒輩於其中且耕且讀，吾願足矣。』所善溧陽史母陳宜人，與有同居之約，擬往相度之。適其第三子肇禮殤，素所尤憐愛者也，遂不果，而宜人亦自此病矣。先是，肇禮生於寶慶，未彌月而子繼有長沙之行，強起治裝，遂得疾，疾發輒咯血，歷久不痊，至是益劇。光緒七年二月壬子，卒於寧國府訓導署，年五十有七。宜人性廉介，而好施與，一味之甘，必以分人。子繼之甥曰程廷對，從軍於浙，物故，宜人迎其妻子以歸，撫其子至於成人。寧國學生孫雲錦貧甚，所居燬于火，厚賙之。其他諸生有貧而好學者，必有佽焉。嘗倣胡氏先世《漁隱叢話》體例，剌取自南宋至國朝諸家所作詩話、小説有涉閨閣者，摭録之曰《宮閨叢語》。官舍有小園，於其中一室署曰『叢筆軒』，春秋佳日，與子繼觴詠於是。子繼望其子成名頗切，宜人曰：『以君之才，尚不能掇一第，況兒輩乎？惟君家累世傳經，不可使不讀書耳。』蓋其意趣高遠如此。生丈夫子三：長肇穀，今名鏐，浙江錢唐縣附生；次肇履，幼殤；三即肇禮。女子子四，存者二，涇縣翟福海、陽湖趙潁，其壻也。

肇禮後改名鎔，字傳孫，胡君子繼第三子也。子繼次子曰肇履，於同治元年殤於衢州，母孫宜人思之不已，日爲寫《金剛經》，祈其再生。二年生肇禮於寶慶府，故小名寶慶。甫二齡，聞人誦詩，能效其聲。稍長，授以《朱子》、小學，則益知事親敬長之道，以父母年且老，家中事無巨細，悉習治之。子繼中年善忘，肇禮爲日記，記其父言動，有問則以對，或某器置某所，某書庋某架，如言求之，無不得。嘗從子繼歸里營葬，子繼欲繪墓圖，肇禮知之，卽私自摹畫，山川向背，具有條理。天性尤篤厚，幼時恆從其伯姊臥起，姊病，輒繞牀哭。兄肇穀將如杭州，肇禮跪而言曰：『兄某事恐貽親憂，願革之。』事其嫂如事其姊。聞人言母生己時有寫《金剛經》之事，每月朔望必與其仲姊誦《金剛經》一卷，爲父母祈壽，病篤始止。其病也，蓋由感受寒濕，自兩足腫及胷腹。或言，用田螺襍葱擣之，納臍中可愈。肇禮曰：『戕物之生以治我之病，不可。』悉縱之泮池。初病時，夢至神廟，神以蟒服加其身，懼而不言。未幾竟卒，時光緒六年十月乙巳也，年十有七。

舊史氏俞樾曰：余於光緒五年春悼先室姚夫人之亡，有《百哀篇》之作，流傳至宣州，子繼持示孫宜人。宜人讀之，淚涔涔下，謂子繼曰：『如我不幸，君能如曲園先生之情深誼重乎？』嗚呼，死生固有定數，宜人殆自知其不永年歟？子繼所爲孫宜人并附其子肇禮事狀甚詳，余撮其大略如此。宜人固范史所謂『端操有蹤，幽閑有容』者，而肇禮亦楊子之童烏也。胡氏清門，世有令德，余文雖不足爲逝者重，然附其家乘中，儻可不朽，子繼之意，其亦可以稍慰矣夫！

謝老人傳

謝老人名可明，德清中初鳴人也。德清有金鵞山，相傳有金鵞集於此，凡三鳴，故山之南有上、中、下三村，皆名初鳴云。老人年二十四歲時傭於唐西姚氏。姚氏所居曰『致和堂』，其額猶董文敏所書，自前明時得祕方，爲藥丸以施人，至國朝而貲財不繼，乃始取直，二百年來，以姚丸名天下。老人初至，執役於肆中，久而姚氏察其人忠實可恃，日益親信，事無巨細，悉以委焉。時余親家翁子謙司馬甫七歲，老人日提抱之，及子謙舉於鄉，入都應禮部試，老人筦家政益勤慎。子謙生二子二女，老人撫爱之，如子謙少時。咸豐、同治間，浙中大亂，子謙已前卒，子女皆幼，凡家中器用財賄，皆在老人手，豪釐無所苟。及賊平復，啓肆賣藥，老人之力爲多。時子謙妻張宜人亦卒，其次子晉卿輒從老人眠起。每於鐙下讀書，雖夜漏且盡，老人必坐守之。或讀少懈，始而怒，繼之泣下。後晉卿與兄魯卿先後入仁和學，老人乃喜。同治十二年，晉卿病於嗌，頗危，老人不解衣而寢者帀月，及病愈。老人舉杯語晉卿曰：『爲阿官已戒飲十日矣。』蓋老人性簡默，無他嗜好，惟喜飲酒，雖至數升不醉也。晉卿生一子，老人又提抱如前，姚氏三世，皆視老人如阿保云。老人終身不娶，故無子，以兄子爲子。光緒七年，年七十有四矣。晉卿言於余曰：『老人之在吾家，歷四代，無二心，積五十年如一日。求諸儕輩，罕有倫匹。今老人老矣，不忍其泯没，願先生爲傳存集中，庶後世知有老人，而老人聞之亦可銜杯一笑也。』余曰『諾』，因爲《謝老人傳》。

論曰：余次子婦卽子謙司馬次女也，故余常至姚氏，見謝老人須髮蒼然，而事姚氏之事仍如少壯時，勸之休息，不可。余甚敬之。嘗讀侯朝宗《壯悔堂集》有《郭老僕傳》，馮山公《解春集》有《俞老僕傳》，余之文固不足以及二子，若老人者，固其流亞哉！

孫孺人傳

孫孺人名寶貞，浙江仁和之臨平鎮人，故大學士一等謀勇公謚文靖者之元孫也。父長熙，兩淮候補鹽運分司。孺人生而秀外惠中，父奇愛之，七歲授以《毛詩》、《孝經》，輒成誦。甫十歲而父卒，水漿不入口者累日，所生母謂之曰：『汝以身徇父，若我何？』乃稍稍進飲食，然自此肝氣鬱不舒，恆有疾。年十七歸德清沈少齋爾繩。初少齋之姑歸臨平孫氏，於孺人則諸母也。少齋讀書於孫氏，孺人母一見，欲壻之。少齋父蓉齋君不欲，曰：『吾家貧，恐異日不能安耳。』然不可卻，卒以禮聘焉。孺人既歸，裝送甚盛，悉屏棄不用，布衣練裳，躬事井臼，蓉齋君乃大喜。時沈氏居嘉興，咸豐十一年春，孺人歸寧於臨平，俄賊陷嘉興，少齋從其父避城外，事稍定，蓉齋君使少齋至臨平視其婦。少齋曰：『寇亂如此，安得離大人側？』固命之，乃往。孺人見而驚曰：『寇亂如此，安得離大人側？』意甚不懌，居兩月，蓉齋君卒。方是時，賊勢甚熾，或曰：『且先成服，徐謀奔喪。』孺人曰：『親在不能事，親喪又不奔，非人子矣。』少齋從之。治喪粗畢，奉母至臨平，孺人曰：『臨平亦非善地也。』乃納金珠一枕函中而緘縢之。其明年春二月，大兵潰於石門，臨平亂，倉卒出走，由紹興、寧波道上海而北至泰州，其舟車之費，皆枕函中物也。居泰州久之，貧益甚。有一婢，或欲以数十金買爲妾，孺人曰：『吾家雖貧，此造孽之錢胡可用也？』卒爲擇良奥而歸之，婢價一無所取。嘗以銀鋜置鐙盞中，爲傭媼王氏之姑所廋。孺人瞥見之，祕不言，恐王媼知之詈其姑也。其長厚，類如此。事繼姑尤謹，謂少齋曰：『舅亡矣，獨繼姑在耳，不謹事之，何以慰君舅地下哉？』臨卒猶謂少齋曰：『舅窀穸之事尚宜改卜，不可因循。』蓋蓉齋君之卒，正在亂時，渴葬鄉間，亂定，少齋謀遷葬，而墓域生朱藤一株，花葉繁盛，懼傷地脈，遷延未果，故孺人以爲言此。後遂不復能語。孺人初患癖疥之疾，不以爲意，緜歷數月，肝疾大作，於光緒六年九月辛巳卒於泰州寓舍之正寢，年止三十有七。少齋哀之，乞爲傳，因書其大略焉。

論曰：孺人事父母舅姑以孝，事夫以敬且和，御奴僕以寬，何其賢也。《詩》有之，『彼君子女，謂之尹吉』，孺人爲文靖元孫，固今之尹吉哉？聞其就木也，鄰比婦女皆來送之，謂如此賢媛，乃不登大年，享厚福，有哭失聲者。嗚呼，孺人之賢，益信矣。

先壬甫兄家傳

嗚呼，自吾兄之歿，至於今九年矣。兄子祖綬嘗具事略請爲家傳。余念吾兄仕閩二十餘年，傾側擾攘，幸獲安全，以官壽終。然其涉歷艱難，蓋亦甚矣，且其事頗有關係七閩大局者，余懼未足以達之，故雖諾其請，遲之又久而未作也。雖然，以吾兄之賢且才，而壽不逾六十，余之不肖，而入此歲則已六十有一矣，精力衰積，宿疾時作，其能久乎？苟不及今撰述，無論他日無以見吾兄於地下，且亦何以副祖綬區區之意耶？因就其所爲事略，粗加次弟，著於篇。

君諱林，字壬甫，號芝石，晚歲自號柯九老人。姓俞氏，浙江德清人，世居東門外之南埭。祖贈通奉大夫南莊府君，祖妣夏夫人、戴夫〔二〕人。考贈通奉大夫磵花府君，妣蔡夫人、嵇夫人、姚夫人。君幼慧，以家貧不能延師，而先贈公又恆客游於外，故十歲以內，姚太夫人親教之。弱冠爲縣學生，名在弟一。道光二十三年鄉試，中式舉人，於本房亦居弟一。兩與禮部試，不售，以工書法取謄錄。會修《宣宗成皇帝實錄》，君預繕寫之役。咸豐三年，《實錄》告成，以例得議敘，遂以知縣分發福建。福建故瘠苦，其時寇盜充斥，紅巾賊方熾，仕宦者視爲畏途，督撫累疏請分發，而部中發往人員率託故弗至，君獨挈眷屬間關赴閩，人皆奇之。逾年署沙縣知縣。其地多訟，胥吏緣以爲姦，一小事輒株連數十人，隸持符句攝，量肥瘠，索賄賂。君於來訟者呼至案前，多方開導，小事已之，其事大者，立予判決，兩造及一二要證外，悉罷遣，無所問，所保全甚眾。地又多盜，有楊三者，盜魁也。適其兄爲他盜所殺，君使人謂楊三曰：『來，吾復爾仇。』楊三乃率其徒降，捕殺其兄者，論如律。於是羣盜懾服，境內悉平。後楊三官至參將，戰死汀州，得優卹焉。五年秋，調充鄉試同考官。民閉城請留，君夜啓北門去。入闈閱卷，每達旦不寐。或既棄，復取閱，榜發，得士胡夢得等十一人。時澎湖通判闕員，大吏意屬君，而欲使出門下，命福州守示意。君以母老辭，由是忤其意。當是時，閩中尚奔競習，侈靡上下，狎游無度，其善夤緣者，以數十金得一官，不數年擁符節。君遼落，至不得序補縣令，寮友皆非笑之。已而，御史林公壽圖以閩中積習白簡上聞，制撫、方伯皆免官，當日之附門牆、供奔走者，或罷斥，或遣戍，自道府至州縣，凡二十餘人，無一倖免者，乃始服君有先見云。六年，署永安縣知縣。地故與汀州鄰，其民交惡汀人，有至邑者，輒誣爲盜，縛送官，官不爲理，則擁去毆殺之，官不能禁。君遇有執送者，立出坐堂皇，薄責之，置諸獄，以好語慰勸眾人使去，乃出其人於獄，衛之出境，全活無算云。永安自被寇亂，殘破特甚，君招集流亡，使之復業。又以地處衝要，賊所必爭，使民摶力護鄉里，五日一集，較其技藝，課其惰勤，鉦鼓旗幟，悉合法度，於其中選得勁卒千餘人，皆精鋭可用。七年夏，紅巾餘黨復爲亂，據汀州，所在嚮應。七月陷連城，提督某公與戰敗績，退保延平。於是將樂、順昌、沙縣、尤溪相繼陷。賊將長驅，犯延平，窺省垣。而延平所屬縣皆爲賊據，惟永安獨存，與延平相犄角。賊攻延平，懼我躡其後，乃以大隊撲永安，意在必得，勢張甚。按察使裕公裕鐸督師來援，而四面皆賊，轉戰不得達。君入謂吾嫂孫夫人曰：『寇深矣，吾與城俱亡耳，幸爲我護持老母。』夫人笑曰：『君死忠，吾死節，兒輩死孝，尚何求？』乃謀以輕舟使長子祖壽奉姚太夫人由間道出走，謀既定，入白太夫人，太夫人怒曰：『吾累被國恩爲命婦，乃草間苟活耶？死則俱死耳，無多言。』而是時外間訛傳縣官眷屬已宵遁，太夫人乃親詣城隍廟行香，搴帷而出，搴帷而入，邑士大夫有以公事至者，召使入内室，則太夫人方觀書，孫夫人方刺繡，於是人心大定。然苦無食，乃勸富人輸錢若粟，書券與之，鈐以縣印，數日間，輸者頗衆。而寇警顧日急。太夫人命積薪於門，事急則自燔，召祖壽至，手爲易衣，以屬幕客孫福礽，若城破，速亡去。君以死守孤城，且坐困，乃留民兵二百，使千總率之登陴，而自率兵出城列寨，分據要害，檄鄉團，隨所在助殺賊。一日，猝遇悍賊千餘人，君所部才三百人，大呼奮擊，無不以一當百。賊勢且不支，而援賊大至，分兵斷我後。君麾衆登山，賊蟻附而上，礮矢如雨，聲如雷霆，有鉛丸摩頰過，一持蓋之卒隕焉，然士卒殊死戰，賊不能上。俄鄉團四集，别隊兵亦有至者，金鼓之聲震山谷。賊驚顧，君卽率衆自山馳下，乘之。賊大潰，自相蹂墜澗谷者相枕藉。是役也，我軍二千，破賊萬餘，惟賊魁率數百人突圍遁，餘衆悉殲。而西路鄉團亦同日大捷，軍威益振。賊猶徘徊境上，君簡精兵，佐以鄉團，使繞出賊後，擊其背，三戰皆捷。賊精鋭略盡，自是不敢復窺永安。而按察使裕公亦次弟收復所失諸縣。前鋒及縣境，君以兵迎之，且作書言八月以來戰守狀，蓋文報阻絶者三月矣。裕公得書，送行省大吏傳觀，相謂曰：『賊蔓延數州郡，所至，官吏輒委城走。不圖一書生乃能死守彈丸，屢挫賊鋒，賊之不敢犯省垣，蓋以此也。』特疏以聞，天子嘉之，有『俞林力守危城三月，深可嘉尚』之諭，特擢同知。時連城猶未克，裕公攻之，數戰不利。有袁良者，故武貢士，殿試一甲第二人，以都司守連城。連城陷，省符下所在逮治之。賊之犯永安也，袁適至，君接見與語，察其人猶可用，示以省符，勸自効。袁曰：『敗軍之將，生死惟公。儻有所用，敢愛其死？』遂從君戰守，頗得其力。君以袁守連久，習其地勢，言於裕公，用爲前部。袁益感奮，未浹旬，克連城。大府以『上游肅清』言于朝，擢君知府。而袁亦復官，積功至汀州鎮總兵，有聲於時。論者以君爲知人焉。九年，補泉州府廈防同知。部議以『要缺宜調員補授，不得以應升之員升補』奏駁之，特旨允焉。君下車，見積牘如山，縲繫者數百人，旬日間悉判結之。監司某公嘗從容謂曰：『君治獄誠明敏，然旬日決數百案，得無太易乎？』君對曰：『重案例移縣，其歸同知判決者皆細，故片言可折。久懸不決，徒飽胥吏，無謂也。』某公歎服。君治獄必得其情，尤嚴杜苞苴。有以兄子毆其季父者，君逮之急，或請以三千金免其罪，君陽許之，密使人偵其出而逮治之。淩兔者，亦盜魁也，爲鄉里患，莫敢誰何。按察使名捕之，不能得。君乘夜將徒隸揜之其家，得焉。淩獻金剛鑽念珠一串，值萬緡，峻拒之。即日械送省中，淩至省，竟得釋，然終君之任不敢歸。時諸海口皆通商，而廈門亦設夷官，號『領事』，多恣睢不法，其譯者輒魚肉民，民怒執之，夷官率数十人持械至同知署。君出問故，夷氣沮曰：『從公往取人耳。』君笑曰：『吾民皆循良守吾法度，焉用多人？』命一隸往取之，須臾而至。夷大服，自是益敬畏君，每見必以免冠垂手爲禮。事有不便於民者，君與反復論辨，往往折服。中外讙集，雖鎮道大員，或爲所狎侮，惟君在坐，終席無敢譁。同治元年，舉行恩科鄉試，復充同考官，得士十三人，解首王彬與焉。三年八月，粵賊李世賢陷漳州，自漳至厦，止二百里，厦爲全省出海門户，商賈所集，富衍甲閩南。賊既得漳，將由厦入臺，偵知君有備，意稍沮。乃餌土寇，使爲内應，而羣不逞之徒亦趯趯欲起。君出貲募勇，數日得四千人，勢稍定。適前任水師提督曾公玉明以舟師千人將赴臺，道厦門。君登舟説之曰：『無厦門則無臺矣。今日之勢，厦重於臺。』曾公乃留屯厦門。時英、法各國兵船十餘艘，泊鼓浪嶼，名爲自衛，其意實叵測。米利堅人白齊文，舊爲常勝軍統領，歷保至總兵官，叛降賊後，爲官軍所禽，詔貸其死，逐回國。至是潛入漳州，挾紅衣賊目二人至厦門，匿夷官所，窺虛實。一日，夷官招觀察飲，酒半，三人者出，夷揖使就坐，觀察大駭，遽起命駕歸，歸而謀之君。君伏勇士於塗，伺其出，禽之，械白文齊送行省，梟賊目於市。翼日置酒，召諸夷諭以順逆禍福，皆俯首聽命。會賊諜陳金龍以僞國書至英領事所。陳金龍者，漳州人，相傳其先世避明季亂，入深山中，至今不鬀髮，洪秀全未起事時，嘗至其地，與之爲異姓兄弟，及是年八十矣。詣李世賢，自陳爲李奉書説英領事，圖厦門。英領事懲白文齊之事，執陳金龍以獻，君白觀察，斬之，以狀聞。有詔，賜英領事獎武金牌一，荷包、佩刀各二，下所司頒發。君陳兵衛，鼓吹導從，齎賜物至英領事館。領事再拜，受，出入佩之，以爲榮。由是羣夷爭爲遮邏，有潛以軍械、糧食濟賊者，悉縛送官。中外之交合，厦門之守益固。閩俗故信鬼。有巫者自言爲神所憑，握利刀刳其腹，血漉漉注盤盂，不膚撓，俄創合如故。取竹箸百，寸寸斷之，襍碎甆咽之。又或跣足行烈焰中，均無所苦。信者甚衆。所至環問賊狀，巫張目叱曰：『爾曹尚不去乎？賊於某日至矣。』厦人皆聳。一日，君出道遇之，先驅邀喝，不爲止，且大呼賊來。君命收之，隸卒相顧，莫敢動。有騎者下而捽其髮，乃仆之地，杖之數十，始呼謈乞免。君諗知其惑衆，言於觀察，將以軍法斬之。士民咸集，爲之請，君笑曰：『神如有靈，我受其咎，無與汝曹。』竟斬之，訛言頓息。時避兵者麕集，君行保甲法，躬自巡數，故户口益增，而盜賊絶跡。惟米價翔貴，君請減稅，以來客米。厦門故有兩關，一爲鎮閩將軍海關，委協領監收襍費，倍正稅；一隸同知，則譏察出入而已，然胥吏亦不免小有需索。君莅任已嚴禁之，至是議減正稅之半，其襍費一切罷之，協領不可，斷斷與君爭，乃上其事於省，卒如君議。一月之間，米商大至，及援軍雲集，日食千石，而市有餘粟，人恃無恐焉。四年五月，大軍收復漳州，諸縣皆平，厦乃解嚴。巡撫徐清惠公謂僚佐曰：『賊輕兵襲漳，意在臺厦，將踵國初鄭氏故智耳。當陸路提督林公文察戰没，勢且岌岌，非厦門有備，力遏其衝，事不可問矣。』將疏薦之。兵備道鄧公廷枏上防剿功，亦以君功列第一。會清惠薨，鄧公遷按察使，以議獄失大吏意，投劾去，事遂寢。總督左公彙保歷年文武官弁，賜加道銜。七月，調充鄉試内監試官，尋改内收掌官。將行，貧不能辦裝。民醵金以贐，度必不受，乃具薪米之屬，鼓吹導之，先以鏡一枚、水一盂，曰：『吾公清如水，明如鏡也。』周歷市廛，至于廨舍。君辭，不獲〔二〕，乃受之。及行，民數萬人送至金雞嶺，皆哭失聲，君亦爲憮然。鄉試畢，調補福州海防同知。君仕閩久，資格最深，又爲人望所屬，而君顧落落，與當事諸要人皆不合，坐是不得之官。五年六月，奉檄署漳州雲霄同知。其官廨自兵燹後盛傳有鬼，前官死於是者三人，君居之，竟無恙。李公福泰自粤藩撫閩，既入竟，士民之愬其長吏者踵至，而雲霄獨無。公爲留三日，微服周歷城鄉，歎曰：『入閩以來弟一好官也。』七月，調充鄉試内監試官。七年二月，赴福防同知本任。有土豪號著翅虎者，黨羽數百人，爲暴於鄉里。君逮而笞之，閉目若瞑，蓋其人蓄有異藥，服之，刀杖不能傷。君知之，命閉寘密室，夜漏將盡，忽提出鞫之，倉卒不及服藥，自知不免，叩頭乞命，立杖殺之。九年八月，升授福寧府知府。君於屬吏中某某廉能、某某貪劣有小册置案頭，疏其事甚詳，歲終，具密揭上之，俄而有罷斥者，衆論皆服焉。郡學校官，於歲科考入學諸生索册費甚鉅，第一名必百金，以次遞減，亦數十金。寒士難之，謁太守，求緩頰。君曰：『是固有之，不可廢。』命各以一二金爲贄。越半月，省檄下，則府學訓導以簠簋不飭免矣。郡僻陋，文風久不振，君擇書院中高才生十人，入署中讀書，月再課之，逾年而余慶元、黄文元俱充拔貢生，林龍璋鄉試中式，皆預十人之列〔三〕者也。十年十月甲申，孫夫人卒。君自至閩，所歷皆艱難辛苦，精力衰耗。同治五年，自京師引見還，塗次得足疾，旋愈。官福防時，嘗驟得風眩疾，藥之而瘳。及是撫存悼亡，意興蕭索，而病作矣。然以太夫人年高，勉承歡笑如平時。十一年春，忽患氣逆，猶力疾視事，夜不能寐，則披閱案牘，危坐達旦。十月戊寅，距孫夫人殁期年，設祭内寢，君忽眩仆，急扶歸，猶能至太夫人前，坐語移時始就寢。十二年正月，穆宗毅皇帝親政，覃恩及中外官。君以本官加級，授通奉大夫，贈三代如君官。三月癸未，恩詔至，率僚屬出迎如禮，禮畢還署，甫釋朝服，神色驟變。乙未晨起，呼刀鑷工修鬚髮，取水盥漱，徐登牀卧，顔色益紅潤，日加辰遂卒。君性和易，而廉介有守，一羊裘，三十年，兩袖皆穿，以紫色布補綴之，雖見客弗易。當江浙淪陷時，故鄉親友來依君者相繼，君悉賙之，無吝色，無德色。居官一介不苟取，而勢要不能以非禮干。所至有聲，所去常見思。既殁，福寧人皆言，君代晉江施襄壯公爲海神云。君生於嘉慶十九年四月壬午，卒年六十。娶仁和孫氏，封夫人。有子三人：祖壽，早卒。祖福，福建候補鹽場大使。祖綏，光緒二年舉人，與先贈公於嘉慶二十一年舉於鄉相距適六十年，族黨咸嗟異之。女子子一人，嫁仁和周氏，早卒。孫五人：同元、同愷、同倫、同文、同章。孫女三人，皆幼。

余既爲先兄立家傳，乃論其後曰：方君令永安時，四面皆賊，燄甚熾，非君死守，則延平必殘破，而省垣危矣。當時之論，謂賊不敢長驅犯省垣，皆君之功，洵知言哉！及在厦門，力扼李世賢之鋒，使不得由厦而窺臺灣，其後論閩事者，輒以臺灣爲要區，至使督撫大吏歲履行之，然則君之保全臺灣，其功豈小也？咸豐以來，天子聽鼓鼙而思將帥，往往有守一郡、保一邑而受朝廷特達之知，不數年間遂授節鉞者，以君方之，曾不少媿？而官止郡守，嗚呼，豈非命歟？然其位雖未大顯，而其人固已不朽矣。余自成進士後，與君別甚久。同治中，一再至閩，省太夫人起居，乃與君復尋連牀之好。而君已病矣，故於在閩事不得其詳。以祖綬所爲事略，頗有條理，因據而書之，使世世子孫知吾兄之爲人。而祖福等食其舊德，亦尚勉所以自立哉！

【校記】

〔一〕夫，原作『天』，據《校勘記》改。

〔二〕獲，原作『護』，據《校勘記》改。

〔三〕列，原作『例』，據《校勘記》改。

春在堂襍文三編卷三

《王子安集注》序

物相襍，謂之文，《説文》曰：『文，錯畫也，象交文。』蓋必相交相錯而後成文，故駢儷之文，文之正軌也。孔子贊《易》多儷語，老子著《道德經》亦多儷語，周秦諸子之書，大率同之。至東漢之文，斯駢儷之極則矣。六朝文氣衰弱，而體格未變。逮乎唐初，四傑崛起，彬彬乎盛哉。四傑之中，王子安裒然居首，韓文公作《滕王閣記》，曰『得三王所爲序賦記等，壯其文辭』，是韓未嘗薄王也。杜少陵云：『王楊盧駱當時體，輕薄爲文哂未休。爾曹身與名俱滅，不廢江河萬古流。』是杜未當薄王也。自宋人以八代爲衰，掃而空之，奉昌黎爲鼻祖，而不知探原於初唐之四傑，自此以往，有語言而無文字矣。夫宋元以後之文，率多憑臆而造，洋洋灑灑，一掃千言，而實則羌無故實者也。若唐以前之文，則所謂『無一字無來歷』者。以張燕公、段柯古之殫見洽聞，而於王子安所云『帝車南指』、『華蓋西臨』者莫詳所出。其《滕王閣序》，至今三尺之童能誦之，而『紫電青霜』數語，則博學如楊升庵未能質言也。余幼時讀林西仲《古文析義》，見其於《滕王閣序》云：『所用故事，皆習熟語，坊本頗詳之，故不屑注。』嗟乎，斯言也，何其言之易歟？吴縣蔣君敬臣，以縣令需次吾浙，承其先德廣文君之家學，一行作吏，丹槧無廢，以《王子安集》自來未有注者，乃鋭意爲之。經始於同治之甲子，至光緒甲戌歲紀一周而後脱稿。將付剞劂，問序於余。余讀其注，見其所引書，不僅舉書名，必兼舉篇名，其無篇名，則云弟幾卷，蓋用唐李匡乂《資暇集》之例，可知其學有本原，非同稗販矣。余從前亦喜爲駢儷之文，中年以後，研求經訓，輟不復作，今則精力哀頽，記問荒落，於君此書，無能爲豪髪之禆益。惟文章體例粗能言之，因書以詒君，亦欲使學者知君之致力於此書，非徒繡其鞶帨也。

《任彦昇集箋注》序

吴縣蔣君敬臣曾注《王子安集》，余已爲序其端矣。光緒庚辰冬，君訪余於吴下春在堂，又以所注《任彦昇集》求序。時余適爲孫兒陛雲納婦，未遑暇也。明年春，自蘇至杭，乃於舟中讀之。其每事必求其所自出，不苟從類書鈔撮以貽稗販之譏，蓋與注王集體例無異。然余謂任集之難注，有甚於王集者。夫王子安爲唐初人，其所徵引之書，至今已十亡六七，若任則前乎王者，又百有餘年矣。李善注《文選》，於任文多有未詳，如《爲范尚書讓吏部表》『金章有盈笥之談，華貂深不足之歎』，《王文憲集序》『挂服捐駒前良取』，則皆二事竝舉，李知其一而不知其一，是在唐人已不知其所徵引矣，況在今日乎？君此注，實事求是，不務穿鑿，無稽勿言，不知蓋闕，誠善讀古書者也。然古書傳世既久，不無亥豕之訛，集中《齊明帝謚議》云『大足協律』，『大足』二字，不得其解。余疑『大足』當作『大疋』，《説文・疋部》疋『或曰胥字』。蓋『胥』字本從『疋』得聲，故古文或以『疋』爲之，亦猶以『哥』爲『歌』、以

『臤』爲『賢』之比耳。『大疋』即『大胥』，《禮記·王制》篇注『大胥、小胥，皆樂官屬也』，故曰『大胥協律』。作『疋』者，古文；作『足』者，誤字。雖無他證，而所見似塙。故因君求序而及之，以此而推，或有可資啓發者乎？

謝信齋《秋審條款》序

《月令》季秋之月『乃趣獄刑，毋留有罪』，注謂：『殺氣已至，有罪者即決也。』是古者決囚以季秋之月。漢制冬月報囚，非古制也。國家先陽春以布化，後秋霜以宣威，順時行戮，辟以止辟。秋審之典，列聖重之，各直省重囚其陷於辟者，有情實，有緩決，由臬司擬議而上之督撫，由督撫覆核而達之刑部，刑部堂司各官又會同大學士、九卿、科道而審定其爲實爲緩而死生之。蓋聖人矜嚴民命，其重如此，從事其間者，可不慎歟？會稽謝信齋先生誠鈞，習申、韓家言，居直隸幕府數十年。嘗受《秋讞條款》於戴蘭江少司寇，既又得《秋錄比案》一書，乃先取《條款》，一一訂正，參以己意，附以成案，合二書爲一編，千緒萬端，若綱在綱，若者宜實，若者宜緩，猶燭照而數計也。書成，擬刻之於直隸而未果，乃以授女夫陳仲泉觀察。仲泉藏之篋笥，不敢失隊，至今二十有二年，紙墨猶新，而先生已早歸道山矣。恩竹樵方伯開藩吳下，固刑部秋審處老輩也。仲泉視以此書，歎爲不刊之作，即取而付之剞劂，先生數十年苦心，庶幾不泯乎？乃刻未成，而方伯先逝，不及一見，是可悲也。仲泉與余爲同年友，屬書數言，以識緣起。余惟仲泉抱殘守缺之意，與方伯表章前哲、嘉惠來學之心，皆不可没；至其書之精審，則老於折獄者自能知之，余不習法家言，固無能贊一詞也。

《説文考略》序

吳江陳侃府先生，耄期好學，鋭意著述，生平於算學、輿地之學皆有成書，而於小學尤致力焉。先生既没，遺書乃稍稍出，余得讀其《説文考略》四卷。其第一卷爲部目分韻，蓋以便初學之檢閲。此下則博考叚借通用諸字，以及音義之正俗、古今之分合、文義之異同，字體、字音，正譌辨似，雙聲、疊韻，羅列無遺，學者奉此一編以讀，許書不第涉其藩籬，固已究其壼奥矣。先生《自序》引昌黎韓子之言，曰：『凡爲文詞，宜略識字。』余謂『識字』也者，豈惟甲則言甲、乙則言乙而已哉？果如是也，則童子束髮抱書入村夫子塾，翦紅紙作方寸字，日識四五，即謂之識字矣，何大儒如韓子猶不敢易言之，而但求略識之也？蓋識字之難，不第辨别其形聲，而尤在通知古文假借之例與古今文義異同分合之詳。不然，讀曆書而不知『注』之爲『咮』，則天文昧矣；讀《禹貢》而不知『河』之爲『荷』，則地理淆矣；讀《戴記》而不知『導』之爲『禫』，則服制疑矣；讀《周官》而不知『濯』之爲『祧』，則廟制失矣。『福陽』、『傅陽』即『偪陽』也，『明津』、『盟津』即『孟津』也，無二地也；『伯翳』、『柏翳』、『伯緊』即『伯益』也，『逢門』、『蠭門』、『蓬蒙』即『逢蒙』也，無二人也。春秋之邾國，戰國之鄒國也；《左傳》之陳氏，《國策》之田氏也；孟氏《易》有『齊卦』，即晉卦也；古文《尚書》有『柒誓』，即《費誓》也。不知其所以通，異義於是乎蠭起，而在通知古音古義者，則固無疑於其間也。此其人所謂識字者也。以毛西河之博洽，而作《春秋簡書刊誤》，猶齦齦焉辨所不必辨，然則識字難矣。先生此書，雖止四卷，而視明焦氏之《俗書刊誤》、國朝沈氏之《九經辨字瀆蒙》，轉以簡要勝之。吾願學者熟復先生此書，而推闡以盡其餘，則以徧讀秦漢以上之書不難矣，豈僅略識字而已哉？

蔣生沐《東湖叢記》序

昔孔子將作《春秋》，先聚寶書，蓋網羅放失之盛心也，之杞而得夏時，之宋而得坤乾，蒐訪古書，亦云勤矣。班固本《七略》作《藝文志》，於每書之下，往往撮舉其大旨，雖史家體例，略而未詳，然如《古五子》十八篇注云：『自甲子至壬子，説《易》陰陽。』《讕言》十一篇注云：『陳人君法度。』雖後世不見其書，而得此一語，猶可見其梗概。至宋王厚齋氏，又捃拾遺文，爲之《補志》，古書古義，賴有十一之存，厥功偉矣。自是以後，蒐遺補逸遂成一家之學。至我朝而鉅儒輩出，皆信而好古，崇實學而掃空談，若竹垞朱氏之《經義考》、義門何氏之《讀書記》，原本經史，提要鉤玄，使承學之士窺制述之藩籬，識文章之體要，而麻沙傳刻之訛，亦藉以辨别，意甚善也。海昌生沐蔣君，自十齡卽喜購書，其家藏書，甲於浙右，所得多宋元槧本及舊鈔本，既出其所藏者，刻爲《别下齋叢書》，而又有《東湖叢記》六卷，則皆記其所見異書秘籍，而金石文字亦附見焉。《自序》稱：『破籍斷碑，性所癖嗜，叢零掎拾，自備遺忘。』然其書實精審，與同時嘉興錢警石先生《曝書襍記》可相伯仲。原版燬於兵燹，哲嗣澤山孝廉謀重刻之，乃以示余，且屬爲之序。余自惟譾陋，汾河委筴，夙非成誦，何足序君之書哉？重違孝廉之請，又嘉孝廉昆仲皆能讀父書，於大亂之餘，抱殘守闕，孜孜不倦。昌黎不云乎，『固宜長有人，文章紹編劙』。余讀此編，既歎老輩人讀書之精審，而又深爲孝廉昆仲望也。

吴牧騶《小匏庵詩》序〔一〕

往時，曾文正師嘗與余言：『國家三載一開科，得舉人進士如干人，其外任封疆、内躋卿貳者，每科必有之，但有多寡耳。至於文章行世、著述傳後者，或一科無一人焉，或數科無一人焉，殆所難者在此不在彼乎？』余初聞斯言，笑而不信也。既而思之，余自道光十七年應丁酉科鄉試，廁名副榜，越七年，至甲辰恩科而舉於鄉，又越六年，至庚戌科而成進士，中間先兄壬甫太守又於癸卯科領鄉薦，余於此四科者，皆得稱同歲生，約而計之，殆不下四千人矣。其外任封疆、内躋卿貳者，指不勝屈，而求如文正所言，文章行世、著述傳後者，果幾人歟？文正難易之説，或者其信乎！雖蓄此説，不敢聞於人，乃今以序牧騶吴君之詩。君固先兄壬甫癸卯同年也，後余一科而成進士，入詞林，改官滇南，由縣令陟郡守，權觀察使。是時，滇事方棘，使君得竟其用，屏藩節鉞，安知不在指顧間歟？乃之官未久即引疾而歸，歸而徜徉於鴛湖烟水中，以文字自娱。手定其詩曰《小匏庵詩存》六卷，刻以行世，而問序於余。余讀其詩，蓋滇中之作居其大半，憂時感事之作，與夫採風問俗之詞，所謂『詩史』者也。雖至高卧鄉山，而念大難之初平，憫瘡痍之未復，所作《新樂府》諸章，沈著則老杜也，條暢則香山也，異乎世之妃青儷白以爲工者。烏呼，是可傳矣！使曾文正之言而信，則此六卷詩，亦足自豪，視世之高牙大纛者，果孰難而孰易也哉？余因序君之詩，而有感於曾〔二〕文正之言。惜文正已騎箕天上，不及以君之詩而一質之也〔三〕。

【校記】

〔一〕此序又見於光緒四年刻本《小匏廬詩存》（簡稱『《小》本』）書前，用作校本。

〔二〕曾，《小》本無。

〔三〕『也』下，《小》本多『光緒己卯四月德清俞樾撰』。

謝琴山《壽花室詩》序

道光丁酉之歲，余年十有七，初應省試，廁名副榜，蓋卽宋人所謂『待補小榜』者也，與是科鄉舉諸君例稱同年生。而余年幼，鍵一室而讀書，自族婣外，無過從者，亦未知同年之足重也。歲月不居，時序如流，丁酉至今，忽已四十三年矣。曩時同譜諸君，大半物故，檢視《題名小錄》，存者不過十之一二，同年之誼，益以增重。思其人而不及見，得見其子若孫，則幸矣；得見其子若孫，而其子若孫又能出其詩文以相示，則雖不及見其人，而如見其人，且不啻與其人同坐於一堂上下，其議論，相與劇談大笑也，則尤幸矣。嗟乎，此余所以序琴山謝君之詩也。琴山謝君，蓋丁酉同年也，余乙巳入都，則君已於甲辰歲以知縣試用於江蘇。余始終與君不一見，而今見其詩。君之詩，清而不枯，腴而不俗，合唐宋人爲一手。其未仕時，游揚州之東臺縣，主其地西溪講席者，垂二十年，友朋文字，極一時之盛，故詩有優游閑適之意。及官江蘇，中更離亂，入王壯愍、瑞勇壯兩公幕府，治軍書，參密議。江浙陷賊中，市廛煨燼，田土污萊，君實親見之，故其爲詩，或幽愁抑鬱，或悲憤慨慷，隨所遇而異。而君亦老且病矣，生平爲詩甚多，遭亂失其稿，今存詩五百餘首，皆君病中手自補錄者，是尤可寶也。余忝與君同年而不識君，幸得識君之嗣君筱珊大令，遂得從而讀君之遺詩，而君之墓草則已宿矣。聞君爲人，敦孝友，重氣誼，固不僅以詩見者。然以詩論，亦丁酉榜中一詩人也。讀君之詩，而知君之爲人，余雖不識君，亦可以無憾矣。

『春風竝轡』前後兩圖序

子潁方君，以『春風竝轡』前後兩圖見示。其前圖乃羅兩峯山人於乾隆庚戌爲立堂、蘭嵎兩先生作，皆君曾大父行，乾隆己酉同舉於鄉者也。至咸豐辛亥、壬子，距乾隆庚戌六十年矣，而君與其兄元仲先生又聯登賢書，於是有弟二圖之作。伯霜仲雪，後先輝映，何其盛與！余與家兄壬甫，於道光癸卯、甲辰先後領鄉薦，差足希君家二難之盛，庚戌同試禮部，亦嘗竝轡於春風，至今三十年，春草池塘，已成昔夢，展君此圖，殊增我鴒原之感矣。兄子祖綏，光緒丙子舉人，上溯嘉慶丙子先君子歌鹿鳴之歲，亦相距六十年，足與君家盛事，同爲科名佳話。然祖孫繩武而不克，弟兄競爽則竝轡，未易言也。圖中諸老輩題跋甚多，余方居五五之戚，不爲詩歌，重違君意。拉襍書此，世有王定保，當采入《摭言》矣。

史偉堂《思補圖》序

《傳》曰：『作《易》者，其有憂患乎？』聖人作《易》，所以示人處憂患之道也。六十四卦中，惟坎爲加憂之卦，聖人遇坎則憂之。天下之險，莫險於水，而坎實爲水，凡《易》言水、言大川，皆指坎而言。天下之凶頑，莫甚於盜賊，而坎實爲盜，凡《易》言盜、言寇、言有戎，皆指坎而言。是故坎者，聖人之所大憂也。偉堂方伯歷述生平所遇危險之事，屬其友李君永之繪圖紀之。凡厄於水者六，厄於兵者四，余合十圖觀之，歎曰：『君所遇，其皆坎象乎！』雖然，聖人有入坎而出坎之法，以坎初之離四，坎二之離五，坎三之離上，卽以離四之坎初，離五之坎二，離上之坎三，則成既濟。所謂既濟，定也，是道也，在丹家爲取坎填離之術，在吾儒卽爲息黥補劓之方，故曰：无咎者，善補過也。君以『思補』名是圖，得《易》義矣。自茲以往，成既濟定，自天佑之，吉无不利。

《金剛經句解易知》序

《金剛經》精義，惟在『無所住而生其心』一語。然此非佛氏之言，實吾孔子之言也。昔孔子論列逸民諸人，而曰：『吾則異於是，無可無不可。』夫有可，卽住於可；有不可，卽住於不可；無可無不可，卽『無適無莫』之謂；無適無莫，卽『無所住』也。是以門弟子之稱孔子，曰：『毋意，毋必，毋固，毋我。』而子思作《中庸》，發明其義曰：『素富貴行乎富貴，素貧賤行乎貧賤，素夷狄行乎夷狄，素患難行乎患難。』斯言也，所謂『無所住』也。繼之曰『君子無入而不自得焉』，則『無所住而生其心』之説也。然則《金剛經》之理，不外儒書。乃吾讀《太平廣記》『報應』一門，列《金剛經》報應，凡七卷，至一百有三事之多，如盧景裕枷鏁自脱、王令望猛獸不傷、陳利賓赤龍扶舟、劉逸淮巨手遮背，竝是《金剛經》之力。且云『冥間號《金剛經》最上功德』，『若日持《金剛經》一徧，卽萬罪皆消，鬼官不能拘矣』。此又何説也？曰：天下之患，莫大於有所住。鳥，吾知其能飛；魚，吾知其能游；獸，吾知其能走，各有所住者存焉。是故，走者可以爲網，游者可以爲綸，飛者可以爲矰。至於龍，吾不知其乘風雲而上天，彼何所住哉？不飛於叢，惡乎用吾矰？不游於淵，惡乎用吾綸？不走於壙，惡乎用吾網？《金剛經》之力，亦若是而已矣。彼惟無所住，故天地、鬼神、水火、盜賊，皆不得而傷之。佛弟子附會其説，侈爲報應，非無理也。是經凡六譯，今多行鳩摩羅什本，辜較五千二百八十七言，其精者，實與聖言相表裏，而誦習者不達其義，則見爲複沓而曼衍。乾隆間，蓬萊王巨川著《金剛經句解易知》，原《序》謂『斟酌羣言，錄長棄短，義惟求是，語不避粗』，洵初學之津梁也。姚訪梅觀察得其書，喜其切近，乃屬其妻弟張少渠大令重刊之於吳門，而問序於余。余惟歷來所記載是經功德，不可思議。王君切實指陳，發明經義，觀察又信受奉持，刊刻流傳，洵足以淑其身，壽其親矣。余於西來大義，一無所知，姑舉其『無所住』一語，比附於吾儒之學，使學者由是而進於程子所謂『活潑潑地』，則儒理、佛理一以貫之矣。

會稽王氏《銀管録》序

《柏舟》之詩曰『之死矢靡它』，固以死自誓矣。然實未嘗死也。史傳所載，若代君妻之磨笄，樂陵妃之握玦，大率迫於不得已而死，未有身處無事之時，從容閨房之内，不忍其夫之獨死，而以身從之者也。唐高宗下詔，褒賜于敏直妻張氏，令史官録之，是爲表揚烈婦之始。然張氏以一慟而絶，則亦非自殺以從其夫也。歷考前史，烈婦徇夫，宋以前未有聞，至《元史·列女傳》云：『其間有不忍夫死，感慨自殺以從之者，特著之，以示勸勵之義。』傳中所載，自李君進妻王氏以下二十餘人，皆早寡，不忍獨生，以死從夫。當時悉命褒表，或賜錢贈謚，然則烈婦之有褒表，在元時固著之令甲矣。聖朝敦崇倫紀，樹之風聲，凡節婦烈婦，咸表其閭，而儒者之論，動謂：『爲節婦難，爲烈婦易。』以節婦之節，成於百年，而烈婦之烈，或激於一旦也。嗟乎，死生亦大矣。士君子首鼠兩端，遇事變不能引決，艾炷灸〔二〕頞、瓜蒂歕鼻以偷活草間者，往往有之，而謂烈婦易乎？乃今觀於會稽王烈婦，則其難更有甚矣。當其夫根仙茂才之卒也，固已毁面截髮，誓不獨生。會其父笑庵孫公以哭女壻而亡，又扶服奔赴，躬視含斂，禮畢，仍歸王氏，送其夫之葬，乃曰：『吾可以死矣。』自是遂絶食，雖水漿不入於口。當是時，其舅勸之食，姑勸之食，其母居夫之喪不獲來，而其祖來，勸之食，然烈婦卒不爲動，不食，至七日，垂絶矣，其祖强飲以西瓜汁一桮，又七日而後絶，宛轉牀笫之間，緜歷浹辰之久，烏呼，豈易言哉！此非猶夫扼吭斷脰，一瞑不視者，或可取決於一日也。《太玄》『度』次八曰：『赤石不奪，節士之必。』其烈婦之謂矣。

其夫弟子獻孝廉狀其事實，博徵詩文，萃而刻之，是爲《銀管集》，而余爲之序。讀是集也，知烈婦之所爲，更有難於節婦者。程嬰『死易，立孤難』之説，固未可以概論，而朝廷一律表彰，意深遠矣。

【校記】

〔一〕 灸，原作『炙』，據《校勘記》改。

陳慎甫先生《退耕堂集》序

先通奉君以嘉慶丙子舉於鄉，至於今，六十有六年矣。與先君同舉之友，百不存一，每展題名小録，輒誦『雖無老成，尚有典型』之句，爲之太息。夫思其人而不見，見其姓名，如接其言論風采焉，況得而誦其詩乎？海鹽陳慎甫先生，於道光癸未成進士，而其舉於鄉也，實與先君爲同歲生。方先生宰江陰時，樾侍先君，讀書於常州，與先生書牘往來，猶及見之。已而，先生改官直隸，遷深州牧。咸豐三年，寇陷州城，先生死之。事聞，賜加道銜，世襲雲騎尉，祀昭忠祠，其他祭葬悉如例。然則先生在嘉慶丙子榜中，其亦所謂磊落軒天地者乎！樾不及見先生，而今乃得見先生之詩，蓋先生所著有《楚游集》、《五溪游稿》、《菰蘆老屋集》、《退耕堂集》，無慮數千首。兵火之後，遺佚過半。先生有令子，曰賡笙，字介石，就殘稿中考之輿地，按之歲月，編爲十卷，存七百餘首，而從其晚年所定之名，命之曰《退耕堂集》。其詩上攀漢、魏，下揖歐、蘇，求之當代，罕有倫比。蓋先生論詩有云：『漁洋詩自佳，所惜修飾太過耳。宛陵施愚山，五古最爲遒上，梅村而外，嶺南陳元孝尚可比肩，餘子皆碌碌矣。』又曰：『時髦巨手，大抵宗尚國初諸老，至于元明，俱未窺及，何論漢魏晉唐。才華日盛，根柢日薄，不讀經史，而徒於聲律中求之，是沿流而未討源也。』先生之論如此，宜其詩之高出儕輩矣。夫先生之治行有輿論，其大節有國史，如先生者，豈必以詩傳哉？然以詩論，亦自必傳而無疑。介石以廉吏子，久困場屋，棬樞桑户中，授徒自給，而手抱遺文，不敢廢墜，觚編毫络，遂有成書，其志可嘉矣。樾自先君見背以來，又三十餘年，衰病侵尋，學術荒落，乃承不棄，屬以一言序之。樾讀先生之詩，敬先生之爲人，又嘉介石之克承家學也。昌黎公不云乎，『固宜長有人，文章绍編剗』。樾願與介石共勉之矣。

潘氏《奉思錄》序

孟子稱『故國不在喬木，而在世臣』。三代而下，如漢之袁、楊，晉之王、謝，唐之崔、盧，皆以衣冠右姓，軒冕相襲，播之史策，以爲美談。我國家重熙累洽，浸仁沐義，故家遺俗，光耀不渝。而在東南，則吳縣潘氏，實爲之冠。夫江河之水，其始濫觴，豫章之木，其初拱把。《荀子》有言：『積土成山，風雨興焉；積水成淵，蛟龍生焉。』余年來僑寓吳中，與其地賢士大夫游，潘君麐生以所著《奉思錄》之已刊者一卷見示，則其六世祖敷九先生自定年譜也。先生生於順治十五年，其先世爲安徽歙縣人，自其祖筠友公以浙鹺起家，往來吳皖，而先生乃生於姑蘇之南濠。先生之父其蔚公，卜居於黃鸝坊橋，至先生又移居劉家濱，實爲潘氏自皖遷吳之祖。今吳縣潘氏，枝附葉[一]著，爵位蟬聯，皆自此始也。昔周之興也，詩人頌之曰：『凡周之士，不顯亦世。』及東周之衰，吉甫、申伯之後，皆不克繼，論者惜之。麐生美於才而工於文，其爲《奉先録》，乃所謂『詠世德之駿烈，誦先人之清芬』者，而以此卷爲首，『川廣自源』，『有開必先』，其此之謂乎！又以原譜止於康熙四十二年，時敷九先生年四十六歲，下距先生之殁於雍正二年，尚有二十一年，乃蒐輯遺聞軼事，以賡續之。杜少陵云，『藉藉名家孫』，如譽生者，信可以無媿矣。余讀此書，知潘氏原遠流長，方興未艾，《詩》所謂『不顯亦世』者，於此徵之，非徒爲潘氏一家慶也。

【校記】

〔一〕葉，原作『棄』，據《校勘記》改。

合刻歸顧朱三先生年譜序

古人重國故。所謂國故者，鄭康成謂：『若周有周公，魯有孔子。』凡釋奠於學，則必祭之，後世學宮之祀鄉賢，其昉此乎？夫十步之内，必有芳草，十室之邑，必有忠信，況高山景行，人所嚮往。是以過大梁者，佇想夷門；游九原者，流連隨會。表彰前哲，宏獎方來，意深遠矣。崑山在吴郡，一大縣也。地有山水之勝，爲人文所萃，前言往行，炳彪載籍。而若歸震川、顧亭林、朱柏廬三先生，則尤著者也。震川先生之文，二百年來，猶在人口，而其原本道德，根柢六經，實足追配韓、歐，非徒以文名傾天下者。至亭林先生之學，有體有用，綜貫百家，上下千載，於朝章國典，民風土俗，歷歷言之。其講求古音，發明古義，亦足爲本朝諸大儒道其先路，無論言漢學，言宋學，而皆以先生爲一大宗。柏廬先生，名迹稍晦，然其人實卓然一代醇儒。以父節孝先生死難，棄諸生冠服，稱『朱布衣』，居鄉教授，以博學宏辭薦，不就。其律己嚴，其接物恕，其教學者必以誠，古所稱躬行不怠之君子，先生有焉。是三先生者，雖出處不必同，而學行則同，其在崑邑，皆古所謂國故者也。金君螺青宰是邑，緬懷三先生之遺風而不可見，訪其生平行事，得邑人孫守中岱所爲《震川先生年譜》、吴止狷映奎所爲《亭林先生年譜》，乃合而刻之。以柏廬先生未有年譜，而先生所撰《毋欺録》，自順治十五年始，至康熙三十七年止，其明年，先生卽捐館舍，此四十年中，按年編纂，本末略具，是卽先生之譜也。乃刻此録，與歸、顧兩譜竝行，於是三先生事跡粲然可見矣。昔賈生常歎：俗吏惟以簿書期會爲事，螺青一行作吏，卽惓惓於是邦之文獻，訪先哲遺書而表襮之，可謂知所本矣。余與螺青有連，素聞其通達治體，長於爲政，而此一舉也，尤非俗吏所能爲，學道愛人，於此徵之矣。邑之人士，沐浴於絃歌之化，又聞鄉先生之風而興起焉，學術修明，人材輩起，皆基於此。此螺青刻三先生譜之本心，亦卽古人祀國故之遺意也夫！

《生春詩録》序

白香山『何處春深好』二十首，蓋和元微之之作，興到語耳。後人擬之者，亦不過評量烟景，料理風花，未必有深意存其中也。黼堂同年寓居武林，以《香山九老圖》中人爲西湖六橋游客。己卯之歲，嘉平之月，陰雨浹辰，杜門不出，游興小減，而吟興大來，乃用元白舊體，賦『何處生春早』三十首，蓋是歲十二月癸亥立春也。明年春，郵寄余吴下春在堂，屬以一言序之。余讀其詩，自第一首至第五首，雍容揄揚，有唐人『鳳皇池上，一曲陽春』遺韻，自第六首以下，則君一生宦蹟、游蹟，具見於斯。蓋君以文恭公季子稟承家學，遭際盛時，由監司起家，竚歷屏藩，兼權節鉞，駸駸大用矣。俄以疾乞身，怡情泉石，放浪江湖，近年游覽兩浙，徧探雁蕩、天台、普陀之勝，笠屐所至，望若神仙，綜計君之一生，蓋得春氣最多，宜其見之於詩者，風和而氣晼，每讀一過，令人如坐春風中矣。願君從此以往，長樂無極，以八千歲爲春，則白香山所謂『且喜年年作花主』者，當爲君詠之。余雖秋士，而《易林》有之『東風啓户，黔喙〔一〕翻舞，各樂其類』，亦思與君頡頏於桃花淥水間也。

【校記】

〔一〕喙，原作『啄』，據《校勘記》改。

秦膚雨詩序

楊子云：『詩人之賦麗以則，詞人之賦麗以淫。』是知古所謂詩人、詞人者，雖有則與淫之別，而麗則一也。孔子曰：『言之無文，行而不遠。』豈有不麗而可謂之文者乎？吾人立言，以古爲法，如邵康節之《擊壤集》，以理學語入詩，沿至有明，爲陳白沙、莊定山一派，則而不麗，不足與言詩也。若夫唐人溫、李之詩，寄託遙深，實古風騷之遺韻，而沿其體者，徒拾浮華，不存古意，至宋初楊、劉諸公，衍爲西崑體，則又麗而不則矣。其弊也，以韓致光《香奩》爲濫觴，極而至於國朝王次回之《疑雨集》，麗而不則，又入於淫，斯風雅之罪人矣。吾嘗持此論，以觀當代詩人之詩，求其麗且則者，今乃得之秦君膚雨。君年少而工於詩，且能爲詞曲，持律深細，異夫不知而苟作者。承以所刻詩詞乞序於余。余讀之，圓美流轉如彈丸，而無骫骳之辭，無靡靡之音，斯非楊子雲所謂『麗以則』者乎？余少時粗習爲詩詞，比歲以來，意興衰落，搖筆染翰，都無佳語，始信江文通才盡之説。甚矣吾衰，又何足以序君之詩哉？姑綴數語，如此俾學者知麗而不淫斯謂之，則《擊壤》遺音，《香匳》流弊，均詩家所不取也。

顧訪溪《四禮摧疑》序

顧訪溪先生篤學敦行，粹然爲當代儒者。其所著書，皆有體有用，有裨世道。而《四禮摧疑》八卷，則其晚年所手定之藁也。四禮者，冠、昏、喪、祭也。《王制》之言『六禮』，曰冠、昏、喪、祭、鄉、相見，而宋司馬溫公之爲《書儀》，則有冠儀、昏儀、喪儀，無祭儀，蓋合喪、祭而一之矣。是四者，人道之所尤重，舉冠、昏、喪、祭四者，而其餘鄉飲、鄉射及士相見之禮，古今異宜，南北異俗，有不必槪論者矣。明黄氏佐著《鄉禮》七卷，以鄉禮爲綱領，而次列冠、昏、喪、祭四禮，斯可謂紀事而提其要者也。國朝秦氏蕙田著《五禮通考》，本徐氏《讀禮通考》而推廣之，吉、凶、軍、賓、嘉，燦然羅列，所謂冠、昏、喪、祭者，無不包舉乎其中，誠説禮者之淵藪也。然其書浩如烟海，學者未易推尋，殆又不免乎或失則煩之弊。今先生此書，約而能精，辯而不煩，信乎好學深思，通知其意者矣。然愚竊谓：自乾隆中敕撰《大清通禮》，凡等威之隆殺，節文之次第，固已秩然大備，而士大夫家，或囿于鄉隅，習於世俗，不能一一如禮，亦無以禮繩之者，率以從俗從宜爲解。先生初定是書，實先具儀節，各繫以説，而以附論終焉。後乃專取附論損益之，成此八卷，則儀節不復存矣。先生所定儀節，必有宜乎今不盭乎古者，惜乎其不復存也。雖然，世之君子誠有志乎復禮，得先生此書而推求夫古人制禮之意，則冠、昏、喪、祭諸大端，雖不能悉如古禮，吾知其必有合矣。

杜小舫重刻《宋七家詞》序

詞源於唐，盛於宋，元明以下衰矣。國朝正學昌明，人文蔚起，實事求是，力追古初。詞雖小道，而别裁僞體，矩薙先氏，亦斷斷然不少假借，剖豪析芒，森然起例，與箋經注史同一謹嚴，此有明一代諸公所未見及者也。蓋自萬紅友《詞律》一書出，而詞之道固已尊矣。然萬氏之書，以律爲主，而不論辭之工拙，故如黄山谷《望遠行》之俳體、石孝友《念奴嬌》之媟辭，亦具録之，非所以存大雅之遺音，示風騷之正軌也。戈順卿先生，生萬氏之後，持論益精，執律愈細，以詞學提唱江左者數十年。其所選《宋七家詞》，無一齟齬之律，無一骫骳之辭，蓋自來宋詞選本，未有精於此者也。杜筱舫方伯爲詞場老斲輪，所著《采香詞》，深入宋賢之室。前官江蘇時，與竹樵方伯校刊萬氏《詞律》，今歸林下，又手自校定戈選《七家詞》，壽之棃棗，而問序於余。余謂：戈選誠善矣，然亦有沿訛而未正者，且有率臆而妄改者。今得筱舫一一訂正，不特宋賢之知己，抑亦戈氏之功臣哉！詞家奉《詞律》爲楷式，猶病其博而不精，今得此七家之詞，章摹而句倣之，格律既嚴，情文兼美，將駕元明而上，與宋賢抗手不難矣。曩者《詞律》之刻，余既爲序之，此刻也，不復掇拾舊説。惟願世之學詞者，博求之《詞律》，而又精求之此七家，則人人皆梅谿、白石也。此筱舫校刊戈選之雅意也夫！

姚子白《懷芬館詩鈔》序

昔有以詩集示袁隨園先生者，先生見其集中多『雁』字、『夾竹桃』等題，遂不復觀，曰：『非大家體格也。』是説也，余竊以爲不然。夫論詩者，當論其工否耳，如不工也，雖日擬曹、劉《公讌詩》，顔延年《郊祀歌》，何取焉？如其工也，則陸士衡之詠園葵、沈休文之詠湖鴈，何嘗不與《京》、《都》巨製竝入選樓哉？歷觀唐、宋以來，若宋劉辰翁之《四景詩》、元郭豫亨之《梅花字字香前後集》，在詩家皆爲小品，而亦未嘗不流傳至今，故知詩論工拙，不論題之大小也。秀水姚君子白，以名諸生不得志於有司，身後詩文散佚。其哲嗣鞏石、蓉裳兩君，於兵燹之後蒐輯之，得《懷芬館詩》四卷、《賦》一卷，而乞序於余。余讀其首篇，即《詠鴨餛飩》五言古詩一首，其他亦多茄牛、艾虎、晝叉、簾押之類，賦題稱是。初疑其過涉纖小，然其詩則寄託遙深，意味雋永，置之作者之列，固無愧焉。如君之詩，豈得以題之小而薄之哉？及觀楊君象濟、王君壬澤之序，乃知君詩文不自收拾，此集所存，半皆書院課作，朋舊間傳鈔而幸存者。然則題之纖小，固無怪矣。余恐讀者執隨園之説以獻疑，故書其詩集之前如此。

丁怡生《重文》序〔一〕

今所謂字，古所謂文也。《傳》曰：『物相襍謂之文。』《説文》曰：『文，錯畫也，象交文。』蓋必相交相錯而後成文。昔伏羲氏既畫一以象陽，又以所畫之一竝之爲⚋以象陰，於是文字生焉。然則文字之中有竝二字爲一字者，正如有一而又有⚋，斯固文之所以爲文矣。籀古之文〔二〕多緐重，如孖、𡨦、厵、𨏖之類，率重疊成文。而傳世既久，日趨簡易，學者既不循用，浸至失其音讀。《説文》所載，如『祘』讀若『筭』、『秝』讀若『歷』，明白無疑者，固有之矣。而如『从』之但云『兩從此』，『棘』之但云『𣍘從此』，不得其音讀者，又豈少哉？余今年曾以『兹』字音義詢之詁經精舍諸君子，或云『宜音胡涓切』，或云『宜音子絲切』，迄無定論。然則《左傳》所謂『何故使我水兹』者，宜何讀歟？丁君怡〔三〕生固精舍中高才生也，其家藏書爲大江南北最。怡〔四〕生篤學嗜古，有子勝斐然之志。余方謂：天假之年，必大有成就。孰意其秀而不實，與顔氏子同慨也。其從兄松生明經出示其遺書，有《重文》一〔五〕卷，皆就重疊成文者，如从字、棘字之類，博考諸書，求其音義，此在小學中止爲一端，然其用力固已勤矣。余因勸松生付諸剞劂，以廣其傳，使學者藉此以窺古人制字之原，其於小學也，亦庶乎導ㄑ、巜而至於巛矣〔六〕。

【校記】

〔一〕此文又見於《重文》卷首（以下簡稱『《重》本』），用作校本。

〔二〕『文』下，《重》本多『每』字。

〔三〕怡，《重》本作『奚』。

〔四〕怡，《重》本作『奚』。

〔五〕一，《重》本作『二』。

〔六〕『矣』下，《重》本多『光緒辛巳二月曲園居士俞樾書於右台仙館』。

《咸寧汪氏義莊録》序

國家含仁吐惠，一民同俗，其甄陶天下者，悉本古者『孝友睦婣任恤』之遺則，而士大夫亦能激薄停澆，啇用廣施，以副朝廷德意。故二百年來，用宋范氏義莊成法以贍其族者，所在有之，而今者又見之於咸寧汪氏。咸寧汪耕餘觀察，以縣命起家，臻歷監司，所至稱循吏。汪氏義莊，其所創建也。先是，觀察之尊甫觀瀾先生，習申、韓家言，爲諸侯老賓客，生平勇於爲善，矜孤頤老，惟力是視，而尤惓惓於義莊一事。蓋嘗述其母王太夫人之言，而王太夫人又述其祖母劉太夫人之言。兩太夫人皆以窮嫠守志，備嘗艱苦，於煢煢一鐙、形影相弔之時，慨然有九族中外、同其饑寒之意，遺命子孫，粗能樹立，必建義莊。觀瀾先生奉承先志，不敢失墜，耕餘觀察乃卒成之。烏乎，兩太夫人高誼，雖士大夫有所不逮，而有兩太夫人之貽謀，必有觀瀾先生與觀察之善繼善述，天人合應，理有固然，而天下事之有志竟成，亦卽此可見，世之媕婀不自立者，可以興矣。義莊既立，述其本末，及其章程，以示厥後。余寓吳下，與觀察善，乃得受而讀之。上以供祭祀，下以卹宗族，貧乏有養也，婚喪有助也，子弟能讀者有塾也，應試而成名者有慶也，婦女之嫠而能守者有賙也，是可謂詳且善矣。《禮》曰『善歌者使人繼其聲』，其兩太夫人與觀瀾先生之謂乎！《莊子》曰『美成在久』，其觀察之謂乎！皖之大吏，上其事於朝，又臚舉觀瀾先生生平事實以聞。詔書褒美，建綽楔於其門，錫以『樂善好施』四字。汪氏義莊於是大顯，而觀瀾先生之行誼，異時亦必列入國史孝義傳中，可以千古矣。余承觀察之意，弁言於其端，則又推本兩太夫人之遺言，庶汪氏後昆，勿忘所自，食舊德而服先疇，子子孫孫，勿替引之也。

《禮書通故》序〔一〕

自唐以前，多有以禮學名家者。宋元以來，禮學衰息，儒者説經，喜言《易》而畏言《禮》，《易》可空談，《禮》必徵實也。國朝經術昌明，大儒輩出，於是議禮之家日以精密。於衣服、宫室之度，冠、昏、喪、祭之儀，軍賦、官禄之制，天文、地理之説，皆能考求古義，歷歷言之。而彙萃成書，集禮家之大成者，則莫如秦味經氏之《五禮通考》。曾文正公嘗與余言：『此書體大物博，歷代典章，具在於此，「三通」之外，得此而四，爲學者不可不讀之書。』余讀之誠然。惟秦氏之書，桉而不斷，無所折衷，可謂禮學之淵藪，而未足爲治禮者之蓺極。求其博學詳説，去非求是，使學者〔二〕得以窺見先王制作之潭奥者，其在定海黄氏之書乎！定海黄君元同，爲薇香先生之哲嗣。往歲，吴和甫同年視學吾浙，錄先生《明堂步筵説》見示，謂與余説明堂大旨相合，余深惜不及一見。未幾，余來主講詁經精舍，始得交於君。後又與同在書局，知君固好學深思之士也。曾以所撰《禮書通故》數册示余，余不自揣，小有獻替。至今歲，又以數巨編來，則裒然成書，已得〔三〕十之六七。而余精力衰頽，學問荒廢，流覽是書，有望洋向若而歎而已。承不鄙棄，問序於余，余何足序此書哉？惟禮家聚訟，自古難之，君爲此書，不墨守一家之學，綜貫羣經，博采衆論，實事求是，惟善是從。故有駁正鄭義者，如『冕有前旒無後旒』〔四〕，『射者履物正足非方足』是也；有申明鄭義者，如『古者冠卷殊謂殊材非謂殊色』〔五〕，『婦饋舅姑，共席於奥，謂二席竝設，非謂〔六〕同席』是也。略舉數事，雖其小小者，然其精審可知矣。至其宏綱巨目，凡四十有五〔七〕，洵足究天人之奥，通古今之宜，視秦氏《五禮通考》，博或不及，精則過之。向使文正得見此書，必大嗟歎，謂秦書之後又有此作，可益『三通』而五矣。余經義麤觕，無能爲益，而所説《冠義》『母拜之』、《鄉射禮》『乏參侯道』，皆頗與鄙説合，亦未始不自幸也〔八〕。

【校記】

〔一〕此文又見於光緒十九年刻本《禮書通故》書前（以下簡稱『《禮》本』），用作校本。

〔二〕使學者，《禮》本無。

〔三〕已得，《禮》本作『又得見其』。

〔四〕『冕有』至『後旒』，《禮》本作『緌以屬武非飾纓』。

〔五〕『古者』至『殊色』，《禮》本作『冠弁委貌爲正義，或以爲玄冠者，別一説，非謂冠弁即玄冠』。

〔六〕『謂』下，《禮》本多『舅姑』二字。

〔七〕五，《禮》本作『九』。

〔八〕『也』下，《禮》本多『德清俞樾』。

錢氏《綱目考訂》序

自朱子作《綱目》，之後劉友益有《綱目書法》，尹起莘有《綱目發明》，汪克寬有《綱目考異》，孔克表有《綱目音訓》，孫吾與有《綱目音釋》，王幼學有《綱目集覽》，諸儒之書，或存或否，而其用力於此書，可謂勤矣。國朝則有芮長恤之《綱目分注拾遺》、陳景雲之《綱目訂誤》，《四庫》著録焉。乃康熙間，尚有懷寧錢氏之書。其書實精審卓然，爲紫陽功臣，而《四庫》未收，學者不盡得見，甚可惜也。錢氏名選，字枚一，學者稱『涉園先生』。康熙二十四年進士，以知縣官廣東，未半歲卽解組歸。生平致力於《綱目》一書，以九法讀之，一曰音，二曰注，猶孔氏之《音訓》、孫氏之《音釋》也。三曰考，猶汪氏之《考異》也。四曰補，猶芮氏之《拾遺》也。五曰辨，猶陳氏之《訂誤》也。六曰記，猶王氏之《集覽》也。七曰評，八曰訂，《自序》謂：卽評之稍異者。猶尹氏之《發明》也。九曰按，蓋自抒所見，有諸家之所未及者。是先生之書，集諸家之大成，得先生書，而諸家囊括其中矣。其書舊有刊本，兵亂以來，原版燬焉。同縣人楊君鳳儀及宿州邵君景書僉謂『此書不可無傳』，求得舊時印存之本，重付剞劂，兩君皆服官吴下，因介其鄉人汪耕餘觀察問序於余，以書帙繁重，不能悉致，致其弟一函。余受而讀之，如秦誅李斯，辨其月誤；漢相蕭何，辨其年誤；建武三年，書『揚州平』，時揚州未平，定爲衍文；建武十年，書『隗囂將』，時隗囂已死，決爲誤字；成帝綏和元年，封孔吉爲殷紹嘉侯，當作『孔何齊』，此人名之誤；明帝永平八年，以宋均爲尚書令，當作『宗均』，此人姓之誤；諸如此類，皆釐然有當。至謂王莽時，匈奴但可書『入塞』，不可書『入寇』，赤眉破廉丹，但可書『殺之』，不可書『誅之』，則并及書法之未當者。朱子亦宜引爲諍友，劉友益猶未見及此矣。其書名『考訂』，蓋即九法之中舉其二以名其書也。余深喜先生此書久而復顯，而楊、邵二君，抱殘守缺，爲鄉先生表章墜緒，其功亦不可没也。故紀其大略如此。

薛心農《北行日記》序

光緒六年，慈禧皇太后以宵旰憂勤，有堯癯舜黴之疾，詔徵天下通知醫術者，咸詣闕下。而浙江巡撫譚公以君與淳安教諭仲君應詔書。君乃偕仲君於七月己卯首塗，逮十月丙辰還浙江，首尾九十有八日。其中閒於八月壬寅恭詣長春宫起居，逮九月甲申，奉懿旨賜歸，首尾四十有三日。此四十三日中，辨色而入，日旰而歸，在他人處此，真所謂自朝至於日中昃、不遑暇食者矣。豈廣厦細旃之上，可以從容偃息，仰屋梁而著書哉？乃讀君所著《北行日記》一卷，又何其斐然而成章也！夫文章家排日紀行，始於東漢馬第伯《封禪儀記》，而所記止登岱一事。其後唐李習之《來南錄》、宋歐陽永叔《于役志》，所歷較遠，所記較詳，然不過山程水驛間誌游蹟而已。君之此記，則宫殿之壯麗、恩禮之優渥，與所交京師士大夫人物之瑰奇，無不備載，而又論醫、論詩、論經、論史，悉中肯綮。至其附載各詩，或紀游，或詠古，有他人支頤搖膝，竟日不能得者。而君於供奉之暇，矢口而成之，君之才自不可及，而君之精於醫亦可見矣。不然，方惴惴焉切脈、處方，懼不得當，而能以餘事作詩人哉？巡撫譚公，以君應詔，誠知人，而君異日必以名醫入《國史方伎傳》。此一編也，亦必爲《藝文志》所著録無疑矣。

徐若洲《篬蔔室詩詞》序〔一〕

徐氏爲武林望族，文敬、文穆兩公以來，簪纓相繼，至若洲先生，雖沈淪下位，然文采風流，固足紹其家聲也。惜不得志，落拓一官，不得展其驥足，而又遭逢離亂，鄉關淪陷，崎嶇戎馬之間，故其爲詩，多王郎拔劍斫地之氣，亦有《離騷》幽〔二〕怨美人香草寄託之辭。讀其詩，可知其人矣。先生年十四補學官弟子員，有《觀潮賦》一篇〔三〕，傳誦人口，使其得游承明著作之庭，豈出東塗西抹諸少年下哉？且亦安知不以勛業顯，繼文敬、文穆兩公而起也？乃位不副才，而天又不永其年，至今徒以詩詞傳。即其詩詞，亦多散佚，僅於兵燹之後、煨燼之餘得此二册，亦可慨矣。花農抱守殘編，不敢失墜，其志可嘉。余識花農於微時，即決其爲玉堂人物，今果成進士、入詞林。先生之遺意，可以少〔四〕慰；先生之遺詩，亦必將大顯於時。余既爲先生幸，又爲花農勖之也〔五〕。

【校記】

〔一〕此序又見於《篬蔔室詩詞》書前（簡稱《篬》本），用作校本。

〔二〕幽，《篬》本作『哀』。

〔三〕賦一篇，《篬》本作『一賦』。

〔四〕　少，《篋》本作『稍』。

〔五〕　『也』下，《篋》本多『光緒辛巳歲中春之月俞樾書於右台仙館』。

徐花農《玉可盦詞存》序〔一〕

溫柔敦厚，詩教也。詞爲詩之餘，則亦宜以此四字爲主。近世詩人，多好黄山谷詩，余雅不以爲然。至山谷之詞，尤多俚俗語，以此爲詞，詞之道卑矣。余於詞，非所長，而遇好詞，輒喜誦之。嘗謂：吴夢窗之『七寶樓臺，照人眼目』，蘇學士之『天風海雨，逼〔二〕人而來』，雖各極其妙，而詞之正宗，則貴清空，不貴飽飣，貴微婉，不貴豪放。《花間》、《尊前》，其矩矱固如是也。花農庶常〔三〕，風度端凝，而〔四〕詩文竝極清妙，自幼喜爲詞，皆散佚不存。光緒庚辰入玉堂後，乞假出都，自保定至津門，道中追憶，得如干首，錄爲一册，及辛巳春，示余於湖上俞〔五〕樓。余讀之，無骫骳之音，無聱牙之句，圓美流轉如彈丸，想見張緒少年時風致，蓋其所爲詞與余論詞有闇合者。昔人稱秦七詞『情辭兼〔六〕勝』，又稱梅溪詞『有清新閑婉之長，無詑蕩汙淫之失』，余於花農詞亦云〔七〕。

【校記】

〔一〕　此文見於《可玉詞》（以下簡稱『《可》本』）卷首，用作校本。

〔二〕　逼，《可》本作『偪』。

〔三〕　庶常，《可》本作『館丈』。

〔四〕『風度』至『而』，《可》本無。

〔五〕上俞，《可》本無。

〔六〕兼，《可》本作『俱』。

〔七〕『云』下，《可》本多『時清明前二日曲園叟俞樾書於右台仙館』。

顧少卿《校經草廬集》序

《校經草廬集》二卷，長洲顧少卿先生著。先生名曾，字駿少，少卿其別字也。自幼讀書，好窮經史，不屑爲章句之學。嘗游廣東，爲惠州博羅書院山長。晚年館杭州蔡氏，蔡劬庵太史念慈，其門下大生也。此集卽太史昆弟所刻，亂後失其版，其後人謀重刻之，問序於余。余讀其集，歎乾嘉間老輩學問，具有根柢，文章亦雅健有法度，非苟以浮詞悦人耳目者。當是時，言漢學者方盛，先生若不屑依附者。然論《易》不取先天圖，論《尚書》不信古文，則其大者固已得之矣。至其《與莊司臯書》，論治盜當先治內地，不當專治外洋，其言尤爲切要。天下事，徒騖乎其外，而不求之於內，未有不敝者。先生生當我朝全盛之時，所論不過盜賊而已，然其意可深長思矣。惜原刻讐校未精，余信手繙帋，而亥豕之訛，所在皆有，未知尚可訂正否？集中有《尤袤傳》一篇，蓋先生曾與修《無錫縣志》，此卽志中之文。尤文簡，固無錫人也，其傳止就《宋史》本傳稍節之，末云：『乞致仕，歸，八年卒。』則與史大異。史云：『積憂成疾，請告不報，疾篤，乞致仕，又不報，遂卒。明年，轉正奉大夫致仕。』是尤文簡卒於官，卒後始致仕，蓋宋時自有此例。此乃云『致仕歸，卒』，殆別有所據歟？余少時亦嘗客杭州蔡氏，距先生之館蔡氏，不過六七年。而先生之集，余顧未之見，今始見之，則不特先生墓木已拱，即劬庵昆弟，亦久作古人。而先生之集，乃幸存於兵燹之餘，至今又復顯於世，亦可知其文章、學問，固自有不可澌滅者存也。

《名山福壽篇》序

余築書冢於右台〔一〕仙館西南隅，李黼堂中丞用蘇文忠公《石鼓詩》韻紀之，余從而和之。已而，諸同人得『福壽』殘甎於僧舍壞垣，歸之右台仙館，余又用前韻紀之，是二詩也，屬而和者數十人。徐子花農聚而刻之，刻成，問序於余。嗟乎，空山老屋中，仰屋著書，髮白齒落，粗有成就。而狼藉於塵土之中，零落於婦孺之手，不得一顯於世者，豈少哉？余書甫成，而傳播人間，旁及海外，至區區殘稿，猶不棄捐，卜名山而藏之，入諸賢之詠歌，供後人之憑弔，造物者之於我，不太厚歟？故於茲篇之成，漫書數語，自幸也，亦自媿也。

【校記】

〔一〕台，原作『臺』，據《校勘記》改。下同。

蔡子瑾《瑤田遺詩》序

先通奉公初娶於蔡。蔡爲吾邑大姓，凡邑中之蔡，於吾皆母黨也。其較親者，爲厚齋先生，於吾爲舅氏。先生有三子，於吾皆兄弟也，其仲子曰銘珏子瑾，娶於姚，則又吾母姚太夫人歸孫也，於是又加親焉。子瑾年少而劬於學，雖崎嶇於戎馬之間，讀書不輟，尤好爲詩。其詩雖未能成家，而力追漢魏盛唐之軌度，不屑爲近世淫哇之音，則其所主者正也。如子瑾者，吾方望其必有所立也，未及三十，遽夭天年。其娶於姚者，亦不久而逝，無子與女。烏乎，悕矣！厥兄鎮璠瑜卿，輯其遺詩，得一卷，命之曰《瑤田遺詩》，以示余曰：『子瑾之所遺者止此矣。』讀其詩，蓋如鍾記室之品袁彥伯，所謂『文體未遒，而鮮明緊健，去凡俗遠』者。然其中多志微噍殺之音，殆精神渫越，有發於不自知者邪？抑所遭之時然邪？蓋子瑾以此一卷詩傳，而此一卷詩，未足以盡子瑾也。

《日本國史紀事本末》序

自古記事之史本於《尚書》，編年之史本於《春秋》，二者皆史之正軌也。至司馬子長作《史記》，於十二《本紀》略具編年之意，於八《書》稍循紀事之規，而其所尤致意者，在三十《世家》、六十九《列傳》。夫《世家》猶或備一國之始終，《列傳》則惟載一人之本末。史之作，爲一代而作，非爲一人一家而作也，乃使盛衰治亂之大散見諸臣傳中而無所統一，將何以提其要歟？荀、袁《漢紀》，體本編年，而其書不甚傳。至司馬溫公作《通鑑》，朱子之《綱目》繼之，始復《春秋》編年之舊。袁機仲又就溫公《通鑑》分事排纂，以一事爲一篇，各詳其起訖，節目分明，經緯條貫，是爲《通鑑紀事本末》。自此以後，明陳邦瞻又踵而爲《宋元兩史紀事本末》，於是《尚書》紀事之體，亦爲史家所不廢矣。日本建國東瀛，溯神武元年，在中國周惠王之十七年，以至於今，一姓相承，垂三千年矣。歷世久，則事實愈繁，紀述亦愈不易。其國舊史，有曰《六部國史》者，編年體也，有曰《大日本史》者，紀傳體也，而紀事之體，顧未有聞。於是青山博士徵文考獻，著《國史紀事本末》四十卷。自神武之開基，以至天智之中興，大寶、天〔一〕明、天〔二〕正之治，眉輪、田狹承久之變，蝦夷、凖人之叛服，平氏、源氏之廢興〔三〕，原原本本，若網在綱，其功力勤矣，其體例善矣。博士君有令子曰勇，介其國人竹添井井問序於余。余聞博士君爲東國世家，自其曾大父以來，累居史職，博士君紹承家學，蓋不止如太史公之父子相繼也。合數世之見聞，以成此書，宜其書之博而精矣。余固中朝舊史官也，而去職既久，史學荒蕪〔四〕，不足贊一辭。粗述史家體例，以弁其端云爾。

【校記】

〔一〕〔二〕 天，原均作『元』。按，天明、天正均爲日本國年號，故改。

〔三〕 興，原作『與』，據《校勘記》改。

〔四〕 蕪，原作『無』，據《校勘記》改。

《鎮海縣志》後序

《周官》外史掌四方之志。此卽後世郡縣志之權輿。自唐以來，總志莫古於唐《元和郡縣志》，州郡志莫古於宋《長安志》及《吳郡圖經續記》，其始惟詳載四至、八到、山川、鎮戍而已。自《太平寰宇記》錄及人物，竝載藝文，於是條例愈繁。蓋雖一邑之志，而全史體裁具矣。鎮海之爲縣，自隋以前屬於句章。唐始於其地置望海鎮，梁開平時改鎮爲縣，未幾又改望海爲定海。宋元明因之，而明洪武時又廢昌國縣并入焉。國朝康熙二十六年，復於昌國故址置定海縣，而故定海縣則命之曰鎮海。此今縣之所繇始矣。夫自唐至今，千有餘年，始而鎮，繼而縣，枕海跨江，爲甬東保障。徵文考獻，顧不重歟？邑之有志，創始於明嘉靖間，國朝兩次修輯。今存者，惟明嘉靖志及國朝乾隆志，而康熙間知縣王公士元、郝公良桐、唐公鴻舉所修之志則無存者矣。欲稽邑故者，舍嘉靖、乾隆兩志何觀哉？今備載其修志姓名，并錄其序，以存崖略焉。

明嘉靖志

纂修某某等備載職名

原序均備錄原文

雷金科序

何愈序

張時徹序

國朝乾隆志

鑒定某某等備載職名

原序均備録原文

陳嗚夏序

同德序

胡邦祐序

王夢弼序

自乾隆志之後，至今百有餘年矣。中間兩經兵燹，事蹟益繁，若不及今蒐討，更數十年，故老云亡，遺文散佚，歲月愈久亦愈無徵，其何以信今而傳後歟？同治九年，豐順于公萬川來宰是邑。以爲欲考來者，必觀其往，欲善後者，必監於前，乃進邑士大夫，與之參稽諸志，旁搜博采，擇善而從。凡歷數年之久，乃成書若干卷。書成，懼其體例之未能斠若畫一也，以余舊官柱下，熟習記載之文，將全稿寄余吳下曲園，俾審定之。余時居太夫人憂，而是年夏又遘内子姚夫人之變，家運轗軻，心神忉怛，學問之事，日以荒落，何足以定得失哉？重違來意，流覽一周，間亦小有獻替。捫籥叩槃，固不足爲全書之損益也。

凡纂修郡縣志，則歷次纂修之人與其序文不能不録。然一展卷，而連篇累牘不休，亦殊取厭。余重前預修《上海志》，偶出新意，於全書之末附《序録》一卷，卽將歷次修志姓名與其序文均納入其中。光緒五年,《鎮海志》成,于印波明府求序於余,因爲仿上海之例,作《序錄》一卷,其文本不足存,而此法似可用,故錄存之。

湯文端公手書《九經》跋

蕭山湯文端公,爲嘉道間名臣,清德碩望,當代罕有。余於庚戌之歲,以門生門下之門生拜公堂下,蒙賜楹聯十六字,後燬於吳下庚申之亂,至今惜之。己卯春日,其文孫伯述觀察以公手書《九經》見示,《易》、《書》、《詩》、《禮記》、《論語》、《孝經》、《孟子》、《爾雅》皆全文,惟《左傳》爲節錄本。蓋公自入翰林,以寫經爲日課,凡三寫全經,此其一也。觀其所署年月,自道光丙午,至咸豐元年,蓋公暮年之筆矣。《齊書》稱沈驎士年過八十,鐙下細書二三千卷,滿數十篋,時人以爲養身靜嘿之所致。公之所養,何愧古人?而其德望,則豈織簾先生所能企哉?《詩》云:『雖無老成,尚有典型。』敬觀翰墨,如對典型。烏呼,其可寶夫!

書王氏兩墓志銘後

王子夢薇,以其十三世祖賓溪君、十五世祖東安君兩墓志銘見示,蓋皆新出自土者。其家乘初未載,及兵亂之後,修葺先塋而得之,五百年後,復顯於世,非偶然也。賓谿君志云:宋南渡時,自汴遷吳，以善賈致雄貲，因姓其地曰『王店』。今嘉興所屬有小村聚曰『王店』，豈卽其地歟？抑吳江鄉間別有地名『王店』也？如果卽嘉興之王店，則吾與夢薇爲鄉人矣。東安君志所云『大學士梁公』卽梁儲也，《明史》稱梁儲字叔厚，而此云『厚齋』，與史小異，亦如深寧先生之或稱『厚齋』或稱『伯厚』矣。據《明史·宰輔表》，梁儲於正統五年庚午九月入閣，蓋卽賓溪君出四千斛振飢民之年，東安君受知梁公，當卽在是歲。其祖行善於鄉，而其孫卽策名於朝，亦可見爲善之報矣。東安君志爲文衡山待詔所書，而賓溪君之志，則書者爲瀩陰岳梁，名蹟稍晦，然其書實可與文待詔竝傳。他日金石家必當著錄，不止爲王氏家乘之光而已。

書岳忠武奏草後〔一〕

岳忠武十年之功敗於一旦，千古惜之。今讀〔二〕此奏，有『不出三日，掃金必矣』之語。烏乎，孰知十年之功，止少〔三〕此三日哉！真所謂功虧一簣者矣。今年二月間〔四〕，在吳下寓廬，見前明史忠正公於崇禎十六年咨漕督路振飛文書，鈐『行在兵部之印』，硃墨猶新。及〔五〕來湖上，又見此册，洵眼福矣。惟史公咨文乃當時胥吏所爲，且其事亦止咨留一將官，無大關係，不如忠武此册尤可寶也。册中〔六〕奏草八篇，申尚書樞密狀一篇，汝玉倪公題曰『忠武奏草』，乃概言之耳〔七〕。

【校記】

〔一〕　此文稿摹刻於岳廟牆壁，用作校本。

〔二〕讀，稿本作『觀』。

〔三〕止少，稿本作『所少止』。

〔四〕間，稿本無。

〔五〕及，稿本作『今』。

〔六〕『中』下，稿本多『凡』。

〔七〕『耳』下，稿本多『光緒五年三月曲園俞樾敬觀并記，時在西湖小曲園，卽所謂俞樓者也』。

書朱椒堂先生《鐘鼎款識》遺稿後〔一〕

朱椒堂先生《鐘鼎款識》遺稿四册，乃阮文達公《積古齋鐘鼎款識》之藍本，自湯文端以下諸家跋語言之詳矣。今年秋，其從孫竹石觀察出以示余。余觀一本題『鉏經堂金石跋』六字，文達以硃筆改書『積古齋續鐘鼎款識』八字，則其爲積古之先河，固無疑矣。然其中有先生原文而文達改定者，亦有文達草稿附入先生之書者。蓋文達當日本以編定審釋屬之先生，《積古齋序》固明言之，則兩家之書卽一家之書，不可得而別矣。故如商舉己卣，抹去『謂』字，改作『平湖朱某云』，此固采取先生書之明證。而如周季娟鼎引朱云『王疑是王子朝』，至《積古款識》竟云：『案，周王無徙居楚麓事，此王疑是王子朝。』不復明其爲先生之説，可見兩家之不分彼我矣。其中亦間有異同之處〔二〕，殆偶未商定者乎？然如商雕伯癸彝『雕』下一字，阮作『伯』，此作『祖』；商單父辛彝『作』下一字，阮作『好』，此作『民』；

周姬單匜弟一字，阮作『龙』，此作『奕』。觀其筆跡，實是文達手書，殆初説如此，而後又改易之也。周伯據敦有文達手書，謂『非「據」字，當作木旁虎，「椃」下「虘」字乃樝之省〔三〕。椃樝爲作器者〔四〕名字。』及觀《積古款識》，則仍作『據』字，而以『虘』字爲『祖』之叚字。周正考父鼎，先生用錢獻之、吳侃叔説，云：『蔡宣公名考父。』并述文達説云：孔子七世祖，不當作文王尊鼎，定爲蔡侯器〔五〕。及觀《積古款識》，則仍主孔子七世祖説，而以文王爲商之文丁。蓋古人著書，不厭反復詳求，文達筆削之精意，非先生此書則不可得而見矣。惟如丁師卣『叡』下一字，先生作『霝』，謂見《集韻》，阮則作『雷』，謂卽『靈』字，而又疑其辭。然則，不如竟從先生作『霝』矣。子荷貝父乙，先生云：『未詳何器。』據阮本則是商彝，豈先生當日但見其銘〔六〕，未見其器乎？然亦有此有而阮無者，如商己癸、商戊己、商父辛、商父乙、商父甲諸鼎，商尊綦壺、周吝尊、周主父乙彝、漢啓封鐙之類是也。諸器中〔七〕，多有阮筆增益〔八〕字，不知《積古款識》何以遺之。然則此書也，不特可見文達之精意，并可補《積古》之缺遺。後世講求吉金文字者，讀積古齋書，尤不可不觀先生此書也〔九〕。

【校記】

〔一〕此文見於中國國家圖書館藏《鉏經堂金石跋》（以下簡稱『《鉏》本』）稿本中，用作校本。

〔二〕之處，《鉏》本作『者』，其下并多『如無專鼎弟二行弟四字，阮作「燔」，此作「烝」；弟五行弟五字，阮作「逌」，此作「貸」；弟七字，阮作「虎」，此作「弗」；弟六行弟六七字，阮作「帶束」，此作「束帶」；弟十行弟一字，阮作「割」，謂借作「匄」，此作「周」，謂「裯之省」；又，周叔夜鼎弟二行弟八字阮作「羹」，此作「鬻」；周公華鐘弟二行弟三字，阮作「睪」，此作「擇」；周刑叔鐘弟二行弟一字，阮作「髀」，此闕；弟四行弟三四字，阮作「导屯」，此作「頓手」；周諸女匜，「諸女」下一字，阮作「舉」，此作「作」；周般仲盤弟四字，阮作「宋」，此作「午」；又如阮本商西宮父甲尊，此作「西言父甲尊」，周魚冶妊鼎此作「魚召妊鼎」，漢龍虎銅節此作「周龍節」，其所釋文亦不同，阮本弟四字「惠」、弟五字「債」、弟七字「槢」，此則作「道」、作「賨」、作「棓」。如此之類」一段。

〔三〕「梚下」至「之省」，《鉏》本作「梚下一字爲盧，乃櫨之省文」。

〔四〕者，《鉏》本作「人」。

〔五〕「器」下，《鉏》本多「良是」。

〔六〕銘，《鉏》本作「文」。

〔七〕中，《鉏》本作「按語」。

〔八〕益，《鉏》本作「損」。

〔九〕「也」下，《鉏》本多「光緒七年閏七月乙卯俞樾記」。

春在堂襍文三編卷四

張任庵同年六十壽序

余於道光庚戌成進士，前乎此者爲丁未榜，後乎此者爲壬子榜，是兩榜者，内而卿貳，外而封疆，踵相接也。吾榜介其中，稍形落寞，談者有『蜂腰』之誚。然而同榜諸君子，實多奇偉英俊之士，其秉心公亮，方圓可施者，不乏其人，蓋以榜運論，雖若少遜，以人材論，固不居丁未、壬子後也。余頻年僑居吳市，霄漢故人，日就疏闊。而任庵觀察張君，適需次江蘇，乃余庚戌同年也。追惟曲江游宴之雅，迄今二十有九年，而君之齒亦既六十矣。吳下諸君子與君同官者，咸願爲春酒、介眉壽，而屬余文之以言。余既有同歲生之誼，而君數十年來政績之卓卓可傳者，又惟余粗知其略，然則，安敢以鄙陋辭哉？竊惟吾榜中奇偉英俊者，固所不乏，而如君者，尤余所心折者也。君以弱冠游庠，每試輒冠其曹。己酉領鄉薦，庚戌捷南宮，釋褐授山西嵐縣令。其地爲隋時樓煩故郡，林麓黝儵，風俗善良。君鳴琴治之，不勞而理。舊無書院，乃集秀艾之士，月一試之，出奉入所赢，爲士子膏火之資，每進諸生，討論經史，兼爲講說宋五子書，一時化之。若鮑德之在南陽，任延之在武威焉。瀋陽爲我朝豐沛舊都，陪京重地。君以首善之邦，宜先清犴圄，以昭聖世時雍之化。維時簿書填委，積至二百餘事，君於一年之内掃在而空之，疑獄數事，立與平反，父老歎爲霹靂手。相國倭文端公方兼尹事，以之上聞，璽書褒美焉。及其牧寧遠州也，有姚氏者，以季父與兄之子訟，紛拏不解，垂十年矣。君曰：『父子無獄，兄弟之子，猶子也。』反復開導，各流涕而去。昔韓延壽治昆弟之獄，閉閤自咎，梁彦光治母子之獄，使觀韓伯俞像，所謂以德化民者歟？寧遠，古柳城也，實爲夷庚孔道，往來之衝。君下車之始，四郊多壘，東則義州，西則永平府，皆以民變戕官圍城，而島夷之内犯者，飛艫巨艦〔一〕，雲集乎其南。大盜李鳳奎聚黨萬人，驫驫喬乎其北。君親率摶〔二〕力勾卒禦之四竟，禽殘翦猾，綏爰有衆，故雖寇在其垣，而民不知兵，沈鋒靜柝，遂以無事。緬維中興以來，朝廷旁求熊羆之士，不二心之臣，凡有守一城、捍一邑，俾封狐雄虺不薦食我黎甿者，輒不次用之，往往以守令之官超擢監司，甚或總十連而督八州，赫然居都府之重。若君之在寧遠，其龍驤鳳矯之略，抱冰握火之誠，亦豈有恧歟？而依流平進，曾無超棘之兆，何也？得無庚戌榜運，實有以使之然乎？然君之居憂而僑寓於晉也，今相國香巖英公方爲晉撫，實奉大廷密諭，以君性情樸實，勇於任事，宜量加委任。漢丙吉所謂『朝廷已知弱翁治行』者，不以此徵之乎？英公命君佐理團練之事，豫寇疊犯茅津，以備嚴不得渡，君與有力焉。及其來江蘇也，先攝行丹陽縣事。丹陽爲賊踞最久，收復之後，彫攰尤甚。君招集流亡，開墾田畝，餓者予之糜，呱者予之乳，開横舍以課士，修祠宇以祀神，辭訟以平，賦役以均，良善者右之，暴亂猶犯命者嚴治之，丹陽大治。時曾文正公及今相國合肥李公皆大奬異，曰：『佳乎吏也。』乃使之宰吴縣。吴縣漕糧甲天下，輸納者舊有大小户之分。君一律徵收，無所偏徇，創設恤孤堂，凡幼而無父者鞠養之，教之讀書，教之技藝，又設官醫局，疕瘍皆造焉。他如平江書院及昭忠祠、節烈祠以及韋白、周況之祠，諸載在祀典者，繕完葺之。百廢咸舉，而其所以爲治者，悉與丹陽同，吳縣亦大治。積優成陟，報最於朝，詔以知府用，加道銜焉。君恂恂儒雅，雖任繁劇，不廢丹鉛。所著有《鑑古齋稿》、《仕學類編》、《臨民隨筆》諸書，蓋學古入官之君子也。諸公子稟承家學，咸克有聞於時，而其長君以孝廉方正徵，砥學勵行，尤爲鄉里推重。其弟三子中書君，以癸酉举人，成甲戌進士，適與君之以酉、戌聯捷若合符節，士林艷稱之。哲配吳夫人，事舅姑以孝，治家以儉且勤。長君二歲，其生辰後君一月。一以仲春，一以季春，桑弧繡帨，後先暉映，時和氣晼，草長鶯飛，於以祝延齡而慶多祉，不亦美歟？余切人不媚，不爲浮詞，惟願君康強逢吉，眉壽無疆，異時治績彰著，天子用漢廷黃霸故事，徵拜三公，使海内知庚戌榜中固多奇偉英俊之士，而爲談榜運者一雪此言也。則余雖跧伏田野，與有榮施矣。

【校記】

〔一〕 艦，原作『艫』，據《校勘記》改。

〔二〕 摶，原作『搏』，據《校勘記》改。

吳母張太夫人八十壽序

光緒建元之四年，太歲在著雍攝提格，子健大中丞以壽母張太夫人行年七十有九，乃卜正月之吉，於吳中節署預稱八斛之觴，禮也。其時游列戟之門，登戲綵之堂者，莫不卷韝鞠跽，奉觴而雅拜，善頌善禱，華藻雲飛，誦窈窕德象之篇，寓眉黎臺駘之祝。於是吳下搢紳先生及四方士仁之来游於吳者，咸就樾而謀，俾獻一言，以侑兕觥，以祈黄耇。然樾西浙之鄙儒也，聞見偏隘，語言樸陋，奚足以焜緑純而耀彤管哉？既而思之，伯陽父有云：『美言不信，信言不美。』昔歲太夫人七十生辰，中丞方官京師，將乞壽言於輦下諸君子。太夫人貽書戒之，曰：『余生平無他長，恭儉勤慎，至老不渝，但當紀實，無取諛詞。』然則獻言於太夫人者，豈必比物荃蓀，連類龍鸞，矞矞煌煌，以瓌瑋連犿爲能哉？亦紀其實而已矣。竊嘗三復太夫人之嘉言懿行，爲之淵乎深思，而不禁有感於孟子之言，所謂『將降大任於是人，必先苦其心志，勞其筋骨』，斯言也，爲傅説諸人言之，似非閨門之内婦德母儀所可比擬。然事雖不類，而理則相同。方太夫人之歸贈光禄公也，婉嫕淑慎，不愆於儀。其事贈公也莊以敬，其事祝夫人也柔以恪，凡女君所有事者，率以身任之，上而營蘋蘩行潦之薦，下而具秋韭冬菁之饌，籯筥桶檶焉，鍼管線纊焉，尊者之廁窬，兒童之褿褯，煩擱之，肸飾之，未嘗以倦覫告。當中丞之始生也，因積勞，故乳湩不繼，煮米作糜，擣粉爲餌，以止輖饑。中丞少時，有伏瘕之疾，職是故也。卽是以徵，而太夫人之黽勉有無，不遑寢饋可以想見矣。夫來伸往屈者，羲《易》之微言也；前沈後揚者，《越書》之精語也。人徒見太夫人之緜福絣齡，增榮益譽，從而詠歎之歌舞之，而不知數十年來動心忍性，如此其勤瘏也。其在《太玄》曰：『蒼木維流厥美，可以達於苞瓜。』蓋造物者不妄以福澤予人，雖聖賢君相，必先使閲歷艱難，然後錫之以多福，故孟子所言爲千古不易之論，事有大小，其揆一也。以太夫人之令德，又克勤於厥職，祥源福緒，積愈厚而流愈光。中丞起而承之，宜其金榦玉楨，倜然不可及矣。當中丞爲諸生時，已負文武幹濟。咸豐八年，粵寇犯固始，圍其城。中丞佐邑令張公，力求捍禦之法，罥以鐵鏁縱礧而昇之，又穴浚塹，寘壺鐳瓶甀以偵之，備梯、備突，悉如古法。三閲月而圍解，一時翕然稱知兵焉。旋舉於鄉，至庚申而成進士，以朝考第一人入詞館。羣公卿士，咸知中丞以文通而兼武達。俄有詔，使從團練大臣毛公治兵於中州，敽干敹甲，鳩然成軍。轉戰陳、宋、汝、息之間，稜威首塗，多壘雲徹，麾城摲邑，若振槁，若撥虆。其受主知而膺大任，基此矣。天子疇咨海内，並建豪英，冀得非常之人，以副不次之遇。中丞乃由翰林學士拜湖南布政使，登文石之陛，涉赤墀之塗。兩宮皇太后召對，垂詢太夫人年齒，并問：『汝母同行否？』拳拳慰問，恩意有加，方之古人所謂馮親入舍、荀母從官，未足喻此榮遇也。屏藩南楚，未逾再稔而拜鄂撫之命，一歲三遷，由鄂而皖，由皖而蘇，節鉞所臨，奉慈輿而俱至。太夫人安神閨房之内，優游北堂之上，頤性養壽，有睟其容，猶以爲清福者，造物所忌，深有味乎？魯敬姜之言『君子能勞，後世有繼』，是故貴而勤，富而儉，持盈以約，處泰而謙，夕惕若夤，不敢自暇自逸，則太夫人之恭儉勤慎，至老不渝，信而有徵矣。中丞之爲湘藩也，湘中莠民羣聚爲亂，太夫人謂『天地好生，朝廷仁愛』，命中丞解散其黨，毋多戮。一言省刑，所謂仁人之言，其利溥也。及来江蘇，適江北州縣有荒於旱者，饑民就食南來。太夫人出己貲助施粥，又命中丞捐貲爲僚屬先，集銀盈萬，資遣北歸。嘗讀《後漢書·崔寔傳》，寔母有淑德，博覽書傳，常訓以臨民之政，寔之善績，母有功焉。以太夫人方之，亦何愧乎？當百卉含蘤之始，爲八十常珍之慶，太夫人御貂裘，扶鳩杖，拜綠純黄玉之誥，而羅金罍玉觴之奉。樾以年家子拜宣文君堂下，不敢以風語華言瀆陳清聽，敬體太夫人雅意，紀實而陳之，且推本其所以致此之由，皆所謂切人不媚者。太夫人聞之，或亦听然而笑，不以尋常鞶帨之詞屏之乎？

其二 爲文澧帥作

昔後漢馮勤之母，年八十，每會見詔，敕勿拜，謂諸王曰：『使勤貴寵者，此母也。』又，宋王禹偁母，嘗至禁中，賜寶冠霞帔，問所以教子，對曰：『幼則束以禮義，長則訓以詩書。』太宗歎曰：『孟母也！』此二母者，皆以生有賢子，名動九重，天語褒嘉，流傳史策，豈非笄珈之至榮，閫門之盛事歟？乃今又於吳母張太夫人見之。方子健中丞之官翰林也，兩宮皇太后召見，問母年歲，又問精神如何，及開藩南楚，又承垂問『汝母同行與否』。兩宮皇太后加意大臣之母，拳拳慰勞，恩禮有如此，固聖朝孝治天下之至意，而非太夫人之賢，其何以膺多祉而承異數歟？太夫人之教子，一以詩書禮義爲主，而今歲七旬晉九，開第八帙，又適與馮母年歲相符。春日載陽，風和氣晼，吳下諸君子，瞻慈姥之峯，拜宣文之坐，咸願作爲詩文，博太夫人之一笑。珠零錦燦，華藻雲飛，而屬文彬爲乘韋之先。文彬以一江之隔，未克登堂拜母，然同官爲寮，式瞻清懿，敢不揚扢而陳之。惟太夫人以清門淑質，及笄而歸贈光祿公漪園先生，小心翼翼，受命不遷。事贈公及祝夫人，前後五十餘年，莊以敬，和以順，撫嫡諸子，推燥居溼，咽苦吐甘，與所生無異。佐理家政，上而春秋魚菽之薦，下而晨昏井臼之事，無一不身任其勞。數十年中，未嘗一日坐而嬉也。當中丞之生也，太夫人方佐贈公暨祝夫人治先人大事，千緒萬端，寢饋不遑，焦肝灼肺，乳湩告竭。乃煮糜粥，和餖餌粉餈，以就口食。食而不化，結痛在腹，厥病爲伏瘕。太夫人曰：『是脾病也。脾之言裨，宜用良藥裨益之。』十齡以外，乃始有瘳，即此一端，而太夫人之勤於所職具見矣。《傳》有之，『賢者急病而讓夷』，《詩》有之，『恩斯勤斯，育子之閔』，斯可爲太夫人誦焉。嘗撫中丞而勉之曰：『吾先後生子三，惟汝獨存，而幼極羸弱，今幸成立，宜守身自愛，勿忝所生。』中丞稟承慈訓，益劬於學。玉楨金榦，大顯於時，自爲諸生時，已卓然有聞矣。咸豐七年，固始大饑，謂中丞曰：『先公在日，與祝夫人俱好施與。冬寒則衣之衣，吾手紉也，夏暑則藥之藥，吾手丸也。今餓莩相望，其何以承先志哉？』中丞奉命，乃謀於同人，用黔敖故事，爲粥於路，以食餓者。其明年，有寇自亳來，圍其邑，激矢蝱飛，礟石雷駭，十有九日，烽火燭天。太夫人在危城中，處之夷然，命中丞與諸兄率族人以登陴，勖以勿怠，慰以勿恐。是歲之秋，粵寇又大至，長圍外合，潛隧内攻，木石將盡，樵蘇俱困。中丞與於守城之事，用墨子備梯突、蛾附之法，佐邑令張公捍禦强寇，無晝無夜，棲止敵樓。偶一歸省起居，太夫人必詳問賊勢盛衰及戰守機宜。其後賊穴地發機，火烈具舉，城東南隅陷焉，用木石楮柱之，危於累卵。太夫人陽陽加平時，曰：『是有命也。』自冬至春，三閱月而圍始解。中丞經文緯武之略，於此可見一斑，而太夫人之深識定力，亦迥〔二〕非恆情所可企矣。中丞旋舉於鄉，至庚申而成進士，以朝考第一人入詞館。廷議推重，有禁中頗牧之譽，詔隨團練大臣毛公以搏力句卒之法保衛鄉里。嗣是崎嶇戎馬，轉戰於陳、宋、汝、息間，屢瀕于危。太夫人勉以戮力爲重，嘗舉霍票姚『何以家爲』之語爲中丞勖。數年中風纚露沐，不遑啓處，麾城撕邑，掃清逋殘，中丞之受主知、膺大任，蓋始基於此矣。故雖以嚴徐東馬之才，備文學侍從之選，天子知其才可大用，試之屏藩之任，於是有湖南布政使之命。逾年而撫鄂，俄自鄂而撫皖，又自皖而撫蘇。國家以翰苑爲儲才之地，東垣上相，西垣上將，咸隸文昌，然出承明而膺節鉞，一歲三遷，未有如中丞之速者也。太夫人安車就養，傒福貞貞，規筴榘模，遇事垂範。

方中丞之莅湘也，湘中莠民，麕集爲亂。太夫人曰：『天心仁愛，宜仰體聖慈，俾就解散。』及中丞來蘇，適奉朝命籌議海防，太夫人曰：『爲政當持大體，勿遷就目前，留貽後患。』此其所見，度越尋常，豈僅丸熊畫荻之戔戔者乎？去年，江北州縣有荒於旱者，饑民就食而南。太夫人出貲千緡，以助施粥，今年又命中丞捐貲爲倡，集金巨萬，遣送北歸。《語》曰『仁者壽』，宜太夫人之縵福絣齡，虹洞無厓也。方今天子，敬奉兩宮，蒸蒸至孝，推恩於大臣之母，有加無已。太夫人年登耄耋，神明不衰，異日以百齡壽母恭逢慶典，嘉錫便蕃，優禮隆密，視前所稱馮勤、王禹偁之母，必有大過之者。文彬幸與中丞同官，當得與聞其盛也。

【校記】

〔一〕迥，原作『迴』，據《校勘記》改。

其三 爲沈制府作

光緒建元之四載，天子方敬奉兩宮皇太后，琱輿彩仗，鳴玉慈庭，尊履蒸蒸，奉承洪業。於是蒼烏見而延嘉生，織女明而鉤鈐耀，一時士大夫家，咸有眉黎之壽母，祥流喜洽，雲蒸川增，蓋非徒聖世之祥實，亦兩宮皇太后曼福絣齡之兆也。方春始和，溫氣應節，百卉含〔一〕藹，萬物棣通。大中丞子健吴公，於三吴節署爲尊慈張太夫人稱八斛之觴，蓋是歲太夫人行年七十有九矣。古者奉觴上壽，非有常期，以歲之正，以月之令，爲此春酒，以介眉壽，禮也。吴中諸君子，莫不披華啓秀，傾液潄芳，以將其善頌善禱之意，而屬葆楨以一言爲乘韋之先。雖然，玉笈金箱之記，翠嫣元扈之册，固有識者所嗤鄙，豈是以陳於宣文君之前哉？往歲，太夫人行年七十，中丞方官京師，徵文於其僚友。太夫人戒之曰：『余生平無他長，惟恭儉勤慎，至老不渝，但當紀實，無取諛詞。』竊敬體此意，即以太夫人之言爲太夫人壽，徵之壼史，考其大端，屏浮詞而紀實事。惟太夫人之歸贈光禄公漪園先生也，堂上固具慶，饘酏酒醴，佐女君而敬進之，請漱請澣，必以其時。其事贈公也，莊姝而禮，其事祝夫人也，淑嫕而和，數十年中，無纖芥之失。溫溫恭人，維德之基，於斯覘之矣。此太夫人之恭且慎也。嘗訓中丞曰：『自汝曾祖以來，蟬冕交映，台衮相襲，凡四世矣。語有之，「再實之木，其根必傷」。宜戒子孫，毋蹈世族奢淫之習。』故其生平務以節儉爲家人表率，一衣一帔，非敝不易，雖副笄六珈，象服是宜，然所曳婁者，往往猶微時笥中物也。此太夫人之儉也。贈公以名翰林官西曹，陳情歸養，絶意仕進，終身以泉石自娱，不屑屑於家人生產，而祝夫人又體弱善病，故家政無巨細，悉委之太夫人。井臼焉，刀尺焉，節羹䭔粥，以祀先人，衽衳醳皻，以撫諸子。有無黽敏，朝斯夕斯。當中丞之生也，以積勞故乳湩竭焉。爲粥糜以飲之，和饃餌粉餈以食之，其勤恁可想矣。近歲以來，安神閨房之内，優游北堂之上，宜乎頤性養壽，與物爲春。而太夫人顧有味乎魯敬姜之言，曰『君子能勞，後世有繼』，無日不進諸孫而忞慔之曰：『清福者，造物所忌，自暇自逸，非吾所敢出也。』此太夫人之勤也。夫恭慎若彼，儉且勤若此，太夫人所自道者，洵不虛矣。乃更有出於恭儉勤慎之外者。當中丞爲諸生時，適粵寇犯固始，圍其城，長圍外合，潛隧内攻，彤珠星流，飛矢雨集，羣情猶猶與與，傀焉若不可終日，已而焚杅燒掇，屋瓦皆飛。太夫人處之夷然，曰：『是有命也。』命中丞從縣令張公登陴固守，高臨有備，蛾傅有備，梯突有備，凡三閱月而圍解。

中丞以知兵聞於朝，實始於此，賢母之教也。是太夫人持身慎而遇事勇也。方中丞之爲湘藩，適湘中有莠民，嘯聚爲亂，或議芟夷蘊崇之。太夫人曰：『是非所以體朝廷德意也。』命中丞殲厥渠魁，餘皆繫殺，遂以無事。及中丞移皖撫之節，來撫三吳，江北州縣有荒於旱者，流民就食，渡江而南，萍浮蓬轉，不遑啓處。太夫人命中丞捐俸錢，爲僚友倡，而又出己貲助之，用齊黔敖故事，爲粥於路，以食餓者。春和氣晼，遂予以資糧扉屨，使得扶老攜幼，繦負而歸。屨縷之氓，謳吟盛德，厥聲載路。是太夫人之治家儉而惠下仁也。中丞出方雅之族，負文武榦濟，而又稟太夫人之教，故能蜚英騰茂，大顯於時。由翰林起家，敭歷中外，出承明之廬，而即受方牧之任，未逾再稔，遂授節鉞。當其登文石之陛，涉赤墀之塗，兩宮皇太后召對，詢及太夫人年齒精神。雖古人所謂『馮親入舍，苟母從官』，不是過也。此固中丞之立身揚名，自顯其親，而太夫人之令德，獲報於天，亦至優且渥矣。自此以往，康強逢吉，眉壽無疆，以德門之壽母，爲熙朝之人瑞，增始昌而永極長。葆禎幸與中丞同官江南，與聞盛事，而爲官守所拘，未克登堂上壽。謹献此言，以侑春酒而祝臺萊，與太夫人但求紀實，無爲浮詞之雅意，庶幾其有合乎？

【校記】

〔一〕含，原作『舍』，據《校勘記》改。

其四 爲許信臣前輩作

昔在道光中葉，乃釗奉使中州，典司學校。行部申、息間，踰春風之嶺，登修竹之臺，其地爣朗，其人威紆，文物之盛，甲於兩河。而固始吴氏，尤爲衣冠著姓，蟬冕交映，台衮相襲。於其時識今大中丞子健吴公焉，玉質金相，英髦秀達，懷文抱質，鷹揚其體，望而知爲當代之名人魁士矣。光緒之初，中丞移安徽之節，來撫三吴。下車逾年，適江北州縣有荒於旱者，屨縷之氓，就食南來，流飄千里，道盡途殫，扶老攜幼，不遑啓處。中丞以太夫人命，捐廉俸爲僚友倡，而太夫人又出己貲以益之。饘粥焉，袵席焉，資糧扉屨焉，俾萍浮蓬轉之人，隱隱得所，時和氣畹，襁負而歸。於是塗懽里忭，咸含和而頌太夫人之德，曰：『是殆所謂天布者乎！』昔罕樂以陽施長世，景惠以陰德遐紀，宜太夫人之登壽車，行福塗，翔禨集嘏〔一〕，虹洞無厓矣。乃釗作而言曰：『諸君子但知其一，未知其詳也。乃釗幸得在通家之列，蓋嘗讀其壼史，而知太夫人富仁寵羲，裳信衣忠，有非尋常婦德所能及者，請揚扢而陳之。』太夫人之歸贈公漪園先生也，佐祝夫人庀家政，剖豪析芒，巨細咸舉，撫嫡諸子，推燥居溼，擁樹之，餔啜之，與所出無異。中丞之生也，太夫人以疲羸劵御，乳不流湩，乃煮米使糜爛，和餌餈之屬，黏敹而食之。中丞齠齔之歲，恒有癥瘕之疾，職是故也。贈公及祝夫人晚年多病，稱藥量水，出入扶持，惟太夫人是賴。常有味乎敬姜勞逸之言，故雖中年以後，可以少休，而瞿瞿然不敢自暇自逸。聚諸孫而課之，所謂『民生在勤，勤則不匱』者，一日之間三致意焉。當粤寇之犯固始也，中丞以諸生從縣令張公守城，外則隆衝以攻，内則渠幨以守，鼓角鳴於地中，梯衝舞於樓上，焚杅燒掇，屋瓦皆飛。太夫人處之夷然，曰：『是有命也。』其雅達而聰哲，爲何如歟？中丞既成進士，入詞林，朝議以其兼有隨陸之文、絳灌之武，爰命從團練大臣毛公治兵中州。由是纚風沐雨，轉戰陳、宋、汝、息間，兔起鳧舉，若奉漏甕而沃焦釜。太夫人勉以戮力王事，無以家爲念，用能禽渠翦猾，所至有功。昔唐畢諴以學士召對，論列破羌之狀，懿宗大悦，謂：『不期頗牧在吾禁署。』中丞以詞臣躬履行間，視古人有過之矣。天子知其才可大用，由翰林學士拜湖南布政使，未再稔，遂授節鉞，由鄂而皖、而蘇，一歲三遷，爲人臣希有之遇。其始赴湖南也，兩宫皇太后召對便殿，問太夫人年歲精力，又問『汝母同行否』。拳拳之意，厚地隆天，非太夫人之賢，其何以副此異數乎？竊嘗聞於中丞，而得二事焉。其官湘藩時，適湘中有莠民煽亂，或議禽獮而草薙之。太夫人曰：『毋。朝廷寬大，若劓殄無遺，非所以副德意也。其解散之便。』此太夫人之仁也。及中丞甫至江蘇，奉命籌議海防。維時，風車火礮之民麕集於内地，持羈縻之議者率多依阿其間。太夫人曰：『毋。爲政宜持大體，若過於遷就，何以善其後乎？』此又太夫人之智也。仁且智，是謂賢矣。太夫人之賢如此，宜其享大年而受多祉。仁者之壽，智者之樂，備集於一身也。歲在著雍攝提格，太夫人行年七十有九矣，中丞乃於節署稱觴，預慶八帙，禮也。古者奉觴上壽，非有常期，以歲之正，以月之令，爲此春酒，以介眉壽。吴下士大夫登戟門而拜猊座，咸欣欣然有喜色而相告曰：『此盛世之休，亦三吴之慶也。』以瓌瑋連犿之辭，寓眉黎臺駘之頌，星稠綺合，瓏瓏其聲，極文章之大觀矣。惟是往歲太夫人七十生辰，中丞徵詩文爲壽。太夫人戒以『但當紀實，毋爲諛詞』。然則辭宏意淺，飛蓬不賓，雖復含跨劉、郭，陵轢潘、左，豈太夫人所樂聞哉？乃釗幸與中丞有一日之雅，獲聞太夫人珍禕懿鑠之行，知其上承聖朝恩命，而下詒令子賢孫無疆之休者，固自有在。謹舉其大端著於篇，若夫閨門之瑣節，鞶帨之恆詞，固不足以陳於前矣。

【校記】

〔一〕 蝦，原作『蝦』，據《校勘記》改。

譚序初觀察五十壽序代吴子健中丞作

徐州，古彭城也。地形便利，人民勇悍，爲南北之襟要，而秦漢以來用武之地。昔東坡守徐州，上言其地三面被山，其城三面阻水，其民皆長大，膽力絶人，喜爲剽掠。是以項羽既入關而還都彭城，魏太武以三十萬衆攻彭城不能下，其險要可知矣。自宋至今，又數百年，而山川、風俗未改於昔。國家特設徐州道一員，轄邳、宿、銅豐、桃源諸州縣，而駐徐州，於以蔽遮江淮，聯絡梁、宋，固視他路尤要哉！光緒四年，徐州道缺員，制府沈公與元炳合言於朝，請以蘇州府知府序初譚君權攝是職。誠以除暴安良，整紛剔蠹，非得開達理幹、綜事精良如君者，不能勝任而愉快也。君以銅虎符權觀察使，舟大者任重，馬駿者遠馳，一道福星，行有日矣。而是歲二月，其日壬辰，爲君五十初度。同官諸君子咸願以一尊爲壽，而屬元炳爲揚觶之言。元炳幸與君周旋，雅知其治行，誼固不得而辭。然而祝嘏之浮詞，非君所樂聞，亦非鄙人所屑爲也，請爲諸君子徵其實。君於己未歲登賢書，壬戌歲成進士，旋膺清華之選，以文學備侍從。羣公卿士，咸器重之。在翰林時，已負重望，内制外制諸文，半出其手。玉堂清要之職，擇人而任，君久於其事，學士院咨報中書、樞密，多所裁定。京兆之試，兩充分校官，所得皆知名士。俄行取江西道監察御史，天子知君之才，命督理五城街道，兼巡視中城。於是奏改爐房銀市章程，以杜積弊。又鑒於唐代回紇之留京師者，創造邸第，或伏甲其中，出中渭橋與軍人格鬭，乃申明先王荒服之制，嚴戎夏之辨，而峻出入之防。有輸金幣欲易地一區者，力持不可。方是時，君猶爲京朝官，而風采隱然，孔愉公才、丁潭公望，已兼而有之矣。元炳雖與君同官京師，然以從戎中州，方轉戰於陳、宋、汝、息之郊，崎嶇戎馬，不遑寢處，以故相從之日較淺。及奉命撫吳，而君適以臺諫出守南蘭陵，於是其風政修明，卓然比美於古之龔、汲、張、杜者，乃有以得其詳矣。君之治郡也，令則行，禁則止，法之所及，如百體之從心，綱維補緝，隨宜經理，完殘奮怯，皆有條次。仁如春陽，威如秋霜，銅斗鐵尺，市不豫賈。常州所屬有馬蹟山者，島嶼緜邈，林麓黝儵，時出田豕，殘民禾稼。君躬履其地，搜原剔藪，籠山絡野，青滕白豵，聚而殲旃，殆所稱『亂羊永除，害馬長息』者乎！胠篋發匱之盜，每於歲暮，踰人牆垣，竊人金玉，蚤彖雖有沈命之法，莫之能禁。君嚴定相保相受之令，每十家輒使縣一鐙，萬喧沈寂之時，蠟烟如纛，照耀街衢，宵人望而裹足，比户晏然，犬足生氂，毘陵之民，至今稱焉。及移守姑蘇，政如其舊，而益之以沈毅之力。以吳下爲繁華淵藪，女閭三百，相沿成俗，乃痛治之，姏婆婦駔，有犯必懲。又以市所用錢不如律令，斑駮黑澀，風飄水浮，乃稽大農成式，每一錢以重二銖八十有八黍爲率，著爲金布，令甲罔敢踰焉。至於海外腐腸之藥，流毒中國，逐臭之夫，趨之若鶩，通闤帶闠之間，桑户棬樞，籧篨葦席，抽簪招燐，熒熒相望，談者比之嵱山之鬼市，藏垢納汙，無所不有，不軌之徒，麕集其中。君尤惡之，有厲禁焉。昔元公治周，設萍氏以禁酒，況其弊百倍於酒者乎？首匿知從之律，正宜施於此矣。大都君之爲政，有冬抱冰、夏握火之誠，有石不奪堅、丹不奪赤之志，故始雖羣情疑殆，嘖有煩言，終能析愿禁悍，化鴟爲鳳。其聽獄訟，高坐堂皇，縱民觀聽。苞苴竿牘，不敢入其門，左右便辟，不能食其意。下車未及再稔，而走卒兒童，謳吟德政，若廉州之歌顔有道、澶州之頌韓大中矣。漢時二千石有治理，輒以璽書勉勵，增秩賜金，或爵至關内侯，公卿缺，則選諸所表，以次用之，故漢之吏治，比隆三代。方今天子，勤求上理，加惠黎元。君起家詞臣，出而典郡，政平訟理，積優成陟，丙吉所謂『朝廷已知弱翁治行，方且大用』者，可計日而待，彭城之行，爲之兆也。君精神淵著，家門鼎盛，諸公子金友玉昆，後先輝映，其長君已官農部矣。春日載陽，氣和時晼，爲春酒以介眉壽，三吳父老，咸懷去思，而黃樓之下，歌來暮矣。不才忝持使節，深幸與君同官，得以相助爲理也。因臚舉君之善政而著於篇，以自附於古朋友見善相告之義。視彼祝嘏之浮詞，庶有異乎！

嚴母王太淑人八十壽序代錢湘吟同年作

《詩·大雅·既醉》之八章曰『釐爾女士』，鄭康成以『女士』爲『女而有士行者』，又繼之曰『從以孫子』。康成謂：『生賢知子孫以隨之。』然則子孫之賢且知，固由祖若父之積善餘慶，而亦由於其母之賢，於《詩》固有明徵矣。雖然，《斯干》不云乎，『女子之生，惟酒食是議』而已。歷觀諸史，自東漢而後，必有《列女》一傳，其中所載，或以節著，或以才見，要皆女之行，非士之行也。女而有士行者，自漢至今不多見，乃今見之於嚴母王太淑人。婺源王氏，固右族也。其大父葑亭先生，父竹嶼先生，敭歷中外，光名滿天下。太淑人在室時，明《詩》習《禮》，淑慎其儀，年十八歸某甫先生。當是時，嚴氏號素封，靡衣鮮食，家訾累數巨萬。太淑人從容言於君姑蔡太恭人曰：『富之以涯，其富已足者也。善逸身者不殖，盍積德以詒子孫乎？』新婦匳中有《敬信錄》一書，惟大人留意焉。』蔡太恭人從其言，寒者衣之，病者藥之，物故者槥之，嫠無依者賙之，行十數年不倦。其在《周易》，坤爲吝嗇，然則吝嗇固坤德之常也。太淑人始來歸，已宅心醇粹若此，有古鍾離子、葉陽子之風，所謂『女而有士行者』，非歟？最太淑人數十年重名義，輕貨財，實於此乎肇之。某甫先生以郡丞官滇中，遷太守，陟監司，至輒有聲，而所官多瘠土，奉入不足，仍取給於家，先業耗焉，殆古所稱『以久宦減其產』者。甲午歲，以昭慶府同知駐大關。是歲，其地大侵，民匱於食，剝榆掘草，煮木爲酪。先生出白金四千兩振之，謀於太淑人，無難色焉。嘗以轉運滇銅入京，道出於蜀，蜀江之險甲天下，雷呴電激，下五上百，決帆摧檣，日或數見。有善士李君，募人鑿石，剗險爲夷，請從先生，願得兼金五百以助厥役。適有以翡翠條脱求售者，問其直，亦五百。先生曰：『吾橐所齎五百金耳，購此乎？佽彼乎？』太淑人曰：『是不待再計而決者也。臂支腕約，非吾所須，即傳之子孫，亦一玩物而已。若助彼善舉，醳艱即安，使行者享無窮之利，不亦美乎？』先生欣然從之。及知順寧府也，有土司無嗣，議旁襲，權在郡守，有奇爲後者，載寶而來，南金北毳，濯濩滿前，峻卻之。太淑人喜曰：『使馬如羊，不以入廐，使金如粟，不以入懷，君之謂矣。』先生之疾且篤也，太淑人爲文籲天，請以身代，刺十指出血，書而焚之，竟無效。身後蕭然，敗氈弊席，無銖金寸錦之儲。且嘗以公事假用官錢二千餘緡。太淑人曰：『吾夫子生平以清節自勵，不負民，可負國乎？』凡親故賵賻承含之物，悉出以償官，猶不足，斥賣衣飾以濟之，可謂『皭然不滓』者矣。歸自滇，而道梗，遂留於黔，五五既畢。其少子某甫太守，故留黔奉母者，由丞遷令，琴鶴所至，奉版輿以臨之，風政修明，流愛於人，母教也。以邊地無良醫，親製藥餌，以施病者，歲活無算，民尤感之。壬戌之秋，攝郎岱同知，而寇大至。長圍外合，彤珠星流。太淑人惟勉以效死勿去，城竟獲全。用是功，晉二千石。俄由思州移知石阡府，所屬荆竹園，乃莽買之野，昧莫之垌，固萑蒲淵藪也。乙丑夏五，賊乘間突至，諜者應之，城遂陷。太守巷戰死焉。太淑人聞變，急命臧獲輩抱其孫及孫女三人踰垣出匿民舍，而自率子婦及兩女投荷池中，水淺不死。賊去，僕媪咸集，出之池中。是時，仲子緇生同年適請假在籍，聞難奔赴，而太淑人已由大江東下，遇於漢。奉之歸，歸里數年，患暴痢甚劇。其幼女刲肱肉和藥以進，翌日乃瘳。而女俄以微疾卒，其事始顯，同鄉士大夫之宦京師者請於朝，旌其閭。烏頭綽楔，一如故事。太淑人雖甚痛之，然曰：『吾子死忠，吾女死孝，爲老人光榮，不已多乎？』其中女歸沈仲復廉訪爲繼室。太淑人謂諸子曰：『汝父五踏棘闈，不獲一歌鹿鳴之詩，心豔玉堂，如在天上。今一子成翰林，一女嫁翰林，亦足慰先人地下矣。』緇生同年奉北堂之訓，居鄉惟以行善爲樂，嘗賑飢民七萬有奇，誓於神，無秒忽之私。創建書院於青溪，俾秀艾之士諷誦相靡，命曰『立志』。繩樞甕牖中，嬰倪婠妠，多棄不育，會集同志〔二〕，與之乳，與之饟，命曰『保嬰』。而其尤善者，在革樣盤。樣盤者，縣官收漕之時盛米於盤，呈盤於官，驗米質也。相沿既久，吏緣爲姦，樣米不反於民，樣盤日大於舊。緇生力言於大府，革除之。此一事也，尤爲太淑人所喜云。丁丑、戊寅間，晉豫大無，長君伯雅太守奉合肥相國之命，設賑局於滬，得金十二萬兩有奇。太淑人喜見顏色，謂：『饉色饑顏，得此續命。與爾弟之革樣盤，同一功德也。』蓋太淑人好施樂善，老而不衰，殆其天性然乎！反坤性之吝嗇，而爲乾德之普施，所謂『女有士行者』，至此益信。則其子若孫之多而且賢，正詩人所謂『從以孫子』者，又曷怪焉？自幼工書畫，嫻吟詠，著有《寫韻樓詩鈔》。今年四月，爲太淑人八十壽，神明不衰，人有求詩畫者，猶能應之。寶廉幸與緇生同年，敬獻此言，明太淑人爲當代之女士，於以奉春酒而祝眉黎，庶有異於尋常鞶帨之詞乎！

【校記】

〔一〕 志，原作『忘』，據《校勘記》改。

何竹君八十壽序

余昔嘗服膺馬少游之言，『乘下澤車，騎款段馬，稱鄉里善人』，以爲士能若是，亦庶幾守約而居冲者矣。雖然，余猶惜其抱雌節，而不知所以恢之也。夫鞠躬履方者，縛絀之操也；意行如天者，孔德之容也。苟徒錁然不滿，軥録疾力而已，亦何足以稱天布哉？若竹君封翁則不然。何氏在徽，固名宗望姓也。自其五世祖時，由歙而遷於杭，以西湖山水甲天下，遂占籍焉。越至於君，若文中子之家銅川，六世矣。君之生，甫及香山居士『識之無二字』之月，靈椿之蔭，霰然穨謝，逾數月，祖已之爵又廢而不舉，君窺焉始孩，易羅綳繡被而麻之。尊慈任太夫人，停辛儲苦，是拊是育，由扶扶赤子，以至於羈貫成童，嘻其憊矣。當是時，家已中落。昔也陶白程羅，今也樵蘇弗繼。君之初意，亦思枕經藉書，閉廬精誦，登文詞雅麗科，爲門户光。既而喟然曰：『瓶之罄兮，惟罍之恥。吾母缺然無甘旨之奉，尚侈談青紫哉？日月逝矣，歲不吾與。雖微毛生奉檄之望，敢忘仲氏負米之義？』乃棄詩書，習會計。徽人故多以禺筴起家者，握亭户鹽籌，其家與千户侯等。君亦從事其間，器幹恢張，綜理微密，鼠尾之帳，踦零之錢，千緒萬端，罔有遺漏。而性至孝，以所業在城中，太夫人猶居江干，每數日必一省視。雖盲風怪雨，霹霹燮燮，瀸濡袍褎，亦不爲止。及後家稍裕，乃卜宅於城，奉版輿而安居焉。太夫人有洞泄寒中之疾，厥病在脾。君左右扶將，中帬廁牏，身自浣滌，『孝乎惟孝』，君之謂矣。枯魚銜索，忽如過隙，《蓼莪》之詩，潸焉而不能讀，乃以太夫人一生苦節，籲於大吏，而聞於朝。綽楔烏頭，旌於其門，一如律令。君乃感且泣曰：『帝有恩言，榮及泉壤，吾母有知，其亦當含笑乎！』蓋内行之篤，有如此者。自奉甚嗇，篋無舊蓄，椸無新衣，疏帳縹被，帶棃而袂列，一日再食，尤爲清省，三弋五卵，苔菜而已。然不速客至，則縹醪之酒，雕胡之飯，瀫膹鴈羹，金虀玉膾，可咄嗟而辦也。以故坐上客滿，有孔北海之風。君又輕財賄，重然諾，凡三黨之戚，以緩急告者，罔弗應。其或半面之交，一日之雅，有所稱貸，貧不能償，君笑而語之曰：『孟嘗燔契，彼何人哉！』焚如棄如，拉襍摧燒之。傅別書契，不足復道也。性不佞佛，而時就福庭寶地設伊蒲精饌，方袍之侶，咸飲食之，食堂齊肅，器鉢無聲，錫影瓶光，與梵筵香飯交相輝映。君顧而樂之，蓋好施樂善，天性然也。夫劉勝寒蟬，古人所笑。君門内之行，夼然清皓，而其出與人交際，則又磥落炳煥，卓公寬中，文饒洪量，兼而有之，所謂『和調而不緣，溪盎而不苛』者乎？以視馬少游所稱，方茲褊矣。天降雄彥，萃於一門。其長君承父業，操贏制餘，有加於昔。其第三子則以一釁之儁有聞於時，今爲校官，秉鐸安吉。雛誦之孫，斑連繞膝，符王氏三珠之數。君年逾大耋，神明不衰，今歲九月癸巳，爲君八秩懸弧之期，以簪茱泛菊之辰，爲雪藕冰桃之宴，老圃秋容，黃花晚節，可爲君賦之矣。所願頤神保年，康強逢吉，由是而至期頤，以百歲翁爲熙朝人瑞，曼齡騈福，垂曜億軨。此日所歌，乃衛武公八十之詩，以爲『賓之初筵』可也。

譚文卿中丞六十壽序

光緒四年秋八月，詔以陜西巡撫譚公爲浙江巡撫。故事，巡撫必兼兵部侍郎銜。至是，部臣以請命加兵部尚書銜，異數也。公由陜入覲，兩宫皇太后召見，撤簾垂問，眷注良厚，并以公在陜積有『即墨大夫』之毁，諭以『疆吏行事，朝廷悉知，勉盡乃心，毋畏多口』。公親承玉音，感激流涕。是歲十一月丙午朔，越三日戊申，公在浙江行省拜受巡撫之章。蓋自同治七年由杭州太守遷河南廉訪使者以去，至是十有一年矣。僚寀賀於庭，商旅歌於市，屨縷之氓忭於野，咸曰：『吾公來乎！』其明年，氣調時豫，田蠶畢登，粟滿於簹，絲滿於籆。而公猶以時事方艱，滿則慮嗛，翎翎如畏，不敢自暇逸。又明年，是爲昭陽大芒落之歲，公行年六十矣。時官浙中者多飛翰騁藻之人，咸思進一言爲壽。公曰：『嘻，今何時乎？鐵峴虵洲，阻絶聲教，朝廷旰食宵衣，乾乾若愓，封畺之臣，引咎不遑，敢言慶乎？』於是僚吏震慴，莫敢以詩文獻者。德清民俞樾，舊史氏也，巖習紀載之文，方受公書幣，主詁經精舍講席，乃盱衡而言曰：昔王襃，益州刺史耳，非有茂績殊勛可以耀玉牒而勒金策也，而王子淵爲作《四子講德論》以稱頌其美，中和樂職之篇，至今傳焉，況龍文虎武、智名勇功如我公者。而過豐樂之樓，登有美之堂，寂寂無頌聲，公則一嗛而四益矣。吾儕諠譊，得無爲王子淵所笑乎？夫瓌瑋連犿，以卮言爲曼衍，誠非公之所樂聞也。然兩浙之間，户受覆燾，心歌腹詠，又非公之所得而禁也。樾切人不媚，請爲公言其大者。當穆宗御極之初，朝政清明，宫府無閒，而不得志之士，意有所觖望，輒以危言媟藁其間，舉朝猶猶與與，未有所決。公密疏於朝，言深辭篤，黑白分明，下析羣疑，上回天聽。論者謂，當時事勢，正猶成王冲幼，周、召夾輔，宏濟艱難，小有搖動，事未可知。公從容風議於文石之陛，赤墀之塗，不待風雷之警，克協遇雨之吉，任賢勿貳，光啓中興，此公之功在廟社也。同治十年，公開藩秦中，創設桑綿局，由浙西募蠶師以往，灞滻涇渭間，蠶事大興，陜人所謂『譚公綢』，由公始也。又濬鄭白渠，修灞橋，以收八川之利。當是時，關輔初定，廥積空虛，而邊事未艾，軍需尤亟。省垣舊設官錢之肆，部頒鈔版，由藩司月印萬紙，以給軍饟官奉及商賈懋遷之用，而圜法日壞。公整紛剔蠹，剖豪析釐，鉤稽出入，不使有秒忽之濫，行之朞年，軍府饒裕，乃請停官鈔，泉布流通，民間便之。及公由陜藩開府，郡縣積穀，逾數百萬石，而藩庫之銀溢於舊者六十萬，皆累年所節省者也。別儲之，戒勿動。已而秦中大無，即出穀以食餓者，又出銀買穀以繼之，雖饑不害，公之力也。其時山東、山西、河南皆赤地千里，天子爲之聽朝不怡，發内帑之金、留南漕之粟猶不足，至鬻爵以贍之。而三秦寂然若無其事者，臺諫諸公，不得其詳，鰓鰓焉議公之膜視而不顧。噫，曲突徙薪，洵不如焦頭爛額哉？公過詁經精舍，與樾語，偶及之。樾曰：『活千人者封子孫，公所全活，豈止千人乎？』此公之功在閭閻也。及公之撫浙也，距守杭之日遠矣，而十年前舊牘猶能覆舉，百不一失，清理庶獄，稽核荒田，整飭鹽綱，汰除浮費，具有條理。下車三月，巡歷沿海郡縣，慨然歎曰：『浙亦東南海疆一門户也，守土吾職，其敢忽諸？』乍浦、澉浦、鎮海、定海、溫、台諸處，故有礮臺。公一一履行其地，圮者修之，未得地勢者徙之，孤峙海口者增建以翼之。國家設兵有定額，兵之外佐以民力，則曰『勇』。公於綠營之兵選其精壯者，教誨而調一之，勇則汰弱留強。又募台民之趫卞者爲新營，營五百人，咸豐以來，楚軍舊制然也。水師則有裁〔二〕有併，船數人數，顢若畫一，蓋自公至浙，而浙已隱然有金湯之固矣。士大大恇怯者，惡聞兵革，其銜膽自厲者，又空言無實用。公不動聲色，隨在有備，而不使人知我之有備，其智深勇沈何如哉！異時，天子或有事四夷，則執殳前驅，敵鎎禦侮，惟上所命，非獨爲浙東西綢繆牖户而已。此公之功在海疆也。公始以文學受主知，咸豐中，大考翰詹，公名稍居後，文宗親擢置前列。在翰林時，屢主文衡，門下備三鼎甲，鍾君駿聲、歐陽君保極、余君聯沅，士論榮之。圖籍之外，無他嗜好，犀軸牙籤，充箱照軫。先達著作，躬加題帖，或付剞劂，以廣其傳。浙江西湖文瀾閣爲庋藏《四庫全書》之地，兵燹之後，堂構撓頋，皓壁丹柱，風斑雨駁。乃鳩工庀材，鼎而新之，以千金購《古今圖書集成》一部，尊藏閣中，行將訪求墜簡，使還舊觀。又以《宋史》蕪穢，文未該備，李燾《長編》，繼美涑水，北宋事實，具見於斯，爰出巨貲，鏤版行世，妙選英俊，以任校讐。兩浙之士，負素挾册而來，如登龍門之阪。或疑時方多故，此非所急。然古人如祭遵之雖在軍旅，不忘俎豆，伏湛之倉卒造次，必於文德，豈淺見所能測哉？此公之功在藝林也。樾以部民，忝與賓筵之末，辱有周旋之雅。竊以爲：公之服官本末，有國史存，人倫之盛，有家乘在，不必以詹詹小言，瀆陳清聽，故特舉其大者四端，自附於《四子講德》之義。公倘不以浮辭而擯之，則異日由七八十以至期頤，延洪納祉，山崇川增，樾之所以壽公，當更有進於是者，此猶中和樂職之首章也。

【校記】

〔一〕裁，原作『栽』，據《校勘記》改。

鄒母張太夫人七十壽序代

浙東西皆擅山水之勝，而吳興尤以清遠著稱，爲浙西名郡。己卯夏，湖州太守缺官，大府以爲，一郡領方，非兼劉輿長才、裴邈清才者，未克勝任愉快也。颺言於中朝，請以鄒某甫觀察往攝其事。於是朱轓之車，銅虎之符，翺翔於下菰、高弁間，而苕霅之濱，頌聲作矣。是歲之秋，爲尊慈張太夫人七旬設帨之期，將登會景之樓，張幔亭之宴，採日精之秀，侑眉壽之觴。士大夫之與觀察游者，咸願爲詩歌以介之，爲文詞以張之。然而玉笈金箱之記，翠嫣玄扈之册，固有識者所嗤鄙，非所以增榮益譽也。切人不媚，敢不避席而擇言乎？惟太夫人固方氏之祥女也。資政張公與方氏有連，同業禺筴，往來其家，見其明孃睟惠，心愛之，請以爲己女，乃姓張氏。其歸贈資政公也，年二十有三。事君舅君姑，得其歡心，家事悉委之。𩟄積褰縐，具有條理，處先後築里無間言。贈公性至孝，感詩人《白華》、《華黍》之義，夕膳晨羞，必豐以腆。又以兄茗香先生慕於陵灌園之潔，築室於野，爲人外游，慮其不給於鮮，時以珍饌詒之。太夫人韭毛梅蘇，躬自簡閱，推甘讓美，肫如也。方是時，江南猶承平，巨家漿酒藿肉，雕橑而爨之，習以爲常。太夫人雖生長華膴，而屏去珍髦，躬操井臼，有桓少君風。以贈公體羸多病，稱藥量水，必躬必親，不假手鼎娥竈妾，十許年如一日也。贈公負經世才，以佐鑲功，得丞一縣。其族祖壯節公，素所器也，敦勸出山。太夫人曰：『夫子體弱，於繁劇非宜，青袍黄綬，聽鼓應官，豈若休神家衖之爲美哉？且一命之微，射鴨哦松，於世無濟。范文正有言，不爲良相，則爲良醫。夫子精於醫者也，若本四然二反之理，治十起九，其爲利益，不甚宏歟？奚以仕爲？』贈公韙之，竟謝不出。有求醫者必應之，貧者輒予之藥物，每痛一人，太夫人喜曰：『今日不虚度矣。』及庚申之亂，贈公奉父避居於鄉，而遇耦沙之盜，探囊發匱，空其所儲，茅居蒿牆，樵蘇弗繼，意必誦雍門子之言，昔富今貧，以爲太息。而太夫人陽陽如平常。俄一日，贈公爲人治疾，去二十里外，而城中之賊出掠於郉聚。太翁年八十五矣，聞變率里中練士以出，寡不衆敵，隕焉。未幾，鄰里諳習之衆悉至，賊籠東散去。而贈公歸，枕股號慟，涕泗悖憒，若不欲生。雖經太夫人力勸，稍稍納水漿，然自此鬱悒侘傺，戚戚無懽，夢寐之中，時呼殺賊，鼠思泣血，卒以不起。太夫人撫觀察而忞慔之，曰：『爾祖戕於賊，爾父以賫志不遂，晻忽賈絶。夫不共戴天，禮有明訓。汝誠丈夫也，宜力爲國家殺賊，以報私讎，毋碌碌久居牖下也。』觀察於是投筆而起，歷佐省三劉公、琴軒潘公戎幕，先後六年，轉戰齊、楚、燕、秦、皖、豫、吴、越間，身屢典軍搴旗者數矣。其後諸賊以次削平，麾城撕邑，若撥爨然。而觀察實親履行間，躬與其事，每禽名賊，必手刃之，同儕皆笑曰悍人哉，不知觀察之公憤私讎久鬱於中，至是而逞也。大亂既定，乾清坤夷，而觀察已由太守涉監司，錫用二品之冠。大吏知其才也，咸委重焉。嘗奉檄榷蘭溪之税，踰年而榷衢州，又踰年而榷溫州，又踰年而筦省會總局，剖豪析芒，部分如流，千緒萬端，罔有遺漏。其行己也，奉太夫人見利思義之教，不妄名一錢，身處脂膏，不以自潤，古之人遺絲藏閣、駒犢還官不是過也。宦轍所至，必奉版輿以臨之。太夫人流連山水，溫乎其容，編户之氓，婦人豎子，咸來瞻拜，載色載笑，飲人以和。或以疾疢告，則青黏之散，絳雪之丹，手自封題，告以方法。其在蘭也，有棄嬰兒於河者，愸然傷之，命觀察設保嬰之會，籌經久之費，予乳予餼，全活無算。其在溫也，謂觀察曰：『天民之窮者有四，而嫠其尤也，可無以恤之乎？』觀察敬諾，溫州清節堂之設，自是始也。比年以來，晉豫大無，太夫人聞而傷焉。悉出所蓄，以助輸粟，一家化之，雖諸孫中之幼穉者，亦手奉瑜珥瑤環以裨益其數，所謂天布者歟？夫美意延年，茲理不爽。太夫人樂善如此，宜乎永膺多福，富壽宜家。上承翟茀之恩，內極庭幃之樂，愛女在側，無持踵之戚，諸孫滿堂，有含飴之喜，衰開第八，而神明不衰，百歲期頤，可以操券。某等幸與觀察同官，敬獻此言，爲太夫人壽。青蔞戒節，黃華延年，想太夫人必欣然一酌烏程之酒也。

春在堂襍文四編卷一

《愛廬介壽圖》記

愛廬者，陶柳門刺史之封翁築以奉其母淩太恭人者也。曰介壽者，太恭人於光緒十有一年行年九十，故封翁豫爲是圖以介之也。乃太恭人於光緒十年棄養，則圖雖成，而介壽固無及矣。人皆以爲憾，余曰：『是可無憾也。』余雖不及至所謂愛廬者拜太恭人於堂下，然太恭人之賢，余固聞之矣。太恭人年十六歸於陶，未一歲失所天，其時君舅、君姑皆在，所以奉之者無不至。未幾，嗣兄公之子爲子，卽封公也，所以飲食、教誨之者，亦無不至。封公既成立，將爲太恭人築室，太恭人曰：『宜先宗祠。』乃先建宗祠，而後築愛廬焉，禮也。太恭人守節七十四年，其卒也，以五月三日，柳門於四月二十五日聞病，歸省之。太恭人笑曰：『我歸期當在端午前二日，何亟焉？』卒之前一夕，猶進酒一杯，飯一匙，次日加丑，自起坐，易衣履，灑然而逝。是其於死生之際，豈猶夫庸庸者邪？太恭人固不死也，陶氏子孫世世蒙其遺澤，雖謂太恭人長在可也。古之君子，事亡如事存，顧亭林先生有《丁貢士亡考生日詩》，其序云：丁君雄飛，追數其考之年及其生日，曰吾父存，今八十矣。乃陳其酒脯，設其裳衣，如其存之事，而求詩於友。陶氏子孫，誠援此例，歲歲於愛廬之中行介壽之禮，自九十歲以至百歲、百有十歲、百有二十歲，無不可以奉觴上壽，如其生時，太恭人之壽爲無疆矣。余亦將援亭林先生之例，作爲歌詩，以誌其盛，而姑以此記爲之先。

金蓋山重建純陽宫記

壬午初秋，余方養病吴下，而故鄉諸君子以重建金蓋山純陽宫落成，介沈仲復廉訪求余文爲記。嗟乎，余早衰多病，曾不能含精養神，自固靈株，其無與於斯道也審矣，又何以肸飾斯文哉？且金蓋山之源流宗派，則有閔嬾雲先生之《金蓋心燈》在，而純陽宫之創建本末，則有吴穀人先生之記在，又何以余言爲哉？雖然，余竊有感於子思子《中庸》之言，曰：『大哉聖人之道，待其人而後行。』余頻年主講杭州詁經精舍，歲必再至西湖，見湖上梵刹相望，而兵火以來，無不鞠爲茂草，一二緇流，謀興復之，築舍道邊，三年不成，何其囏也。夫僧廬道觀，其事豈不相等，當咸豐、同治間，吾湖兵禍，蓋視杭尤酷，金蓋山之純陽宫，亦在劫火之中，皓壁丹柱，拉襍摧燒之，惟崇德堂巋然獨存。亂後，鍾君雪樵，裹糧入山，躑躅於兔葵燕麥之間，爰有聽泉張君、鏡泉趙君、蓮青陳君、蓉坡龎君，就斗母閣故址，誅茅爲屋，以蔽風雨。未幾，張君復與曉芳丁君、春洲潘君重建講堂。俄而，子翔程君投簪解紱，以是山爲畏壘，於是碧嶺丹崕有起色矣。其後乃建大殿及左右樓，又創立山門并龍神、土穀二祠。已而，仲復以未有子禱於山，果舉丈夫子，爰出銀二千餘兩，重建斗母閣。山中舊觀所未復者，惟彌羅閣矣。程君與諸同志集議，咸出鉅貲，助成斯舉，未半載而閣成。凡山中舊有之勝，於是乎大備。雪樵鍾君又就古清和洞創建挹翠樓、龍蟜山房，此則曩之所未有而今經始者也。嗟乎，溯吾湖之克復，歲在甲子，至純陽宫之落成，歲在甲戌，十有一年耳，而重殿洞門，深堂邃宇，土事木事，次弟畢工，何其速也。余乃歎子思子『待人而行』之説不虚矣。夫純陽仙蹟昭昭，在人耳目，人固樂於趨事。然非諸君子之畢力經營，則西湖諸佛寺，至今蕪廢，而何以金蓋之山有此重楄累榭之新宫哉？余因不避繁複，備載諸君子姓字，以明道不虚行之義。若夫金丹大旨，余未有聞，方士之言，又余所不欲道，故弗贅也。

孟河蔣氏支祠記

光緒六年，慈禧皇太后以宵旰憂勤，久疾不愈，詔徵天下通知醫術者咸詣闕下，而江蘇巡撫吴公以孟河馬君文植培之應詔書。既至，召見於長春宫，論醫稱旨，服所進方，效焉。慈躬大安，命南書房翰林書『務存精要』四字賜之。海内驚歎，以爲至榮，而孟河馬氏之醫名益著，求醫者，陸則輿相望，水則舳相接。逾年，君避囂於蘇垣，所居與余曲園相距僅里許。一日，過余春在堂，從容問余曰：『君知吾何姓？』余笑曰：『天下皆知馬徵君，何問也？』君曰：『不然，吾固姓蔣。』余異而徵其説。君曰：『吾蔣姓出於周公，《左傳》所謂「凡蔣邢茅」者是矣。至漢世，有諱澄者居宜興之函山，封函亭侯，吾始祖也。其後又遷鳳陽。迨明之季，有華宇公者，遷於金陵，婚於馬氏。馬氏故以醫名，至是無後，以蔣氏承其業，於是始稱馬氏。華宇公生三子，長曰爾懋公，吾五世祖也，是始遷於孟河。其二子分居宜興、江陰，皆以馬氏之學行於世。爾懋公遺言，子孫必復蔣姓，至今遵其訓，婚宦皆蔣氏也，惟醫則馬氏。方被徵時，吾言於巡撫吴公，請易馬爲蔣，公曰：「吾薦馬某，不可更以蔣某往。」遂不果易。然而吾姓則固蔣而非馬也。吾大父省三公纂修支譜，詳言蔣、馬易姓之由，又欲建祠宇而未逮。吾承先人遺志，積數十年力，至癸未之春始鳩工焉，今幸而成矣。所奉自華宇公上溯兩代，至魁吾公而止，而宜興、江陰兩支亦並入焉。是謂《蔣氏支祠》，其旁别爲一室，以奉馬氏之祀，示不忘所受也。惟遭際聖世，謬以虚名聞於海内，而世無知吾爲蔣氏者，願得吾子一言，傳示後世，可乎？」余曰：史傳所載，夏侯嬰子孫爲孫氏，灌長孺之先爲張氏，衛青之先爲鄭氏，若斯者，往往有之。今君建蔣氏之祠，而附祀馬氏於别室，是亦仁義之兼盡者矣。《易》曰：『立人之道，曰仁與義。』蔣氏之興，其未艾乎！然君實蔣姓，而異日以名醫入《國史方伎傳》，必曰『馬某』，不曰『蔣某』，請以吾此文刻石祠中，使後之人讀而知之，則以金石之文，補國史之缺可也。

象山試館記

功令：凡子、午、卯、酉之歲，聚州縣之士而試之行省，是曰鄉試。而行省大者，所屬州縣以百計，次者亦以數十計，其所屬州縣之於行省，遠者千里，次者亦數百里。吾浙凡爲府者十有一，上八而下三，象山一縣，屬上八府之寧波，視温、台所屬諸州縣猶爲近者，然其至省鄉試也，必先浮海而至寧波，然後渡曹娥、錢唐二江而至於省，其爲地也，七百五十里，江海間阻，舟車勞頓，一至省垣，無以弛負擔，往往奔走於烈日或疾風暴雨中，求一東道主人不可得，而西興擔夫，又迫日暮索傭直，求去甚急，傍徨瞻顧，汗出如漿，噫亦甚憊矣。其邑人有陳君素濤字白山者，邑諸生也，以高等餼於庠，屢赴鄉試，議築試館，未逮而卒。其妻某孺人，悲夫志之未遂也，又念邑人應試之艱也，乃出巨貲，屬其夫之從兄南屏明經及其邑人鄭君秀文至省城，買地於貢院之東橋，鳩工庀材，築屋一區，爲象山試館，俾士之應試者，皆得棲息於此。又買田二十畝，歲入其租，以備修葺。其用意可謂周矣。寧波所屬，如鄞、如慈谿、如鎮海，皆有試館，然距貢院或稍遠，而寓其館者，大率萃居而聚食，不能自適。此館距貢院才數百武，又其制略倣貢院號舍之式，屋三間爲一號，凡三十三號，爲屋九十九間。庖湢器用咸備，士有同志切磋之樂，而無他族逼處之嫌，尤多士之所便，而他試館所莫及也。《易》曰：『渙其羣，元吉。』羣也而又渙之，斯之謂歟！其占曰『元吉』。昔衛史朝以『屯』《象辭》『元亨』定其君之名，蓋因文託義，古自有此占法。斯館中人，其有得元者乎？於斯兆之矣。

永康應氏義田記

余與應敏齋方伯，於道光甲辰之歲同舉於鄉，及君陳臬開藩於三吳，而余亦寓居吳下，時相過從，因得備聞其母朱太夫人之賢，而其先德菊裳先生則固不及見矣。及君以奉母歸，遂不復出，余與君亦稍稍疏闊。今年夏，君自紹興寓書於余，并寄示田畝清册。余讀之，乃歎菊裳先生暨朱太夫人之高義與君之善承先志，固超出尋常萬萬，而其副室劉夫人，亦能薰而善良，好行其德。烏乎，是難能矣。其册有四，一曰《應氏常會田册》，則朱太夫人承菊裳先生之遺意，以祖遺及續買之田捐入公產，而君又續損如干畝，以備春秋墓祭之用者也。一曰《應氏義莊田册》，則以宗支繁衍，貧富不齊，君承朱太夫人之命，建立秀芝堂義莊，凡族中鰥寡孤獨、廢疾失養者取給於此，以養其生者也。一曰《永康賓興田册》，則以菊裳先生在日，憫本籍之應鄉試者無棲息之所，有租賃之費，謀建永康試館，而力未逮。君乃買田二百餘畝，歲入其租，每届鄉試之年，賃屋省垣，以居試者，積有盈餘，更謀築屋，以成先志者也。一曰《應氏恤嫠田册》，則君副室劉夫人積朱太夫人每月所賜鍼線錢，買田百餘畝，以贍族中之節婦貞女者也。烏乎，其意美矣，其法備矣，其亦可以承先而垂後矣。考義莊之設，人皆知其始於吳中范氏，而不知有鉛山之劉輝所謂『劉氏義榮社』者，其事在宋嘉祐年，與范氏同時也。余居吳下，見吳之士大夫慕范氏之風，建立義莊者數姓矣，皆昌言於朝廷，而表異其門閭。君之所爲，亦無多讓，且以君之力，豈不足以自表襮者？乃不求綽楔之榮，而顧求余文，以爲之記，殆有劉氏義榮之意乎？余文之淺薄，豈足以表揚其盛美？然舊史氏也，義固不得而辭，謹書大略，附其家乘，俾後有考焉。

龍游縣知縣高君實政記

實政記者，記實也。謹案，士民爲見任官長刊立去思碑、德政碑，律有明禁，雍正、乾隆、嘉慶間屢奉詔書，嚴行禁止。然則此記之作，豈亦如齊人之於阮德規，冒禁而樹碑歟？曰：非然也。功令所禁者，德政碑也，此所記者，實政也。實政與德政異乎？曰：異。德政者，稱頌其德，近乎獻諛，實政則惟紀其實蹟，以示後之居是官者，使後人循蹟而求之，以爲是歟，從而修之可也；以爲非歟，從而改之可也。此豈功令所禁哉？然則高君之實政奈何？小者不足言，言其大者。高君名英，字與卿，江寧人，以光緒十年令龍游。龍游，巖邑也，咸豐季年，爲賊踞者三載，市廛煨燼，田疇汙萊，羸瘠者未蘇，流亡者未復。高君至，則慨然曰：『是余之責也，余何敢不力？』殘破之後，興利爲先，水利所係，莫大乎姜、席兩堰。履行其地，倡議興修，蓄洩有方，旱潦有備，於是乎田之賴以灌溉者，五萬餘畝。附郭驛路，濱臨大河，歲久不修，隄岸崩毁，民居圮隊。乃急築之，大隄峩峩，既鞏既固，民安其居，船安其步，於是乎居者行者無不稱便。其對岸兩涘之間，不辨牛馬，是曰茶圩。北鄉之民，咸取道於此，而水寬三里，其遠也不可溯，其深也不可砅，販夫販婦，望而趑趄，往來皆阻。乃倣浮橋之制，編木爲柎，貫以鐵鍊，維以石柱，修凡百丈，博則三丈，拔來報往，如行康莊，於是乎民不病涉焉。君曰：『利則興矣，宜去其弊。』首行保甲之法，户籍田給，剖豪析芒，闇丁匿口，咸無所容，浮浪姦民，胥歛跡矣。邑饒竹，春雷既發，竹萌乃胎。鄰邑無業之民，十十五五，是掘是搰。君曰：『此亦吴楚爭桑之故事也。』嚴禁絶之。枝峯蔓壑間，無私闒者，其或喫菜事魔，以左道相煽，創立名目，號召徒侶，又或開六博五木之場，陳樗蒲葉子之戲，老少奔波，廢失時業。其尤甚者有曰花會，來自閩廣，延及兩浙，蹤跡詭異，種類繁多，率皆潛伏於莽罠之野，昧莫之坰。君微服私行，罙入其阻，縛其渠魁，焚其蓬寮，於是乎諸作姦犯科者皆不禁而絶。君曰：『是可施吾教矣。』故事，學校明倫堂後有尊經閣，龍游缺焉，君創立之。又修崇聖祠，春秋祀事，不致廢隊，且立石欄於泮水之旁，民間煩擱瀚濯不得入焉。尊泮宫，嚴學校也，禮也。邑舊有鳳梧書院，燬於兵火，鳩工庀材，不日成之，爲院長謀脯脩，爲生徒謀膏火，規畫周詳，視舊有加，於是乎邑人多嚮學之士矣。凡君之實政，類如此，龍游人皆能言之。又曰：自君之設立育嬰堂也，而龍人生女，無不舉者，自君之設立從善堂也，使屠户納錢，歲入其息，以爲命案相驗夫役工食之資，而龍人無以命案傾其家者。是皆君之實政也。君既不自言，龍游人能言之，而不能紀之傳之，久遠且失其實。且夫令尹子文之忠也，舊令尹之政，必以告新令尹。君今遷東塘同知以去矣，其何以爲新令尹告乎？於是邑人聚謀，使舊史氏俞樾文而刻之石。樾曰：紀述吾職也，雖然，吾非龍人，何以諛高君爲哉？乃就龍人所言，次弟其事，粗加條理，以告後之官斯土者，俾從而斟酌焉，引而申之，觸類而長之，以成君未竟之志，而慰龍人無窮之望。是則斯記之所爲作也，故於是記無虛語，無溢辭。

徐氏凜存堂記

凜存堂者，錢塘徐文敬公之里第，而額則聖祖仁皇帝御書也。昔在康熙中葉，海内清平，萬機之暇，每御便殿作書，諸臣之直内廷者以堂名請，輒書以賜，時則有若陳元龍請書『愛日堂』、查昇請書『澹遠堂』，《皇朝詞林典故》備載之。而文敬公以户部尚書得拜此賜，尤異數也。其第在姚園寺巷，御書之額摹刻而懸於堂，見者正容再拜，而後敢視，猶歐陽文忠於陸子履之室見仁宗飛白書驚歎，以爲雲章爛然，輝映日月也。咸豐季年，杭之陷於賊者三載，高門巨室，皆付煨燼，徐氏之居，亦鞠爲茂草，而是堂巋然獨存，『凜存堂』額與御賜『凜矢清風』額及高廟所賜『清慎可風』額、『清德鎮俗』額，與累朝御賜『福』字聯語，一一皆在，而聽事所懸歷科題名之匾亦完具如初。余每過其門，不勝喬木世家之歎。花農太史乃文敬公之昆孫也，時甫由江北歸，以一窮諸生，慨然有興復之志，經營數載，乃克有成。自大門以至堂室，一如其舊，於堂之東室尊藏高廟御製詩卷，蓋文敬公予告歸，賜詩以寵其行者也。堂之西楹奉先世栗主，歲時祀之。花農旋以庚辰之歲成進士，入詞林，乞假南還，又因舊貫而稍庀之。聽事之東有紫薇一株，文敬公所手植也，至是枯而復榮，於是卽其地築小軒，而彭雪琴尚書署之曰『瑞薇』。廳事之西築小齋，爲填詞之所，是爲玉可庵。雪琴尚書又命帳下健兒移其西湖退省庵之竹，植之玉可庵外，先以一箋云『奉贈琅玕十株』，於是又築青琅玕館。余每訪花農，周歷其居，仰天章之赩奭，俯花木之扶梳，輒低徊而不能去。己丑夏日，花農自京師寓余書曰：『是宜有記。』余惟徐爲武林右族，自文敬公起家翰林，踌歷冢宰，其長子爲大學士文穆公，次子靜谷公，自西安巡撫内遷宗人府府丞，文穆公之子，内閣學士諱以烜，靜谷公之子，福建鹽法道諱景熹，皆以翰林起家，并花農而六。其餘領鄉薦者，更不勝數，合鄉會計之，凡十有七科，科名之盛，浙西稀有，而皆發於此堂。當文敬公在時，延致邑中英俊能文之士，使諸子從之學，有助教王先生者，出文敬之門，而文穆公實師事之，後又教文穆公諸子，館於斯堂，垂三十年。余過花農時，其坐客有王明經崇鼎字子調者，王先生之後也，世澤之長，卽此可見。花農初舉於鄉，距文敬公拜凜存堂之賜一百有八十年，及授編修，卽充順天鄉試同考官，而溯文穆公始授館職，亦分校京兆。余昔贈花農詩有云：『期君勉紹家聲舊，佳話應符五世昌。』斯言驗矣。歐陽公《仁宗飛白記》所云陸子履者，名位不顯，若花農之才之學，自壯歲已蜚聲玉堂，必將繼文敬、文穆兩公而起，豈特陸子履之比乎？余故因花農之請而詳記之，爲式是閭者告，并願花農存此言以待後日，明吾言之有徵也。

西湖清風草廬徐文敬公祠記

徐文敬公爲康熙朝名臣，當康熙四十有二年，聖祖仁皇帝南巡狩，公時以河南巡撫迎謁於泰安，賜御書《督撫箴》及『凜矢清風』額，公後以吏部尚書乞歸，乃築清風草廬於湖上，志聖訓也。公之子文穆公繼起，官至大學士，而子若孫之内躋卿貳、外任封圻者，又踵相接也，於是徐氏遂爲吾浙望族。因卽清風草廬而擴大之，以爲文敬之祠。雍正中，李敏達公修《西湖志》，已載入之，云：『清風草廬，在陸宣公祠左。背倚石壁，爲軒數楹，修竹萬竿，參蔽天日。』其勝可知矣。歲月緜邈，棟宇撓屵。及咸豐初，遭粤寇之亂，蕩焉泯焉，遂無遺跡。文敬公有昆孫曰琪字花農者，其父宦游江南而生，生值離亂，道阻不通，未得諮父老而問桑梓也。然聞其母鄭太宜人言，清風草廬中有雨奇晴好之樓，爲文穆公所書，慨然慕之，有修復之意。大亂之後，孑然獨歸，敻求於崩榛荒葛中，杳不可得，則取《西湖志》反復讀之，而有疑焉，曰：『志既稱在陸宣公祠左矣，又云背倚石壁，今陸祠在平湖秋月西北隅，其左卽臨後湖，烟水茫茫，烏覩所謂石壁者乎？』因憶其父若溪君詩注有『雨奇晴好樓，在聖因寺傍』之語，若在陸祠之左，卽不得云聖因寺傍矣。然私家著述，未足取信於人，不敢竟以爲證。又讀《國朝杭郡詩輯》文敬公小傳曰：有别業在聖因寺右。夫陸宣公祠在聖因寺之東，相距幾及半里，文敬别業既在聖因寺右，則不得在陸宣公祠左可知矣。《杭郡詩輯》，乃杭郡諸老輩稽譔而成，豈不可信？然古人言地理，貴乎目驗，猶未敢遽定也。光緒戊寅歲，花農爲余築俞樓，日往相度，偶見聖因寺行宫之右、朱文公祠之左有野梅一株，著花如雪，因披蒙茸躡硉矶入而觀之，見花後石壁森列如屏，詫曰：『茲非石壁邪？』《杭郡詩輯》小傳所謂『聖因寺右』者，正其地矣。徘徊久之，又見其右有立石焉，以篆文大書曰『朱文公祠界』，旁有八分書二行，記其四至，則曰『東界徐祠』，乃狂喜曰：『信矣！信矣！』書此石者，爲桐城吳康甫大令。康甫年已八十餘，癖好金石，又熟於杭郡故事，兵燹後，舊時祠宇多未修建，康甫輒立石識之。此石爲表章朱祠而立，而徐祠亦賴之以存。花農次日親往叩之，而曰『然，此君家祠址也』。又召里胥問之，亦曰『然，此君家祠址也』。然後知當時清風草廬實在於此，祠宇不存，而石壁故在。《西湖志》稱陸宣公祠左者，實朱文公祠左耳。顧亭林先生《日知録》所謂『人以相類而誤』是也。明年花農成進士，改庶吉士，乞假還里，念此後倘蒙恩留館供職，則不得長在里門，其地恐又廢，乃築垣墉、建門堂，恭摹聖祖御書『凛矢清風』四字，懸之門楣，而高廟追賜之『清慎可風』額及累朝賜祭文皆摹刻而懸之，一如其舊。又築室三楹，鉤摹文敬公以來下至其先德若谿先生遺像爲六世畫像，刻石而奉祀焉。彭雪琴尚書手爲題贊，復以細字書其官階名姓，曰：『吾老矣，久不作小楷書，今以雙𩅦䨴取明而書之，嘉君志也。』花農少時以一窮諸生即有修復之志，不二十年竟克副之，所謂有志竟成者乎！聞祠中舊有文敬公次子宗丞公家誡，勉其後人建置義莊，花農異日亦必能如其所誡矣。其祠東畔行宫有小巷間之，西界朱文公祠，北至山顛，南臨湖隄，𦕤較自東至西十六弓，自東南至石壁三十四弓，自西南至石壁三十三弓，自石壁至山顛東北三十弓，西北二十六弓，合門外計之，積弓四百四十一，爲地二畝九分有奇，山一畝八分有奇，每歲應納之税輸於錢唐縣如額。樾與花農交至深，而所謂俞樓者距祠又至近，自祠之成，而湖上游人至，以阮墩、林墓、蔣祠、彭庵、徐祠、俞樓爲西湖新六景，形諸歌詠。然則知此事本末者，非我而誰？宜乎徐祠之記，花農以屬老夫也。是年太歲在己丑，恭逢慶科，花農奉命典試山右，臨發京師，寓書求文，因爲此記。

方正甫柏墅山莊記

往年方正甫觀察築生壙於慈谿杜郭山，而余爲之記，備敘其生平行誼，著於篇，刻入《春在堂襍文三編》。海内讀余文者，皆歎方君行義之高，而余文亦爲之增重矣。方君既營生壙，又援古人丙舍之例，而有山莊之建，乃卜地於姚家橋，曰卑且溼，不可；又卜於下大園，曰狹而小，不可；於是乃卜杜郭山之陽，其地四畝有奇，曰：『迴瀾堰距，所營生壙一里而遠，其後枕山，松楸可望，其前臨溪，舟楫可通，其氣疏以達，其地寬以閎，相其陰陽，罄無不宜，山莊之建，無以易此。』經之營之，鳩之度之，背子面午，兼以癸丁，繚其外爲周垣，廓其中爲正室，正室南鄉，其楹則九，北鄉之屋，廣亦如之，修則半焉，左右堂涂，皆有屋宇，足蔽風雨。其旁小屋，以棲僕圉，庖湢井匽，罔有不修，凡用白金五千兩，而後畢功，命之曰『柏墅山莊』。柏墅者，方君所居村名，故以名焉。既成，又求記於余。余惟方君曾置義莊，以贍其族，規模閎遠，經畫周詳。此柏墅山莊特其墓屋耳，然而廣狹得其宜，豐約中其度，春秋佳日，嘯傲其中，彈琴詠風，足以忘老，何必如司空表聖之引賓客坐壙中，酌酒賦詩，然後謂之達哉？余嘗營生壙於錢唐右台山，亦嘗築屋其旁，海内所稱『右台仙館』是也。然實湫溢不可居，余虚名無實，類如此。聞君之作，賀君之成，輒以文文之，至君行誼之大者，已備於生壙記矣，不再書。

徐氏瑞梅亭記

徐文敬公築清風草廬於湖上，以志聖訓。公殁，因以爲祠，事見雍正間李敏達所修《西湖志》，及同時錢唐令魏㟲所修《錢唐縣志·人物列傳》。按，此志人物，列入大臣者僅三人，唐之褚僕射，明之于忠肅，而國朝則公也。其重之如此，所載必得其實。傳末云：『杭人景慕其德，爲建祠，賜塋及湖上，春秋奉祀不替。』然則湖上有徐文敬公祠，固炳然記載矣。惟《西湖志》誤載在陸忠宣公祠左，於是遺址遂不可考。花農太史，公之昆孫也，訪求其祠址，匪一朝夕。光緒戊寅歲，爲余建俞樓於六一泉之傍，日往相度，偶見聖因寺右有野梅一株，著花如雪，披荆榛而往觀之。見花後石壁森列，因憶《西湖志》謂徐祠背倚石壁，當卽此地。又瞥見其西有石刻文曰『朱文公祠畍』，旁記四至，曰『東畍徐祠』，乃狂喜，以爲數載營求，一朝而得，非此老梅嫣然一笑於崩榛荒葛中，安能尋蹤至此，此瑞梅亭所爲築也。花農往歲於城中修復文敬舊第，有四瑞焉，曰松瑞、桂瑞、梅瑞、蕙瑞，均以詩張之。然其爲瑞，皆不若此梅所繫之大。昔東坡喜雨，築亭以示不忘，花農以此梅之瑞之不可忘，而築亭以志之，宜哉！徐文敬公祠成，余有文記之，其事已具矣。茲因瑞梅亭之成，又掇大略箸於篇，記茲亭之緣起云爾。

蔡教授祠碑

公姓蔡氏，諱召南，字二風，浙江蕭山人也。道光十七年舉人，明年成進士，用知縣，掣籤得雲南，以親老自陳，改選杭州府學教授。未幾以憂去官，服除，選金華府學教授，在任十有五年，與諸生講明經義，并教以行文之法，從者甚眾。所入修脯，悉以予族黨之貧者。與人言，呐呐如不出諸口，雖有不合，不與辨。及與故舊宴語，談諧間作，聞者解頤，蓋其天性和易，故人樂依之。而其大節凜然，卒不可奪。咸豐十一年四月，粵寇將至，門下士張棪入見，曰：『寇深矣，可若何？』笑不應。是月丁丑城陷，公揮妻子出城，自投學前休文井中以死，其僕姚科從焉。賊退，知府劉公出其屍，葬以禮，言於臺司，聞於朝，賜恤如例。公夫人楊氏，倉卒出走，至下俞聞公死，亦自沈於水。子閏生、嘉生均遇害，惟嘉生之子晉蕃僅存，今已饟於庠矣。公歿之年元旦，楊夫人夢觀世音菩薩語之曰：『大劫將至，上帝以爾家累世良善，一人不在劫。』覺以語公，公亦時與人言之。至是乃悟所謂一人者，晉蕃也。光緒十二年，金華縣學教諭謝君遹聲、訓導何君汝舟，創議於府學明倫堂東偏建祠以祀公，諸同官者咸贊之。祠成，求記於余。方公之舉於鄉也，余亦列名副榜，有同歲之誼。雖未識公，而緬其風義，想見其人，因紀大略，而系以銘。其辭曰：

恂恂蔡公，邈然高蹤。簿書不樂，俎豆是共。咸豐之季，羣寇匈匈。或曰行乎，公笑不從。湛湛古井，臣心與同。全家俱盡，大劫果逢。一孫僅存，其後將隆。聖朝優典，酬爾孤忠。士夫高義，慕其遺風。下走小言，銘此新宫。

浙江學署文昌宫碑

文昌星也，天神也，今祀文昌，則以人鬼。國家神道設教，原不必求其人以實之，然其神出於蜀，又出於蜀之梓潼，則自宋以來有此説，世以張惡子附會之。夫張惡子，何與於文昌哉？余按《隸釋・益州太守高眹修周公禮殿記》云：『始自文翁，應期鑿度，開建畔宫，至於甲午，故府梓潼文君增造吏寺二百餘間。』洪氏跋云：『故府梓潼文君，建武中益州太守文參也。』按，畔宫即泮宫，文翁開建而梓潼文君增造，是亦文翁以後一賢太守矣。考《華陽國志・序志》篇『忠義鎮遠將軍義侯文齊，字子奇』，注云：『梓潼人，平帝用爲益州太守。不服王莽、公孫述，光武嘉之。』卽是人也，名雖不同，然古書『齊』字作『亝』，則與『參』形似而誤，不足疑也。又有北海太守文忳，注云：『齊子。』是父子濟美矣。又有丞相參軍文恭，字仲實，注云：『梓潼人。』雖不知於子奇爲何人，然可見梓潼文氏固大族矣。疑今世所謂梓潼文昌帝君者，實卽梓潼文君，而所謂文昌宫者，實卽梓潼文君之家廟也。其始惟文氏子姓奉之，後則溥及川中，今則徧於海内，列入祀典，同之天神。文君生平，振興文教，比美文翁，又以忠義爲光武所褒美，蓋聰明正直而壹者乎？以文昌事之，雖非其實，然視張惡子天淵矣。奉張惡子爲文昌，何如奉梓潼文君爲文昌乎？其姓則文也，與文昌之號符，其家梓潼也，與梓潼帝君之號符。然則文昌之論可以定矣。是説也，余讀《隸釋》始得之，以語學使者瞿子玖學士。學士欣然曰：『吾署旁有文昌宫，君曷以此説文其碑乎？』乃㧑述其説，而係以銘。銘曰：

漢有文君，興於梓潼。爰有家廟，於川西東。始惟蜀郡，今徧寰中。春秋崇祀，曰文昌宫。傳之自昔，昧其所從。我發此義，傳之無窮。

彭剛直公神道碑

光緒十有六年三月乙亥，前兵部尚書、太子少保、衡陽彭公薨於里第，四月壬寅遺疏聞，天子震悼，以公忠清亮直，卓著勳勞，贈太子太保銜，加恩予謚，立功所在，許建專祠，生平事蹟，宣付史館，擢其孫候選員外郎見紳爲郎中，見綬、見綷均由吏部引見。已而内閣擬謚以請，御筆用『剛直』二字，賜祭，賜葬，皆如律令，蓋朝廷眷公之厚，知公之深如此。而海内自搢紳之徒，下至兒童走卒，無不咨嗟而涕洟曰：『噫，彭公逝矣！』其年十二月庚子，見紳等奉公之喪，葬於樟寺山，乞文，以文其墓道之碑。余惟公名滿天下，而不自表襮，詩文、年譜無手定者，傳之後世，懼失其實。余與公交二十餘年，重之以昏姻，雖極知不任，又何敢以辭。公諱玉麟，字雪琴，彭氏。其先江西太和縣人，明洪熙時有顯明者，官於衡，因家焉，遂爲湖南衡陽縣人，所居曰查江。曾祖才昱，祖啓象，父鳴九，安徽懷寧縣三橋巡檢，遷合肥縣梁園巡檢，皖中稱循吏。母王氏，浙江山陰儒家女，賢明有識鑒。嘉慶二十一年，公生於梁園巡檢司署。十六歲，從父還查江舊居。父卒，爲族人所惎，母命出避之。公因入城，居石鼓書院，然無以自給，投協標充書識，支月餉視馬兵。時衡州知府高公人鑑善相士，見公，奇之，使入署讀書。衡陽一邑，應童試者千人，入學不易。是歲縣試，羣擬公必第一，案發，乃第三，越數日，召入見，曰：『以文論，汝宜第一，今乃太守意也。』太守曰：「彭某異日名位未可量，然在吾署中讀書，若縣試第一人，必謂明府推屋烏之愛耳，是其終身之玷矣。」』公聞而深感之，是歲竟不入學，又二年，始隸諸生之籍云。道光末，新寧民李沅發反，發協標兵捕討。公從大軍戰金嶂嶺，禽李沅發，上功總督，誤以爲武生也，拔補臨武營外委，賞藍翎。公辭，歸衡，有富人啓質庫於耒陽，請公往董理之，歲入數百金，悉以賙人之急。其時粵賊由永安北犯，將掠耒以趨衡。公入見耒令，問：『計將安出？』令曰：『吾請兵、請餉，無一應，可奈何？』公曰：『患無兵耶？城中百姓皆兵也。患無餉耶？吾質庫中尚有錢數百萬在。』耒令曰：『然則竟以屬君矣。』出縣印授之。公卽募勇數百人，製旗幟，使巡行雉堞間。賊知耒有備，由寧鄉趨長沙，而耒與衡皆獲全。公以無戰事，不敘功，但請償還所假質庫錢。然公亦自此知名。曾文正公以侍郎治兵衡、湘，廣求奇士，常君儀安薦公有膽略，可用，文正弟靖毅公國葆又薦公與楊公載福，英毅非常。曾文正亦雅知公耒陽之事，及創立水師，以公與楊公分統之。咸豐四年二月，水陸師俱發衡州，不利，引還，而公以孤軍留西湖中。曾文正涕泣，謂必死，竟全師而還，乃益重公。曾文正議悉水師之衆，先攻湘潭，公請先行。望湘岸連檣皆賊舟，然多輜重，少戰艦，公計士卒爭利必亂，乃以三營攻其首尾，自攻其中，縱火同時燒之。賊大敗，死無算，城中賊皆走。公還，大軍恂恂如未嘗戰，輜重一無所取。敘功，以知縣用，賜藍翎。公固辭，不獲，然公牘猶自署『衡陽學附生』。其後詔補金華府知府，乃始署官云。其年秋，公與楊公旁湘東下，公從君山，楊公從雷公湖，張兩翼，先以小舟誘賊。賊舟出，鈔其後，燒百餘舟。賊退保雷鼓臺，攻之不克，公與楊公乘三版船衝入賊中。公中鎗子，傷指，血漬襟袖皆赤，進益猛，燒其坐船，賊遂潰退。軍中慴服，號爲彭楊。時羅公澤南等所統陸軍連戰皆捷，遂至沌口，謀攻武昌。公曰：『是宜渡江先燒其屯。』自塘角至青山，賊礮環列，丸發如雨，諸將皆露立，三版櫂船徐進，無俯首避礮者。賊大驚，於是沿江賊悉潰，漢口、漢陽皆復，陸師不血刃，復兩名城、一巨鎮，水師之力爲多。羣寇乃聚於田鎮，依半壁山、夾江爲五屯，連舟斷江，纜以鐵索大鎖，布木爲筏，置大礮焉，又護以礮船，望之峩然。水師下，攻之，則爲蘄州江岸之賊所撓。公麾師船，掠蘄直下，分水軍爲四隊，頭隊悉令具鑪鞴椎斧之屬。哨官孫昌凱，故鐵工也，方鼓橐吹埵，有小船視筏下，劣容舠，試入之，竟度二船，呼曰：『鐵鎖開矣。』賊愕亦呼，驚走墮水，擲炬燒筏，筏舟俱燼，山上賊亦顛越坑谷，屍相藉。此一役也，湘軍水師名聞天下。公與楊公旋至武穴養傷，別將蕭捷三率水師由湖口駛入姑塘，爲所扼，不得出。公乃於新塘鎮設廠造船，別立新軍，而水師始有内湖、外江之分矣。五年，湖北巡撫胡公林翼攻武昌，賊閉城不出，水師無所事，自沙口還沌口，道經武昌。漢陽寇礮雷鳴，萬聲同發，公所乘船桅折船覆，公墜於水。或以三版船拯之，力挽不起，則水中有抱持公足者，舟人呼曰：『速釋手，此統領也。』公在水中闖然曰：『此時豈顧統領耶！』已而並出水，則抱足者卽本船司柁者也。公笑詈曰：『若知是爾，我提擲數丈外矣。』公當生死之際，猶從容談笑如此。曾文正自江西召公自助，公時適在衡，將赴之，而袁、瑞並陷，道不通。公易衣，操皖音，僞爲賈客，摩寇壘而行，徑達南昌。巡撫以下皆大驚，湘軍聞之，氣勢十倍。六年正月，公破賊樟樹鎮，又破臨江賊壘。三月，營於吳城鎮，以遏賊鋒。又會黄虎臣之師，克建昌縣，轉戰吉、袁、臨、瑞、建、南、饒、廣間，無虚日。七年，以惠潮嘉道協理水師。曾文正疏言：公任事勇敢，勵志清苦，有國士風，堪勝總統水師之任。而公在江西，餉不時得，乞火藥亦不與，曾文正每歎曰：『吾負雪琴。』既而，湖北陸軍再克武漢，水陸俱下，圍九江，攻湖口。賊扼石鐘山，遏内湖之軍，不使得合於外江。公率全軍，分三隊出戰賊於石鐘山，置巨礮。適當我船之衝，傷十餘船矣，或諫公曰：『今驅士卒與飛火爭命，徒死無益。』公泣曰：『不度此險，終無生理，今日我死日也。』義不令將士獨死，鼓棹赴之，賊礮裂，礮者斃，我舟遂銜尾直下，俄頃之間與外江合，歡聲如雷。陸軍應之，進奪小姑山，復彭澤，連破樅陽、大通、銅陵、峽口寇壘而還，遂攻克九江府城。十年，賊復圍湖口，公赴援，舍舟登陸，雨立數日夜，力戰卻之。十一年，授廣東按察使，時文正弟忠襄公國荃攻圍安慶，賊陳玉成率悍賊三萬來援，營於菱湖。公創立飛划營，擡划船入湖，合陸軍大戰，毁其壘，遂克安慶。是爲肅清東南之始。俄授公安徽巡撫，公上疏三辭，於是改公提督，又以武職望輕，不足統率，改以兵部侍郎候補，旋補右侍郎。賊自據金陵，以蕪湖爲屏幛，以東西梁山爲關鍵。同治元年，公與曾忠襄公水陸會攻銅城閘，水師攻其東石壘，陸軍攻其西土壘，破之，於是收覆巢縣、含山、和州三城。又襲破雍家鎮、玉溪口諸要隘，而克西梁山。又由鮎魚觜進，次采石磯。時忠襄之師已由西梁山南渡，偪金柱關而營，公分水軍爲三隊，一隊守險，一隊衝入内河，一隊輦礮登岸，環城而轟之，夜半射火箭焚其西門轆樓。賊從火焰中逸出，積骸滿渠，遂復金柱關，而東梁山亦一鼓而下。東西梁山既復，蕪湖賊孤，循江而進，復蕪湖，而忠襄之師已進攻秣陵關。公懼其孤軍深入，率水軍由烈山赴之。會陸軍拔頭關，進攻江心洲，洲有二石壘，屹若堅城，日晡未克。選壯士登岸，蛇行蘆葦間，偪壘縱火，燄燄燭天，洲遂破。又破蒲包洲，進泊金陵之護城河口，而忠襄之師遂進而營於雨花臺，以規復金陵。二年五月，攻復江浦、浦口兩城，乃議攻九洑洲。九洑洲在驚湍急浪中，賊築壘數十，列舟環之，爲金陵掎角，又有攔江磯、草鞋磯、七里洲、燕子磯、中關、下關諸隘，相倚以爲固。前督師向公、和公皆以攻洲不克，故無成功。公議先破其南岸諸隘，命丁泗濱等循南岸而下，預以枯荻灌油，焚其舟，乘勢薄其壘，猱而升，草鞋磯、燕子磯、下關諸隘皆平。次日昧爽，兩岸並舉，人皆死戰。賊在中關者，竟不爲動，自朝至暮。公令夜戰，且曰：『洲不破不收隊矣。』是夜選精隊四十人，人持短兵，懷火蛋，令巴里坤總兵成發翔率之登岸，於黑霧中潛燒賊壘。諸將蛾附而上，前者殪，後者繼，踐屍復登。乙夜，大破九洑洲，羣醜聚殲，無一脱者。最公生平，田家鎮之戰，石鐘山之戰，九洑洲之戰，皆肉搏血戰，所謂勞苦功高，洵不虛矣。是年八月，解青陽之圍，十月，又督諸軍收復高淳、寧國、建平、溧水諸郡縣，奪還水陽、新河莊、東壩要隘。東壩既復，駐重兵焉，而金陵僞都糧道始斷。詔并論前九洑洲功，賜黃馬褂。三年，江寧復，大功成，賞一等輕車都尉世職，加太子少保銜。四年，命署漕運總督，公再疏辭，言：『臣本寒儒，傭書養母，曾國藩謬采虛譽，強令入營，初見即自誓，不求保舉，不受官職，十餘年來，自知府至巡撫，由提督改侍郎，並未嘗一日居位。歷任廉俸，及軍營例支官品銀，從未具領分豪，恩雖實授，官猶虛寄，若責臣以必赴，惟有負罪而再辭。』上鑒其誠，從之。乃與曾文正奏定長江水師之制，自荆、岳二州至崇明縣，五千餘里，設提督一員，總兵五員，以六標分汛，營哨官七百九十八員，兵萬二千人，月餉及樑費銀皆取給長江釐稅，不煩户部。公在軍垂二十年，初時軍餉奇絀，而淮鹽積滯，惟水師小船，間道可運。公商於鹽政，捆鹽自賣，以供一軍之餉，至是軍餉有額支實款。公以所領鹽票犒諸將領之有功者，而歷年餘存鹽銀無慮六十萬，咨明兩湖、兩江督撫，發南北兩鹽道生息，存爲長江水師公費，且以備外患，一無所私。疏言：『臣以寒士來，願以寒士歸。』又言：『士大夫出處進退，關係風俗之盛衰。臣墨絰從戎，志在滅賊，賊滅不歸，近於貪位。長江既設提鎮，臣猶在軍，近於戀權。改易初心，貪戀權位，則前此辭官，疑於作僞。三年之制，賢愚所同，軍事已終，仍不補行終制，涉於忘親。四者有一焉，皆足以傷敗風俗。天下之亂，不徒在盜賊，而在士大夫進無禮、退無義，臣豈敢稍犯不韙，以傷朝廷之雅化。古來臣子，往往始有建豎，末路隕越，由精氣竭也。臣每歎其人不能善藏其短，又惜當日朝廷不能善全其長，知進而不知退，聖人深戒之。乞開臣兵部侍郎本缺，回籍終制。』疏入，報可，旋命公滿百日即出。公既回里，以查江舊居久圮，卜郡城東岸，築小樓自居，是曰『退省庵』。時往母墓及查江家廟，布衣青鞵，不設輿衛，補制滿，竟不出，種樹灌園，有終焉之志。而自公之歸，長江水師規制浸弛，以侈靡相尚，篙舵工有不能操舟者。衆論至，謂水師無益，可廢。十一年，曾文正薨，詔復起公視師。公一出，劾罷營哨官八十餘人，於是長江水師又大振。公入覲，命署兵部右侍郎，賜紫禁城騎馬。大婚，充宮門彈壓大臣，恩命稠疊，卿貳清閑。或謂公可無辭矣。公始終一轍，再疏力辭，始許公南歸，仍命每年巡閲長江，得專摺奏事，應需公費由兩江、湖廣各總督籌備。公乃奏定《巡閲章程》，一歲自上游本籍衡州出巡，至江浙度歲，一歲自下游江浙出巡，至衡州度歲。於浙江西湖築室三楹，亦名『退省庵』，爲下游事竣休息之所。而經費即取給前存鹽道生息之款，歲支銀四五千兩，其兩江、兩湖籌撥銀一萬兩，皆奏罷之。自是歲以爲常，輕舟小艓，往來倏忽，不獨將佐畏之如神，即地方有司亦望風震懾，而民間諸不軌之徒，作姦犯科愍不畏法者，輒相驚曰『彭宮保來』，駭瞿奔觸，伏不敢出。台州賊金滿束手來歸，威聲震動數千里，他帥莫與比也。朝廷知公廉直，凡有大事，督撫不能決，輒以屬公。如兩江總督左公宗棠、劉公坤一，兩湖總督涂公宗瀛，兩廣總督張公樹聲，皆朝廷倚重大臣，而一經言官劾奏，皆命公察覈。公平心論斷，務得其實，眾論韙之。時朝廷以洋務爲重，命巡江之外，又出海會操各省兵輪船。公則以清吏治、嚴軍政、端士習、蘇民困爲自強要策，製船造器，皆爲末務，鐵路之議，尤力排之。惟請造小兵輪船十號，固長江門户而已。七年，詔公署兩江總督，辭。八年，京察一等。九年，補兵部尚書。辭，不允。其後京察又列一等，以既開缺之侍郎，未任事之尚書，而三載考績與焉，異數也。法越戰事起，朝議以廣東海防尤要，詔公酌帶舊部，速往廣東。公適有疏乞養病，至是力疾請行，調湘軍四千，由海道往，而自由衡州單騎入粤。審度形勝，以虎門爲第一重門户，由虎門而進至常洲，爲省城第二重門户，自此而進，左則漁山、珠山，是爲北路，右則海心岡、大黄滘，是爲南路。公無事駐大黄滘，有警駐虎門，省城官吏爲治行館，不居也，支帳爲棚，蔽以蕉葉，風雨沾濡，暑日蒸炙，與士卒共之。維時省中議者以虎門遼闊難守，不如退守黄埔。公親往履行，見虎門以外即零丁洋，大海浩瀚無涯，而屈曲清流，實止一線，無論帆船輪船，必循此一線而進，進則必經沙角山下。公發健兒，鑿穿山石，以爲礮洞，兵隱其中，敵不得見。十三年冬，民間爭傳夷人將以明年正月犯粤。公自駐山上，令暮夜不得有一舟入口，至除夕，有舟入焉，發礮擊之，帆桅俱斷，於是遐邇咸知所守實扼險要。狡敵寢謀，粤境安堵。虎門以外，尚有横門、厓門及虎跳、磨刀諸門，可繞至省城之右，乃編查沙户漁船數千艘，分守支河叉港。而瓊州者，近接越南，尤夷所必爭，初擬自往，士民籲留，改令道員王之春往。議者徒謂『公以平素威名懾服夷人』，而不知規畫周詳有如此也。和議將成，公抗疏力爭，言有五不可和：『法夷無端生釁，不加懲創，遽與議和，不可者一。法夷未受懲創而請款，是必中藏詭譎，不可者二。法夷不索兵費，但求越境通商，恐將來必有十倍取償於後者，不可者三。以外強中乾之法夷，不問其罪，降心就和，諸夷必狺狺然環向而起，不可者四。雲南物產富饒，久爲西人垂涎，若與議和，必許通商，廣傳邪教，以張羽翼，一旦竊發，將何以支，不可者五。』又言有五可戰：『揣敵情而可戰者一，論將才而可戰者二，察民情而可戰者三，采公法而可戰者四，卜天理而可戰者五。』然朝議意主柔遠，不果用。公又嘗密飭道員鄭官應親赴暹羅，約令潛師襲西貢，又欲率全部十四營由欽、廉度十萬大山，過五嵩，出越南，收復北寧。此二者，人或咎公之輕發，不知當日實因諒山、興化諸軍早經撤入關中，故二策皆不可行，非公策之不善也。治軍之暇，又留心粵東利弊，請豁攤捐，以免賠累，核釐捐，以杜侵漁，補署差委，務宜公平，著名劣幕，概予驅逐，皆於吏治有益。及和議成，軍務畢，又陳善後事宜，請設海軍總統，駐紮吳淞，分設兩大鎮，一駐南洋，一駐北洋，而練陸軍以輔之。東三省宜創設兵輪，購配鎗礮，分置要隘，以杜俄人窺伺。臺灣宜練土勇，簡任賢能，專任其事。皆深識遠慮，所見者大。公前在西湖，得偏枯之疾，在粵三年，感受瘴癘，宿疾大發，至不能飲食言語，行步須四人扶掖。自粵北歸，連疏乞休，皆慰留。十四年，始開公兵部尚書缺，俟病痊仍巡閱長江如故。而公病已不可爲矣。公卒年七十有五。娶鄒氏，子永、釗，皆先卒。孫四人，其第二孫曰見綏，以後其弟玉麒，故詔書不及焉。公性豪邁善飲，喜讌客，而自奉至薄，不御肥甘，旁無姬侍，惟一二老兵給事其旁。遇部下舊將若布衣昆弟，而紀律極嚴。安徽有候補副將胡開泰，召倡女飲，使妻行酒，妻不可，殺其妻，又有湖北忠議營營官副將譚祖綸，誘劫其友妻，用計殺其友。治兩獄者，相持未決，公召其人至，詰得實，立麾出斬之。軍中股弁，性喜文士，折節下之。工畫梅，海內傳者近萬餘本。公殁未久，即有以二十金易一幅者。能詩文，下筆立就，所爲奏疏，皆自屬稿，與人書，亦不假手記室。敷暢條達，忠義之氣溢於楮墨間。是以易名之典，略其功業，而獨表其性情。上之於公，有特鑒矣。敬本斯意而爲之銘。銘曰：

人之生直，其爲氣剛。剛則近仁，直大以方。明明天子，知公特詳。錫此二字，紀於太常。公之故舊，私議其旁。情性似矣，功業未彰。豈知功業，非公獨長。即在當時，並稱彭楊。至於情性，日月爭光。睥睨宇宙，笑傲侯王。直如矢笴，剛若劍鋩。同時元老，令名孔臧。曾曰文正，左曰文襄。歷觀史策，後先相望。公曰剛直，自古未嘗。皇朝謚法，稽之舊章。曰剛曰直，莫克兼當。惟帝知公，特筆褒揚。傳千百世，久而彌芳。朝野共識，婦豎不忘。辟除魑魅，激發忠良。剛直之澤，永永無疆。

春在堂襍文四編卷二

贈通議大夫謝君傳

謝君元慶，字肇亨，別字蕙庭，晚年自號東皋，又號淡然。其先世本陳留人，後遷會稽，又遷餘姚。明崇禎時，有曰振龍者避寇來吳，遂爲江蘇吳縣人。曾祖士鑄，祖長源，父亦樑。君事祖父母、父母以孝聞，少時家業鼎盛，姻婭皆貴顯，而君布衣徒步，若寒素然。其於歌樓舞榭，撂蒱陸博之場，終身未嘗闌入也。弱冠喪父，躃踊哀號，血涌出，病幾死，及喪母，亦如之。既合葬於葑門外，又以水患謀改葬。或曰：『是吉壤，不可動。』君曰：『陷吾親遺魄於水中，博子孫科第，可乎？』乃更窆焉。後君逾四十未有子，咸以爲咎。君曰：『修身立命，俟之而已。』行年五十，果生丈夫子一。君自幼工爲《四書》義，有聲鄉社，及孤露，乃歎曰：『而今而後，祿不逮親矣。』因絶意仕進，時家已中落，恆產所入苦不給，而於從兄弟之子若女，女兄弟之子若女，皆鞠育之，如己出。先世所遺田三百畝，立爲義產，族姻之孤寡貧乏者咸有助。其家累世以藥餌及錢粟施人，人稱謝善人家，至君益恢大之，日裹藥囊錢行委巷中，見貧病者予之，風雨無間。道光十一年，江北大水，與韓桂舲、潘功甫諸公集貲以食難民，嬰倪之遺棄者留養之，棺槥之漂流者收瘞之。十五年，吳下大雨霖，汙邪之地皆没，君廉得極貧者四百餘家，計口授粟，日五合，鰥寡孤獨益之以錢，人五百，名門舊族有癈疾者倍其錢，嗣後遇災歲，勸分同食，君率爲倡。胥門外故有大橋曰萬年，久圮不修，君爲一書，曰《造橋徵驗録》，見者感動，橋工乃集。咸豐三年，粤賊之亂益偪，率里人行保甲之法，慮負販之民無以生，且爲亂，言於官，賑焉。又爲米肆曰平糶，爲粥局曰平賣，以賑貧民之不屑就賑者。久之，貲不給，乃創一法，曰救命浮屠，其法人以錢五十爲一願，願多寡視其力，積微成巨，得錢數千萬。金陵既陷，難民踵至，置廠以居之，其民之秀者，别其廠，曰慧業，後二十餘年有顯者焉。又製耐饑丸，使人散之丹徒、丹陽間，活無算。七年冬十二月甲子，君六十生日也，親故雅知君者，不以酒醴爲壽，率書券曰『寒衣若干襲』、『米若干石』，以助君施。君喜曰：『此足以壽我矣。』君少時善畫蘭，輒鈐小印於紙尾，曰『畫蘭易粟』，意在得粟以施也。其好善之意，至老不衰，蓋天性云。蘇城將陷，君以賑事不忍先去，既陷，乃間關以出，避居黄埭，鄉人以粟帛餽者，相繼問之，則皆佃農平日屢減其租者也，不則災歲受其賑者也。君日爲父老陳説國家恩德，戒勿從賊，又縱談善惡之報，愚民感化，故黄埭一區無劫奪者。已而聞城中亂益甚，同宗多死難者，憂憤不自勝，乃發疾日臻，將屬纊，戒其子曰：勤學早修，此吾父易簀時訓我者，今語女。語已遂卒，卒之日爲咸豐十年十二月丙戌，年六十有三。君生平善舉，例得獎敘者，率推以予人，故以布衣終。以弟錫慶官贈通議大夫，妻楊氏贈淑人，先卒。側室張氏生子家福，字綏之，即君五十時所生者也。勇於爲善，能繼君志，有聞於時。論曰：江蘇爲東南財賦所出，而上海一隅，爲其門户，故海内有水旱偏災，謀賑者必於上海，而力成其事者，則皆謝君綏之也。綏之以蘇人寓上海，善士之稱，聞於朝野。余今年過上海，見其人，恂恂然君子也。出其先德蕙庭先生行狀，乞爲家傳。余讀之，乃知綏之之行善，有自來矣。《詩》不云乎：『教誨爾子，式穀似之。』穀之言善也。若謝氏之世以善人稱，其爲穀也，不亦大乎？夫景惠陰德，罕樂陽施，皆以長世遐紀，炳然史册，吾知謝氏之興，未有艾矣。

樊母馮太夫人傳

樊母馮太夫人，蜀人也。乾隆之季，川陝大亂，隨其父處士馮公避地於沌陽，遂歸咸寧封榮祿大夫樊公爲側室。樊公以子貴封，而子卽馮太夫人出，故封與公同焉。公有如夫人者四，馮太夫人尤婉娩柔順，得公歡心，事嫡陳太夫人如母，遇其儕輩猶女昆弟也，撫嫡子如其子。生丈夫子二，其次子殤，會嫡子二人亦殤，乃茹痛爲陳太夫人百計慰解，不敢以喪其子幾微見顔色，人尤難之。其長子則河南府知府玉農樊君也，教之極嚴，遲明卽趣使就塾，甫弱冠，郡試弟一，隸邑庠，未幾領鄉薦，而太夫人督責之如初。每入都應禮部試，必戒以慎行止、謹交游，曰：『男子不患名不立，患行不修耳。』無何，崇陽人鍾仁傑據城叛，咸寧與崇陽近，羣情恇恇，謀他徙。太夫人誡家人曰：『汝曹無恐，朝廷惠養黎元，額征不及十之一，何負於民？彼乃抗不納糧，倡爲戎首，天理所不容，行就殄戮矣。』會縣令王公勸民用摶力古法以禦賊，無應者，太夫人命玉農君往，散家財，募士卒，不足則撤環瑱助之。賊不能犯。事平論功，以知縣用，俄選授河南中牟縣。太夫人從之官，戒之曰：『官之賢否，定於逮官之初，宜事事檢束，勿以自信無他，遇事任性。凡居官者，清而不刻，嚴而不酷，斯爲善矣。』玉農君終身誦之。中牟大旱，請帑金以賑，太夫人曰：『凡賑之道，與其遺也，不如其濫也。』聞窮民生子女多不舉，命設局養之，全活無算。及去中牟，諸婦孺拜輿前者相望也。牟之士大夫則歌之曰：『先正有言兮，活一人者，錫福自天。太母所活兮，其數盈千，歌燕喜而卜餘慶兮，錫純嘏以延年。』後數歲，太夫人卒於安陽縣署，年六十有六。太夫人持家節儉，而御下寬厚，於臧獲婢妾，詢疾苦，問饑寒，常謂子婦曰：『彼亦人子也，宜善視之。』故卒之日，左右者皆哭失聲。生平無疾言大笑，賓客之登其堂者，未始一聞其謦欬也。尤勤於女功，中年以後，目力稍衰，乃紉色絲爲辮，至老不休，所衣非補綴至再勿易。樊氏素豐於財，太夫人辜較一歲所入，完國課外，悉以濟族之貧者。遇祲歲，所入不足，則命玉農君補益之，曰：『年例不可缺也。』玉農君每月進錢如干，備太夫人不時之需。藏弆不用，臨終指示家人曰：『所積得數百金矣，可取以營什一之息，族有不能婚葬者，以息錢予之，此吾素願也。』其天性好善，臨終猶不變如此。玉農君子孫振振，並有聞於時，皆太夫人所貽也。

舊史氏俞樾曰：嘗讀《三國志·鍾會傳》注載會爲其母張夫人傳，稱爲太傅成侯命婦，蓋會之生母也。傳中盛稱母賢明，且能以經術教其子，然會以志大心迂，卒及於難，負此母矣。今觀馮太夫人之教與玉農君之克承其教，是過鍾氏遠甚，宜其子孫振振，方興而未艾哉！

河南府知府樊公傳

樊公諱琨，字玉農，湖北咸寧人。自幼善屬文，弱冠試於郡，冠其曹，遂充縣學生。道光十一年應鄉試，中式，再試禮部，不售。時公之父年高，望公甚切，乃入貲以州判分發四川，非其志也。俄奉母諱歸，未幾父亦卒，服闋，請於吏部，注銷原官，仍以舉人試禮部，又不售。會湖北有鍾仁傑之亂，仁傑據崇陽叛，咸寧當其衝，咸寧令王君命各鄉以摶力之法禦賊，無應者。公括家財，募死士，鴆然成軍，賊不敢犯，咸寧以寧。大吏上其功，詔以知縣用，旋選授河南中牟縣知縣。是歲爲道光二十三年，舉行鄉試，公甫至卽充同考試官，得士九人，試畢之中牟。中牟巖邑也，南多沙磧，北濱大河，東西又爲孔道，地瘠而民貧，役繁而賦重。公始至，值河決，已而又遇大旱，水旱交至，民益大困。公請於上官，發帑金賙之，設粥廠以食餓者，日必親至。以貧民生子女多不舉，創立育嬰堂，全活無算。又教民穿渠蓄水，爲水旱備，民利賴之，名曰樊公渠。公治中牟凡五載，及調知安陽縣，牟人思之，爲歌詩以獻者，無慮數百篇。又以公嘗出錢五十萬，助景恭書院經費，刻石院中，頌公之德焉。公治安陽，如治中牟。安陽民素雕悍，有紅衣而帶刀者，曰刀客，横行閭里，爲良民害。公名捕其尤悍者數人，杖斃之，餘皆易服逃去。大吏以公治行上聞，將擢用之，以丁所生母憂去官。大吏交章奏留，總理軍需局，序功以知府用。既免喪，授河南府知府。方是時，賊蹤徧兩河，隳城殺吏無虚日。公練兵籌餉，以戰以守，河洛之間，恃之以安。詔加公鹽運使銜，賜花翎焉。咸豐十一年，皖賊西犯，攻虎牢，不克，由間道襲鞏縣。公率師禦之，遇於黑石關，夾河而軍，賊屢以筏渡河，輒擊退之。會河水驟長，筏無所施，賊遂宵遁。是役也，非公督衆力戰，則河洛危矣。公不自居功，以河水驟長，謂有神助，請於朝，加河神封號云。公守河南，久負時望，咸謂將大用。而與大府有違言，讒人又交搆之，竟坐免官。公在官時奉入夥夠，或勸爲子孫置田産，公曰：『官錢可爲私計邪？』性好士，幕中客常以百計，四方賓客，稍有一面之雅，供其資糧屝屨必倍於常，以故去官之日，家無餘財。又以家鄉遭兵亂，不能歸，仍寓居中州，終焉。同治七年，公年六十矣，時寓居鄖城。將卒前數日，自鄖至省城，與諸僚友談讌甚歡，比歸鄖，又與客談至丙夜，客去始休。甫就枕，俄頃間卽起，呼家人至，曰：『吾將逝矣。』處分後事，語畢而卒。一時皆驚，以公爲非常人也。公少時事親至孝，父之故舊，悉以豐禮款留之，俾朝夕共遊讌，以博其父歡。所娶余夫人，亦賢。生五子：希楠，候選道；希棠，副貢生，兵部郎中、山東曹州府知府；希棣，貴州候補道；希材，候選同知；希槼，舉人，刑部候補郎中。諸子皆材，而希棣尤奇偉，余别有傳。

舊史氏俞樾曰：余咸豐間視學中州，而公適守河南郡，一見如故，承以次女爲余長子婦焉。公恂恂長者，而材略過人，其強識尤不可及，凡公牘文字，一過目輒能背誦，歷久不忘。以公之才，當咸豐、同治多事之秋，謂宜一歲三遷，膺受節鉞之寄，而竟止於此邪？嗚呼，士之才者未必見用，見用矣又未必能盡其才，有志之士，所以三太息也。

貴州候補道樊君傳

樊君諱希棣，字蕚樓，河南府知府樊公琨第三子也。幼隨其父在中州讀書，習舉業，已忼慨有大志。以兵亂塗梗，不得回湖北原籍應試。乃挾貲入都，將博一官，徧詢於人，曰：『今仕途所尤畏者何地邪？』咸曰：『無逾貴州。』君卽以布政司庫大使指分貴州，人皆危之，河南公亦以其年幼爲慮。君曰：『兒自願之，必不貽父母憂。』既至貴州桐梓，有亂民鳩眾以叛，苗夷皆從之而起，黔中大聳。大吏廉知君才，檄署貴定縣知縣。貴定在省城東北九十里，乃省城之門户也。君下車訓練卒伍，激厲士民，爲戰守計。賊不敢逼。每歲春耕秋獲，輒以練卒防護農民，故四郊多壘，而三時無害。久之，賊勢愈熾，鄰邑盡陷，惟貴定獨完。賊以不得貴定不能進窺省城，乃合長圍以困之。君晝夜棲止雉堞間，與士卒同甘苦。賊近城，則出奇兵擊之，大小數十戰，殲賊無算。賊少卻，則以其間率所部收復附近歸化、定番、廣順諸城。當是時，大府亦倚君爲重，而貴定之民戴君尤甚。君時已由庫大使歷升知縣，同知直隸州知州，補仁懷直隸同知，賜託喀台巴圖魯勇號，賜戴花翎。旋有詔，開缺以知府用，然君猶署貴定縣如故。每以事至省城，必有數百人從之，君止之城外，而從入者猶數十人，至則噪於大吏之門，曰：『無奪我好官。』故君在縣猶以縣令冠服視事，不敢言已遷官也。賊畏君甚，百計密圖之。一日，欲鬋頭，呼刀鑷之工至。其人見君而色變，問之，乃實告曰：『賊以千金賂小人，使乘間害公耳。』君曰：『若然，汝將害我乎？』曰：『不敢。』『然則，汝執汝業，不汝罪也。』一日，出行城外，突有人剚刃輿中，削冠綏去半，視其人，官兵也。執問之，賊所僞爲者，從者皆撟舌，君神色自若。其後，賊賄通飢卒爲內應，探知君寓城南關廟中，黑夜蛾傅登城，攻關廟。而是夜，君適在署，聞警從牀上躍起，跣而出，傳令守陴之兵毋妄動，毋使賊得繼至，乃奮身奪賊刃，與賊鬬。城中兵不百人，然皆死戰，自丙夜至戊，殺賊殆盡。遲明，城中亂定，君回署，衣盡赤，解視之，凡受七創，皆深入四五寸。城中訛傳縣官傷重而死，君裹創出行，通衢以靖，邑人又鞫所俘賊，得內應者主名，自副將以下數十人。是日，皆入署賀戰勝，悉縛而誅之。然後白臺司，且請治專戮之罪。臺司諸公嘉君膽識，然亦以其傷重，不欲其久居危地，乃使人代之，俾君入省城養傷。君既去貴定，未幾貴定竟陷於賊。省垣震動，強起君攝貴陽府知府。君力疾視事，內安外攘，不遑啓處。而大府又以遵義府爲賊覬覦，恐爲所得，檄君往守之。未至，又以遵義所屬正安州民變，命往案其事。君單騎至正安，撫定其衆，而亂首不可得。一日按簿籍，呼諸吏役名，見一役長鬢而豐頤，似素識者，久之乃憶，初至黔時，署按察司司獄，其人曾來行賕，彼時卽知其人非良善也。鞫之得實，竿其首，遂以無事。已而粵賊石達開自蜀回犯遵義，與土寇相鉤連，連營百餘里。君由間道出兵，乘賊不備，擊走之，土寇悉平。詔書褒美，命以道員記名簡放。會有傳習邪教者，制軍勞公使君治其獄。君以脅從者宜赦，與勞公意不合，爭之過切，勞公怒，疏言：『樊某固執己見，與臣抵牾。』於是吏議撤銷所記名。已而黔撫張公又疏言：『樊某性情倔强，不善事上官，固咎有應得。然其治此獄甚合事理，督臣未免偏執，且樊某在黔，素得民心，今處不當罪，恐乖衆望。』於是又有詔，復君原銜。久之，奏署糧儲道。時賊復據貴定、龍里等城，巡撫曾公檄君督剿，復之。賜加布政使銜。當是時，黔中亦略定矣。君在黔垂二十年，與兵事相終始，所在有功，其名甚著。官貴定時，從十餘騎行山谷中，遇賊大隊至。賊見君，遽曰：『樊萼樓來矣。』則皆走。最後剿龍、貴之賊，賊望君旗幟，驚曰：『聞樊萼樓已死矣，得毋誑我乎？』君怒馬獨出，曰：『余在此！』賊皆辟易，麾衆擊之，大敗之。其爲賊所畏憚如此。無何，河南公卒於鄖城，君自黔奔赴，奉其喪歸咸寧。服闋，入都，由吏部引見。蒙召對一次，命還黔。君雖以將才顯，而居官實克舉其職，所至必興復尚節、育嬰諸堂，以收養嫠孺，又增益書院膏火，以興起文教，興利除弊，不遺微細。黔城之外有湖曰小烏江，君署貴陽守，偶經其地，見湖中魚甚多，無漁者，問其故，或告曰：『此湖神所居也，一施網罟，水卽湧起。』君曰：『妄耳，烏有是！』呼漁者至，督之漁，水果湧起，次日又往，復然。父老皆諫，君不聽，又次日又往，則水不復湧矣。至今民食其利焉。君廉而好施與，凡故舊來投者，可用則用之，不可用厚遺之，必滿其意，故歷官守令而不名一錢。以積勞成疾，又感受濕氣，於光緒二年某月日卒，發其篋，止白金十二兩而已，年四十有八。卒之日，民幾罷市，斂之日，傾城往送，其親屬轉無容足之所。其喪之歸也，黔之士大夫皆素服送之，巷哭野祭者相望。又言於官，請爲立祠，格不行，黔人至今惜之。

舊史氏俞樾曰：君本儒家子，恂恂然，非讀孫、吳之書者也。一行作吏，遂爲名將。君之用兵，殆所謂天授，非人力乎？君以末秩至黔，不數年遂以功名顯，不可謂不遇矣。然君之志固不止於此。嘗自言：『異日國家有事四夷，雖死不辭。』烏乎，何其壯哉！今天下雖號無事，而伏莽之戎，所在多有，鱗介之族，亂我冠裳，尤志士所同憤。君子聽鼓鼙之聲，則思將帥之臣，如君者，可以深長思矣。

女子錢芬傳

乾隆間，江南有才女曰錢芬，字左才，常州武進人也。父枝起，字方高，工部主事。左才幼而慧，父授以《毛詩》，輒通曉，稍長能詩，且工畫，所居曰段莊，就其景物爲《江村圖》，題詩其上，以尺絹繡之，詩字繪繡皆佳，見者歎爲四絶焉。及歸同里楊瑤，瑤字濱洲，其父爲式齋明經，與方高皆以能文名。左才善事之，三黨皆稱賢孝。然體弱善病，中年後又劬於家事，井臼刀尺，不假手婢嫗。俄而父兄相繼歿，益鬱鬱不自適，未幾母亦卒，朝欷暮唶，病遂不起，於乾隆二十六年十有二月某日卒。傳者失其生年，年若干歲，不可考矣。子二人，長濟恩，爲縣學生，能詩文；次湛恩，亦善畫。左才集中有《示凝儒兒》詩，卽濟恩也。又有側室子二人，曰洽志，曰淳意。洽志善畫仕女，時稱『楊美人』云。

論曰：乾隆時，常州多才女，如莊蕡孫之《悟香閣草》、吴永和之《苔窗拾稿》，當時皆盛稱之，然皆不逮左才。左才有姑，姊妹二人，曰守善，曰守芳，亦工詩，然亦不逮左才。故左才才女之名，至今其鄉里猶傳焉。余讀其詩，多思親憶姊、悲傷憔悴之音，豈其所遭之境固有難言者與？嗟乎，左才卒於乾隆辛巳之歲，至今歲又再值辛巳，蓋百二十年矣。余所謂誦其詩不知其人者，又烏足以知其意哉？然其詩則可傳矣，聞其族孫佩瑗將重刻其詩以行於世，庶足慰才女於地下乎！

姚君妻張夫人家傳

夫人姓張氏，浙江嘉興人。父以銘，江蘇布政司理問。生六歲，入塾讀書，穎悟過男子。理問君嗜金石書畫，以此秏其家貲，夫人稍長，即能佐其母治家，年二十歸於姚。姚故禾中右姓，自明以來，祀鄉賢者三人，道光二十九年大水，其君舅笛秋君捐萬金，振鄉里，禾人稱焉。姚君名文枏，字訪梅，爲人通敏，有智局，以長蘆鹽運司同知攝鹽運使，旋以道員候選，加布政使銜。夫人相之四十年，中間遭逢離亂，閱歷盛衰，卒脱諸險，重履亨衢，固姚君之賢且才，而夫人亦與有力焉。其始來歸也，笛秋君知其能，悉以家事委之，凡所區畫，無不當。俄而粤賊自江蘇、安徽擾及吾浙，夫人聞警，即佐布政君部署諸事，奉家廟栗主及祖父遺像以行。初避嘉興之南鄉，用摶力之法衛鄉里。已而由澉浦之紹興、之餘姚、之寧波、之上海、之南通州、之寶應，族中人避寇難者皆從之而至。夫人輒分宅以居之，衣食無私焉。又由鹽城浮海至膠州，陸行而達天津，謂布政君曰：『此地雖在海濱，然距輦轂近，可託以庇吾家矣。』

乃出所齎金帛，營鹽筴之利，又以布政君方服官，不欲以私事煩之，千緒萬端，手自擘畫，雖老於榷會者謝弗如，不數年，富於其舊。乃進諸子而忞慔之曰：『遭亂以來，故家子弟，簞瓢捽茹，餬頤頰於人者不知凡幾矣。汝曹承先世餘澤，靡衣鮮食如故，可不知所勉乎？』諸子咸從其教，克自樹立。夫人以家計粗足，益務爲善，先命長子寶勳省視先塋，自明太傅公以下，咸修治之。太傅公故有專祠，春秋官爲致祭，亂後廢不舉，言於官，復之，曰：『此兩者皆興復之要務也。』禾城之西有茶禪寺，寺前有三塔，相傳下爲龍穴所以鎮也。塔毁，而狂飆時作，舟行畏之。夫人出貲建其中塔，而左右兩塔亦助之成，民賴其利。他如義學、義園諸善舉，無問遠近，有告必諾。同治十一年，津郡有洪水之災。城外諸淺葬者爲水所發，棺椑隨流而下。夫人命舟四出鉤撈，至距城七十里地曰鐵嶺，得棺以千計，其有可别識者，招其人而歸之，無者，買地而葬之。津郡舊無厲壇，夫人曰：『祀孤亦朝廷仁政之一，不可廢也。』出銀千餘兩爲之倡，津郡之有厲壇，自夫人始也。夏大暑，必製藥餌以療病者，歲暮必分粟以食餓者，紉衣以衣寒者，津郡兩遇水災，皆振恤之。光緒中，自趙、代以至秦、晉，皆大飢。夫人所捐助甚鉅，有詔旌焉。其居室時，孝於父母，既嫁，無逾月不歸省。其幼弟依之以生，今官永定河同知，能舉其職，夫人之教也。晚年其待宗族尤篤，有貧乏者，月必餼之，嫠婦則加厚焉。布政君之弟早卒，撫其孤子，至於成立。其居室喜誦佛書，嘗曰：『勸人爲善，儒釋無殊，余不能參無上妙諦，但知就此心此理檢束而已。』以國朝王澤浧所著《金剛經句解》文理明晰，刻以行世焉。君姑沈太夫人以病居禾中故第，夫人以不得迎養爲憾，每遇其生日及布政君生日，必多買禽魚，縱之林沼，蓋亦用佛氏説也。光緒九年，夫人年六十矣，其生日亦如之。時直隸又有水災，夫人施棉衣五百襲，親督婢媪爲之。俄而感疾，十一月己丑卒。卒之日，遠近聞之，有歎息者，有哭而來弔者，蓋平日善之及人深矣。子二人，寶勳、恩衍，服官中外，並有聲。孫四人，孫女六人。恩衍先夫人卒，其女曰引璋，自六齡卽依夫人同臥起，夫人疾，引璋曰：『脱有不諱，必相從焉。』旬日之間竟以毀，卒年甫十有六。是宜附夫人以傳者也。

舊史氏俞樾曰：同治之元，余航海至天津，而訪梅亦至焉，皆避寇亂也。以鄉人之誼，時相過從，已知夫人之賢。及余南歸，又爲夫人之弟平章娶仁和周氏女，蓋余外姊之女，而在余婦則女兄之女也。余於是於夫人之賢益知其詳矣。訪梅悼夫人之亡，請爲家傳，以存其人。余惟内子姚夫人，亦以二十歲來歸，其卒也，年亦六十，適與夫人相同，而中間更歷富貴貧賤患難，其情事亦有近之者。語不云乎，『家貧則思賢妻』。敘次夫人事，殊觸吾故劍之感矣。

韓烈婦傳

韓烈婦姓費氏，江蘇吳縣人。父某，官直隸長垣縣知縣。幼讀書，明大義，年十二，其母徐及其生母李相繼逝，哀慟如成人。及長，許嫁同縣韓少蓮。韓父蓮洲君，曾權知河南溫縣，前卒。少蓮奉其母錢宜人，依其姊壻居保定。光緒九年八月，就姻於長垣，既成禮，甚相得。而少蓮故羸弱，途中又感疾，俄病篤。婦百計醫療，刲肱肉，羹以進，竟罔效。明年正月丁亥遂卒。婦慟甚，誓從死，家人環護，未得間。婦私念，吾父年七十矣，若死於此，傷老父心，不可。乃忍不死。奉其夫之喪，歸於保定，拜其姑。時錢宜人瘍生於指，婦晨夕吮血傅藥，不脱經帶者旬有五日，姑疾愈。承姑命，奉喪歸蘇州，而貧不能成行。輀軸之費，撤環瑱佐之，乃克歸於先兆。族長老聚謀，謂婦之賢，不可無後，以其夫兄之子濟修子焉。濟修方從其父居河南，婦寄以《五經》一衺、硯一枚，曰：『期爾繼乃父書香也。』濟修未及歸，而婦竟以八月己卯仰藥死，檢篋中，得遺書，言：『曩所以不死者，恐傷親心，且以夫柩未歸耳。今則可矣。婢媼輩幸無救治我，徒苦我，使再死，無謂也。』其附身附棺之物，皆躬自料量，人無知者，蓋其死志久定矣。年二十有七。自成婚至徇夫以死，甫一稘耳。有絶命詩八章，濟修刻以傳於世，讀者悲之。

論曰：余讀烈婦絶命詩，知其母疾篤時，亦嘗有刲股之事，以十二齡女子，而能辨此，天性固過人哉。其夫有妾曰麟徵，遺詩中猶及之，勉以事姑，其賢孝又可知也。成婚四月，遽失所天，艱難歸里，從容赴義。嗚呼，雖古烈丈夫，何以加茲？

卞節婦傳

卞節婦姓孫氏，浙江歸安人。父崑，字均亭。母氏談，名印梅，才女也，有《九疑仙館詩集》，頗行於時，《湖州府志》有傳。婦年二十有四歸於卞，爲廣西候補主簿卞君乃諄繼配。歸三載，而卞君以病乞歸，既歸，病不瘳。婦事之謹，膳羞手治之，藥餌口嘗之，道光十有七年二月，卞君卒，蓋距來歸時僅六載耳。慟甚，以姑老子幼，忍不死。事其姑孫氏益嚴，有所使，不宿而辦，有酒食必先以進。子祖海，甫六齡，卞君元配陳氏所出也。愛之如己出，幼則飲食、教誨之，長而娶婦，生子女矣，猶治其家事，至老不倦。於是鄉人士君子聚而言曰：『如節婦者，所謂青年守志，白首完貞者歟！且守節逾三十年，於例符矣。』乃於同治十二年八月言於官，聞於朝，依令甲，旌其門。而縣令許公盛復大書四字以褒美之，曰『貞心勁節』。

舊史氏俞樾曰：余幼時即飫聞菱湖談氏印梅、印蓮二女史之詩名，及長，得讀其詩，爲之作序，今存《賓萌外集》中。節婦貞一之性，固受之於天，亦其稟於母氣者至清而至淑歟！節婦猶在，於法不當立傳，余徇其鄉人之請而爲此者，蓋節婦之志久定矣，豈必待其没身之後而後論定其人哉？撮大略，著於篇，附其家乘可也。

石船徐公家傳

錢唐徐氏爲吾浙望族，自文敬公始，文敬公之子爲大學士文穆公，文穆公之子爲宗伯公諱以烜，國史皆有傳。宗伯公生丈夫子七，公其三也。諱紹基，字厚梁，别字石船，當雍正六年，歲在戊申，文穆公方爲貴州學政，宗伯從之至黔，而公以生焉。生二年，而宗伯公成進士，入詞林，又十八年，而文穆公卒，又六年，而母俞夫人卒。既免喪，爲乾隆二十年，歲在丙子，公以治《易》應順天鄉試，主試者諸城劉文正公、漳浦蔡文恭公，得公文，賞其有奇氣，取置第十八。及發彌封，徐文敬曾孫也，曰：『是得人矣。』而是科宗伯充順天武鄉試主考官，父典武闈，子捷文闈，談者美之。其明年，宗伯知貢舉，公迴避，不與會試。及宗伯以内閣學士引疾歸，而公已以舉人仕廣西，爲東蘭州知州。任滿，遷安徽安慶府同知。乾隆三十六年，宗伯公年七十矣，公將馳還爲壽，未及期，宗伯遽捐館舍。公慟哭曰：『天乎！

胡半月之暫而不我假乎？』服闋，補江南淮安府海防河務同知。是時，江南全盛，淮上爲河工人員所聚，風俗浮夸，服食奢侈。公法晏子國奢示儉之意，務爲省約。嘗與同僚聚坐，或笑其韡敝，公笑曰：『韡雖敝，底子佳也。』其語意微婉，類如此。嘉慶五年八月壬申，以積勞卒於官，年七十有三。娶陳氏，海寧世家女，兩家門弟皆極盛，而能以樸素佐公清德。少公一歲，後公三年卒。生子一，寶鑑，湖北縣丞。副室馬氏，亦生子一，是爲杉泉君，余別有傳。女子子三，程君德保、孔君獻堃、程君金皆其壻。

舊史氏俞樾曰：昌黎以殿中少監馬君爲稱其家兒，夫金張世族，黄散舊家，而能稱之，斯亦難矣。如公者，非所謂克稱其家者乎？雖名位未大顯，然積厚流光，慶延其後，韡底之喻，可以深長思矣。

杉泉徐公家傳

公諱鼐，其家譜名祖錫，字聖植，別字松巖，亦曰杉泉，錢唐人，徐氏，文敬公元孫也。曾祖大學士文穆公，祖以烜，内閣學士兼禮部侍郎銜。父紹基，余所爲作《石船徐公傳》者也。公生於乾隆四十年，歲在乙未，生數歲，即侍石船公於官舍，習聞吏事，故生平以官績著。年二十六，丁石船公憂，甫逾年，丁生母馬太宜人憂，越一年，又丁母陳宜人憂。及服闋，年已三十二矣。時家中落，屢應鄉試，不售，乃以縣丞分發南河，俄遷山陽縣知縣。山陽故多盜，公捕治幾盡，行保甲法，以清盜藪。又教以詩書，齊以禮俗，民頑丕變，盜風遂絶。陶文毅公知其賢，調任上元。公處繁劇，如行無事，案無留牘，獄無滯囚。仍以其暇，應接賓僚，倡導風雅，戴星之勤，鳴琴之逸，兼有之矣。已而又由上元調南滙，其地素稱沃壤，財賦饒衍，甲於三吴，居是官者，靡弗優渥。公悉以所入加書院之膏火，助善堂之經費，齋廚蕭然，至不能自給，去官之日，無所贏有，所負鬻田，不足以償，并圖籍書畫鬻之以償官錢，所謂身處脂膏，不能自潤者也。道光十二年三月甲申，以疾終於里第，年五十有九。妻孫氏，後公二十三年卒，年八十有二。子二人，鴻度，江蘇崑山、山陽縣巡檢；鴻謨，是爲若洲君，余别有傳。孫三人，惇原，署江蘇山陽縣巡檢；國霖，候選府經歷；琪，翰林院編修。公以琪貴，贈奉政大夫，妻宜人。公雖不以科第進，而喜文詞，工翰墨，尤善爲篆隸書，南滙人至今寶之。光緒中，琪至南滙，其邑人有改再薌者，以公手臨漢碑數種來歸，亦見其遺愛之在人也。琪又言，公善於製墨，得易水遺法，有獲其一笏者，珍如尺璧，今不可復得矣。

舊史氏俞樾曰：余居江蘇，久聞上海、南滙、青浦三縣爲仕途中所豔稱，有『上南青』之目。公宰南滙，乃反以致累，誠廉吏哉！清德之報，在於其孫，觀於花農，信矣。誰謂廉吏不可爲也？

徐若洲君傳

君諱鴻謨，字若洲，浙江仁和人。故吏部尚書徐文敬公之來孫，東閣大學士文穆公之元孫，禮部侍郎諱以烜者之曾孫也。徐氏於南宋初由河南遷浙之蘭溪，又由蘭溪遷杭，自文敬公以下，三世皆以翰林起家，爲杭右姓。祖諱紹基，乾隆二十一年舉人，淮安府海防河務同知。考諱鼒，江蘇南滙縣知縣。君其次子也。少孤，隨其母孫宜人依外家居平湖。年十二，作《觀潮賦》，驚其長老。十四歲入縣學，應鄉試，五薦不見取。君素有大志，道光中葉，海上始用兵，獻籌海十策，不用。及和議成，君撫髀太息，有經世之志。又以母老，冀以祿養，乃入貲爲從九品，分發江蘇，歷署上官時堡司巡檢，又署江都、甘泉兩縣典史。咸豐五年，署揚州府經歷，兼理清軍同知。同知，五品官，以從九品攝之，重其才也。俄孫太宜人卒於如皋，君以不及視含斂，欲絶食以徇。其友顧梅卿以大義責之，然後乃始食。服闋，奉檄治揚州善後局文書。君説太守仿古制製輪機礮、連臂弩，自練一軍，命之曰忠義軍。會粵賊破來安縣，温壯勇公時以道員駐六合，率兵二千救來安，檄君參其軍。暮與賊遇，隔河而陣，彼衆我寡，鉛藥將盡。君言於壯勇，請滅炬，使不我測，從之。一夜礮聲不絶，賊疑我兵衆，遲明遁去，遂克來安。壯勇上其功，而某大帥與壯勇不合，反責其公牘内首列總兵某君，非制也。令曰：『此後毋出六合一步。』壯勇憤懣，後竟死六合，而君之功遂不見敘。八年，賊再犯揚州，太守發兵迎戰，皆大敗。賊薄城下，乃使君以五十人拒之。君大呼馳出，手刃數人，斬其黄旗頭目一人。賊發火銃，中君右目，顛，一賊以刃加頸，膚裂血流，又一賊以矛刺其足，曰『是已死矣』，乃舍之入城。有民自城中出者，見之，曰：『此非徐少尹乎？好官也，胡死此？』撫之，尚有氣，解衣裹其首，負之行，至仙女廟大營，飲以水漿，乃蘇。鄉人許君緣仲牧泰州，迎君至署，凡十月，創始愈。出鉛子於右目，重五銖，其形曲。蓋鉛經火而柔，深入卻竅，故隨之倨句也。是役也，君以禦賊受巨創，亦無以上聞者，而君遂眇一目矣。十年，署桃源縣典史，縣境陷賊中，不能往，仍從事揚、泰間。明年，又署瓜步司巡檢，未逾年，又署呂東司巡檢。地濱海，每歲石首魚出，漁者輸金請給執照，乃得出海捕魚。君予以照，卻其金。民有訟者，君以一言折之，皆服。遇文士與論詩文，人比之孟東野。官舍之左有浮圖焉，颶作而圮，占者曰：『是不利於文人。』君偶出謁客，得疾而歸，歸而疾篤。君之子琪，年甫十有四，刲臂肉，羹以進，竟無效。同治三年六月戊子卒，年五十有二。君以薄宦出入兵間，又以家鄉淪陷，親故凋零，恆抑鬱不自得。方揚之初陷也，君尉江、甘，已受代，與妻鄭宜人奉母及寡嫂張猶居城中。君有袁江之役，寇猝至，城陷，家屬倉卒出城，中道相失，歷數月始會於如皋，失一女與其兄子君楬於衢，曰：『得吾兄子者予錢十萬。』果得之。君曰：『是可以慰吾寡嫂矣，吾女聽之耳。』俄而亦至，人皆曰：『是有天道。』其署瓜步巡檢也，自泰州溯江，摩賊壘而上，至則前官攜印亡去，不知所之。無可受事，寄宿六合令舟中。舟隘不能容，又無他舟，俄有漁舟來，姑問：『至儀徵可乎？』曰：『可。』君與幼子及一僕入其舟，倦極而寐，漁者呼曰：『至矣。旁有舟頗寬，可暫居也。』視其舟有盛饌，問奚自，曰：『漁翁使我治具待君也。』出覓漁者，欲予之值，則人與舟俱不見。因思自六合至儀徵江路非近，何以俄頃而至，蓋神助也。君貫通經史，尤好兵家言，精奇門壬遁之術，能布八陣圖，隨意疊數石，使兒童入之，終日不得出。父南滙公工篆隸書，君得其傳，凡書畫及鑴刻、金石，皆極精妙。自孫太宜人歿，君頗好佛法，通内典，嘗注《楞嚴經》，識者讚歎，以爲希有。其外所著有《十願齋一家言》、《論墨元品》、《奇門輯要》、《簷蔔館襍文》及詩詞，各如干卷。妻鄭宜人，賢而才，余自有傳。生丈夫子二：長即琪也，光緒元年恩科舉人，六年成進士，今官翰林院編修，國史館協修；次子璠，死揚州之難。女子子二：長適同邑袁啓瀛，其在室時，刲臂療母疾，母愈，而女竟以臂傷不永年，卒後以孝女旌；次女殤。孫興東。孫女四。初鄭宜人在如皋，聞君於揚州力戰受傷，將往視之，乃先葬孫太宜人於如皋東門之外而後行。及鄭宜人卒，亦葬其旁。君卒，將合葬，發之，有紫藤繞於棺。人之見之者以爲吉徵，故遂葬如皋。如皋人亦雅重君，同治初修縣志，列君

《寓賢傳》。

論曰：吾親家翁彭雪琴尚書，其贈光禄公，官安徽巡檢，有惠政，尚書以諸生起家，至八坐，贈公之遺澤也。君官亦巡檢，負文武材，未竟所施而卒。而君之子花農太史已成進士，入詞林，有聲公卿間。天殆將昌其家如彭氏乎？花農從吾游有年矣，余望其繼文敬、文穆兩公而起也，故撰次君傳，而以彭氏爲比。花農勉乎哉？

傅商巖傳

君諱羹梅，字商巖，姓傅氏，浙江德清人。先世居三墩，明嘉靖間，有諱銓者始遷尚博邨。銓生沾，沾生榜，榜生士德，士德生九鼎，則君曾祖也。九鼎生廷琇，廷琇生同聲，是生君。君始識字即知問字本義，及受經，默而識之，背諷如流，旁及醫書、宅經，咸通曉。弱冠入縣學，三應鄉試，不中式，乃入蜀。覆舟於道士洑，喪所齎，或唁之。君怡然曰：『不歷崎嶇，安得坦途？』蜀中聞君名，爭延致焉。先後主按察司某君及墊江、酆都、雲陽、忠州、綿州諸君。已而由豫工納粟，以府經歷分發雲南，乃自蜀入滇，署臨安府經歷。有溪處土司趙理以罪誅，其旁支曰趙維藩，襲其職，與頭目李開元有隙，理之子平安煽之，遂大鬨，知縣某右平安，衆洶洶，變叵測。君以轉餉至，得其情，力言於縣，事乃解。又署昭通府經歷，道由恩安縣，時久旱，君至大雨，恩安民喜曰：『是殆將父母我。』已而果署恩安縣。君先時經其地，見山麓豎大木，其下焦骨纍纍然，有數十人，驅一乳臭兒至。君駐輿問故，曰：『吾鄉惡盜，得則焚之，是兒盜田黍，宜焚。』君惻然，予之錢，償所失黍，縱兒去。語官其地者，是宜禁，勿聽。君妻姚謂君曰：『異日君自禁之。』及是，集諸豪，申大禁，皆譁曰：『是縱盜也。』君不爲動，竟革其俗，拔所植木。縣童生之應歲科試者，舊試於署，童自以几案來。君憫其勞，創立考棚，几案咸備，每試，手定甲乙，學使無以易。遇諸生以禮，然或以事至訟庭，不少假顏色，士皆自愛，訟益稀。縣境有石龍壩河，以河口石蜿蜒如龍，故名。河淤甚，夏霖暴至，激石倒流，兩岸皆没。君履行，繇海口橋而老鴉巖、而灑魚河、而賢樂灣，咸疏濬之，石龍堅滑，不受鑿，以麻纏石，沃以油，燔之積年，水患一朝而已。民爲之謠曰：『我食我衣，傅公富我。我婦我子，傅公父我。』院司謀以君卽真，會同知某攝知府事，忌君，遇事輒齟齬之，君乃引疾去。去任之日，民以觴酒豆肉獻者溢於衢，士之能文者，爲繪《甘棠圖》，紀以詩，父老獻新穀者，不之縣署，而之君行館，猶道君鑿河事勿置。君居官日，積奉銀三百，輒作一利民之事，坐是無歸資，寓四川之宜賓逾年。以在恩安時，行部遇雨，水没馬脊，中水毒生瘍，至是大作。咸豐五年冬十一月甲戌卒於宜賓，年五十有六。君性孝友，昆若弟負人錢輒代之償。伯兄有瞽女曰開，爲置田贍之。從子堃廢學，歲予之錢，曰：『毋輟讀。』方橐筆州縣幕中，已爲族人置祭田、置義學。叔季兩弟謀分居，議定矣，君在蜀，以書諭之，皆泣，同居如初。君既罷官，季弟自里來，與偕至蜀而卒，君哭之慟，亦遂不起。先娶於張，繼以姚。生子四：雲龍，兵部候補郎中；雲萬，刑部候補主事；雲夔，以孝旌；雲昭，先君卒。君以雲龍官，加級封通議大夫。妻張及姚皆恭人。

舊史氏俞樾曰：余丙戌春始識傅懋元駕部雲龍於京師，有學有行，君子人也。以其先德商巖君年譜、行述見示，請爲之傳。其言曰：『吾父性正直，書之外，無他嗜，口不談道學，而孝弟皆見之實踐。睦婣任恤無德色，治民事亟於家事，不欺世，亦不苟合於時。』以此若言，證之年譜、行述所載，言與行合。烏乎，可謂賢矣！而懋元能道之，必能肖之，是亦賢矣。身賢，子賢，吾知傅氏之興，未有艾也。

王蟾生傳

君姓王氏，初名權，後更名源通，其小名曰傳聲，因諧其聲曰蟾生，而卽以爲字，江蘇震澤人。所居曰平望鎮，於吳江、震澤兩縣無專屬，而君之考以震澤籍爲太學生，故君亦籍震澤。其先世富厚，自祖以來稍陵替，及君之父曰半怡君，窶甚，至不能讀書，廢而爲木棉之業。君生三歲能識字，其祖母馮以所懸柱銘中『孝弟詩書』四字教之，屢試不忘。十二歲從師讀書，師督之嚴，祖母馮及本生祖母董每爲之泣，目盡腫。君事兩祖母亦盡孝。馮事佛，常蔬食，董嗜鱸魚，既卒，遇忌日，君必以供，至今猶循之。君後又從徐江帆徵君游，學益進，所爲文喜宗漢儒説，不合有司律度，至三十一歲始受知於學使者祁文端公，以第二名撥入蘇州府學，然自此仍無所遇，竟以諸生終焉。君所學壹以漢儒爲主，而所作詩又有《擊壤集》之遺音，夷猶駘蕩，蓋天性然也。然其爲人介然不苟，一歲已館於孫氏，至夏，有富人某以重幣來聘，不受。人曰：『某氏之幣三倍於孫，卻之，何也？』君曰：『謂孫氏菲邪，不宜就之於先。無則就之，有美者而去之，是龍斷也。』孫氏嘗以田數百畝質於他族，將爲券書，欲署君名。署名者，示與聞其事也，俗謂之中人，必有所酬，謂之中金。君執不可，曰：『吾見訟田產者必追究其中人，雖數十年後，猶爲子孫累。吾生平不爲中，不爲媒，媒固成人之美，然爲德亦或爲怨，吾不爲也。況中乎？』其耿介類如此。吳俗喜巫，有病者不之醫而之巫，巫之神最著者曰陳嫗，陳之夫曰楊，而楊又有妾陳，又有妹，諸巫假其名，行於江、震間，其禳之法曰坐茶。君嫉之如仇，遇里中有爲此者必呵斥之，甚者覆其所供，每深夜有以簫鼓送神者，君大書一版，植門外當道，曰：『王某之門，邪神勿過。』後送神者皆迂道避焉。性愛蘭，常與翁、陳兩君同買蘭花一大簍，發之，中有佳品，直數十金。妻勞氏曰：『蓋匿諸？』不可。勞曰：『然則，亦不宜先發其簍。』君曰：『匿其佳種，私也，必俟其至而發之，是以私心度人，尤不可也。』聞者歎服。常購一羊裘，貲不足。其師徐徵君假以所值之半，然君忍寒不服，俟盡償所假然後服之。徐徵君常歎曰：『吾門下不以貧而易業者，王蟾生也。』是時粵賊已踞金陵，江以南大聳。君五十一歲始喪母張孺人，兵荒之時，喪皆以禮，其明年，君亦遂卒。病革時問其子廷鼎曰：『汝讀書固矣，若貧不能自存，將奈何？』廷鼎曰：『還是讀書。』君曰：『善。』遂不復有他言，時咸豐八年十月丙寅也，年五十有二。君没之後，江浙皆陷，平望爲賊往來孔道，而君之柩及其母張孺人之柩猶未葬。廷鼎出奇計，假賊旗識，冒險至平望，載兩柩以出。越四年，始克葬於張王蕩祖塋。君所著有《禹貢札記》、《月令考略》、《鄉黨便讀》，各如干卷，又博采班、許、馬、鄭及晉唐諸儒之説禮制者，條列於《禮記》陳澔《集説》之上，而未成書。所著詩有《片雲集》，亂後皆失之，惟其父半怡君在日喜蒔花，君侍父吟賞，有《花隝襍詠》，今尚存草稿數十首，塗乙，幾不可辨。廷鼎以意寫定，存於家。

論曰：　君有學有行，不愧爲君子人，而困於一衿，未及中壽而卒，宜乎天之昌大其家，以爲爲君子者勸。而其子廷鼎宦又不達，至今猶以賣文自活，何歟？　雖然，君臨終尚勉其子以讀書，而鼎也果能讀書，以副乃父之遺意，此卽天之所以報君也，豈必軒冕哉？ 鼎以君年譜求爲之傳，因撰次其事，而論之如此，爲王君幸，更爲鼎也勉也。

錢母蒯太淑人傳

乾隆中，嘉興錢文端公以詩文受高廟知，嘗以其母南樓老人《夜紡授經圖》奏，御賜詩有『嘉禾欲續賢媛傳，不愧當年畫荻人』之句，海内傳誦，爲錢氏美談。 公有女，適吴江蒯公嘉珍，字鐵崖，而蒯公之子光煥，字婁生，又以所生女歸文端曾孫子方。 錢君子方早卒，其子怡甫大令以母蒯太淑人事實乞余爲傳，則文端公之曾孫婦，而實卽文端公之外曾孫女也。 余憬然曰：『余何人斯？ 其敢續嘉禾賢媛傳乎？』然余與子方爲同歲生，又與怡甫善，固不得而辭，乃觕述其略，曰： 蒯爲吴江望族，其祖官廣西泗川府同知，父以道光元年舉人官廣西蒼梧縣知縣。 太淑人自幼工繡能書，其兄士薌廉訪授以《毛詩》，見他書卽能成誦。 蒼梧君以書記屬之，嘗曰：『吾内有記室，惜不幘也。』年二十歸於錢。 其君舅時爲海昌校官，海内所稱甘泉先生者也。 君姑胡太淑人，治家嚴。 太淑人在家事父母以孝聞，及爲婦，益謹伺姑意旨，不稍失。 道光二十四年，子方舉於鄉，其明年，考取景山官學教習，留京師者三年，而其夫弟子密君亦以選拔貢生官吏部，娣許淑人從之入京。 家事無巨細，獨任之，上自尊章，下至臧獲，無間言。 咸豐五年，子方、子密皆乞假歸，歸三月，子方病，太淑人謹事之，目睫不交者六十餘夕，籲天請代，竟罔效。 時太淑人年四十，其子長者十四歲，幼者遺腹生。 每撫諸孤而泣曰：『我忍痛不死者，重傷二老心，且以有若曹耳。』越兩年，子密又入都，太淑人與娣許淑人素友愛，命仲叔二子從之，曰：『我豈忍離若哉？ 冀有成耳。 行矣，毋我念。』至京逾月，許卒。 已而程淑人來歸，讀太淑人與二子書，歎曰：『是賢母也。』善視二子，如許在時，固由兩娣之賢，亦太淑人之所感深矣。 十一年，粤寇大至，奉舅姑避於鄉，子密適以養親乞歸，乃偕至澉浦，浮海走餘姚、慈谿，又由寧波、上海達九江，渡鄱陽湖，依大塘程氏以居，轉徙一載，艱險萬狀。 外則子密主之，而周旋於内者，太淑人也。同治元年，甘泉先生病，太淑人時亦病痁，力疾奉事，幸而瘳。 而太淑人之病亟矣。 卒之前一日，猶思躬視其舅起居，命人扶掖以行，憊而止。 翌日遲明遂卒，時閏八月甲辰也，年四十有八。 太淑人平居無疾言，意有所拂，不見顔面。 衣雖敝，猶不易，製諸子衣履必鮮齽，常治針黹至午夜，飢甚，輒自嗛其氣以解之，其刻苦如此。 人有求者，罔勿應，得良方，製如法，遇病者，予之輒效，人呼之曰『萬應膏』云。 胡太淑人晚歲失明，恆鬱鬱。 太淑人侍側，多方娱樂之，及卒，胡太淑人語其諸子曰：『爾母在日，吾不自知無目也。』嘗夜課其諸子讀書，偶及歐陽公《瀧岡阡表》，廢書而歎曰：『古人少孤，而能自立如此乎！』蓋以諷勵諸子也。 子五人：　發榮，附貢生，兵部武選司主事；　肇元，兩淮候補場大使；　志澄，廩貢生，江蘇青浦縣知縣；　康榮，縣學生，候選縣丞；　芬榮，直隸候補縣丞。 女二人，長者未嫁卒，次適胡兆禧。孫十一人，其長者鍾齡、延齡、振聲，皆縣學生。 孫女七人。 曾孫三人，曾孫女二人。 余所據事實，其第三子志澄所爲，卽怡甫大令也，以同知直隸州知州在任候補，加知府銜。 遇覃恩，爲父母請三品封，故稱太淑人云。

論曰：　自范氏《後漢書》創立《列女傳》，而後之作史者因之，然所載多奇節，鮮庸行，《禮》所謂

『婦順』者，在乎順於舅姑，和於室人，而當於夫，以成絲麻布帛之事，以審守委積蓋藏，如是而已，豈必奇節哉？錢氏在本朝爲周之尹吉，太夫人以錢氏外曾孫爲錢氏婦，其所稟承遠矣。雖其年不逾中壽，其事不越庸行，而今其諸子皆克自樹立，有聞於時，未必非太淑人之所貽也。何也？婦順修而内和理，其效固宜然也。恭譯高宗詩意，如太淑人者，非《賢媛傳》中之畫荻人乎？後先暉映，固於錢氏有光，而我朝河洲之化亦可見矣。

秦烈婦傳

秦烈婦崔氏，直隸阜城人也。光緒初，畿輔大無，江南諸長者輸錢粟以振焉。無錫秦君暐齋實預其事，而厥弟某字旭山者與之俱，旭山勇於義，凡散錢發粟必周行，糜鬻飲食必謹。阜人崔公維新歎曰：『是誠善士。』以女女之，即烈婦也。光緒四年，成婚於河間府，其年十月南歸，而旭山以久勞於外，歸未久即病。婦侍疾，寢食皆廢，俄而旭山卒。婦以頭觸棺，血漉漉，誓俱死。家人爭護持之。既葬，語人曰：『我以喪葬大事，苟延殘喘，今事畢矣，上無養親之職，下無撫孤之任，不死何爲？幸無我阻也。』家人百方慰解，泫然曰：『既娣姒輩苦勸，願少留盡禮。』世俗自初喪始，每七日必設祭，婦哭拜如禮，將及五七，遂絶食，勸之不聽，強之則蒙被臥，如是四日，一息僅存。會大雨雪，雪自屋笮入，積牀下盈寸，婦乘人不見，掬食無算，翌日體熱如火，又五日始卒，時光緒五年正月庚戌也，距旭山之亡帀月，乃悟所謂盡禮者，自一七至五七，稍盡祭禮也。結縭百日，遽隕所天，竟以身徇，絶食不死，食雪以速之，宛轉九晝夜，始得從亡者於九泉。烏乎，慘矣！暐齋悲其志，敬其烈，乞余爲傳以襮之。因書大略，附其家乘，用俟采風者。

顧孝子傳

光緒十二年十二月，兩江總督、江蘇巡撫具元和顧孝子事實於年終彙題，請旌表如律令，從之。於是烏頭綽楔，光耀門閭，途人嗟歎，籍籍稱顧孝子。余家吳久，得其詳，述大略告觀者。孝子名樑基，顧氏，江蘇元和人。祖大昌，以詩畫名，自號楞伽山民。父曾壽，躬行君子也。矜孤頤老，重義輕利，設塾以教蒙士，輸財以拯災黎，朝廷嘉焉，以道員注選籍，并加三品銜。又以其善承先志，詔以『樂善好施』四字建坊，褒美其故父大昌，鄉里榮之。孝子生有至性，光緒六七年間，晉、豫、齊、魯水旱洊臻，待振甚亟。時其家稍替，其父以力不足，往往中夜而歎。孝子年甫八九齡，知父意，乃集兒時族姻中所贈金銀珠玉諸玩物陳父前，請助振。父驚異之，如其請，不忍没其名，於是江南諸大吏彙請於朝，以俊秀作國子監生，賞州同銜，加二級，予五品封。光緒十年，母病，晨夕扶持，躬進藥餌。又恐以廢學失父母意，置書母榻旁，默而誦之，五閱月，母病有間。明年夏，母又病瞽，孝子以舌餂之，始而不效，乃封股肉和藥以進，仍以舌餂，至秋復明。而孝子遂得嗽疾。醫者曰：『元陽未足，憂思過甚，肝脾受傷，不可爲也。』然孝子雖委頓牀褥，聞父母聲，必强起笑語。將卒之夕，執其母手曰：『兒不幸短命，幸有弟兄在，父母勿以兒爲念』。嗚咽久之，遂卒，時光緒十二年六月壬申也。年十有四。

余既撰次其事，乃申論其後，曰：　當孝子刲股時，年甫十三耳。東漢趙昱年十三，母病，慘戚消瘠，目不交睫，鄉黨稱其孝。今孝子之年與趙昱同，母病亦同，然其事豈特如昱而已哉？汪踦執干戈衛社稷，孔子許其不殤。夫死孝與死忠一也，然則如孝子者，若得聖人論定，亦必在不殤之列可知矣。

春在堂襍文四編卷三

左春坊左中允劉君墓碑

光緒七年，國史館上言：『《儒林傳》曠不修，懼經明行修之士久而湮没不著，宜下各直省採訪以聞。』從之。於是江蘇巡撫以故左春坊左中允劉君事實咨送史館。海内士大夫知其事者僉曰允哉。君事實既在史館，自足傳後世，無待空言表襮。然墓道立碑，自漢以來然矣，君自上海以疾歸，微語諸子曰：『如我死，則志墓之文以屬德清俞樾。』君卒，諸子以狀告於樾，樾亦病，因循未作，而君已葬矣，藴幽無及焉。乃爲譜其系，敘其出處，述其行誼與其學術，紀其生卒，因及其所生而係以銘，俾刻石墓道，用諗來者。其系曰：君諱熙載，字伯簡，號融齋，江蘇興化劉氏。曾祖考諱瓚，字瑟玉。祖考諱銓，字衡掌。考諱松齡，字鶴與。自曾祖妣以至於妣，並姓王氏。祖父皆以君貴，贈奉政大夫，妣皆宜人。其出處曰：君於道光十九年舉於鄉，二十四年成進士，改翰林院庶吉士，授編修。咸豐三年，文宗顯皇帝召對，稱旨，旋奉命直上書房。久之，上見其氣體充溢，蚤莫無倦容，問所養。對以閉户讀書，上嘉焉，書『性靜情逸』四大字賜之。六年，大計羣吏，君在一等，記名以道府用。君旋以病乞假。十年，胡文忠公特疏薦君，貞介絶俗。同治元年，詔起舊臣，而君與焉。其明年，兩奉寄諭，趣入都。三年，補國子監司業，其秋，命爲廣東學政，補春坊左右中允。引疾歸，遂不出，主上海龍門書院講席以終。其行誼曰：君少孤苦，及貴不改其初，以翰林直内廷，徒步無車馬。視廣東學，一介不苟，取諸生試卷無善否，畢讀之。或曰：「次藝可無閲。」君曰：「不觀其全而謂吾已得之，欺人乎？自欺也。」試畢，進諸生而訓之，作「懲忿」、「窒欲」、「遷善」、「改過」四箴以示之。其主講龍門，歷十四年，與諸生講習，終日不倦。每五日必一一問其所讀何書，所學何事，講去其非而趨於是。丙夜，或周視齋舍，察諸生在否，其嚴密如此。然與之居，温温然無疾言厲色。性嗜酒，招之飲，欣然往，雖醉不亂。樾時亦頻至上海，至必訪君，君亦數數來談諧甚樂。初不覺其藐然高厲也，而意所不可，卒莫之能奪。嘗有異邦人求見，三至三卻之，一日徑造其庭，君在内，抗聲曰：「吾不樂與爾曹見。」其人悚然去，竟不得見。其學術曰：君幼敏悟，父鶴與君曰「此子學問當以悟入」，故晚年自號寤崖子云。自六經子史外，凡天文、算術、字學、韻學及仙釋家言，靡不通曉，而尤以躬行爲重。嘗曰：「學求盡人道而已。」所箸書有《持志塾言》二卷、《藝概》六卷、《四音定切》四卷、《説文雙聲》二卷、《説文疊韻》二卷、《昨非集》四卷，皆刊以行世，日記若干卷，藏於家，未刊。其生卒曰：君生於嘉慶十八年正月癸巳，卒於光緒七年二月乙未，年六十有九。於某年月日葬某原。娶宗氏，以君官封宜人，先卒。生丈夫子三：彝程，國學生；展程，光緒元年恩科舉人；尊程，縣學生。女子子二：高郵吳嵩、泰州唐恩祥，其壻也。孫三人：啓詵、增詵、祥詵。其銘曰：

士生今世，學術大明。貴在擇守，無取更張。云何漢宋，若判井疆。我觀君容，恭儉温良。粹然無滓，元酒太羹。我觀君行，克柔克剛。意之所可，讙然承迎。其所不可，凜若冰霜。我讀君書，靡有不詳。高論道德，下逮文章。至於聲律，剖豪析芒。至於詞曲，乃亦所長。君之所學，小大且臧。宜其翕然，令聞令望。天子嘉歎，巨公表揚。名在國史，澤在膠庠。學無宋元，亦無漢唐。一言居要，要在躬行。躬行君子，久而彌芳。我作斯文，刻石墓傍。俾千百世，知學之方。學君之學，吾道以亨。

吏部左侍郎邵公墓志銘

光緒九年六月壬子，吏部左侍郎邵公薨於位。其明年，諸子奉公之喪以歸，葬有日矣，以公所自定年譜乞銘於余。余與公同舉於鄉，同成進士，同入翰林，銘幽之文，非後死者之責而誰屬哉？按年譜，公諱亨豫，字汴生，姓邵氏，江蘇常熟人，寄籍順天府宛平縣。曾祖淵，曾祖妣歸氏，以節孝旌。祖同善，祖妣錢氏。考元章，山東東昌府同知，妣歸氏、張氏。自曾祖以下，皆以公貴，贈資政大夫，妣皆夫人。公生於河南開封府，東昌君卒，公南北奔走，幾廢學。而其時諸老輩皆知公爲大器，厲翼之，得無廢。道光十九年，以太學生應順天鄉試，中式副榜，又五年中舉人，至三十年會試，成進士，改翰林院庶吉士。散館，授編修，與修《宣宗成皇帝實錄》。咸豐六年，充會試同考試官。明年，補贊善。八年，典河南鄉試，試畢，拜安徽學政之命。安徽學政，故駐太平，自孫文節公死難後，繼之者移駐徽州。環徽皆賊也，公至數月，始得舉試事，而借浙闈鄉試之議起，浙撫以號舍不敷爲言，於是又有請，至明年，爲安徽特開一科者，公曰：『辜較皖士，不過三千人，仍與江蘇同考。』便言於朝，從之。又議中額，公言：『皖北人數已逾往年之半，而徽、寧、廣一隅籌備鄉試經費甚鉅，皖北之士跋涉可念，皖南之士踴躍可嘉。』乃有旨：視舊額取十之六。公既畢徽試，試寧國，試廣德，廣德之分棚考試，自公始也，今廣德試院有公生祠云。時蘇撫上言：『安徽撫藩，遠在皖北，科場事俱歸安徽學政主持。』公目閲試卷，手治官書，自朝至莫無少息。其至浙錄送遺才也，皖士之倉卒自賊中來者，髮猶毿然，公亦不詰也。榜發後，新中舉人應由巡撫給咨。公言：『皖北道路未通，其在皖南者，請由皖南道詳請，學政給咨。』士皆便之。試事畢，賊益熾，其明年，陷涇縣，陷績溪，徽、寧大震。時督皖南之師者，張公芾也，浙撫王公有齡以浙事亟請張援浙，而議以公統張之師。徽人咸喜。公曰：『徽防軍僅萬二千，張公固不能獨行，分其半則止六千，何以資戰守，況餉又不繼，行且譁潰。吾受恩深，義固不得辭，心所不甘者，異日謂徽禍始我耳。』已而朝廷命曾文正公督兩江，浙撫所請不果行。公崎嶇戎馬中，屢以書抵文正及張公，言兵事，所言有用有不用，而徽事已不可爲。未幾，聞英吉利寇京師，天子幸熱河，益感憤，遂得疾。其年十月以疾乞歸，迂道由江西、湖北、河南至山東之文登，樂其僻遠，有終焉之志。明年，同治建元，毅皇帝登極，皇太后訓政。公曰：『此内憂外患之時，非臣子泉石優遊之日也。』同治二年，間關至京師，即上疏言吏治宜飭，軍旅宜整，招撫宜慎，捐納宜核。旋補贊善，充《顯皇帝實錄》協修官。大考列二等。俄以國子監祭酒視福建學。福建學校之弊爲天下最，公以耳目之難周也，創爲草案之法，如某縣應進若干名，先出草案倍其數，以坐號榜示，進而面試之。每有正場文字甚優，而面試不得一字者，於是考試之弊絶。其冒籍匿喪者，所在有之，知其事者，初不攻訐，及其既入學，乃發之以求賂。賂足則曰：『吾懷疑而妄言。』然事非無因，兩置不論。』公曰：『事不兩全，果冒籍匿喪邪，論如律；果誣告邪，論如律。』閩民難治，有司畏之，一鄉一村有一學，中人悉舉以責焉。其族或械鬬殺人，責其縛送；其田賦有逋負，責其輸納。公曰：『是驅之爲不肖也。』持不可。公雖職在文衡，而閩故多訟，訟必涉學校，試卷與訟牒常並閱也。及報滿，已累遷至内閣學士。會閩撫乞養歸，閩士大夫及里巷細民皆言代之者公也。公思北歸。公配嚴夫人至每夜焚香籲天，已而果受代還朝，拜禮部右侍郎，權吏部右侍郎，旋以倉場侍郎權陝西巡撫，逾年卽真。陝自大亂後，各營之兵，徵調者多，歸伍者少，所存纔十之二，而陝於是無兵司庫，歲入百六七十萬，而所出浮於入者數十萬，陝於是無餉。公至三月，賊由鄜州深入，犯澄城、郃陽，距省城百里。公飛檄調諸軍擊之，盡殲其類。已而楊世俊所部潰於馬營監，公慮其出汧隴，入鳳翔，將不可制，乃使曹提督克忠率師赴岐山收撫之，其事乃定。而曹所部曰銘軍，故劉公銘傳之兵也，曹與劉齟齬，軍中不悦，其右軍前後兩營先已鼓噪欲變，至是，其武毅右營潰，陝人兇懼。朝命將軍穆公穆圖善來。公曰：『穆公於銘軍不相習，非弭變，是速變也。』疏請用遇缺題奏按察使劉公盛藻，從之。劉至，一軍帖然，軍事粗定。乃治民事。華陰之地有濱黄河爲河水衝陷者，免其糧，延、榆、綏、鄜間荒蕪特甚，招集流亡，使耕治之。秦民舊苦差役之累，喇嘛差尤重，一喇嘛入京，則自川省從之者不可勝計。公議令自四川至直隸各委員接遞護送，而川員毋入京，於是附行者始絶。公初至，汙萊滿目，至是大熟，麥一斤直錢十二三，而華州有麥秀五歧之瑞。公又使牧令課民紡織，蠶事興焉。光緒元年，舉行鄉試，陝甘始議分闈，總督左公欲定甘額爲四十。公曰：『若然，則部中執舊額相繩，而陝額無幾矣。請援乾隆間江蘇、安徽分額之例，蘇七十二，徽四十八，溢於原額者二十一，彼分額猶可，況分闈乎？如此則於隴有益，於秦無損。』卒從其議，定甘額三十，而陝額不減。公昔視皖學，有借闈之舉，則力爲皖士謀，至是撫秦，有分闈之議，又力爲秦士謀，其所至之處，惠及士林，類如此。

公以衰病乞休，屢請乃許之。還京師，杜門養疴者一載。三年秋，拜湖北巡撫，未發，命偕侍郎崇公崇綺赴河南案事。蓋是時河南大無，巡撫李公慶翺、藩司劉公齊銜均爲言者所劾，公偕崇公廉問之，劉於災區仍徵收如額，而李亦不能察，致窮民困於誅求。李降三級，劉免官。公遂至鄂，鄂自輪船入長江，人咸以爲便。公曰：『江海自茲失其險，商賈自茲失其利，南方舟楫、北方車馬自茲失其用，吾未見其爲益也。吾自中州來，見小民無食之苦，利民之事，莫大於積穀。』方議行之，旋調湖南巡撫以去。湖南自曾文正公興義兵夷大難，其民習於戰事，喜金革，不畏法。其地山川叢襍，奸宄易於潛匿。公甫至，所屬永綏、益陽及岳州府均有竊發者，悉擊平之。然兵餉實奇絀，而水患又洊至。是歲西水大盛，汎濫於上游，潰長德府老隄，亟籌巨貲修築之。次年春，隄成，内患平，外患又作。自西洋人入中國，所至無與梗，獨湘人力阻之，竟不得入城。西人恥焉，有訐約翰者，艤舟城外，挾刃而登。湘人大鬨，圍之者無慮數萬人。公曰：『是又雲南殺馬加里之故事矣。』命散其衆，驅訐約翰出。逾年訐約翰又至長沙，堅請入城。公命府縣至其船，譬喻之，乃已。公遇事不務張大，務持大體。有辰州守請開礦，公不可。又有請於瀏陽、醴陵間採銅鉛者，公曰：『開礦一事，最爲弊政。鑿山川之氣脈，聚無業之游民，貪絲豪之利，而貽無窮之憂，甚勿取也。』嗚呼，所見遠矣！公之撫湘，猶撫秦也，乃撫秦無間言，而撫湘則言者甚衆。上命總督李公瀚章案之，皆無實，而言者猶以提督羅大章違制妄奏，及候補道李鎬既丁憂仍從事鹺局爲公罪，然提督例得言事，不先咨督撫，督撫不知也。李鎬由兩江總督劄委湘撫，固不與聞。朝廷知公實無咎，乃内用公爲禮部左侍郎。至則召見於養心殿，詢楚事甚詳。命至内閣看羣臣言俄羅斯事諸章奏，又命至總理衙門會議，蓋眷注固未衰也。明年，以協濟陝甘軍餉功，賜一品冠服，調吏部左侍郎，兼署工部右侍郎，管錢法堂事。公舊勞於外，精力久衰，七年冬始感疾，八年春請開缺，不許。凡侍郎謝病慰留者甚鮮，公感知遇厚，不敢復言去。其年户部雲南司報銷事起，農曹被逮者十餘輩，波及堂上官。公謂其子曰：『人無欲則剛。吾歷官中外，無一介妄取，不然，吾此時能安枕乎？汝曹識之。』九年夏，偶觸熱發宿疾，五月甲辰，猶力疾入内，至六月辛亥，自知不起，草遺疏，并言時政數事。明日，遺疏聞，有『持躬勤慎』之諭，賜祭葬如例。公卒年六十七。娶嚴氏，故河道總督嚴公烺次女也，封一品夫人。生子二：松年，光緒九年進士，翰林院庶吉士；椿年，二品蔭生，刑部主事。女子子二，刑部郎中顧紹鈞、翰林院編修丁立鈞其壻也。孫六：福昇、福瀛、福湘、福仁、福煃、福新。孫女一。十年月日葬公於某原。銘曰：

公視學於皖，皖人曰嘻，我公桓桓，宜總師干。公視學於閩，閩人曰嘻，我公勤勤，宜撫我民。公以詞臣出使，而衆望若此，宜其撫秦、撫鄂、撫湘，勳業爛然，有光青史。天子曰來，爾歸京師，典禮爾咨，黜陟爾司。公以病告，溫言留之。帝眷無斁，臣力奚惜。如何不淑，一朝易簀。我作銘詞，勒之貞石。千百年後，識公幽宅。

湖南辰永沅靖兵備道陸君墓志銘

君諱增祥，字魁仲，號星農，姓陸氏，江南太倉州人。乾隆間，有諱毅者以進士官御史，歿，祀鄉賢祠，則君之六世祖也。高祖諱源，舉人，官山東泗水縣知縣。曾祖諱錫蕃，恩貢生。祖諱廷珪，鹽運司知事，充鄉飲介賓，殁，祀孝子祠。考諱樹薫，舉人。自曾祖以下皆以君貴，贈通奉大夫。妣皆夫人。君於兄弟行居二，其生也，其父夢有人書『魁』字與之，以爲祥也，君名字取此焉。幼見其父作篆籀書，則已能效爲之，授以六書之學，輒通曉其意。道光十三年，父卒京師，君時年十八，欲奔赴。祖哀其幼，止之，及喪歸，匍匐迎數百里外。既免喪，益劬於學。道光十六年，兄弟並充州學生，會壽陽祁文端公視江蘇學，以君兄弟皆通漢唐注疏之説，餼之。二十四年，又同舉於鄉，時有『二陸』之譽。兄名增福，早卒，故不顯云。君先世席中人産，及君已中落，兄卒後，君益不支，家居，倚脩脯爲活。事母，奉寡嫂，無進取意。道光三十年會試，將不赴。母錢太夫人責之曰：『爾父爾兄皆齎志以殁，今所望惟汝矣。余與汝嫂、汝婦恃十指猶不至餓死，汝奈何不往？』乃行。其年成進士，以廷試第一人授翰林院修撰。無何，丁錢太夫人憂。是時粤賊已陷金陵，江南震動，有詔原任湖北巡撫錢公寶琛辦本籍團練，君實左右之。會土寇劉麗川據上海，青浦人周立春應之，據嘉定，犯太倉。君與知州蔡公映斗破走之，隨同官軍收復嘉定，而上海久不下。君服闋，將入都，寓書蘇撫吉爾杭阿，陳方略甚悉。明年春，上海平，吉公以聞，詔加君五品銜，以贊善即補充咸豐六年會試同考官，歷充國史、功臣、方略諸館纂修，起居注協修，文淵閣校理，本衙門撰文，庶常館提調。八年，大計羣吏之治，君在一等，記名以道府用。十年，授廣西慶遠府知府，行及湖南，巡撫毛公疏請留湘，充軍需釐捐鹽茶局提調。同治元年，又疏請以道員留湖南補用，自是需次於湘者十有二年。再權糧儲道，一權鹽法長寶道，而經理釐捐事尤久。湘中歲入，以釐捐爲鉅，自京餉至協濟他省之餉，悉仰給焉，而湘軍之援黔者，需餉更亟，君裁汰浮費，以巨萬計，故軍府所需，未嘗匱乏。積功，加布政使銜，賜二品封典。其權糧儲道也，以湘漕改徵折色款目糾繚難明，躬自稽核，整紛剔蠹，若網在綱，吏不敢欺民胥，用勸新漕，宿逋畢輸，恐後及，受代之日，糧庫所儲，倍蓰於舊。光緒二年，補辰沅永靖道，所轄乃漢五溪蠻地，與黔蜀接壤，林麓黝儵，故爲羣盜淵藪。君名捕其爲戎首者，置之法，陰使人偵寇蹤所至，則以告，掩捕之，無脱者。又使所屬行保甲法，久之，境内粗定。乃減徭役，勸耕作，與民休息。見有種罂粟者輒拔棄之，使改種茶焉。疏鑿沱江，以通水道，罷采石炭，以省勞役。境内有苗民寨二千餘所，皆循謹守法度，而内地豪右反從而魚肉之。君曰：『此亂所由起也。』凡民與苗之獄，必持其平，虐苗者治無赦。故事，正旦及巡道生日，苗官入賀，具酒食犒之，而諸在官者，下及官之臧獲，皆從而求賄焉。苗官無以應，則取之民，苗民重困。君廉得其狀，痛禁絶之。苗疆有書院六，君益廣其額，優其膏火之資，自是苗民之嚮學者日益衆。君在任四年，於民之窮無告者尤矜恤之，歲終必賙以粟，寒則予衣，病則予藥，有物故則予棺槥，故去官之日無餘貲焉。五年秋，以循例將引見，請先回籍省墳墓。會君之次子繼煇以典湖北試畢乞假歸，君顧諸子曰：『吾老矣，汝曹勉之。』其明年，遂以疾告。君居官固不廢學，至是益事撰述，校定三代兩漢以來金石文字三千五百有餘篇，踵王氏《金石萃編》之例，成《金石補正》百餘卷。又以所得古甎治爲硯，各係以考證，爲一書，曰《三百甎硯譜》。此外又有《篆墨述詁》二十四卷、《楚辭疑義釋證》八卷、《吳氏筠清館金石記目》六卷，其晚年又作《古今字表》，謂與《篆墨述詁》相表裏，未及卒業而君卒矣。其卒以光緒八年六月丁卯，年六十有七。是日，君晨起猶入書室，伏案作書，俄大欬汗出，扶入寢室，甫就枕而絶，其容若微笑然。娶徐氏。生子五人：長繼德，候補郎中；次即繼煇，典湖北試者也，同治十年進士，官翰林院編修；又次繼烜，候選通判，先君卒；繼賢，浙江候補布政司理問；繼常，中書科中書。孫男十有三：長康、長序、長廉、長廞、長廕、長佑、長偉、長佐、長葆、長葰、長蓓、長泰、長春。孫女亦十有三。諸子以光緒九年某月日葬君於塘市，以狀乞銘。余自入學及領鄉薦、成進士，無不與君同歲。君殁之年，猶至杭州訪余於俞樓，不謂别未數月而訃至也。玉堂舊事，恍如夢寐，同年之友，亦落落如晨星，余何忍銘君邪？雖然，誼固不得而辭。銘曰：

道光之季，咸豐之始。文廟御極，首選得子。宜參鼎轔，回翔朝右。遽辭槐棘，出采蘭茝。徘徊邊瑣，至於暮齒。得無榜運，有亨有否。庸知不然，視其人耳。吾榜巋然，大有人在。君爲領袖，乃杞乃梓。一麾而出，名譽鵲起。大府曰才，民曰父母。尤邃於學，金玉淵海。摩挲鼎鐘，下及甎瓿。文字光怪，俗目所駭。藏之名山，以竢千載。君於仕學，兩無所負。我作銘詞，傳之永久。下告幽宫，上告青史。文廟知人，冠君多士。

江蘇候補道杜君墓志銘

同治四年，余見今相國合肥公於金陵。公曰：『子見觀察杜君乎？』余曰：『未也。』公曰：『是賢而才，且工文辭，宜往見。』余往，未見。已而君來，一見如故。未幾，君權蘇藩，又攝臬事，余寓吴下，過從益熟。及君罷官還嘉興，而余蘇杭往返，必經由焉，歲輒一再見，旬輒一再致書。往歲，君病既愈，語余曰：『病中已粗具大略，煩君諛墓。』時余亦久病，笑而應曰：『未知誰先耳。』無何，君竟捐館舍，所具大略，不可復得。久之，其嗣子以一册來，則君自定年譜也。起嘉慶二十年，訖光緒四年，敘述甚詳。然止具入仕履歷，而言行之大者固無可見，又不具祖父名諱，於誌墓之例有闕，姑就其書剌取而編次之，蓋亦大略也。君諱文瀾，字小舫，浙江秀水人。其生也，其王父夢老僧擔簦入室，謂有異徵，奇愛之。少而孤露，家甚貧，其舅褚公習法家言，久客湖北，憫君母子無所依，迎之往，以長女女之。君旣從舅氏居，兼讀律，然欲以科第顯，不屑也。久之，始出就人聘，佐任明府於襄陽，凡三閱月，手定大獄七十有三，於是名大起，所得贄幣益豐腆，諸與爲賓主者咸愛重之，曰：『以君之才，胡不仕？』乃入貲爲縣丞，旋改兩淮鹽運分司運判，未引見，而湖北有李沅發之亂，總督裕公帥師征之，命君從夏方伯廷樾禦賊於靖州。遂由粵西之懷遠、永寧，歷苗猺諸峝寨，以達於桂林，復由大蓉江至西延而回新寧，崎嶇戎馬間數十日。李沅發平，賜藍翎，此君入仕之始也。旣至兩淮，署淮北監掣同知，補海州分司運判，改補通州分司運判，署泰州分司運判，兼署東臺縣知縣。而君實已累遷同知直隸州知府，以道員用，加鹽運使銜，賜易花翎矣。當是時，軍務孔亟，諸事蝟集於江淮間，諸大吏皆倚君爲重，靡役不從，故一歲或數進階。而君於其間丁尊夫人憂，弟少牧戰湘北牛截山，陣亡，其舅氏褚公死難麻城，天倫之戚，無歲無之，雖簿書旁午，袵革枕戈，未嘗不涕泗滂沱也。時淮北詳定鹽法，君立章程十有四事，咸以爲便，其以私鹽牟利者名捕，得十一人，置之法。貲課充足，軍府賴焉。官軍之攻揚州也，君出奇計，度城高下遠近，置雲梯船尾，帆風直下，適與城平，鼓士而上，城中賊出不意，大驚，而陸路兵失期不至，遂無功。君嘗與樾言，以爲憾。同治初，江南平，諸大帥論功於朝，謂君才大心細，簡核精詳，屢克名城，咸資贊畫。詔加君布政使銜。自曾文正公以下，無不重君之才，歷署江藩、蘇藩、蘇臬、江安糧道、蘇松太道、常鎮通海道，所至咸治。其攝蘇臬也，如皋有冤獄，平反之，活三人於歐刀之下，至今稱焉。俄爲制府沈公所劾，免官。君初有肝疾，醫者以鴉片治之，遂不能絶。沈公疏云：『鴉片之害，以豪傑自命者犯焉，以道學自命者犯焉，縱其才學爲當世所希，臣亦不敢有所顧惜。』蓋雖能以法中君，而君之才學，爲世所希，則沈公已論定之矣。曾文正公之督兩江也，充武鄉試主考，派君爲中闈監射官。君衣冠危坐，自黎明至日入乃休，曾文正曰：『誰謂小舫有俗好乎？』然則如君者於公事固無廢，而況其才學又爲當世所希邪？君是年已六十三歲，曰：『吾老且病，固宜歸，劾我甚善。』所營私宅在嘉興報忠埭，有花木泉石之勝，君歸，終日手一編不輟，所著有《曼陀羅閣瑣記》四卷、《采香詞》三卷、《萬紅友詞律校勘記》二卷、《古謠諺》一百卷、《平定粵寇紀略》若干卷、《江南北大營紀事》若干卷，其餘所校刊者，如《周草窗詞》、《吳夢窗詞》諸書，皆行於世。晚年又作《同人詞話》，甫寫定未刊，而君歿矣。君卒於光緒七年七月某日，年六十有七，臨終爲七言古詩一章，頗自道其襟抱云。君兩娶皆褚氏舅之子也，如夫人者三，曰王、曰魏、曰金。無子，以弟之子嗣，曰延章，先卒；又嗣從兄之子爲次子，曰廷章。女子子一，適章氏廷章。卽於其年葬君某原。越二年，余追爲之銘。其辭曰：

自古官人，厥途甚備。繇唐以來，壹之進士。遂令天下，異視學仕。庸知人材，固無不有。彼幕府中，大有人在。練習名法，通達事理。駕輕就熟，其易十倍。英英杜君，人之杞梓。原其所學，自法家始。試之於事，事罔不治。千緒萬端，釐分毫剖。羣公嗟歎，言之天子。一歲數遷，猶以爲久。謂將大任，如何遽止。其才其學，實無餘子。雖在忌者，不得云否。如君所學，乃真無負。巨細咸宜，方圓可以。以之從政，庶乎可矣。嗟余不才，忝與君友。敬作銘詞，敢告千載。

江蘇候補道吴君墓志銘

君諱雲，字少甫，姓吴氏，自號平齋，晚年曰退樓，又曰愉庭，浙江歸安人也。所居在太湖之錢漊，譜毁於火，先世無徵焉。有曰元卿公者，於君爲六世祖。元卿公再傳曰魯招，是爲君曾祖。魯招生世傑，世傑生鼇，則君之考也。以君及君之子承潞貴，曾祖贈通奉大夫，祖與父並榮禄大夫。君生六歲，母康太夫人卒。十歲，父榮禄公卒。君雖孤露，能自奮於學，而屢困場屋，凡六試始籍於學官。應省試又不讎，乃講求經世之學，旁及金石書畫，咸究壼奥。道光二十四年，君年三十有四矣，始援例以通判分發江蘇。既至，佐郡守折獄，判決如流。時常熟民以徵漕事鬨於縣，有陶四者，年甫成童，有司誣爲魁。君鞫之，非也，出之獄，糧道某公頗不嗛，君勿顧也。俄權知寶山縣。縣多逋賦，君立法懲勸，賦畢輸而民不擾。方伯李公僡下其法於三十二州縣，咸以君爲師。又權知金匱，治亦如之。及受代歸，適江北高家堰潰，災民南來，江南設局留養，以君尸其事，無一夫失所者。二十九年，吴中大水，君再權寶山。甫下車，爲鬻以食饑民，有鬻廠，有鬻擔廠，以人就鬻擔，以鬻就人，天遲明，設大鑊煮於庭，君夫人陳氏親督婢嫗爲之，曰『淡食弗便也』，加鹽焉；曰『冷食弗宜也』，置薑焉。君履行四竟，勸富民各振其鄉，鄉無富民，使鄰村助之。是歲，朝廷發帑金百萬振江南饑，獨寶山一縣民自爲振，無一粟之浮，無一户之漏。於是大吏咸以君爲才。總督陸公方改淮鹽章程，使君攝泰壩監掣同知。受事三月，粤賊沿長江東下，泰州爲裏下河門户，爲賊所窺，而壩上扛鹽之夫又以失業將爲變。君察其老弱者安集之，其強有力者則以搏力之法訓練之，鴪然成一軍，揚州東鄉，恃以無患。侍郎雷公以誠駐師揚州萬福橋，以君總理營務，敘功升知府。大帥以軍餉不繼，使君履畝勸捐，不數月而餉足。議以君功上聞，君曰：『此不得已之策，可居爲功乎？』力辭之。已而總督怡良公上君保全裏下河功，加道銜。咸豐八年，權知鎮江府。時郡城初復，官吏所需，咸取給於各鄉鎮之團練局，而主局事者則苛斂於民。君至，悉裁撤之，曰：『孑遺之民，可重困乎？』鎮江故有關，常鎮通海道實主之，巡撫徐莊愍公以關政之弛廢也，欲以君攝道事。固辭。公曰：『然則專以關政屬君耳？』君曰：『茲事體大，果爾必入告。』公無易言也，乃以會辦之檄往。君既治關，整紛剔蠹，商民不困，歲入益饒。是年以籌餉功，詔以道員用。明年權知蘇州府。其時金陵大營潰，常州繼陷，蘇松太道吳公煦請以洋兵助戰守。莊愍公遂命君馳赴上海，與西洋諸國領事官會議。議未定而省垣陷，巡撫薛公煥命君率礮船會合洋兵收復松江府城，而部議以君失守蘇州奏，奪君官。薛公上言：『蘇州失守，君實不在城中。』莊愍所給咨文、委劄、令箭，歷歷有據，事乃白，復君官。薛公旋檄君兼攝松江府事。而君於是役也，奔馳烈日中帀月，心力交憊，乃力請交代蘇郡事，并繳還松郡檄。薛公鑒其誠，許焉，然猶命君董釐捐事，且筦營務。君與薛公約，勿任吏職，勿列薦牘，勿主銀錢出納，署所居曰三勿齋。已而薛公疏保諸有功者，君名居首，堅辭至再，曰：『息壤在彼矣。』謂所署齋名也。當是時，賊勢甚盛，浦東諸防營皆潰，烽火及滬上，民大震。君雖不居職，而有大議必預焉。其尤大者，一在立會防局，以聯合中外，中外合，而滬上一隅乃得安堵以待援；一在籌巨貲賃輪船以迎今相國肅毅伯李公安慶之師，師至，而江浙以次肅清，東南底定。是二者，皆君成之也。君口不言功，俄獲咎以去。先是，蘇城有賊魁李兆熙者，請反正，以母子爲質。薛公使君圖之，賊中頗有受密約爲内應者，君白薛公，機可乘矣。顧薛公所部將皆恇怯，無應變才，其兵則驕惰不可用，事垂成，卒敗。忌君者以此事譖於李公，君亦不辨也，曰：『一官得失何足道，惟念吴民久困重賦。曩以減賦事言於故總督何公，累數千言，格不行，至今以爲恨耳。』會糧道郭公嵩燾以事咨於君，君即録舊稟與之，議俟克復蘇城然後發。君曰：『如此則需矣。及今言之，時不可失。』李公韙其言，會同曾文正公言於朝，減江浙兩省賦額數十萬石。此又君成之也。君官江蘇，三宰劇邑，兩典名郡，年甫强仕，罷官，遂不復出。人咸惜君之未竟所用，然而君之造福於三吴者已甚鉅矣。諸大吏屢欲起君，皆以疾辭，而民間利病，往往爲當事者言之。丁公日昌爲蘇藩，君語之曰：『兵燹後，民無蓋藏，盍謀積穀乎？』丁公從之，民食裕焉。浙水利久不修，太湖諸漊港均淤塞，君致書太僕鍾公佩賢及之，鍾公以聞，詔下其所定章程於江浙督撫，遂有大修漊港之舉。嗣後雖歲恆雨，不爲災。同治十年，直隸大水，君施木棉衣如干襲。伯相李公疏請還君道銜，且曰：『吾督師十年，閲人多矣，獨於吴君有失之子羽之歎。今以補過也。』君篤嗜金石，幼時讀《漢書》至梁孝王罍尊事，曰：『此必三代上法物，惜史氏言之不詳耳』，塾師大異之。所著有《二百蘭亭齋金石記》，二百蘭亭者，君所藏禊帖積至二百餘種，故以名齋，其書以兵亂燬焉。後得齊侯罍二，遂名所居曰『兩罍軒』，著《兩罍軒彝器圖釋》十二卷，凡一器一銘，鉤摹而精刻之，意有所疑，則博稽經史以證明之。此外有《古官私印考》，都凡二十七卷，《虢季子白盤考》、《漢建安弩機考》、《溫虞恭公碑考》、《華山碑考》各一卷，《焦山志》十六卷，而詩文、尺牘、題跋之未寫定者尤夥。君於同治三年遷居吴下，所居有泉石之勝。客入其室，左圖右史，鐘鼎前列，君角巾杖履，揮麈而與談，望之如神仙，幾忘其前此之爲召父杜母也。余亦寓吴，與君居相望也，君長於余十歲，而嗜學好古，簡略世事則與君同之。猶憶往歲嘉平既望，過君劇談，君謂余曰：『海内皆知君文章經術耳，君所學詎止此邪？』余深愧其言。孰意此一見後，君未及一月而遽謝賓客也。君卒於光緒九年正月癸巳，年七十有三。初娶於李，先君五十四年卒。繼娶於陳，後君九月卒。子五：清湘，幼殤；承潞〔一〕，同治四年進士，江蘇候補道；承澤，兩淮候補鹽大使；承源，江蘇候補同知；承溥，縣學生，江蘇候補同知。澤、源、溥，皆先君卒。女五：長女未嫁殤；餘四女並適名族，桐鄉周善有、歸安王錫玟、吳縣潘祖頤、歸安朱鏡清，其壻也。孫八：家棠、家棟、家楣、家樞、家楨、家枏、家楏、家椿。曾孫二：惟峻、惟崑。孫女四，曾孫女一。光緒十年四月壬子，承潞奉君與陳夫人葬吳縣某山之原，李夫人始淺葬於湖漊，至是亦奉移而祔焉，禮也。以狀乞銘，余衰病之餘，凡以碑傳請者概弗應，然君吾老友也，義固不得而辭。乃爲銘曰：

士之大端，惟學惟仕。苟不兼優，何以言士。惟君之仕，政績咸在。未竟所施，以詒厥子。惟君之學，與古爲友。羅列尊彝，排比圖史。我觀時流，無出君右。上壽八秩，盛名千載。鬱鬱佳城，蒸爲蘭茝。刻石幽宮，用示永久。

【校記】

〔一〕潞，原作『璐』，據下文及行輩字『澤』、『源』、『溥』改。

浙江候補道史君墓志銘

嗚呼，余昔嘗記君之半園矣，乃今又銘君之墓。余比因衰病，久謝文字，而其孤惟善等以狀來請，辭愈力，請愈堅。讀其狀，考其行，蓋卓然古之君子，昌黎所謂『行應銘法』者也。然則，余安得辭。按狀，君諱炁，字偉堂，姓史氏，江蘇溧陽人。曾祖隨，康熙四十八年進士，江西瑞州府知府。祖彙來，考光國，皆以君貴，贈榮祿大夫。曾祖妣曰陳、曰馬，祖妣許，妣曰狄、曰潘，皆一品夫人。本生考翼，贈通奉大夫。妣彭，封夫人。君生八歲，卽出爲榮祿公後。已而榮祿公舉丈夫子二，有議令歸本生者，君白榮祿公曰：『兒非不能自立也，然大人春秋高，兩弟幼，兒願留膝下者，正爲兩弟計耳。』榮祿公爲動容者久之。榮祿公以申韓家言名天下，幕府章奏符檄，下筆千餘言立就。君稟其教，自少卽留意吏治，不屑爲章句之學。弱冠應順天鄉試，已中式矣，溢於額，黜焉。君奮然曰：『天生我才，當務其大者遠者，安能持毛錐三寸、兔園一册，決得失於一夫哉？』乃縱觀經史諸子百家言，講求山川、形勢、財賦、原流與凡治河、治兵、屯田、漕運諸大政，而以鹽筴爲國家大利所在，百弊滋生，尤究心焉。榮祿公曰：『汝學成矣，然汝性鯁直，慎毋爲州縣吏。』乃謁選爲廣東鹽場大使。既至，諸臺司咸喜其才，惜其小就。君從容進曰：『官有尊卑，報國一耳。』皆聳然異之。故事，臺司於各屬疑獄悉下首郡，首郡政繁，乃設局招同列共讞之，然與其事者，大抵皆丞倅牧令，鹽場大使無豫焉。時廣州府劉公雅重君，招入局，君見同列者多以刑求，顰蹙曰：『吾不忍也。』亟辭出，劉公方飯，含哺而出，執裾而留之。君乃止，每日輒決獄數起，不抶一人。侯官林文忠公莅粵，君上書陳八事。公歎曰：『通才也。』所屬郡縣有事，每使君佐之。俄文忠去粵，有言於鹽運使者，曰：『鹺政敝矣，以史某之才官鹽官，而不使事鹽事，何也？』時粵中私鹽充斥，大府增設巡船千，以緝私販者，乃以君總理其事。君治事未三月，獲私鹽二百五十餘萬斤，捕治其私販者四十餘人。有李開雲者，武舉人也，五子皆隸武庠，實爲之魁，梟散之民，皆出其門，廣畜死士，莫敢誰何。君率二從者造其門，開雲盛氣逆之，君笑曰：『吾來救汝也，汝不知書，亦嘗以弓馬膺鄉薦，諸子皆在庠序，家亦温飽，何自取騈戮爲？今從吾往，罪及身耳，不然者，汝族赤矣，汝祖宗且不血食，吾憫汝，吾憫汝。』開雲失氣，厥角於地，不能起，五子爭以金帛獻。君叱曰：『汝曹謂吾利汝有邪？吾來救汝耳。汝聽吾言，從吾去，不聽吾言，亦不汝強，吾去矣。』拂衣欲出，開雲與諸子傫然從之，乃以歸，論如律。於是私販皆斂迹，惟武營中偏裨以下尤玩法嗜利，未盡絶。有龍門協千總温權者，奉檄解礮赴楚，船中私鹽巨萬，密約私販者候於黄鼎河。君偵知之，率巡船往，果見大船四，泊其處，小船無數，環繞之，以運其所賫鹽。巡船勇丁欲發火銃、火礮，君曰：『時方暮，夜施放火器，所傷必多，彼雖武夫，亦官也，宜可理諭。』乃乘小艇，親至其船，陳説百端。温不聽，且令鼓棹疾行，蓋以君在舟，則巡船不敢施火器也。君怒而出，欲躍上所乘小艇，或以戈擣之，君墮於水。君以兩手挽舷，踴而登，瞋目叱温曰：『汝欲反邪？』温懼，送君回舟，君獲私鹽五船，歸白大府，欲窮治之，會有兵事，不果。俄被檄攝電茂、博茂二場大使。電、博繁富，舊爲諸場冠，而積疲之餘，歲運不及十萬引。君至，乃增至五十萬。咸豐初，粵西寇初起，而西洋諸國又蓄異志，君奉令往察其所爲。甫至新造墟，而洋船三艘突至，使譯者呼曰：『聞省中委官來，將與我爲難，今匿何所邪？』君出曰：『我卽是也，奚匿哉？』一洋人手火銃欲然，又一人曰：『彼不以兵來，殺之不武，不如挾與俱。』乃擁君登舟，飲以酒，君滿引數巨觥，其酋導觀諸機器，君大笑曰：『器無工拙，人有短長，制勝固不在此。』酋知不可屈，乃曰：『若從我歸乎？』君曰：『余奉督撫檄，安輯吾民，必歸報，不從若也。』酋曰：『吾船且發，爾奈何？』曰：『蹈海易耳。』酋命熾炭，輪將動矣，君趨出摳衣欲赴海，洋人爭抱持之，唶曰：『鐵漢哉。』以舢版船送之歸。君生平厄於水火者凡十，皆繪圖紀之，此與登溫權舟事即其二也。俄遷同知。大府欲以君攝潮嘉鹽運同知，君辭，乃改命某君。將行，乞贈言焉，君曰：『弊去其太甚，利非百不興，勿惜小費，勿貪小益。』某意不爲然，後果敗，又議以君代之。君以太夫人年高，粵東地遠，不可迎養，乃以知府改浙江。時浙中方戒嚴，命以五百人守千秋關。君曰：『地當皖浙之衝，五百人何能爲？若增兵則餉又無出，宜更籌萬全。』諸大吏曰：『吾素耳史君名，今何怯也？』乃命他員往，甫至而敗，果如君言。台州民與官鬨，大府令君率二千人往。君曰：『赤子無知，臨以兵則真反矣。』請單騎往，不可。請駐師樂清，勿遽進，亦不可。君曰：『然則吾不能爲也。』乃命他員以兵往，甫至而台人乘之，師潰，又如君言。於是議者皆大服。時衢州防軍以欠饟大譁，命君往案之。君歸，言防兵三萬，惟索倫及粵之潮勇最精鋭，月需餉十餘萬。司庫月給十一萬，或七八萬，於數不足，又不能如期，而欽使李公親軍不及期全給，其號爲護勇長夫者，名爲千，實不滿五百，予之餉必如額，而各營積欠垂百七八十萬，此衆之所以不平也。請每月予餉十萬，其舊所欠者别補之，夫勇虚額皆從汰，自此軍中肅然。時又有減文員薪水之議，君曰：『減公費不如汰冗員。』具列所應汰者三十餘人，人多怨君，君不知也。李公治軍嚴，多殺人，君以爲言，全活甚衆。人又以德君，君亦不知也。已而權寧波府，旋丁彭太夫人憂。大府援金革無避之義留之，不可。將歸，而溧陽陷，中丞羅公又留之。君曰：『吾無歸矣，既留浙，敢不盡力？然勿以上聞，俟道通即歸耳。』時浙事孔亟，君言，賊衆我寡，杭州舍滿營外無兵，請暫移滿兵遏賊衝，而多練民丁，盛設旗幟爲疑兵，使賊不測。及事迫，又請開水關出難民，以省糧食，爲堅守計。皆不從。君歎曰：『事不可爲矣。』城陷，縋而出。服闋，再游粵，勞文毅公及中丞耆英疏言於朝，仍留廣東。文毅去，忌者爲蜚語嗾言，官以聞，詔覆核之，無所得。坐任才使氣免。曾文正公知君才，延入幕府，積功復官，加二品服，錫孔雀翎以飾其冠。文正薨，君泫然曰：『知我者死矣。』自是絶意仕進。僑寓揚州者數年，先世祠宇悉修葺之。晚歲愛吳中風景，築謙儉堂，遂移居焉。又築半園於宅之東，余所爲作《半園記》者也。君初無疾，光緒七年七月丁卯晨起，忽覺舌強，言語艱澀，使醫治之，或效或不。明年十二月丁卯遂卒，年七十有一。生平勇於爲義，義所在必赴。尤篤愛其兩弟，弟皆前卒，子女教養婚嫁皆自任之，蓋始所言於榮祿公者，終不食也。嘗謂諸子曰：『吾承祖父遺訓，終身守四字，曰勤、曰儉、曰真、曰實，其得力則有二端，曰臨財廉，曰改過勇，惟性卞急，無容人量，汝曹識之。他日爲吾作行狀，毋失吾之真也。』今讀諸子所爲行狀，無溢辭，蓋能守君之教者。君起家鹽場大使，官至廣東候補道，再起爲浙江候補道。元配鄭，廣東香山人，繼配沈，浙江仁和人，皆賢明有禮法。生子六：惟善，浙江杭州批驗所大使；廣善，候選員外郎；揚善，候選同知；濟善，尚幼；寶善、樂善皆殤。女七：程炳烈、朱荃、唐福年、朱崧生、段士瀛、汪鈞皆其壻也，其一人殤。孫四：致大、致中、致康、致寬。孫女三。十年十月壬辰，惟善等葬君於某原。元配鄭夫人先君三十二年卒，至是合葬焉，禮也。爲沈夫人營生壙於其右，亦禮也。余既諾諸子之請，乃撰次其事，而系於銘。其辭曰：

君豐於才，未竟其用。一議之發，公卿推重。其臨財廉，其赴義勇。生平遭際，可駭可悚。水火寇盜，厥勢洶洶。乃安乃全，乃榮乃寵。起家鹽官，八騶坐擁。晚歲寓吳，屏絶塵滃。宜享期頤，壽逾大董。如何不淑，撓茲隆棟。昔記君園，今銘君壟。蕭蕭白楊，森森翁仲。更千百年，長獲斯冢。

吳母顧太夫人墓碑銘

太夫人姓顧氏，河南裕州人。所居濱大河，某年河決，毁其廬，太夫人尚幼，附片木漂流一日，夜有陽湖人畢公者拯之以歸，遂與家相失，不能言其系，雖生日無聞焉。既長，有容德，畢夫人愛之，以歸其侄吳君。吳君諱頡鴻，亦陽湖人，娶於劉，年四十無子，故以箎焉。生一子二女，子即今浙江候補知府名唐林者也。道光十三年，吳君以進士得知縣，分發山西，逾一年，補崞縣知縣，又逾二年卒。家故貧也，之官未久，其地又瘠苦，無以歸，嫡劉夫人病於牀，不知所爲計。會其姑管太夫人又卒，益大困。太夫人百計經畫，奉二喪，扶持女君，挾子女，間關四千餘里以歸於陽湖。歸而其故居爲族人所據，劉夫人病不能爭，則遂歸依其母氏以居。吳君有從父昆弟之女歸管氏者，嫠也，而賢明有才識，太夫人從之謀，乃寄居於管氏，使唐林與管之二子曰晏、曰樂者同塾讀。太夫人率其二女以鍼黹自給，樵薪烘煁，日以爲常。然每食必市肉少許，以食其子，曰：『好食之，勉讀書也。』遇家忌日，若四時令節，必歸祭。而其家距管氏二里許，貧不能賃肩輿，於是遲明即起盥漱，從一鄰媼步而往，逮乙夜乃歸，往來道中，不逢一人，而風雨寒暑不問也。後唐林學益進，頗有聲，族人反其屋。太夫人繕完葺之，迎劉夫人同歸其故居。俄而，劉病且卒，太夫人所生之長女至刲肱以療之，雖其女之孝，亦太夫人之善教也。當是時，金陵已陷於賊，而常州猶安堵，總督某公擁重兵駐焉。僉曰：『是必無害。』太夫人曰：『將驕卒惰，禍無日矣。』載宗祏，挈婦豎，避地於泰州，未幾常州陷，咸謂太夫人有先見云。咸豐十一年，唐林應順天鄉試，中式舉人，旋入貲爲郎，行走於兵部。太夫人就養京師，久之，有鄉井之思，唐林乃改以知府需次浙江，屢用海運功見敘，詔俟補知府，後以道員用，加三品銜。又詔俟補道員，後賜二品冠服，於是三代皆洊膺一品封，而太夫人以所生母得齊等焉，禮也。家門鼎盛，長孫已娶婦，長孫女亦贅壻於家。杭之風土服食與江南無異，太夫人甚安之。光緒四年，行年七十，唐林卜吉日爲太夫人稱觴，蓋太夫人歸吳氏，艱難辛苦，至是始申眉一笑也。俄其長女卒，太夫人悼傷之，又以年高，遂恆有疾，七年十月丙戌卒於杭州，年七十有三。子一人，唐林也。孫三人：禮申，縣學生；禮璜，禮疇。女孫亦三人。唐林之官京師也，具太夫人守節年月以請，旌如例。太夫人長女歸山西裴氏者，亦早寡，先以刲肱療嫡母，旌孝女焉，及卒，又以節旌，與太夫人同題姓氏於邑之節孝總坊，戚黨美之。既葬，唐林碣墓請銘。銘曰：

烏乎，是艱難其身，以濟其家之瘨，以成其子之賢者也。是始而惇惇，既苦既辛，以受福於天，以昌其後人者也。千載而下，其視此貞珉也。

吏部左侍郎潘公墓志銘

公諱曾瑩，字申甫，別字星齋，江蘇吳縣人。太傅、大學士潘文恭公之仲子，世牒炳然，可無述也。

道光十四年，應順天鄉試，中式舉人，旋考補國子監學正。二十一年，中式進士，改翰林院庶吉士。散館授編修，以大考翰詹，名在高等，遷詹事府右春坊右庶子，累遷翰林院侍講學士、侍讀學士、光禄寺卿、内閣學士、吏部左侍郎。公以大臣子，風貌清嚴，文章爾雅，道光、咸豐間屢蒙召對，便殿奉命，恭繕仁宗睿皇帝神牌，恭送孝和睿皇后神牌升祔太廟。聖駕謁東陵，命隨扈；臨雍，命撰《尚書講義》；親耕，命從耕。充雲南正考官，會試同考官、副考官各一，讀卷大臣三，閲卷大臣五，教習庶吉士者三。賜宴、賜茶、賜克食、賜玉佛、玉如意及其他器用、食物無算。咸豐三年，文恭公重宴瓊林，而公奉命典春官試，士論榮之。俄以文恭公薨，去官回籍。時粤寇久踞金陵，大江南北戒嚴，乃命公督辦江蘇團練。公會同大吏，布置周密，又集貲以濟大營兵餉，設廠以待江北流民，褩散亂黨，禽斬其渠，以安市井，故雖鎮江已陷於賊，而吴中安堵。及公還朝未再稘，而蘇、常相繼陷，延及兩浙，無樂土焉。公至京師，授工部左侍郎，公曾歷署户、禮、兵、刑四部侍郎，至是偏歷六官矣。文廟方嚮用公，而公與權貴用事者齟齬，會有科場之獄，株連及公之長子、翰林院庶吉士祖同，禍且不測。幸上矜全，得免，尋命公辦五城團防事。既而夷人内犯，諸權貴用事者請上幸熱河。公與廷臣交章爭，不納，公憤懣憂懼。先是，公在籍辦團練，已積勞得疾，至是益劇，乃疏請解職，於京寓養痾。同治初，天子沖齡踐祚，皇太后垂簾聽政。時事方亟，公曰：『此何時也，豈吾養病時乎？』乃強赴宫門請安，朝廷亦知其衰老，不復煩以官守矣。公學有根柢，尤長於史學，所著有《賜錦堂經進文稿》一卷、《小鷗波館文鈔》四卷、《詩鈔》十二卷、《補鈔》二卷、《詞鈔》一卷、《題畫詩》四卷、《畫識》三卷、《畫品》、《畫寄》、《墨緣小録》各一卷。畫以青藤、白陽爲宗，書則初學吴興，晚學襄陽，尤得其神髓。配陸夫人，亦知書，工書畫。同時女史汪小韞鐫小印以贈，文曰『潘江陸海』。性仁恕，每大雨中聞門前有衒瓜果者，曰：『清涼如此，誰與儲者，徒頳其肩耳。』命盡買之。偶有兩甌墮地，一瓶一否，顧諸子曰：『汝曹識之，薄者破，厚者完也。』晚年頗信佛法。光緒四年二月既望，夫人已示疾，猶誦經禮佛如平時。四月壬子，強出至中庭，向西南膜拜，共扶掖入室。時公亦寢疾，與夫人異室而處，得南中所寄金橘，呼次子，使奉其母。夫人猶問：『汝父寢乎？』明日癸丑雞鳴時，夫人卒，公未之知也。俄而曰：『天明邪？』祖同對曰：『尚早。』命進飲，飲已復睡，日加巳亦卒。公生於嘉慶十三年十一月乙丑，夫人生於是年七月癸酉，至是歲皆七十有一。生同年，死同日，士大夫以爲美談。子五人：祖同，翰林院庶吉士，即以科場之獄免官者也，好學能文，有父風；祖福，殤；祖喜，工部虞衡司郎中；祖保，兵部武選司郎中，後公五月卒；祖楨，前卒。孫七人，皆卒，今存者祖喜之女二，祖保之女一。某年月日，祖同、祖喜葬公與夫人於吴縣萬安橋浜，以狀乞銘。銘曰：

古重世臣，同國戚休。公生相門，楊班之儔。弱冠登朝，風舉雲搖。長承帝眷，一德允孚。辰彼碩女，君子好仇。帨弧並設，鸞鶴同游。僉曰異哉，其生有由。千載而下，式此松楸。

西安縣知縣張君墓碑

君諱廷璜，字渭臣，别字夢周，張氏，江蘇吴江人。明嘉靖時有諱震者，實始遷吴江之北門，時有倭患，出私財繕完城之西隅，凡六十餘丈，至今稱焉，則君之十世祖也。曾祖曰漣，祖應鵬，父協華，以君官贈中議大夫。君始入塾讀書，倍常兒，及學爲文，其叔父曉江君深賞之，曰：『吾家自祖父以來皆以諸生教授，隱居不仕，此兒其將昌吾宗乎？』甫弱冠，母葉淑人及父質庵君先後卒，大母葉淑人猶在堂，兩弟皆幼。君喟然曰：『瓶之罄兮，惟罍之恥。吾閉門授童子邨書，所得幾何，其能仰事而俯畜乎？』乃舍舉業，游於皖。未幾，大母卒，所居又燬於火，窶甚。而君故習名法家言，兼工翰札，挾其藝往來江、浙、皖、豫、齊、魯間，爭延致之，聲譽翕然。當是時，粵賊已起，天下方多故，朝廷命將出師，各開幕府，招徠智能之士。君乃入貲爲縣丞，謁袁端敏公於徐州，命治文書。又以儲胥不繼，命至鳳、潁二郡勸分，以佐軍興，未逾月，得銀三萬，奏上其功，賜戴藍翎。君居袁營六載，以隨營殺賊無算，又攻克王圩賊巢，詔以知縣發往浙江，旋以北路剿賊功賜易花翎。咸豐九年秋，入都引見，是冬至浙，而粵賊已由金陵潰圍出，浙中聳。巡撫王壯愍公命赴吳江，扼賊之衝。其明年正月，又以海警命設防於甬上，至十月，復以浙中乏食，命至揚州仙女廟招集米商，運糧濟浙。君遂復見袁端敏公於袁浦。公甚重君，留君營中，筦出納，且曰：『以君之才，宜得百里而治之，僕僕奔走，何以見利器？』乃歷敘在營勞績，咨浙江巡撫，請不次用之。同治二年九月，浙撫左文襄公以君署山陰縣知縣。時賊猶在蕭山，與山陰接壤，君撫親瘡痍，供應大軍資糧屝屨，次弟治之，無廢事。明年，官軍克復，杭州乃始解嚴。君在州縣幕久，嫻習吏事，刑名錢穀，手自治之，吏不能欺。故事：署中日用所需，取給胥吏，每月納錢十萬，曰『送署錢』。君曰：『身爲邑宰，而仰給若輩，欲其不爲姦，得乎？革除之，自我始。』山陰爲紹興首縣，天下幕友，皆出紹興，故其民多通曉律例，能持官短長。君不輕受詞訟，既受之，必判定曲直，不任自起自息，久之，訟者益稀。四年五月，大霖雨，衢、嚴之水下湊，海塘潰決，田禾渰浸。君曰：『非開三江閘淤沙不可。』三江閘者，明太守湯公所建也，舊有湯公祠，君爲文禱於其祠，三日而淤沙解散，稍事畚鍤，隨流俱去，水乃暢行，田用作乂。然補蒔之稻，收穫不豐，言於臺司，蠲減如例。明年又水，賴閘宣洩，水不爲災，其歲大有，輿人歌之，上官嘉焉。疏請補授仁和縣，又請補授歸安縣，部議皆不可。君在山陰，首尾四載，受代而歸。浙撫馬端敏公以全浙肅清，君與有勞，請俟補缺後以同知補用，從之。九年，補授西安縣知縣。先是，縣民納糧由糧櫃給以櫃收一紙，名曰『活串』。君曰：『串可活乎？以活串征收，何以核實？』乃造三聯印串，一存縣署，一給完户，一付糧櫃，至今循之。又聞民間米值有官民之别，官輕民重，而牙人又於分外需索，曰『貼差錢』。君一概禁絶，立石以示久遠，民感其德，以四字顔其大堂之楣，曰『弊絶風清』。君猶自以不由科甲，每歲科試，必廣延耆宿，共定甲乙。邑有鹿鳴書院，危欲圮矣。君出俸錢新之，士之來肄業者，君獎誘甚至。閲三稔，擇其文詩之工者鏤版以傳之，士林悦服。其外如棲流所、養濟院，凡屬善政，罔不修舉。會君之配費淑人卒，君自念與淑人共起寒微，深賴其贊助之力，撫存悼亡，蠹焉心傷。又以軍營積勞，舊疾歲益加劇，力求去官。上臺倚重，未如所請，稟牘再陳，浙撫、今閩浙總督楊公曰：『是不可留矣。』十二年九月，解西安任。明年，其長女壻宰休寧，使人來迎。君往養痾，數月而歸。每坐筍輿，攜酒榼，探巖壑之勝，觴詠忘歸，不自知疾之在體也。君篤於内行，遇兩弟，終身無間言。兩叔父皆早世，恭遇覃恩，均以己封貤贈之。親族有所假貸，無勿應。凡保嬰、恤嫠之舉，棺槥、藥餌之施，無勿竭力。年終券粟以食餓者，絮衣以衣寒者，歲以爲常。自西安歸，八易寒暑，年近七十，行不持杖，鐙下能作細書，僉曰：『其壽未可量也。』會其弟敬亭君卒，君甚傷之，俄亦感疾。光緒七年八月甲子終於正寢，年六十有七。有丈夫子三：長豫亭，殤；

次晉昭，兩浙候補鹽場大使；次臨吉，附貢生，安徽候補同知，爲敬亭君後。女子子二：長適朱炳麟，即宰休寧者也；次適刑部主事范家祺。孫四人：慰祖、繩祖、繼祖、懋祖。孫女一。先是，費淑人卒，葬於吴江之右洪圩。君卒後百日，晉昭等奉君之喪，於十一月辛丑合葬焉，禮也。葬後六年，晉昭以行狀來乞銘。乃述大略，刻石墓門，而系以銘。銘曰：

同治之初，兩浙底定。大亂初夷，千室懸磬。緝我荒土，惟賢守令。君起寒微，知民利病。始宰山陰，橫流滿境。君以至誠，爲民請命。繼莅西安，去其稗政。租估以平，絃誦斯盛。雙鳧所臨，萬口同慶。人歌五袴，我懷三徑。歸去來兮，林泉頤性。仕學並優，出處以正。宰樹蓊然，一鄉起敬。遺澤長存，留遺無竟。必有興者，在其子姓。爰作銘詞，用告史乘。

劉節婦李夫人墓表

光緒十有一年，湖南士大夫之宦游浙中者以湘鄉劉節婦李夫人姓氏事實及其守節年歲詳陳於浙江巡撫劉公，而公以聞於朝。十二年正月壬戌，制詔下禮部，旌表如例。於是吾浙人士無不知湖南有劉節婦李夫人矣。越四年春，余來杭州，居右台山館，而夫人之曾孫曰祥勝者，與余素相得也，入山相訪，以一編見示，則夫人之事略也。祥勝告余曰：『吾曾祖母，葬於本邑天螺山之陽，至今百有餘年。當日銘幽之文既缺焉未備，至今亦未有以表於其阡，大懼名迹之不彰，樵蘇之莫禁，我子孫之獲戾滋大，敢乞先生一言，刻石墓門，以表襮之。其許我乎？』余曰：『敬諾。』按事略，夫人姓李氏，湖南湘鄉人。其在室也，有淑慎柔嘉之譽。年二十，歸贈建威將軍劉公。公諱世華，邑之儒士也。夫人相之以敬，上事舅姑以孝。姑殁，哀慟歷久不忘，每遇憫忌，營魚菽之祭，輒漣然隕涕。無何，劉公病，夫人謹事之，藥餌饘粥，必躬必親，昕夕扶持，不解衣而息，每旦焚香籲天，求代夫死。及贈公卒，夫人年三十，誓以身殉，瀕死者再。後以君舅年耄，懼傷其心，又以諸娣姒慰，勉强從其言。而自贈公殁，家中落，孤二人，長曰漢切，年甫七歲，次曰漢里，甫六歲。夫人躬紡績，佐饔飧，撫其遺孤，至於成立。乾隆四十七年正月九日以壽終，年五十有八。既殁六十餘年，曾孫祥勝以軍功起家，記名以總兵用。公與夫人皆贈如其官，禮也。祥勝以善治軍旅，久留吾浙，距原籍遠，故籲告同鄉諸君子，表揚夫人苦節，而又乞文於余。余既諾其請，爰次其事，而係以銘。銘曰：

夫人之塋，蓋瀕水涘。每遇滛潦，水及其址。抔土巋然，至今不毁。百餘年來，未一修理。夫人之塋，有草蕤蕤。彼牛來思，若或禁止。牟然而鳴，戒勿敢履。神物護持，不煩鞭箠。夫人之靈，長如其始。夫人之澤，百世蒙祉。我作銘詞，表揚厥美。刻石墓門，雖久勿圮。下示後昆，上告國史。

春在堂襍文四編卷四

任母王太夫人墓志銘

嗚呼，自吾祖之殁至今，九十有一年，海内士大夫與吾祖同輩行者，不復有其人矣。《詩》云：『雖無老成人，尚有典刑。』其惟任太夫人乎？太夫人姓王氏，直隸人，年及笄歸贈光禄大夫宜興任公，生筱沅中丞。贈公諱烜，字跂園，以乾隆五十九年舉於鄉，與吾祖爲同歲生。余不及見公，而獲與中丞交，故得惋知太夫人之爲人。當太夫人之歸贈公也，公方守永平，已而遷通永道，以事去官。大吏訟其冤，仁廟召見，稱旨，將復起之，會丁内艱而止，遂歸老於家。公既卒，而族有不逞者覬覦所有，起而搆難。中丞時甫十有三歲，稟承太夫人意，躬坐訟於邑令之庭，辭氣慷慨，涕泗交頤，邑令感動，事遂得解。太夫人撫中丞而泣曰：『自汝父死，吾不卽死者，徒以有汝在。汝能讀書上進，吾尚可苟生人間，不然，吾從汝父地下矣。』中丞跪而受命。道光二十九年，中丞充選拔貢生，朝考，以教職用，選授奉賢縣學訓導。越三年，遷湖北當陽縣知縣，九閲月，又遷直隸順德府知府。太夫人喜曰：『吾歷萬苦守汝，至今日，吾心稍慰矣。』又曰：『汝父服官中外，垂二十年，惟以勤政愛民爲主，汝宜勉之。』同治六七年間，捻賊由山東、河南擾及直隸，而順德當其衝。中丞欲命其季子奉太夫人南歸，太夫人曰：

『毋，吾一去，人心搖矣。汝宜死守此土，吾亦誓死從汝，無他圖也。』當是時，直隸屢被兵，陷城邑甚眾，順德獨完，咸曰：『太夫人之福蔭也。』中丞旋移保定府，遷河南開歸陳許道，由江臬、浙藩調直隸藩司，擢山東巡撫。入覲京師，自陳母老，乞歸養。上垂問母年如干，有無兄弟，然以東事重趨之官。中丞不敢固請，奉母東行，蓋自守令至疆吏，太夫人皆從焉。每鞫獄，太夫人於屏後聽之，有不合則俟中丞退，反復推究，務得其情，翌日再鞫而更正之。或偶用刑，累日不怡，故中丞治獄不以刑，母誡也。官江西、山東，皆遇水災。太夫人每日必問：『振活幾何？民命至重，汝毋倦也。』最太夫人一生，其居心慈，其賦性儉，案無兼珍之膳，笥無重錦之衣。常謂中丞曰：『衣食但取飽暖，若求甘美，徒長兒孫奢侈耳。』中丞由山東調浙江，罷歸，寓吴下，太夫人年逾耄耋，神明不衰。光緒十三年七月戊午，以微疾卒於内寢。臨終，執中丞手，呼曰『佳兒，佳兒』，微笑而逝，年八十有七。子道鎔，即中丞也。女子子一，適同邑候選州同世襲雲騎尉楊家榮。孫五人：之駒，府學生，湖南湘鄉縣知縣；之騮，山西嵐縣知縣；之駿，候選知府，早卒；之驊，直隸候補道；德淵，尚幼。曾孫七人：承弼、承祐、承沆、承澤、承曾、承憲、承傑。孫女二，曾孫女十。是年十二月庚子，葬太夫人於宜興和橋路萬二區八圖遐字圩。中丞徵銘於余，余愯然曰：『是與吾祖同輩行者也，小子其敢辭？』銘曰：

昔也艱阻，含辛茹苦。今也華膴，一門簪組。遇有屈信，德無亨屯。富而能儉，貴而能勤。始終一節，福其後人。如曰不信，視此貞珉。

冠縣知縣韓君墓碑銘

君諱光鼎，字俊伯，韓氏，宋忠獻王二十八世孫也。先世隨宋南渡，家於會稽，後遷杭，爲錢唐人。曾祖淮州同知，祖榮縣主簿，父雲濤，山東即墨縣知縣，祀樂安名宦祠。君弱冠入縣學，屢應鄉試，不中式，以即墨君年高，謀以禄養，遂入貲，以知縣謁選，得湖南麻陽，改發江蘇，又改山東，未補官，以憂歸。時粤賊據徽、寧，窺浙西，戴文節公在籍治鄉兵禦寇，招君與謀，逾歲服闋，而杭亦解嚴，仍回山東。咸豐十年，權知平原縣，縣民郭少棠倡亂，勢甚熾，以計禽斬之，論功以同知直隸州用。其明年，英吉利北犯，縣當南北衝，羽檄旁午，諸亂民乘間作，合圍城下者三日。君率衆力戰，斬其渠，始解散。同治三年，補高苑縣知縣，俄調補沂水，繕完縣城，築石爲郭，葺修學舍，設義學十有二。是夏不雨，禱於聖水坊，往來皆徒行，歸未及城，而雨將至，從者請輿，不可，及郛大雨，父老跪迎，皆叩首呼父母。縣境有所謂圈裏者，介五邑間，爲盜淵藪。大學生王步雲踞其中，謀爲亂，奉故劉文正公裔孫爲渠帥，不從，則脅以兵，捻賊應之，期有日矣。君聞變，將徒役數十人夜往，遲明入其巢，悉縛以歸，釋劉而誅步雲，及期，捻賊至，知事敗，引去。巡撫丁公以聞，賜戴花翎。又敘平原守城功，以知府用。丁公以郯城多寇，調君治之。君將去沂，念沂有山水，春夏水盛，民則病涉，留白金二百使建橋，君去，橋不果成，然民至今感之。比至郯，聯合江南搏力之衆，禽姦戔猾，境内以平。十年，調補冠縣，察其地彫劫，緩急無備，修城浚隍，創建櫓樓四所，夜則募人聚柝，達旦不休，賞信罰必，辜罪恆獲，行之期年，一邑大治。乃修廟宇以妥明神，乃建考棚以優多士，又用西洋法設局種牛痘，以活嬰倪，仿古人常平法建倉積穀，春借秋還，不取其息，以利窮氓，寒者衣之，餓者食之，孤窮者餼之，病則有藥餌，死則有棺櫝。其初下車，投牒如麻，季年草生於庭，盜賊衰息，民賦畢輸。君素康強，光緒十年夏自省城歸，感微疾，久之遂困憊，歎曰：『吾不久於冠矣。』賦留別士民詩四章。十一年六月己丑卒於官，年六十有八。君自少有至性，當卽墨君官博平時，有捻賊圍城，君時在外，聞亂，與師友訣，馳赴之，塗遇避兵者，戒勿前。君顧其僕曰：『遇寇，爾自去，勿相從也。』僕亦感動，誓勿去。間關數十里，竟達城中，時閉城五日矣。卽墨君晚患目疾，君晨夕舐之，卽墨君曰：『吾目必愈，爾孝動天矣。』善屬文，尤工於詩，所至以興起文教爲事。其官沂也，請加廣學額，其官郯也，籌巨貲爲公車膏秣之資，及在冠縣，歲舉賓興禮，士之赴試者厚賮之。北鄉距城遠，舊有書院，圮矣。君至，廓其堂舍，優其餼廩。同官中有卒官不能歸者，必資遣使歸，故人子弟有貧乏者周之，歲以爲常。性仁恕，而於強禦不稍假借，痛懲以法。尤長折獄，東阿孫氏一家五人爲人殺死，已而得罪人五，部議以死者五，非五人所能殺，獄久不決，株連數十人。大府以屬君，君曰：『是必盜伺於門外，一人出，殺之，再出，再殺之，尸五人，五人足矣。』獄遂定。巡撫丁公以爲東海循良之最云。妻邵氏，繼娶嚴氏。生子三：應樞，候選主事，早卒；壽椿，國學生；拱極，尚幼。女二人，天津沈恩益、番禺梁于渭，其壻也。孫一人，之茂。某年月日葬某原。王益吾祭酒已爲文銘其幽宫矣，而壽椿又乞余文以文其墓道之碑，乃綴都較，係以銘。銘曰：

大盜初起，如萌如蘗。邑有賢令，可得而折。及其既熾，千里㕒䶵。如火燎原，炎炎誰滅。偉哉劉君，亂萌杜絶。手種甘棠，身入虎穴。熢燧銷除，俎豆陳列。得如君輩，寄之符節。八表無塵，九州有截。大書墓門，請俟來哲。

南陽縣知縣吳君墓碑

君諱某，字竹侯，氏吳，其先江西金谿人也。曾祖世傑，游雲南，愛永昌山水，家焉，遂爲保山人。祖肇京，父淮，並以文學籍縣庠。君弱冠入學，俄餼焉。應鄉試，薦者數矣。會其伯兄官山東東河縣，君往省之。是時兵徭旁午，君與參裁，恆得夙辦，咸曰：『幹濟才也。』而雲南自回民倡亂，軍事益亟，鄉試不能如期行。君遭時艱難，身歷憂患，慨然曰：『昔人不云乎，鉛刀冀一割，吾胡久處囊中哉？』卽入貲，以知縣分發山東，補招遠縣缺。俄奉令甲，兄弟不得同官，改河南涉縣。涉故巖邑，其民鷙悍。君曰：『是宜以文教柔之。』創建考棚，更定書院規條，優其餼稟，官費不足，以奉錢益之。他所興革類是。比三年，俗丕變，巡撫錢公行部至涉，稱爲第一循吏。時有令，令民積穀，涉素無儲，日食糠覈，勺米斗粟，皆遠糶鄰邑以牟利，令下，難之。君買穀四百石，爲之倡，苦口勸譬，民乃樂從，積穀逾萬，後值凶祲，邑無飢民。未幾，調署商城縣。商城有巨室某，恃其族強，數撓吏治，魚肉鄉里，一邑畏之，號曰『東衙』。歷官其地者，爲所把持，畫諾而已。君不畏強禦，務行己意，扶翼良懦，遇事與爭，民大悅服。而君竟陰爲所齮齕，奉檄回涉，涉父老聞君至，迎數十里外，歡聲如雷。是歲大旱，晉豫間赤地千里，其始，胥吏猶循故事以催科請。君曰：『不可。』親履四鄉，飛書上大府，請振，不待報，先發粟，民如干口，粟如干斗，十日一發，明年，又市粟以平市價，轉運之費，不取之。公凡用白金二千餘兩，皆私財也。

他邑死亡載道，涉民死者才百中之一，及登麥，麥大熟，人謂善政所感云。大計羣吏，君以卓異聞，調南陽縣。甫下車，有以盜劫告者。或謂君曰：『盜必不可得，取獄囚尸之卽無事矣。』君曰：『是何言也？』卒捕得盜，置之法。其地民夷襍處，君遇事持平，中外皆服。不數月，調署臨漳縣。君宰涉時，曾攝臨漳，至是再至，習其土俗，而事又簡。君班條理務，勤恁如前，忽中蜚語免官，罔測所自。或曰：『此仍商城所謂「東衙」者爲之也。』君罷歸後，以故鄉遼遠，寓居濟南，齋廚蕭然，不以措意。其次子選授江蘇金匱令，將往視焉，忽得偏痺之疾，逾年，有間矣，俄又暴下，遂於光緒十三年七月辛未卒於濟南，年六十有一。君性孝友，事繼母得其歡心，其仲兄就養於其子，遠在粵西，君恆念之。兄卒，祕不以聞，及兄之喪歸，而君卽以其日捐館舍，亦可異也。君娶陳氏，咸豐十一年滇亂死焉，旌如律，祀節孝祠。君感悼，不再娶。子二人，光緒元年鄉試，長子煜中式副榜貢生，次子灼舉人，人皆榮之。煜以通判分發直隸，灼由內閣中書改知縣，卽選授金匱者也。孫三人：德培、恩培、天培。其年十月乙酉，二子葬君於山東肥城之程家莊，其明年，灼來吳中，請文其墓道之碑。乃撰次其事而爲之銘。銘曰：

爲政之道，惟仁惟義。君之一生，仁義咸備。遇災斯振，當仁不避。上未報諾，我行其意。活人千萬，是仁之至。得罪巨室，仕宦所忌。君獨侃侃，吾不爾比。扶弱抑強，是義之至。兼義與仁，斯爲循吏。未竟厥施，報在後嗣。刻此銘詞，表其幽隧。

江蘇按察使李君墓志銘

往時，曾文正公以碩德元勳表儀一世，賢者才者，爭出其門。惟余以疏頑爲公門下羞，而亦因之得徧識海内賢豪之士，則李君香巖，其一也。君諱鴻裔，字眉生，自號香巖，晚寓吳下，與蘇子美滄浪亭相近，又號蘇鄰，世居四川中江縣。曾祖某，祖某，父某，字夢蓮，嘉慶二十一年舉人，著有《卅樹梅花書屋詩集》。君生五歲而孤，無何，母何太夫人又卒，居喪如成人。十歲能書，無一筆苟簡，家貧甚，欲從師，至不能具十脡，然益自勵。年十六入縣學，逾年餼焉。年十九充道光二十九年拔貢生，將如京師，無以治任。或勸以田質於人，君曰：『我則行矣，吾兄吾嫂何以生乎？是不可。』遂行。咸豐元年，應順天鄉試，中式舉人，名動都下，士大夫所持便面，不得君書則以爲媿。旋入貲爲兵部主事，充漢本房坐辦。暇則研究經史，臨橅碑帖，手寫《春秋左氏傳》及《史記》、《漢書》，皆卒業，於榮利泊如也。有達官諷使出其門，許以鼎甲，君笑不應。某相國方用事，素與君善，君見其權勢日盛，遂不入一刺，來見不納，後果敗，人皆謂君有先見。然君與人交，當其微賤時每甚密，愈貴顯愈疏，亦其介性然也。咸豐十年會試，已中式矣，復以微疵黜。同考官今陝甘總督譚公手錄其《四書文》三篇，出以示人，皆爲歎息。而是時粵賊踞金陵已七八年，其年秋，復由江南上犯，皖鄂告警。胡文忠與李忠武知君之才，合言於朝，君奉命赴軍營。行及汴梁，資用不給，賣所乘車，然後至鄂。文忠待以客禮，每事諮焉。文忠薨，曾文正以師船來迎，而皖撫李公亦招致之。君曰：『能辨賊者，非曾公而誰？吾必往。然吾受文忠殊遇，其喪未歸，未可他往也。』既送喪而後行。文正在京師，雅重君，及至延入幕府，凡機事皆與聞焉。文正每言君豁達大度，敏而能精，請授以大任。穆宗嘉納，命樞臣存記。同治三年，江南平，文正疏請以君權十府糧道。其時大減江南漕，以蘇民困，量財品賦，君力爲多。又使君總理糧臺，總辦善後局，整紛剔蠹，百廢俱舉。會文正督師剿捻，以徐州爲南北襟要，乃會同今相國合肥李公奏補君淮揚徐海兵備道，駐徐州總辦營務，兼筦糧臺。時吉林及湘淮諸軍不下數十營，資糧扉屨，皆君供之。俄而，捻賊大至，環攻四十餘晝夜，去而復至者再，終以君備禦甚嚴，且時出勁卒，乘間襲擊，不敢久留，隴種而退。徐城獲全，君之功也。徐故有兵十數營，有支發，無報銷，君并入大營，報銷如例，又裁民間襍税錢數十萬。今相國李公方督兩江，讀其公牘，歎曰：『古稱廉能，君之謂矣。』君又以境有葵河，久不疏瀹，商旅不適，乃議濬之。出奉錢爲倡，遐邇稱便，君猶欿然曰：『吾力不足，未能大濬也。』蓋君治徐未一載，又軍旅之日爲多，而其惠澤及民已如此然。君之心力亦坐是困，及簡授江蘇按察使之命下，而君以失眠數月、耳鳴重聽不能赴。請開缺，不許，賞假三月，假滿未愈，又以請，乃許之。而以前功賞加布政司使銜，賜戴花翎。蓋朝廷眷注固未衰也，而君竟不復出矣。君負經世之略，值需才之時，年甫強仕，以微疾乞歸，未竟其用，海内惜之。君既得請，以距家遠，遂寓吳中，命其嗣子賡猷還蜀修先人墳墓，置祭田，設義塾。比年來，山東、山西頻遇水旱之災，屢出巨貲以助之振，不足則節省服食以濟益之，又不足則買字得錢，積少以成巨。常訓賡猷曰：『孔子之書，大旨在「仁」字，而成之者誠也，孟子亦發明「仁」字，而輔之者義也，佛氏有體無用，然其體亦止一「仁」字，故曰能仁。仁者三教之所同也。桃杏無仁不能生，人無仁，其能生乎？』又曰：『人之處世，不可存一疑字，嫌隙由此起也，刻薄由此生也。』

其生平寢興飲食，皆有一定之節，不差寸晷，喜靜不喜動，年四十後杜門謝客，惟以讀書爲事。《毛詩》、三《禮》，每歲必讀一過，旁及金石文字，又流覽老莊及釋氏之書，皆有所得。於交游尤不苟，所往來者皆海内名流也。吴中所寓，卽宋氏之網師園，有花木之勝。君野服而朱履，倘徉泉石間，見者不知爲故廉訪使矣。光緒十年，偶得脾疾，時愈時劇，十一年秋，又病痁，八月辛巳遂卒，年五十有五。娶敖氏，爲榮昌望族。常從君至鄂，寇來圍城，驚悸成疾，迄今不瘳。無子，以從兄子爲嗣，卽賡猷也，廩貢生，議敘同知，加知府銜，援海防例捐升道員。孫五人：鶱，候選知縣；鵠，鶬，鶚，皆業儒；鷃，尚幼。某年月日葬君於某原。余與君同出曾文正之門，又同寓吴中，相習也。而君之先德夢蓮先生又與先君同歲舉於鄉，有世講之誼，故於其子請銘不得辭焉。銘曰：

昔蘇子美，先世居蜀。晚寓吴中，滄浪一曲。八百年後，得君爲鄰。非惟同調，抑亦鄉人。我思子美，坎坷失職。明月清風，聊以游息。君則不然，遭際聖明。官高方面，功在彭城。雖與蘇鄰，乃出蘇右。網師名園，從今不朽。大書墓碣，曰舊使君。吴中父老，下馬斯墳。

陝西候補知府恤贈太常寺卿祁君墓志銘

君諱兑，字悦亭。其先山西人，有遠祖在元時以千户指揮使戍甘肅，遂家焉，今爲鞏昌府隴西縣人。曾祖體元，祖瑲，父尊賢，世以居積致富。君生有大志，入貲，以同知發陝西，歷署漢陰、定遠撫民同知，不久卽告歸，專爲義於鄉里。郡東二十里堡故有溝洫，久廢矣，爲大濬之，灌田數萬頃。其俗不知紡績，爲設機房，募工師教之，不數年，民有餘布。又大治府學，修文昌宫，重建南安書院，士風興起，科名爲隴右冠。咸豐四年，陽坡寨民有以邪教相煽者，縣令不知，曰『是饑民求食耳』，請君與君之從兄，前四川西充縣令嗣唐往撫之，半道會議，嗣唐謀以單騎往，君力阻不聽，往則戕焉。君遄返，自募死士二千人，身爲之先，馳入其寨，禽其魁石元義，誅妖婦曰九天仙女，餘黨悉潰。於是甘肅諸大吏皆知君才。當是時，粵賊自兩湖踞金陵，犯及畿輔，海内大聳。然距甘猶遠也。君曰：『甘禍必始此矣。』陝甘，古雍涼之地，花門種類，自唐肅、代間居此，生聚益繁，性悍喜鬬，與土人積不相平，因無隙，未敢動。君私計是必爲亂，而甘肅乏鐵，製軍械必以鐵，預購數十萬斤儲之，人無喻其意者。同治元年，粵賊自河南大掠南陽，突入武關，山南諸回民應之，關中雲擾，秦隴間亦蠢動。郡中聚謀，始議鑄礮，而苦無鐵。君出所藏以告，乃造大將軍礮及其他槍礮，軍械皆具，於是鞏昌礮隊，所至有功，名聞秦隴。甘肅以蘭州爲省會，東西北不通餉道，通者惟南路一綫，鞏昌其門户也。鞏不守，則由陝餫甘，其道必絶。君顧大局，以死守鞏，而其時渭源西、狄道西、河州之賊所在蠭起，皆與鞏鄰，河州回尤悍，屢至城下，皆以礮隊擊卻之。俄大旱，赤地千里，民饑，賊亦饑，以鞏殷富，將就食焉。四年秋八月，賊數萬來攻城，城中議以知府趙某守南城，君守北城。北城卑，又當賊衝，君任之不辭。每夜必周歷四城，拊循其士卒，守者皆曰：『我曹爲祁公死，死不悔。』而知府趙某故有所部八百人，皆裹黑巾，號曰『黑頭』。客兵本無固志，又以圍久粟匱，藉搜粟爲名，擾害閭閻。君曰：『事急矣，請乞援於曹軍門。』曹名克忠，故將軍多公部將也，君與之書曰：『郡城危在旦夕，願大軍速來。公爲我守，我爲公餉。』又有『黑頭不足恃』之語，書列府縣官名，使數人分路突圍，齎書往投，一人爲賊所殺，得其書，大呼於城下，曰：『黑頭黑頭，官且殺汝，何守爲？』黑頭洶洶，將爲變，君百方慰解之，及曹軍至，始誅黑頭之黠悍者，繄散其眾，事乃定。君發藏鏹犒曹軍。已而曹公赴洮州，留兵三千守鞏，軍餉皆君籌之，所費巨萬。先後敘功，由同知升知府，加道銜，賜孔雀翎。而君亦積勞成疾，五年八月，病益臻，自知不起，乃從郡守以下悉延至卧榻前，流涕告曰：『此地不守，全隴皆陷，願諸公聽垂死之言，全力守此，如某未死。』又私語家人曰：『吾死必速斂速葬，毋落賊手。』是月乙巳遂卒，年六十有四，卒之日，居民聚哭，而城外之賊酌酒相慶。越日丙午，蟻傅城下，次日畢登，城遂陷。君一門老幼，死者四十人，其嗣子及從子兆庚僅以身免，室廬皆燬，而君停柩之聽事獨存。或曰：『賊畏君威靈，不敢犯也。』同治十二年十二月，御史吳可讀以公事上聞，朝廷嘉歎，詔贈光禄寺卿，賜祭葬，建專祠，一如典禮。君娶樊氏，無子，以弟之子爲嗣，曰兆煃，兵部員外郎，浙江候補道，前署杭嘉湖道。孫二人：緝熙、緝誠。君始瀦葬於東郊，至是，兆煃自浙請假歸，謀改葬焉，禮也。瀕行，以狀乞銘。銘曰：

一身存亡，一郡所繫。一郡存亡，全隴所寄。毁家抒難，致命遂志。烏呼祁君，令名百世。

卹贈知府前高明縣知縣許君墓碑銘

君諱錞身，字彦直，許氏，浙江仁和人。許爲浙右族，世牒炳然，可無述也。祖某，父某，累贈光禄大夫。君少有奇氣，喜聞忠義事，嘗見優人演周忠武戰死狀，爲之慷慨泣下。母徐太夫人謂之曰：『兒欲爲周忠武邪？』應聲曰：『此兒素志也。』道光二十四年，以知縣謁選，得廣東高明縣。高明隸肇慶府，地僻民貧，官其地者，皆謂不足有所爲，苟焉而已。君因其所宜而爲之，治未一歲，百廢備舉。先是，歲科兩試，率取富人子弟置前列，君杜絶請託，所甄拔，皆宿名之士，衆論翕然，士氣咸奮。自入國朝二百年來，高明一縣無登甲乙科者，及二十六年鄉試，邑人李某裒然魁其曹，卽君先一年縣試所取弟一人也。父老歎異，以爲美談。調署高要縣，肇慶之首縣也，其地居省會上游，與廣西接壤，寇盜充斥，素號難治。君清其户籍，察其良莠，使其民相保相受，守望相助，寇不敢犯，閭閻按堵。俄吏部以君到任逾限，開缺議處，粤中大吏言君逾限有故，請免議，並以獲鄰縣盜咨送吏部引見，詔回粤，以知州升用。咸豐三年，署惠州府碣石通判。碣石介惠、潮間，爲濱海要區，特設總兵官鎮其地，與通判同城而治。君航海出大虎門，歷零丁洋、香港、澳門諸處，縱覽形勢，登艫四望，撫劍長歎，其志遠矣。當是時，東南雲擾，羣盜如麻，而兩粤土寇亦乘間起。君之官未久而潮州亂，惠來縣陷，總兵馳救，城中兵少，民大恐。君行保甲法，又教民搏力以自衛，察知其與賊通者，捕數人，尸於市，雖鄰郡繹騷，境内帖然。已而，惠州海豐縣有所謂三點會者，戕官踞城，警報日數至。海豐距君所治不二百里，來乞師焉，君商之護理總兵官何君。何有難色，君曰：『海豐之民陷於水火，何忍坐視？且公不聞脣亡則齒寒乎？賊久踞海豐，禍必及我。』何君乃簡丁壯，以君統之，約陸豐鄉兵分道俱進。是行也，君以閑曹受事日淺，倉卒出師，糗糧器械皆不具，見者寒心。君投袂而出，意氣彌厲，旬日之内，三戰三勝，遂克海豐，破太平，圍賊巢，而餘賊又與歸善縣土寇相結，大掠於三多祝。君自三多祝進剿，遇賊於九州鄉，大破之，乘勝窮追。會日暮，駐兵烟墩墟。其夜，賊收合餘燼，回撲我軍，猝爲所乘，我軍潰散。君義不反顧，遂遇害焉。幕友張受經、家人劉彩、書吏黃恩皆死之。時咸豐四年十一月己巳也。潰兵退集於三多祝，翌日賊大至，忽隴種而退，駢瞿奔觸，若鳥獸散。我軍相顧愕眙，因麾衆逐之，斬馘無算，禽其渠曰張來順。後問之俘者，是日見官軍甚衆，徧張白旗，賊衆目眩神奪，不戰自潰。聞者悚然，蓋白旗者，君行軍之幟也，非君之靈有以陰相之邪？越四十日，烟墩墟之人得君遺骸，送至三多祝，面如生。事聞於朝，議恤如例。同治元年，總督晏公端書又因士民之請，請從優議恤，詔加知府銜，於死事之地及原籍均建專祠，官爲致祭，凡從死者皆附焉，禮也。方君之剿賊海豐也，距海豐五里有五里山，山有方飯亭，相傳宋文丞相駐軍於此，方飯而元兵大至，被執北行，後人建亭識之。君登山賦詩，因以見志，未一月及於難。徐太夫人在家，歎曰：『吾兒真爲周忠武矣』。君之子曰之軫，余門下士也，具事實請表其墓。因書大略而係以銘。銘曰：

維鄰宜恤，維寇宜攘。武夫趑趄，君曰余往。三戰三捷，所殺過當。猝爲所乘，戎伏於莽。致命遂志，其氣彌壯。厲鬼殺賊，碧血歸葬。文山忠武，君所宗仰。頡頏其間，洵無多讓。我作銘詞，刻君墓上。千載而下，式其靈爽。

何賡堂墓碣銘

君諱錫金，字賡堂，何氏。其先浙江寧波鎮海縣人，自其曾祖以來家於定海，今遂爲定海廳人。祖大成，父廣仁，祖妣葉，妣俞，並以君之子良棟貴，贈視三品。君少有令聞，耽詩悅書，研究典籍，家無儋石，未竟厥功，乃奉簿書，鞠躬公門。忠絜清肅，進退以禮，浮游塵埃之外，皭然氾而不俗者也。嘗謂諸子曰：『人不可以苟富貴，吾家世皛白，吾雖折節爲吏，水火不與人交，上可以不愧先人，下庶以留詒爾輩耳。』君之令德，宜登大年，乃以道光二十四年正月丁亥遘疾而殂，春秋五十。元配董淑人，内行純備，稟命不竵，先君十八年卒，年二十有八。繼配邱太淑人，事舅姑以孝，撫前室子以慈，處分家事，内外秩然，後君四十二年卒，年八十有三。君有丈夫子五：懷珍、懷瑾、懷瑜、懷瑛，董出也，懷瓚，今改名良棟，邱出也。孫四人：瑾之子曰基泰，瑜之子曰基賢，棟之子曰基康、曰基昌。邱太淑人嘗謂良棟曰：『汝父勇於爲善，恆苦無力，今稍優裕，宜勖行之。』良棟敬諾。同治八年，以佐黔中軍興議敘同知，賜藍翎以飾其冠。後復輸家財振山西饑，加知府銜，易孔雀翎。又以繼輔饑，助振如前，詔以『樂善好施』四字表其門閭。嗣後凡遇善舉，罔有弗力，親戚待以舉火者相踵也，是皆太淑人之教，而實君之遺意也。識者曰：『君之餘澤孔長矣。』同治三年某月某甲子，諸子奉君之喪，葬於定海西山之麓。至光緒十四年，良棟具行狀碣墓請銘。銘曰：

兩漢人材，吏居大半。如尹翁歸，如趙廣漢。張敞王尊，得人無算。逮乎後世，科舉盛行。五尺之童，跬步公卿。雖有尹趙，無自知名。雖不知名，食報自在。如君之賢，高門可待。我作銘詞，垂信千載。

峽江縣知縣暴君墓志銘

君諱大儒，字超亭，别字梅村，暴氏。其先山西洪洞人，明初遷河南滑縣，遂爲滑人。曾祖天民，祖宗昌，父菼，皆以君官贈中憲大夫。君弱冠入縣學，益自勵，夜讀，倦則伏臥橙上，轉側墜地，復起讀。肄業大梁、河朔兩書院，試輒冠其曹。道光二十四年，中式舉人，三十年成進士，以知縣用，掣籤得江西。咸豐二年，署都昌縣。縣濱鄱陽湖，湖有劇盜，恃其險阻，不可捕。君雨夜馳九十里，至其地，禽數十人以歸。三年夏，粵賊攻省城，賊船之往來於鄱湖者相望也。君聯合其民，翦除其土寇，他邑糜爛，縣境獨完。時省城被圍，文報隔絶，君密書上大府，備陳賊虚實，巡撫張文懿公大喜，自是諸文牘皆密下都昌以行。四年受代歸，六年以親老請終養。已而連丁父母憂，家居久之。十一年春，曹濮間十數州縣奸民結會爲亂，擾及滑東，而團練大臣毛公所募勇又潰於獲嘉，驛騷於新鄉、陽武、封邱而及滑南，滑人大聳。君飛書徧告諸村莊，期會於縣南之黄德集，至者數千人。叛勇始謂滑無備，及至，見勢盛，竄東四散。滑人大喜。君曰：『是非可常恃也。』創議築堡，堡成而四境安堵，鄰邑無堡者率被蹂躪，無完區焉。於是敘君功，加直隸州知州銜，賜鶡羽飾其冠。同治二年，服闋，還江西，巡撫沈文肅公命赴袁州勸捐。會霆字營叛勇犯袁州，從者皆勸君勿入，君不聽，馳入袁。袁守朱君與某令不相能，餉又無所出，惟辦一死。君曰：『公患無餉邪？吾所勸捐具在。與某令齟齬邪？請和解之。』朱君曰：『捐資可移用乎？』曰：『移緩就急，胡不可？』朱君起拜。君卽往見某令，曉以大義，於是守禦粗定，而叛勇踵至，攻三晝夜不克，舍去。袁州獲全，君之力也。詔加運同銜，易孔雀翎。五年，署南城縣，七年，補授峽江縣。君爲政以通達民隱爲主，懸鑼大堂，有訴冤者鳴鑼以聞，聞鑼聲立出，爲判曲直。又以公正耆老充里社長，勸民輸賦，不費敲扑，田賦畢輸。罷遣差役五六百人，使歸南畝，民以不擾。捐俸錢，益書院膏火，士益以奮。在峽九年，以目疾乞歸，歸裝蕭然。其祖遺田宅，當析居初，又悉以膏腴讓諸兄弟，暮年惟以教授生徒自給。然遇大祲，猶捐金以振族人焉。光緒十四年十二月庚子疾，終於家，年八十有一。元配宋，繼配徐，贈封皆恭人。子四人：駿圖，咸豐元年副榜貢生，歷任遂平、林縣教諭；驥遠，廩貢生，候選主事；籥雲，光緒十一年選拔貢生，十四年舉人，工部七品小京官；篆雲，尚幼。孫七人：式昭，江蘇太湖甪頭司巡檢，蘇撫以賢員保舉，詔軍機處存記；式琦，早卒；式濂，國學生；書斌、式廬、式固、式軿，皆幼。孫女六。曾孫二。諸子以君與余同歲舉於鄉，同成進士，故其葬也，以狀乞銘。銘曰：

君貌恂恂，若無異於常倫。及遇艱阻，毅然如忘其身。神智煥發，膽氣益振。用是除虣，而安民峽江之濱。遺愛千春，欲知君子之澤，觀其後人。

署安平縣知縣婁君墓碑

光緒四年十二月甲午，署安平縣知縣婁君以勤民事卒於官。其明年二月己亥，葬於宛平縣欄河峪之原。又二年，直隸總督大學士李公疏言於朝，援積勞病故例請恤，得贈知府銜。於是其子杰乃具行狀請文其墓道之碑。按狀，君諱詩漢，字慧波，別字卓堂，浙江山陰人，婁氏。曾祖融光，縣學生。祖青，河南彰衛懷兵備道。父煜，直隸石景山同知。君年十四，通五經，以治家事輟舉業，父命也。已而家事治，父喜曰：『是良吏才矣。』乃入貲，以從九品分發南河，署沛縣典史，捕治豐沛間劇盜，悉得。尋以迴避，改官陝西，補褒城縣黃官嶺巡檢。以母憂去官，免喪，改直隸。咸豐六年，署涿州州判，又以父憂去，免喪，仍官直隸。三年，代理靜海縣主簿，四年，署景州運河州判，十年，代理永平縣知縣。光緒二年，代理成安縣知縣，四年，署安平縣知縣。大吏累上其功，始請補缺，後以知縣用。又請加知州銜，又請以知縣候補，又請補知縣，後以同知用。然君終於縣令，所謂良吏才者，未得盡試也。其官褒城也，禽姦翦猾，如尉沛縣時。鄰縣有爭訟者，輒赴愬於君，君以侵官辭。愬者曰：『以君賢者，求一言決是非耳，非必以官法治也。』去褒數年，君之兄詩徵官蜀，道出於褒，褒人以爲君也，爭迎於車下，既而知其爲君之兄，羅拜而去。烏乎，君於褒城一巡檢耳，得民如此，使得大用，其治行當何如邪？景州濱運河，自南漕改海運，河隄多圮，歲發民夫修築之，吏受值於官，以大半入己，而以賤值雇老弱充役，歲久無完隄。君攝州判，知其弊，痛治之，隄完且固，民田賴焉。同治六年，畿輔大無，君奉檄至天津爲鬻，以食餓者，別男女老幼而約束之，置旗鼓以進退之。或曰：『子以兵法部署邪？』曰：『否。此吾治河法也，分其流，使散而不聚，則無患矣。』其攝安平也，地濱河，自同治六年大河北徙，縣百二十餘邨皆淪巨浸中。君日夜以扁舟周歷竟內，度地高卑，教民疏導，民於是乎始得宅土。其歲，邑以秋災聞，前令所報輕，君力爭，改災三分爲四分。有詔，緩當年租賦，振以銀米。君履行村虛，綜覈戶口，賦食與衣，罔有不當。退則判治文牒，每日未明卽起，漏三下未休，仍於其間爲書院士子講論文字，拔其秀異，優其氣稟。又爲勸善歌，以化導愚民。每出行，所部部民迎拜如家人父子，雖老羸癃病者，傴僂而至，願一見好官。君治安平四月，積勞成疾，竟以不起，年五十有九。國家優賢揚歷，以積勞病故賜恤者，歲有其人，然如君者，允副其實，飾終之典，無愧色矣。君短身，而容貌昳麗，目光如電，與人一見卽識之，事雖細，一入耳，終身不忘。善治獄，在永平，決滯獄無慮數百，有巨室某，以陰事誣其兄之妾，冀逐之，而得其遺貲，以胎衣爲證。君反覆推鞫，知某之女實與僕私，以藥下其胎，而嫁禍其兄妾，禽其僕，以大杖杖之，某知事洩，叩頭求免治。堂下觀者咸頌君明察，而不發人陰私，用意忠厚又如此。然遇事敢爲，不以艱險自阻。同治中，吴橋縣奸民以八卦教惑衆，且作亂。君時禦捻於天津，微服單騎，馳兩晝夜至其竟，捕渠魁數人，餘衆皆散，事遂定。其治訟之明，定亂之勇，自尉沛縣，以至歷宰劇縣，不少異。君父以良吏才許之，洵知其子矣。君没，而安平士民號泣奔走，致賻賵者相望，匱將發，鄉民數百，自懷糗糒，願爲体夫。既而以從祀名宦祠爲請，格於新例，未果。而四境喧傳君爲本縣城隍神，事雖無稽，然《禮》曰『以死勤事則祀之』，是固理所有也。君娶沈氏，能以儉成君之廉。丈夫子六：杰，東河試用同知；楨，河南試用巡檢；緝書，國學生；綬書，從九品；瑞書，殤；懷書，尚幼。孫三人：啓衍、啓信、啓覲。君櫬在天津，與余長子紹萊善，余素聞其賢，又重違杰之請，撰次其事而係以銘。銘曰：

君良吏才，奚啻百里。小試牛刀，乃止於此。其宰安平，自秋徂冬。纔四月耳，兩時未終。百里循聲，達於天聽。四月之澤，百世之詠。官無久暫，亦無崇卑。有德於民，民則思之。更三十年，民不能忘。祀於瞽宗，俎豆馨香。欄河之峪，君之安宅。千載而下，視此刻石。

徐編修祖母孫太宜人墓表

徐爲武林望族，文敬、文穆兩公賜塋及宗伯公以下兆域，均在西湖，而江蘇如皋縣城外曰秦家港者，有徐氏之阡焉，孫太宜人墓也。孫太宜人者，南滙縣知縣杉泉公之配也。杉泉公葬杭州小和山之原，而孫太宜人之墓則在如皋，其孫花農大史琪言於俞樾曰：『是不可無吾師之文以表其阡。』樾曰：『諾。』謹按，錢唐孫氏，與徐氏門第相埒，有諱灝者，以雍正八年翰林官至都察院左副都御史，實與徐氏宗伯公爲同年生，則太宜人之叔祖也。太宜人父諱同琨，又與杉泉公之父石船公先後爲江南淮安府海防河務同知，兩家有世講之誼，乃申之以昏姻。其來歸也，年二十有一，逮事舅姑，佐杉泉公生事死葬，悉以禮。杉泉公官江蘇，太宜人從之官，衣履之類，手自縫紉，不異寒素。杉泉公身後無銖金寸錦之儲，太宜人攜其二子依母家以居，寓嘉興之平湖。孫氏子弟皆能文章，工篆隸。太宜人使二子與之游，而又延宿儒陸君曉汀教之讀，貧不能具修脯，質釵珥以供之。時海上有警，乍浦不守，平湖相距密邇，人情洶洶。太宜人攜二子屬陸君曰：『設有不測，敢以二孺子累先生，存徐氏之後，吾則死此矣。』後幸無事，二子相繼入縣學，太宜人喜曰：『是可少慰先人於地下矣。』二子者，長子名鴻度，後以巡檢需次江蘇；次子名鴻模，即花農太史之父，余爲作《若洲徐君家傳》者也。徐固世家，而自杉泉公之亡，家中落。若洲君幼負美才，屢應鄉試不售，乃以縣佐筮仕江南，奉太宜人居揚州。咸豐三年，粵賊攻揚州，若洲君方奉使至袁浦，其配鄭太宜人請太宜人出避之。太宜人曰：『吾守此待二兒歸耳，何避爲？』鄭太宜人固請，乃遷居如皋，此太宜人寓如皋之始也。太宜人雖在危迫之地，無戚容，無悸色，陽陽如平常。及若洲君反，語之曰：『吾曩時稍涉惶惑，則上下失措，不知顛越何所矣。』其自揚州出也，鄭太宜人於筐箱囊橐皆棄不顧，惟奉高廟賜文敬公詩卷，及先世畫像與家乘以行，道途跋涉，風雨沾濡，詩卷、畫像均幸無恙，家乘則稍損焉。太宜人手自補葺之，今武林徐氏猶得以考訂世系，敘次昭穆，賴有此册之存，兩太宜人之力也。琪時方五歲，隨侍於如皋，太宜人撫其耳曰：『此兒類我，耳角有二粒如珠，其壽徵乎？』爲琪言，幼時恭遇純皇帝南巡，目睹其盛，至老不忘。又爲言徐氏、孫氏兩家舊事，娓娓不倦，蓋雖老而神明不衰焉。咸豐五年五月辛卯，卒於如皋，年八十有二。時南北道梗，不能以時歸葬，而若洲公在揚州以禦賊，受傷，訛傳已没。鄭太宜人欲奔赴之，泣曰：『先姑窀穸未安，奈何？』有顧君梅卿者，琪所從受業者也，以城東地一區爲贈，卽所謂秦家港者是也。遂奉太宜人葬焉，旁有隙地，曰：『吾他日卽歸骨於此，庶與先姑地下相依乎。』後三年，鄭太宜人卒，卽葬其旁。又三年，若洲君卒，啓鄭宜人之竁而窆焉，禮也。光緒元年，琪舉於鄉，又六年，成進士，入翰林，恭遇覃恩，褒封其先世。乃謀遷葬於杭州，發視，有紫藤繞其棺，僉曰：『是不可動。』乃不果遷。此如皋城外所以有徐氏之阡也。樾既敘其事，表其墓道，又爲銘辭，以告後人。其銘曰：

如皋東門之外，有武林徐氏之阡。蓋其始以兵亂渴葬，而其後安焉。紫藤繞棺，瑞氣盤旋。既安且固，是不可遷。以利其子姓，子姓緜緜。我作銘辭，墓門是鐫。千百年後，保此墓田。

候選訓導惲君墓志銘

嗚呼，此惲次山中丞弟三子叔來君之墓。中丞有丈夫子五，其長、次兩君皆賢且才而早世。叔來君爲人孝弟，出乎天性，舉動合乎禮法，以貴游子弟，而與布素無異，處人之事，如己之事。平居逡逡如不能言，而言必盡意，曲中事理，自三黨之親以及素所與游者，皆無間言。及聞其卒也，無不失聲歎息，而甚者至於流涕。余辱與中丞交，而識其諸子，然則叔來君之葬，余安能無言。惲氏爲武進舊族，明代有湖廣按察使副使諱巍者，由通江鄉遷居石橋灣，則君十二世祖也。曾祖輪。祖敷，以舉人官浙江海寧州知州。父世臨，卽次山中丞也，以翰林起家，官至湖南巡撫，與海寧君父子並祀名宦祠。君諱夔章，原名侯孫，叔來其字也。生二歲而母梁夫人卒，繼母戴夫人口授以《四書》及《孝經》。八歲始入塾，五年而《十三經》卒業。中丞方官吏部，事亢甚，偶課所讀，背諷如流。十一歲能爲策論，十二歲始學爲時文，而中丞已由御史出守湖南常德。會粤賊石達開犯境，擊卻之，因謂君曰：『方今盜賊充斥，爾膂力有餘，宜兼習武。』於是又學爲技擊，每持短梃與帳下健兒角，莫能敵也。已而中丞開府三湘，積勞得肝胃疾。同治四年，中蜚語罷歸，行至安慶，疾加劇。君侍寢，二十餘日不解帶，每日躬進湯藥，凡所食飲，必手治之，歷八十餘日，疾有間。歸寓吳下，無以爲生，湘中薦紳先生歲時醵錢助之。君佐中丞摒當百務悉就理，而以其閒益肆力於學。是年冬入邑庠，歲科試，必列高等。同治九年，入都應京兆試。時伯兄小山太守方爲北運河同知，中丞命留兄署讀書，所從師爲朱雪塍侍御。侍御負文望，號知人，語人曰：『吾門下士多矣，惟惲子粹然儒者，所造未可量也。』明年，中丞捐館舍，聞赴，航海南歸，以不得親視含斂爲恨，事戴夫人益謹。光緒三年，歲試冠其曹，餼焉。時學使爲林錫三學士，奇賞之。五年，其仲兄仲清刺史卒，十年，伯兄小山太守又卒。君頻遭天倫之變，而南北鄉試，七次皆不售，慨然有日暮塗遠之歎。乃入貲，以訓導候選，次年，仍應本省鄉試，同考官孫君葆田力薦，主試者初議取之，終以額滿置之。於是又偕其五弟季文舍人應十四年京兆之試，語季文曰：『吾南北應試，僅博一薦，今再不得，其命也。夫親老家貧，行且謀變計矣。』及失意南歸，以伯兄未有葬地，躬自營求，嘗黑夜冒風雪走田塍中三十餘里，汗透重綿。烏乎，其中既鬱鬱不自得，而外又爲嚴寒所中，其能久乎？明年正月忽病，瘠瘦，醫者以爲消疾，時瘥時劇。會上海有召箕仙者，問之，曰：『是子生有自來，死有所爲，其慎防己己乎。』光緒十五年，歲在己丑，四月建己巳，是月十四日又己丑也，君竟以是日卒，異哉。當光緒五六年間，北五省水旱頻仍，君典質服物，又廣爲勸募以助振，其他善舉無不佽也。内行如彼，義舉如此，仙言殆不虚矣。年四十有三。娶吕氏，無子，以伯兄子永錫嗣。某年月日葬於某原，納石墓中。余爲之銘，銘曰：

是名父之子，其材之美，爲杞爲梓。其德之美，爲蘭爲芷。宜乎登巍科，躋顯仕，繼中丞君而起。烏呼，竟止於此。

三品卿銜記名海關道李君墓志銘

國家經緯六合，陶海外爲一家，才智之士，競出其間，人材之盛，超逾唐宋。而同治以來，故大學士曾文正公及今大學士肅毅伯李公所颺言於朝，稱爲奇才異能、當代無兩者，尤莫如丹崖李君。君以諸生受天子知，建旌節，稱使者，周歷海外諸國。時論翕然歸之，寖寖大用矣。復命之後，仍以野服南歸天，下知與不知咸爲太息，且疑以君之才，當需才之時，何猶未竟其用也？君歸而旋卒，既卒而行狀出。余讀之而歎曰：『向以君爲才智之士也，今乃知君學術之淵深，而又知君志節之高邁也。《書》曰：「有猷有爲有守。」君之遭際盛時，致身通顯，猷也，爲也，其不得大用以終，君之守也。雖微其孤之請，猶將昌言之，爲不知君者告，況其孤又以志墓請乎？』按狀，君諱鳳苞，字海客，李氏，丹崖其自號也。其先句容人，自元季避亂至崇明，遂爲崇明人。曾祖某，祖瞻雲，父其壽，皆贈如君官。君幼慧，異常兒，讀《詩》至『維參與昴』及『定之方中』，卽究心天象，取《甘石星經》及《丹元子步天歌》諸書讀之。稍長，讀《御製數理精藴》，博考疇人家言，研究泰西新法，遂通天算之學。乃益泛覽諸史，凡地理、兵法，下至風角、壬遁、劍術、醫藥、卜筮，旁及金石、碑版、篆隸、音韻，靡不通曉。同治初，大吏奉部文繪輿圖，崇明縣圖，君所繪也。圖成上之，咸曰善。時省中設輿圖局，卽以君筦其事，巡撫丁公日昌尤倚重君，命周歷大江南北，詢地方利害、官吏賢否。南洋有盜魁曰余錫高，據山築寨，吏莫能捕。君浮一舸入其巢，盜踞胡牀坐，其曹露刃侍。君直前呵之，曉以大義，慰以好言，盜束手伏焉。嘗以巡撫命視白茅河工，敝衣草履，乘小舟往，爲風所阻，艤蘆葦間。濬河官吏偵知之，駕巨艦往迎，君匿不出，終不自承爲撫軍使者也。及丁公以憂去，薦君於曾文正公，公命測量江浙外海各島嶼沙線，又命至上海閱機器局並繪地毬全圖，繙譯諸外國書，參預吳淞礮臺工程。上海爲泰西互市地，西人萃焉。君擇其賢者與之游，因盡得化學、重學諸術，學益大進。丁公服闋，入覲，招君與俱至天津見大學士李公，縱論天下事，謂關外旅順一口爲京師東北要害，宜早爲備。今於旅順口駐重兵，自君發之也。及丁公拜福建船政大臣，以君總考工之事，事無巨細，悉以屬君。俄丁母憂歸，其年冬，朝廷定議，遣生徒出洋，肄西學。李公奏請君爲監督，秩視三品。君請終制，不可，乃於光緒三年率生徒赴英、法兩國肄業。明年，天子命君署德國欽差大臣。又明年，改署爲授。七年，兼充奥國、義國、荷國欽差大臣。君感上知遇厚，殫竭心力，以奉厥職，遇事務崇國體，而仍使同歸於好。又於其間講習西人製造之方、駕駛之術、水陸戰陣攻守之法、魚雷水雷之用以及諸國治軍治民之要，刺取精義，各有成書。西人亦雅重君，所歷德、義、奧、和、瑞諸國，其國君皆以頭等寶星爲贈，寶星者，彼國所最重也。及十年，法蘭西與我屬國越南構釁，詔以君暫署法國欽差大臣。君與法人辨論是非曲直，侃侃不少屈。已而法事決裂，君奉命回國。當君未使法時，已屢疏請代，至是始得請，蓋居海外八年矣。歸，過澳門，偵知葡萄牙人有據澳之意，卽寓書部臣，謂宜請旨與葡人定約，免後患。當事者持未決，而葡人竟據有其地，論者惜君言之不用也。時兵部尚書彭公玉麟督師廣州，與總督張公之洞一見君，皆大器之，議留粵治軍事。君以當入朝復命辭焉。既至京師，廷議以君才望出一時右，又久勞於外，周知情僞，皆以爲旦夕必大用。使君委蛇其間，稍自貶屈，或用漢陳太丘周旋侯覽、張讓故事，則龍旌蜺節，指顧閒耳。君毅然不屈，有丹不奪赤、石不奪堅之志，每慷慨誦范純夫語曰：『吾出劍門，稱范秀才，今復爲一布衣，何所不可？』聞其事者，咸爲君惜之。烏呼，此君之有猷有爲而又有守者也。俄奉命至直隸，聽李公指麾，未幾而落職歸矣。君弱冠入縣學，援例充貢，入貲〔一〕得官，内至郎中，外至候選道，及出使外國，賜二品冠服、孔雀翎，又加三品卿銜記名，以海關道用。至是還其初服，澹如也。既歸逾年，醇邸見其所議防海事宜，屬李公招君復出。君居外洋久，風濤震撼，寒暑不時，又心血秏竭，浸以成疾。及李公第三次書至，述醇邸言，殷殷勸駕，而君易簀矣。君卒於光緒十三年六月癸卯，年五十有四。元配、繼娶皆黄氏，並封夫人。子四人：鍾琦，道庫大使，先卒；鍾英，三品銜候選知府；鍾雋，同知銜，自幼從君至外國，盡通其語言文字，後君月餘卒毁也；鍾朮，殤。女子子亦四人：長女殤，次女適國子監生龔純，三女許嫁王氏而殤，四女許嫁縣學生瞿廷鈺。孫二人：韶生、臚生。孫女亦二人。君之生也，母夢一老僧入室，而生豐頤廣顙而短脰，行步輒有風，姑布家以爲虎形。性嗜學，積書數萬卷，古碑帖稱是。自非對客及飲食，未嘗須臾釋卷也。所著有《四裔年表》、《地毬圖説》、《泰西日記》、《西國聞政彙編》、《海防新義》、《陸操新義》、《李氏自怡軒算書》十二種，皆寫定可讀，其外地理、音韻，皆有論撰。君之所學，無不切於世用，非苟作者，臨卒之夕，神明已離，而口中詀諵不絕，聽之，皆在法國時事也，亦可悲已。君受知曾、李諸巨公，朝廷亦破格用之，不爲不遇，而用之卒不盡其才，行或使之，止或尼之，其命也夫！然不如是，不足見君之有守矣。君卒之明年，直隸、河南大無，鍾英承君遺意，以白金六千兩助振，有詔復君官，九泉有知，庶幾無憾乎？十五年某月某甲子，葬君於某原。余既諾其孤之請，乃撰次其事實，而系以銘。銘曰：

茂材異等，可使絕域。漢詔所求，豈曰易得。爰至於今，視漢尤難。際天接地，鱗介衣冠。穮穮李君，古之膚使。樽俎口舌，折衝萬里。龍襄雲騰，高步天衢。俄焉一跌，歸臥田間。人重君才，我慕君節。赤石不奪，表示來哲。

【校記】

〔一〕 貲，原作『訾』，據文意改。

山東運河道陸君墓志銘

君諱仁愷，字必壽，別字澹吾，其應鄉試名秉某，應會試名仁某，下一字皆與今上御名偏旁同，因奏改焉，姓陸氏。先世自廣東高要遷廣西臨桂，逮君七世矣。曾祖宏振。祖兆熊。父維筠，道光元年舉人。君三歲喪母，十歲喪父，有季父二教育之，以至成人。及君貴，請於朝，貤封季父維時正四品，維匡從四品，禮也。十九歲入縣學，逾年舉於鄉。咸豐二年成進士，改庶吉士。明年散館，以主事分吏部。九年，補文選司主事，十年，遷考功司員外郎，掌本司印。是年秋，英法諸國入寇，犯天津，京師戒嚴，君鎮定如常時，晨夕入署，治事益謹，積牘累百，數月而空。十一年，記名以御史用。俄奉命督貴州學政，遂以例加翰林院編修銜。學使一官，比來皆以詞臣充用，部員者尟，君以員外郎得之，雖故事，實異數也。當是時，貴州苗頑逆命，千里爲墟，嘗試某郡，畢試而去，甫閲三日，郡陷於賊，其危險如此。諸生崎嶇從賊中出，應試每多速化之意，然君所至，必識拔真才，杜絶弊竇，士知不可干，其夤緣求進者皆望風引去。任滿還朝，仍補考功司員外郎，掌司印如故。同治五年，將以次傳補御史，前大學士文文忠公爲吏部尚書，語之曰：『吾已保君郎中，留辦京察，俟得京察一等再入諫垣，則外用道府較速，曷少徐之？』君不可，曰：『我留，則繼我者滯矣。』遂補授山西道監察御史，明年，轉貴州道。疏言，凡以六法罷官者，例不許捐復，而巧宦者，往往請捐復原官以下之職，久之或夤緣復其舊矣，請一概禁絶。從之。又劾廣西候補道李某貪殘，詔下巡撫察覈，然，其後卒從君言褫其官，勒回籍，蓋朝廷知君深矣。已而奉命巡視中城，會捻賊張總愚侵擾畿輔，又命君督辦中城團防。九年，署京畿道監察御史，遷工科給事中。光緒元年，轉兵科掌印給事中。君在諫垣久，巡城城治，查倉倉治，記名以繁缺道員用。五年，授山東督糧道。山東漕務，夙號難治，君欲以廉儉先之，有饋服玩者，笑曰：『吾自奉仍如一老諸生耳，焉用此爲？』在任五稔，田賦畢輸，庫儲充溢。故事：漕運三載如額，糧道得奏請獎勵。君曰：『此分内事，何足上聞？』惟報明户部而已。山東大水，捐俸錢振之，亦不自陳也。東撫以聞，議敘加例。未幾，山東運河道穆君與河道總督有連，部議以君互調，乃改官運河道。時有試行江蘇河運之舉，河運久廢，運道失修，歲運江北漕已不易矣，驟增漕艘數百，議者難之。君履行其地，督率所屬，講求蓄洩之法，連檣北上，一無阻閡。十二年，河決鄭州，其流入東境者，奪溜南趨，漕船回空，阻於陶城埠者以千計，人情洶洶，慮有變。君親駐河干築堰畜水，浮送南歸，遂以無事。逾年，君以俸滿引見，召對，猶詢及此事云。十五年，鄭工告成，議復河運。君往來風日中，巡視隄堰，遂感疾。七月，肝疾大作，是月壬申卒於官，年六十有三。君起家詞苑，薦至監司，凡除一官、遷一秩，皆出朝廷，不由論薦。君同年成進士入翰林者率居要路，執魁柄，稍通聲氣，大用可必，而峨然守正，不干以私。或竊以諷君，弗應也。簿書之暇，不廢文墨，書院課卷，手定甲乙，厚予膏火之資，山東舊有繁露書院，爲修復之，子孫讀書，亦躬自督課，至老不倦。其奉己儉，而待人則厚，族姻僚友，無不被澤。介而和，廉而不刻，君子人也。娶梁氏，封恭人。丈夫子五：嘉穀，江蘇補用知縣；嘉會，同治十二年舉人，考取國子監學正學録，先卒；嘉晉，光緒十四年舉人，内閣中書，君有弟，無後，命之後；嘉藻、嘉策，俱國學生。女子子二，長者歸内閣中書雲南張士鑣。孫六人：紹焜、紹鋆、紹訓、紹治、紹祁、紹輝。孫女四。光緒十六年三月，諸子將奉君之喪，歸葬先塋，具狀請銘。銘曰：

彈冠結綬，古人所有。君曰不然，我貞我守。一官一秩，受之自天。天實命之，人何權焉。起家詞曹，改官郎署。内歷掖垣，外筦漕務。雖未大用，其才已彰。雖未上壽，厥後必昌。桂嶺之山，灕江之水。宰樹蒼蒼，千秋無毁。

本空和尚塔銘

夫死生旦暮，賢愚同歸，擾擾根塵，沈沈醉夢。有了然於去來之際者，達慧和尚，其出家之雄乎？和尚諱本空，姓徐氏，鄞人也。世有積德，遂生慧種。年十有九，屏除葷血。三十一歲，歸依空門，鬚髮於邑之雲龍寺，晚居杭州西湖廣化寺。光緒戊子七月，辭杭歸鄞，曰：『吾於彼來，仍於彼去。』是月將盡，謂其徒曰：『八月朔旦，吾可行矣，然其日不利於後人，二日亦然，吾其於三日行乎？』鄞有優婆塞、優婆夷二十餘輩，敬其道法，願隸門下。和尚以三日黎明爲期，届期未明，即起沐浴易衣，敷坐而坐，諸善信入拜，各賜以名，拜已咸出。召諸弟子入，曰：『萬法皆空，四大並幻，我且無有，何有於我之外者乎？爾等深思吾言。』已而端坐誦《楞伽呪》及《彌陀經》、《金剛經》各一過，又念佛十氣，此後寂然無聲，已入涅盤矣。嗚呼，此於去來之際何如哉？余聞而敬之，爲銘其塔。銘曰：

湛然本性，無去無來。不死胡魄，不生胡胎。或云逝矣，或曰歸哉。千劫而後，式此蓮臺。

春在堂襍文四編卷五

張乳伯《説文發疑》序〔一〕

張君〔二〕乳伯，余主講詁經精舍〔三〕所許爲高材生者也。俄歌《鹿鳴》之詩以去，未幾，來見余於吳下〔四〕，則已以鹽鐵使之屬需次兩淮矣。今年又來吳下〔五〕相見，余問：『宦游樂乎？』曰：『録録無所試，月得薪水之資，不足糊其口。』言次，出巨編數衺見示。余歎曰：古之君子，仕而優則學，今吾子之仕不可得而優者也，然而學則優矣，斯亦古今之異乎？其書凡數種，皆治《説文》者也，惟《説文發疑》六卷已寫有定本，讀其書，信乎於許氏之書韋編三絶矣。其論指事之異於會意者，會意兩體皆字，指事則兩體不皆字；異於象形者，象形之形有定，指事之形無定；論轉注，謂每類立一首字，而同類之字從之。皆可謂要言不煩者也。又論古韻〔六〕所以不能強合者，皆方音爲之，而方音之所以異，則不外乎雙聲。余謂，明乎此理，則古音固至今猶存，蓋今日四方之音有與韻書不合而實與古音合者，如徽人讀『風』如『分』，吳人讀『羹』如『岡』，細審之，實皆雙聲。今世有韻書，故雖方音各異而不能入詩，古人無韻書，則詩之韻各隨其方之音〔七〕而殊矣。後人乃欲於數千年後爲古人釐定一韻書，何怪其勞而無功乎？誠知其爲雙聲也，則不必強古人以就今，而古人之用韻亦自秩然不紊也。他若因『睽』字目不相聽之義，解爲兩目乖隔不通，而悟《周易・睽卦》『二女同居，其志不同行』，正取此義。又以『雅』字與風雅義絶遠，當作『夏』字，因而推之，得風與雅之所以別。又因是而定《豳風》七〔八〕篇，《七月》爲風，《東山》爲雅，《破斧》以下諸篇〔九〕爲頌。烏乎，小學之有益於經學，固〔一〇〕如是夫。余往時曾命精舍諸生釋『新』、『舊』二字，『舊』字訖〔一一〕無定説，余據《説文》『肍讀若舊』，謂『肍』卽『舊』之本字，然以經典無『肍』字，未敢自信也。今讀此書，亦有是説，則余説非孤見〔一二〕矣。又云『扶』卽『伴』字，亦與余舊説合。然許君云『讀若伴侶之伴』，則知漢時固自有伴侶義。許君於『伴』下止曰『大皃〔一三〕』，此本義也，於『扶』下出伴侶義，此別義也。蓋許書別義有卽見本字下者，如『祥，福也，一曰善』是也。有見於他篆説解者，如『戲，三軍之偏也，一曰兵也』，並無戲謔義，而『謔』下曰『戲也』，則戲謔之別義見矣；『匹，四丈也』，並無配〔一四〕匹義，而『妃』下曰『匹也』，則配〔一五〕匹之別義見矣；『虚，大丘也』，並無空虚義，而『廖』下曰『空虚也』，則空虚之別義見矣；『止，下基也』，並無留止義，而『稽』下曰『留止也』，則留止之別義見矣；『約，纏束也』，並無省約義，而『儉』下曰『約也』，則省約之別義見矣；『白，西方色也』，並無告白義，而『謁』下曰『白也』，則告白之別義見矣；『乾，上出也』，並無乾燥義，而『晞』、『暵』皆曰『乾也』，則乾燥之別義見矣；『濟水，出常山房子贊皇山，東入泜』，並無濟渡義，而『渡』下曰『濟也』，則濟渡之別義見矣；『殿，擊聲也』，並無今所用殿字義，而『堂』下曰『殿也』，則今所用殿之別義見矣；『扇，扉也』，並無今所用扇字義，而『箑』下曰『扇也』，則今所用扇之別義見矣〔一六〕。因伴侶義而縱言及之，或有可以〔一七〕少資啓發者乎？余衰且病，學問之道〔一八〕，日益荒落〔一九〕，漫書數語，不足副吾子所需也〔二〇〕。

【校記】

〔一〕此文又見於《説文發疑》卷首（以下簡稱『《發》本』），用作校本。

〔二〕君，《發》本作『子』。

〔三〕『舍』下，《發》本多『時』字。

〔四〕下，《發》本作『中春在堂』。

〔五〕下，《發》本作『中』。

〔六〕『韻』下，《發》本多『之』字。

〔七〕之音，《發》本無。

〔八〕七，《發》本作『一』。

〔九〕諸篇，《發》本無。

〔一〇〕固，《發》本無。

〔一一〕訖，《發》本作『迄』。

〔一二〕非孤見，《發》本作『不孤』。

〔一三〕皃，《發》本作『貌』。

〔一四〕配，《發》本作『妃』。

〔一五〕配，《發》本作『妃』。

〔一六〕『虚大丘』至『别義見矣』，《發》本次序不同，依次爲『濟水』、『約』、『虚』、『止』、『白』、『乾』、『殿』、『扇』各條。

〔一七〕以，《發》本無。

〔一八〕道，《發》本作『事』。

〔一九〕『落』下，《發》本多『因歸其書』。

〔二〇〕『也』下，《發》本多『光緒九年九月曲園俞樾』。

《思古齋雙鉤漢碑篆額》序

漢篆不可多見，欲觀漢篆者，不得不博求之於碑額，蓋漢碑諸篆額，實秦篆之嫡派也。世人習見繹山傳刻之本，以爲秦篆初不如是，不知彼傳刻本結構僅存，神氣盡失，烏足以言秦篆哉？薛尚功所摹秦斤、秦權，其筆意居然可見，漢人作篆，皆從此出，乃學秦篆，非變秦篆也。惟其中間有參襍隸體者，此則時爲之矣。何竟山太守博學好古，篆隸並工，嘗裒聚其所得漢碑額，用雙鉤法摹而刻之，以印本寄余。余謂，欲學篆者，宜各置一篇以玩其用筆之法，勝於摹寫棗木傳刻之本萬萬也。

余蓮村遺集序〔一〕

孝惠先生蓮村余君之卒也，余既銘其墓矣，其生平所著《庶幾堂今樂府》，余又序而行之矣，然其他著作則未之得見也。今年夏，尤子鼎甫以君所著《尊小學齋集》見示，都凡文四卷、詩二卷、家訓一卷，無妃青儷白之浮辭，無嘲風弄月之虚語，懃懃焉，頎頎焉，一以化民成俗爲主。古語有云，『善藥不離手，善言不離口』，其君之謂歟！君有《黜邪崇正説序》一篇，皆以治病爲喻，余謂：病必需藥，而藥必以中病爲宜，元明以來，儒者著書必極言理氣心性，至於汗漫不可究詰，持論甚高而不切於用，此藥之不中病者也。君之意，則惟以論卑易行爲救世之良方，今樂府之作，其尤用心者也。集中有《上當道書》，反復千言，爲中國相承之正教，効捍衛侯〔二〕遮之力，蓋卽孟子距楊墨、韓子闢佛之意，而其所以爲説者，則亦惟聯合保甲也，推廣鄉約也，以至家祠之規制，蒙館之章程，推而至於梨園評話之細則，仍是今樂府之作用也。嗟乎，世之儒者持論高而不切於用，君則反之。其所作《劫海迴瀾説》及《鐵淚圖説》諸篇，言近而指遠，咸豐、同治間隱受其益，世多知之者。若此書中所陳七條，其用意更深矣。有世道之責者，誠能用君之策，則放邪説而拒詖行，所謂功不在禹下者，此也。君易簣前一日，曾命其門下大生錄以示余，余爲刻其條目，署曰『蓮村善士遺言』。然未刻此書，則君之意猶隱而未顯，今刻入全集中〔三〕。讀其書，意切而辭婉，讀其所列七條，則務在自治，而不在攻人之惡。請仍以藥譬之，君所〔四〕用皆補益之藥，而非攻伐之藥，且又尋常習用之藥，而非必如青芝、赤箭世間所不經見之藥，尤藥之善者也。然則其功效當何如歟〔五〕？

【校記】

〔一〕此序又見於光緒九年刻本《尊小學齋詩文集》（以下簡稱『《尊》本』）書前，用作校本。

〔二〕候，原本作『侯』，據《尊》本改。

〔三〕刻入全集中，《尊》本無。

〔四〕所，《尊》本無。
〔五〕『其功』至『如歟』，《尊》本作『此一集也，其有裨於世道非淺矣』。『矣』後，《尊》本併多『光緒十年德清俞樾序於吴下寓廬春在堂』。

重刻《憺園集》序〔一〕

《國史儒林傳》以顧亭林先生爲首，讀其書，篤信紫陽，不爲陸、王異説所奪，則自宋以來儒者相承之嫡派也。於經史古義、注疏舊説爬羅剔抉，不遺一字，則又本朝治漢學者之先河也。至於朝章國典、吏治民風、山川形勝、閭閻疾苦，博考而詳詢之，原原本本，如示之掌，則永嘉諸儒猶有未逮，而百餘年來老師宿儒未有講求如先生者。嗚呼，是宜爲一代儒林之冠矣。健庵徐公，先生之甥也，其所學一出於先生，所著《讀禮通考》一書，宏綱細目，條理秩然，爲秦氏《五禮通考》所自出，至今與秦氏之書並爲言禮者所不能廢。乃其所著《憺園集》，則行世者頗尟，學士大夫，往往有不得見者。余讀其集，有云：學程朱者，切實平正，不至流弊；陽明之説，善學則爲江西諸儒，不善學則龍溪、心齋矣。是其論學宗旨與亭林同。至其議禮諸篇，如論北郊之古無配位，論文廟從祀諸賢當以時代爲次，皆卓然縣日月而不刊。信乎！公之學出於亭林先生也。集中有《修明史條例》，有《修大清一統志條例》，可知國初大著作體裁皆公所定。亭林先生窮老著書，不獲見用於世，而公則遭際盛時，從容坐論，出其所學以潤色皇猷，此乃時爲之，而公與先生之學，固不以是爲優劣也。臚青金君，嘗宰崑山，先生與公皆其邑人也，臚青既刻《亭林先生年譜》與《歸震川先生年譜》、《朱柏廬先生毋欺録》並行，而又購得公《憺園全集》，鏤版行世，以廣其傳。余衰且病，不足復言學術，而亭林先生之書則自幼喜讀之，今讀《憺園集》，原本經史，議論名通，可以配亭林之書而無愧，所謂酷似其舅者歟！臚青爲邑宰於斯，以表章先賢爲急，斯真知所先後者。自兹以往，《憺園全集》與《亭林遺書》並行於世，承學之士得以增長其學識，開拓其見聞，然則臚青之刻是集，其功爲不淺矣〔二〕。

【校記】

〔一〕此序又見於光緒刻本《重刻憺園集》（以下簡稱『《重》本』）書前，用作校本。

〔二〕『矣』下，《重》本多『光緒九年歲次癸未六月下澣德清俞樾謹序』。

宋岸舫《柳亭詩話》序

自來言詩者，動謂詩以性情爲主，不著一字，盡得風流，詩之妙境也。余謂，作詩者可以不著一字，而説詩者不可不博覽羣書，杜少陵『五雲太甲』之句，韓昌黎『女丁夫壬』之辭，雖博考載籍，尚未能知其所出，世之未窺六甲、先製五言者，能無讀之而撟舌哉？山陰宋岸舫先生，國初詩人也，著有《柳亭詩話》三十卷，自三代漢唐，至於國朝諸家之詩，皆有評論，不徒摘其字句之工，凡詩中所有故實，一一證明之。陶靖節有言，『奇文共欣賞，疑義相與析』，先生此書，二者兼之，非如他人之爲詩話可以賞奇而不可以析疑者也。其中如『夤緣』二字，不知其出於《莊子》，又引《飛卿醉歌》『洛陽盧仝稱文房，妻子腳禿春黄粱。阿鲞光顔不識字，指揮豪俊如驅羊。』阿鲞光顔自謂李光顔，本姓阿跌氏，詩作『阿鲞』者，譯音無定字也。先生誤從『阿鲞光頭』之本，疑阿鲞爲盧仝之子，盧仝之子何能指揮豪傑歟？蓋百密一疏，古人不免，此等小疵，不足爲全書病也。是書成於康熙間，至今原版幸而無恙，坊間有得其版者，謀補其殘缺，流播士林，而屬余序之。余惟詩話之作，汗牛充棟，未有實事求是如先生此書者，不獨見國初老輩論詩之精，抑可見其讀書之審，學者置此案頭，時時翻閲，可免不識撑犂之誚，從此討論故典，發明古義，則所云『杜詩韓筆，無一字無來歷』者，庶有以窺其藩籬矣。

吴牧騶《小匏庵詩話》序〔一〕

詩話之作，始於歐陽子，而司馬溫公又踵成之，是大賢亦嘗爲此也。近世詩話，盛推隨園，其大旨專以性靈爲主，而不屑屑焉〔二〕分别唐宋，誠爲通人之論。然其流失在乎〔三〕纖佻率易，不善學之，百弊横生矣。余親家翁彭雪琴侍郎嘗〔四〕勸余作詩話，謂君『著書幾三百卷，各種皆備，所欠説詩耳〔五〕』。余因念，比年〔六〕來江浙間士大夫鏤刻詩集者無慮數十家，不余鄙棄，刻成之後，必以示余，若就其中刺取，以爲詩話，未始不足成書。而衰病相乘，精神疲苶，竟不能從事於此，殊有臣精銷亡之歎。嘉興吴牧騶觀察，乃先兄福寧君同歲生也，著有《小匏庵詩集》，余既〔七〕序之矣，又示余《詩話》十卷。〔八〕自唐宋以下〔九〕，至於〔一〇〕本朝咸同間之詩，皆有所採録，辨其源流，論其工拙，卓然有自得之見，不苟爲去取，詩中事實，亦間有考訂，視《隨園詩話》，博〔一一〕或不及，精則過之矣。惟余詩本不工，而君所採數篇〔一二〕又皆少作，意甚不愜〔一三〕，末涓纖塊，未足助嶽輸溟，讀之轉不免汗下也〔一四〕。

【校記】

〔一〕此序又見於光緒刻本《小匏廬詩話》（簡稱『《小》本』）書前，用作校本。

〔二〕焉，《小》本作『於』。

〔三〕乎，《小》本作『於』。

〔四〕『嘗』下，《小》本多『力』字。

〔五〕耳，《小》本無。

〔六〕年，《小》本無。

〔七〕『既』下，《小》本多『爲』字。

〔八〕『卷』下，《小》本多『則』字。

〔九〕下，《小》本作『來』。

〔一〇〕於，《小》本無。

〔一一〕博，《小》本作『多』。

〔一二〕篇，《小》本作『首』。

〔一三〕意甚不愜，《小》本作『不甚愜意』。

〔一四〕『也』下，《小》本多『光緒八年歲在壬午暮春三月曲園居士俞樾病起漫書』。

王補帆同年《東渡采風集》序

光緒元年，余親家翁王文勤公以福建巡撫巡閲臺灣，感疾而歸，歸僅旬日薨於位。余爲詩哭之，存集中，又爲作神道碑，刻石於其墓上。公自幼以神童名，道光庚戌年成進士，入詞林，與余爲同歲生。每見其詩文，輒心折之，同年中咸推爲高材生。後爲勳業所掩，詩文遂不甚著，公亦不自收拾。殁後，余問之其家，則存者稀矣，僅得《東渡采風集》一卷，蓋其巡臺時聞見所及形諸吟詠者，凡七言絶句四十四首。臺灣本荒服地，國朝始入版圖，川谷異制，民生異俗，中土士大夫匙至其地。同治以來，朝廷長駕遠馭，聲教訖四海，乃命督撫大吏歲往巡閲，而公鑿行焉。然公先時已以病乞骸骨，未得請，至是以積病之身，居瘴癘之地，鞠躬盡瘁，至於不起。讀是編者，觀其經畫周詳，則可見其謀國之忠，任事之勇，而至於暑月飛霜，逆砂起湧，則其地之風景，亦可概見矣。是時余方於吴下營曲園，園中小浮梅落成，有詩紀之，其末云『問訊天南老開府，乘桴海上幾時回』。而公在臺坐竹箄，亦有詩云『忽思湖上浮梅檻，泛到中流似此不』，若與余遥相酬唱者。讀至此，蓋不勝人琴之感矣。

何桂笙《劫火紀焚》序

咸豐、同治間，東南數千里淪陷於賊，人民塗炭，市廛煨燼，論者謂黄巢以來未有之酷。雖王師猋騰雹發，不四五年，羣盜殄夷，復睹昇平之舊，然士之生其間者，辛苦墊隘，則亦甚矣。何君桂笙，爲浙東知名士，余主詁經講席，君曾與肄業焉，雖未謀面，而讀其文，固已心識其人。比年來，君薄游滬上，頻以書問往來，承寄示《劫火紀焚》一卷，蓋紀辛酉壬戌之亂者也。當是時，越中失守，君崎嶇戎馬之中，奔走鋒刃之下，而適有包村義民曰包立身者，以搏力之法聚衆自衛，與賊相持，其地與君所居鄉密邇，賊往來必取道焉，一月輒四五驚，嗚呼，憊矣。事定之後，乃追紀以詩，凡得七言絶句六十六首，至今讀之，猶爲心悸，在當日可知也。包村事言人人殊，讀君詩則知，官軍收復寧波及嵊、上虞、餘姚諸縣，皆包村牽制之功，而其敗也，由於困守孤村，而不知扼守馬鞍山之勝。自始起事，以至於敗，歷歷言之。又包村之長包立身，名聞海内，而包村後有地曰古塘，其民有陳朝雲者，實與包村爲掎角，微君之詩，知者罕焉。異日修志乘者，表章忠義，舍此曷以哉？是亦可謂詩史矣。嘗讀元人周霆震《石初集》、郭鈺《靜思集》，敘述至正中兵戈饑饉之狀，流離轉徙，百世之下，如目見之。君此詩，殆與異曲同工乎？然彼皆白首亂離，君則大亂之後復游於化日光天之下，韋莊詩云『且對一樽開口笑，未衰應見泰階平』，而君真及見之，其遭逢勝古人遠矣。

徐花農庶常《日邊酬唱》序〔一〕

自來唱酬之樂，惟都下爲最，合海内風雅之士，金春而玉應之，宜非荒江老屋中雲唱雪和作冷淡生活者所可望矣。光緒庚辰歲嘉平之月，花農乞假南旋，過吳中春在堂，示我一編，皆在都下與諸同人更唱〔二〕迭和者，而余亦與焉。自惟江湖長翁，遥望玉堂，如在天上，乃以詩歌唱和，寄玉緘珠，不遠千里，一爲展讀，宛〔三〕如重踏軟紅塵，租一廛於宣南坊巷間，與諸君子嘯〔四〕詠其中，抑何幸歟？雖然，花農此册，特其嚆矢耳。君家文穆公予告南歸時，高廟賜詩，以寵其行，同朝恭和者，自鄂文端、張文和以下十有四人，而嵇文敏奉敕書爲長卷，至今猶珍藏其家。花農以公車入京師，則已名滿公卿間，今登上弟〔五〕，入玉堂，聲香翕集，異日卷阿賡歌，柏梁應制，必且復如文穆公故事。余衰且病，未必及見，然〔六〕可爲花農必之也。前年，余贈花農詩云『期君遠紹家風盛，佳話應符五世昌』，今亦何以易斯言乎〔七〕？

【校記】

〔一〕徐琪所輯《日邊酬唱》稿本，今藏中國科學院圖書館。卷前有俞樾手書跋語，用作校本。

〔二〕唱，稿本作『倡』。

〔三〕宛，稿本作『儼』。

〔四〕嘯，稿本作『歗』。

〔五〕弟，稿本作『第』。

〔六〕『然』下，稿本多『固』字。

〔七〕『乎』下，稿本多『時臘八後五日，曲園叟書。其日小有目疾，書此甚劣』二十字。

次女繡孫《慧福樓幸草》序〔一〕

余次女繡孫，生而明慧，余授以《毛詩國風》，又於韋縠《才調集》中選唐詩數十首授之，未教以讀他書也。而女酷嗜詩，見人詩集，輒取觀之，終日不釋。余曰：『汝解此乎？』曰：『不解也。』余笑曰：『汝無我詌，安有不解而終日觀之不厭者乎？』即以《詠月》爲題使賦之，女略一思索，即成七言絶句一首，詩雖不工，而末句有舉頭天外之意。余聳然異焉，曰：『此女慧矣，或非久於人間者乎？』因題其所居曰『慧福樓』，冀其福與慧兼也。女自此遂致力於詩，及歸許氏，女壻子原孝廉好爲詞，女於是又致力於詞，久之而詞勝於詩，吐屬清新，用意微婉，使天假之年，殆可以入漱玉之室矣。許氏故武林大族，子原亦風流儒雅，然少孤，其家事日益落。子原始以入貲官刑曹，後舉京兆試。女從之，居京師，艱難辛苦，怡然安之，惟相與倡和爲樂。及子原乞假歸，女從之俱南。時余已營曲園於吴下，自杭至蘇，四百里而近，女每歲必至，春來秋去，率以爲常。嘗笑曰：『古有雁臣，我其燕乎？』及余門下諸君爲余築俞樓於孤山之陽，而余又於右台山中築右台仙館，每至西湖，或居湖樓，或居山館，女未嘗不至。余雖託山林之名，未絶人事之累，每當賓客諠闐，筆墨叢集，意亦甚苦之，聞女至，輒伸眉而一笑也。女素弱，而所產子甚多，存者丈夫子一，女子子六，去年十一月之望又產一男。時余在吴下，子原書來，言產後甚健，余貽書誡之曰：『健則尤不可不慎，飲食寒暖毋忽。』乃越十日而病，二十餘日而竟卒，其修短有數邪？抑誤於藥邪？余自戊寅歲先慈見背以後，逾年而内子姚夫人卒，又逾兩年長子隕焉，去年又遘此變，老境如斯，復何聊賴邪？人或言，死者於地下仍相聚如生人。余聞之，欣然規〔二〕往矣。女死後，余念其所作詩詞，乃其一生心血，不可任其泯滅，議欲刻之。而子原書來，言其病前已盡付焚如矣。余不覺爽然若失。逝者已歸太虛，尚何心身後之名乎？及余所使者自杭州還，聞之許氏之僕媼，言焚詩實於九月，然則距其卒之日尚遠矣，豈逆知其數之將盡乎？余於十月至杭，十一月而還，與女相見者數矣，何無一言微示其意也？夫身已逝矣，於身外之物何有？刻其遺詩，亦生者之事耳。因檢余篋中，得舊藏女詩詞如干首，蓋皆女在京師時錄寄者也，又子原所記憶者，得如干首，序而刻之。舊題『慧福樓詩草』，今改曰『慧福樓幸草』。《論衡》云：火燔野草，其所不燔，名曰幸草，取此義耳。刻成即附吾《春在堂全書》以傳，聊以塞老父與夫壻之悲思，固知與女無益，且亦非女意也。女從前賦落花詞有云『歎年華，我亦愁中老』，余謂：『少年人不宜作此悽惋語。』爲和其詞，以廣其意。今女卒年僅三十有四，是求其於愁中而老而不得也。悲夫，此詞今不可見，蓋亦在煨燼之中。所有〔三〕者，詩尚得七十五首，詞則僅得十五首，視易安居士《漱玉集》更少二首矣。余覽其遺稿，觸緒悲來，援筆作序，不自知其云云之多也〔四〕。

【校記】

〔一〕此序又見於《春在堂全書》所附《慧福樓幸草》卷首（以下簡稱『《慧草》』），用作校本。

〔二〕規，《慧草》作『欲』。

〔三〕有，《慧草》作『存』。

〔四〕『也』下，《慧草》多『光緒九年歲在癸未春正月曲園病叟書』十六字。

王嚴二公《冰玉恩榮録》序

自《晉書·衛玠傳》有『婦公冰清，女壻玉潤』之説，而至今以爲美談。然衛叔寶生不永年，無所表見，考其生平，不過一清談之客，其婦公樂彦輔，自太子舍人補元城令，累遷侍中、河南尹，史雖稱其遺愛爲人所思，然傳中實無政迹可紀，則亦一清談之客而已矣。若王、嚴兩公《冰玉恩榮録》則不然。王公諱鳳生，字竹嶼，安徽婺源人。以通判仕浙江，歷宰大縣，遷同知，累遷至河南彰衛懷道，署布政使，後又奉命署兩淮鹽運使，卒於官。其所至，杜絶苞苴，勤求民隱，而在吾浙歷十六七年之久，至今父老猶謳思弗衰。嚴公諱廷珏，字比玉，浙江桐鄉人。卽王公之女壻也。以同知仕雲南，終於順寧府。其居官，其居鄉，粹然古之君子，與王公後先輝映，洵不愧『冰清』『玉潤』之目。光緒中，嚴公之仲子芝僧庶常與其鄉之士大夫公言於官，爲王公請入祀嘉興府八學名宦祠，以從民望。越三年，禾中士大夫又請以嚴公入祀鄉賢祠，浙江巡撫梅公、譚公先後據以入告，下部議，從之。於是芝僧乃裒集兩次請祠公牘，彙爲一編，署曰『冰玉恩榮録』，雖用《衛玠傳》語，然兩公之德行政事，則固軼晉賢而上之矣。抑又思冰玉之名，非特婦公、女壻有之，宋張耒《柯山集》有《冰玉堂記》，曰：劉公道原父諱渙，字凝之，眉山蘇子由嘗曰，凝之與道原，冰清而玉剛，鄉人遂名其所居曰冰玉堂。是冰玉之名，可施之父子也。嚴公長子伯雅太守，筮仕江蘇，其政績未可限量，芝僧以名翰林居家奉母，爲一鄉所矜式，異日名宦、鄉賢，必有接踵而起者，安知不有冰玉恩榮後録之刻乎？請留此言以驗之。

《武林掌故叢編》序

《周禮》『訓方氏』掌『誦四方之傳』，注謂『世世所誦説往古之事也』。然則古者四方各有所傳道之事，意亦必編輯成書，秦火以後，不可復見耳。『綠竹猗猗』，知衛地淇澳之產；『在其版屋』，知秦野西戎之宅。《易》曰：『君子以慎辨物居方。』居方而不辨物，君子恥之。武林爲東南大都會，山川之秀，人文之美，都邑之盛，海内想望，若天堂然。唐杜光庭著《洞天福地岳瀆名山記》，又著《西湖古蹟事實》二卷，可知武林之勝，與洞天福地岳瀆名山等矣。自宋以來，著述益夥，如宋人何澹之《武林録》、周密之《武林舊事》、楊德之《武林聞見録》，明人馮廷槐之《武林近事》、邵穆生之《武林内外志》、蘇文定之《武林聞見異事》，其書或傳或不傳，而從未有薈萃諸家之書爲一巨編者，則吾於錢唐丁氏之書歎觀止矣。丁氏藏書之富，甲於大江以南，雖宋錢氏書藏無以逾之。長公竹舟，次公松生，又皆博聞强識，敦行不怠之君子也，自以生長武林，尤留意是邦掌故。今年秋，示余《武林掌故叢編》已刻成者八集，每一集爲書十種，疆域之形勢，耆舊之言行，民俗之沿習，物產之流通，儒林文苑之所傳留，僧廬道觀之所緣起，無不見於此編。盛乎哉，兩丁君之用心乎！自庚申辛酉之亂，縹囊緗帙，半付劫灰，承平以來，搜訪遺文，存者僅矣。兩丁君購覓文瀾閣遺書，得十之二三，言於大吏，次弟鈔補，俾浙東西承學之士復得窺石渠天祿之藏，其有裨於兩浙文教已不淺矣。乃又博觀精選，成此巨編，言武林掌故者，舍此何觀焉？此抱殘守闕之苦心，亦即敬梓恭桑之雅意乎！余幼時僑寓臨平，即在武林城外五十里而近，有康氏蓮伯、子蘭兩昆仲修《臨平志》，得十餘帙，皆厚如巨甓，乃亂後無一字之存，使其猶在，得刻入丁氏此編，不亦美乎？ 即此推之，知載籍存留，日少一日，況遺聞軼事、叢殘瑣屑，非如經義史學之師友源淵，後先授受，可以永久勿墜也。 然而徵文考獻，則又不能不有取於此，苟非彙而刻之，則散失不傳，如康氏之書者，豈少哉？ 余於是歎兩丁君用心之盛也。 武林爲海內名勝之區，同治、光緒以來，休養生息，粗復舊觀，再閱一二十年，乾嘉之盛，不難再見。 異時，天子或仿乾隆南巡故事，翠華臨莅，流覽湖山，諮求文獻，則丁氏此編必且上塵乙夜之覽，或亦可當古者訓方氏之所誦乎！

《金剛經注》序〔一〕

自五祖始勸僧俗誦《金剛經》，謂『但誦此經，可以見性成佛』，而《金剛經》遂爲世之所重。 余嘗三復是經，竊謂經之大旨，在佛告須菩提，應如是住、如是降伏其心。 住者，住此心，降伏者，降伏此心，皆卽所謂阿耨多羅三藐三菩提心，非有二心也。 住則實矣，降伏則虛矣，卽住卽降伏，是以無實無虛，此《金剛經》之大旨也。 以儒理譬之，『子貢問：「有一言而可以終身行之者乎？」子曰：「其恕乎。 己所不欲，勿施於人。」』所謂應如是住也。『子貢曰：「我不欲人之加諸我也，我亦欲無加諸人。」子曰：「賜也，非爾所及也。」』所謂應如是降伏其心〔二〕也。『子曰：「衣敝緼袍，與衣狐貉者立而不恥者，其由也與？ 不忮不求，何用不臧？」』所謂應如是住也。『子路終身誦之。 子曰：「是道也，何足以滅?〔二〕』所謂應如是降伏其心〔三〕也。不住,固無所謂降伏,而不降伏又焉能住。經中『卽非』、『是名』句凡數見。『卽非』者,降伏之謂,『是名』者,住之謂,而世俗解是經者則謂:安住其真心,降伏其妄心,分而二之,於此經之義全〔四〕失。乃明洪武間,僧宗泐奉詔注經,亦如此說,然則經義之晦久矣。是經推論卽住卽降伏之旨,至於無法可得,無法可説,真無上甚深之妙義也。而佛弟子懼其流傳中土,使人輕蔑佛法,遂於其中妄有增益,輒謂:受持讀誦此經,有無量無邊福德。雖亦護法之苦心,然使經文隔絶,意義不明,則亦不得爲無罪。如云『一切賢聖,皆以無爲法而有差别』,此爲下文須陀洹諸文發端,自須陀洹以至如來,卽所謂『一切賢聖』也。而中間忽入七寶布施之文,則文義隔絶矣,此後人附益之證一也。又如『佛説非身是名大身』,此是譬喻之詞,下文『佛説般若波羅密卽非般若波羅密〔五〕』,乃正意也。而中間又入七寶布施之文,則文義隔絶矣,此後人附益之證二也。至如佛説經已,申以贊歎之言,如《楞嚴經》末云『若有衆生,能誦此經,能持此呪,直成菩提,無復魔業』,固亦體例所有。乃此經則處處及之,經文未半,佛旨未宣,須菩提輒問衆生信不,世尊輒侈陳是經福德,抑何急遽乃爾?此後人附益之證三也。經文既訖,自表經名,如《巨力長者經》末云『阿難白佛言,此經當以何名?我等云何受持?佛告阿難,此經名曰巨力長者所問大乘經』,是亦體例所有。乃此經則於所謂第十三分中而卽出之,未説經文,先説經名,須菩提之問,世尊之答,皆失敘矣,此後人附益之證四也。又屢屢言及四句偈,不知何指。或以爲『若以色見我』四句,或以爲『一切有爲法』四句。然其文皆在後,〔六〕佛説四句偈時,未有此四句偈也,須菩提能不問此四句云何乎?嘗讀《楞伽經》,知所謂四句偈者,『離一異,俱不俱,有無非有非無,常無常』,與《金剛經》之旨頗合,而實非《金剛經》所有之文,疑佛平時常以此四句與《金剛經》並授諸弟子，後人遂牽連而及之。此後人附益之證五也。有是五證，知《金剛經》實有後人附益之語，以莠亂苗，厥旨愈晦。又，是經本不分章，今本分〔七〕爲三十二分，云是梁昭明太子所定，未知然不，以意分并，妄設名目，實非善本，未足信從。余以章句陋儒，桑榆暮景，窮而學佛，於西來大義，固無所聞，而於此經，竊有獨得之見。不揣固陋，爲之注釋，分爲上下二篇，上篇七節，下篇十一節，共十有八節，其附益之語，相沿既久，且亦自西土傳來，未敢芟薙，輒下一格書之，學者欲誦習全文，全文具在，若欲推尋旨趣，則刊落繁蕪，真經自見，雖似前後複還，實則脈絡分明，五祖所謂『但誦此經，可以見性成佛』者，亦可得其大概矣〔八〕。

【校記】

〔一〕此序又見於《春在堂全書》本《金剛經注》卷首（以下簡稱『《金注》』），用作校本。

〔二〕其心，《金注》無。

〔三〕其心，《金注》無。

〔四〕此、全，《金注》作『全』、『俱』。

〔五〕兩『密』字，《金注》均作『蜜』。

〔六〕『佛』上，《金注》多『是』字。

〔七〕分，《金注》作『釐』。

〔八〕『矣』下，《金注》多『光緒十九年十月曲園居士俞樾書於吳江舟中』十八字。

酈黄芝《諸暨詩存》序

宋孔延之知越州，蒐輯古來詩文之有關於會稽者八百餘篇，爲《會稽掇英總集》，亦云富矣，然但取其有關於會稽，而不必皆會稽人所作，是所以備掌故，而非以存其詩且存其人也。諸暨爲越州所屬一大縣，其地有五泄山，俗有小雁蕩之名，宅幽而勢阻，是多懷材藏穎之士。余考自明以來其最著者，莫如王元章，《明史·文苑》有傳，史固稱其爲諸暨人也，《藝文志》載有《王冕竹齋詩集》三卷，而至今殊尟傳本，然則諸家之詩，其散佚而不可考者，固已多矣。嗟乎，此酈君黄芝所以有《諸暨詩存》之輯也。其書自唐宋以至國朝，得如干人，凡詩如干首，而詞亦附焉。余取而覽之，如宋之姚令威，明之駱纘亭，固世所共知者，其餘姓名則所識者不及十之六七。余固譾陋，然其名迹之晦亦可見矣。苟非酈君編輯是集，存其詩以存其人，不皆湮滅而無傳哉？以此推之，則知皀朽蟫斷之中，其不可得而采獲者，當不止此矣。幸而得入此編者，不可不流布於世，以永其傳也。酈君之子方之茂才，克承先志，稍稍補益，錄爲十卷，而問序於余。余因勸方之集資以刻之，異時名公鉅卿有爲《掇英集》者，必有取乎此，毋使千載下過苧蘿村者，徒流連於浣紗之豔迹也。

酈黄芝《半情居遺集》序

余往年道經東甌，逆旅主人董子翰出其先德霞樵所輯《羅陽詩始》見贈，蓋裒録泰順一邑自前明至近人所作之詩，凡四卷。霞樵即泰順人也，霞樵所作之文，遺稿甚多，今藏孫蕖田學士處，余贈之詩所云『贈我羅陽詩四卷，始知巖邑有詩人』是也。然霞樵之詩，余固未之見也。今年春，諸暨酈伯行上舍、方之茂才以其先德黄芝先生所輯《諸暨詩存》求序，自唐宋至國朝，凡諸暨人之詩，采輯得如干人，釐爲十卷，蓋與《羅陽詩始》體例相似，而篇什之多，則有過之。余既爲之作序，而伯行昆弟又以先生所著曰《半情居遺集》者見示，都凡詩六卷，《青梅詞》一卷，詞一卷，文一卷。嗟乎，余於霞樵之詩不得見，而先生之詩則幸而得見之矣。先生論詩以種藝爲喻，漢魏其根柢也，晉宋六朝其萌蘖也，至於三唐則華而實也。其論詩如此，宜其詩之風格高邁乎！所爲文亦無宋以後衰苶之習，《青梅詞》則皆歌越中之土風，蓋竹枝詞之流，越人越吟，是可刊附《諸暨詩存》之後者也。先生之爲《諸暨詩存》，與霞樵用意略同，子翰雖亦能守父書，而伯行昆弟，敦品勵學，既編纂先生之遺書，手自釐定，又各有撰著，以昌大其家學，過子翰遠甚。先生之詩，必能大顯於世。《易》曰：『鳴鶴在陰，其子和之。』《太玄》曰：『蛟潛於淵，陵卵化之。』余序先生遺集，蓋深幸先生之有子也。

酈伯行《切音捷訣》序

天下之理，自然而已矣。君臣、父子、兄弟、夫婦、朋友，莫不有自然之節，聖人懼人之不知循其節也，於是制爲升降揖讓之儀，宫室衣服之等，委曲繁重，一似不可究詰者，其實無他也，使之循此以求其自然之節也。推而言之，制爲六書，以求合乎自然之文，制爲五聲六律，以求合乎自然之音，然則反切之學，亦若是而已矣。夫反切，以一字雙聲，一字疊韻，合而求其音也。然古無韻書，則何疊韻之有？蓋其初止知有聲焉爾，是故『關關雎鳩，在河之洲』，疊韻，固韻也，『弓矢既調，射夫既同』，雙聲，亦韻也。後之人從而加密焉，於是參差爲雙聲，窈窕爲疊韻，而反切之法遂行乎其間，而推其原，則亦以雙聲爲主，惟止用一雙聲字不能定其爲何字，於是又輔之以一疊韻字，而此字定矣。魏晉以來，反切之法盛行，學者又苦於不得要領，而字母之法興焉。蓋古人以雙聲取反切，而後人又以字母統雙聲，字母既行，學者或尊之爲絶學，或擯之爲梵音，不知此特借以管攝衆聲耳。三十六字母，來自西域，行之既久，世以爲便，則吾人亦姑循而用之，不然，則取《廣韻》所有反切，以類列之，而遞推而上之，亦自有可得其母者，不必拘拘以『見谿羣疑』爲也。諸暨酈伯行上舍，著有《切音捷訣》，蓋爲初學設。甲申初夏，介蔡耀客問序於余。余於反切之學，素未究心，而其理則固知之，故爲書此，將使學者循此以求自然之聲也。

翁稚驅《平望詩拾》序

今歲之春，有以《諸暨詩存》求序者，蓋裒集諸暨一邑自宋元以來諸人之詩也。然余謂諸暨詩人，在明代當以王元章爲冠，而其所著《竹齋集》無一篇之存焉，信乎網羅放失之難也。未幾，而王子夢薇又以翁君稚驅所輯《平望詩拾》十五卷問序於余。平望爲吳江、震澤兩縣一大鎮，余每歲自蘇還浙，必過其地，市廛鱗次，棟宇相望，頗有烟火萬家之概。而遙望鶯脰湖，一水盈盈，烟波渺然，漁莊蟹舍，錯落其間，時聞棹歌之聲，若斷若續，意其中其有隱君子乎！稚驅之祖某甫徵士，撰有《平望詩存》十五卷，兵火之後，散佚無存，穉驅繼承先志，復有是輯，自唐宋以至國朝，都凡三百六十五人，爲詩一千一百三十二篇，視《諸暨詩存》遠過之矣。不曰『詩存』而曰『詩拾』，蓋謙不敢襲其祖之名，若曰吾拾取於既墜之後云爾。嗚呼，此其意可嘉也。吾湖長興縣舊有平望鄉，談鑰《吳興志》言：漢元始中有錢林者，來隱於平望鄉陂門里梓山東造村。今按，陂門里在長興縣吉祥鄉，距城九里，所謂梓山者，在縣北一里，則與此平望鎮相距甚遠，疑非一地。余不敢妄附於梓桑之義，然長興之古平望鄉，僻在山陬，余生平足跡未至其地，而此平望鎮則固每歲所經由者，余於彼平望疏而於此平望轉親矣。此余所以甚幸茲編之有成，不辭而爲之序也。

《釀齋訓蒙襍編》序

和州鮑古村先生，著《史鑑節要便讀》六卷，其子穆堂中丞進呈乙覽，得備石渠天祿之儲，可謂極稽古之榮矣。先生又有《釀齋訓蒙襍編》一書，都凡五種，曰《十三經源流口訣》，曰《廿三史評口訣》，曰《聖門諸賢迹略》，曰《歷代國號總括歌》，曰《直省府名歌訣》。余讀之而歎先生用意之周也。昔管子著書，有《弟子職》一篇，其文皆四言韻語，朱子謂：『作内政時，士之子恆爲士，以此教之。』蓋童稚之年取便於誦習，此體自古有之矣。其後，《蒙求》諸書實倣此體而作，然其書不過搜逑索偶，供詞賦家取材，於實學無裨焉。元舒天民《六藝綱目》，以《周官》保氏六藝爲主，標爲條目，各以四字韻語括之，視《蒙求》諸書用意有進矣。然學者童年而讀此書，皓首而所得者，仍不出乎六藝之外，問以經史之異同，古今之沿革，茫然無以應也。今先生之書，於《十三經》之原流，二十三史之得失，以及列代之國號、直省之郡名，凡稽古居今所不可不知者，歷歷言之，如示諸掌。至孔門七十二賢，雖老師宿儒，有不能悉舉其名者，亦括以有韻之文，而又補其遺佚，闕其疑似，不徒爲記問之學而已。然則先生此書，固非《蒙求》所可望，即視《六藝綱目》，不亦遠過之哉？是宜與《史鑑便讀》並行而爲訓，於蒙士者所不可不讀之書也。抑又思之，舒氏《六藝綱目》，其子綦實爲之注，今穆堂中丞紹承家學，而又遭逢聖天子游意經藝，敦勸儒風，遂使先生諸書大顯於世，豈止如舒氏子之獨抱父書，私爲一家之學已哉？余於中丞爲翰林後輩，而於道光丁酉科又有同歲之誼，往年曾撰先生家傳，今年春，中丞以先生諸書寄余吳中，且屬爲序。余惟《史鑑便讀》序者已衆，且書經進御，亦不待詹詹小言爲之喤引矣。《釀齋襍編》尚未有序，輒不辭而僭爲之，俾海内學者知先生此書體大思精，言簡意盡，家置一編，童而習之，異時於經史之學，實有事半而功倍者，勿以《蒙求》諸書一律而視之也。

《宋贈少師三山胡公年譜》序

績溪胡氏，自明諸生東峯先生以來，代有撰述，至國朝而言經學者，必推績溪之胡與婺源之江、休寧之戴，並爲海内所宗仰。乃今讀胡主政培翬所撰《先少師年譜》，然後知胡氏之原遠而流長也。少師公於《宋史》有傳，而主政復剌取各書，參互鉤比，以成斯譜。其弟曰培系字子繼者，又博求之南宋襍史，如《靖康要錄》、《建炎以來繫年要錄》之類，以補葺其未備，分爲上下二卷，少師事蹟亦略備矣。余按《宋史》本傳，與衛膚敏等同爲一卷，稱其論議時政，指陳闕失，皆一時之表表者，亦一佳傳也。乃於《高登傳》則又載公爲秦檜父建祠且爲之記，夫公與檜，素不相能者也，本傳固言檜素惡公，遣大理寺官往推劾，居兩旬，辭不服，死獄中。檜雖奸惡，亦人情耳，豈有爲其父建祠作記之人而惡之至此，必寘之死地者哉？《宋史》蕪襍，兩傳自相矛盾，以是推之，則本傳所稱論宰相李綱之罪者，亦容有不可盡信者矣。烏乎，士君子身後得列名史策，豈非甚幸，乃史家但事鈔撮，漫無别白，使後人但於《高登傳》中見公姓名，則且以公爲檜黨矣，惡知其固與岳忠武同死於檜者哉？賴有賢子孫於七八百年後補作《年譜》，考論其事，使史家之誣大白於世，此余所以甚爲公幸，而又爲青史痛哭者也。公在當時，頗有建白，其乞命康王爲元帥，請誅趙良嗣，請救中山，言郭京不可用，責張邦昌退位反正，皆有關宋中興大計，惜所謂乞遷都者，其疏不傳，未知奉春之策果安在也。公之次子號苕溪漁隱，所著《漁隱叢話》一書，至今藝林傳誦，自是以來，世有聞人，蓋公之遺澤遠矣。主政昆弟，惓懷先澤，撮拾遺文，年經月緯，體例秩然。又有曰廷楨字荻洲者，力任校刊之役，皆可嘉焉。余是以知胡氏之澤未艾也。

《汪子饒遺詩》序

昔李長吉年止二十七而卒，詩之傳者不多，世以爲惜，遂有白玉樓之説，蓋亦愛其才者之死而之生之雅意也。然讀其詩，詞豔而意幽，昔人比之鬼才，宜其年之不永矣。乃今讀汪子饒孝廉詩，縱横排奡，有鶴立崑崙，鯨跳渤澥之致，雖因早失怙恃，中經喪亂，言爲心聲，不能無朝欷暮唶之辭，然才氣旁薄，詞源浩蕩，正如昌黎公所謂『字向紙上皆軒昂』者，非鬼才，蓋仙才也。而其壽之永於長吉者止五歲，何歟？孝廉爲江蘇武進人，年二十三歲應童子試，冠其曹，又五年而舉於鄉，又五年而卒。所存之詩，自甲戌至癸未，纔十年耳。古今體詩凡一百二三十篇，其中如《悲歌》、《醉歌》諸作，神似太白，余謂其仙才，洵不虚矣。至《盛孝子陸貞女詩》，以史家合傳體爲詩，而音節自然，妙與古會，尤爲必傳之作。使天假之年，所造未可量也。乃豐之以才，而嗇之以壽，是不可爲造物者解矣。然長吉錦囊中物，半爲忌者投之廁溷，而孝廉之詩，則其友惲季文明經爲刻而傳之，此其所遭之幸於古人者，後之人讀其遺詩，必知余仙才之評爲不謬，而其爲人亦必與長爪生揖讓於白玉樓中無疑矣。

張小雲《臨平志補遺》序

余年甫四齡，卽從德清舊廬遷居臨平之史家埭，所居有樓三楹，其下臨街，每歲元夕張鐙，輒於樓上觀之，余擬繪生平所游歷者爲四十圖，其弟一圖曰《史埭春燈》，卽謂此也。咸豐辛酉，賊至臨平，縱火三日，余時避兵上虞之楂浦，聞而傷之，賦詩云：『童時所釣游，不與桑梓異。阡陌與市廛，歷歷在夢寐。如何一轉瞬，惟賸山光翠。他年更訪舊，何處黄公肆。』蓋悽然有新亭之涕焉。已而王師飆馳電掃，羣盜以次削平，余於戊辰歲再至臨平，大亂之後，新蹊故術，都不可辨，余躑躅其間，慨然曰：河山不異，舉目有風景之殊矣。臨平故有勝國沈東江先生所撰《臨平志》，亂後猶有藏弆是書者，錢唐丁氏刻入《武林叢書》。而張小雲明經又補其所未備，爲《臨平志補遺》二卷，因余舊寓臨平，問序於余。其書於明以前臨平事實亦略備矣，從臾丁氏，并刻其書，以附沈志之後，惟東江乃勝國人，故所紀載止於明末，小雲《補遺》亦循其例。然臨平雖小小一鎮市，而國朝二百年來，史翰林之故里，孫文靖之舊居，徵文考獻，頗有可採。倘有爲續志者，自當一一載之，卽余所謂『史埭春燈』者，或亦可爲臨平一故實乎？是余所望於東湖諸君子者矣。

鄒鏡堂《集句詩》序〔一〕

昔有謁王荊公者，自稱集句詩人，公進而坐之末坐，問曰：『「江州司馬青衫濕」，此句以何爲對？』應聲曰：『梨園子弟白髮新。』公大稱善。余謂，此聯屬對殊佳，其人所集句必工，惜其詩〔二〕不傳，并其姓名亦無考也。鏡堂〔三〕鄒子游於吾門，喜集句〔四〕，余有詩輒和之，所和詩皆集句也，余頗賞之。嘗題一聯於俞樓〔五〕西爽亭，云『白首臥松雲，先生有才過屈宋』，『茅〔六〕亭宿花影，故鄉無此好湖山』，雖非詩，亦見其工矣。今年冬，訪我於右台仙館〔七〕，以所撰《集句〔八〕詩》二百篇見示，并乞序言。余謂：鏡堂〔九〕集句詩之多如此〔一〇〕，信乎今日之集句詩人矣。余生平未嘗有此體，然憶壬子歲與先兄壬甫寓京師，長夏無事，取《全唐詩》中七言句〔一一〕之佳者，觀其虚字幾字、實字幾字分别録之，以類相從，久之得對句幾及萬聯，惜皆失去，不然取以爲集句詩，不亦妙乎？因以此〔一二〕法告鏡堂〔一三〕，或亦集句詩人之一助也〔一四〕。

【校記】

〔一〕此序又見於《雲錦天衣集》（光緒十一年刻本）卷首（以下簡稱『《雲》本』），用作校本。

〔二〕其詩，《雲》本作『今』。

〔三〕堂，《雲》本作『棠』。

〔四〕喜集句，《雲》本無。

〔五〕俞樓，《雲》本作『余』。

〔六〕茅，《雲》本作『茆』。

〔七〕『訪』至『館』，《雲》本無。

〔八〕撰、句，《雲》本無。

〔九〕堂，《雲》本作『棠』。

〔一〇〕如此，《雲》本作『而且工』。

〔一一〕句，《雲》本作『詩』。

〔一二〕此，《雲》本作『其』。

〔一三〕堂，《雲》本作『棠』。

〔一四〕『也』下，《雲》本多『光緒十年歲在甲申冬十月既望曲園居士俞樾書於平望舟中』。

春在堂襍文四編卷六

勒少仲同年《太素齋詞》序〔一〕

詞雖小道，而律甚細。昔周草窗作《西湖十景》詞，楊守齋謂辭美而律未協，相與訂正，月餘而後定。然則作詞易，協律難也。余同年生勒少仲河帥，起家比部，歇歷中外，洊至封疆，政事文學，兼而有之。生平於詩文不苟作，獨憙爲詞，方其少壯時，風流自賞，歌衫舞袖間，長令短調，促節曼聲，每一篇成，輒爲同人所歎賞。又強於記識，宋元名家之詞，背諷如流者不下千餘首，而於萬氏紅友《詞律》一書致力尤深。故其所作，婉媚深窈，使人讀之意移，而揆之於律，無一不合。昔人謂，史梅溪詞有瓌奇警邁、清新閑婉之長，而無訑〔二〕蕩汙淫之失。少仲之詞，庶幾近之矣。中年以後，并詞亦不輕作。當同治庚午辛未間，竹樵方伯恩錫方開詞壇於吳下，杜筱舫觀察文瀾從而和之，爰有重刻《詞律》之舉，并取吾邑徐誠庵大令本立所輯《詞律拾遺》附益之。一時唱妍醻麗，逸興遄飛，雖以余章句陋儒，亦頻有緣情之作。而少仲以斲輪老手，密爾自娛，不出一字，殆有少年綺語之悔乎？然其將去姑蘇也，命人錄所作《太素齋詞》若干首以贈余，蓋享帚自珍之意，又未嘗不在此也。少仲既歸道山，遂有刻其詞以行世者，而刻之不精，讀者憾焉。陳仲泉同年謀重刻之，余乃出少仲所錄贈者校讐一過，并補入原刻所未有者數篇。詞雖不多，然其辭美而律又諧，雖紫霞翁見之，不能更易一字，是固詞家之正軌也。余既喜少仲之詞之〔三〕克傳於世，而又歎仲泉之拳拳於故友也，因書數語，以識歲月。余衰病頽唐，自竹樵、筱舫諸君長逝，倚聲一道，久輟不作。今讀此編，不勝人琴之感矣〔四〕。

【校記】

〔一〕此文又見於光緒十年刻本《太素齋詞序》（以下簡稱『《太》本』）卷首，用作校本。

〔二〕詘，《太》本作『詭』。

〔三〕之，《太》本無。

〔四〕『矣』下，《太》本多『光緒十年歲次甲申仲夏德清蔭甫俞樾』。

顧子山《眉綠樓詞》序〔一〕

唐宋諸大家之詩，如杜，如蘇，其始皆依類編纂，及施武子注蘇詩，極詆永嘉王氏分門別類之失，自是編詩集者，率以編年爲正，不復有分類者矣。余謂詩則誠然，若編詞，則又以分類爲宜。蓋詩而分類，勢必割裂篇章，有一人一時之酬贈而分列數卷者，詞則異是。詞之體，大率婉媚深窈，雖或言及出處大節，以至君臣朋友遇合之間，亦必以微言託意，借美人香艸寄其纏綿悱惻之思，非如詩家之有時放筆爲直榦也，故雖依年編錄，後之讀者亦未足考定其生平，不如以類編之。若者流連風景，若者抒寫性靈，若者爲感慨之辭，若者爲歡愉之語，使讀者與之流連往復，轉足以想見其爲人，故余謂詩不宜分類，而詞宜分類。乃世之編詞者，或仿詩集編年之例，或不編年，而以小令、長調爲別，不分類而分體，反不如其編年矣。艮庵主人，余嘗題其小像，以爲今之艸窗、竹屋也，今年夏，以所著《眉綠樓詞》見示，分爲八集，曰《靈巖樵唱》，則詠懷之作也；曰《今雨吟》，則酬贈之作也；曰《小横吹賸譜》，則紀遊也；曰《鶯花醉吟》，則言情也；曰《蜨版新聲》，則詠百花也；曰《蟭巢碎語》，則詠物也；曰《百衲琴言》，則皆集古人之句以爲詞；曰《跨鶴吹笙譜》，則皆賦其怡園中之景物也。富矣哉，艮庵之詞乎！其持律之細，琢句之工，同時作者，蓋無以尚，而其編次之體例，亦未有善於此者也。余曩時曾得其《跨鶴吹笙譜》，喜其清辭麗句，無一非長吉錦囊、梅聖〔二〕俞算袋中物，輒錄出數十聯，有以楹帖屬書者，即書此付之。今得窺全豹，情辭兼稱，又非徒妃青儷白之美而已。此集一出，傳唱旗亭，草窗、竹屋真不得專美於前。異時有爲之箋注者，仍當以此爲定本，勿執施武子之説而遂易之也〔三〕。

【校記】

〔一〕此序又見於《眉綠樓詞》書前，用作校本。

〔二〕聖，原作『舜』，據文義改。

〔三〕『也』下，《眉》本多『光緒十年歲次甲申閏五月德清俞樾』。

《錢中議公取義圖》序

《取義圖》者，圖錢中議公死難時情事也。古人於忠臣烈士皆爲之圖，宋宣和所藏猶有《士女正節圖》，茲圖倣此也。中議公諱堅，字竹卿，世居吳縣木瀆鎮，後遷居郡城。以精於簿書會計爲郡縣上客，中年多病，家居不復出。咸豐十年，粵賊陷蘇州時，道路相傳，言大兵且至城，卽日可復。公與妻唐淑人匿積薪下，越三日，淑人憤然曰：『吾不能忍矣。』言未畢，投井死。公顧二子曰：『走，走，吾與汝俱。』乃俱出，行至白蜆橋，公紿二子曰：『嘻，賊至矣。』二子回顧，公躍入水，蓋與淑人同日死云。事平，有司以狀聞，旌如例。其同縣人馮敬亭先生爲之傳，而其子福年又請善畫者爲此圖，公之死，爲不泯矣。或曰：『孟子有言，「可以死，可以無死，死傷勇。」公旣率二子以行，其子免，公胡不可免乃必死焉？得無傷於勇乎？』嗚呼，是惡知古人輕死而重義之意哉。當戎馬倉卒之間，婦女多自引決，而男子往往草間偷活，其意謂吾非婦女，不懼辱也，不知男子之身與婦女同，不幸爲賊所得，罵詈之，鞭箠之，係紲之，黥涅之，父母清白之體，狼藉至此，不亦辱乎？公所以甘心蹈清流而不悔也。自古以來，有號稱賢士大夫而臨變澳涊不決，晚節頽唐至一錢不值者，視公之死，何如也？福年爲余門下士，出此圖求序，余爲發此義，亦足使頑廉而懦立與？

錢乙生《字泭》序

漢制：學僮十七以上始試，諷籀書九千字乃得爲吏，當日所諷者，蓋卽《倉頡》、《凡將》之類。今其書皆不傳，間有一二句之傳者，《倉頡》四言，如《爾雅注》所引『考妣延年』是也，《凡將》七言，如《文選注》所引『黃潤纖美宜製襌』是也。至《急就篇》，則至今猶存其書，前多三言，後多七言。然愚以爲，此等書雖便於學童諷誦，而誦之者能識其字不能曉其義，不過與周興嗣《千字文》等耳。元舒天民《六藝綱目》一書，皆四言韻語，然六書者，六藝之一耳，舒氏《綱目》非專論六書，則固有所不詳也。吴縣錢乙生，自幼譻精許氏之書，今年夏五月過我春在堂，以所著《字跗》兩卷見示。余問命名之義，曰：『此不過初學之一筏而已。』余讀其書，則以四言韻語括許書説解，童而習之，不特識其字，並可曉其義。乃語之曰：君此書，其小學之《蒙求》乎？學僮能以此代鄉塾村書，則六書大旨可以麤曉，是亦小學中之津梁矣，跗云乎哉！汪柳門學士曾刊舒氏《綱目》，以便初學，君於柳門，固姻亞也，柳門盍刊其書附舒氏《綱目》以傳乎？

王曉蓮方伯《哀生閣集》序〔一〕

烏呼，仕學之分也久矣。古之學者，學其所以仕也，其仕也，行其所學也，至於後世，學則自爲學，高者言性命，卑者言名物，又其卑者則爲風雲月露之詞以悦人耳目，彼固不知所以仕也；仕則自爲仕，高者僥倖一切以立功名，卑者奉行簿書期會以求無過，又卑者則偷禄位以自肥其身，彼又烏知所謂學哉？故曰仕學之分也久矣。乃今於曉蓮王君而一之。君童時，其父挈之游陸清獻公祠，爲備言清獻之爲人，君卽慨然有私淑之意。及壯，從方子春先生游，乃得爲學門徑，一以朱子爲宗，作《學術辨》二篇，粹然儒者之言也。已而以名孝廉筮仕爲縣令，適值粤寇之變，東南淪陷，君崎嶇戎馬間，積功起家，累遷至方伯。其退食之暇，菲衣惡食，靜坐一室，仍與老儒無異。至其處事之精審，持論之名通，如

《論兵》、《論漕》、《論河渠》，皆非紙上空談，而《上何觀察書》，論撫賊之非計，未來之事，了然在目，使君當日竟荷專閫之寄，安知不又一王文成邪〔二〕？如君者，真以仕行其所學者矣，故曰仕學之分，至君而一之也。昔孔門分德行、言語、政事、文學爲四科，然顔子〔三〕冠德行之首而問爲邦，仲弓居其末而夫子曰『可使南面』，是亦豈不足於政事者歟？至後世儒林與文苑分矣，道學與儒林又分矣，同是爲學之事，判若秦越，尚望其合仕與學而一之哉？學術之盛衰，人材之升降，皆於此乎在，余讀君之遺書，所以爲之三歎也。君與先兄福寧君同舉於鄉，世俗所謂兄弟同年也。君之官吳也，余亦適寓吳下，時相過從；及君至鄂，吳楚睽違，稍稍疏闊。聞君引疾歸，方幸再見，而君已古人矣。所著有《哀生閣集》若干卷，其子逢卿太守求序於余。余謂，如君者，始可以言學，始可以言仕。余仕既〔四〕不成，學又無得，序君之集，殊自媿矣〔五〕。

【校記】

〔一〕此序又見於光緒十一年刻本《哀生閣集》（以下簡稱『《哀》本』）書前，用作校本。

〔二〕邪，《哀》本作『耶』。

〔三〕子，《哀》本作『淵』。

〔四〕仕既，《哀》本互乙。

〔五〕『矣』下，《哀》本多『光緒十一年五月德清俞樾』。

湯伯述《槃薖紀事初稾》序

始余入翰林，以門生門下門生見湯文恭公於京師，及與公子太常公同寓吳下，以伯叔尊行事之。太常公卒，公孫伯述太守官於吳，則兄弟行也，以累世雅故，時相往來。伯述嘗以小文見示，多艱深之辭，余性坦易，學業又麤㑺，每爲詩文，喜放筆爲直榦，讀伯述文，舌撟而不能下，如韓昌黎於陳商文，三四讀不能通曉，則亦遂置之矣。今年夏，又以所刻《槃薖紀事初稾》四卷示余，讀其一二篇則詫曰：此伯述之文邪？其議論有根柢，其敘事簡而核，高者可望史漢，下者亦非宋以後人語。間亦有古言古義，然以氣體固雄厚，故誦之不覺其剌於目、螫於口也。其《説楛》一篇尤奇，有如《墨子·經説》者，有如《淮南子》《説山》、《説林》者，嗟乎，伯述之文如此，然則余向者知伯述淺矣。夫昌黎於陳商之文，讀之不能通，遂有齊門鼓瑟之喻，《唐藝文志》有《陳商集》十七卷，今無傳者，不知其文何如。若樊宗師之文，文之至怪者也，今其遺文猶在，雖百讀不能通，而昌黎顧以爲『文從字順各識職』，何邪？蓋文固論其存乎中者也，苟其中無所有，而惟以艱深文其淺陋，則唐之陳商、宋之劉幾，徒見笑於韓、歐而已矣，苟其中有所有，則雖如樊宗師之文，不知者以爲怪，有識者讀之，固文從而字順也。烏呼，此伯述之文也。文端爲我朝賢相，太常公亦道咸間名臣，而伯述又有以繼之，昌黎公所謂『稱其家兒』者邪？余衰且病，舊學都廢，師友淵源，一無所得。讀伯述此編，憬然興故家喬木之思也。

徐小豁孝廉《小不其山房集》序

小豁徐君，吾郡之高才生也。余於同治五六年間主吴下紫陽講席，得君文，奇賞之，嘗書其卷端曰：『作者能文之士，略嫌深入而未能顯出耳。』君得此語，若有所會，嗣後文日益進，旋舉於鄉。此老友吴退樓所説，君固館於退樓家也。是時吴中大亂初平，人文未盛，課於院者不及四百人，然頗有儁才，今吴清卿副憲，敭歷中外，朝廷倚爲重臣，當日亦肄業書院者也。而余於諸君子中獨喜君與胡君春波之文，君猶名列賢書，而春波竟以諸生終身，後友人爲刻其遺文，余已爲序而行之矣。君尤篤志於學，以文而論，視春波若微不逮者，以學而論，則固過之。乃身後所刻《小不其山房集》，亦止賦百數十篇而已，其中有曰《安定集》者，有曰《正誼集》者，則仍書院課藝也。君之精詣疑不止於此，然即此而觀，亦可見其學有根柢，不苟以妃青儷白爲工。使君而登玉堂，入詞苑，視當世嚴、徐、東、馬諸公，亦豈有愧哉？君之子篆香茂才求序於余，余衰且病，因循未作，庋之書架，殆將三年。今年夏，偶檢得之，因書數語，以免諸責。憶余主講紫陽，至今二十年，同學諸子，如馮聽濤太史、朱采孫孝廉，皆當時以遠到期之者，而今皆古人矣，然則余安得不衰且病也？

善讓廷《自芳齋吟草》序

功令，各省滿洲駐防，卽隸所在學校。余應道光丁酉鄉試，廁名副榜，有滿洲同年二人焉，俄而改試繙譯。甲辰歲，余舉於鄉，無滿洲同年矣。已而又復其舊。光緒十一年，浙江鄉試始有旗籍生，前此諸科未有也。余送孫兒陛雲至省垣應試，寓居湖樓，適有以讓廷先生《自芳齋吟草》見示者。先生名善能，杭州駐防，於道光十一年應辛卯科浙江鄉試，中式舉人，自道光十一年至光緒十一年，五十五年矣，使先生而在，再越五年，當重赴鹿鳴之宴，而先生已於三年前歸道山矣。先生雖登賢書，而落落寡合，會試不第，謁選，得光祿寺署丞，在京師供職二十餘年，以老病乞歸，晚歲主講滿洲營梅青書院。年逾七十而終，身後蕭然，一無所有。其弟梓庵防禦檢其遺篋，得詩三卷，蓋先生所手錄者，凡古今體詩若干首，其論詩有云『芙蓉出水際，黄鳥鳴山中』，故其詩境如之，有夷猶自得之趣。然其生平北出居庸，南浮閩海，見聞既博，而又濡染於乾嘉諸老輩之家法，故清而不薄，淺而不率，非近世之以塗飾爲工麗，以流蕩爲自然者所能望也。詩雖不多，亦足傳其人矣。詩中多憶西湖之詩，蓋既生長於斯，雖長白世家，而實杭之人也。余副丁酉鄉榜，距先生領鄉薦止六年，而先生已未歲猶應春官之試，有詩存集中，則余固嘗與先生同試風檐矣。生前未能一面，今乃讀其遺詩，爲之作序，翰墨因緣，或亦非偶然乎？

胡稚威先生《餘呹録》序

唐人之文，莫奇於樊宗師，而韓退之銘其墓，則曰：『文從字順各識職。』今三尺童子始學爲文，粗識虚字律令，鄉塾之師輒許之曰『文從字順』，噫，何言之易哉？非樊宗師之文，不足謂之文從字順，然苟文不從字不順，而曰『吾能爲樊宗師之文』，則又所謂以艱深文淺陋者，爲有識者之所不取。昌黎之文，自謂奇奇怪怪，而讀陳商之文，三四讀不能通，則以操瑟王門譏之，然則，昌黎之文，奇奇怪怪之中固有文從字順者在也。歐陽公主試，得劉幾文，有云『天地軋，萬物茁』，輒痛詆之，世遂傳以爲笑。其後劉幾易名爲劉煇，變易其文體，遂爲歐公所賞，首拔之，不知劉幾之文卽劉煇之文也。其爲文，初不異，所異者，其貌耳。嗟乎，論文如歐陽公，尚不能相識於牝牡驪黄之外，然則陶靖節所謂『奇文共欣賞』者，難得其人矣。國家以四書文取士，懸清真雅正以爲鵠，士之從事於此者，貌爲清真，實則淺薄，貌爲雅正，實則凡庸，而時文遂爲世詬病，非得奇奇怪怪之文，不能振而起之。胡稚威先生所爲時文曰《餘呹録》者，殆時文中之樊宗師乎？其取材於周秦諸子，而其用筆則得之漢、魏及唐代韓、柳諸大家，宋以後雖如三蘇者，亦所不取，故有洋洋千餘言者，如大海之中，風濤萬變，珠宫貝闕，隱見其間，令人望之而生怖，亦有寥寥短篇，才三四百字者，又如柳子厚所記柳州諸山水，一邱一壑，曲折幽秀，愈進而愈不能窮。嗚呼，是真天下之奇文矣。然其文則奇，而其理則仍不詭於正，雖使一孔之儒，抱高頭講章，執尺寸以繩之，吾未見其不合也。然則先生之文，未始不文從而字順也。其文舊曾刊行，而原版散佚，世罕傳本，先生之曾孫曰鑑生者爲重刻之。余懼世人之徒賞其奇而不知其文從字順也，故因其乞序而書此貽之，庶讀先生文者，不致如歐陽公之得之劉煇而失之劉幾也。

任釣臺先生《尚書約注》序

國朝任釣臺先生，以理學名儒貫通經學，所著《周易洗心》、《宮室考》、《肆獻祼饋食禮》、《禮記章句》、《孝經章句》、《四書約旨》、《女教經傳通纂》諸書，皆著錄於《四庫》，其他《白虎通正訛》、《竹書證傳》、《竹書紀年考逸》、《夏小正注》、《孟子時事考》、《任氏家禮酌》、《任氏史册備考》、《同姓名考》、《記事珠》等書，皆行於世，而獨《尚書約注》四卷世尠傳本，雖其門人文莊公德保爲作家傳，備載先生諸書，而此書亦不及焉。今年正月，其族孫筱沅中丞以鈔本付剞劂，而屬余爲之序，始得讀之，乃知此實先生家塾讀本也。其書先列目錄，每篇之下，注明伏生本、梅賾本，則其於古文之僞瞭然矣。蓋先生兼通漢、宋之學，非墨守宋儒成説者也。其注襍取諸家之説，融會成文，頗便誦讀。《禹貢》讀『冀州』二字絶句，則從古本。《武成》篇不用注疏本，不用蔡傳本，而用歸有光考定本，可見其擇善而從，無偏主矣。其解《盤庚》篇自『曰我王來』至『底綏四方』，謂此皆民言，則先生之自爲一説，不入之注，而列之上方，蓋其慎也。余束髮讀《尚書》，卽用蔡傳本，而《禹貢》一篇，先祖南莊府君有手鈔本，其注初不知出自何人，以其便於誦讀，故余課孫兒陛雲卽用此本，今乃知卽先生《約注》也。其間小有異同，又不知誰爲增減矣。經文旁有圈點，蓋兼論其文，上方所載諸家説，亦文評也。或謂『聖經不當以文章論』，然世傳蘇老泉《孟子評本》已先之矣,《尚書》聱牙難讀,得先生此本,則讀者喜其文法之妙,而忘其句讀之艱,或亦教初學之一法乎? 即此可見其爲家塾讀本也。蓋先生此書不列於所著諸書之内,故當日不以奏御,而《四庫》亦不著録,然實爲家塾讀本,則筱沅中丞之刻此書以行世,其嘉惠後學,爲無窮矣。

馬培之徵君《北行記》序

光緒六年,詔以慈禧皇太后久疾弗愈,徵天下知醫者咸詣闕下,而江蘇巡撫吴公以馬君文植培之應詔書。君既至即召見,奏對稱旨,有『脈理精細』之諭,以是年七月二十六日始,至次年二月三十日,每日與同徵諸醫入内請脈,恩禮優渥,飲饌豐腆,賜福字、賜袍褂、賜金錢、賜銀、賜果實、賜鹿脯,在廷之臣,莫能望其榮寵。時君年逾六十,日晨起趨朝,得暈眩之疾,乃乞回籍。慈安皇太后以外來之醫惟馬文植爲良,賞假十日,不準回籍。君感恩遇,力疾從事,至次年春,慈禧皇太后疾有間矣,而君暈眩特甚,臥不能興,復以回籍請。皇太后問廷臣,咸曰:『是誠有病。』於是優詔許焉。君歸,逾數月而皇太后聖躬大安,乃命南書房翰林書扁額一方以賜,其文曰『務存精要』。詔下江蘇巡撫,行布政司,委官齎送其家。君下拜登受,懸之堂楣,天章燦然,照耀里閈。按《魏書·宣武帝紀》永平三年詔曰:『經方浩博,流傳處廣,應病投藥,卒難窮究,更令有司集諸醫工,尋篇推簡,務存精要,取三十餘卷以班九服』,蓋此四字本此也。雖儒臣譔擬,而與前所奉『脈理精細』之諭正相符合矣。君比年來寓居吴下,與余寓廬相距甚近。今年春，訪我春在堂，以所著《北行記》見示，則自被徵入都至奉詔回籍，數月之事皆載焉。余讀之而歎曰：異日《國史方伎傳》中，君必高據一席矣。史遷爲《太倉公傳》，所載臣意云云者，不過其應詔答問之語，太倉公固未得見文帝也。君乃出入禁門，親承天語，仰瞻闕廷之壯麗，與王公貴臣俯仰揖讓於其間，遭逢之盛，遠軼古人，讀斯記也，視《太倉公傳》所載臣意之言，不更可觀乎？余舊史氏也，故不辭而爲之序，願後之作史者用臣意之例，備載此篇，亦《國史方伎傳》中一佳傳也。

徐翥屏《半野山房酬草》序

翥屏中翰孝廉，年十六補博士弟子員，是歲即舉於鄉，以兩奉諱不赴會試者三科，至今猶滯公車，然其才名徧八閩矣。丙戌之春，余送孫兒陛雲入都應禮部試，報罷，仍挈之南旋，與君同坐海晏輪船，承以所著《半野山房酬草》見示。時舟已將至吳淞，未及徧讀，讀其《學古入官論》一篇，氣韻古茂，詞采煥發，使他篇皆稱是，洵當代之淵雲矣。余孫陛雲去歲年十有八，四月入縣庠，九月領鄉薦，與君略相似，然其才學與君相距天壤。率書數語，既以副君之雅意，亦以勖吾孫也。

鍾氏寫定《魯論語》序

今童子束髮授經，即曰讀《魯論》，然《魯論》則久失其真矣。嘉善鍾子勤先生據《經典釋文》及漢石經殘碑，又博考之兩漢之書及唐以前舊說，寫定《魯論語》二十篇，而後夏侯蕭韋之舊乃可得而見。其門下大生沈穀人庶常出以示余。余謂：君宜一一疏其所出以行於世，庶不負先生編輯之盛心乎。余衰病廢學，無能爲役，惟於顔路請車一事，而歎其勝於今本焉。今本『顔路請子之車以爲之椁』，夫門人既厚葬之，豈其無椁？卽云無椁，何必請子之車？下文夫子云云，是顔淵無椁，而鯉也適亦無椁，事已奇矣，顔無椁而顔氏請車，鯉無椁而夫子彼時亦若注意於車，事又奇矣。孔、顔所不足者，皆椁乎？椁必以車爲之乎？今讀先生所定《魯論》，但云：『顔淵死，顔路請子之車。』乃知顔路非請車也，以請車爲辭，蓋求賻也，亦猶天王使家父來求車，非必求車也，《左氏傳》所載『請帶』、『請冠』皆其類矣。夫子則舉伯魚之往事以告之，言鯉也之死，其貧至於有棺無椁，而吾不徒行以爲之椁，然則顔子之喪，萬不至於有棺無椁，吾豈必爲之徒行哉？此章之義，以今本沾益數字而遂失之，《釋文》於此章先出『顔路』二字，又出『之車』二字，又出『無椁』二字，使如今本，則『之車』二字下當出『之椁』二字，今不出『之椁』而出『無椁』，然則陸氏所據本猶未有『以爲之椁』四字矣。先生定此章，其卽本《釋文》乎？抑別有所據乎？余譾陋，不足知之，故甚望穀人之疏證其書也。惟高子弑齊君一事，余別有說，詳見《羣經平議》，今不錄。

《餘姚邵氏族譜》序

餘姚邵氏重修其族譜告成，問序於余。按，邵氏出周之召公奭，昔人之美召公也，曰：『甘棠猶思之，況其子孫乎？』周之衰也，七國並峙，燕居其一，召公之後也。秦漢之間，陳、項兵起，立六國後，齊、楚、韓、魏、趙皆有子孫，而燕所立者韓廣也，燕王喜之後無聞。論世者以爲疑，然漢初婁敬請徙齊、楚、燕、趙、韓、魏之後以實關中，則知燕國有後，且在漢猶爲彊族也。漢時召平有三，未知皆出召公否？其後有召信臣，見《循吏傳》，繇歷漢唐，加邑爲邵，至有宋而康節先生出焉。涿州良鄉洪業寺乃康節曾祖所建，有遼統和十年碑，南宋時猶在。康節之父，學者稱伊川丈人，受《易》學於隱者老浮屠，著《周易解》五卷，明代藏書家猶有之，康節《易》學實出於此。程明道爲《康節墓志》云：『系出召公，世爲燕人，大王父諱令，進以軍職，逮事藝祖，始家衡漳。祖諱德新，父諱古，皆隱德不仕。』今按斯譜，康節祖諱必顯，與墓志異，金石家與譜牒家小有異同，往往然矣。康節之孫諱溥者，從宋高宗南渡，始家於浙。又七傳而遷於餘姚，此譜以遷餘姚者爲始祖，其以前者，昭穆難稽，姑從蓋闕。自始遷祖以下，備載無遺，考訂支派，補葺文獻，是吾族者必詳，非吾族者必屏，有條不紊，體例秩然。溯有明一代來，領鄉薦者五十三人，登進士榜者二十二人，至本朝而科弟蟬聯，指不勝屈，蔚然爲浙東望族，蓋召康公之遺澤長矣。道光咸豐間，吾師文靖公自翰苑出持漕節，入贊樞綸，爲一代名臣。余道光庚戌成進士，公適爲是科知貢舉官，故得執弟子禮以見。其長公子長廷尉以詞臣荐陟正卿，次公筱村觀察以名孝廉起家郎署，備兵滬瀆，中外競爽，不愧名臣之後。其譜舊遵康節遺訓，六十年一修，國朝雍正乾隆間曾再修之。文靖公勞於王事，欲修未果，廷尉昆仲繼先志而成之。余比年主講上海求志書院，與觀察有賓主之誼，承以譜見示，因得僭序其端。嘗讀方正學先生《范氏族譜序》，云：『爲常人之子孫非難，爲名人之子孫則難。』今邵氏以先賢之後，世有達人，爲之後者，乃能紹承世德，振起家聲，卽斯譜觀之，而其後人之多賢已可見矣。《易》云：『鳴鶴在陰，其子和之。』《太玄經》云：『蛟潛於淵，陵卵化之。』吾是以知邵氏之興，未有艾也。

《皇清經解檢目》序

本朝經學集漢唐諸儒之大成，而阮文達公所定《皇清經解》一書，又括本朝經學諸書之大全，是固夫人而知之矣。然其書千數百卷，浩如烟海，而其中所載如《日知録》等五十餘種，皆就原書采輯，初不分别部居，雖皓首窮經者不能檢其所在，往往知有此而不知有彼，得其一而遺其十。今年春，余在吴下，有陶君治元者以所編目録示余。余欣然曰：『有此，則《皇清經解》若網在綱矣。』因爲署檢而歸之，所謂『敬修堂編目』是也。及余送孫兒陛雲入都應禮部試，則其書已縣之國門，家置一編矣。先是，余門下士蔡臞客茂才亦嘗從事於此，而編纂未竟，遂爲陶氏所先。余私計，有陶氏之書，可無蔡氏之書矣。乃余從京師南還，九月重九，戾止湖樓，而臞客以所著《檢目》示余，余則又欣然曰：『是勝於陶氏之書。』何也？陶氏之書，分經編次者也，一義而羣經互見者，必偏檢羣經而後得之，於事固非所便，且充其量亦不過爲《皇清經解》之目録而已矣。若臞客之書，不分經而分類，以經證經，一展卷而咸在，可使學者觸類貫通，於治經之事，事半而功倍。且此書也，在今日則《皇清經解》之目録而已，臞客好學不倦，使更加數十年之功，凡學海堂所未收之書，或前乎此者，或後乎此者，但使門户不歧，源流不别，則廣收而精擇之，各依其類，附益於後，如再有餘力，則鳩集鈔胥，就原書寫録，合成一大書，豈非經學中鉅觀乎？夫《藝文類聚》、《事文類聚》諸書，不過備詞章之用，然已爲學者所重，若此舉果成，則是《經義類聚》矣。阮文達欲爲《經郛》，有志而未逮，安知不於臞客觀厥成乎？而豈獨爲《皇清經解目錄》已哉？且卽以目錄論，文簡而例備，於檢尋爲便，亦較勝於陶氏之書。此書一出，余尤願學者之家置一編也。

朱經庵《宋元通鑑目錄》序

昔孔子作《春秋》，邱明作《傳》，皆卽後世史家編年之體。然則史家自宜以編年爲正體，涑水《通鑑》，其尤善者也，而讀者則又患其散漫而難稽，於是紫陽氏繼《通鑑》作《綱目》，合孔子之經、邱明之傳爲一書，讀者便之。然而《綱目》必儼書法，以紫陽爲之則可，非紫陽爲之則僭，是故編年之史，仍以《通鑑》爲正，而有《通鑑》必當有《目錄》，涑水之《通鑑》固善，涑水之《目錄》尤善。明薛應旂法溫公作《宋元通鑑》，其書紀載之失實者，年月朔閏之錯誤者，往往有之，而爲《通鑑》，不爲《目錄》，則數百年之事，端緒難尋，無以挈其綱領，尤其大失也。海寧朱經庵先生於是有《宋元通鑑目錄》之作，蓋取薛氏之書與宋、遼、金、元諸史參互考訂而成此書，某代、某帝、某年、某事，如指諸掌，又謹遵高宗純皇帝《欽定三史國語解》，凡遼、金、元諸臣姓名之昔訛今正者，按其所見之年，表列於前，以便觀覽。又附《閏表朔表》於後，以考其年月。而凡薛書之誤，亦皆訂正無遺，非特薛氏之功臣，抑亦薛氏之諍友矣。先生爲道光丁酉科拔貢生，而余於是年叨副賢書，亦在同歲之列，又同出欒陵史氏之門。先生書成，欒陵師爲序其端。今年秋，余在右台仙館，其鄉人蔣澤山孝廉，余門下士也，又以此書乞序於余。余雖與先生同年，而未得一見，史學荒蕪，於先生又無能爲役。然念先生既歸道山，而此書迄未刊布，且雖寫有定本，而余粗一展閱，便覺讐校之未精，則其中安知無傳鈔之偶誤者乎？理而董之，是固後學之責也。竊書數語，以告其鄉人焉。

程步庭明府安陽輿頌序

余從前因至福寧郡齋省視先太夫人起居，道出瑞安者再，樂其山水之勝，登眺忘疲。其時孫琴西同年尚開藩江左，而渠田前輩則優游家衖，曾兩見之。余詩云：『瑞安學士最依依，夜雨留賓靜掩扉。草草杯盤成一醉，黄花魚小墨魚肥。』爾時光景，思之猶宛在目前。余每謂其地僻在山中，其人亦必各有樸茂之意，而頗聞長民者畏之，稱爲難治，何歟？琴西則曰：『吾瑞安豈難治哉？長民者未知所以治耳！』程步庭大令，余曾於彭雪琴尚書坐中見之，雪琴有『佳乎吏也』之歎，已而聞其宰瑞安矣，今又聞其奉檄去瑞安矣。以君之才，其宰瑞安曾不能三歲，汲汲而罷歸，意瑞安果難治歟？抑君所以治瑞安者有未得歟？及讀君去瑞安日瑞安士民所爲詩若文，而琴西同年、渠田前輩又各以詩文先之，稱君之善政，不啻若自其口出，然後知瑞安之非不易治，而君治瑞安亦非有所未盡也。其所以不能三載而去者，殆別有故，而非君之故，亦非瑞安之故矣。君異日或仍莅瑞安，或移宰大邑，願仍以治瑞安者治之，吾知輿人之頌，洋洋盈耳，長如去瑞安時也。

陳潛淵《帝王實紀》序

古事茫昧，未易推尋，其年更無論矣。且如孔子删《書》，斷自唐虞。而堯元年，皇甫謐以爲甲辰，《竹書》以爲丙子，《路史》以爲戊寅，章俊卿《山堂考索》以爲癸未，果孰是乎？孔子《春秋》，絶筆獲麟，而獲麟之歲，《續漢志》有二説，一以爲至漢興二百七十五年，漢興元年，歲在乙未，則獲麟歲在庚申也；一以爲至漢興二百六十二歲，則獲麟歲在癸丑也，果孰是乎？而依《左傳正義》哀元年歲在大梁推之，則十四年獲麟之歲，歲在實沈，歲星在實沈，則歲又應在巳矣。自周以來，武王伐殷，歲在鶉火，《周語》載之，夫歲星在鶉火，則是年歲在未。《左傳正義》隱公元年歲在豕韋，夫歲星在豕韋，則是年歲在寅，而自後世推之，皆不合。此古曆之所以難定也。陳君潛淵著《帝王實紀》，一以《竹書》爲主，其庶幾得所折衷歟？然今本《竹書》未可盡信，朱右曾氏作《汲冢存真》，謂：今本《竹書》之可疑者十有二事，且《史記集解》引《紀年》云：『夏用歲四百七十一年』，今本附注云『起壬子，終壬戌』，則四百三十一年矣。今本是乎？古本是乎？未可據爲《實紀》也。雖然，太史公之作《三代世表》也，其序云：『余讀諜記，黄帝以來皆有年數，古文咸不同，乖異。』然則古之年數，史公已不能得其詳，况今日乎？以《竹書》爲主，猶勝於前乎此之劉歆《三統曆》，後乎此之邵康節《皇極經世書》也。余欽其用力之勤，而不知曆法，無以彌補萬一，襍書所見以質之，或有以啓發其高明乎？

吴子巖《青萍館詩》序

余自道光甲辰歲始作新安之游，乙巳歲遂館於休寧汪氏，自乙至巳，凡五年，而辛亥歲又一年，此數年中，歲必一往返，亦或再往返，而自錢唐江入徽河，水道窮於屯溪，其往也，由屯溪而遵陸，其來也，由屯溪而登舟，故余於屯溪尤熟。每見其山水奥曠，市廛繁薈，知其中必有人也。自辛亥以後，余不復再客新安，則亦不復再過屯溪矣。今年，余居吴下，有吴君子巖來見，問之，屯溪人也。以所書爲贈，又以詩一編相質。余見其書法古茂，詩筆清新，深異之。問其家，禺筴之商也，問其官，以觀察使注吏部籍矣。而讀其與余書，則云：『與其鬚参短簿，軒冕浮沈，曷若野鶴閑鷗，烟霞自適？』噫，斯豈風塵中人歟？問其年，曰三十八歲，溯余辛亥歲過屯溪時，止三歲耳。庸知山村水驛間，烟火千家，而其襁褓中有詩人哉？然則，余安得不老也！回首新安山色，悢悢曷已！

周子雲《三蓮堂詩》序

余自幼與雲笈親家翁交最深，往來亦最密。子雲其少子，初見時，猶在襁褓也。及同治中，余始主講詁經精舍，慕陶同年奉檄來監院事，子雲以從子從之讀書。余每至丙夜，猶聞其伏案咿唔，然所習者，舉子業耳。丙子秋，子雲舉於鄉，至今而四上春官，不第，年亦逾三十，一襲青衫，浮沈十載，居然名場老宿矣。偶以其所作詩一卷見示，其弟一篇卽讀《兩當軒集》而作者，知其瓣香有在，而詩亦頗似之，蓋皆青蓮嫡派也。夫詩家李、杜並尊，而論者謂『杜聖而李則仙』，似乎少有軒輊。然余謂，學杜不成，必至生硬枯澀，作三家村夫子面目，學李不成，則其雲譎波詭之詞，鳳泊鸞飄之思，猶不失爲風騷門徑中人，學詩者，勿尊杜而卑李也。余非不知此理，而老年才盡，翰墨頹唐，往往放筆爲直幹，流於率易，而不知樵歌牧唱，不足言詩矣，烏足點定子雲之詩哉？子雲詩中多有與余孫陛雲唱和之作。嗟乎，川閱水以成川，世閱人而成世，吾孫已能以下里之詞酬唱陽春，然則余安得不衰且老？而視與雲笈唱和時，如隔世事也。

照印《十三經》小字本序

往年，何子貞先生曾言於曾文正公，設局揚州，刊刻大字《十三經》，經文注文固皆大字，卽《正義》亦皆大字，先生自任校讐之役，甫成《毛詩》一經，不勝其煩，語余曰：『吾老矣，精力不逮，《毛詩》成後，當告知南豐，以後諸經屬之吾子矣。』南豐，謂文正也。余笑曰：『此非所能，亦非所願也。』先生問故，余曰：『大字固便觀覽，然舟車攜挈非便，卽家居亦嫌插架之多，環堵之室，將不能容，且紙墨之費必鉅，寒士何能購取？余願刻《十三經》小字本，既便取攜，亦易藏庋，寒士之家，皆得人置一編，經學昌明，儻由是乎？所謂君子務其大者，小人務其小者，請分任之可也。』相與一笑而罷。其後文正薨，先生亦歸道山，大字《十三經》竟不成，而余欲刻小字《十三經》，亦有志未逮。今年冬，山陰何桂笙滬上書來，言其友於點石齋用西法照印《十三經注疏》，密行細字，一紙可敵原書之四，而幅之廣狹半之。余聞之甚喜，問所據何本。曰：『江西阮刻也。』余聞之益喜。或曰：『刻《十三經》，何不遵武英殿本而用阮本爲？』余曰：『是無他，取其有《校勘記》耳。』阮文達之爲《校勘記》，羅列諸家異同，使人讀一本如徧讀各本。又恐讀者不知此文之有異同也，故凡有異文者，於字旁加墨圍焉，有增減者，於兩字之間加墨圍焉，其爲讀書計，固甚周矣。廣東曾重刻阮本《十三經》，而於諸墨圍皆不刻，大失文達之意。今照印本雖小，而墨圍俱在，與原本無殊，且其字蹟明顯，雖老年人可讀。此本既出，必盛行於人間，家有其書，而經學亦將蒸蒸日上，裨益聖朝文教，良非淺鮮。余衰且老，猶幸及見之，惜不及與子貞先生同讀之也。

《兩罍軒尺牘》序

老友吳平齋先生，仕學兼優之君子也，余嘗志其墓，詳言之矣。其手定之稿刻以行世者，惟《彝器圖釋》十二卷、《古官私印考》二十卷、《焦山志》十六卷，及《虢季子白盤考》、《漢建安弩機考》、《溫虞恭公碑考》、《華山碑考》各一卷。其酷嗜金石，精於考證，亦足見學問之一斑矣。然其心術之正大，品行之高潔，識見之深遠，議論之宏通，則猶未之見也。今年冬，哲嗣廣庵觀察刻其《尺牘》十二卷，索序於余。然後，向所未見者今得而見。當庚申辛酉東南淪陷之秋，先生勷贊軍書，支持危局，而引退之後與人書，自言以三勿名齋，所謂皭然不滓者歟？至於議減賦額，議開凄港，皆江浙間百世之利，而無不自先生發之。嗚呼，使先生得竟其用，則經世之大略以學問行之，非卓然咸豐、同治間一名臣哉？先生有與余書，今刻弟七卷中，其略云：『執事抱負宏遠，使得竟其所藴，則本經術以飾吏治設施，必有大過人者，豈特以文章表見而已？』斯言也，余章句陋儒，不足當之，而以爲先生自道語，則誠哉是言矣。至其評論金石書畫，無不允當，得此書，竟可以當《清河書畫舫》、《嘯堂集古錄》，鄭庵尚書《序》中已極推重之，余可勿贅也。漢陳遵善書，與人尺牘，主皆藏去以爲榮。先生言語妙天下，而書法之精，又足以副之，人得其片紙隻字，什襲珍藏，視同球璧，卽余所藏者，亦數十幅，其草草裁答不自存稿者，皆不入此刻中。數百年後，諸墨蹟散布人間，或壽之貞石，好古之士取此刻讐校異同，審別真贋，當共歎先生之仕學並優，而余言爲不謬矣。

春在堂襍文四編卷七

宋澄之《湖樓筆談説文經字疏證》序

錢竹汀先生《説文答問》，歷舉《説文》中某字卽《九經》中某字，得三百二十三字；而陳恭甫先生作《説文經字考》以彌補其缺，又得三百有四字，可謂備矣。余於兩先生後掇拾其所未盡，則所得僅九十九字，刻入《湖樓筆談》中。醜女效顰，貧兒炫富，良可笑也。錢氏之書，有甘泉薛君子韻爲之《疏證》，成書六卷，初刻於閩，再刻於揚，而前年鄞人郭君傳璞又重刻之，并以陳氏及余所補者附刻於後。夫陳、錢兩家，適相當也，末綴余書，所謂貂不足而犬續者歟！然陳氏之書，至今無疏證者，而余書，則吳下有江建霞標曾爲作《疏證》，其書未行，而宋澄之文蔚又踵爲之。兩君皆余門下士也，余因覆按此九十九字中，『鄈』卽葵丘之『葵』，已見錢氏《答問》矣，他如譎，權詐也，憰亦權詐也，則『晉文公譎』，不必作『憰』；展，轉也，則『展轉反側』不必作『輾』，余前所舉亦有不必然者。澄之謂：『憂戚字本作「戚」，許君欲別於干戚字，故加心作「慽」；洞洞屬屬，字本作「屬」，許君欲別於連屬字，故加女作「孎」。』善哉，學問之事，豈尚苟同乎？余嘗深喜番禺張維屏《經字異同》一書，其書四十八卷，古書援引異同，羅列無遺，嘗願爲之疏證，而精力不逮，澄之儻有意乎？

華文珊《津門徵獻詩》序〔一〕

咸豐之初，余寓天津，時同年生地山侍郎崇厚〔二〕以通商大臣駐節於津。津人方議修《天津府志〔三〕》，侍郎卽延余主其事。然其時寇難未已，戎事猶亟，雖議修志，費無所出，亦無任採訪之役者，但就官書鈔撮成書數卷，未足爲定本。余旋南歸，遂輟不作。越數年，始聞津志告成，余固未之見也。光緒丙戌，余在吳下，有以華文珊司馬鼎元《津門徵獻詩》求序者〔四〕。凡〔五〕七言絶句百二十篇，分〔六〕爲八卷，每篇各詠一人，其人之志、傳、行狀以及見於諸家文集遺聞軼事，備載於詩之後，故名〔七〕曰『徵獻』。繫於津門者，司馬津人也，其所詠皆津人也。嗚呼，搜輯之功，可謂勤矣。昔孔子慨杞、宋文獻之無徵，鄭康成以文章、賢才解之，馬貴與則以史傳之實錄爲文、儒先之緒言爲獻。余謂：文與獻，二而一者也，獻之存，亦存於文也。然至後世而文益繁，一人之事，記載各異，非薈萃而觀之，往往知其一而不知又有其一。司馬此詩，以詩爲綱，以文爲目，蓋以詩統文，而以文存獻，此表章前賢之盛意，亦網羅放失之苦心〔八〕。使余修志時得此〔九〕，豈不奉爲漁獵之山淵哉？今津志雖成，然志者史體，其例謹嚴，不能備載，則司馬此詩〔一〇〕，固〔一一〕津門士大夫所宜家置一編者也〔一二〕。

【校記】

〔一〕此文又見於光緒丙戌刻本《津門徵獻詩》（以下簡稱『《津》本』）卷首，用作校本。

〔二〕『時』至『崇厚』，《津》本作『同年崇地山侍郎』。

〔三〕　天津府志，《津》本作『志』。

〔四〕　『有以』至『求序者』，《津》本作『時華文珊司馬需次省垣，介其同鄉孫展雲别駕以所箸《津門徵獻詩》來求序』。

〔五〕　『凡』上，《津》本多『詩』。

〔六〕　分，《津》本作『釐』。

〔七〕　名，《津》本無。

〔八〕　『心』下，《津》本多『也』字。

〔九〕　『此』下，《津》本多『槀本』二字。

〔一〇〕　『詩』下，《津》本多『一出，將使海内讀者皆知有所觀感』一句。

〔一一〕　『固』下，《津》本多『不獨』字。

〔一二〕　『也』下，《津》本多『德清俞樾』。

俞勁叔《大雷山房詩鈔》序

同治乙丑春，余在吴下紫陽書院，戴子高以俞君勁叔來見，曰詩人也，願留而受業於門。余謝不敢當，然以子高爲之介紹，亦遂不復固辭，自此遂與勁叔識。視其人，雲情而鶴態，有古骨，無俗肉也；聽其言，泠然善也；叩其所學，則皃朽蟫斷中人所不措意者，歷歷然鱗羅而布列也。然猶以未得盡讀其詩爲憾。光緒丙戌冬，君以所著《大雷山房詩鈔》十二卷見示，其清微淡遠，得之王、孟者居多，而哀豔之音，又有似乎玉溪生者，至如《到家》、《述感》諸篇，居然老杜《秋日閑居》諸詩，又進而游五柳先生之門矣。然則君誠詩人也。余衰且病，詩學益退，而君顧以余有一日之長，欲得一言以自信，姑書此貽之。惜子高已作古人，不得與共論之也。

戴鼈峯《史學津逮》序

自《史》、《漢》以來，代必有史，二十四史，積之充棟，讀之難，識之更不易矣。於是宋楊氏有《兩漢博聞》之作，國朝沈氏、朱氏有《南北史識小錄》之作，皆欲掇其菁英，爲披沙揀金之計。然《識小錄》但就《南》、《北史》中字句之工麗、事實之新奇者，依原書卷次摘錄成書，苦無眉目。《兩漢博聞》則每條各有標題，而欲檢一事，非徧尋其目不得，亦未便於觀覽。且是二書，止兩漢南北朝，而唐宋以後，史更多，事更繁，則未及焉。於是近人南沙姚氏有《讀史探驪錄》之作，取二十四史中字句之工麗、事迹之新奇者，各以數字爲標題，末一字隸某韻卽入某韻，依今韻編次，秩然不紊，其體例善矣。然以三千餘年之史，而其所採止一千五百餘事，搜羅未備，遺佚猶多，讀者憾焉。嘉善戴鼈峯先生，耄而好學，尤精於史，所著有《東甌金石志》，余嘗刺取數條入《茶香室叢鈔》。今年以所著《史學津逮》見示，則仿姚氏《探驪》之例而附益之，幾再倍於姚氏之書，謀以活字排印，而問序於余。夫以韻隸事，實始於宋人袁轂之《韻類題選》，至明代有張氏之《韻山》，見《陶庵夢憶》，更極美富，而其書均不傳。蓋失之簡陋者，固不足厭讀者之意，而失之繁冗者，亦無以傳世而行遠。先生此書，專爲史學而作，博而能精，繁而有要，家置一編，不獨爲詞章家漁獵所必需，抑亦讀史之一助也。宋孫甫善論史，時人謂終日讀史，不如一日聽孫論。余亦謂，終日讀史，不如一日讀先生此書也。

戴鼇峯《瑣語録》序

《説文》『瑣，玉聲也』，無瑣碎之義。然《爾雅·釋訓》云『瑣瑣，小也』，則其義古矣。晉太康中，汲郡人發魏安釐王冢，得古書，有《瑣語》十一篇，後世著述家以『瑣』名其書，仿此。其最著者，孫光憲之《北夢瑣言》也，明代有羅欽德之《閑中瑣録》、王渙之《墨池瑣録》、姚宏謨之《錦囊瑣綴》，皆著録於《明史·藝文志》，雖其書或傳或不傳，而其編纂之勤，固不可没也。戴鼇峯先生，耄而好學，所著有《東甌金石志》，已行於世，有《史學津逮》，余已爲弁言其端。先生又出《瑣語録》一編，隨筆紀録，不分别部居，而前後敘次亦具有條理。余讀之，有理語，有悟語，有紀載語，有考證語，有游戲語，蓋出其緒餘以著此書，有存乎此書之外者也，瑣語云乎哉！《荀子》曰：『何世而無嵬，何時而無瑣。』瑣言小也，嵬言高大也，其瑣也，其所以爲嵬與！

朱采蓀孝廉遺文序

同治初，余主講吴下紫陽書院者二年，其時兵亂初平，人文未盛，每月與課者不及三百人，而高材生則往往有之，如朱君采蓀，卽其一也。吴下書院章程與吾浙異，凡他省之人，皆得與課，故采蓀以湖郡人而得與焉。二年中，采蓀每試必居高等，未幾，果舉孝廉以去。余方謂其所就未可限量，乃屢試春官，未成一第，竟齎志以殁，是可悲也。采蓀之文，不務牛鬼蛇神以爲奇，不藉皃朽蟫斷以爲古，而其光黝然以幽，其味淵然以長，無一骫骳之辭，無一齟齬之字，此與春明風氣，宜無不合，而顧不得志於禮闈，何歟？同時吳下有胡君春波者，每課名次與采蓀等，春波竟以諸生終，而采蓀猶得舉於鄉，是又其幸也。春波遺文，余既序以行世，采蓀之友與其門下士亦謀刻其遺文，而乞余以一言張之。回思曩時高才生，大半鬼籙，而余亦將老矣，讀采蓀文，所爲長太息也。

何義門《文選評本》序

何義門先生精於校書，每訪求宋元舊槧及故家善本，手自讎正。世宗憲皇帝在潛邸時，曾以《困學紀聞》命爲箋疏，其所校兩《漢書》、《三國志》尤精。乾隆五年，侍郎方靈皋奏上其書，付國子監。及先生殁，而海内爭購其所校諸經史，於是何氏之書畢出，而真僞亦頗獿襍。乾隆壬辰，長洲葉氏刻《文選李善注》，附刻義門先生評語，詳論文法，略有考證，簡首有先生自題數語，署康熙辛巳秋日，其書久行於世矣。今年春，汪君小村又以此本見示，則卽汲古閣本，而先生以朱筆書其上方，大都皆論文法者也。行間則加圈點，間或校正文字，書襍行楷，婉秀可喜，自始至終，筆意一律。每册鈐先生名印，而無年月，其末有蔡季白跋語云，此本爲其鄉人碧琉璃齋阮氏所藏，由阮而歸於陳，由陳而歸於蔡，授受源流，亦自明白。或疑其專論文法，無所考證，似不及葉刻本。然如潘安仁《爲賈謐贈陸機》詩『神農更黄」，「黄」當作「王」，謝希逸《宣貴妃誄》「容與經緯」，「緯」當作「闈」，此皆改正，而葉本未之改，則其勝於葉刻者亦多矣。自明代盛行艾千子時文評本，國初諸老，皆沿此習，而義門尤以選刻時文名於世。全謝山謂：義門《困學紀聞箋》，批尾家當未盡洗滌。然則此本專論文法，正是先生所長，讀《文選》者，得先生此本而熟復之，於行文之法，所得非淺，是宜刊布以廣流傳。若夫考訂之學，則自唐代李濟翁、丘光庭以來，講《選》學者代有其人，而葉刻錄先生考訂諸條，亦人所習見，轉不如此本專論文法之有裨於後學也。

方澍人《嘯雲樓詩》序

道光中葉，余客新安，與孫君蓮叔交，長於余一歲，余兄之，因得拜其母，識其諸子，瑤環瑜珥，皆稱其家兒。而有裙屐少年，秀眉白面，如少陵所謂『皎如玉樹臨風前』者。問之，曰：『方氏甥也。』咸豐建元以後，余不復至新安，與蓮叔亦遂疏闊，已而聞其死粵寇之難，有詩哭之。及光緒初，余在吳下，有方澍人茂才投刺求見，見之，則卽蓮叔所謂方氏甥者。以詩四章見贈，雖語多溢美，而清詞麗句，誦之灑然。其時，同年勒少仲河帥開藩吳會，爲余言：『此君曾入我幕，佳士也。』嗟乎，蓮叔不可見矣，而得見其甥，則爲之喜。然念余初見澍人時，猶未冠也，而今則游歷關山，崎嶇戎馬，當代名公卿已有聞其名而折節與交者，居然名場老宿矣，余安得不頽然老也？則又爲之悲。去年冬得其書，并所著《嘯雲樓詩》四卷，流覽之餘，輒書數語，以寓且悲且喜之意。其詩有云：『無射本秋氣，離騷是怨聲。』蓋其所遭然也。又有集句詩云：『豈有文章驚海內，不應憔悴老明時。』然則其異日之必有際遇，亦可卜矣。

秦散之詩序

太湖東西兩山之勝，甲於吳會，余有同年之孫暴方子式昭官其地，屢招余作西山游，未果也。然流覽其圖經，宅阻蟠幽，實乾坤之靈囿，意其中必有如王右軍所稱林澤遒上之士，而余未之見。今乃得之於秦君散之。其人須眉秀爽，風骨高寒，雖爲貧而仕，宦游吾浙，浮沈簿尉間，而瑤林瓊樹，望而知爲風塵外物。今年春，始見余於湖樓，年已六十矣，以詩四卷見質。蓋散之於丹青、篆刻，無所不精，而尤長於詩。其爲詩，無妃青儷白之俗態，亦無琱肝琢腎之苦調，而夷猶淡宕，有清氣旋繞於其筆端，讀之恍如莫釐、縹渺七十二峯，濃青淺碧，從行墨間撲人眉宇。其五言如『波搖孤塔動，雲抱一峯沈』，『病葉黏霜墮，孤螢背月飛』，七言如『蒼涼兵火黄花少，惆悵西風白髮多』，『霜近人家將刈稻，日斜村巷忽聞雞』等句，皆可入長吉囊中。而其《丁丑禊感》八首，憂時感事，又庶幾浣花翁之一鱗半甲矣。至『詩境漸高貧更甚，官階雖小傲如初』，則儼然自爲寫照。余雖未及游西山，而得讀山中之人之詩，詩如其人，人如其境，亦不啻游西山。率書數語，副散之拳拳之意，并以報方子也。

宋雪帆侍郎詩序

宋雪帆侍郎，於余爲同館前輩，在京師時，曾以後進禮見，然未與相習也。及同治初，公奉命至天津驗收南漕，時江浙淪陷，余避地居天津，遂與時相往還，相得甚歡。余方著《羣經平議》，未卒業，公取一二卷觀之，歎曰：『此不朽盛事也，宜早刻之，若刻成行世，雖萬户侯不足道矣。』余遜謝不敢當。然其年卽取《三代重屋世室明堂考》刻於津門，由公發之也。嗣後所著各書次第告成，亦次第付梓，流布人間，旁及海外，頗不虛公期望之意，然公已不及見矣。戊辰以來，余主講浙中詁經精舍，兼筦書局。而公之介弟叔元觀察實奉檄提調局事，亦與余相得甚歡。觀察之子澄之廣文，又執贄於余門下，工詩文，通小學，兼精楷法，昌黎所謂『稱其家兒』者也。今年春，余來湖上，觀察以所刻公之遺詩，曰《水流雲在館詩鈔》者見示，詩凡六卷，分爲八集，其前五集皆未通籍前作，後三集則通籍後詩也。公詩抒寫性靈，自諧聲律，都門與陶凫薌、張詩舲、潘星齋、李小湖諸先生倡和，惜不自收拾，兵燹後零落無存，觀察於京外諸親故中網羅放失，僅得詩五百餘篇。然讀其詩，知其爲人，固道、咸間名臣矣。末有追憶先塋八首，知公家世清貧，自祖以下，其境皆奇窘，而積累之厚，則有人所不能者，宜乎受其遐福，蔚爲高門也。公之詩，讀者皆知其美，不待余言，而余追惟在津門時相與周旋之雅，微名所自，至今不忘，故因觀察之屬而僭爲之序。既以慰觀察鴒原之感，兼舉公詩所云『令名須永念』者，爲澄之勖之也。

《全唐文拾遺》序

詩莫盛於唐，文亦莫盛於唐，蓋唐以前之文，傳者不多，而唐以後之文，又多失之浮靡，故唐文獨盛也。自宋以來，選唐詩者多，選唐文者少，傳於世者，惟宋姚鉉《唐文粹》一百卷而已。《明·藝文志》有鄒守愚《全唐詩選》，是『全唐詩』之名，明代已有之，而『全唐文』無聞焉。我國家重熙累洽，誕敷文教，康熙四十六年，奉敕編《全唐詩》九百卷，頒示海内，至嘉慶十九年，仁宗睿皇帝又敬沿《全唐詩》例編《全唐文》一千卷。當是時，天子右文稽古，出内府所儲唐文一百六十册，又於《四庫全書》及《永樂大典》、《古文苑》、《文苑英華》、《唐文粹》諸書内搜羅采輯，重加釐定，得文萬有八千四百八十八篇，恭讀御製序文曰：『原書内誤收之文及有關風化之作，悉删除不載』，『示士林之準則，正小民之趨向』，『屏斥邪言，昌明正學。』然則讀唐文者，自有此書歎觀止矣，苟竊竊焉從其後而綴拾之、補苴之，此《莊子》所謂『日月出矣，爝火不息』者也。顧念乾隆時，搜訪天下遺書，有進書至百種以上者，其姓名得附載提要之末，如吾浙范懋柱等家，以收藏夥夠，頒賞《圖書集成》、《佩文韻府》各有差，蓋細流土壤，雖不足以益高深，而泰山河海，則固兼收而並蓄也。咸豐、同治以來，東南大都會並經兵燹，藏書益稀，而吾湖陸君存齋觀察皕宋樓藏書，遂爲海内甲。君嗜唐文，蟫斷皃朽中，偶得數字卽録存之，積久成《全唐文補遺》七十二卷。烏呼，於大備之後復能成此鉅編，其涉書獵史之富，觚編豪絡之勤，亦云至矣。體例仍恪遵原書，疑誤者勿録，浮薄者勿録，於仁廟『屏斥邪言，昌明正學』之旨竊有合焉。使其生嘉慶間，敬繕此書，進呈乙覽，安知不與天一閣范氏等同被褒奬哉？昔吾邑徐蘋村宗伯有《全唐詩録》一百卷，今存齋觀察又有《全唐文補編》之作，兩書皆出於吾湖，後先輝映，此藝林之盛事，亦桑梓之光榮。而我國家文治之隆，亦卽此而見矣。

蔣八霞《錦里百花詩》序

往時讀《宋景文集》，有『贊』五十三首，自真珠菜至餘甘子，皆蜀中方物。余愛其語簡而明，誦之如見其物，郭璞《山海經贊》之體例也。今蔣君八霞示我《錦里百花詩》二卷，則皆蜀中花卉，而韻之以詩，視景文之贊，風致較勝。其詩不拘一體，每花亦不止一詩，又與尋常詠百花者不同。其中如鴛鴦花、羞寒花，皆見景文贊中。羞寒花初名羞花，『寒』字卽景文所增也。益部方物，略見於斯，當與景文之贊並傳矣。雖然，君詩豈獨爲花傳神哉？鬼目引、西番菊諸篇，皆有感而作，《木棉歌》一篇，留心民事，想君宰嵓疆，必有惠政及民，惜不久卽以憂去官，未竟其所施耳。《桂花詩》亦當有所指，少陵云：『清詩近道要，識子用心苦』，余讀君詩，固有存乎玉白花紅之外者矣，豈徒『天葩吐奇芬，絢簡敷春藻』而已哉？末附冶語數章，陶令之賦《閑情》，固不以玷其白璧矣。

重刻《小學考》序

國朝秀水朱氏撰《經義考》，《爾雅》二卷外，凡形聲、訓故之書，皆未著錄，於是南康謝氏繼之，有《小學考》之作。其首二卷謹錄我朝奉敕撰著之書，此外分爲四類，曰訓詁，曰文字，曰聲韻，曰音義，每一書之下，詳載其原序及各史著錄、諸家評論之語，一如朱氏體例而加詳焉。故雖止小學一門，而爲書至五十卷，可謂博矣。夫士不通經不足致用，而非先通小學無以通經，宋元以來，士大夫高談性命，聲音訓詁，未及講求。王荆公固作《字説》者，而『霸』字從『西』從『雨』，茫然不知，王伯厚博極羣書，而『孝』、『𡥈』二字誤合爲一。然則小學之衰久矣，加之里塾之師，烏焉莫辨，好奇之士，鄉壁虚造，如陶宏景《真誥》多用道家俗字，若『鼎』作『鼎』，『惡』作『悪』之類，衛元嵩《元包經》多用古文奇字，若井井宀宀之類，徒足以疑誤後學而已。國朝經術昌明，承學之士始知由聲音文字以求義理，於是家有洨長之書，人習《説文》之學，而此書實自來言小學者之鈐鍵，欲治小學，不可不讀此書。吾浙自阮文達創建詁經精舍，奉許、鄭二先師栗主於講堂，使學者知欲治鄭學必先治許學，自是以來，吾浙彬彬多通經之彦矣。前年，善化瞿子玖學士奉命來視浙學，一以經義訓迪多士，既命書局刊刻鄭氏佚書，及將受代，又刻此書，兩書之成，皆屬余爲之序。余忝主詁經講席二十餘年，又從事於書局，故雖譾陋，義不得而辭。惟念此書，實補朱氏《經義考》所未備，余從前以《經義考》一書學者不可不讀，言於當事者，刻之局中。乃朱書刻而未成，此書先告蕆事，雖剞劂之工容有遲速，然欲通經學，先從小學始，許、鄭兩先師其詔我矣。余願學者因此益治小學，貫通羣經大義，以仰贊聖世同文之治，庶不負謝氏撰著之苦心與學使刊刻之雅意乎！

丁葆書《讀書識餘》序

往時讀《墨子》書，怪其《尚賢》、《尚同》、《兼愛》、《非攻》、《節用》之類，皆分上中下三篇，辭句小有不同，實無大異，古人著書，何爲若此之不憚煩哉？既而思之，此乃古《墨子》之書，各本之不同也，蓋墨子之後，墨分爲三，有相里氏之墨，有相夫氏之墨，有鄧陵氏之墨，其時《墨子》之書必有三本，相里有相里之本，相夫有相夫之本，鄧陵有鄧陵之本，後人鈔合而一之，故一篇而三也。推之《管子·法法》篇之『一曰』，《大匡》篇之『或曰』，《韓非子·内儲説上》篇引魯哀公問孔子事，又載『一曰晏嬰聘魯，哀公問曰』，《外儲説左》篇引孟獻伯相魯事，又載『一曰孟獻伯拜上卿，叔向往賀』，如此之類，皆古書各本不同之證。即以經論，《易》之有施孟、梁丘也，《書》之有歐陽、大小夏侯也，《詩》之有齊、魯、韓、毛也，皆各本之不同也。《漢書·藝文志》大書『《尚書古文經》四十六卷』，又曰『《經》二十九卷』，分别古今文之不同，卽後世目録之學所權輿矣。國朝稽古右文，超逾前代，而海内士大夫家，亦競以藏書爲富，精求善本，考證異同，極一時之盛。咸豐、同治間，迭經兵火，典籍散亡，而一二抱殘守缺之士，仍能保守遺書，不致失隊。吾湖丁葆書先生自幼嗜書，自謂有書癖，與同志勞氏巽卿、季言兩君交最篤，以宋元舊本，互相質證，合所見所藏者薈萃成編，未竟其業，兩勞君相繼没。君以十數年心力，踵而成之，以勞氏先有《讀書襍識》一書行世，此亦勞氏所欲爲而未竟者，因題曰《讀書識餘》，慰亡友之餘意，成藝林之鉅觀，使學者知某書有某本某本之不同，而源流得失約略可見矣。余𡨚人也，素無藏書，同治四年自天津南還，無一卷之儲，今則插架亦將三萬卷矣，而皆麻沙俗刻，無一善本，宋元舊本，目未之睹，對此編也，能不望洋向若而歎乎？

汪君秀民《洗碑圖》序

宋王伯厚先生云：『歐陽子書唐六臣於唐亡之後，貶其惡也，朱子書晉處士於晉亡之後，表其節也，一字之懲勸，深矣。』然則尚友古人，固不可不論其世哉。《明史·文苑傳》，戴良之後附載王逢、丁鶴年二人，蓋此三人者，皆元之遺民也，傳稱：『鶴年自以家世仕元，不忘故國，順帝北遁後，飲泣賦詩，情詞悽惻』，此其志豈一日忘元哉？其卒在永樂中，故《明史》附之《文苑傳》，猶管幼安卒於魏而入《魏志》、陶淵明卒於宋而入《宋書》也。至於論定其人，則宜爲元人，不宜爲明人，不得以《明史》有傳而遂明人之矣。《四庫全書》於元人別集内收《丁鶴年集》一卷，蓋以其身殁於明代，故附之於《明史》，而以其心不忘元朝，故録之爲元詩。然則，丁鶴年之爲元爲明，固有定論矣。道光五年，歲在乙酉，黄岡汪君士俊字秀民者，訪友於武昌，小飲於寒溪寺，於其寺後見有墓碑，埋没於崩榛荒葛中，字漫漶不可識，爬羅剔抉，乃始辨别，曰：『明孝子丁鶴年之墓。』異而識之，歸而考求其人，讀其本傳，歎曰：『斯碑所題，得毋有可議乎？史稱丁鶴年母死，鹽酪不入口者五年，又嚙血沁骨以求其生母之遺骸，是固孝子矣。然其人實心乎元者也，不可謂之明人也。其孝固可嘉，其忠不可没也，不可止謂之孝子也。』乃寓書於其友王君于門、張君小如，易其碑文曰『元忠臣孝子丁鶴年之墓』。是歲汪君應鄉試，入闈之夕，夢一人服浮屠氏之衣冠，拊其背，大呼曰『忠孝』。悸而覺，覺而題目出，則『邇之事父，遠之事君』三句也，文思沛然。榜發中式，乃語人曰：『吾所夢，其卽丁鶴年乎？吾題其墓曰「忠臣」「孝子」，而夢中即示吾「忠孝」二字，適合闈題「事父」「事君」之義。然則吾之獲售，公之靈實相之矣。』一時喧傳其事，言科名報應者以爲美談，而修府縣志者亦備載之。此一事傳，而丁鶴年之墓亦遂以大顯於世。忠臣孝子之跡，固不可磨滅，而汪君表章之功，亦甚巨矣。汪君夢中所見衣冠，與本傳所謂『晚學浮屠法』者合。考《士禮居集》載《丁鶴年詩》，分四集，其三曰《方外集》，而元刊本又題曰『方外曇鍠編次』，皆其遁跡方外之證也。汪君繪《洗碑圖》，以紀其事，亂後圖失，當日名流題詠皆不復存，而原唱五言律詩一章，其子寶齋司馬猶能背諷，因補繪一圖，以存先德，亦其孝思也。余因思丁鶴年有女兄曰月娥，《明史·列女傳》中第一人也，鶴年經史，皆其口授，避亂居太平，城陷投水死，諸婦女從死者九人，鄉人聚而瘞之，曰『十女墓』。今此一抔土尚在太平城外乎？安得有心人如汪君者，爲之訪求其遺跡，而繪洗碑弟二圖也。

徐彝舟先生所著書序

徐彝舟先生，道光乙巳翰林，乃余兩科前之前輩也。殿廷考試，自康熙以來相沿以書法爲重，至道光一朝，而小楷精美，無出其右，且於偏旁點畫，一一講求，學士大夫把三寸兔豪筆，不復知有他事，獨余以不習楷書而得入翰林，嘗詫於人曰：『道光朝翰林不工小楷者，我固獨專一席矣。』今讀先生年譜，乃知先生當日有『椶筆公』之號，似乎書法更在余下者。自乙巳至庚戌，三科耳，而有不工小楷之翰林二人，亦可爲治朴學者勸。然余章句陋儒，窮老著書，内無裨於身心性命，外無補於天下國家，謬竊虚名，深自愧恧。若先生則入直承明，出典大郡，其居鄉也，與溫壯勇公同守危城，躬履行陣；及守福寧，又能削平寇亂，楮定巖疆，蓋學術、事功兼而有之，使天假之年，得竟其用，安知其不爲昭代之王文成哉？其生平所學，説經本之漢儒，爲詩古文詞，本之《史》、《漢》、《騷》、《選》，盡去宋元以來空疏不學之弊，而亦不爲近人穿鑿附會之言。祁文端公謂『可與亭林、潛邱分席』，聞者韙之。所著書已刊行者，《未灰齋文集》八卷、《外集》一卷、《讀書褀釋》十四卷、《小腆紀年》二十卷，而所未刊者，尚有《周易舊注》、《禮記彙解》、《月令異同疏解》、《四書廣義》等書，凡如干卷，可謂精而多矣。先生小楷，或在余下，先生之學，豈余所敢望哉？同治〔一〕壬申歲，先兄壬甫守福寧，余往省之，住郡齋二十日，故老猶能言先生守郡時事。因思先生先余兩科入詞林，先家兄十年守福寧，雖在京師時祇循芸館舊章一見，未得從之遊而叩其所學；然讀其書，固已向往其人矣。其長子某甫以知縣官閩中，其次子孫麒觀察奉使扶桑，然則先生未竟之志必將大展，而先生未刻之書亦必將次弟刊布。余雖衰病，當猶及見之也。

【校記】

〔一〕同治，原本作『光緒』。按，光緒無壬申年，壬申爲同治十一年，是年俞樾曾赴閩省親，有《閩行日記》一卷，收入《曲園褀纂》中。

費晉卿文集序〔一〕

余自乙丑之秋識毘陵費晉卿先生於吴下，須眉皓然，望而知爲君子人〔二〕。吴中士大夫，下逮兒童走卒，無不望車塵而迎拜，徒以先生精醫耳，不知先生能文能詩〔三〕，固粹然儒者也。今年夏，先生之子某甫〔四〕以其遺書見示，凡已刻者四種，曰《醫淳剩義》，曰《醫方論》，則皆醫家言也，曰《留雲山館偶存》，則其所作詩詞也，曰《留雲山館四書文》，則其所作舉子業也。余不知〔五〕醫家言，不敢贅一辭〔六〕，讀其詩詞，原本性情，而風骨魄力足以副之，讀其《四書文》，則簡而該，奇而正，有成、宏、正、嘉之遺則，非時下作者所能望〔七〕。嗚呼，先生豈徒以醫傳哉？又有未刻者一卷，則皆〔八〕古文也。所作諸傳，敘次秩然，各肖其爲人，小品如《遊黄山記》，夷猶淡宕，得歐陽之神，余尤喜誦之。某甫〔九〕將以付梓，而惜其存文之不多。余謂：文果可傳，不在多也。《漢書·藝文志》所載『伯象先生一篇』，『公孫尼一篇』，多云乎哉？讀先生書，知先生之以醫傳，而不僅以醫傳，然而先生深遠矣〔一〇〕。

【校記】

〔一〕此序又見於光緒刻本《費氏全集》（以下簡稱『《費》本』）卷首，用作校本。

〔二〕『人』下，《費》本多『也』字。

〔三〕能文能詩，《費》本作『能詩能文』。

〔四〕某甫，《費》本作『畹滋』。

〔五〕『知』下，《費》本多『醫於』二字。

〔六〕辭，《費》本作『詞』。

〔七〕『望』下，《費》本多『也』字。

〔八〕皆，《費》本無。

〔九〕某甫，《費》本作『畹滋』。

〔一〇〕『矣』下，《費》本多『光緒十三年七月蔭甫俞樾序』。

《皇朝經世文續集》序

自賀耦耕先生用前明陳臥子之例輯《皇朝經世文編》，數十年來，風行海内，凡講求經濟者，無不奉此書爲槼矱，幾於家有其書。自後江右饒新泉氏又有《經世文編續集》之輯，自道光至咸豐、同治間名臣奏疏、私家著述，凡有涉於世道者，亦略具矣。然饒氏之書，一循賀氏之舊，而近來風會日闢，事變益緐，如洋務爲今日一大事，非原書『海防』所能盡也；奉天、吉林、新疆、臺灣，各設行省，因地制宜，非原書『吏治』所能盡也；開礦自昔有禁，而今則以爲生財之大道，非原書『錢弊』所能盡也；軍國之用，取給抽釐，非原書『榷酤』所能盡也；有輪船以行江海，近又有輪車以行陸，非原書『漕運』所能盡也；中西算學，日新月盛，朝廷闢館以造就人材，且寬其格以取之，非原書『文學』所能盡也。此葛君子源所以又輯《續編》乎！其書凡一百十二卷，爲文千數百篇，其志可爲盛矣，其力可謂勤矣。愚嘗謂：《孟子》之書言法先王，《荀子》之書言法後王，二者不可偏廢。法先王者法其意，法後王者法其法。《孟子》曰：『先王有不忍人之心，斯有不忍人之政。』此法其意也。《荀子》曰：『欲觀聖王之跡，則以其燦然者矣，後王是也。』此法其法也。馬貴與著《文獻通考》，其《自序》即引《荀子》語以發端，然則士生今日，不能博觀當世之務，而徒執往古之成説，洵如《呂氏春秋》所譏『病變而藥不變』矣。語云：『不習爲吏，視已成事。』又云：『前事之不忘，後事之師。』皇朝經世之文，賀氏、饒氏相繼編纂，而今又有葛氏之書，並行於世，凡經國體野之規，治軍理財之道，柔遠能邇之策，化民成俗之方，引而申之，觸類而長之，不可勝用，於學術、治術，所裨匪淺，而我國家閎規茂矩，亦略具於斯。《荀子》所謂『燦然』者，不於此可見乎？

彭岱霖《玉屏山館詩》序

古者重世臣，《春秋》書仍叔之子，家父之子，皆世臣也。《孟子》言『故國必有世臣』，是以晉有王、謝，唐有崔、盧，故家舊族，見重於世，由來舊矣。彭氏、潘氏，皆吳中鼎族，潘文恭與彭文敬，相繼爲宰輔，余寓吳門久，文恭諸子皆相習也，而彭文敬諸公子中，余惟識訥生觀察及芍庭中丞而已。聞其季子岱霖太守，有『荀氏第八龍』之目，且筮仕吾浙，浙東西翕然稱賢使君，而余顧未得修相見之禮。今年春，余居西湖寓樓，賀君仲愚以《玉屏山館詩草》見示，則卽岱霖太守之作也。詩凡四卷，其前二卷多敘京華舊游，令人有江湖魏闕之思，其後二卷則皆仕浙後所爲，讀之知其曾兩筦榷事，一在東甌，一在括蒼，《東甌留别詩》有『清風明月送歸橈』之句，其身處脂膏，不以自潤，可以想見。而《闌干》一曲，尤見其所至之處，惠澤及人，異日五馬頒春，頌聲大起，必與訥生觀察同留吾浙甘棠之愛，又進而擁旌麾、建節鉞，其與芍庭中丞後先濟美乎？其《俞樓》一首，蓋爲余作，有云：『先生在吳會，可許坐春風。』余不敢當其言。然余在吳會，式文敬之舊廬，而仰瞻其喬木，未嘗不肅然起敬。今讀《玉屏山館詩》，知文敬之遺澤孔長，益歎世臣之足重矣。

鄭叔問《瘦碧詞》序〔一〕

元明以來，詞學衰息，至本朝有萬氏之《詞律》出〔二〕，而後人知詞之不可無律。然萬氏止取諸名家之詞排比以求其律，而律之原，固未之知也。戈順卿氏踵其後，似視萬氏所得有進矣。乃戈氏深於律而不能〔三〕工於詞，讀其詞者惜焉。夫律之不知，固不足言詞，而詞之不工，又焉用〔四〕律爲？鐵嶺鄭叔問〔五〕孝廉，精於詞律，深明管絃聲數之異同。以上〔六〕考古燕樂之舊譜、姜白石自製曲，其字旁所記之拍〔七〕，皆能以意通之。余〔八〕戲謂：君真得不傳之秘於遺文者也。乃其所爲詞，又何其清麗婉轉而情文相生歟！如《遶佛閣》、《壽樓春》諸調，皆不易作，而誦之抑揚頓挫，渢渢移人，豈非深於律而又工於詞者乎？孝廉〔九〕爲吾故人蘭坡中丞之子，少應京兆試，舉孝廉〔一〇〕，而淡於名利〔一一〕，喜吳中湖山風月之勝，僑居於此〔一二〕，與一二知己〔一三〕雲和雪唱，陶寫性靈。余每入其室，左琴右書，一鶴翔舞其間，超然有人外之致，宜其詞之工矣〔一四〕。

【校記】

〔一〕此序又見於光緒十四刻本《瘦碧詞》（以下簡稱『《瘦》本』）卷首，用作校本。

〔二〕至，《瘦》本作『迨』。有、之，《瘦》本無。

〔三〕能，《瘦》本作『甚』。

〔四〕焉用，《瘦》本作『何以』。

〔五〕鐵嶺鄭叔問，《瘦》本作『高密鄭小坡』。

〔六〕以上，《瘦》本二字互乙。

〔七〕之拍，《瘦》本作『音拍』。

〔八〕『余』下，《瘦》本多『嘗』字。

〔九〕孝廉，《瘦》本作『小坡』。

〔一〇〕『少應』至『孝廉』，《瘦》本作『顧以承平故家、貴游少年』。

〔一一〕『利』下，《瘦》本多『牢落不偶』。

〔一二〕於此，《瘦》本作『久之』。

〔一三〕知己，《瘦》本作『名儁』。

〔一四〕『矣』下，《瘦》本多『光緒十三年歲在戊子仲冬之月曲園居士俞樾』。

彭麗崧《易經解注傳義辨正》序

余嘗從事於羣經矣，竊謂『三禮』之學，必以鄭氏爲宗，《春秋》之學，必以《公羊》爲主，是二者，皆未可以後儒之説參之也。至於《易》，則漢學宋學，各有所得，亦各有所失。漢儒説《易》，自田何以來，源淵有自，所得固多，然如卦氣、爻辰之説，求之於經，安有是哉？宋人惟創立先天、後天圖，臆造伏羲八卦方位，誣古亂經，未敢苟同，至其説經，則深得孔子《繫辭》之旨。夫孔子《繫辭》，言義理者十之八九，言象數者纔十之一二而已，然則以義理説《易》，孔氏家法也，安見荀、虞之是而程、朱之非哉？吾老友彭麗崧先生，耄而好學，於諸經皆有撰著，而尤深於《易》。刻其所著《易經解注傳義辨正》四十八卷，寄示余於吴下。所謂『解』者，李鼎祚《集解》也；『注』者，王弼《注》也；『傳』，程《傳》也；『義』，朱《本義》也。合是四書以治《易》，使學者先讀《集解》，以窺漢儒之門徑，再讀王氏之《注》，爲程、朱道其先路，然後求之程《傳》、朱《本義》，以求孔子贊《易》之精意，觀其合與不合而加辨正焉。自來治《易》之書，莫要於此矣。其博采諸家之説，至二百餘家之多，而以己意論定。如因荀氏『二五升降』之説，謂其以邪説阿世；因虞氏『之正』之説，許其爲漢末義士。不特發明經義，而論世知人之學，亦見於此矣。惟所采二百餘家，以余之膚淺，而亦與焉，未免失之泛濫。其於『井』初爻，取余『水禽』之説，謂『禽字之解，此爲諦當』。乃余近著《茶香室經説》，則又變其説矣，蓋古之聖人，多居北方，觀象繫辭，皆是北方之事，南方隨處有水，北方則往往平原千里，惟有井水而已，有井之處，必刳木爲槽，以桔槔取水，灌注其中，以飲牛馬，而禽亦飲焉。余驅車燕趙，每見飲馬之處，無數飛鳥翔集其間，御者舉鞭一揮，乃始散去。王《注》所云『井不渫治，禽所不嚮』，正得其實，不必易也。蓋余説經之書，《平議》最先出，而亦最疏。先生所抨擊者，已聞教矣，其承謬許者，亦尚多未愜。附報先生，亦見學問之無窮也。

朱述之《金陵國朝詩徵》序

自輶軒採風之職廢，而郡國之歌詠不上於朝廷，於是士大夫私輯其一方之詩，以存風雅，以徵文獻。《宋史·藝文志》『總集類』有孔延之《會稽掇英集》二十卷、薛傳正《錢唐詩前後集》三十卷、曾旼

《潤州類集》十卷、鮑喬《豫章類集》十卷，皆其濫觴也。獨怪金陵爲東南大都會，六朝之時，王氣鍾焉，至有明又爲留都，其江山之勝，人物之英，甲於海内，而不聞有裒聚其詩都爲一集者。考明焦竑《國史經籍志》，有姚汝循《金陵風雅》四十卷，及求之《明史》無有焉，蓋其書久佚矣。朱述之先生於是有《金陵詩徵》之作，遠自六朝，近至昭代，上自名公鉅卿之製，下逮勞人思婦之詞，旁及緇衣黄冠之作，網羅放失，含咀英華，有人以詩傳者，有詩以人存者，其里居必載，其科目必書，蓋不特采珠寶窟，取石瑶林，而其尚友之心，論世知人之識，亦居可見矣。都凡巨册二十有六，厚皆寸許。嗚呼，觚編豪絡，其勤至此哉！中經離亂，其子桂模奉以周旋，勿敢失隊，而卷帙繁重，刻以行世，力有未逮。合肥張楚寶士珩、江寧翁鐵梅長森，皆與先生有雅故之誼，又念此書爲金陵一郡七邑菁華所萃，不可聽其淹没，乃謀由近及遠，先刻《國朝金陵詩徵》四十有八卷。刻既成，問序於余。余謂：姚汝循《金陵風雅》止四十卷，而此書於我朝一代之詩卷帙已過之，其美富可知也。姑刻此以爲先馬。其在《潛虚》『隆之二』曰：『勿增勿虧，守之以祇。』『考之二』曰：『勿壞其基，以俟能爲。』願謹守而俟之。吾雖衰老，猶當及見全書之畢出也。

《鄭氏佚書》序

兩漢經師之學，至鄭君而集大成，每發一義，無不貫穿羣經，不知者以爲鄭君所臆造，而不知其按之羣經，如以肉貫弗也。典午之代，崇尚清談，鄭學幾廢。幸唐人《正義》，《禮》用鄭《注》，《詩》亦主鄭

《箋》，高密之緒，賴以不隊。元明以來，空談心性，鄭學又微。本朝經術昌明，大儒輩出，士抱不其之經，户習司農之説，然其遺文佚義，散失已久，搜輯爲難。鄞縣袁陶軒先生乃用王伯厚輯《鄭氏周易注》之例，網羅放失，得《鄭氏佚書》二十三種，其手自寫定者四種，曰《易注》，曰《尚書注》，曰《尚書中候注》，曰《詩譜》，其曾孫烺已刻而行之矣。其未寫定者，尚有一十九種，曰《尚書大傳注》，曰《尚書五行傳注》，曰《尚書略説注》，曰《三禮目錄》，曰《喪服變除》，曰《魯禮禘祫義》，曰《答臨碩難禮》，曰《箴膏肓》，曰《釋廢疾》，曰《發墨守》，曰《春秋傳服氏注》，曰《孝經注》，曰《論語注》，曰《孔子弟子目錄》，曰《駁五經異義》，曰《六藝論》，曰《鄭志》，曰《鄭記》，曰《鄭君紀年》。其書皆密行細字，戢孴攢羅，理而董之，良非易易。先生既没，其族曾孫堯年竭數年之力，一一爲之寫定，然卷帙頗繁，刻以行世，力有未逮。會瞿子玖先生視學吾浙，以經術教多士，聞有是書，命書局爲之刊刻，而袁氏又將其已刻四種之版歸諸局中，以成全書。烏呼，先生旁搜遠紹之功，其後人繼志述事之美，與子玖先生表章先哲、嘉惠後學之盛心，豈獨爲鄭氏功臣哉？有裨於經學大矣。按《後漢書》鄭君本傳，尚有《天文七政論》及《乾象曆注》，《唐書·藝文志》又有《論語釋義》，其書既佚，又未見前人徵引，無可掇拾。然則鄭氏遺書已略備於斯，鄭君當日集兩漢經師之大成，而先生此編，又可爲集鄭學之大成矣。惟《唐志》有《鄭集》二卷，今無傳本，乾隆間盧氏見曾刻附《周易鄭注》後，然所載《相風賦》實傅鶉觚之作，以名同誤收也。嘉慶間，嚴氏可均輯《全後漢文》，有鄭君文八篇，而《六藝論》亦入其中，是其所著之書，不當入集也。如合盧、嚴兩家之説，釐定鄭集，刻附其後，雖不能復二卷之舊，或亦可得一卷，治鄭學者，當更無遺憾矣。子玖先生以爲何如也？

春在堂襍文四編卷八

王夢薇《説文佚字輯説》序〔一〕

許君之子沖上書進《説文解字》，言：『六藝羣書之詁，皆訓其意』，『世間人事，莫不畢載』，是許書固豪髮無遺憾矣。又云：『以文字〔二〕未定，未奏上。』夫曰『未定』，則間有遺漏，亦或理之所有。而世人於凡所從得聲之字及説解中字爲正篆所無者，皆以爲佚文而欲補入之，此不善讀許書者也。夫許書所偶佚及後人傳寫所奪，不過十之二三耳。如『帝』篆説解云『二，古文上字』，則不必補『二』字矣。『甹』篆下引《商書》『顛木之有甹枿』，曰『古文言由枿』，則不必補『由』字、『枿』字矣。然則許君何不列入正文也？曰：古人重師説，苟師説所無，不敢輕爲之説。如鄭康成注《尚書》，止注伏、孔俱有之二十九篇，而增多之篇不爲之〔三〕注，以無師説故〔四〕也。許君《自序》稱：李斯作《倉頡篇》，趙高作《爰歷篇》，胡母敬作《博學篇》，皆取史籒大篆，或頗省改，所謂小篆者也。又曰：『今敘篆文，合以古籒，博采通人，信而有證，稽撰〔五〕其説。』然則許君此書必原本『三倉』及張敞、杜業、爰禮、秦近諸人所説者，此卽其師説也。師説之所無，則許君無從稽撰其説矣，此古文之〔六〕所以不備載也。而他字之從古文得聲者，不得因本書所無而泯滅之，是以仍著其爲從某聲也。後人若欲於許君之後別爲一書，則取此等字而羅列無遺，無所不可；若欲爲許君補之，則許君所不受也。至於見説解者，則或取當日通行之字，使學者易曉，若一一補列，轉爲許書之玷矣。王子夢薇深知此意，作〔七〕《説文佚字輯説》二〔八〕卷，於所從得聲之字及説解中字不見於〔九〕正篆者，考定其爲卽〔一〇〕正篆中之某字，以明其〔一一〕非佚，此其所見，高出近時輯《説文》佚字者之上。夢薇精於小學，又通羣經詁訓，所説諸字，十得八九。然余謂：所從得聲之字，必當求其本字，此固治許書之要義也。若説解中字，并有不必一一〔一二〕求其本字者，必求其本字，恐轉有失之附會者矣。夢薇深思之，以爲然不〔一三〕也〔一四〕？

【校記】

〔一〕此文又見於《紫薇花館經説》此種前，爲手寫上版（簡稱『稿本』），用作校本。

〔二〕文字，稿本無。

〔三〕之，稿本無。

〔四〕故，稿本無。

〔五〕撰，稿本作『譔』。下同。

〔六〕之，稿本無。

〔七〕作，稿本作『著』。

〔八〕二，稿本作『四』。

〔九〕於，稿本無。

〔一〇〕爲、卽，二字同義，疑其一爲衍文。

〔一一〕其，稿本無。

〔一二〕一一，稿本作『盡』。

〔一三〕然不，稿本作『何如』。

〔一四〕『也』下，稿本多『光緒己丑長夏，曲園俞樾』。

王夢薇《尚書職官考略》序〔一〕

班孟堅作《漢書》，有《百官公卿表》，後世史家因之，一代官制，犁然可考，厥體甚善。而三代以上則惟有《周官》一書。然余嘗疑《周官》乃周衰有志之士所作，非周公之書，其官制與周時初不甚合，故欲考古時官制，宜博求之於諸經，績溪胡氏《儀禮釋官》之書所爲作也。然《儀禮》一經，所詳者皆侯國之制，而不足以考王朝之官，且亦周制，而不足以考唐、虞、夏、商之官。欲考唐、虞以來之官，舍《尚書》何以哉？吾黨有王子夢薇者，好學深思，能見其大，著《尚書職官考略》一卷，始《堯典》〔二〕，迄《呂刑》〔三〕，凡五十五事，附以〔四〕《表》一卷，唐、虞三代官制亦略備矣。余衰病浸尋，學問荒落，讀其書，無所獻替。惟『師錫帝曰』一事，偶書所見，質之夢薇，或卽可附著其下也〔五〕。

【校記】

〔一〕此文又見於《紫薇花館經説》此種（簡稱『《尚》本』）前，用作校本。

〔二〕『典』下，《尚》本多『之羲和』。

〔三〕『刑』下，《尚》本多『之師』。

〔四〕附以，《尚》本作『又坿』。

〔五〕『也』下，《尚》本多『光緒十三年夏五月，曲園居士俞樾書於春在堂』。

重刻《淨慈寺志》序

淨慈寺創始於吳越，號『慧日永明院』，宋紹興間始改今名。當吳越忠懿王時，延智覺壽禪師主是院，今塔院存焉。禪師嘗集賢首、慈恩、天台三宗之徒，更相質難，撰《宗鏡錄》一百卷，寺中有宗鏡堂，其遺迹也。恭讀世宗憲皇帝《御選語錄序》，推智覺禪師爲曹溪後第一人，然則淨慈寺亦爲西湖第一叢林矣。前明天啓間，寺僧大壑撰《淨慈寺志》十卷，國朝乾隆初僧篆玉又作《續志》，僅數十葉，未足成書。洪惟我朝，列聖相承，皆精通内典，斯寺也，翠華屢幸，天章疊降，若無紀述，何以垂示將來，此嘉慶中寺僧際祥所以又有《淨慈寺志》之作也。其書搜羅宏富，體例精嚴，洵爲志書善本。前之二志，大輅椎輪，方斯褊矣。咸豐之季，燬於兵火，不獨志版無存，寺亦鞠爲茂草。余戊辰年過之，草屋數椽，僅蔽風雨，寺僧大圓謀修復之，迄無所就。已而雪舟和尚自聖因寺移主淨慈，雪舟深於禪，尤深於畫禪，其主聖因也，與余寓樓相近，屢從之游，及其移淨慈也，又與余右台山館近，亦屢從之游。見其因山爲屋，高高下下，具有畫意，歎曰：雪舟所爲，果異於凡手乎！而雪舟終以未能全復舊觀爲憾，謀於丁君松生，取《淨慈寺志》重刻，以行於世，使讀者考其興建之由來，觀其賢聖之輩出，與夫山水之勝、翰墨之美，慨然慕之。而篇首又恭錄歷奉詔書及御製詩文，使人知三教一貫，天語昭然，而莊嚴法相，與褒錄先賢，非有二義，庶有慨發宏願，規復前型者乎！松生刻《武林叢書》，如《理安寺志》、《廣福廟志》皆已著錄，而又刻此志，雪舟之用意固善，而松生之力亦甚宏矣。此寺之興，必由此始，余雖衰老，當猶及見之也。

《五雲展禊圖》序

唐文宗開成元年，將以三月三日賜宴曲江，而以兩公主下嫁，有司供帳事煩，改以十三日爲上巳，然則展禊之例，由來久矣。光緒十有三年，浙中年豐人和，閭閻安堵，於是許星臺方伯與僚友七人作雲棲之游，爲展禊之會，觴詠既洽，圖畫斯傳，須眉蒼古，衣冠脱略，有雲情鶴態之高，無佩玉鉤金之累，望之飄然如神仙中人也。余因其地爲雲棲而思，蓮池當日曾與張伯起、王伯穀、趙凡夫、董思白、陳眉公、嚴天池等七人爲《青林高會圖》，今相距二百餘年，而諸公會於其地，人數適符，豈其後身歟？然公等遭遇盛時，近享湖山之樂，遠垂竹帛之名，過伯起諸人遠甚。後之視今，勝於今之視昔矣。星臺方伯以圖索題，余去年曾爲唐藝農觀察作詩四首，卽書附其後，詩用觀察原韻，觀察亦圖中人之一也。

鮑穆堂中丞《補竹齋集》序

國家以翰苑儲天下之材，二百數十年間，文武將帥，多出於此，可謂盛矣。自同治以來，運會日新，時論亦稍異，議者每謂：漢廷文學侍從之臣，若司馬相如、虞丘壽王、枚皋、王褒之屬，不過雍容揄揚，潤色洪業，不足以副漢武帝詔求茂才異等之意。烏乎，何所見之淺也！今讀鮑穆堂先生《補竹軒集》，然後知我朝以翰苑儲材，祖宗用意深遠，而士大夫之出是途者，固大有人也。先生爲道光二十七年翰林，及散館以一等三名授編修，當是時，人知先生爲蓬山之秀，芸閣之英耳。然先生雖廁詞曹，已留意天下大事。咸豐之初，粵賊陷金陵，天下震動，先生屢抗疏言時事，大旨在振乾綱，以儆積玩，固人心，以弭亂本。又統籌全局，某處宜專責某人，以一將權而作士氣，其時先生猶官編修也。已而奉命視黔學。黔有苗民之亂，焚杅燒掇，千里爲墟，當事者力持撫議，郡縣請救，兵不時發。先生軺車所至，士民環訴，或據以入告，或爲寓書疆吏，讀集中與某制府、某中丞書，不啻垂涕泣而道之。方莅試遵義時，有叛民王安國爲亂，郡城幾陷矣。先生主持其事，撤去一不職之縣令，易以健吏，大憝授首，一城以全。夫以詞臣出司文柄，不過優游於碧幢紅旆之間，烏知其他。而先生不以蹈險辭，不以侵官謝，蓋雖事權未屬，而所規摹者遠矣。用是受文宗之知，由翰林躋卿貳，內值禁廷，外膺疆寄。其撫晉也，晉爲京師肘腋之區，而民力竭蹷，吏治因循，先生頒布前後約，以要束諸牧令，又檄行所司，力行保甲，創設積穀，講求水利，旌表節烈，禁罌粟以裕民食，禁邪教以正民心，雖當兵燹之後，又繼以旱災，而閭閻安堵，桴鼓無聲，視明季以晉饑釀亂者，何如哉？此先生之大有造於三晉也。及以疾引退，寓居吳中，主鍾山、龍門諸講席，蕭然琴劍，若不知其曾任封疆，賢者固不可測歟！集中諸章奏，議論切直，而詞氣寬博，如讀宣公奏議。其他襍文，亦能抒發其所得，詩則出入廬陵、眉山間，不襞積以爲古，不馳騁以爲豪，此《補竹》一集之大概也。其長君伯熙太守，以余與先生有同歲生之誼，求序於余。余謂：先生一生功業，具在史官，詩文行世，不脛而走，不待鄙言爲之修襮也。然先生以名翰林出爲疆吏，果能不負朝廷委任，則我國家以翰苑儲材，信乎其得人矣！故舉此以爲天下告，且願後之讀書中祕者，以先生爲師，交相砥勵，自奮功名，無使人疑翰苑之不足儲材，而別求所謂茂才異等也。

張乳伯《説文審音》序〔一〕

自孫炎始爲反切，而反切播滿經傳，今試問人以反切之法，則夫人能言之，曰：上一字雙聲，下一字疊韻也。余謂：疊韻易知，雙聲難辨。試問以何爲雙聲？任舉一字而問以與此字爲雙聲者共若干字，則皆莫能對矣。《廣韻》所載雙聲法，以章掌、良兩、廳頲、精井等字當之，不且混雙聲於疊韻乎？可知雙聲之法，自來知此者尟也。然雙聲固不易知，即疊韻亦有難言者。一韻之中，多者數百字，至少者亦〔二〕數十字，此一韻中任舉一字以爲疊韻乎？抑有可用有〔三〕不可用者乎？則又莫能對矣。又況三代以上，初無韻書，今所謂古韻若干部者，皆後人依《詩》、《騷》所用之韻強分之。然同一『侯』字，《羔裘》篇與『濡』、『渝』爲韻，《載馳》篇又與『漕』爲韻；同一『仇』字，《兔罝》篇與『逵』爲韻，《無衣》篇又與『袍』爲韻〔四〕，執是以求古韻，則魚、虞、模三部〔五〕，支、脂、之三部〔六〕皆可與蕭、宵、肴、豪部〔七〕合而爲一，而《廣韻》之二百六韻不可通者寡矣。將何〔八〕以爲疊韻乎？張子乳伯於是有《説文審音》之作，先定雙聲之例，凡平、上、去三聲之字與本字之入聲爲雙聲，如『得』字爲『當』字之入聲，故『得』、『當』雙聲也；『灼』字爲『章』字之入聲，故『灼』、『章』雙聲也。此一例也。凡平、上、去三聲不同而其入聲同者，亦爲雙聲，如『更〔九〕』字『廣』字入聲同爲『革』字，故『更〔一〇〕』、『廣』雙聲也；『隆』字

『間』字入聲同爲『勒』字，故『隆』、『間』雙聲也。此又一例也。有此二例而雙聲之律嚴矣。任舉一字，以此求之，或得雙聲三十餘字，或得四十〔一〕字，而雙聲之用廣矣。次定疊韻之例，凡一韻之字，必分喉、舌、脣、齒、鼻五聲，如『東』字當以『通』字爲疊韻，皆舌聲也，而《廣韻》以喉聲之『紅』切之，則不合矣；如『真』字當以『春』字爲疊韻，皆齒聲也，而《廣韻》以舌聲之『鄰』切之，則不合矣。此疊韻之例之〔二〕有定而不可移者也。至於古人用韻，有用其本音者，有用其雙聲者，如『基』字，《南山有臺》篇與『臺』、『萊』爲韻，其本音也；《絲衣》篇與『紑』、『俅』等字爲韻，其雙聲也。『敖』字，《車攻》篇與『苗』、『囂』、『旄』爲韻，其本音也；《桑扈》篇與『觩』、『柔』、『求』爲韻，其雙聲也。用其本音者吾從之，用其雙聲者吾不從，則古人用韻似有出入，而實無出入。豈獨用韻，雖字之所從得聲者亦然。許氏《説文》但言某聲，而實有從其本音者，有從其雙聲者，自來以字之同聲者即爲同部，此可謂識字，未可謂知音也。於是分平、上、去爲八部，入聲自分三部，是爲古音十一部，而古韻亦定矣。蓋君於此事用力獨深，故能得不傳之祕，而成此必傳之書。昔王伯申先生見焦理堂《易通釋》，歎爲『鑿破混沌』，余於此書亦云。惟其書添注塗乙，旁行斜上，未有定本，支、脂部以下，尚未得見。余衰且老，每有趙孟視蔭之意，歲不我與，深盼君之早成此書，而余及見之也。故爲之序，以速其成〔三〕。

【校記】

〔一〕此文又見於《説文審音》卷首（以下簡稱『《審》本』），用作校本。

〔二〕亦，《審》本無。

〔三〕下『有』字，《審》本無。

〔四〕『侯字』至『袍爲韻』，《審》本作『「求」字聲，《谷風》篇與「舟」、「游」、「救」爲韻，《終南》篇又與「梅」、「哉」爲韻；同一「曹」字聲，《載馳》篇與「侯」、「悠」、「憂」爲韻，《公劉》篇又與「牢」、「匏」爲韻』。

〔五〕魚虞模三部，《審》本作『尤侯幽三韻』。

〔六〕部，《審》本作『韻』。

〔七〕部，《審》本作『四韻』。

〔八〕將何，《審》本作『又將』。

〔九〕更，《審》本作『根』。

〔一〇〕更，《審》本作『根』。

〔一一〕四十，《審》本作『四十餘』。

〔一二〕下『之』字，《審》本無。

〔一三〕『成』下，《審》本多『光緒十六年二月曲園俞樾』。

歐陽鑒非《金雞談薈》序

往歲，法蘭西狡焉思逞，發難於我藩屬，啓釁於我邊陲，閩中馬尾之役，師徒撓敗，朝廷爲之宵旰，海宇爲之震驚。於是天子廟謨廣運，命將出師，竭天下之力以捍禦海疆，卒賴浙東一戰，毁其師船，斃其首領，乃始聮瞿奔觸，俯首而就和議。烏呼，浙東一戰，厥功亦偉矣哉！方是時，歐陽鑒非軍門以提督駐寧波，建牙之始，卽周歷諸海岸，以爲鎮海之蛟口，浙東一大門户也。金雞、招寶，兩山雄峙，通商以來，帆檣如織，舊設礮臺，露處山嶺，三面受敵，無以自固。乃於金雞山幽絶之處築臺兩座，一曰天然，一曰自然，塗以青艧，與山同色，使海外來者見山而不知有臺。及軍事之亟，軍門自駐金雞山，歲在乙酉正月之望，發巨礮，中其戰艦之烟囱，又沈其游舸，斃敵無算。法人始知中國之不可輕犯，而津門和約成焉。天下談士，皆知誦軍門之功，然知其功名之震爍，而不知其智勇之深沈，且不知其處事之至艱，用心之至苦也。余讀其所輯《金雞談薈》一編，凡當日軍中與僚友往來公私文牘，無不畢載，千緒萬端，如指其掌，批郤導窾，動合機宜，智勇之有餘，固可見矣。乃觀其《與某太史書》，則知當日兵單餉絀，南岸要區，止有『達』字四營及本標練軍兩營，分布隘口，不得已，擇地築壘，虚立旌旗，以張聲勢，名爲提督，而實一統領之不若。所領月餉，又奉臺符改爲三十五日一放，通年計之，虚其兩月，徒以精誠聯合僚友，以忠義激發士卒，動心忍性，卒以有成。烏呼，是其處事艱而用心苦矣。自非有夏抱火、冬握冰之定力，目上天、耳下淵之深識，其能以功名始終，上無負朝廷委任，而下之大有造於我浙東哉？軍門今歲以病乞歸，功成身退，行且角巾野服，逍遥山林，名將風流，穆然遠矣。然天子方親理萬機，盧牟六合，異時聽鼓鼙而思將帥，如軍門者，必將再總師干，爲國家禦侮之臣，分茅土而畫雲臺，指顧間事，未必許以東山絲竹老也。

李憲之《仿潛齋分體詩鈔》序

詩集以分類、分體爲古，編年其最後也。昭明選古人之詩，如公讌、祖餞之類，分類者也，如樂府、襍詩之類，分體者也，後世諸大家之詩，如杜、如蘇，其始無不依類編纂，一遵古法，雖由後人所輯，然如《白氏長慶集》，固公所手定，存東林寺、南禪寺諸經藏者，而樂府詩、古體詩、律詩、格詩，皆以體分，可見古集之體例矣。自施武子注《蘇詩》，極詆永嘉王氏分門別類之非，於是後之編詩者始以編年爲正。余謂：二者不可偏廢，何者？古之詩，隸於史官，《詩序》云『國史明乎得失之迹，吟詠情性，以諷其上』是也。故詩與史相表裏，詩之分體也，如二十四史之紀、傳、表、志各自成書者也；詩之編年也，如《通鑑綱目》之年經月緯取法《麟經》者也。使不編年，則無以考見其出處進退之大節，悲愉欣戚之至情，爲後世論世知人者告；使不分體，則不知其某詩出某家，某詩近某派，而無以明其得力之所由。然則分體、編年，烏可偏廢哉？李憲之方伯，詩人也，其陳臬三吳，與余時相過從，亦時相唱和，未幾開藩江右而去，旋聞其仗節鉞、撫豫章，浸浸大用矣。俄而內召，浮沈京國，一歲有餘，乃出其舊刻之《仿潛齋詩集》，補其未刻者三卷，寄以示余。且謀再刻分體一集，與此編年者並行，而屬余斟酌芟薙，去非存是。余既謝不敏矣，然而分體之刻，則固不可少也。因豫爲之序，以縱臾其成。至其詩之出入韓、蘇間而上追老杜，讀者皆知之，不待鄙言爲之肸飾也。

傅懋元《日本圖經》序〔一〕

《尚書》『嵎夷』，《史記》作『郁夷』，而《小雅》『周道倭遲』，《漢地理志》作『周道郁夷』，於是有謂『嵎』通作『郁』，『郁』通作『倭』，《尚書》『宅嵎夷』，卽自漢以來所謂倭國者。此說荒遠，固不足據。然考《後漢書》，世祖中元二年，東夷倭奴國王遣使奉獻，此倭通中國之始。至唐太宗貞觀五年，日本遣使者入朝，即古倭奴也。後漢迄今，二千餘年，史不絶書，然則海外之國，高句麗外，無先於日本矣。我國家德洋恩普，海隅率俾，東西兩洋，冠蓋相望，余隱居放言，守包咸不言世事之義，置洋務於不言。然日本乃吾同文之國，余所著各書，流行其地者頗廣，日本國人有來游中土者，或造廬見訪，或寓書問訊，甚或願受業於門下，余固未嘗拒絶之也。往年曾應彼國人之請選東瀛詩，凡四十四卷，盛行於其國中。又有請爲彼國修史者，則謝之曰：『史各有職，余中朝舊史官，不能越竟而謀也。』然《海外東經》、《大荒東經》已見於《山海經》，則日本之壤地品物，未始不爲大禹、伯益所甄録矣。後世疆域益闢，見聞益廣，如宋趙汝适之《諸蕃志》，元汪大淵之《島夷志略》，皆於海外諸國紀載成書。然則爲彼國修史固不可，而於《輿地廣記》、《方輿勝覽》之外旁及遐陬，亦博覽者所有取也。光緒十三年，天子俞大臣之請，遣學有經法、通知時事者二十餘〔二〕人，游歷海外各國。先聚而試之，而吾邑傅君懋元雲龍冠其曹，乃以兵部郎中奏派游歷日本、美利加、秘魯、巴西等國，滿二載而歸。所游歷各國，皆著有圖經，而《日本圖經》三十卷，先以活字排印成書，歸至上海，寄以示余。其書自天文、地理、世系、風俗、兵制、官制、藝文、金石無不備載，綱舉目張，如寘諸掌，非兼史家之三長者不足以與此。宋宣和時，路允迪使高麗，徐兢從行，歸而上《高麗圖經》四十卷。以今方古，君何讓焉？聞游歷諸君歸自海外，各有撰述，而君尤多而且精，然則當日之裒然爲舉首，洵無愧矣。此可爲吾中國得人幸，非徒吾邑之光也。君以此書上之朝廷，異日天子命羲仲宅嵎夷，平秩東作，於此書其有取乎〔三〕！

【校記】

〔一〕此文又見於《日本圖經》卷首（以下簡稱《日》本），用作校本。

〔二〕二十餘，《日》本作「十二」。

〔三〕「乎」下，《日》本多「光緒十五年孟冬之月德清俞樾」。

顧少逸《日本新政考》序

余寓吴下，與顧蓉舫孝廉交，因得識其兄少逸比部。前年余至京師，辱比部過訪寓齋，已而聞其奉命游歷外洋。余性疏嬾，未克援昌黎送殷員外使回鶻之例爲詩以道其行也。今年秋，蓉舫以一編見示，則比部所著《日本新政考》也。凡爲部者九，爲條目者七十有三，其於日本明治以來所行之新政，綱舉目張，具於斯矣。余隱居放言，謹守包咸不言世務之義，於一切洋務、陸軍、海軍皆非所知，亦非所欲言。惟往者曾應彼國人之請選東瀛詩，得四十四卷，讀其詩，不可不論其世，因從彼國人假得《和漢年契》一册，所載世系頗詳，而一事則余有疑焉。其云：推古女主爲舒明帝之女，用明帝同母妹，十八歲爲敏達帝皇后。夫舒明者，敏達帝之孫也，乃以舒明之女爲敏達之后，不以曾孫女配其曾祖乎？世系之舛，孰甚於此。今讀此編，則欽明之子爲帝者二，曰敏達，曰用明，用明之子爲崇峻，而推古者，崇峻之弟，則用明之子，欽明之孫，而敏達兄弟之子也。舒明者，敏達之孫，其於推古，則其姑也，豈其女乎？得此以證明《和漢年契》之誤，乃知其國人自爲紀載，有反不如我國人暫游其地之得實者。比部之書之善，即此可見，彼國固多精於史學者，當亦以吾言爲然也。

鄭宜人《都梁香閣詩詞》序

花農太史曾刻其母鄭宜人《蓮因室集》，余既序其端矣。今年夏，花農又以《都梁香閣詩錄》、《詞錄》各一卷寄示，則亦其母鄭宜人之作，而其先德若洲先生所手錄者也。當錄此時，爲咸豐乙丑歲，俄經兵亂，避寇時於揚州失之。及官軍克復揚州，有鮑君問梅者於舊書攤中購得此册，以歸於若洲先生。先生既殁，花農寓居拼茶場，有李君仲瑄介周君子謙而請觀焉。未及歸，而花農旋浙應童子試，李君又他往，深懼遺失，爲終身之疚。乃至今歲，周君忽從袁浦以此册寄京師，歸花農。嗚呼，兵興以來，江浙間三閣遺書存者無幾，而故家世族所珍藏者，玉蹼金題，半歸灰燼，更無論矣。獨此一册，失之者再，而仍復得之，紙質無損，墨蹟如新，謂非有神物護持者乎？方咸豐初揚州之初陷也，宜人奉其姑倉卒出城，服物皆不復顧，惟其先世畫像及高廟賜文穆公詩墨蹟，則奉之以行，不敢失墜，固由宜人之所見者大，亦足徵其孝思之深也。然則此册之失而復得，亦造物者有以酬之邪？花農方刻《誦芬詠烈編》，亟宜錄入，而原本墨蹟，亦宜壽之貞珉，以垂永久。昔高廟賜題錢文端公母夫人畫，有『卿父題詩卿母畫』之句，藝林以爲美談。今此詩詞兩卷，鄭宜人所作，而若洲先生所書，閨門之盛，後先媲美。異日倘得塵乙夜之覽，則母詩父寫，或亦見之天章，如錢氏故事，同爲美談乎！

蔡膠客《經窺餘燼》序

昔楊子雲好深湛之思，蓋必深湛而後有以盡思之用，不深不湛猶無思也。近世學者多鹵莽滅裂，能用思者罕，能用深湛之思者尤罕。蔡子臞客殆其人乎？余獲交於臞客近十年矣，見其每治經義，於舊説所未安者，或舊説已得之而後人未能申明其意者，苦思力索，務求其是。然入之既深，出之亦不能甚顯，讀臞客書者，非反復研求，則亦不能盡得。蓋所謂樸學者，固如是也。往年，寓居西湖第一樓，不戒於火，舊稿積尺許，盡付之一炬。乃於暇日追錄其所能記憶者，凡二百篇，題曰《經窺餘燼》。經窺者，謙詞也，餘燼者，紀實也。雖然，孔門如子貢，於夫子之道尚曰窺見之而已，吾儕讀其遺經，而欲求其大義，豈非所謂以管窺天者哉？然同一窺也，而所窺有淺有深。《淮南子》曰：『登高使人欲望，臨深使人欲窺。』蓋惟深也，故必用其窺，而窺者每不能盡其深，臞客所窺，固有得其深者矣。憶其初見也，余手書『好學深思，心知其意』八字以贈，今果允蹈斯言。自此以往，益用其深湛之思，則其所窺，必有更深於是者。此一編也，殆由若火之始然，而非徒餘燼也夫！

日本人岡松君盈《常山紀談》序

昔李文叔之讀《戰國策》也，曰：爲是説者非難，而載是説者爲難。王厚齋因謂：『董晉之答回紇語，李懷光、譚忠之説劉總，詞氣雄健，有先秦風。韓、杜二公之筆力，足以發之也。』今觀韓退之《董晉行狀》、杜牧之《燕將録》，誠雄健可喜。夫譚忠，固壯士，至董晉，駑下材耳，而至今讀之，凜然有生氣，非以文人之筆哉？雖然，余謂此二文者，皆紀其言，非紀其事也。爲文之道，於言爲近，而於事爲遠，故紀言較易，而紀事尤難。以昌黎之文，雄視百代，而所作《順宗實録》，頗未饜後世之意，其他可知矣。甕谷子岡松君盈，爲東瀛耆宿，奉其師文簡先生之教，凡教學者，必先授以紀實之法。其國舊有《常山氏紀談》一書，蓋東瀛私史也。甕谷子譯以漢文，以授學者，而介竹添井井求序於余。讀其書，敘述詳明，語意簡要，於其國之興衰治亂，隨筆詮次，自有條理。大之如織田、豐臣、東照三公之戡殘戢暴，功在一時，澤及百世者，固備載無遺；卽其他瑣屑之事，如元就秋風一歌，光秀孤松一詩，經其筆點染，卽有生色。甕谷子之長於紀實，可見一斑矣。讀其《自序》，曰：『自余入都，有諸生請受業者，必先授以紀實法，因取《常山紀談》譯之，以便後進之士取則焉。』然則甕谷子此書爲後進而作也。昔呂東萊之著《左氏博議》，其《序》曰：『予屏處東陽里中，從余游者，談及課試之文，思有以佐其筆端，乃取《左氏》書理亂得失之蹟，疏其説於下，以授諸生。』是甕谷子之譯此書，與東萊之爲《博議》，其意正同。然東萊之書，虚論義理，而甕谷此書，實載事蹟，則有華實之分，卽有難易之别，雖述而不作，而用力尤勤。東瀛學者，誠家置一編，以爲模楷，吾知必有遷、固之才駕韓、杜而上之者，出於甕谷之門矣。

井上陳子德《西行日記》序

井上子德自東瀛來游中土，謁余於湖樓，願留而受業於門。余辭焉，則固以請。余乃語之曰：『余以山林之人，當桑榆之景，苟竊宋元之緒論，虛談心性，是欺世也，余弗爲也；苟襲戰國策士之餘習，高語富強，是干世也，余又弗爲也。故嘗與門下諸子約，惟經史疑義，相與商榷，或吟風弄月，抒寫性靈，如是而已。子能從我約乎？』子德唯唯，已而出一編見示，曰：『此吾紀遊之作，模山範水，固先生所許也。』余讀之，則自我京師首塗，西至三晉，南還吳越，以達於八閩，凡山川之向背，都邑之沿革，風俗之得失，物產之盈虛，皆具載焉。古人以山川能說，登高能賦，爲大夫九能之二。余謂：登高能賦易，山川能說難。賦者，敷陳其事，相如賦《上林》而引盧橘夏熟，揚雄賦《甘泉》而陳玉樹青葱，侈言無驗，古人不免，後之作者，更無論矣。若夫山川能說，則非原原本本、殫見洽聞不能贊一辭。子德以異域之人，處逆旅之中，豈能如惠施之載書五車以自隨哉？又豈能所至之處一一披覽其圖經、咨訪其故老也？何其言之詳乎？子德之才，必有大過人者。吾懼曩者之所約，不足以限子德也。余老矣，隸門下之籍者，無慮數百人，今得子德，殊有吾道東矣之歎。因書數語而歸之，願觀其異日之所造也。子德名政，子德其字也，源姓，井上其氏，陳又其別氏，日本東京人云。

岸吟香《痧症要論》序

宋以前醫書無言痧者，『痧』字亦不見於字書。本朝康熙間修《字典》，猶無『痧』字也。惟《説文》有『疝』字，云『腹中急也』，《廣韻》音古巧切，與『絞』同音，則即今之絞腸痧矣。是其病古固有之也。今夏秋間，此病極多，治之不當，頃刻可以殺人，甚可畏也。吾老友東瀛岸君吟香，精於醫，而尤究心於痧，著《痧症要論》一卷，求序於余。余不知醫，然竊以爲痧者，沙也，人身氣血流通，猶水之由地中行，偶然閉塞，經絡不通，上下隔閡，遂成此疾，猶水之爲沙阻而不行也。其名即謂之沙，因其爲疾病之名，故又從疒，製此痧字矣。吟香所論陽痧、陰痧，最爲入微，其治法亦中肯綮。此書一出，世間之死於痧者，庶幾其寡歟？吟香又推其受病之源，謂由多食生冷，恣情酒色，外感暑溼穢惡之氣，蘊積臟腑使然，則與余論痧字之義不謀而合。養生之君子，尚其慎之於先哉！

岸吟香《痟黴諸症要論》序

春秋時，醫和論晉侯之疾曰：『是謂近女室，疾如蠱。』又曰：『女，陽物而晦時，淫則生内熱惑蠱之疾。』危乎哉，女之不可近，如是夫。然所謂如蠱者，究不知何疾，古書簡質，語焉不詳。而以爲由於内熱，且以女爲陽物，其論入微。夫女，陰也，乃以爲陽物，此即坎中男爲月，而離中女爲日之義。陽中有真陰，陰中有真陽，善用之，則爲容成之術，取坎填離，可以長生，可以成仙；不善用之，則其熱毒乘虚而入，直透命門，以灌衝脈，外而皮毛，内而骨髓，凡衝脈所到之處，無所不到，而㾖黴諸瘍生矣，浸淫不已，以至乎死。而醫者又治之不當，率用輕粉諸藥，以冀收功於一旦，腐腸爛骨，害不旋踵，可歎也。滬上多游冶子弟，故患此者頗多。吾友東瀛岸吟香，寓滬久，深憫之，著《㾖黴諸症詳論》一卷，辨論詳明，施治精審，其有功於人間大矣。惟『黴』字本作『梅』，景岳謂：形似楊梅，故名。然宋竇漢卿《瘡瘍全書》已作『黴瘡』，則其名亦古矣，是固不必深論也。

張少渠六十壽序

壽文非古也。昔《歸震川先生集》有《壽序》三卷，論者病其多焉。余生平所作壽文，刻入《春在堂襍文》者，已如震川之數，不宜復有所作，故自歲辛巳以來，雖名公鉅卿之壽，不復以文獻，而今者乃又以文爲張子少渠壽。少渠者，其婦爲余外姊之女，在余婦則女兄之女，而其昏也，又余爲平章。余寓蘇州，少渠亦宦游於蘇，故尤相習也。往歲年五十時，余以小文壽之，其年適幸免於福星輪船之厄，故即舉此一事爲言，以明天道報施善人之不爽，而少渠之何以得爲善人則未言也。日月不居，徂年如流，自丁迄丙，又逾十稔，而少渠六十矣。余何以壽君哉？姑申前序所未盡之説。蓋少渠所以得爲善人者有故：一則其家法也。自其曾祖奉直公，性爽直，好施與，至其先德資政公，稟承家法，以忠厚長者稱於鄉，故庚申辛酉之亂，鄉之人保其家廟不燬於賊，蓋遺澤存焉。此其積累之厚也。一則其天性也。

少渠前奉檄攝鎮江府知事，蓋微官耳，卽拳拳以救生船爲首務，力言於縣、於府、於大府，殰其舊規，繩其實效。今大中丞衛公，時陳臬於蘇，深歎美焉。又嘗充庚午科江南鄉試供給官，卽上科場事宜若干條，而設立病寮一事，尤大有造於多士。余言於吾浙，仿而行之。夫士大夫幸而得躋高位，猶或以秦越之肥瘠視其民，而少渠以一命之官，壓百僚之底，所至之處，必欲於物有濟，非其天性好善，何能若是？此其生質之美也。今年春，少渠尚爲余言：『江浙閒官塘，亂後曾修葺之，今又廨圮，宜再繕完。長者能爲一言乎？』又言：『禾中育嬰堂自嚴、殷兩君董而治之，著有成績，今殷君逝而嚴君他徙，良法又廢，擬歸請於郡守，剔蠹整紛，以復其舊。』蓋少渠之於善，始終不倦如此，異日，以此宰百里、佐大郡，吾知其善政之不可勝紀矣。然則往年之脱於福星之厄，豈倖免哉？此余前序所未言，而今補述之者也。或方少渠縣弧之日，余適送孫兒陛雲入都應試，未及與眾賓之列。長夏無事，走筆爲此文，卽以爲壽。或曰：『子不作壽文久矣，今爲此，得毋自亂其例乎？』余曰：『否，否。此吾補前之所未言也，仍謂之不作可也。』自此以往，少渠由七八十以至期頤，請卽以余此文張之坐隅，爲稱觴之侑。余雖老，或尚無恙，猶當稍稍補益之也。

邵步梅太守七十壽序

余自爲童子時，卽已知有步梅邵君，望之頎然丈夫矣。蓋君之長於余者八歲也，既而年益長，亦益相習，遂若年齒不甚相懸者，至於今歲，君行年七十，而余亦六十有二矣。余早衰多病，而君則神明不衰，飲噉如故。士大夫之得與君交者，聚謀所以壽君，而屬余以一言文之。余固雅知君者，誼不得而辭，雖然，余何言哉？憶余始識君，時在道光癸巳以後，君已補博士弟子員，至辛丑歲，以高材生餼於庠，工爲文辭，與先兄福寧君爲文社之友。每一篇出，余從旁竊讀之，九奏中之新聲，八珍中之異味也。己亥之秋，君試於鄉，文章爾雅，已在舉元薦凱之列，以一字之疵，復遭擯棄。君夷然曰：『是有命乎！』乃始旁及廢著之術，久之於世故益嫻習，遂稍出其材力，小試鄉里間。先是，杭州貢院之東有河曰文運河，汩淢淤滯，爲日久矣。君曰：『既名文運，其可廢乎？』乃謀之胡書農學士，請於大府而濬之。未幾，馮文介以弟三人及第，而吳君福年、吳君鳳藻、洪君昌燕、鍾君駿聲相踵而起，杭人皆多君之功，君益自憙。仁和縣儒學，乃君先世遠平公所建造也，其事在康熙乙丑之歲，至同治乙丑，歷三甲子矣。兵燹之後，皓壁頳垣，化爲榛莽，修復舊觀，君與有力焉。同人咸歎異之。君又見杭州府學大成殿外積土成丘，以爲非宜，言於杭州太守、今陝甘總督文卿譚公，集徒衆，具畚挶，舁而空之，外栽松柏，内植檉柳，攢青蓄翠，彌望翳然，用錢四十萬有奇，而君所出者居大半。是歲，杭人之官京師者輶軒相望也，咸曰：『君此舉之功也。』其後君之孫三人同歲游泮水，造物之報之，亦已優矣。君之居鄉，遇善舉，靡不力。道光己酉歲，杭城災於水，大吏勸分振廩同食，君出錢百萬爲倡，且爲糜粥以食餓者。無何，兵事起，金陵陷，杭人皆聳，富者咸出走，貧民聚而鬨於市，君爲糜粥如曩時。又勸人共爲之，設廠二十，譁訕始息。時以軍興，勸富民輸錢助資糧屝屨，以君總其事，先後得錢無慮數十萬緡。咸豐初，創行海運，而海運之費甚鉅，南北道梗，無敢齎者。浙撫黃壽臣中丞知君才，悉以畀之。君爲運赴天津，如期而至，無所失。至於今，天津海運章程，大半皆君所定也。庚申之春，杭城戒嚴，君已以直隸州牧官江蘇矣。蘇撫徐莊愍公趨君歸，助守城，賊至城陷，旋復。王壯愍公以銀米畀君，使平糶於市，且具槀梩掩胔骼。事已，君以杭地不可居，移家至溫州。而溫有金錢會之亂，溫之士大夫知君與閩撫善，爰介君而請兵焉。閩兵至，溫亂平，閩撫徐清惠公疏請留君於閩，海防鹺政，一以委之，又奉朝命，還溫州治團練，往來甌閩間，所至皆倚之爲重。俄以奉諱歸，五五既畢，乃復傳車駸駕，垂赤帷裳而至於蘇。時蘇撫爲丁雨生中丞，雅重君，使權知震澤縣事。其地濱太湖，莽罠之野，昧莫之垧，素爲萑蒲淵藪。君治事兩年，非特無負旺帶鈴之大盜，雖胠篋發匱者亦鮮有聞，閭閻安堵，棚車鼓笛，相與嬉游，夏稅秋稅，應時而徵，大家牛車，小家擔負，繦屬不絕。邑無逋租，訟庭之上，敲扑不聞，春草生焉。邑之人不呼君以官，咸曰『邵善人』云。君負長才，未獲大用，然試行於百里，其效已如此矣。君雖處脂膏，不以自潤，在杭在蘇，皆賃屋而居，惟先世祠宇燬於兵火，則出巨貲繕完葺之，曰：『將營宮室，宗廟爲先，禮也。』吳下舊有張忠敏公祠，在山塘之上，永康應敏齋方伯，陳臬蘇臺，爲公鄉人，睠懷舊德，爰議重建，以君爲植。鳩工庀材，經之營之，丹楹碧砌，月榭風亭，花木扶梳，泉石映帶。三吳士女，雕軒寶馬，白舫青簾，遨遊其地者，無日無之，蓋亦闔閭城外一勝地矣。君器幹恢宏，綜理微密，凡朋輩中有事，必以屬君。而君亦勇於自任，千緒萬端，略不厭倦。生平矜孤頤老，排難鮮紛，成人之美，不可更僕數。余於《右台仙館筆記》中載杭城某老儒女，亦其一事也。陽施陰德，食報於天。生丈夫子四人：長君誠伯太守，雖不幸早世；次庸仲明府，方爲福建福鼎縣令，政聲卓然；三子爲祥叔茂才，善承家學，兼有幹才；四子尚幼，蓋君六十六歲所生也，其精力之完，固可想見矣。女子子二人。孫七人，孫女十一人，曾孫二人。一堂之上，瑤環瑜珥，斑斕其衣。君與妻王夫人同歲也，而又同月生，黄髮兒齒，望若神仙，降婁之月，歸妹六五爻所值之日，爲縣弧設帨之辰。余自惟童稚之年卽與君相識，至今四十餘載。先兄福寧君與君有異姓昆弟之誼，余亦素以兄事之，以分義而言，固不在諸君子之後，而又舊官柱下，粗習紀載之文，故雖質人不媚，而不能已於言也。惟君近歲以來有左邱失明之疾，人或惜之。余則曰：『此正天之所以壽君也。』孔子不云乎，『仁者壽』，又曰『仁者靜』。壽由於仁，亦由於靜，君之仁足以得壽矣，然其爲人，方圓皆宜，意行如天，乃知者動，而非仁者靜也。今以目疾，閉户獨居，疏篁清簾間，焚香靜坐，含精養神，莫善於此矣。異日者，知白守黑，清光大來，必仍爛爛若巖下電，安知不如庾肩吾之七十以外能辨細書，沈麟士之年過八十於鐙下寫書至二三千卷乎？謂余不信，請懸余文於壁間，行且與君共讀之也。

徐母章太淑人七十壽序

光緒十有三年春正月，皇帝始親理萬機，渙汗其大號，用敷錫厥庶民，凡年自七十以上者，恩詔及焉，而越中徐培之農部適於是年夏爲其母章太淑人稱七十之觴。先是，太淑人以順、直水災輸白金千，助溫拯之資，天子嘉焉，賜『樂善好施』四字旌其門閭。當鞠曆上壽之時，正綽楔告成之後，戚黨聚觀，以爲美談。而余於前一月度錢塘，登會稽，句留五日。式通德之里，望懷清之臺，接芬錯芳，與聞盛事，謹獻小文，爲稱觴侑側。聞太淑人之始設帨也，實於禾中黌舍，蓋其先德廣文君秉鐸於是焉。甫六歲，廣文君授以《女誡》，雞鳴櫛縰，儀如成人，年未及笄，佐母治家，籯筲桶檖，罔不井井。其歸中議公也，君姑在堂，事之，得其歡心，家故居鄉，有水苗數頃，桑柘駢闐，棗圃瓜畦，罫布前後。每遇風和氣晼，草木荑生，輒侍杖履，逍遥於門，雅娘蠶母，從容笑語，山情野趣，老人顧而樂之。謂中議公曰：『有婦若此，汝無内顧憂矣。』又以廣文君老而家居，寂寥寡懽，月必歸省，煮粳蒸魚，進其所嗜，所謂既嫁而孝不衰於親者乎？中議公體故虚孱，頻歲客游，水生風熟，積成疢痗。太淑人馳書請歸，歸而殗殜牀蓐，歷久不瘳，歷三月之久。太淑人扶持抑搔，申旦不寐，行禱五祀，請以身代，而病固不可爲矣。羅綳繡被中，嬌女扶扶，門左桑弧，時猶虚設。中議公顧其嫂馬夫人曰：『嫂異日再舉子，必以後我。』越二年而農部生，又越三年，立以爲後，遵遺命也。太淑人既稱未亡，履霜踐冰，閨門之内，藐然高厲，惟以姑年高，抱其兩女，笑言啞啞，以慰衰暮之心。其視農部，愛如己出，餌餈焉，禮褯焉，必躬治之。及入塾讀書，旦而受業，夕必自鉤稽焉，且爲陳古今孝友事以相忞慔，恆至丙夜乃休。農部金楨玉榦，有聞於時，太淑人之教也。性喜居鄉，而以農部爲學無師友之助，使從其本生父資政公居城中。已而有粵寇之亂，展轉遷徙，傾側擾攘，而奉其姑甘旨無缺。寇亂既定，復歸其鄉，資政公卜新宅於郡城，乃同居焉，與馬夫人分東西院而處，白首怡怡，雖娣姒，猶姊妹也。其後子姓既繁，或謂宜析，太淑人曰：『世衰道喪，父子異部，兄弟別爨，非盛德事也。吾築里閈老矣，忍一日睽乎？』同居如初。當屠維作噩之歲，越中水潦大至，田卒汙萊，以姑命，出粟振之。時太淑人甫年三十有五而已，慨然有風人雨人之志矣。中年以後，有以義舉告者，罔勿應。聞晉豫間大無，發所藏金，以振不足，則銖金寸錦之儲，悉出以助。又命農部以古者勸分之義偏告鄉里，得錢數萬緡。吉人爲善，所及遠矣。癸未七月，大風爲災，瀕海居民用蕩析離居。太淑人憫之，出儲粟數百石，食人之饑，製棉衣數百襲，衣人之寒，屨縷之氓，謳吟盛德，厥聲載路。越中故有清節堂，以惠嫠孀，獨嵊縣闕焉。太淑人命農部鳩集巨資，於嵊縣創建清節堂，籌其經費，定其規制，使其邑人董率之，而後嵊山剡溪間，雪竹霜松，得全其天矣。蓋好行其德，老而不衰如此。至今歲，又以千金助畿輔之振，此樂善好施之坊所以建也。太淑人感天語之褒揚，念民生之墊隘，吾知其施之益廣，而受福之未有艾矣。然其宅心也仁，其持身也義。性不佞佛，聞時有出千金營佛寺者，心非之。又嘗有旱魃之虐，鄉里訛傳，一夕數驚。太淑人援引古事，曉譬百端，人心始定。仁者必有勇，巾幗之中，亦有然乎。太淑人生於仲夏之月，爍金熠玉之辰，非鱠玉虀金之日，乃以閏月之吉，豫進眉黎臺鮐之祝，禮也。太淑人恭儉好禮，饌肥鱻以奉之，勿甘也，鏗金絲以娛之，勿聽也，然則瓌瑋連犿之辭，亦豈其所樂聞哉？惟念聖天子方敬奉皇太后，琱輿彩仗，鳴玉慈庭，而士大夫家亦有眉壽之母，焜耀於黃玉綠純之册，此邦家之光，非閭里之榮。余舊史氏也，烏可以不紀？太淑人年愈高，德愈劭，異時由八九十以至期頤，疊吏上聞，璽書下逮，樂善好施之外，當更有大書特書不一書者，余請執筆以待。

徐母沈太夫人七十壽序

國家義征仁育，咫尺八紘，輶車朱軒，交於海外。而扶木陽州，日之所嘳，有古建國焉，與我異軫而同文。天子曰：『於戲，是非學有經法、通知時事者，不可使往。』而徐君實承命以行。先是，君用漢臣徐樂故事上書言世事，朝論韙之，乃由二千石晉階觀察使，錫用二品冠服，假鉦鼓，給角符，張旜出境，以臨湯谷之阿，蓋異數也。瀕行，皇太后召見，授以意指，并垂詢家世，知君有老母，問年齒如干。君因奏：『臣兄承禧官福建福安縣知縣，母就養在閩，臣離膝下久，願乞一月假省視起居。』天語俞焉。及行，次滬瀆，而三韓小有警，有詔趣行，毋宿留。乃輟閩行，而使星遂東矣。君既至，雍容敦雅，而綜事精良，遽書警奏，衎衎辯舉。彼都人士咸曰：『古之膚使也。』而君望虎門之崱屴，緬榕樹之槮槎，不能無白雲親舍之思。至今歲而太夫人行年七十有五矣，降婁之月，豐鐘始鳴之日，乃其設帨之辰也。於是幕府諸君聚而謀曰：古人稱觴上壽，非有常期，後世必以十年爲期，則太疏闊矣。今七十有五，是介乎七八十之間，其在《太玄》『視』之次五曰『鸞鳳紛如，厥德暉如』，斯之謂矣。宜進一言爲太夫人壽，而授簡於余。余因憶唐人許棠有《送金吾侍御奉使日東》詩，其起句云『還鄉兼作使，到日倍榮親』，此與君初意正合。其末句云『膝下知難住，金章已繫身』，雖當日情事不可知，然以奉使鑿行，不獲奉盤盂、侍几杖，則又君今日事也。《詩》不云乎，『王事靡盬，不遑將母』，古之使臣，四牡騑騑，倭遲周道，曷嘗一日不思其親哉？又曰：『是用作歌，將母來諗。』然則諸君子謀以文爲太夫人壽，或亦作歌諗母之意也。而余安可以無言？竊聞太夫人之歸贈光祿公彝舟先生也，年甫十有九，事尊章以孝，處築里以和，御臧甬以寬而有制。贈公常游學於外，家事悉以委之，上而營節羹𠛱粥之薦，下而具韭芼梅蘇之饌，籯筥桶檧焉，鍼管線纊焉，褺積褰縐，具有條理。贈公無内顧憂，枕經籍書，鑽堅研微，朝益暮習，於學大進，遂入詞垣，躋臺諫，一麾出守，逾飛鸞之渡，登龍首之山。太夫人從之，主持内政，一遵禮法。其在京邸，躬操井臼，有桓少君風；其莅大郡，以義相導，有東廂參語之益。教督諸子，肅若嚴君，小逾繩檢，譴訶隨之，曰：『吾不爲姑息之愛，冀汝曹早自成立也。』諸子咸稟其教，金友玉昆，輝映於時。其長君官閩中，歷宰劇邑，攝司馬，遷刺史，七閩以幹翮稱。太夫人版輿就養，每至必如雋不疑母，問平反幾何人，又如陶士行母，雖一坩鮓必封還之。遂使境内稱慈父，鄰州號神君，積優成陟，五馬雙旌，在指顧間矣。太夫人以爲家本寒素，而雲搏水擊，鬱爲鼎門，感先澤之留貽，念國恩之優渥，宜益忞慎，以報生成。方君之既乞假而又不果歸也，人或惜之，曰：『使得遂晝錦之願，則如韓魏公之築堂而名曰榮歸，不亦美乎？』太夫人曰：『不然。獨不聞霍去病「何以家爲」之語歟？』乃爲書以誡君曰：『爾盡心於爾職，毋以我爲念。』又謂其幼子：『爾齒非稚矣，且既以縣令注銓部籍，亦宜閱歷，以練其才。』乃命隨君東渡焉。惟時三子皆森然自立，太夫人安神閨房，康強逢吉。子女各三，孫則備荀氏八龍之數，瑤環瑜珥，蘭茁其芽，偶一謦欬，男唯女俞，爭相承應，亦可謂極天倫之樂矣。而太夫人又潛心内典，修植善根，一室之中，掃地焚香，持木患子，誦佛名號，或帀一月不知肉味，伊蒲素饌，佐以茶荈，如是而已。夫壽由於仁，即由於靜。太夫人精文善法，悉已通曉，三業清淨，如清水珠，所謂『法身常住，湛然不動』者，將於此乎在。然則其壽豈可量歟？方今聖天子以孝治天下，琱輿彩仗，鳴玉慈庭，錫類之仁，溥及宇内。凡大臣壽母，每拜靈壽，上尊之賜。太夫人由八九十而至期頤，其被馮親、荀母之褒，而膺金尊玉杖之慶者，當更有進今者。鞠䏧一尊，雲璈三奏，其猶賓之初筵乎！余前舉許棠之詩，惜所謂『金吾侍御』者，未知何人；然其詩有云：『向化雖多國，如公有幾人。』意其爲人亦必無忝厥職者也。願君宣布德意，奉揚威棱，以副聖天子臨軒遣使之意，而即以無負慈母平時之教。太夫人當亦爲之欣然進一觴也。《宋史·天文志》云：『天節八星，主使臣持節，宣威四方，明大則使者忠。』余登高東望，當見老人一星與天節八星同炳然於常羊之維矣。

王星垣祖母程孺人八十壽序

往歲，瞿子玖學士視學吾浙，招致兩浙高才生二十人，肄業詁經精舍，而王生舟瑶字星垣者與焉。時余忝主詁經講席，星垣乃以士相見之禮來見於余，余始知有星垣矣。及閲每月課卷，星垣輒居高等，歲在己丑，星垣登賢書。其明年，計偕北上，行次滬瀆，寓書於余，言其祖母程孺人年八十矣，其父介軒君將以一樽爲壽，而欲得余一言以侑之，命星垣以請。星垣之言曰：吾祖母生有淑德，年及笄歸我先王父贈徵仕郎笑山公。笑山公少時喜任俠，重意氣，友朋有過輒面斥之，不少假借，遇不平之事，面赤髮盡，豎氣𤻚然不能下，雖遇有勢力者弗爲屈。而吾先曾王父耕雲公則治有宋諸儒之書，眴眴如畏，進止不失尺寸，視先王父之所爲弗善也，居恆獨處，每結轖不自得。太孺人心知之，遇事曲爲解説，必使釋然而後已。先曾王父語曾王母曰：『吾得此婦，吾始無憂矣。』嗟乎，此兩公者，皆賢者也，然父儒子俠，儼若冰炭，而孺人以一婦人周旋其間，使兩不齟齬，可不謂賢歟？星垣又曰：吾祖母靜穆寡言笑，於人無所臧否，故戚黨無間言，一家數十口，自子、婦以至曾孫、曾孫婦，下逮臧獲，未嘗一言譴訶之，有不當意，默然獨坐而已，尋亦自解，無宿怒焉。家素貧窶，先大父既没，至不能具饔飧，怡然曰：『以吾家累世清德，當不至餓死，何戚戚爲？』自瑶也饟於庠，又舉於鄉，家乃稍裕，然處之亦仍如前，未見有欣幸之色也。其沈靜安貧又如此。星垣又曰：吾自少卽喜讀春在堂書，然其時止治詞章，所讀者詩文而已。近則稍知治經，乃盡發兩《平議》、兩《褉纂》及《弟一樓叢書》而讀之，又幸得肄業精舍，獲在門下士之列，先生亦鑒吾十餘年嚮往之心，不我拒乎？余年來衰朽多病，酬應文字，率謝不作，至壽言則輟筆久矣。然以星垣惓惓之情，又未忍固拒也。乃撰次其言，俾呈其尊甫介軒君，誦於其祖母之前，或當欣然而釂一觴乎。

陳海樓先生八十有四壽序

光緒十有五年，天子始親理萬機，詔開慶科，加惠橫舍之士。越明年，太歲在上章攝提格，天下士之歌鹿鳴而來者，咸試於春官。而桂平陳海樓先生，霜髯華髮，翩然來思，授簡抽豪，文辭爾雅，見者驚歎，以爲神仙中人。於是容臺之長循例以聞，天子曰：『俞哉！其賜以進士出身。』先是，著雍困敦之歲，先生與茂才異等同試於鄉，賓拜恩命，得與郡國孝廉之舉，至是而慈恩題名，聞喜預宴，與裴頭黃尾，同在春風得意之中。蓋桂林一枝，杏花一色，皆璽書所賜焉，誠異數也。朝廷以皤皤之良，華首之老，經術優長，宜爲士林所矜式，制詔授先生爲國子監學正，環林圜海中，祁祁生徒，見其鬚眉皓白，衣冠甚偉，皆聳然異之。是年，天子二旬萬壽，嘉與海内眉黎耋鮐諸壽俊同游於福塗。而先生行年八十有四矣，服其命服，衣繡南歸，適其次子紫元大令方駐鳧騎於餘不之溪，彈琴詠風，不勞而治。先生喜大令治理之有成，又以其地山水之可愛，扶鳩杖，駕安車，從容莅止。仲秋之月，二旬有一日，是日戊午，按之憲書，福生金匱，吉曜所臨，乃先生懸弧之日也。大令於是陳酒殽以甘之，鏗金絲以樂之，一時珠履之賓朋，布衣之父老，無不踵門而拜曰：『盛哉斯會乎！』於是邑人俞樾進而言曰：自李唐以來，惟以進士爲重，劉司户、羅江東有終身不得者矣。先生以耄年而獲斯榮遇，亦知其所自來乎。先生幼而穎悟，年十有八卽補博士弟子員，歲科兩試，必列前茅，而入鄉闈者十有四，其得與房薦者六，中歲始饇於庠，六十四歲始由歲貢以校官注選籍，而興廉舉孝，迄未得與。光緒丙戌，年已八十，重游泮宫，嗣是雲搖風舉，直上青雲，何先之屯而後之亨乎？乃其積者厚而流者光也。其家本素封，至先生而已中落，惟藉脩脯以養親。然仰承親意，見善必爲，宗族交游有匱乏者周之，廢絶者續之，鄉里義舉，贊而成之，至老不衰。而當軍興之際，諸搢紳所設各局，招與同事，先生則辭弗就。及賊平，皆謀得奬敘，又問所欲，先生又辭弗受。自幼卽務儉約，所館雖在百里之遠，徒步往返，不假輿馬。生平書籍之外，不畜玩物。咸、同間，寇氛密邇，奉其老親，挈其細弱，奔走流離，殆及十年。而縹囊緗帙，必以自隨，人問其故，曰：『此猶農夫之穀種耳。』有時猝與賊遇，賊指目之曰：『此鄉里善人也，戒勿犯。』雖鄭康成之黄巾羅拜，何以加兹乎？紫元大令出爲先生弟後，而教養仍自任之。癸酉歲，大令舉於鄉，至丙子，以揀選知縣恭遇覃恩。先生得貤封奉直大夫，蓋已膺綸綍之榮矣。先生長孫又納粟得少尹，方七十稱觴時，一門鼎盛，三黨榮之，至是又十年。有孫二人，曾孫二人，元孫一人，五代一堂，爲熙朝人瑞。先生名附巍科，身膺清秩，康強逢吉，眉壽無疆，非其積德之報歟？由是而九十，而百歲，恭遇國家萬壽大典，先生入都祝嘏，必有加命之恩。乾隆間，廣東謝鴻臚啓祚九十九歲會試，賜進士，授司業，又三年，以祝釐晉秩鴻臚卿，拜命南歸，鶴髮童顔，錦衣玉帶，道旁觀者，望若天人。先生殆將與之同乎？廣東廣西，固同鄉也，百餘年内，後先相望，是邦家之光，非徒閭里之榮矣。余小於先生者十有四歲，或猶及見之，當更執筆而紀其盛也。

書黄牛廟碑後

諸葛武侯，爲三代下第一人，世以伊、呂比之。至其翰墨，世不多見，但傳其能畫而已。顧君廉軍從湖北歸，示余《黄牛廟碑》，無書撰人姓名，亦無年月，然其發端云『僕躬耕南陽之畮』，則爲武侯所書明矣。碑云：『趨蜀道，履黄牛，石壁間有神像，宛如采畫。前豎一旌，旌右駐一黄犢。古傳黄龍助禹開江，信不誣也。』乃知此碑卽爲黄牛灘而立。按《水經·江水》篇，『江水又東逕黄牛山下，有灘名曰黄牛灘。高崖間有石，色如人負刀牽牛，人黑牛黄，成就分明』。此巖旣高，加以江湍迂迴，雖途經信宿，猶望見此物，故行者謡曰：『朝發黄牛，暮宿黄牛。三朝三暮，黄牛如故。』然則黄牛之廟在此無疑。宋陸游《入蜀記》但言黄牛廟有張文忠贊，不言有此，何也？余問何從得之。曰：是碑在湖北歸州黄陵磯黄陵廟，甲戌之歲，羅笏臣鎮軍修廟，得之於破壁。則余又有所疑者。黄牛、黄陵，固非一廟，黄牛之廟祀佐禹治水之神，黄陵之廟則祀舜妃。《水經注·湘水》篇曰：『湘水又北逕黄陵亭西，右合黄陵水口。其水上承大湖，湖水西逕二妃廟，世謂之黄陵廟。』然則黄牛廟以黄牛山得名，黄陵廟以黄陵水得名，《水經》分載於江水、湘水二篇，明非一地，何爲黄牛之碑得於黄陵之廟乎？然筆法奇逸，雅可愛玩，果出武侯，亦宇宙間一奇蹟矣。余陋，不能辨别，姑書此，質之信而好古者。

潘伯寅尚書齊堉拓本跋

伯寅尚書示我齊堉拓本。其文有曰：『命作堉』。其字張孝達中丞定爲『韶』字，可謂卓見。又得吳清卿奉常疏證之，更無疑義矣。其引盂鼎『』字爲此字之最古而文最備者，余以其説推之。竊謂：此實古『劭』字也。中從『』，蓋尊彝重器，上從『』，下從『』，四手奉持之，有勉力之義。《説文》云：『劭，勉也。』是其義也。又曰：『讀若舜樂《韶》。』凡《説文》讀若之字，古卽通用，説本錢氏《潛研堂集》。然則古書『韶』字或假『磬』，或假『招』，或假『昭』，而以此器假『劭』爲之，尤爲密合矣。余深喜清卿此論，而微嫌其以此爲古『紹』字，其義稍涉迂曲，故申論之。惜清卿方駐西陲，未及與之共論也。

周雲笈太守遺墨跋

余與君同娶於仁和姚氏，蓋皆吾舅氏平泉先生之女也。故余與君幼相習，亦最相得。自居鄉里及游京師，未嘗不與俱也。君以知縣之江西，賦詩四章留別，余再和之。及君死安義之難，余爲五言詩七十韻哭之，又爲君作《家傳》。其聲音笑貌，宛然在目，而君墓木已拱，余亦老矣。內子姚夫人先我而卒，而其女兄之歸於君者，余外姊也，今猶康強無恙。去年來吳中，過我春在堂，白髮青裙，縱談疇昔，蓋距君之卒三十年矣。君所爲詩文甚多，又有書一卷説《周易》，今皆亡佚。尤工於書，得吾舅氏平泉先生之傳，亦無一字之存。今年夏，其季子子雲孝廉示我此卷，乃君遺墨之僅存者也。其中紈扇面一，雖字不盈百，而篆隸真行皆備。又殿試卷數幅，君居京師所書也。嗚呼，以君之成仁取義，不愧古之烈士，書雖不工，猶可傳焉，矧其書之工又如此乎！觀君之書，想君之爲人，雖無半面之識者，猶敬且慕焉，矧余與君幼相習又最相得者乎！因題其端曰『周雲笈太守遺墨』而又書此於其後，曰『太守』者，君贈官也。君有三子，仲早卒。長曰元鼎，襲雲騎尉。季曰元瑞，同治丙子舉人，即子雲也。嗜學工文，能繼君之志。君事實詳余所撰《家傳》，因屬女壻許子原寫一通，附此卷中，俾觀者有以考其爲人。子原方習書白摺，即用此書之，與君所書殿卷相映生色矣。

湯伯繁茂才頤瑣室題榜跋

班孟堅《典引》云：『微胡瑣而不頤。』王懷祖先生破『微』爲『徽』，厥義乃顯。徽者，善也。言善雖小，而必養也。善不積不足以成名，小人以小善爲無益而弗爲，由不知瑣之宜頤耳。苟知瑣之宜頤，則得一善，拳拳服膺而弗失之矣。湯子伯繁以『頤瑣』名其室，屬余書榜，余因爲説此義。楊子《太玄》擬『頤』卦作『養』，贊其初一曰『美厥靈根』，其次三曰『育厥根荄』。根也，荄也，而即有以養之頤瑣也夫。

李公隄記

吳，故澤國也，淺者沮洳，深者泂洑，其大者灝漾潢瀁，彌望無涯。雖饒荷葰芰蓮之利，亦極疊淄盤渦之險。出葑門不十里，有金雞湖焉，元和縣所轄也，東西廣六里，南北袤十里，東達斜塘，西至黄石橋，南連獨墅，北通婁江。有花柳村者，介其中央，遂分一湖而二之，於是有南湖、北湖之名矣。巨艑小艓，往來如織，而南湖尤爲通津。每當北籟怒號，回飆驟發，經由其地者，波而上，搖而下，檣摧楫傾，帆欹柁側，長年三老，視爲畏塗。南北兩岸，並有田疇，頑飈嚙隄，怒流溢入，則綠原青隴，化爲汙渠。邑人聚謀，宜築隄湖中，以翻其勢，有倡無應，厥功不成。邑侯李公超瓊，下車之始，諮訪疾苦，以興穮利氓爲己任。於是，邑之士大夫，吳君大根、吳君嘉椿、沈君寶恆、潘君祖謙、沈君國琛、尤君先甲、張君履謙等，僉以築隄爲請。會是歲霪雨爲災，朝廷發内帑以振之，又開振捐之例，集貲以助之。振畢而貲有餘，乃言於臺司，發所餘銀一萬兩以成斯舉，張君履謙先出錢二百萬，沈君國琛亦出錢一百萬，備鳩工庀材之用。且役貧民無食者，俾食其力，故工不浮；運城市碎瓦殘甓以實隄身，故財不費。潘君祖謙、張君履謙總其成，沈君國琛與胡君秉璠、張君毓慶董其役，故農事不傷而民胥勸。越一載隄成，西隄自黄石橋東口至花柳村，長三百六十一丈，東隄自花柳村至斜塘西口，長三百一十九丈，共用錢一千八百萬有奇。護以茭蘆，守以漁滬，蔭以桃李，登隄而望，則南湖北湖，柔文碎浪，湔湔其波，楫馬船車，如行几席，夾岸數十里，原隰龍鱗，有濡腴澤槁之功，無鑽厓潰山之患。咸喟然而歎曰：『美哉斯舉乎！』昔滑州有陳公隄，臨安及惠州均有蘇公隄，爰用其例，名之曰李公隄。余旅居茲土，樂觀厥成。念漢時李翕《西狹》及《郙閣》，咸刻石勒名，傳示後世，作而不記，後世胡述。因著本末，用諗方來。

西湖痘神祠記

古無『痘』字，然明吴洪有《痘疹會編》，載《明史·藝文志》。張介賓有《痘疹詮》，爲《景岳全書》第七種，《四庫》著録焉。然則『痘』雖俗字，而不可廢矣。康熙間，詔修《字典》，乃據《字彙》增入之，古字滋乳寖多，類如此也。痘之所由起，或謂始於東漢建武時，此固不可考，而《北史·崔瞻傳》云『瞻經熱病，面多瘢痕』，是卽痘也。其時未有痘名，謂之熱病而已。蓋自南北朝以來，已爲嬰兒之通病，後人以某形似豆，謂之『豌豆瘡』，此豆之名所由得，而『痘』之字所從出也。雍正間《欽定圖書集成》，痘疹一門，多至四十二卷，元朱氏原痘之賦，明萬氏原痘之論，皆備載無遺。翟良《痘科釋意》云：痘之一證，其名不一，或曰天瘡，以其爲天行疫癘，或曰聖瘡，以其變化莫測，夫以天之所行，而又變化莫測，則有神以主之明矣。吾浙吴山，舊有痘神祠，其神爲男像，不知爲何人，亦莫知其所自始。亂後祠毁，至光緒辛亥〔二〕，方伯合肥龔公新建於西湖六一泉之左、廣化寺之側，始改女像，非創也，蓋有因也。先是，咸豐、同治間，廬郡陷於賊。公家合肥之北鄉，練鄉兵以衛桑梓，築堡以自固。壬戌十二月，賊來益亟，鄉人入堡避賊者以萬計。公於風雪中，躬率鄰里子弟，日夜守禦。明年春，賊未退而疫癘大作，又繼以痘，童穉猶或倖免，成人而痘，十無一生。無何，公亦病，病而痘象見，僉以爲危。公迷悶萬狀，時呼焚香，痘所忌也，不得已，從之。公張目，見一中年婦人，衣巾皆青，自門而入，啓幃而視，隔衣以手撫公，自頂至踵，既畢而去。公覺胷膈稍舒，疑爲某氏嫂也。問侍者，侍者以爲譫語，姑應曰：「然。」明日，婦又至，撫視如前。婦去，而公一身之痘畢見，其色紅潤。醫來皆賀，貫漿結靨，旬日而瘥。然問所謂某氏嫂者，始終未一至房中也。公始悟所見爲痘神矣，繪其像而事之。其後歷官所至，每思立廟以祀焉，懼涉怪異，未果。及至杭，與丁君松生言之，丁君固博雅士也，語公曰：「痘神爲女像，信而有徵。」乃出《衢州府西安縣志》示公曰：「『貞烈、仁孝、司痘夫人廟，往茭池塘，建自前明，有黃淳耀所著《三夫人事蹟考》，云：三夫人者，後周太祖時指揮馬全忠、李德裕、林世英之女也。時有張憲文，聚黨爲亂，犯潁州城，全忠等守潁，三夫人從焉。賊勢盛，不能守，三公謂三女曰：「我等惟一死耳，奈若何？」三女應曰：「亦惟一死。」同日自剄。宋神宗時，皇子出痘，甚危。神宗禱於神，恍惚如見三夫人之神於慶雲宮，夜夢人語曰：「所見三夫人，乃司痘之神也。」於是命有司祀之而錫封焉。此痘神爲女像之明證也。潁、廬二郡，相距非遠，夫人以痘爲職，公有令德厚福，宜來呵護，況又公之鄉人乎？公所見必三夫人之一矣。』」公聞而大悦，建痘神祠，改女像，從丁君之説也。舊史氏俞樾美之曰：是舉有三善焉。報德，一也，表微，二也，爲浙人造福，三也。每歲之春，江浙間至杭州，禮佛者無慮萬億數，過是祠，必焚香致敬而去，從此髫年丱日，各遂其生，無以痘殤者，於聖朝保赤之仁，或亦有裨歟？是宜有記，以告來世，因述本末，刊貞石焉。

【校記】

〔一〕光緒辛亥，光緒間無辛亥年，此處必誤。按，合肥龔照瑗光緒十六年庚寅、十七年辛卯任浙江按察使，此處『辛亥』或即『辛卯』之誤，惟龔氏爲按察使，非布政使（『方伯』）。

彭楊二公祠記

昔在咸豐之初，大盜萌芽於粤西，竄穴於金陵，蔓延於常羊之維。於是曾文正公奉命討賊，大治水師，自武漢轉戰而下，卒藉其力，繳大風而誅窫窳。而當時左右文正公以剏立水師者，則彭剛直、楊勇慤兩公也，軍中有『彭楊』之號。其後，兩公勳業日盛。楊公累官至陝甘總督，陳情歸養。彭公則歷拜安徽巡撫、漕運總督、兵部侍郎、兵部尚書，皆辭不就。而朝廷倚以爲重，雖不責以官守，仍命每歲巡閱長江。及公自廣東督師歸，已攖痼疾，而力疾巡江，又歷三載，所至不陳輿衛，輕舟小艓，往來烟水之中。每至北固山，覽其形勝，慨然曰：『昔人稱此爲第一江山，洵不誣也。兵火之後，名蹟邱墟，何時復其舊觀乎？』時黄幼農觀察權常鎮通海道，駐京口。公語及之，觀察已陰有修復之志，而力未逮。光緒十六年，彭公薨，無何，楊公亦薨。聖朝追念前勞，詔於立功所在建立專祠，長江五千里，皆兩公百戰之所，議卜地而建祠焉。觀察是時已拜真除之命，乃述彭公之語，昌言於衆。維時統領新兵平字全軍記名提督易公至忠、瓜洲鎮總兵吳公家榜暨鎮江府知府福公福通，咸與聞之，僉曰：『欲祀彭公，無以易北固山矣。』雖然，奉公之祀，宜體公之志，乃先葺行宫，次及關帝廟、觀音閣、三賢祠，又次及多景、凌雲、石帆樓諸勝蹟，公前此所慨然興歎者，悉復其舊。然後於石帆樓之側建立彭公祠，而於其左別築楊公祠，是爲彭、楊兩公祠。祠成，求記於余。余於楊公素景其威名，而未克修相見之禮。至於彭公，則交逾骨肉，二十餘年，既以道義相結納，又重之以昏姻，至今聲音笑貌，猶依然在目，孰知公已廟食千秋乎？既承諸公之命，不敢以不文辭。竊謂：諸公此舉有三善焉，未建公祠，先葺行宫，尊君焉，禮也，此一善也；祀典所在，以及山中諸名蹟，一律修復，守土者之職也，此二善也；既成公志，乃建公祠，而又并建楊公祠，使兩公生則同受櫛沐之勞，殁則同膺俎豆之報，以稱朝廷眷念藎臣之意，而副士民報功崇德之心，此三善也。是役凡用白金一萬兩有奇，經始於庚寅孟秋，六閱月而畢工。謹述都較，刻之貞石，并援漢碑之例，其出資助建者，自王方伯之春以下，其監視工作者，自易鎮軍文光以下，咸列碑陰，垂示百世。而系以銘，銘曰：

京口三山，北固爲主。金焦客之，鼎足而處。北固巖巖，茲惟中峯。翠華南來，建立行宫。石帆諸樓，各擅其勝。第一江山，斯名允稱。自經兵燹，化爲丘墟。白髮尚書，爲之唏嘘。曾幾何時，舊觀皆復。祠彭及楊，籩豆有肅。登臨其地，緬想英風。艱難百戰，成此豐功。盛名赫赫，崇祠翼翼。長與茲山，永永無極。

長洲俞氏義莊記

士大夫家之有義莊，世知始於范文正公，而不知同其時有鉛山劉輝，輝買田數百畝，以養族人之不能自生者，縣大夫爲名其里曰『義榮社』。王闢之《澠水燕談》曾紀其事，且云：范文正、吴文肅，皆既登兩府而後能成義田。輝於初仕，家無餘資，能力爲之，士君子以爲難。然輝在嘉祐中連冠國庠，崇政殿試，又爲第一，得大理評事，簽書建康軍判官，是其官雖不甚顯要，亦仕籍中人也，而當時士大夫已歎其難，然則若今長洲俞氏者，其視鉛山劉氏尤難矣。俞君名文霔，字景初，世居長洲之北鄉。吴中風俗，以豪侈相尚，鄉之富厚者，率皆靡衣鮮食，交結城中勢要，以誇耀閭左。君獨不然，酒食徵逐之事，皆謝不爲，有以非禮干求者，唾斥尤力。而凡橋梁、道路之傾圮者，疾病死喪之顛連無告者，不聞則已，聞之必引爲己任。而其一生所致力者，尤在義莊一事。先是，其祖諱天瑞，其父諱世禄，皆議立義莊，有志未逮。及君而踵成之，置田五百有五畝，歲入其租，以贍族人，婚喪有助焉，鰥寡孤獨有養焉，余雖未得其詳，而大略如此。是能得葛藟庇本之義者矣。余居吴下久，吴士大夫慕范文正高義，建立義莊，如潘氏、顧氏，後先相望，然其人皆累世仕宦之家，成此猶易耳。俞君隱居不仕，而規制之宏，條理之密，亦與之埒，此吾所謂視鉛山劉氏尤難者也。余嘗考吾俞氏爲鄭公子俞彌之後，蓋出於鄭七穆，而緜歷數千年，姓不甚顯，近時列仕籍者亦頗寥落。聞俞君此舉，歎美不置。竊謂：有劉氏義榮之風。在俞君固以爲義，非以爲榮，然以義而榮，其爲榮也滋大，亦足爲吾俞氏之光矣。故記其事，以示其子孫，且以風當世，使人人皆如俞君之用心，以求合於古所謂睦婣任恤者，其於聖世化民成俗之道，或亦有裨歟？

連氏義莊記

光緒十有二年十二月丙子，浙江巡撫以紹興府上虞縣連氏義莊事上聞。詔下禮部議。明年閏四月甲寅，禮部議請以『樂善好施』四字旌其門。越三日丙辰，報可。於是由禮部行浙江巡撫下所由，建綽楔，如律令。而連氏義莊，於是大著，不獨浙東西户知之，四海之内，莫不知浙東有連氏義莊矣。連氏居上虞之西鄉，其地曰松夏，聚族於斯，垂三百年。嘉慶中，有官四川忠州直隸州者，厥諱彭年，能舉其職，以昌其子孫。樂川先生諱仲愚者，其孫也。先生器識淵深，材榦開祏，所居面曹娥江而負海，江海兩塘，皆恃先生以爲固。先生奔走從事，自壯至老不倦。晚歲，立管塘會，建捍海樓，捐田三百畝爲之費。已而，慨然曰：『親親仁民，事有本末，吾族巨矣。貧富僾互，瓶罄罍恥，可無念乎？』謀買田千畝以贍其族，而力未逮，僅得其半，此連氏義莊之大輅權輿也。先生歿，而諸子皆善繼善述，奉承先志，不敢失隊。卒成其事者，曰芳，曰蘅，乃先生第二、第六子也。於是義莊之制大備。不惟是舉族賴之，雖鄰近異姓者，鰥寡孤獨有養，喪葬婚嫁有助，饑者有食，寒者有衣，病有醫藥，死有棺槥，置義冢以免暴露，置水龍以備焚燎。都凡義田一千一百餘畝，其管塘會之三百畝如故，而又有楚香居祀田一百十一畝，則先生在日所置，以祭其伯父省之公者也。又有曹娥江趙村義渡田二十五畝，則芳等推先生之意而爲之者也。其爲田也，共一千五百餘畝，爰乃建立義莊。其中有堂，命曰敬睦，爲族人會聚之所。倉廩井匽，罔不備具，敬祖睦族，賙急矜無，其意念深矣，其規制宏矣。義莊之設，人知始於吳中范氏，而不知同時鉛山劉氏有義榮社，亦卽義莊也。今連氏此舉，始於其族，推及於其鄉，可謂義矣；達於有司，上於大府，聞於朝廷，可謂榮矣。其卽劉氏『義榮』之義乎！君子知連氏之澤孔長也。

新市鎮仙潭書院記

德清縣東北四十五里有新市鎮焉，晉永嘉中自縣東南之陸市來徙於此，故有新市之名。宋元以來，人文輩出，如陳聲伯之風節，唐灝儒之理學，皆足爲桑梓增重。後起之秀，亦蔚然可觀。凡吾邑應試之士，新市一鎮，率居其半焉。咸豐之季，東南各行省通都大邑皆陷於賊，而新市獨完。嗣是休養生息，日益饒衍，商賈駢坒，士女頒斌，背窊就隆，罔不肸飾。而自永嘉以來，千數百年，竟無一人興設學館，建立講堂，俾秀艾之士得以諷誦其中，斯非其大闕歟？鎮人鍾桂溪廣文，余同入學之老友也，富而好義，每有義舉，悉以自任。念縣城雖有清溪書院，而鎮距城遠，握素懷鉛，就試非便，乃於鎮之東南隅購得黃氏廢地，創建仙潭文社，爲門塾三間，爲講堂三間，爲齋舍三間。廊廡迴環，庖湢悉具，凡用制錢一千二百餘千。卽議籌備經費，爲山長束脩、生童膏火之費，有志未逮而卒。其哲嗣聽泉司馬選青，痌先志之未償，惜斯舉之中輟，捐錢二千緡以成之。有俞石林州丞錫麒者，與鍾氏有連，且與聽泉同志，捐錢一千緡以助之。又別募集錢一千緡，資費牨足，課事肇興，易其名曰『仙潭書院』。趙君斯澿聞而慕之，以其故父理問君恩銘遺命，助錢二千緡； 而聽泉又秉其故母沈宜人遺命，以釵鐶衣服易錢五百千，買程氏屋一區，歲收其租，助入書院。 於是仙潭書院規制大備。 余感廣文君之有志竟成，而又嘉聽泉之能成先志，爲言於撫軍崧鎮青中丞，每歲自中丞以下，均按月行課，與省中三書院等。 此外府外縣所無，惟吾郡菱湖、鎮之龍湖書院則然。 余援以爲請，中丞從焉，士林頗以爲榮。 於是聽泉言於余曰：『是不可以無記。』乃述本末記於石，俾後人知鍾氏父子經始之勞，與俞、趙兩君贊助之力。 肄業是院者，爭自磨勵，以副聖朝教育人材之至意，則豈獨一鎮之幸，抑亦吾邑之光矣。

盛氏留園義莊記

盛旭人方伯於本籍建設拙園義莊，同治七年，江蘇巡撫以聞，詔旌如律。 而吴縣馮景庭先生爲之記，海内固皆知有武進盛氏義莊矣。 越六年，方伯於蘇州閶門外買得劉氏寒碧山莊而修治之，易其名曰留園，余所爲作《留園記》者也。 於是乎方伯又建立義莊，而即以留園名。 余問：『與拙園義莊同乎？ 異乎？』曰：『異。』問其所以異，曰：『拙園義莊，吾承先祖資政公、先本生祖中議公暨吾父海寧公之遺志而成者也，故溥及於一族之人，而以周卹窮乏爲主，若其家不貧，或貧而猶能自食其力者不得與焉。 至留園義莊則異是。 蓋拙園者，吾父海寧公晚年之號，而留園則吾爲之而吾名之者也，故留園義莊以吾爲始。 有田若干畝，有屋若干區，以及園中亭榭池沼，咸隸義莊，萃校一歲所入而十分之，以其一歸拙園義莊，凡出自吾祖者，嫁娶喪葬皆有助； 以其一歸家善堂，是堂之設，即在留園之旁，親戚故舊，有無緩急，取給於此；其餘八分，則凡吾之子若孫若曾孫元孫以至仍孫雲孫而推之於無窮，不論貧富皆與焉。故自吾今日觀之，似涉於私，在子子孫孫世守之，則仍大公而無私也。』余聞而歎曰：『大哉斯舉乎！美哉斯舉乎！』錢公輔《范氏義莊記》但言：聚族九十口，日食人一升，無貧富之差。文正起家孤寒，此九十口者，必皆貧乏。若後人踵而行之，似非周急不繼富之義。盛氏拙園義莊，專以周卹爲事，此法范莊而變通之者也。然留園義莊之設，則自吾今日而視後世子孫，豈能逆計其爲貧爲富而差等之乎？仍循范氏舊章，於事爲宜，於理爲合，而自有此舉，則子孫世守，無敢失墜，君子之澤爲無窮矣。昔李德裕爲《平泉記》，曰：『鬻平泉者，非吾子孫也；以平泉一樹一石與人者，非佳子弟也。』贊皇雖有此記，而不能禁子孫之不鬻，若能如方伯之所爲，則雖平泉至今存可也。余於此舉，所以大而美之也。余既爲《留園記》，則於義莊亦不可以不記，因述方伯之言而爲之記。

上海應公祠記

光緒十六年九月丙子，前江蘇按察使永康應公卒於杭州。公之來杭，以振務也，朝廷以爲合於古者以死勤事之義，優詔賜卹，贈内閣學士銜。於是兩浙之民咸歎公振贍之舉未竟厥施，若失慈父母，而三吳之民則尤謳思勿衰。蓋公之政績，全在江南，而其爲大局所關者，尤在上海。咸豐、同治間，大盜起於粵西，蔓延東南，而卒藉上海一隅，爲旋乾轉坤之樞紐，其時師武臣力、赫然稱中興元功者，後先相望，而完殘奮怯，以迎王師，則公之功爲多。吳中耆老大夫搢紳先生之徒，環而言於直隸總督大學士李公，請於上海建公專祠，以李公與公同事於滬者也。李公言於朝，疏入，報可，逾年祠成，咸曰：『是宜有記。』樾，舊史氏也，又與公爲同歲生，誼不得而辭，乃爲記曰：公諱寶時，字敏齋，浙江永康人。道光二十四年恩科舉人，咸豐二年考取國子監學正學録，已而就職直隸州州同，分發江蘇。公少時即落落有大志，喜談兵，講求戰守之略，既至蘇，時軍事已起，隨同在籍侍郎龐公創辦鄉團，率團勇收復松江府城，擢直隸州知州，賜花翎。其時江浙皆陷於賊，惟上海僅存，士民避地者麕集，無慮數百萬。而西洋大賈挾重貲，陳異物，繁富夥夠，仍如平時。公曰：『此彈丸之地，人民歸焉，財賦出焉，可無備乎？』乃創立會防局，仿唐人用吐蕃、回紇故事，合中外以禦寇。洋將有華爾者，尤善戰。公使以西洋步代練我士卒，歘然成軍，命之曰『常勝』，所向有功，青浦諸縣，皆一鼓而復。捷聞，遷知府，終以兵寡，不克大舉。時曾文正之兵已至安慶，於是乎有迎師之議，而江路爲寇所遏，不能達。公習於洋人，以利害説之，以重賂啗之，遂以輪船上駛，摩寇壘而過，直達安慶。今大學士李公帥師乘之而下，船中增竈，使得蓐食，馬匹器械，與人俱載，非公先與定議，則皆洋舶所不可也，其用意周矣。大兵既集，江浙肅清，事定論功，詔以道員用。同治三四年間，再權蘇松太道，五年即真。蘇松太道駐上海，尤以洋事爲重。公撫馭遠人，一以誠信，外釁不作，乃修内治。亂離之後，先設教養局，收養童匃，使各習一藝，擇其秀者，課以詩書。又於城西北隅設普育堂，老羸癃病，硜犽孤露，皆計口而衣食之。既生既育，爰興禮教，建復文廟，考定祭器，鐘鼓琴瑟，干戚羽旄，悉循典章，罔不肸餙，春秋丁祭，有秩其儀。環泮池而觀者，咸喟然歎息，以爲數十年來未之見也。上海舊有書院，皆課舉業而已。公立龍門書院，延宿儒主講席，不課時文，課以實學實行，人材輩出，士林稱焉。又以上海濱海，濁流乘潮而進，易於湮塞。集貲二十萬，自洋涇，迄黄渡，一律疏濬，輕舠小艓，躬親相度，工有實濟，費無虛糜，凡此皆公之大有造於滬者也。八年，奏署蘇藩，俄升授江蘇按察使，其後又署蘇藩者五。周知民隱，講求善政。治白茆河、徒陽運河，興水利也；修建所屬橋梁，便行旅也。立常平倉，勸輸銀穀，積至百有餘萬，備災荒也。刻張楊園、陳龍川、陸清獻諸集，與陳文恭、周文忠尺牘，以行於時，正學術也。此則三吳戴德，非止滬瀆一方矣。至公以雄材傳略，爲時所重。揚州耶蘇堂燬，英人發難端，則命公往；日本定和約於天津，則命公往。安徽天長縣知縣以細故自盡，事涉學使，則又命公往。此由朝廷知公，謂：『盤根錯節，舍公莫屬。』并非蘇藩、蘇臬任内之事矣。以太夫人年高，終鮮兄弟，乞養而歸，未盡其藴，海内惜之。若其孝於親，睦於族，篤於故。舊有祭田以祀先，有義莊以贍族，有賓興之田以惠一邑之士，此則家有乘，國有傳記，滬祠者可無及也。惟念咸豐、同治間，天下岌岌，而卒底於泰山之安，此由天之篤祐我聖清，而公之生於其時，官於其地，殆亦非偶然邪。因舉其大端著於篇，且繫以銘，曰：

盜起於粵，流毒三吳。天祐聖清，留此一隅。一隅維何，實維滬瀆。滬瀆彈丸，亦瀕危蹙。危而能安，惟公榰柱。以靖内憂，以平外侮。巴渝助漢，回紇佐唐。矧乃聖代，澤被窮荒。孚以信義，泯其猜疑。中外合力，同濟危時。皖山蒼蒼，王師雲集。江路悠悠，賊壘岌岌。假彼海鶴，載我天戈。誰爲爲之，公功實〔一〕多。天戈所麾，東南大定。烽燧無驚，和甘有慶。追思公功，爰建公祠。父老謳歌，公其聽之。在滬言滬，刻此貞石。傳示千秋，我言孔碩。

【校記】

〔一〕實，原作『寳』，據文義改。

蔡氏廣德義莊記

昔晏子相齊，父之黨無不乘軒者，母之黨無不足於衣食者，妻之黨無凍餒者，後人咸歎其高義。而錢公輔記范氏義莊，即引以爲説。然竊怪晏子乃齊之世家，倉粟府金，溥及三族，而不能垂爲經制，傳之久遠，使其子若孫世世遵行之，豈古人思慮之有所未及歟？自世祿廢，而大宗收族之義亦廢，於是一族之内，貧富懸殊，士大夫之好義者，往往創設義莊，以贍其族，自宋范氏以來代有其人。我國家久道化成，教之以孝友，睦婣任恤，而搢紳之家亦多以敬宗收族爲事。自同治、光緒以來，江浙諸大家創設義莊，見於吾文所記載者甚衆，而浦城蔡氏又以廣德義莊求記於余。蔡固閩之大族也，蔡君位三，又吾浙之賢令尹也，厥考邦彦公與其母丁宜人，皆好施與，鄉里稱善人。蔡君年十六七，而公與宜人相繼逝。宜人之歿也，呼蔡君而訓之曰：『汝祖遺産，足以無飢寒矣。汝父所增益者，歲得田租，辜較可三百餘石，若逐年儲畜，不十數年，可數千石。使族中老幼孤寡之窮苦者得取給於此，而男女婚嫁皆有助，子孫讀書成科第者亦皆有助，以養以教，以昌吾宗。此汝父之遺意也，汝其識之。』蔡君跪而應曰：『不敢忘！』無何，有粤寇之亂，倉房屋宇，悉燬於賊，家計日益落。不得已，以縣丞官於浙江。幹濟之才，積優成陟，不數年，詔以知縣補用。上游倚重，累筦鹾局，衎衎辯舉，部分如流，市估津税，無不饒衍。君身處脂膏，不以自潤，然量入爲出，亦稍稍有餘。乃先後增置田租二百六十三石，又置屋一區，名曰『廣德義莊』。創設規例十條，處置周詳，無不盡善。俟田租滿一千石再議推廣，以成美備。嗚呼，邦彦公之遺意，丁宜人之遺言，君克紹而成之，仁孝之思，可以垂示後人矣。三代下士大夫不世禄，而義莊一立，則雖無世禄，而有世田。世禄可廢，世田不可廢，范氏義莊，至今存焉。後人之所爲，有轉勝於古人者，此類是也。蔡氏之莊，以廣德名，異日孝子慈孫，善於繼述，愈推而愈廣。吾知蔡氏之遺澤爲無窮矣。

儲崇伯蛾室記

《説文》蚰部有『蝵』字，乃蟲之重文，蠶蝵字也。虫部有『蛾』字，從虫我聲，則《記》所謂『蛾子時術之』者也。『蛾』亦作『蟻』，猶《列子》『夸娥氏』，一本作『夸蟻氏』矣。蛾亦謂之螘，《説文》曰：『螘，蚍蜉也』，而鄭康成注《禮記》亦曰『蛾，蚍蜉也』，與許義同，而於《雅》訓則似有未合。《釋蟲》曰『蚍蜉大，螘小者』，螘則蚍蜉，乃螘之大者。《記》文止言蛾，則是螘而非蚍蜉也。鄭君既以爲微蟲，何不竟以『螘』釋之，而必以蚍蜉釋之乎？儲子崇伯名所居曰『蛾室』，取《記》文〔一〕之意，以時述自勵也。《莊子》不云乎，『北海有魚，其名曰鯤，鯤之大，不知幾千里也，化而爲鳥，其名曰鵬，鵬之翼，若垂天之雲』。士君子讀書爲學，當務其大者、遠者，何不進而爲鯤，又進而爲鵬，而乃爲此微乎微者乎？雖然，致廣大而盡精微，一理也，欲致廣大，先盡精微，不然，吾未見其不窮大而失居也。崇伯坐蛾室而讀書，於古人之制度，先考究於一名一物之類，於古人之文字，先研求於一字一句之間，貫而通之，雖廬牟六合不難矣。吾安知其異日不進而爲鯤，又進而爲鵬乎？然而，爲鯤爲鵬，必先爲蛾，故吾以此爲蛾室記。

【校記】

〔一〕文，原作『人』，據上文文例改。

宋孫花翁墓記

西湖寶石山之陽有古墓焉，錮之以鐵，傳聞異辭。錢唐丁君松生，博雅士也，告余曰『此宋人孫花翁墓也』，以朱青湖《抱山堂集》《沁園春》詞爲證。余按，花翁名惟信，字季蕃，花翁其自號也。開封人。祖、父皆武官。花翁少席門蔭，不樂，棄去，居杭最久。工詩詞，重氣義，以淳祐三年卒，葬之者，杜公立齋、趙公節齋，劉克莊志其墓，稱在水仙王廟側。考水仙王廟，舊在孤山，故東坡欲以和靖配食。紹興間，移建寶石山。寶慶中，安撫袁韶又移建蘇公隄。淳祐中，安撫趙與𥲅仍就舊地重葺。趙即節齋也。花翁之葬，節齋主之，則在寶石無疑。劉克莊銘末云『偕侑新廟』，正指趙公新葺者而言耳。朱青湖詞云：『薦菊泉枯，水仙廟圮，那問詞人舊北邙。今何幸，尚高封馬鬣，后土祠旁。』是其墓之側，古爲水仙王廟，今爲后土祠，而余所見，則其旁乃郡王廟也。郡王廟，本在吳山，祀唐桑憲保，憲保行九，人稱『桑九郡王』，而此廟中題曰『三九郡王』，傳訛可笑。意其廟本在吳山後，人移建於此，即以古水仙王廟址爲之乎？青湖疑是土地廟，故有『后土祠旁』之句，而其詞所云『石几横陳八尺長』，則至今尚在，惟錮之以鐵，爲不可曉。余謂：葬亦多術矣，塈周土周，古制不一，銅槨石槨，厥制更詭。今紹興人以石周其棺，即古石槨也，然則以鐵周其棺，安知非吳闔閭銅槨之遺意乎？其外必更封之以土。朱青湖時，土尚未圮，鐵固不見，故但云『高封馬鬣』而已。今馬鬣無存，而石几無恙，是一塙證。朱詞又有『把斷碑扶起』之句，是其時尚留斷碑，而今失之矣。因書數語寄松生，儻刻之墓前，以存古蹟而掃俗說，亦一快事也。

唐刑部尚書中書侍郎同平章事劉公祠記

光緒十有八年某月某日，廣東學政徐琪上言：『臣以歲試至連州。連爲唐臣劉瞻故里，而祠墓荒廢，父老嗟傷。臣輒捐廉俸，檄行所司，稍稍修葺，以副朝廷褒揚忠義，風厲後世之至意。』疏入，報聞，於是鳩工庀材，卜日經始，土事木事，同時告蕆，祠宇翬然，宰樹翳然。連之士大夫瞻拜流連，咸歎曰：『聖朝加惠於異代之臣如此，古人於千餘年後猶令人感慕如此。』又歎曰：『學使者之於我邦，不惟以文學造士，而所至訪求名蹟，表章先賢，俾後之人有所感發而興起如此，此一事也，可以傳矣。』學使既以文文其墓道之碑，而其祠亦不可以無記，不遠千里，徵文於余。余讀碑文，凡千餘言，詳且覈矣，余又何言？惟念唐至咸通時，朝政不綱，藩鎮跋扈不臣，已成積習。龐勛於徐州擁兵作亂，南寇舒、廬，北侵沂、海、滁、和之間，殘破相望。南詔又傾國入寇，陷雙流，犯成都，其時事蓋岌岌矣。而朝廷方以宴游爲事，每一行幸，内外扈從者十餘萬人，所費不可勝紀。同昌公主之下降韋保衡也，傾宫中珍玩以爲資送，賜第廣化里，窗户皆飾以襍寶，井闌藥臼，亦以金銀爲之。未幾，公主薨，而醫官韓宗劭等二十餘人皆以無罪誅夷，又收捕其親族三百餘人，狴牢充塞，道路嗟歎。公於是感憤上言，殆非徒爲此三百餘人請命也，其平時之憤懣固已深矣。朝奏夕貶，萬里投荒，然天下之人無不以爲冤。韋保衡、路巖等欲擠公於死地，而竟不可得。乾符改元，韋、路竄死，公仍回朝，再入中書。雖有爲劉鄴鴆死之疑，而公固以功名始終，視韋、路輩何如哉？今去公之世遠矣，而其賢聲猶在人口，以此知天道之可信，而人心之終不死也。學使所至，如韓昌黎之祠，張曲江之祠，周濂溪之祠，范正獻之祠，無不捐資修葺，蓋謹遵世宗憲皇帝訓詞，以學政一官，固風化人倫所繫也，可謂知其職矣。學使字花農，浙江仁和人，從余游最久。余，德清俞樾也，既爲之記，乃係以銘。銘曰：

有唐之季嘻可危，河北藩鎮狼貙羆。中原盜賊如牛毛，君臣燕雀同娭嬉。韋路二相梟與鴟，公仕其朝徒委蛇。溫高楊魏相追隨，時事至此將安施？一朝發憤爲羣醫，知其累歲心鬱伊。諫官喑啞公吁嚱，投荒萬里甘如飴。蹶而復起仍台司，坐看韋路同誅夷。結喉三寸傳京師，始知天道原無私。彼玉泉子空詆譏，至今清節人人知。故里有墓復有祠，曹程先後爲修治。誰歟繼者今徐琪，於祠有記墓有碑。碑文孔碩琪所爲，祠則俞樾實記之，百世而下視此辭。

附考劉公事實

《舊書》咸通十年，『以本官同平章事』，『十一年八月，同昌公主薨』云云，據《本紀》，瞻相在十年正月，則在相位亦一年有餘之久也。《新書》云『咸通十一年，以中書侍郎同中書門下平章事。同昌公主薨』云云，則誤以同昌公主事牽連書之，未分晰耳。《新書本紀》，劉瞻同中書門下平章事亦在十年，但係之六月，與《舊書》微異。檢《宰相表》，則六月癸卯也。

《舊書》云：『帝閲疏大怒，卽日罷瞻相位，檢校刑部尚書、同平章事、江陵尹，充荆南節度等使。再貶康州刺史，量移虢州刺史。』《本紀》同，但量移虢州刺史則無考。《新書》云『斥廉州刺史。巖等未慊，按圖視驩州道萬里，卽貶驩州司户參軍事。僖宗立，徙康、虢二州刺史，以刑部尚書召』云云。據《新書》所載，則《舊書》爲不備矣。温公作《通鑑》，亦云『貶瞻康州刺史』，與《舊書》同。又云『再貶驩州司户』，與《新書》同。至乾符元年，『以虢州刺史劉瞻爲刑部尚書』，其由驩州司户遷虢州刺史，則無明文。今按，康州也，廉州也，驩州也，在唐同屬嶺南道，唐時貶謫皆在其地，所謂南遷也。疑瞻初貶實是康州刺史，《舊書》得之，巖等未慊，又貶驩州司户，《舊書》失載，《新書》得之，其後復官刺史，則是恩宥，必不仍在南荒，當爲虢州刺史，《新書》言康、虢者，誤也，此又《舊書》得之者。温公合新、舊《書》，擇善而從，有康州，有驩州，有虢州，而無廉州，自必斟酌盡善。康、廉，形似而誤，《新書》博采而轉失之耳。其量移虢州爲何年，卽温公亦不知矣。

《舊書》云『入朝爲太子賓客分司』，是瞻於乾符初還朝，無再入相事。《舊書》本紀亦無其事。至《新書》，則『以刑部尚書召，復以中書侍郎平章事，居位三月卒』，是再入相也。《新書本紀》同。《宰相表》乾符元年五月，刑部尚書劉瞻爲中書侍郎、同中書門下平章事，八月辛未薨，與《本紀》同。記載分明，必有可據，温公《通鑑》亦取之，此固宜從《新書》。

《新書》云：『命李庾作詔極詆，將遂殺之，幽州節度使張公素上疏申解，巖等不敢害。』《舊書》不載此事。温公《通鑑考異》曰：『《實錄》、《新傳》皆云巖志欲殺之，賴幽州節度使張公素表論瞻冤，乃止。按，是時張允伸鎮幽州，云「公素」，恐誤也。』是温公不信此事。南唐尉遲偓撰《中朝故事》，亦載此事，至今論者猶以爲失實，卽本之溫公也。然考張允伸於咸通十三年正月卒，平州刺史張公素來奔喪，卽以爲留後，是年六月，卽爲節度使，然則咸通十三年六月以後幽州節度使卽爲張公素矣。是時韋保衡尚在朝用事，王鐸其及第時主文也，蕭遘同年進士也，皆以微嫌擯斥之。劉瞻以同昌事得罪，則保衡之憾之也，必視路巖更甚，安知不追念舊憾而欲殺瞻乎？張公素上疏申解，事或有之，《新書》並不載明何年之事，必以咸通十二年以前節度使爲斷，恐非通論。但《新書》云『巖等不敢害』，則亦失之。巖時已罷爲西川節度，不在朝矣。

《通鑑》云：『瞻南遷，劉鄴附於韋、路，共短之。及瞻還爲相，鄴内懼。秋八月丁巳朔，鄴延瞻，置酒於鹽鐵院，瞻歸而遇疾，辛未，薨。時人以爲鄴鴆之也。』此事新、舊《書》皆不載，不知溫公所據何書。竊謂：飲鴆而卒，至久亦不出三日内外，自丁巳至辛未，十五日矣，何毒發之遲如此？殆當時惜其不久卽死，故有是言，非事實也。

奉化試館記

浙江布政司所領郡十有一，寧波東濱海，距省會較遠，而人文特盛。每子、午、卯、酉之年舉行鄉試，寧波之來應試者甲於他郡，及揭曉，則中式者數十人，或幾及全榜三分之一，故言兩浙文風，必首寧波。然以其遠也，自郡至省，渡曹娥、錢唐兩江而後至，至則無所棲息，旁皇道左，求一廛之受而不可得。於是好義之士，各就省城，建立試館，最寧波所屬五縣，曰鄞，曰慈溪，曰鎮海，曰象山，皆有之矣，而奉化一縣獨無試館。光緒十四五年，邑中先達，咸倡是謀，經營久之，迄無成事。有孫君鏘字玉仙者，邑之高才生也，力以此事自任，謀於鄉人士君子，匃集巨貲，於仁和縣平安三圖買地八畝有奇，而築試館焉。其前有門，門左右有房，又進爲聽事，其旁爲南嚮之屋，左右各二區，一區分爲六楹，楹三則爲一局，局一而居者六人。井竈庖湢，以及倚卓之類，罔不備具。自經始至於落成，歷三載之久，其費出於各鄉，其事則成於孫君一人。此三載中，至省垣者前後十餘次，其勤勞可謂至矣。館成而孫君即舉於鄉，越明年成進士，僉曰：『此勤勞之報也。』夫孫君此舉，非以求報，且報施雖天道所宜有，而非吾儒所宜言。余不以爲孫君之報，而以爲試館之兆。試館既立，來試者必益衆，而中式者亦必益多，吾知繼孫君而起者源源而來，歲盛一歲，方興而未艾矣。余於鎮海、象山兩試館皆嘗爲之記，孫君因亦以爲請。乃記其本末，刻石館中，以告來者，嘉孫君之有志竟成，而又望居是館者爭自靡礪，以副聖世之科名，而爲吾浙光也。

劉氏兩童記

光緒十四年，江西民劉姓者孿生二子，一倒生，一順生，兩首兩身，手足各二，而臍有皮骨相連屬，不能分，今年六歲矣。其祖母挈之至蘇，廌居獅林寺，有欲觀者，輸錢五十文，於是往觀者如市。其臍下骨，長可一尺，粗可徑寸，下有一孔，蓋臍眼也，兩童共之。骨柔輭，左之右之皆可，故兩童可對立，亦可側立，但不能並立耳。臥則肩相壓也，行則四足前卻甚捷，大小溲，則一童蹲一童伏而俟，予之酒，一童飲，兩童醉，予之果，餌食無算。面目白潤，語言清朗，兩童相似也。而其性各異，一和順，一暴戾，飲食爭先後，物玩爭美惡，或至相搏擊，捽抑撲地，復起而骨不傷。汪耕餘觀察呼至廨中觀之，爲余言如此。

論曰：《爾雅》稱北方有比肩民，迭食而迭望，蓋四方異氣所鍾，自古有之。然郭注云：各有一目，一鼻孔，一臂，一腳，則是半體之人耳。若夫二體相連者，前史所載，亦往往而有。漢平帝元始元年，長安女子生兒，兩頭，異頸，四臂，共胷。靈帝光和二年，雒陽女子生兒，兩頭，異肩，共胷。晉愍帝建興四年，新蔡縣吏任僑妻產二女，腹與心相合，胷以上臍以下各分。南齊武帝永明五年，吴興東遷民吴休之家雙生二兒，胷以下臍以上合，並見《五行志》。然大率胷下臍上相合，則是孿生而未判者耳。惟唐儀鳳中，鶉觚縣衛士胡萬年妻吴氏生一男一女，其胷相連，析之則皆死。又產復然，俱男也，遂以獻於朝。夫使兩胷合而爲一，則不可得而析，既可得而析，疑非合而爲一，殆必有物以連屬之，或與劉氏兩童相類乎？史文簡略，不得而詳，而自來皆列之咎徵。夫五行災異之説，通儒之所不信，樹連理則以爲瑞，人合體則以爲痾，豈理也哉？徵之近代，明嘉靖中麻城民宋氏婦生兒，兩頭，四臂，兩足。嘉靖在明代尚爲盛時，亦有此異，然則《爾雅》以爲四方異氣，洵不虚矣。

重修陳忠肅公墓記

陳忠肅公墓，在智果寺旁，明成化間《杭州府志》、萬曆間《錢唐縣志》皆同。其時距元初未遠，必其邱隴未平，宰樹猶茂，昭然在人耳目間也。《兩浙防獲錄》云：『祠在毛家埠。』言祠在是，不言墓在是，其説猶可並存。乃夏之盛《留餘堂集》《弔陳忠肅公詩》『宰木尚留賢裔守』，注云：『公墓在茅家埠，陳仲博之族人至今主其祀，是公裔也。』則竟以爲墓在茅埠，何歟？然公代岳忠武爲太學土神，歷見傳記，而夏詩云『早代昌黎主泮池』，則誤忠武爲昌黎矣。意其誤祠爲墓，亦復類此，年代既久，傳聞易訛，不如明代府縣志之足據也。今智果寺旁之墓亦就傾頽，馬鬣一抔，久無知者。光緒十九年春，丁君松生訪余於湖上寓樓，歸由後湖，見智果寺新建數椽，乃往游焉。於瓦礫中獲一斷碑，審視之，宋陳文肅公墓碣也。使非公墓，安有此碣？益信其不在茅埠矣。然碣已離墓，問諸寺僧，不知墓之所在。夐求數四，而後得之，猶未敢遽信也。以公今爲仁和學土神，卜之於神，神示以籤，繹其詩意，知墓不誤，乃加封樹，以垂永久。今而後，過智果寺者咸知有陳忠肅之墓矣。公生前有岳忠武見夢之異，《莆田縣志》并謂岳忠武是公前身，此固無據之言。然考智果寺，舊在孤山，宋紹興間分爲二，一徙棲霞嶺，今爲岳王祠，一徙葛領，則公之墓卽在其旁，何公與岳王皆與智果寺有緣歟？亦可異矣。松生風雅好事，熟於武林掌故，客歲曾修孫花翁墓，屬余爲記。今修陳忠肅墓，亦以墓記見屬，殆所謂游九京而流連隨會者乎！公諱文龍，字君賁，福州興化人。《宋史》有傳。其事實人多知之，故不具。

春在堂襍文五編卷二

卹贈四品卿銜兵部員外郎祝君家傳

君諱德純，字定伯，祝氏。其先浙江衢州人，明初有官福建浦城縣漁梁鎮守備者，因家焉，遂爲浦城人。曾祖乾封，祖昌時，父鳳鳴，本生父鳳喈。家故素封，先世皆勇於爲善，輕財而好施。鳳鳴字秋齋，鳳喈字桐君，守其家法，益恢大之。桐公由浙江鹽運使副使改江蘇知府，方粤寇之犯江南，帥師駐萬福橋，力遏賊鋒，裏下河十餘縣賴以保全焉。君幼慧，好讀《左氏傳》，愛舞劍，善騎射，異於常兒。年二十入都，考取實録館謄録，議敘主事，以本籍邵武軍功遷兵部車駕司員外郎，賜戴花翎。閩中諸大吏素知君才，適君以養親回籍，遂以團練事屬焉。君捐銀萬兩，穀二千餘石，用吴子練鋭之法自爲一軍。咸豐六年，禦賊於二度關，三戰三捷，禽馘數十人。七年，賊犯浦城南鄉，擊卻之。八年二月戊午，賊楊輔清、石大開擁衆數十萬，由弋陽、鉛山至崇安縣，逾岑陽關，襲浦城西鄉。邑令告急於省，道梗不卽達，援師不至。君聞警，自南鄉馳赴，與賊接戰。賊來愈衆，乃入城固守，使使者如浙乞援。時君本生父桐公自江北大營引疾歸，寓於杭，言於大吏，命觀察某公以師救浦，浹辰不至。君以大義勉勵其衆，自齧血作書上桐公曰：『兒家世受國恩，雖糜骨無恨。然如朝廷土地及數十萬生靈何？務求浙中大吏深鑒賀蘭，不分畛域，嚴催援師速進，幸甚。』是時賊已薄城而營，外援迄無至者。戊辰，君在北門，而賊由南門入。君率衆巷戰，身被數創，力竭死之，年三十有七。君繼母劉在家聞變，闔門自焚，死者三十餘人。其子慶年，從桐公於浙，幸而免焉。同治七年，山西道監察御史范熙溥以其事聞，天子以其深明大義，殊堪憫惻，命部臣議卹。於是賞加四品卿銜，賜祭葬，予雲騎尉世職，皆如例。并命於本籍自行建祠，而官於春秋致祭焉。初，秋齋公殁，無子，桐公以君子之秋齋公家居，而桐公宦游江浙。君往來省視，皆得其歡心。娶楊氏，生子一，慶年也。襲職雲騎尉，中書科中書，刑部員外郎，改浙江知府。女一，歸侯官楊誠。孫葆元、葆森、葆初、葆璋、葆亨、葆琛。孫女六。

贊曰：英英祝君，仁人志士。列名朝籍，稱善鄉里。運丁陽九，大盜蠭起。爰舉義旗，以衛桑梓。城大如斗，寇來若蟻。援無蚍蜉，荐有蛇豕。力窮城陷，身亡家燬。一門碧血，千秋青史。

朱氏兩孝子傳

海昌朱氏，舊族也。其先世有以三世九節婦聞於朝、旌其門者，至是而又以兄弟兩孝子聞。余故史官也。謹述其事，著於篇：

朱寶籙，字仲聲，杭州府學附生，海寧人也。其先世自建陽來徙，家所居曰『小桃源』，是爲小桃源朱氏。仲聲幼善病，年十一始就外傅，不數年羣經皆卒業。受知學使者江夏胡侍郎，入郡庠，歲試輒居高等。顧以父年高，佐之治家，不得專力於學。光緒八年，弟寶篁舉於鄉，仲聲喜曰：『是可慰我父母矣。』父承祜，字子受，老而病。仲聲謹事之，恆經歲不入内室。十一年夏，子受君疾甚，仲聲侍湯藥，不交睫者帀月，而疾不瘳。仲聲潛入爨室，以刀刲臂肉，羹以進，飲之果愈。逾年，子受君感異夢，自謂不祥。仲聲禱於家祠，願減己算益父壽。是秋，子受君無恙，而仲聲竟以微疾卒矣。仲聲性友愛，一服食之細，必以美者推與其兄若弟；待人以誠，雖臧獲不加以聲色。讀書外，無他嗜，蒔花木，畜禽魚以自娱。卒之日，其婦翁來視之，猶起與爲禮也，俄趺坐而逝。年三十有五。娶馬氏，生女子子一，無子。越三年而有其弟賓篁事。

賓篁字叔英，卽光緒八年舉於鄉者也。其始生前一夕，母陳夢長庚星入於懷。生而奇慧，七歲能屬文，年十六以第一名入州學，不數年餼焉。既領鄉試，試禮部者再，考充咸安宫教習。以兄仲聲卒耑歸，偕其季弟，事父母益謹。十五年，子受君病篤，叔英刺指血爲文，籲神請代。既又刲臂肉和藥以進，如其兄，而父竟不起。叔英大慟，曰：『猶是人子，而有效有不效，豈吾之誠未至乎？』自此日夜悲號，不久以毁卒，距父之殁未兩月也。年三十有三。叔英性坦易，與人交，無貴賤愚智，如一。工詩文，有《聽春雨樓遺稿》如干卷。娶吴氏，生子元燝，殤。女子子三。叔英既卒，州人士以其兄弟兩孝子事實呈請，旌表如律。

論曰：人肉療虚羸，其説始於陳藏器。自是遂有割肉以愈父母之疾者，智窮力竭而出於此，是亦可悲矣。而儒者乃執『白刃可蹈，中庸不可能』之説以訾議之，豈成人之美之君子哉？朱氏一門，前有九節，今有雙孝，不獨其家乘之光，洵足以風世而勵俗矣。聞學使潘公以四字榜其楹，曰『至性過人』。信乎，至性之過人也！

徐孝女傳

孝女諱雲芝，字瘦綠，浙江仁和人。徐氏，故吏部尚書文敬公之昆孫，東閣大學士文穆公之來孫也。徐爲武林巨族，當道光時中落。父若洲君以薄宦居揚州，道光二十四年，孝女生於江都典史署。四歲識字數百，五歲能讀唐人詩。咸豐三年，粵賊犯揚州。時若洲君方有事於袁浦，母鄭太宜人請其姒先奉姑出避，而自與子女留待若洲君。及事急，挈二子琪也、璠也及孝女倉卒出城。璠及孝女皆陷亂兵中，璠死，而孝女匿民間以免。鄭太宜人獨與琪至如皋，則其姒奉其姑已至，而姒有子亦失。已而，若洲君歸，榜於衢，曰：『得吾兄子者，予錢十萬。』果得之。若洲君喜曰：『是可以慰吾嫂矣。吾女存亡聽之耳。』翼日，竟有人送孝女來歸，咸謂有天道云。若洲君署揚州府經歷，兼理清軍同知。孝女隨母居如皋，鄭太宜人喜吟詠，孝女輒效爲之，嘗詠新月云：『百年閱盡興亡事，只有簾前月一鈎。』太宜人曰：『是有秋氣，非閨中幼女子所宜也。』咸豐八年，賊再犯揚州，訛傳若洲君歿於陣。鄭太宜人故有咯血疾，及是大發。孝女以父存亡不可知，而母病甚，諸醫束手，私計惟割股或有濟耳。封左臂肉，和藥以進，不效，又刲右臂肉以進，疾竟愈。太宜人既愈，親至揚州，偵知若洲君未死，迎之歸如皋。而若洲君實與賊戰，爲鎗彈中目，傷甚重，病臥十月始起，湯藥皆太宜人主之，而孝女佐之。其後江南大營潰，杭州再陷於賊。太宜人憂時感事，又悼傷諸親故之在賊中者，病益劇。而若洲君仍需次揚州。孝女念母病弟幼父未歸，當奈何？中夜獨起，仰天而泣，思前者割股有效，盍再之？於咸豐十一年五月己未又割左臂肉，和藥以進，如前。其夕夢神人語之曰：『爾母病不可爲，以爾至孝，姑爲延十二日。』是月之望，其弟琪亦割左臂和藥進，秘不使姊知。孝女察知之，泣曰：『弟亦爾乎，無益也。吾先之矣。』乃以夢告。於是琪始知姊割股者三次矣。庚戌，鄭太宜人卒，距夢之夕果十二日。孝女慟甚，欲以身徇。若洲君歸，苦慰喻之，乃已。既免喪，歸於袁，未一載遽卒，無子。光緒十二年，同鄉官翰林院編修褚伯約成博以其事呈都察院，由都察院片送禮部。故事，凡有割臂療疾之事，禮部分別準駁具題。至是，部臣謂：『其事雖愚，其情可憫。請飭地方官於節孝祠題名設位，聽建專坊。』疏入，報可。於是乎孝女之孝始得不泯。琪於光緒六年成進士，入詞林，其幼也，孝女實教以書史，若女師然。光緒十六年，恭逢皇上二旬萬壽，覃恩例得貤封伯叔父母及胞兄，而胞姊不與。其得與者，皆出特恩。琪以情言於掌院，移諮吏部，據情入告，準其貤封，異數也。距孝女之卒二十六年矣。孝女工詩，又能畫，然不多作，故存者蓋寡。琪感念不已，具事實，請爲傳。余曾爲若洲君及鄭太宜人傳，因又爲此傳附其後。孝女夫袁君名啓瀛，例得附書焉。

論曰：人肉治盈羸之説，始於陳藏器，古無有焉。自有此説，而割肉以療其親疾者代有其人。余謂：此事惟一誠而已矣，事之有效有不效，乃誠之有至有不至也。孟子曰：『至誠而不動者，未之有也。』誠之至，可以動天地，泣鬼神，其應手奏效，鬼神相之矣。豈果人肉之可以治虛羸哉？孝女刲臂者三，雖前效而後不效，然其不效也，猶能感動上天，延其母十二日之壽。烏呼，非至誠而能若是乎？

陳母錢夫人傳

夫人錢氏，嘉興人，故浙右鉅族。祖泰吉，海内所稱『甘泉先生』者也。父應溥，以吏部直樞廷，今官禮部侍郎。器識閎達，爲時名臣。夫人生有至性，十有三齡，母許夫人卒，既就木，痛不欲生，以首觸牀，仆地而絶。一家匡懼。有某夫人曰：『無動。』急以新藍布裹之，抑按搔摩，良久乃蘇。及笄，歸海寧陳君明濬。陳亦鉅族，其先高氏，宋衛武烈王之後，王十六世孫榮始從母姓爲陳，世稱渤海陳氏，以别於潁川。自勝國以至本朝，官大學士者三人，官尚書、侍郎者數人，冠蓋之族，無出其右。陳君以名家子有聞於時，侍郎方佐曾文正公治軍於皖，陳君亦從之，因成昏焉。是時，浙亂未定，而陳君父母皆在，夫人乃與陳君謀亟歸省，歸而尊章幸無恙。夫人晨夕奉侍，克盡厥職。性樂淡泊，不慕榮利。每勸陳君，勿爲仕進計，人子得常依膝下，焉用膴仕爲？陳君亦與有同志，一門之内，洩洩如也。然兵燹以後，室廬雖未毁，什物蕩然，貲產亦大秏。而廛舍之在市，歲食其租者，又於同治中兩燬於火。夫人出釵鐶易錢，鳩工庀材，繕完葺之，一如其舊。凡所經營，悉自任之，不以貽陳君憂。其後家累益重，恆懼不給，兒女襦袴，手自裁紉，甚而爨烹之事，亦躬親焉。陳君每歲必病痢，夫人侍疾，歷久不懈。生子女甚多，其長子彌月生瘍，潰無完膚；其三子生，甫五月痘出，幾危；其餘子女亦多疾疢。鞠育之劬，有倍蓰他人者。陳君課諸子讀，甚嚴，夫人亦助之，教以識字。既就外傅，脩脯必豐，而自奉彌益儉。然好周人之急，不自程其力。有葭莩之戚，迫於催科，窘甚，脱簪珥與之。後其人有官禄甚厚，夫人知之，亦不問也。姑蒯太夫人喜茹素，誦佛氏書，夫人侍側，終日無倦容。偶感疾，與陳君謹視湯藥，累夕不交睫。最夫人一生，仰事俯育，榰柱門户，經歷憂患，勞心勞力，垂三十年，以致百痾叢生，病欬且喘。當陳君痢疾劇時，夫人輒籲天，願以身代，至是而夫人果不起矣。病中慮婦職久曠，言於陳君，請置篷室自代。陳君未之從也。而夫人病日臻，四體麻木，汗出如漿。會其長女卒於京師，祕不以聞，一童婢漏言之。夫人大慟，越數日遂卒，時光緒十六年十月丙辰也，年四十有六。臨終無他言，惟自憾不能終事其姑及其夫而已。陳君以國學生候選同知，加三品銜，賜花翎。故夫人始封淑人，後以加級晉封夫人。丈夫子六：其壽，五品銜候補巡檢；其昌，縣學生；其旭，光緒十四年舉人；其魁，縣學生；其元，候選同知；其康，尚幼。女子子四人：長女適潘肇翰，卽先夫人卒者也；餘皆在室。

舊史氏俞樾曰：昔《小雅》詩人追惟西周之盛，曰：『彼君子女，謂之尹吉。』而解者以爲尹氏、姞氏之女，周室之舊姓。然則一代之興，必有舊姓，其士女之出於其族者，皆嫻雅有禮法，與寒門下品有殊。晉之王、謝，唐之崔、盧皆是也。我朝河洲之化，上媲二《南》，遺風流俗，至今未替。浙中如嘉興之錢、海寧之陳，皆號右族，台袞相襲，詩人所謂『尹吉』者也。夫人以錢氏女爲陳氏婦，耳濡目染，動合禮法，宜其賢矣。然出膏粱之族，而能不以軒冕爲榮，居然有桓少君之風，烏呼，此其所見，不亦遠哉？余與錢氏、陳氏皆有世講之誼，夫人既殁，其諸子乞爲之傳，附其家乘。恭讀高廟賜題錢文端母《夜紡授經圖》詩，曰：『嘉禾欲續賢媛傳，不媿當年畫荻人。』若夫人者，固亦《嘉禾賢媛傳》中之一人矣。故敘其大略，俾後之載筆者有可考焉。

外姊周母姚恭人傳

余生而無姊妹行，惟外家姊妹，幼相習也。舅氏姚平泉先生娶黄孺人，生一子而殤，其後所舉皆女，成立者四。季爲吾婦，其長姊卽恭人也，長於吾十有三歲。余幼時恆居外家，先太夫人於鐙下事鍼黹，姊輒劍吾而坐於旁。姊後歸仁和周氏，姊壻安義君，與余相得猶昆弟也。以知縣死寇難，贈知府銜，姊於是例封恭人。周故家於杭，其舅藕航先生始遷臨平，距吾外家不一里。姊之始歸也，及事舅姑與其祖姑，以孝謹稱。舅殁姑老，代治家事。家故饒衍，至是日落，姊躬自節嗇，而堂上甘脆之奉無所缺，親故有無緩急之告，無所吝。安義君於道光二十年舉於鄉，三試春官不第，益勖於學，不問家事，姊亦不以告也。咸豐二年，恩科會試，以無資將不赴。姊罄匳中物，質錢辦裝，遂行。而試又不售，以大挑一等得知縣，籤分江西。至江西三年，權安義縣事，而及於難，事具余所爲《安義君傳》。當是時，粤寇蔓延，東南雲擾，至庚申、辛酉而浙東皆陷。臨平當孔道，賊蹤疊至。姊挈兒女避居鄉間，又遷紹興之南沙，又遷寧波之邱村，數年中，流離辛苦，饔飧不繼，而姊處之如平常。每訓諸子曰：『吾家累世忠厚，汝父又殺身成仁，苟有天道，當不至爲他鄉餓莩。卽不幸顛踣溝壑，亦命也，徒憂奚益？』當窮困時，不苟取一介，偶於道旁得紙，裹有洋錢十三，將待其人而歸之。鄰嫗曰：『寇急矣，安能待？』姊曰：『寇急矣，此必其避寇資也，安可不待？』俄，一人狂奔至，則失銀者也，詢其數符，遂畀之去。及亂定而歸，舊居盡毁，賃居亭子村者有年。乃拮据營造，構屋於臨平里仁橋之南。姊以大亂之後，室家復完，先人遺業，十存二三，衣食粗可自給，其第三子又登賢書，雖衣櫛蕭然，而意甚安之。其天性闊達，於飲食宜忌、衣被煖寒之節皆不甚措意。有以養生之説勸者，笑不應，岐黄家言，尤所弗信。而秉賦甚厚，精神不衰。光緒十年，來游吴下，過我春在堂，縱談平昔，娓娓不休。又三年，年八十矣，余親至臨平爲姊壽。姊則大喜，置酒，飲余密室中。其明年，又往視之，青裙白髮，仍似舊時，尚能步至余舟。余從者皆歎曰：『此必百歲外人也。』然自此不再見矣。姊舊有肝疾，時劇時瘥，亦不爲患。十七年三月，其長女自禾中歸。子婦聚談，偶及身後事，且戒曰：『勿使瑞兒知。』時三子元瑞在山左也。起居言笑，猶如常度。己卯夜，與家人輩談甚久，指麾臧獲，處分瑣屑，如無病者。及次日日加丑，悠然長逝，視之如熟寐耳，年八十有四。嗟乎，吾婦同母姊妹四人，次、三皆適人而卒，吾婦之亡，亦十有三載矣。獨吾姊康強無恙，可望期頤，今亦下世。追惟髫齔之舊，能不盡然傷心邪？姊生三子：元鼎，承襲雲騎尉；元奎，福建候補縣丞，先卒；元瑞，光緒二年舉人，大挑二等，候選教諭。女四人：長適秀水張豫立，次適德清沈寅恭，三許嫁余子紹萊，未嫁而卒，四適錢唐許台身。孫四人：成相，早卒；成章，縣學生；成俊，成偉，皆幼。孫女七人。是年十二月壬辰，附葬安義君丁山之塋。元鼎等以余曾爲安義君傳，因亦以傳請，乃書大略，附安義君傳後焉。

沈烈婦傳

沈烈婦馬氏，仁和之喬司鎮人。馬故巨族，饒於貲，婦生而靡衣鮮食。及歸沈，沈，德清人，名寅禾，光緒五年應鄉試，登副榜。然孤寠，爲童子師，緼袍粳糧常不給。婦安之，井臼爨烹，操作不倦。初依母族以居，後從夫遷居仁和之臨平。一歲，鄰比失火，延燒所居，樓梯梵已斷，婦急以絮被重襲裹寅禾從樓窗提擲庭中，而自亦以被自翼，奮身躍下，竟不死，負夫而出，以免於難。戚黨咸稱之曰：『健婦！健婦！』已而又遷居德清之下沙村。光緒十七年，夫病垂危，以有兩柩未葬爲憾。夫卒，婦力營喪葬，且自營一穴於其右。又親至鄉閭，遷所謂兩柩者而葬焉。既畢，乃散所餘貲於諸貧者，其衣飾無用之物，咸焚棄之。某日夜，將就縊，爲人所覺而止，乃吞金二錢許，又和生鴉片膏飲之，遂卒。其姒婦周，於其枕畔得斷簪一，又得鴉片膏盒，尚存少許，以其死狀驗之，知其死以此也。又嘗語周曰：『吾尚有金二兩五錢，足了吾事矣。』檢遺篋，得金飾一事，并斷簪，權之，共二兩二錢有奇，其不足之數，即其所吞也。乃即以此爲治棺衾，葬之其自營之穴。年三十六，無子。

論曰：婦生膏粱之族，歸簞瓢捽茹之士，舂蓬炊藜，安之如素，可謂有少君孟光之風矣。觀其從容就義，處置井然，非素有定力而能若是乎？余既爲《馬烈婦詩》存集中，又爲此傳，庶烈婦之烈，久而不泯也。

德輝竇君家傳

君諱鳳翔，字德輝，姓竇氏。其先世自山西沁水竇莊遷河南河内縣陳范村，遂爲河内人。順治中，有以游擊官廣東、戰死羅定州、贈副將、謚英烈者，君之高祖也。嘉慶中，纂《國史忠義列傳》，下各直省，廉問死事諸臣後裔。於是英烈公之曾孫諱遇純者得以名聞，予恩騎尉，世襲罔替。騎尉君感念國恩，以海内承平，無以自效，時舉英烈公舊事以勵其子。君則其長子也。自幼趫捷，鎮軍趙公聞其名，召補標下材官。有左營游擊周君，自負拳勇，喜與人角，嘗於立談間飛一足蹩君，君不爲動，格以手，周遂仆，一軍皆驚。自道光中葉以來，天下猶號無事，君則曰：『此積薪厝火之日也，亂將作矣。』每讀《英烈公傳》，輒流涕曰：『忍使吾祖勳業墮於地乎？』道光三十年，粤西軍事起，徵調及兩河。河北鎮總兵董公光甲奉檄勦賊，而綠營兵素以老羸〔二〕充數，無習戰者，聞當遠征，則妻子聚泣，不欲去。君慨然曰：『國家養兵如此，將焉用之？我則既言矣，請往。』董公壯之，以君充前鋒，至粤，隸提督向公部下，戰象州，捷，戰紫荆山，又捷。時賊鋭甚，我軍稍卻，君怒馬馳入賊中，奪其纛而舞，賊衆披靡，我軍乘之，於是豬子峽、雙髻山皆迎刃而下。大學士賽尚阿公督師，見之歎曰：『真壯士！是宜爲請花翎。』然君伉直不阿，幕府用事者咸尼之。至收復永安州始敘功，賜藍翎。大軍追賊陽朔，會大雨，士不蓐食。君白董公，宜言於統帥，務持重。而副都統烏蘭泰公誓滅賊，率親軍與向公同入大洞山。山路嶇峿，反爲賊所扼。董公及長瑞、長壽、鄒鶴齡四總兵皆死於陣。君已與都司王君突圍出，聞董公死，曰：『主將亡矣，吾敢生乎？』復馳入賊軍而死，年二十有九。有守備霍少梁把總、王朝玉安魁親見君死狀，謂：君已手斫數十人，而刀折，不然，或尚可搴旗衝壘，殪其名賊也。事聞於朝，卹如例，予雲騎尉，世襲罔替。子三人：鎮山，以諸生從戎，累保同知銜，補用知州，江蘇候補知縣，亦具文武榦才，有君餘風；鎮海，今更名紫瀾，候選縣丞；鎮河，今更名一清，陽武汛千總。孫六人：鈞，鎔，銓，銑，錡，鍇。

舊史氏俞樾曰：余聞鎮山言，君性好客，喜施與，有以緩急告者，傾囊助之，無吝色。自負經世大略，每議論天下事，悉中肎綮。當少年讀《英烈公傳》時，其志固已遠矣，卒能爲國捐軀，與英烈公後先輝映，不負其父騎尉君之教。嗚呼，志義之臣乎？將帥之臣乎？死封疆之臣乎？

【校記】

〔一〕羸，原作『嬴』，據文義改。

嚴公王夫人合傳

嚴公廷珏，字行之，號比玉，浙江桐鄉人。祖大烈，見《縣志·孝友傳》。父賓，傳見《義行傳》。其家居青鎮，與湖屬之烏鎮接壤，湖州府同知即駐其地。公自幼穎異，婺源王公鳳生官湖州府同知，因與公父善，見公奇之，以女女焉。十四歲而孤，母蔡，教之嚴。年十七入縣學，旋補廩額，五應鄉試，不中式。道光十一年入貲，以同知分發雲南，歷署嶍峩、保山、易門、阿迷、大關、臨安、澂江諸府廳州縣，補雲南府同知，升麗江府知府，調順寧府知府。再以卓異聞，又敘獲盜功，及兩届督解滇銅功，由吏、户兩部引見，蒙召對一次。應轉監司，未及注選，咸豐二年十二月卒於順寧，年五十二。生平不納苞苴，不通竿牘，興利除弊，所至有聲。其任大關同知也，二年之中，結舊獄二千六百餘案。初下車，歲大無，用漢汲黯故事，發倉粟六千斛振之，如市值捐錢納糧道庫。曾文正公贈詩，有云『大夫出疆得專擅，汲黯發粟史所褒』，卽謂此也。又以道殣相望，爲置棺櫝，所歛男女，六百有餘。且施藥以藥病者，存活無算。及以臨安郡丞權知阿迷州，州地素爲盜藪，其民好勇喜鬬，出必佩刀。公嚴禁之，編保甲，勤緝捕，終公之任，盜風與鬬風並絶。州東與開化鄰，有閑田焉，辜較三四千頃，舊以無水，不能種藝。公籌捐白金八千，疏濬溝渠，化疆鹽爲膏腴，民賴其利。其在易門，置普濟堂，以養孤窮，增桂香書院膏火，以惠寒畯。境有綠汁江，江岸遼闊，渡者爭舟，每致顛隕。公設棠陰待渡所，渡者便之。其所豁銅廠三，辦銅逾額一百餘萬，例得議敘，而他廠額不足，請撥所餘補之，遂不符請敘之例。公不計也。林文忠公督滇黔，甚重之，命在署中助讞庶獄。暇或以詩歌相倡和，出所藏書畫相評騭。公外和内介，座客常滿，而一介不苟。官順寧時，有土司謀承襲，餽金珠，值巨萬。公不受，卒以應襲者襲。有某制府風示意旨，能以千金壽，當量移善地，笑而謝之，坐是歷任多瘠區。公家世富厚，自其祖若父，皆豪俠好施，而公又踵行之。道光三年大水，竭家財助振，施藥、施棺、施寒衣，歲以爲常，橋梁道路有傾圮，必修葺。舊有田千畝，市屋百區，納其租，恆減於額。親故以緩急告，雖貸千金不吝，積券盈篋，後盡燔之。由是家日落，身後無餘資。事母至孝，母病，刲股和藥以進。母殁，圖其像，朝夕焚香跪拜，没身不衰。所撰述多散佚，行於世者，《小琅玕館詩》十卷、《文》一卷。既殁三十年，鄉人士君子以其家居及居官事蹟聞於有司，言於朝，入祀鄉賢祠。入祠之日，傾城往送，咸歎爲盛事云。妻王夫人，别有傳。子錫康，江蘇候補知府。辰，道光二十三年舉人，咸豐九年進士，改翰林院庶吉士，同治元年散館，改主事。謹，雲南石阡〔二〕府知府，死寇難，贈太僕寺卿銜，予雲騎尉世職。女三人：長適廣東連平州知州江寧李景福，次適今安徽巡撫歸安沈秉成，三以孝女旌，事見王夫人傳。

王夫人名瑤芬，字雲藍。其家本安徽婺源人，後遷江寧。祖友亮，乾隆四十六年進士，官至通政司副使。父鳳生，以丞倅起家，官至兩淮鹽運使。夫人十八歲來歸，時嚴公新入縣學，彩旗鼓吹，導入黌宮。姑蔡淑人，與俱至縣城觀之，至今人猶豔稱焉。嚴氏素富厚，夫人乘間爲姑言保家之道，出匳中所有《敬信錄》一書，勸行育嬰、恤嫠及施藥、施棺、施寒衣諸善舉。嚴氏遂以義行稱，而家則日落。嚴公宦游滇南，夫人從之，多所匡助。道光十七年，公督銅運過蜀。蜀灘險惡，有善士李君募人鑿石，剗險爲夷，求助於公，需五百金。又有以翡翠條脱求售者，問其值，亦五百金。公謂夫人曰：『槖中所齎，適符其數，將以購此乎？抑以助彼乎？』夫人曰：『是不待再計，決也。條脱，一玩物耳，若助彼善舉，則行者享無窮之利矣。』公欣然從之。公病，夫人爲文籲天，請以身代，刺十指出血，書而焚之，竟不效。時三子皆不在側，夫人獨任大事，艱窘萬狀。且嘗以公事假用官錢二千餘緡，或曰：『是可入交代。』夫人曰：『吾夫不負民，可負國乎？』凡親故賵贈，悉以償官，不足則斥賣衣物以濟之，可謂皭然不滓者矣。咸豐五年，率三子以公之喪歸。至黔，阻於兵，乃命長子錫康奉公柩歸葬。次子辰入都會試，而留三子謹奉夫人居黔。謹以軍功由縣丞擢知縣，同治元年署郎岱同知。賊大股來攻，礮聲隆隆，几席震動。夫人夷然謂謹曰：『效死勿去，賊至以全家殉耳。』城竟以全。三年，謹由思州移知石阡府，所屬荆竹園，有賊巢窟，募丁防守，時或竊發。次年五月丁未，賊忽乘間闌入，謹巷戰，戕於賊。夫人聞變，命僕抱其孫及孫女三人逾垣匿民舍，而自率謹之婦及兩女投荷花池，水淺不死。賊去，僕嫗復集，抍而出之。其仲子辰已以庶吉士請假歸，聞難奔赴，而夫人已由大江東下，遇於漢，奉之歸。里居數年，患暴痢，甚劇。其幼女刲肱肉，和藥以進，果愈，而女旋卒。夫人雖痛之，然曰：『男忠女孝，足爲老人光榮矣。』其仲女歸沈仲復中丞，爲繼室夫人。謂諸子曰：『汝父讀書，未得成進士。今二子入翰林，一女嫁翰林，庶足慰先人地下乎！』辰由庶吉士改刑部，以夫人年高，遂不出。稟承母教，力行善舉，嘗振飢民七萬有餘，誓於神，無所私。創建書院於青溪，又立保嬰之會，男嬰女孩，全活無算。而革樣盤一事，尤爲夫人所喜。樣盤者，縣官收漕時驗米者也，相沿既久，樣米不反於民，樣盤日大於舊。辰言於官，革除之。其後晉豫大無，長子錫康奉合肥相國之命，設振局於滬，得銀十二萬兩。夫人曰：『此功德不下汝弟之革樣盤矣。』光緒六年，畿輔告災，夫人曰：『吾家世受國恩，敢不竭力？』盡括所有，以千金助振，有詔，以『樂善好施』四字建坊，以旌其門。錫康既官江蘇，而辰亦時寓吳下，仲復又適爲蘇松太兵備道，故夫人居吳之日爲多。九年八月庚辰，卒於蘇寓，年八十有四。將卒前三日，猶以所蓄洋錢五百助山東之振，蓋好善之篤，至死不衰也。工詩，能書畫，有三絶之譽。著《寫韻樓詩集》，與嚴公《小琅玕山館詩集》合刻，頗行於時。

舊史氏俞樾曰：余不獲見嚴公，而獲與公之長子伯雅、次子芝僧游，故得聞公與夫人行事甚詳。芝僧乞爲之傳，因次第其事，附其家乘焉。公以行義衆著，入祀鄉賢，而妻父王公以遺愛在人，入祀嘉興名宦祠，兩事相距僅四年，於是有《冰玉恩榮錄》之刻，海内以爲美談。乃其子又以殉難祀忠義祠，其女又以孝女祀節孝祠，一門之内，同膺鉅典，俎豆千秋，求之當代，實爲僅見。烏呼，此邦家之光，非徒門庭之慶矣。

【校記】

〔一〕阡，原作『仟』，據文義改。

貞女黃孺人傳

乾隆時，浙江餘姚有貞女焉，守節於夫氏三十一年而卒。卒後七十年而後言於有司，聞於朝，旌於其門，又四十三年，而舊史氏俞樾乃始次第其事，以爲之傳。傳曰：貞女姓王氏，自幼時許嫁黃氏。黃爲姚江巨族，有三忠六儒之盛，黎洲先生在國初以遺獻徵，有號慈園者，其族父也。慈園君生三子，景暠、景晨、景旦。暠、旦皆無子。景晨生三子：嶽、岱、崋，以岱爲旦後，崋爲暠後。乾隆五年，嶽等讀書於别峯庵，有同縣王公充之見崋而奇之，許以女女焉，卽貞女也。十三年，婚有日矣，女父卒，遂不果。十五年，崋所後之母卒，崋侍湯藥數十日，亦病。病且篤，其母言於王，請貞女來視之。貞女至，則崋病已不可爲矣。歸告兄嫂，願爲黃氏婦，生死不相負。兄嫂從之，是月十一日來歸，越二日崋卒，卽以岱之子兆清爲之後。貞女奉姑之喪，合葬於先舅之塋，而附夫柩於其側，於室中懸崋像，事之。雖見至親，不逾臥室之閾，年五十有三而卒。先是，景暠妻趙、景旦妻洪，夫亡守節，皆歷三十一年，至是而貞女符焉，咸以爲異云。

俞樾曰：余檢《黃氏家譜》，嶽字懷方，乾隆九年舉人，十九年進士，湖南慈利縣知縣。岱字鎮方，嘉慶元年恩貢生，三年賜舉人，四年賜翰林院檢討。崋原名巍，字省方，卒於乾隆十五年，年二十三。聘王氏，未婚守節，卒於乾隆四十六年，年五十三。然則，其來歸黃氏時年二十有二矣。懷方君嘗手書貞女事實以乞其師一言，所謂師者，未知何人，乾嘉間諸名人文集中亦未有見焉。乃百餘年之後，黃氏有名望齡者，以懷方君所手書事實求爲貞女立傳。余不知望齡距貞女幾世，近支與？疏屬與？然一紙之書，百年不滅，貞女之靈，實式憑之。余何敢辭也？因書其詳如此。望齡又言，其父志堯，字懋昭，曾刲股肉療其父病，咸豐十一年死於寇難。求所以表彰之，姑附書於此，冀不泯其人焉。

薛御史妻郭恭人傳

婦人之職，惟酒食是議，執麻枲，治織紝組紃而已，無外事也。然史策所載賢明婦女，有識鑒，知廢興，能贊助其夫若子以成其名者，往往有之。後世史官無識，所纂《列女傳》率皆以節烈著者，而婦女珍禕懿鑠之美，遂不著於世，甚非古者天子脩男教、后脩女順内外並重之道也。嗚呼，此吾所以傳郭恭人也。郭爲全椒望族，恭人之曾大父行，有兄弟五人同登甲乙科者，海内榮之。考諱士榮，歲貢生，候選訓導。家富田產，而好學，工爲文詞，有聲於時。恭人自幼寡言笑，喜誦《毛詩》、《楚詞》、班氏《女誡》、劉氏《列女傳》，皆通其大義。訓導君奇之，難其配，年二十有八始歸於同縣薛君淮生侍御。侍御君初娶於王，繼娶於吳，三娶恭人，然猶及事其姑。姑卒，哀毁逾恆情，鄰里稱賢婦。侍御君久困場屋，恭人曰：『窮達命也。』每以脩身俟時之義從容諷勸。而家室勞辱之事，一身任之。冬不鑪，夏不箑，奴春婢織，皆有程度。侍御君曰：『得婦如是，家事吾不問矣。』專治所業，學日益進。咸豐二年，舉江南鄉試第一。明年，與弟時雨同成進士。而侍御君以朝考高等改庶吉士，散館授編修。當是時，粤賊踞金陵，犯齊豫，南北夷庚，閡絶不通。而全椒在江北，官軍之壘於江岸者相望，咸謂可恃。恭人曰：『吾邑無險可扼，能久守乎？』亟治裝，乃提挈老稚，間關數千里而至京師。甫至而聞全椒陷，恭人之初發也，不知者且竊議之，及是皆歎服。侍御君官翰林，貧甚。恭人治家勤恁，仍如曩時，不憚勞苦，而埽除一室，爲侍御君退食之所。海内名人來從之游者，恭人瀹茗溫酒，進小食點心，必豐且潔。侍御君既入臺章，疏數十上，每屬草稾，恭人輒戒家人，毋以瑣事關白。而所言何事不一問，曰：『封事宜密，非婦女所宜與聞也。』十年秋，島夷入犯，京師戒嚴，而姦臣用事於内者方熾。侍御君欲劾之，猶未決。恭人曰：『君能爲王章邪？妾不爲王章婦也。』侍御君乃具疏赴淀園陳進，至則大駕出狩灤陽，已發矣，痛哭而還。其時事出倉卒，百官或赴行在，或潛匿，或遁。侍御君以曾奉幫辦五城團防之命，治事如平常。恭人亦料量家事如故。嗚呼，侍御君固當代奇男子，不爲難也；恭人以一弱女子亦然，難矣。同治改元，大憝斯去，發其罪者，御史董公元醇，而實萌芽於侍御君之一疏云。是歲奉命典江西試，歿於闈中。恭人聞變，欲自裁，若有神人告之以宜爲門户計者，絶而復蘇。越四年，侍御君之喪至自江西，恭人奉以歸葬，葺茅茨，闢蕪萊，薄田數頃，粗給飦粥，治家課子，皆極嚴整。戒諸孤曰：『欲自立者，先勿濫交。』一門之内秩如也。光緒七年，江南大無，出勤苦所蓄積者以振乏絶。朝廷嘉之，官其子葆棟光祿寺署正。葆棟旋舉於鄉，恭人從之居京師，年已老矣，而足不逾閾，目不識聽事屏風，門生求見者輒辭謝，終日手《資治通鑑》一册不輟。語其子曰：『此古今治亂之龜鑑也，國家常興於憂危而敗於逸豫，下而士大夫家亦然。凡人惰則百弊叢生，勤則百弊皆絶，至服御華美，尤非所宜。人之所以見重者，豈以衣乎？以衣見重，祇見輕也。』平居正衣危坐，未嘗一日言病，病亦不藥。年至七十，諸門生謀爲壽，堅卻之。光緒十八年閏六月甲戌，卒於京寓内寢，年七十有四。臨殁，惟戒其子以侍御君墓碑未刻，宜亟爲之，無他言。子一人，葆槤也。女子子五人，殤其三，存五、六兩女，袁昶、熊方燠其壻也。前室有二女，撫之如己出，其壻曰許鎔，曰楊永言。是年九月，葆槤奉其喪南歸，而袁昶爲作行述，請余爲傳。余與昶有舊，又重違葆槤之請，乃次弟其事，附其家乘。異時修國史者，儻有采焉，俾世知婦女之賢明有識鑒者，亦可列於士君子之林，史家所以必有《列女傳》者，其本意固在此也。傳例有論，余用《伯夷傳》例，論在傳中，因爲之贊，以寄歎誦。贊曰：

英英薛君，爲國謀臣。是攝是贊，實惟恭人。不避危險，不憂窶貧。勤以治家，嚴以律身。以相其夫，令名不泯。以教其子，先業不淪。宜登信史，宜勒貞珉。粗陳大要，垂示千春。

春在堂襍文五編卷三

雲溪江君傳

君諱乘鮫，字榮丹，自號雲溪，江氏。其先閩人也，元時有宣義郎夢梁公始遷於台之曹隩，後其族日繁，分居盤馬、箬篁諸邨，舊隸黄巖，今屬太平，遂爲台州太平縣人。曾祖必馨，祖光聰，父顯熯。自祖以上皆務農，君之父始業儒，以貧故改而賈，遷居於城。生三子：伯曰騰鮫，以外委戰死；叔曰潛鮫，以千總戰死，有司顏其門曰『烈追二顏』。騰鮫妻王，殉其夫而死，有司又顏其門曰『瑤池古雪』。君則其仲也。九歲而孤，力不能讀書，乃繼父而賈。年二十娶於孫，生子曰青。其弟爲贅壻於齊，生二子，曰若梁，曰華，若梁與青同歲也。君撫育之，衣履如一，見者不知其爲從昆弟也。咸豐十一年，粤寇犯太平。君挈家及鄰里入黎坑山，築壘以守，一鄉賴以得全。亂定旋里，仍營什一之利，而厚修脯，延名師，使青與若梁等皆受業焉。或曰：『君家固將門，何事佔畢爲？』則泫然曰：『吾兄死於此，吾弟死於此，忍令諸子再事此乎？』於是以科第望青等甚切。已而青等先後入邑庠，若梁及華皆舉於鄉，乃歎曰：『吾今慰矣，吾不負吾弟於地下矣。』自君之父在時，喜於爲善，每歲清明及冬至兩節，率一僕履行墟墓間，見有殘骸露骨，拾而瘞薶之。大寒之日，抱舊衣數襲，遇丐者被苫蓋走風雪，則以衣之。君承其志，鄉里善舉，皆以自任。而自奉極嗇，麤衣惡食，偃如也。性嚴重，不妄言笑，治家有法度，雖一粟一絲，不以自私。自旦至莫，不自暇逸，先婢僕而起，後婢僕而息，五十餘年猶一日也。光緒十五年忽遘風疾，至十七年五月辛巳卒於家，年六十有七。以弟潛鮫官貤封武略騎尉。

贊曰：王道之始，必始於鄉。里有君子，一鄉善良。如君高行，足式梓桑。持躬勤儉，遇物慈祥。有遺秉穗，無私橐囊。古稱長者，非君莫當。承先仁粟，詒後書香。必有興者，子孫其昌。

王研香傳〔一〕

往年，余在西湖俞樓，有自詁經精舍來告者，曰：『一狂生日來精舍索觀所藏書，與之不即歸，不與則怒且詢，將奈若何？』余不測爲何許人，漫應之曰：『喜觀書，亦佳士，姑聽之。』已而其人來見，則寧海王正春字研香者也，恂恂儒雅，不類狂生。叩其所學，於經義頗得門徑。其論大戊爲太甲子，非太甲孫，引孔子『帝乙六世王』之言爲證，若爲太甲孫，則成湯至帝乙，不止六世。其論陳亢、陳子禽爲二人，引《漢書·古今人表》爲證，又據《史記·弟子列傳》，原亢籍在不見書傳四十二人中，非陳亢，非陳子禽，若亢與子禽，不得云『不見』。其論『蕃衍盈升』，謂『升』爲『収』字之誤。其論『皋比』，謂『皋』字乃『虓』之異文。其論祠兵，引《周禮》『肆師祭兵』證成何劭公義。其論『毋燒灰』，謂當從《呂覽》作『炭』，記文、注文均誤。此類凡數十條，余深賞之。少時致力詞章之學，徧讀漢魏六朝文，至唐而止，獨不喜蕭《選》，亦其持論之不隨流俗者也。與同縣章梫字一山者善。一山喜交游，恆戒之曰：『無益，徒費日耳。』一日同過市，一山偶衺視，輒以所持扇擊之。其行誼如此。嗚呼，是誠佳士，誰謂狂生哉？始與一山同肄業崇文書院，後爲潘嶧琴學使調入詁經精舍，光緒二十年八月戊午應鄉試，未畢，感疾暴〔二〕卒，年三十四。有二子，皆殤，竟無子。

【校記】

〔一〕 此篇又見於《春在堂襍文六編》卷二，用以參校。

〔二〕 暴，《春在堂襍文六編》卷二無。

暴方子傳〔一〕

暴方子名式昭，河南滑縣人。祖名大儒，字超亭，官江西知縣。方子以巡檢指省江蘇，補平望司巡檢。刻苦自厲，非其分所應得，一錢不取，雖其母不能具甘旨，妻子無論也。時譚敘初中丞以蘇藩護理巡撫，禁博，禁妓，禁食鴉片烟。方子平日不以此爲利，文到奉行，諸弊竟絶。譚公嘉之，舉薦賢守令數人，方子與焉。詔軍機處存記。會以母憂去官，免喪，復至江蘇，補吴縣甪頭司巡檢，清操愈厲。曰：『吾母在尚爾，今豈爲妻孥計溫飽哉？』甪頭司駐太湖西山，方子布衣芒屩，徜徉山水間。遇先賢祠墓，每刻石表識之。又訪求山中遺老詩文集，刻以行世。公事之暇好讀史，《史記》、兩《漢》、《三國志》、《晉書》皆卒業。然性傲岸，喜淩上，坐是失上官意，竟劾去之。官罷後，饔飧不繼，山中人爭以米饋，未市月得米百餘石，柴薪䕺菜稱是，山中有秦散之者，爲作《林屋山民饋米圖》。及歸滑，貧益甚。光緒二十年，倭事起，湘撫吳清卿中丞自請督師。方子喜曰：『偉哉此舉，吾願從之。』謁中丞於津門。中丞吳人也，見之大喜，拜疏言：『臣前丁憂家居，卽聞角頭巡檢暴式昭，堅持節操，以不善事上官被劾，深以爲惜。請開復其官，交臣差遣。』得旨，準留營差遣，俟有微勞，卽行開復。方子乃從中丞出山海關，奉檄至塞外買馬，往返千里，不私一錢。中丞歎曰：『此人若爲牧令，政績必有可觀矣。』其明年，感疾卒於關外，年僅三十餘，時論深惜之。

論曰：顧亭林先生言，亂之初起，巡檢治之而有餘；亂之既成，總督治之而不足。巡檢所係，顧不重哉？而世之居是官者，率不自重。有如方子之鐵中錚錚者，又以不善事上官而罷。嗚呼，可爲長太息也。

【校記】

〔一〕此篇又見於《春在堂襍文六編》卷二，用以參校。

〔二〕時論，《春在堂襍文六編》卷二作『聞者』。

潘孺人傳

孺人姓潘氏，其先永嘉人。曾祖錫耀，以舉人官知縣，自其祖爲贅壻於黃巖，遂家焉。父慶麟，母林氏。年二十歸王君舟瑤，字玫伯。王氏自宋以來世居黃巖，潛德不耀，方議婚時，或言於潘氏，曰：『王郎雖才，貧士也。』孺人聞之，微語曰：『貧而不士不可，貧而士何害？』議遂決。已而有述其語告玫伯者，曰：『真若婦矣。』孺人性頗剛烈，及歸於王，事祖姑及君舅、君姑，婉孌若嬌女。時玫伯幼弟纔二歲，幼妹始生，孺人每代姑保抱攜持。逾年舉一女，即分己乳乳幼妹。姑治家勤恁，而稍卞急，事必躬爲之，事未竟，雖當食不食，家人或拂其意，亦不加訶譴，恆發憤太息，或至啜泣。孺人深悉姑性，遇事輒先之，亦必竟其事而後息。見姑怒，曲爲譬喻，往往轉怒爲笑。玫伯以衣食奔走四方，偶歲暮將遠行。孺人以己夏衣質錢，爲製裘，及夏不能贖，即衣敝紵，不以爲憾。然明大義，不苟取。有以事干玫伯者，曰事成則酬金千。玫伯峻卻之，退以告孺人。孺人曰：『得分外財者不祥，某某可鑒。君能甘貧，妾願同之，敢奪君操乎？』連舉子女數人，劬勞益甚。姑憫之，曰：『澣濯煩撋之事，可倩人代也。』對曰：『諸娣皆然，何敢獨異？』然竟以勞得疾，光緒二十年夏，有身已數月矣，忽得崩中之疾，飲以葠，少止。會玫伯之仲弟病痢，孺人曰：『小郎病亟，吾可勿藥也。』至七月丙申，疾又大作。玫伯方侍其祖母及母夕食，孺人戒侍者勿以聞，曰：『方食，聞變懼其噎也。』及家人奔集，已不可爲矣。年三十有四。子一人，敬禮。女子子二人。

余既爲作傳，乃歎曰：死生之際，未有不失其常度者也。孺人當疾革時猶以堂上及其夫爲念而不自顧其身，嗚呼，可不謂賢乎？余孫婦彭氏亦以去歲卒，將卒，姑往問之，猶曰：『無恙。』問：『胡不睡？』曰：『日間睡足耳。』時距其卒，不及一刻矣，蓋不欲以疾病貽尊章憂，此念至死不變也。吾孫婦之賢，未知視潘孺人何如，然此一端也，其亦近之矣。《莊子》云：『死生亦大矣。』死生之際而不改其常，則其平時所守可知也。彼號爲丈夫者，乃或臨死而易其守，何哉？

朱氏三烈婦傳

三烈婦者，朱伯華觀察之原配徐、繼配李及其妾張也。伯華諱福榮，浙江山陰人。其父諱守和，仕於江蘇，遂家於蘇州。伯華曾受業於余，庚申之亂，余倉卒挈之出蘇州城，而其婦徐尚留城中，有傭婦馬氏從之。城破賊至，徐投井死，馬氏陷賊中，間關得出，言婦死狀甚悉。遂聞於朝，旌如律。徐氏之烈不至泯滅者，由馬氏實親見之也。同治四年，浙江大定，補行鄉試。伯華舉於鄉，旋入貲爲刑部主事，後改外，以道員候缺於直隸。大學士、總督李公頗信任之，俾司出納，兼筦海軍衙門支放之事，一歲中，經其手者無慮數百萬金，而絲豪無所私。公甚重焉。以積勞成疾，又奔其父喪於蘇州，航海往返，疾益篤。光緒十八年十月乙卯卒於天津，未竟其用，論者惜之。伯華之疾且病也，繼配李夫人刲臂肉，大如掌，作羹以進。其妾張氏禱於天，請以身代。伯華卒之明日，張氏仰藥死，李夫人泣曰：『吾夙願固如是也，爾乃先之乎？然吾當送夫柩還南，未可死。』已而臂傷大發，不能成行。至十九年春，始克奉靈輀歸蘇。又以形家言是歲山向不利，未能治葬。李撫棺大慟，痛不欲生，家人輩環伺之，不得死。其夫弟叔梧觀察強與俱還天津，時值溽暑，臂傷益潰爛，力拒醫藥，屏絶飲食，至八月庚戌竟成其初志，死焉。李公聞之，歎曰：『以伯華之賢，而其妻李、其妾張均能從容就義，以身相徇，至行奇烈，萃於一門，非尋常可比也。』專疏上聞，請敕部旌表，以慰幽冥，以維風化，天子俞焉。於是亦旌如律。

舊史氏俞樾曰：伯華從余游最早，事余猶父也。有爲有守，宜可以大用，而竟止於此，僅攝清河道事者一年耳，不幸短命，余深悼焉。其繼妻李，性賢淑，善視其妾。妾張氏，亦明大義，事嫡如姑，皆余所親見也。卒成大節，先後死義。相國李公專疏以聞，李與張均不死矣。獨念庚申歲，余與伯華俱出危城，不知其婦徐氏猶在，以爲從其翁先走矣。後始聞之，深以不及援手爲恨。及聞其以烈旌，余心稍安，故因傳李、張兩烈婦而并及之。一門三烈，尤名教之光也。伯華竟無子，妾費氏生一女，伯華卒，費守義不嫁，撫育其女。烏呼，李與張爲公孫杵臼，費其爲程嬰乎！是亦宜附傳者也。

王夢薇傳

王君廷鼎，字夢薇，江蘇震澤人。所居曰平望鎮，於吳江、震澤兩縣無專屬，而自祖父以來，皆籍震澤。其父諱源通，字蟾生，余所爲作蟾生君傳者也。蟾生君夢人以紫薇花贈，而君生焉，夢薇所以字也。性嗜學，蟾生君臨終問曰：『汝讀書固善，若貧不能自存，將奈何？』曰：『還是讀書。』蟾生君頷之，遂卒。當是時，江浙已大亂，蟾生君殁未數月，而蘇杭皆陷，平望爲賊往來孔道，蟾生君柩及其母張孺人柩猶未葬。君出奇計，假賊旗識，冒險至平望，載兩柩以出。其後有傳君曾陷賊中者，由此而謠也。君既葬父與祖母，奉母避賊，流轉於江浙間諸小邨聚中，貧甚，無坐臥具，假人小瓨支版爲几，其窮如此，見君所爲詩文，可覆按也，諸所妄傳，不足辨矣。亂定，乃於吳市賃一椽，爲童子師，藉修脯養母。妻錢氏以針凿佐之，猶不足。乃學畫、學醫，鬻其技於人。又應書院課，博膏火資，如是者數年。四試省闈，皆不售。乃積累歲盈羨，捐從九品，分發浙江。既至，應撫軍官課，取第一，卽派充保甲委員。嗣後遇官課，皆在高等，歷充海運委員，敘勞升縣丞。又以解口外餉，詔俟補缺後以知縣用。時譚文卿制軍方撫浙，聞君名，派充巡捕。語余曰：『吾衙官屈、宋矣。』光緒七年，補授麗水縣縣丞，仍充巡捕，積功，加四品銜。及譚公遷陝督去，忌君者衆，俄中蜚語，罷官。君仍服儒衣冠，應書院課，賣書畫自給，如未仕時。築室於杭之花市，小有花木泉石之勝，以娱其母。而所學則日以進精，研古訓及古文聲韻之學。每發一義，老師宿儒，無不歎服，名重江浙間。然亦坐此，心血耗竭，肝失其養，結轖不舒，浸成鼓漲之疾。光緒十五年，母勞太恭人卒。及服闋，病日臻，至十八年八月甲申，啓手足於花市廡廬，年止四十有□。惜哉！君所著書甚富，已刻者，《紫薇花館經説》四卷，《紫薇花館小學編》二卷，《説文佚字輯説》四卷，《尚書職官考略》、《退學述存》、《月令動植小箋》、《讀左瑣録》、《字義鏡新》、《彪蒙語録》、《杖扇新録》、《花信平章》各一卷，《紫薇花館詩》四卷，《紫薇花館文》三卷，《春光百一詞》、《鶯脰湖棹歌》、《西湖百詠》、《西磧雪鴻》、《北征日記》、《南浦行雲録》各一卷，《裕德堂一家言》三卷，均行於世。未刻者，《杭防營志》四卷，《花市閑吟》、《緑鶴新音詞》、《西湖風味》各一卷，又《論語考》未定卷數，均藏其家。

論曰：方譚公之去浙也，余勸君辭巡捕赴麗水任。君因循未果，而事變之來已不可止矣。然安知非造物者奪君之官而予君以著述之名乎？君善彈琴，每春秋佳日，輒攜琴至西湖，與二三同志相約爲琴社，夷猶淡宕，疑足以頤養其天真，而竟不登中壽，淹忽以殁，殆其中猶有不能自勝者乎？抑造物之壽君者在彼不在此乎？

福建鹽法道署按察使翁公家傳

公諱學本，字小軒，一字蘭畦，翁氏。其先世居浙江餘姚，國初有諱運標者，與兄運槐，先後尋父於湖南，世稱『翁氏兩孝子』。運標後官道州知州，祀名宦祠，此則公之高伯祖也。曾祖會堂，因留湖南，遂爲善化人。祖元鈞，爲甘肅通渭、靈臺等縣典史。父忠清。三世均以公貴，贈資政大夫。曾祖妣朱氏，祖妣謝氏、李氏、唐氏，妣鄧氏，並贈夫人。公生於廣東合浦縣署，其伯父諱忠瀚者，適宰是縣也。生十日，母卒。四歲，父卒。祖母李太夫人撫育之。嘗從李太夫人至山東，舟行，墮於水，若有物負之出，人皆異焉。俄，李太夫人亦卒，煢煢孑立，然不廢讀，公經世之學蓋基於此矣。咸豐二年七月，粵賊犯湖南。永州鎮總兵常公常祿知公才，以潮勇千二百屬之。勇目醵金五百以獻，曰：『常例也。』峻卻之。故潮勇多横恣，而公所部肅然。復永興縣城，破賊於攸縣丹陵橋。從援長沙，道隘，不可騎，徒行七十里，飢食生芋，渴飲泥漿，夜與士卒臥畛陌中。一日，單騎偵賊，爲賊所追，前有塹，不能越。賊或以戈揕其馬，馬驚躍，遂逾塹。公歎曰：『天也。』會所部潮勇調隸别將，而月餉未發者尚多，環而請領，勢洶洶。公曰：『吾不負若也。但一日隸吾麾下，即一日遵吾號令，靜候毋譟，苟譁釦，有軍法在。』立以糧臺他項儲款發如數。或以擅發尼公，勿顧也。常公甚韙之，以公參其營務。時所獲賊諜，積二百餘人，公知其中有寃者，親鞫之，尸其半，釋其半。已而常公援武昌，命公催湖南餉，及至而武昌陷，常公戰死，公望城泣拜而去。四年，謁曾文正公於江西。文正命公稽察水師，夜見巨舸，張鐙讌飲，聲樂甚盛。詰之，曰：『吾與曾公姻婭也。』公曰：『吾知有軍令，不知其他。』於是文正益賢公。鄱陽湖之敗，公掉小艇，跡文正所在而從之。文正執公手，曰：『能爲吾徵兵二百里外乎？』請檄，文正以小紙書數行付之。持以行，兩日而兵至。文正嘉焉。命往佐李公元度於南康。公既至，遂師事之，崎嶇戎馬間，所學益進。時軍事孔亟，公以轉餉及以他事渡鄱陽湖者三十餘次。文正疏聞，有『不避艱險』之語。未幾，移駐貴溪。七年八月，賊大至，而城中食盡。公冒雨走廣信，乞糧於廣饒九道沈文肅公，衣盡濕。文肅解衣衣之，與以米五百石，鹽千斤，銀三千兩。載之歸，夾岸皆賊也。公佯睨賊而笑，賊不測，不敢詰。城中得米，民心大定，遂有鷹潭之捷。李公上其功，稱其『廉明，得士心。突圍乞饟，不避矢石，尤人之所難』云。是年秋，選就福建浦城縣縣丞。李公以爲是軍中不可少之人，請於文正而留之。旋以貴溪、弋陽守城功奏保知縣，加同知銜，賜鶡羽翎。至九年，江西肅清，乃始赴浦城任。自是而公之政績皆在閩矣。十年三月，粵賊石達開由鉛山犯浦城，公語縣令曰：『二度關，吾邑要隘也，是宜守。』邑令卽以所募臨江勇數百，使往守關。既至，寇亦至，衆大恐。公於關上張疑幟，分兵繞出賊背，擊之，關上亦發大礮轟擊。賊敗走，浦城以全，自此一戰，而軍務少息。未幾，江南平，戎事蕆。公之治閩，乃專以吏治見。公始以浦城縣丞遷泰寧縣令。泰寧號難治，北鄉之民尤鵰悍，不納糧，前令坐是免者三人矣。公曰：『治民有道，撫字宜先，催科宜後也。』訪求民隱，知邑多訟。有曰保家者，實搆成之，兩造雖欲罷訟，爲所持，不得罷，必破家乃已。公嚴治保家，向之受其累者皆大悦。又興復書院，修建名蹟，進其諸生，從容問民生利病、吏治得失。於是剔除錢糧積弊，與諸父老約，糧畢輸則有獎，上者扁榜，次者花帛，遠近觀感，輸納恐後。乃親至北鄉，召其長老，語之曰：『國課不可逋也，我一官去留不足惜，然我去，汝能終抗乎？』民聞公言，皆大感悟，逋賦一清。按察使桂公超萬歎曰：『是真能以撫字爲催科矣。』同治元年，調署崇安，適遇水災，公請奏免錢糧，三四請，允免十之四。明年，歲大熟，民曰：『好官不可負也。』春税所輸，數逾巨萬。蓋以撫字爲催科，猶泰寧也。巡撫徐清惠公上其事於朝，詔下吏部議敘。公之受知遇自此始矣。公治崇安三載，星村茶市，客民聚鬨，馳至即解，曹墩貧民，糾眾強糴，傳諭立散。民惑於風水之説，不葬其親，則嚴禁之，買義山以葬無主之棺。民錮婢至老不嫁，則苦口勸諭之，年逾二十不嫁，罪其主。有母訟子者，請置之死，不許，荷校以徇於市，俟其子悔，以還其母，爲母子如初。吳越子女，避難來閩，請於上官，飭所由，禁勒賣，所保全者無算。三年三月，調署閩縣。八月，又調署侯官縣。公以省會之地，獄訟繁多，立書役功過格，以地遠近，定日遲速，到即訊，訊即結，如原告兩月不到，注銷勿問。遇華洋交涉之案，據理斷之。左文襄公歎曰：『安得天下皆如此強項令哉？』洋商欲租民地者，非有印給，禁勿租。奸民誘人子女，鬻之外洋。公捕其爲首者陳阿佺等五人，論如律。洋人欲築屋於城中烏石山之顛，公持不可，立石示禁。其後持禁者不力，改從其請，竟激民變。朝廷遣使者按問，得公所立石，歎曰：『是有先見。』時公已官鹽法道。仍以屬公，卒移之城外。當漳郡之陷於賊也，省中人心恇擾。有汪洋洋者，乘亂行劫，公立斬之。或曰：『縣令耳，奈何專殺人？』文襄嘉其膽識，勿問也。時奉文加徵糧饟，以充軍用。公親歷四鄉，告以不得已之故，民皆從命無違言。大湖所轄，有嶺兜等五鄉焉，是皆頑梗，有田無賦。所司請以兵剿之，公力爭不可。單騎往，曉以禍福，不三日而賦盡納，其糾眾抗官者，自繫待罪。文襄喜曰：『吾固知此事非君不辦也。』公勤於民事，日坐堂皇。在崇安結舊獄六百餘，在閩縣結新舊獄二千餘，在侯官結新舊獄一千五百餘。嘗以書上布政司，陳十事，曰海防，曰鄉團，曰額兵，曰田賦，曰廣積倉，曰勸課種，曰免煩碎之釐，曰除賤濫之捐，曰錢法，曰交代。建議宏大，非徒可行於閩省而已。又陳閩俗之弊，曰：『淹柩不葬，不孝；溺女不舉，不慈。不孝不慈，皆由於不學。』方議有所施設，而左文襄奉命西征，徐清惠薨於位，遂不果。論者惜之。四年，調補詔安縣，仍留署侯官，以辦理通商事。詔以同知直隸州用，以閩省肅清，賜換孔雀翎。五年，奉檄赴閩縣尚幹鄉治土寇。先是，總兵某君以重兵臨之，獲十人。公訊之，有兩人者非寇也。總兵曰：『制軍命我駢誅之矣。』公曰：『事苦不知耳，知而不言，於心安乎？請活此二人，我任其咎。』於是鄉人悦服，轉相告語，父兄縛送及自首者五十餘人，土寇悉平。六年，遷永春直隸州知州。甫下車，頒采風十問於民間。州有盜魁曰謝險，嘯聚於何山，時入城剽掠，市人至，不敢呼其名。公縣重賞購之，期必獲。謝險布流言，云將不利於公。公不爲止，先獲其黨張智等二十餘人，置之法。謝險走建、邵間，公度其必由水道經省城，授計於紳士陳某，集茶市健兒伺之，果獲。數十年巨憝，一朝而除。詔加知府銜。鄉民聚族山居，尚氣好訟，訟不解則鬭，鬭或數世不休，而洋湖黃、鄭兩巨族尤其雄伯都魁也。公捕治其渠，自此境無鬭者。命案多匿不報，富則私和，貧則擇殷實之家而波及之。公嚴誣告之罪，此風衰息。著《戒訟説》一篇，聽訟時爲之解説，有聞而涕泣罷訟者。巡撫李公鶴年下其書於各州縣，總督英文勤公書其後，曰：『是不愧民父母矣。』訟詞必使載作者姓名，一語歧異，卽究作者，而遇庠序之士，不遽繩以法，往往悔悟成善士焉。大田縣民拒捕，縣令請兵。公曰：『毋擾農功。』馳一檄往，而犯者皆自投。山田種蔗，利倍於穀。公曰：『毋荒本務。』巡行田野，見禾稻青葱輒獎以銀牌，民皆拔蔗而種穀。虎爲患，牒於神，終公任無一虎。夏不雨，禾且槁，步禱於神，雨立霈。有永陽壩者，袤延五十里，廢久矣。復其壩，灌田五千頃。州城圮，更築之。白鴿嶺道隘，行者不便，拓而大之。環翠、谷音兩亭，朱子遺蹟也，修而復之。新文廟，備樂舞，春秋丁祭，悉如禮儀。創建鵬山書院，設立義學四區，士皆嚮學。永春之有科名自此始。有周夢齡者，神童也，幼失父母，教之。公顔其書室曰『榮蕿』。柯恐者，願士也，其父訟其母與兄於官。公責其母不順其夫。柯恐痛哭叩頭，不能成聲。公責其兄不孝其父，則請以身代。公曰：『孝弟之士也。』以鼓吹送歸，自督撫、學使以下咸有贈，民始知以行誼自勵矣。民間婚禮，陋不中禮，雖娶妻與納妾無異，故婦女不知自重，夫死即嫁，守義者尠。公製彩服禮輿，以重初婚之禮，著《女兒經》、《貞節歌》，婦豎傳誦，風俗爲之一變。立同仁堂以養老疾，立育嬰堂，撰《育嬰要言》，以保孤幼。州故瘠貧，商販罕至，減釐捐，免零税，以利市廛。土産甆、紙，舊歸鹽船回空載運，小民肩挑販鬻者罪之。公惻然曰：『貧民自食其力，何罪之有？』力請於上，自德化洋湖得運至仙游、興化諸縣，從公議也。永之鹽務，自同治初定新章，計口銷鹽，每人月食一斤有半，一州二縣，舊課謹千二百兩，驟增至萬二千兩，民不堪命。公力請改章，不許。及公歿後九年，德化縣民陳拱果以此倡亂，官軍討之，而民皆陰附拱，久之不能定。於是下明詔革除派買之弊，總督檢舊牘，則公稟故在也，卒如公言乃定。嗚呼，公之治永也，其尤一生精力之所注乎？今尚書孫公毓汶方視閩學，至州，聞公之治行，爲賦《滂惠歌》一篇，皆紀實也。永之民，至今不忘，爲建祠宇，歲時祭祀，蓋亦漢時欒社、于祠之比矣。十一年，署福防同知。福防同知駐南臺，其地華夷襍處，奸宄叢集。公至，禁小船私載禁物以通寇，禁夜市，禁夜戲，又議禁賽會。而奸民許阿石挾嫌糾衆，譟於福防署。公懷印見巡撫王文勤公。文勤揖之曰：『循吏苦心，謂余不知乎？』置許阿石於法。地多火災，公度地鑿井，造石斛以儲水。錢肆多以空票牟利，公命備載姓名族戚鄉鄰於册，空票遂絶。十二年，調署龍巖州。州有爭墳地者，訟且十年矣。公問：『地吉乎？』曰：『吉。』公曰：『訟則終凶，吉於何有？』兩姓感悟，罷訟。文廟無佾舞生，招之，無應者。公以名族子弟爲之，簪花披錦，導以簫鼓，衆以爲榮，佾舞乃備。秋試，餞諸生於明倫堂，以詩送之。三年中鄉舉五人，解首與焉；成進士入詞林者一人。僉曰：『龍巖僻壤，非公教誨，不及此。』拳勇之士，號召其徒，少年子弟，喜從之游，以武犯禁，悉驅逐之。奸人蓄蠱，毒害行旅，捕治無赦。又刊布治蠱之方，不數月，民稱『翁青天』云。十三年，又回永春任。公再治永，於民益親，被控者不傳而自至，因訟羈管者，歲暮縱之，及開印皆復來。建通仙橋，甃叢桂嶺，於鵓鴿嶺下建石橋一，木橋四，行人便焉。光緒元年，補行十三年大計，以卓異聞。二年，署福州府知府。自此官位益崇，而爲治仍如牧令時。三年五月大水，城不没者三版。公坐木筏巡視，墮水，衣履盡濕，而不自休息，歷十晝夜，寢食皆廢，齒齦作痛，兩足盡腫，公病自此成矣。公仕閩久，左文襄、徐清〔二〕惠、王文勤累疏稱公賢，朝廷知之稔，議破格擢用。會建寧府缺員，即以公補授。未之官，授福建鹽法道。閩鹺自改票法，民窮商竭。公掃除積弊，每届奏銷，於正課外皆有盈餘。時已累加至二品銜，而左文襄又以協餉功請加按察使銜。七年，大計羣吏，又以卓異聞。八年，奏署福建按察使，爲《清訟簡明章程》四則，通行各屬。羣謂公必大有造於閩，而公病竟不起，光緒八年五月甲寅卒於官，年五十有四。妻高夫人，有賢行。公在浦城二度關之戰，或傳兵敗矣。夫人手劈印匣，握印挈二女坐井闌竟日，捷聞乃止。隨任侯官，公適以事出，有客兵自城外突入署中索餉，夫人遣老僕慰勞，質衣飾，得錢餉之。既畢，乃問曰：『今日之事，不知於軍律何如？』皆叩首，謝無狀。公卒，同僚賻贈數千金。夫人曰：『非公志也。』悉卻之。後公一年卒。子四人：傳煦、傳照，餘二子殤。女四人，次女殤。殤者皆葬永春大鵬山，民敬護之，樵采不至焉。孫二人：家琦，家鋭。余識公次子，故得聞公事甚詳，念公已廟食永春，他日必有請以公政蹟宣付史館者，故詳述其事，冀補國史之闕焉。

論曰：公少年投筆從戎，意氣甚盛，使長從曾文正諸公游，安知不擁旌麾、受節鉞，赫然稱中興名臣乎？乃以縣佐赴閩，從此遂以循吏顯。造物者，成就斯人，果在此不在彼乎！觀烏石山禁洋人築屋，及請改永春計口銷鹽二事，在當時皆不盡以爲然，而歿後卒如其議。《詩》不云乎，『維彼哲人，瞻言百里』，公之謂矣。使天假之年，得至督撫，於天下事，必大有裨益。惜乎未竟其用也。公二子皆賢，尚能繼其志哉。

【校記】

〔一〕清，原作『忠』，據上文改。按，此當指福建巡撫徐宗幹，謚『清惠』。

鄭烈婦傳

鄭烈婦周氏，浙江嵊縣人，縣學生芑豐女。年十八歸同邑貢生鄭君錫蘭次子樹雲。鄭君固寒士，教授生徒，藉修脯自給。樹雲耕且讀，婦佐以紡績。其事夫後母尤盡禮，姑亦奇愛之。光緒十五年，樹雲卒，婦慟甚，欲從之死。姑多方譬解，婦敬諾，自是飲食言語如平常。舅姑或悲思其子，婦轉援他事亂之。家人疑其哀稍衰矣。居無何，親串中有憐其年少且無子者，招之往，慰以詞，從容諷使改嫁。婦愀然不語，亟辭歸。歸則使人治衣履諸物，甚備，又出平時紡績所餘資，分貽鄰里貧乏者。及朞屆樹雲小祥，婦晨起語其姑曰：『世傳婦人後夫死，夫必待於地下，復得相見，其說信乎？』姑不測其意，默不答。是日將營小祥之祭，而婦沐浴，居寢室，不治具。姑不欲強，乃自治之。既而入呼婦，則婦端臥於牀，服御一新，皆前此使人爲之者也。駭而問之，猶起而對曰：『兒已仰藥，將死，不能終事舅姑矣。』未幾遂絶，時光緒十六年二月八日亥時也，距樹雲死一年，其月日時皆同，年二十七。

舊史氏俞樾曰：　昔人論死之難易，有慷慨從容之別，如烈婦者，不死於夫初喪之時，而死於夫小祥之日，時閱一年，竟成初志，附身之物，先自具備。嗚呼，可不謂從容就義者乎？然其婦姑相得，家雖貧，尚非不給於衣食，使旁人勸嫁之言不入於耳，則婦或以節著而不以烈著，亦未可知也？庸庸之見，愛之，適以害之乎？然造物者則正以此成烈婦之名矣。

贈資政大夫星源陳君家傳

君諱開基，字志勳，別字星源，陳氏。其先世居江西臨川縣之瑤湖鄉，自君始遷於黔，遂爲貴州貴陽府人。曾祖諱某，耄而好學，教授生徒，多掇科第，以去年逾九十以布衣終，積善成德，遂昌其家。祖諱亮采，考諱運階，並以君第三子貴，贈資政大夫。祖妣戴、妣鄒並贈夫人。君幼慧，爲塾師所材，秉性直諒，不苟言笑。以貧故，不能竟所學，改而服賈。操贏制餘，候時轉物，雖老於榷會者謝弗如，居久之，家稍稍裕，乃益務爲善。嘗販布於楚，已先以千金付主者，而主者與布未及半，他客恃強，索布甚亟，主者窘，乞君還前布。君度不還主且毁家，慨然許之，一時皆頌高義。咸豐、同治間，鴉片烟盛行，名曰『洋烟』，售此者利十倍。或勸君爲之。君曰：『吾不以害人者自利也。』鄰人某甲失物，疑乙所竊，乙不服，將共磔雞誓於神。君往，謂之曰：『甲誠失物，乙誠未竊物，皆不虚也，何瀆神爲？物直若干，我請償之。』乃輸錢如數，甲乙俱感服。有傭於君者，盜君物，已偵得實矣。家人請逐之。君曰：『被此名以出，其誰納之？一家餓莩矣。』置不問。畢是歲，始以好言遣之去。其生平行誼類如此。一歲，自楚歸，泊舟蘆林港，偶失足，墮於水，若有翼之使出者，神佑善人，信不虚矣。君有弟，年幼好遊，多妄費。或以間於君，君曰：『吾寡兄弟，忍以細故䂓蒯乎？』愛之彌篤，弟亦悔悟，卒以端謹稱。族某宦游於外，家有七喪未葬，君出金數百畢葬之。或曰：『君家貧時，君夫人曾持盥器易粟於某而弗與也，君胡預焉？』君曰：『不然。彼不吾貨，彼之不義也，吾不彼助，則吾之不義矣。且先世積德以詒我，我視宗族若途人，何以見祖宗於地下？吾盡吾心，義不義，不計也。』告者慚而退。君雖以賈起家，而喜讀書，見經明行修之士，必禮貌之，使其諸子效法之。豐摯幣，聘名儒，以教其子。嘗訓諸子曰：『吾家世忠厚，曾大父敦品勵學，未顯於世。積善無不報，其將在爾曹乎？』書『天理良心』四字示之，曰：『爲人之道盡此矣。』又舉古今可法之事，朝夕勸勉。妻李夫人亦善教子，事師尤謹，恆躬治酒脯，有珍果嘉蔬，必先以進。師感其誠，啓發不倦，諸子咸森然成立，克成父志。君卒於同治九年四月甲寅，年六十有八。初娶雙氏，生二子：譜，候補從九品；蘭，太學生。繼娶李氏，生四子：燦，同治八年舉人，光緒三年進士，吏部文選司主事，改官雲南，補順寧府知府，調雲南府知府，升迤南道；田，亦於同治八年以第一名舉於鄉，光緒五年進士，改庶吉士，授編修；矩，以實録館謄録從使日本，敘功以知縣分發四川，加五品銜；　馨，同治十二年舉人，亦於光緒三年成進士，官户部廣東司主事。女子子二人，舉人車士英、周希韓，其壻也。孫九人，女孫二十二人。君殁之後，鄉人士君子猶感念不置。或曰：『非公之教我，我何以有今日也？』或曰：『某之婚若喪，非公之助我，我不能舉也。』或曰：『某往年有訟事，非公爲之解免，至今猶糾繚未已也。』蓋君之遺澤在人，故人思慕之如此。余因諸子之請，粗述䇲較，俾附家乘焉。

論曰：　余嘗讀《後漢書・樊宏傳》，宏父重，字君雲，以貨殖起家，貲至巨萬，賑贍宗族，恩加鄉閭。縣中稱美，推爲三老。史臣舉其折券、止訟二事，稱爲君子之富。今觀陳君之爲人，其卽當代之樊君雲乎？《易》曰：『積善之家，必有餘慶。』《詩》曰：『神之聽之，介爾景福。』陳氏雲摶水擊，鬱爲鼎門，亦可徵食報之不爽矣。且唐宋以來，尤重科名，而陳氏昆弟同榜者，舉人、進士各二，此近代所稀有，士林所豔稱也。彼樊氏，雖重侯累將，無以加焉，非君盛德，安能致此？異時列名國史，焜耀千秋，樊君雲不待專美於前矣。

孫婦彭氏傳

孫婦彭氏，名見貞，字素華。余取逸《詩》『素以爲絢』之義顔其所居曰『絢華室』，於是後又稱絢華云。湖南彭剛直公長孫女也。父永釗，母常氏。其歸吾孫陛雲也，年十有五。初，剛直公自浙出巡長江，道蘇州，過我春在堂。余攜陛雲見公，公見而大悦，解所佩漢玉賜焉。時同年勒少仲河帥方爲寧藩，公卽授意，欲訂二姓之好。余曰：『彭公勳貴，而余寒素，懼非耦也。』少仲曰：『不然。彭公勳高天下，君名滿海內，適相當矣。』余重違其意，卽請少仲爲蹇修，時陛雲十歲，孫婦十二歲耳。光緒五年，余婦姚夫人卒，余撫存悼亡，羸病時作，請於公，求早娶。公初辭，卒許焉。旣入門，婉孌如嬌女，一家皆憐愛之。已而吾長子紹萊卒，無子。陛雲乃吾次子祖仁所生，卽以爲紹萊後。孫婦周旋兩姑間，曲得其歡心。一姑喜夜坐，侍之不倦，一姑喜蚤起，而又甚畏寒，所以禦晨寒者，無不具也。十餘年中，無失言，無過舉，重親稱其孝，三黨稱其賢，舉家稱其勤儉。而處事鎮定，臨幾決斷，頗有其祖剛直之風。余每歲至杭州西湖句留輒數十日，孫婦留守姑蘇寓廬，遇臧獲輩，寬嚴得中，年雖幼，措置裕如也。一歲，有鬱攸之警，相距僅一小港，勢危甚。家中惟余次子祖仁在。祖仁有心疾，悶瞀無所知。孫婦曰：『事急矣，他非所計也。』命具肩輿於庭，親扶其君舅坐聽事，又命人伺於祖先神龕，曰：『毋動，如火至，撤取木主以出。』部署粗定，天忽反風，幸得無事。旣免於火，而是日適治具讌一姻親，仍從容酬酢如平常。於是諸親串無不讚歎其才，曰：『是不愧彭公女孫矣。』孫婦旣歸吾家，每歲從其祖歸省其母。剛直公治軍嚴，帳下健兒，鞭撻無虛日。孫婦見有可原者，必婉言丐免之。長江水師中誦女公孫之賢，如一口也。剛直公薨，余亟命孫婦歸，歸而其母常夫人又卒。孫婦素爲剛直公所奇愛，又事母至孝，半歲之內，遘此兩變，外爲江湖風濕所侵，內又有焦肝灼肺之痛，其體素羸，善病，至是而病深入骨矣。遷延五載，醫藥襍投，或議扶陽，或議滋陰，迄無成效，以至不起。吾家祚薄，不能久留此賢媛，可爲流涕也。其自奉甚儉，服飾華美者屏不御，而人以緩急告，必爲籌畫，至忘寢食。臨卒前一日，有寒士踵門，投刺求見。孫婦微聞之，時氣息垂絶，語不成聲，猶語陛雲曰：『是某人耶，宜小賙之。』嗚呼，居心如此而不壽，何歟？剛直公嘗教以楷法，初來歸時，余刻亡女繡孫遺詩初成，命其書『慧福樓幸草』五字，秀媚之中饒有風骨。其治家也，必以家用簿籍呈余。余見其所寫小楷書，曰：『汝書甚佳，曷爲吾書扇？』孫婦聞而甚喜。然余憫其久病，不欲以瑣事勞之，故弗使也。喜彈琴，一學卽工，如《歸去來辭》琴中長調也，習之三四日，琅琅應手矣。所生女子子二，曰璡，曰珉，後以病，遂不育。屢請於姑，求爲陛雲納妾。姑曰：『汝年少，姑少待。』然去歲返自湖南，竟以匳中貲買一妾而還。陛雲雅不欲也，余曰：『不可負汝婦之意。』遂納之。未數月而婦卒矣。卒之日，僕媪皆爲失聲，其平日所感然也。生於同治七年十二月二十九日戊申，卒於光緒二十年五月十七日癸巳，年二十有九。將死，姑往問之，猶曰甚好。問何不睡？曰日間睡足耳。時距其死不一刻矣，蓋不欲以疾病爲尊章憂，此念至死不變也。余痛其賢而不壽，爲撰次其略，他日附之家乘，冀不泯其人爾。

春在堂襍文五編卷四

德清城隍廟碑

城隍之祀古矣。或謂始於八蜡之坊與水庸，然孔穎達謂，坊以畜水、障水，庸以受水、泄水，則是田間溝塍，非城隍也。城隍之祀，其始於春秋宋、鄭之祭四墉乎？其神乃地祇，而非人鬼。然古者以句龍配社，王肅之徒并謂社卽所以祀句龍，則城隍之神亦可以人爲之。吳越時，曾奏請以唐右衛將軍總管龐玉爲城隍神，封崇福侯，殆亦神道設教之微意乎？吾邑城隍神舊碑所載無姓名，相傳爲勞公，諱鉞，字廷器，江西德化人，則明成化間守湖郡者也。故老傳述，或非無因，而儒者難言之。然縣城築於宋末明初，止存土郛，嘉靖間又重築之，周七百七十三丈，高二丈有奇，因港汊而爲池，倚岡隴以爲塹，苕溪之水，直貫城中，夾溪而居者，烟火萬家。山川雄秀，人物殷昌，則宜有神以主之，此固朝廷秩祀之所必及，而士民報賽之所不容已者也。考之志乘，城隍廟在儒學之左，宋紹興中建，國朝康熙、雍正、嘉慶間累次修葺，有園林之勝。神歆其祀，民受其賜。粵寇之亂，焚燬無遺，惟頭門巋然獨存。克復之後，庫吏許懷清請於邑侯，醵於所屬各區莊，創建二堂。又由邑士大夫廣爲勸募，歷二十餘稔始得復其舊觀。門廡崇閎，堂宇深邃，廊榭繚曲，花木幽深。若節春秋，官是土者，率循典章，陳設牲醴，一邑之氓，頒斌而集，厥角於庭，瞻其榱棟，諰其帷帟，莫不肅然而致敬焉。是足以奉神之靈而錫吾民之福矣。竊惟聖朝秩祀之禮，與賢有司成民而致力於神之義，斯舉也，亦修廢舉墜之大者也。作而不紀，後世奚述，因紀其事，而係以銘。銘曰：

吾邑之建，始自有唐。垂二千年，人物阜昌。是宜有神，主此一方。昔遘兵亂，今樂時康。祛除災疢，調順雨暘。疇非神賜，而敢忽忘。乃庀厥材，材美工良。復其舊觀，築此新堂。有門有庭，有室有房。神之格思，錫福降祥。永永年代，惠我無疆。

贈右副都御史劉公神道碑

昔在咸豐之初，大盜起於粵西，竄於金陵，蔓於天下，而卒藉上海一隅彈丸之地，爲旋乾轉坤之樞紐。其時將帥之臣，赫然稱中興元功，生膺五等之封而歿受百世之祀者，非一人矣。然而上海一隅之獨完，以留待大軍之集者，誰之力歟？則太康劉公之功大矣。公諱郇膏，字松巖，先世由山西洪洞遷河南太康，遂爲太康人。曾祖某，祖某，父某，皆以義行重於鄉。公於兄弟行居三，生而沈毅，有大志。年二十一入郡學，道光二十年舉於鄉，二十七年成進士，以知縣分發江蘇。始至卽誓於神，不苟取一介。咸豐元年，權知婁縣，開濬白龍潭。官紹塘諸處，爲旱潦之備，又以邑無儲蓄，按畝捐粟，分存各鄉，官民互稽，歲以爲例。及賊陷金陵，揚州、鎮江，相繼失守，東南震驚。時趙靜山中丞守松江，與公鎮之以靜，民賴以安。無何而上海亂，川沙、南滙、嘉定、寶山、青浦諸廳縣並陷，公時已受代回省。巡撫忠烈吉公督師剿賊，檄公隨營。公率漕勇三百人，與賊戰輒勝，嘉定父老知公才，請於臺司，專以嘉定屬公。三年正月，收復嘉定，遂權知縣。事甫三日，上海大營潰，潰兵至城下，民一夕數驚。公親出拊循，資而遣之，選丁壯，嚴守望，稽保甲，藉游民，於是民心大定。後獲賊諜，知賊於某日謀襲縣城，以有備而寢也。兵亂之後，十室九空。公爲民請命，春請停徵，秋請減緩，雖經兵燹，境無流亡。敘功加同知銜，賜花翎，補授青浦縣。疏通汊港，修築圩塘，有便於民者，無不備舉，蓋公之所至類然。而其大有造於東南，爲中興大局所關，則尤在上海。公於八年冬調補上海縣，既下車，大減折糧之值，俾小户皆得自納，毋令豪右把持。又嚴定命案檢驗所需，簽廠舟輿之費，倡捐經費，歲取其息，由善堂給發，毋令吏胥需索。滬人便之，交口頌好官。然此猶賢有司常行之事，非其大者也。自與泰西互市以來，上海華夷襍處，數構釁。九年夏，民間夜行，或行曠野者，輒被夷人拘羸而去，日失數人，或數十人。愬於蘇松太道，而觀察某君不敢問，且擬執以謝夷人。民益洶洶，聚衆萬餘環道署。公聞，趨至，下令曰：『無妄動，我且爲爾搜夷館。』入白觀察，與俱往。入門，門闔，又入，又闔。觀察色沮，公笑曰：『我既至此，肯遽出乎？何闔爲？』夷人曰：『搜而不獲，奈何？』曰：『聽若所爲。』搜之，果無獲，夷人大譁。公叱曰：『未搜爾船，誰敢言無？』乃登其舟，搜第一層，曰無，搜第二層，曰無，夷又大譁。公叱曰：『未搜艙底，誰敢言無？』命搜第三層。版甫啓而人見，累累然，皆盛以巨囊。出之，有已斃者，有悶絶而仆者，皆曳登岸。夾岸觀者，歡呼如雷。夷人震慴，俯首謝無狀。立使人乘其船，鼓輪，行千里，追回他船所匿者千餘人。於是夷人畏公，遇公鹵部，輒屏立道右，而上海之民亦莫不歸心於公。公之得有爲於滬，由此始也。其後江浙皆陷於賊，上海孤懸賊中，朝不保夕。公練民兵於四鄉，設二十局，撫之以恩，激之以義，無不願爲公死。賊李秀成既陷松江，遂犯上海，肉薄環攻，鎗礮如雨。公衣冠佩刀，坐城堞間，意氣益振，目睫不交者旬有餘日，賊不得逞而去。時諸大吏咸集上海，或以危地難久守，謀他徙。公曰：『滬城雄據海口，爲餉源所自出，雲帆轉海，各路皆通。異日王師規復，必從此始，奈何舍此去乎？』大吏慚沮。烏呼，使無公此議，一動足則上海不可守，而南北隔絶，兵道、餉道皆斷，雖有肅毅伯之師，何從而至？此固天意，而亦不可謂非公之功矣。然公自此不得於大吏。十一年冬，賊復陷浦東諸廳縣，大吏命公往援。公曰：『賊勢盛，宜守不宜戰。』弗聽。公率練勇千、鄉團五百以行，鏖戰數晝夜，部下死傷殆盡。賊呼於陣，曰：『擒劉某者賞金千。』公奮身投於水，或拯之起，退屯野雞墩，收散卒，謀復戰。而城中望見烽火燭天，又不知公所在，民大聳，號於大吏之門，曰：『還我劉公。』大吏亦懼，使人招公還，且約曰：『自今以往，聽子而行。』公於是練兵籌餉，詰姦禁暴，爲自固之計。賊雖據浦東，而滬上晏如也。是時，境内無論遠近主客，皆呼公爲『劉青天』。『劉青天』之名，達於天聽，有『劉令大得民心』之諭，見於咸豐十一年詔書。加道銜，以知府用，升海防同知，旋以同知署按察使，未幾即真，又署布政使。郡佐閑曹，驟至藩臬，異數也。今大學士肅毅伯合肥李公帥師至滬，命公總理營務，恆率鄉團助勦。或李公親行，則公留守。及大兵駐崑山，軍糈皆取給上海。公開濬吳淞江，千五百丈，以通運道。而金陵雨花臺大營亦資上海協濟，兩營月餉，無慮二十萬。公籌運無缺，士氣益奮進，克蘇州，是爲東南肅清之始。公曩者力爭上海不可棄，至是驗矣。蘇城既復，公撫循遺孑，招集流亡，通商惠工，勸耕課織，興修學舍，疏通城河，善後之事，次第皆舉。會有減賦之詔，公以數百年吳民積累坐此，既奉德音，敢不竭力。參考成書，鉤稽賦則，立均輸遞減之表，旁行斜上，細入秋豪，并歷年州縣浮收、紳士包攬之弊，無不杜絶。及公奉命護理巡撫，爲兵燹後第一次征收糟糧，公酌定漕餘秏折章程，官民咸便，至今賴焉。公以初至江蘇，有一介不苟之誓，僚屬投贈，一切禁絶。自奉儉約，食無兼味，衣敝不易，務在黜華崇樸，爲三吴士庶養瘡痍而復元氣，此固人之所難，然在公則轉爲易矣。會母程太夫人老病思歸，累疏陳情，溫旨慰留，未遂所請。已而太夫人卒，公號呼躃踊，悲動行路，奉喪歸里。水涸行遲，三月之久，始達太康。積勞之身，哀痛之餘，觸發宿疾，遂不可爲矣。同治五年十二月乙巳卒於里第，年四十有九。是時李公以湖廣總督駐軍周家口，聞公之喪，追念在上海時與公撑拄艱難，情事如昨，爲之愴然流涕。乃上言，公厚重剛方，實心任事，爲僚屬中不可多得之人，請照軍營立功後病故例賜卹。從之，追贈公右都御史銜，蔭一子，以知州用。其後上海士民請於上海建立專祠，而蘇州士大夫又請祀公於名宦祠。公之一身，固安危所繫，而朝廷之報之者亦至優矣。公娶姜氏，早卒。繼娶楊氏，生子二：果，光緒十二年進士，禮部精膳司主事；棨，增貢生，候選州判。女四人，歸於裴、於吴、於周、於申。孫二人：某，某。公既殁之十二年，其子果具事實乞銘其神道之碑。余謂公之政績不可勝書也，惟表明其爲東南大局所關，以告天下萬世，因係以銘。銘曰：

盜起粤西，蔓延天下。東南奥區，得全者寡。天祐聖清，留此一隅。實惟滬瀆，輨轄三吴。滬瀆彈丸，城大如斗。不有偉人，其何能守。篤生劉公，是謂偉人。夷獠慕義，婦暨歸仁。謂餉宜籌，謂兵宜練。謂姦宜鋤，謂民宜奠。遂使滬瀆，屹若金湯。賊環於外，安堵如常。神鉦一聲，飛來天上。惟合肥公，實兼將相。自滬而蘇，以次蕩平。三吴既定，兩浙皆清。兵何自來，來也自滬。滬何能全，惟公砥柱。萬口一聲，曰劉青天。功在一時，名垂千年。我謂公功，允關大局。立石刻銘，爲萬世告。

廣東巡撫劉公神道碑

光緒十有八年三月戊辰，廣東巡撫劉公薨於位，遺疏聞，天子震悼，賜祭、賜葬，一如巡撫例。已而直隸總督、大學士李公又以公歷官事實上陳，於是有詔宣付史館立傳，并附祀淮軍昭忠祠。蓋公以雄材偉略遭際聖朝，生膺節鉞之寄，殁膺俎豆之報，固已極儒者之榮遇，樹人臣之盛軌矣。某年月日，其孤世瑋等奉公之喪，葬於某原。余既爲文，志其幽宫。而故事，三品以上大員之葬，必於神道樹碑，碑必有文。世瑋等又以爲請。余曰：『志文、碑文，同出一手，於古罕見，盍他求乎？』世瑋等固以請，余不獲辭。因思，墓志藏於幽者也，墓碑表於衆者也，是宜舉其大者，以昭示來茲。乃譜其世系及其子姓，敘其出處及其學術行誼，而書其有裨大局者數端，爲天下後世告。其世系曰：公諱瑞芬，字芝田，安徽貴池人。曾祖駕夫，祖兆，考孝櫶，邑志均有傳。曾祖妣徐、祖妣羅、妣姚、繼妣柯，並以公貴。自曾祖以下贈光禄大夫，自曾祖妣以下贈一品夫人。其子姓曰：公娶姚氏，繼娶傅氏，皆封一品夫人。子：世琪，兩淮吕四場大使，前卒；世瑋，光緒十四年舉人，候補知府；世琛，貢生，候選主事；世瑛，縣學生，候選員外郎；世珩，縣學生，候選中書科中書；世瑗，尚幼。女子子四：長者適南陵徐氏。孫：詒讓、詒謙、詒訓。孫女九。其出處曰：公十九歲入縣學，歲科試，列高等，以次且食餼，丁父憂，遂不果。咸豐元年、二年應鄉試，擬中，以中額足，又不果。曾文正公督師，駐東流，公上謁，獻時務策，大奇之，充采訪忠義局員。會今相國肅毅伯李公以淮軍援江南，公隨軍東下，江南平，敘功，公先曾入貲爲中書科中書，至是由知縣、同知、知府累遷至道員，分發江蘇，賜花翎。疊加鹽運使銜，按察使銜，布政使銜，督辦松滬釐捐總局。光緒二年，署兩淮鹽運使。三年，署蘇松太兵備道，四年卽真。八年，遷江西按察使。九年，遷江西布政使。十年，護理江西巡撫。十一年，授三品京堂，加二品頂戴，充出使英、俄諸國大臣。十二年，補太常寺卿，轉大理寺卿。十三年，改充出使英、法、義、比四國大臣。十五年，授廣東巡撫。十八年薨於位，年六十有六。其學術行誼曰：公少日博覽羣書，究心經世之學，既不得志於有司，立青山詩社，與同志者唱和，著有《養雲山莊詩文集》如干卷。天性純篤，有二弟，自課之讀。既貴，置仁安義莊，以贍族人。凡有義舉，輒爲之倡。修邑志，纂族譜，建考棚，自文廟至先賢遺蹟及道路、橋梁毁於兵者，咸修治如舊。往年，直隸、河南、山西、江蘇、安徽、浙江各行省饑，捐廉俸振之，并於外國倡立華洋振捐，集洋錢至三十萬有奇，尤其盛德之所感也。居官不受餽遺，遇屬吏嚴而恕，待朋友故舊及寒畯之士，必從其厚。故卒之日，遐邇悲慟，有失聲者。然而此於公皆小節也，今請舉其大者數端。自咸豐之季，大盜起粤西，窟穴於金陵，蔓延於東南，天下岌岌矣。肅毅伯李公自滬上進兵，收復蘇州，是爲東南廓清之始。而水陸全軍軍械火藥，則公一人實筦理其事，資糧扉屨，無缺於供，被練組甲，必工且緻，其槍礮之購自外洋者，良苦真贋，剖豪析芒，不爲所紿，俾李公得以麾城摲邑，克成大勳。然則東南之砥定，非公之功歟？此其一也。淮軍之餉，仰給東南，公主松滬釐局十年，長耳飛目，綜覈精密，千緒萬端，罔有遺漏。奸商假外國之名，希冀逋賦，用類推迹，輒得其情。而尋常販夫販婦，市估津税，操贏制餘，務崇寬大。商不告疲，課不告匱，淮軍之餉，源源相濟。李公移師北征，轉戰齊魯燕趙之郊，有馬騰士飽之樂，無矢窮弦絶之患。霆砰電射，所向無前，畿輔晏然，中原安堵。然則西北之肅清，非公之功歟？此又其一也。我朝自開海禁與泰西互市以來，鱗介冠裳，日以偪處，詭詐百出，稍不致審，輒墮其術中。英人赫德爲我總税司，言於總理王大臣，請增中國土產鴉片之釐税。總署命至上海，與公議之。公曰：『是陽爲我計，陰爲彼計也。土烟之税增，則土烟之價昂，人食洋烟，無食土烟，是使我爲彼敺也。』執不可。洋人又以吳淞海口迂迴，請於吳淞口起所齎之貨。公曰：『是欲漏我税也。我設江海新關，收洋税也。貨不至，關税於何有？焉用關爲？』執不可。洋人於所租界内設立自來水、自來火，由來久矣，至是又欲推行於城内。公曰：『是溷我也。此端一開，則異時開馬路、設巡捕，誰能禁之？』執不可。公之用心若鏡，以見占隱，以往察來，逆折其情，若暗夜而燭燎。治洋務者，盡能如公，洋務不足治矣。又其一也。語有之，『先發制人，後發則爲人制』，凡事類然，洋務尤甚。上海通商之初定議，浦江以北爲洋商船步，浦江以南爲華商船步，而洋人無饜，又欲侵占我浦南，屢言於總理王大臣。公知之，即創設水利局於東門外，使堪幹之吏常駐局中，專司船步，無有佤邪離絶以違定章，洋人乃噤不敢言。及奉使於俄，俄人豔我黑龍江漠河金礦之利，言於總理王大臣，願爲我開採。公曰：『是非可以空言拒也。』亟告總署及北洋大臣，請先自我開採，從之。我既舉行，俄不復請。譬猶弈棋，所爭者一路之先，此亦治洋務者所宜知也。又其一也。天下之亂，起於盜賊，而盜賊起於饑民，前明已事可鑒也。光緒二年，淮北大無，饑民就食南來，麕聚於維揚。公方權鹽運使，駐揚州，乃於城外築圩數十，分饑民，使按籍而居之，生者有糜粥之資，死者有棺槥葬埋之費，每三、八日，親臨其所，宣講《聖諭廣訓》，以牖其良，以馴其悍。又駐一軍，晝夜巡察，以防其爲亂。而亦以禁人之掠賣其子女，自冬徂春，資之使歸，境内帖然無事。此在公當日，但以實心行實政耳，然無公則吳中必大驛騷，雖吾浙不能安枕矣，非其大有造於江浙者乎？其權蘇松太道也，適俄人以我索還伊犁故，日以兵船至海口，滬上大聳。公密白大府，設一營於小南門外，名爲汰老弱，實則募精壯，一月之内，鴆然成軍，人心大定。其使英也，英人欲以鋭師由印度入藏，於是口外又大聳。公力爭於英外部，追還印度之師，人心又大定。公之才識類如此。此又其一也。公陳臬江西，清釐積獄百數十案，去其爲民害者，武舉人若而人，市井無賴若而人。及居藩伯之任，整紛剔蠹，除苛解嬈，時日雖暫，頌聲翕然，使其久任封疆，則所樹立必有大過人者，天不假年，未竟其用。然而數歷中外，幹用文武，在國史名臣傳中無愧色矣。余往者辱與公交，重違諸子之請，既次第其事，以誌其墓，又撮舉大略，刊石墓門。銘曰：

咸同之間，有震且業。持危定傾，羣材莪業。維楚維皖，實鍾厥英。惟曾與李，國家干城。公與李公，同起皖北。李公東來，掃除蛾賊。資糧扉屨，惟公是供。馬騰士飽，皆公之功。國家用兵，不加田賦。什百取一，斂市欲布。公於滬上，榷税十年。有裨於國，無病於廛。帝知其才，命爲監司。華夷襍猱，非公莫治。陳臬開藩，將開幕府。民頌旬宣，帝資禦侮。樓船旌節，周歷重洋。邦交克洽，國體無傷。公善治内，尤善治外。務爭其機，勿受其獪。海禁一弛，事變百端。安得如公，宏濟艱難。昔公治饟，與兵終始。及公建節，中外攸恃。有文有武，有經有權。我作斯銘，用表其阡。

記名提督鼓勇巴圖魯張君墓碑

道光之季，大盜起於粤西，歷咸豐、同治兩朝而後定。維時天下精兵皆出於募選，而卒賴以成大功者，惟二軍焉，曰湘，曰淮。自曾文正公以湖湘之士收復武漢，肅清上游，於是始有湘軍之名。自今傅相、肅毅伯李公以廬鳳勁旅駐上海，克姑蘇，於是始有淮軍之名。大亂既定，湘軍皆散歸田里，而淮軍又掃除羣捻，底定中原，天下倚淮軍以爲安者，垂三十年。淮軍之初立也，發其議者，張靖達公，而贊成之者，爲張君又堂。張君既歿而行狀出，余讀而歎曰：『是事所係大矣。』雖微其孤之請，亦宜表而出之，以告後世，況其孤又以請乎？謹按狀，君諱紹棠，又堂其字也，安徽合肥人。曾祖應鳳，祖竑，父純，咸豐初舉孝廉方正。曾祖妣呂，祖妣李，妣吳，三代以君官贈封皆一品。君自幼沈毅，多遠略。父誠齋公誨之曰：『世變方起，宜求濟變之方，毋徒治章句。』君乃時與邑中諸賢豪游，訪求人材，縱覽形勢。娶於同縣李氏，今傅相李公卽其婚兄弟也。粵寇起，妻父侍御公與傅相皆奉命歸治鄉團，招君與其事。一時才俊雲集，張靖達公、張勇烈公、吳武壯公、周剛敏公、周壯武公，及閩撫劉公銘傳、粵撫潘公鼎新，皆與君歡聚如昆弟。時曾文正公督師於皖，傅相在其幕中，張靖達公嘗從容與君言，曰：『吾嘗游淮南北，陰察廬、鳳、壽、潁之民，皆負意氣，有肝膽，每與之語，氣勁言高，忠義勃發，雖燕、趙之士不是過也。誠選其尤者，使成一軍，俾其豪及大姓將之，必能爲國家戮力行間，東平吳，北平捻，不難矣。君意云何？』君大喜，曰：『君議與吾合趣，具稿，吾爲君上之。』卽日因傅相以達於文正，文正韙之，此淮軍所由起也。淮軍既建，遂與湘軍相掎角。淮軍諸將，龍驤麟振，如雲而起，或開府，或專閫，布滿天下，而原其所自始，實由靖達與君。嗚呼，偉矣。君佐侍御公父子治鄉兵，幾十年，沿淮上下，出入賊中，與賊支柱，使不得逞。以克復無爲、東關、巢縣功賜花翎，旋奉文正檄，護贛南軍，又以克復休寧、黟縣、徽州進秩者三。同治元年，乘輪舟，出大江，摩賊壘而達於滬。會傅相之師，攻楓涇、石壘及西塘鎮，皆下之； 又會他將，復蘇州省城及無錫、金匱，禽賊魁黄子澄。詔賜鼓勇巴圖魯名號，進秩者二。又會他將，復宜興、荆溪、溧陽、嘉興、常州五郡縣，解江陰、常熟之圍，截擊揚舍、金壇之逸賊，迭克湖州、長興、廣德、漳州、漳浦諸城，及晟舍、四安諸鎮。每有攻戰，因地出奇，所嚮輒勝。朝廷計功進秩，五擢而至提督，記名簡放。大亂初平，餘孽未靖，乃以君統水陸軍防。有司議修蘇城，辜較其費，必三十萬。君督軍士繕完葺之，所費不及三十之一。舉總兵劉啓發於偏裨之中，使詰盜鋤姦，綏靖閭閻，蘇人賴之。旋移防金陵。時各路撤兵，士失其伍，占居民屋，十室而九。君悉令還籍，歸屋於民。鹺政久弛，竈丁煽亂，餘西各場，同時糜爛，厥勢甚張。君以九百人往，翦猾禽渠，蘗散其衆，且爲區處，俾無後憂。大府上其事，以剿治迅速，溫旨獎焉。文正公防秋淮、徐，以金陵爲東南大都會，奏留君與李公宗羲鎮撫之，内靖外攘，庶事咸理。閲五月而文正回，君乃出防臨淮，慮捻蹤飄忽，教士以車戰之法，賊騎屢爲所遏，望而畏之。當時諸大帥咸以器識相推重，傅相與共患難，依倚如左右手。東捻之未平也，傅相擬奏請君總領前行諸軍，已屬稿矣，君請歸問老母。太夫人故有三子，君其次也。長君紹堪，以鄉兵擊賊，死於賊。太夫人嘗痛念之，不欲君再出。乃白傅相，寢其議。太夫人就養金陵，衰老多疾。君陳乞終養，築室冶城山右，家居奉母者一十九年。天性誠篤，當其兄戰死時，募壯士願從者，夜行數十里，深入賊中，求得其屍，殯歛如禮。而歸事母尤孝，飲食必嘗其旨否，衣被必視其寒燠，有疾病，則日夕祈禱，以首搏地無算，額顱僨起，侍者皆爲感泣。其御下嚴，其臨財廉潔，部曲有餽不受，一降將以千金進，亟麾去之，卒伍或取民間一豚，斬以徇。而所識拔者，多爲名將，如天津鎮羅君榮光，正定鎮徐君邦道，左江鎮董君履高，皖南鎮史君宏祖，皆君麾下材官也。君晚年口不言兵，幅巾策蹇，徜徉山水間。

喜刊刻方書，以救民疾疢。又纂修家乘，以敬宗睦族，望之睟然，不知爲臨淮宿將也。方今內憂外患，尚未盡敉，傅相以身任天下之重，而淮軍中舊時知名之將，強半物故；如君者，方望其恢張遠略，宏濟時艱，而君已古人矣。君歿於光緒二十年七月己亥，年六十有六。妻李，早卒。繼室以后氏，天長布政司理問夔之公女也。李與后俱封一品夫人。副以歐陽氏。子八人：席珍，廩貢生，以候補道在軍營積勞病故，贈內閣學士銜；士瑜，廩貢生；士珩，光緒十四年恩科舉人，並以道員分省補用。三子者，皆李出也。后夫人生三子：士璠，光緒十五年舉人，郎中銜；士珣，士璜。歐陽氏生二子：士璣，士球。女六人。孫八人：宗瀛，光緒十九年恩科舉人，餘皆幼。孫女十有一人。諸子既葬君於合肥棗林岡之原，乞文以文其墓道之碑。余追念淮軍之盛，而深惜君之亡，乃爲銘曰：

江淮弩士，唐已著稱。君興於淮，淮軍以興。人材輩出，虎奮龍騰。掃除螯賊，安集黎蒸。方今海宇，猶未廓澄。安得君輩，再效鶚鷹。巖巖墓碣，千載崚嶒。我作銘辭，用表威棱。

開原縣訓導華君墓表

光緒五年十有一月，奉天府府丞兼學政王家璧上言：『伏見告病開缺開原縣訓導華長卿，究心經史，兼有著述，在任二十六年，每逢宣講聖諭，及春秋丁祭，必誠必敬。循例月課外時進諸生，以經史相切磨，以文行相敦勉，勤學善教，足爲司鐸者法。請賞給京銜致仕，以風勵學校之官。』疏入，有詔：『賞加國子監學正銜。』於是海內咸知華君爲博聞敦行之君子人矣。越二年，君捐館舍，又越十年，其次子宦江蘇，以所撰行述示余而乞文焉。余按行述，華氏本江蘇無錫人，明中葉遷山陰，國朝康熙中遷天津，遂爲天津人，至君八世矣。曾祖廷柱，候選布政司理問；祖蘭，乾隆四十五年舉人，安徽安慶府江防同知；父堂，太學生。君字枚宗，號梅莊，又號鎦庵。生六歲，母沈孺人卒。孺人爲沈文和公女兄，君幼時常居外家，文和公授之唐詩，咸能背諷。未弱冠，以詩賦知名。嘗一日晨起成八韻詩三首，同學咸懾服焉。道光四年入縣學。歸安鄭夢白中丞祖琛時以兵備道駐津門，課諸生以詩古文，君常列高等。十一年舉於鄉，俄丁父憂里居，與寶坻高君寄泉、任邱邊君袖石訂交，學益進。山陽丁儉卿先生稱爲『畿南三子』。沈文和公官江安糧儲道，君往從之，自辛丑以後居金陵者十載，所交如全椒馬鶴船、山陰楊蓮卿、日照許印林、江寧端木子疇、曲阜孔繡山、懷寧方小東，皆海内名士。二十四年，大挑二等，以教職銓選。三十年被省符，署房山縣教諭。君先已如金陵，未及赴。咸豐元年，遡大江游楚北，又由皖而汴。三年，自京師出居庸關，至於太原。所至縱覽其山川，交其賢豪長者，而發之詩歌，以自見其志。同時士大夫聞風傾慕，爭與之交，如李蘭孫、瞿端卿、王子梅諸公，皆一見如故。騷壇雅坫，每以君一至爲重。是年冬，選授奉天開原縣訓導。開原地處邊隅，民習耕作，嚮學者寡。君進諸生，課之詩文，武生則課以弓矢，優者咸有獎。其來見者，勵以立品，勉以勤學，一邑之士，皆就請業，文風丕變，科名日盛。時倭文端公以盛京將軍兼奉天府尹，與府尹張公炳堂創修通志，以君爲總纂。在局三年，成書三十六卷，局費告匱，未究其事。然所纂書，詳簡有法，時論稱焉。君又徵求遺書，討論故事，以明成化時有三萬衛都指揮劉旺，並其子荅厮，於古城堡禦寇死難，雖名見志乘，而享祀闕焉，言於臺司，列入祀典。又以公都子名彧，見《孟子外書》，請於學廡木主補書其名。遇旱則用董子祈雨之法，遇疫則修

《周官》招弭之法，遇寇警則講商子搏力之法，遇災歲則行左氏勸分振廩之法。加學額以勸士也，開河運以便民也，修祠廟以妥神也。大吏以君才可任民社，議登薦牘，輒辭不就。每屆歲科兩試，以公事至府，與同官諸君文酒娛樂，一觴一詠，談諧間作，不知爲冷官薄宦也。光緒五年，以右耳重聽乞休。諸生言於縣令而留之，予休沐三月，既滿又以請，乃從之。去官之日，諸生書『久道化成』四字，顔其所居之堂。自同官僚友以及邑中士大夫，皆設供張祖道於郭門外，雖市井之駔，什伍之士，徒步走送，相望於道。以一儒官，而傾動一時如是，豈易得哉？是以府丞王公據以入告，從人望而采公論也。君自幼至老，每日所讀之書，所見之友，所游之地，所作之詩文，無不記録於册，雖久不忘。及門有以史傳瑣事相質者，應之如響。所著有《古本周易集注》十二卷，《尚書補闕》一卷，《毛詩識小録》四卷，《春秋三傳異同考》四卷，《説文形聲表》六卷，《説雅》六卷，《正字原》六卷，《韻籟》四卷，《兩晉十六國年表》二卷，《輿地韻編》五卷，《唐晉陽秋》六卷，《史駢箋注》八卷，《查初白張船山年譜》二卷，《盛京通志稿》三十六卷，《東觀堂文鈔》八卷，《梅莊詩鈔》三十二卷，《朧香館詞鈔》二卷，都凡一百四十四卷，可謂富矣。六年十一月己卯夜感疾，左臂不仁，時瘥時劇，至七年二月辛丑，啓手足於正寢，年七十有七。娶同縣曹氏，嘉慶九年舉人諱泳公之女，先君卒。子三人：光鼐，縣學生，早卒；鼎元，增貢生，前刑部司務，見官江蘇候補同知，即來乞文者也；觀澄，户部司務，出爲其昆弟後。孫四，孫女二，曾孫三。余既諾其請，而銘幽之文固無及矣。乃次第其事，表於其阡，而系以銘。銘曰：

惟優於學，斯優於仕。仕學皆優，古之君子。道義之華，何必金紫。著述之富，何必筐篚。讀古人書，友天下士。優哉游哉，以没其齒。天之報之，子孫杞梓。刻石墓門，百世斯視。

昭文縣知縣徐君墓表

光緒十有八年八月壬午，昭文縣知縣徐君卒於官，明年，其諸孤奉君之喪，歸葬於湖南，將立石以表其墓，而乞余文以文其石。余按餘姚黃氏《金石要例》云：墓表之作，所以表其人之大略可以傳世者。君生平行事，犖犖可傳，謹述其略，俾後之過而式者有所考焉。君諱樹釗，字季衡，湖南長沙人。明初有曰志洪公者，自江右徙此，至君十七世矣。曾祖光楚，祖國搢，父夔，皆以君伯兄官贈封光禄大夫。曾祖、祖妣兩羅氏，妣張氏，皆一品夫人。君八九歲時卽篤志於學，親故中有年相若而衆稱其善讀者，避勿面，曰：『吾讀不如彼，愧見之也。』屢應童子試，不售，兩應順天試，又不售，慨然曰：『今天下方多故，士患無才，不患不見用，何藉科第爲？』由縣丞加捐知縣，分發江蘇。其時江寧、蘇州省會皆陷於賊，總督、大學士曾文正公開幕府於安慶，命主襍械局，又管領『慶』字全軍糧臺。方軍事之亟也，械局糧臺，皆所倚重，非道府大員不以屬。君年未三十，初到省卽膺是任，文正公之知君深矣。積功，歸候補班，加同知銜。金陵既復，詔俟補缺，後以同知直隸州用，賜戴花翎。又以山東捻寇肅清，敘轉運功，俟補同知直隸州。後以知府用，先易冠服。同治四年，權知泰興縣，五年，補授六合縣，越五年始受事，逾一年卽奉諱歸。服闋，仍回原省，歷辦蠶捐、鏢捐，皆稱其職。光緒十四年，補授昭文縣，其年九月之官，明年受代，明年又之官，又明年以官壽終，此君一生仕歷之大略也。君孝友出天性，自幼爲重親所憐愛。其令六合也，張太夫人來就養，每戒之曰：『笞杖，刑之輕者也，然一日之辱，終身恥之，一身之痛，一家同之，慎勿輕加之人。』君歷宰劇縣，不妄笞一人，母教也。尤慎於鞫獄，雖劫殺重囚，必反復詰問至十餘次。獄成而上，輒與幕友討論其字句，曰：『一字之微，死生繫焉，可不慎乎？』所至以教養爲亟，始宰六合，即修葺文廟，又創設通江集義渡。及宰昭文，民以病告則藥之，病死無以斂則棺之，橋梁圮則修之。白茆口者，一境之尾閭也，海潮逆入，日久而淤，則濬而通之。故一時有召杜之譽。然遇事勇往，不避艱險。泰興民爭沙地，聚而鬭，公單騎往。家人惶駭，挽留，不聽。至則辨其是非，曉以利害，鬭者投械而罷。六合多客民，無籍可稽，率爲盜藪。君倣保甲法，每客民百立牌長一，衆有所統，姦不能容。其初至昭文也，大水成災，君既言於大府，停徵漕米，又親歷各鄉，班賦錢粟。而羣不逞之徒，藉災爲亂，聚衆喧呶。君曰：『嗸嗸待哺者，吾赤子也；嗚鑼持械者，盜賊也。』麾衆縛之，餘皆解散。其境有荒田，楚湘魯衛之游民數千人，辟其草萊而耕治焉。俄與土民有隙，揭竿斬木，勢將爲變。臺符發兵，兵既集矣。君與統領張君謀，且無動，我先往。乃如泰興故事，仍以單騎往，苦口戒勸，給以舟楫而遣之歸，遂以無事。仁者必有勇，信矣。其再至昭文也，又遇蟲蝗之災，鄉愚號爲神蟲，戒勿捕。官使人往捕，則婦豎環集而阻之，曰：『勿犯神怒。』君履行四郊，見有蝗蝻，立命捕捉，烈日中自坐田塍間，視其淨盡，乃去而之他，凡數十日，蝗不成災，而君竟以此得疾。始暴下，繼成利，遂以不起，年五十有九。以在黔捐局捐加三品銜，故誥授中議大夫。兩娶皆王氏。子：恭立，浙江試用通判，出爲其兄後；儉立，太學生；讓立，尚幼。女子子二人，長者適善化翁氏。孫二：同達，同孺。某年月日葬於某原。余與君伯兄侍郎君爲同年生，又嘗至昭文，與君有傾蓋之誼。既諾其孤之請，不敢以辭，乃敘其大略，表於其阡。銘曰：

卓矣徐君，學優而仕。始也投筆，戎機咸理。繼也鳴琴，循聲乃起。瓦梁之墟，琴川之涘。甘棠猶存，謳吟未已。丹旐南歸，迢迢湘水。佳城既開，崇碑斯峙。爰刻此文，以示百世。傳其循良，光我青史。

雲南景東直隸廳同知張君墓表

有自四川宜賓走水陸七千里至杭州之西湖見我於湖樓者，張鑾彥訓和也，奉贄幣，具事實，求爲文以表其父景東君之墓。曰：『吾父之志也。』余歎曰：古之君子，欲論譔其先人之德善、功列、勳勞以傳示後世，則必就當代魁士名人，如曾子固所謂『畜道德、能文章』者，然後可以屬之。余豈其人哉？雖然，其意也誠，其請也固，余何敢以辭？問其葬，葬已久矣。問誰志其墓，則有王君麟祥之文在，余可無述焉。惟念百世之後過墓而式者，欲尚論其爲人，則請書其大略，以表於其阡。君姓張氏，諱啓辰，字星階。其先世爲湖南石門人，籍宜賓，始明末。曾祖日晸，祖慶秀，父士鎔。君以咸豐二年進士用知縣，發雲南，先後權知江川、河陽、彌勒、師宗、富民五縣，晉寧、宣威兩州，實授順寧縣知縣，遷景東直隸廳同知，敘功以知府用。歸老於蜀，爲敷文、翠屏兩書院院長，皆見於王君之文。雲南一行省，去中原絶遠，咸豐、同治間，巨寇起於粤西，海内雲擾，而滇亂尤甚，幾同化外。君謂：『民困不蘇，滇亂未艾。』其令河陽也，河陽爲澂江首縣，署中絲粟皆取之外縣，誅求無藝，供給愈煩。君損之又損，舊有名目四十餘條，悉蠲除之。其惠民之政一也。及宰彌勒，賦役煩重，民不堪命。君務爲休息，夏秋兩税，除苛解嬈，衎衎辦舉。其惠民之政又一也。滇亂初定，大兵凱撤，師老而驕，過宣威境者，需索萬狀。君痛抑之，白主兵者，尸二人於市，於是兵皆斂戢，市廛不擾。其惠民之政又一也。嗟乎，大亂之起，皆起於民不聊生，故除暴之道，首在安民，君之所見大矣。然君武略亦自有過人者。其守彌勒城，凡六十餘日，晝夜登陴，不解衣而息。偶出遇賊，賊有識君者，曰：『此前江川令張青天也。』戒勿犯。及賊退，而歲又大旱，疫癘交作。君出奉錢，溫振貧窮，躬問疾苦，手治湯藥。仁者必勇，君其兼之乎？江川令某，務爲深刻，以召大亂。某令戕焉，臺司檄他令往，民閉門不納，號於城上，曰：『有如前令張君者乎？敢不聽命！』蓋君令江川時，聽小大之獄必以情，公事之暇，周歷民間，與父老相勞苦，若家人婦子然，故民情思慕，望君復來。大府重違民意，君乃復莅江川，江川民羅拜輿下，曰：『果我張君也。』君撫輯其衆，誅其首亂者二人，遂以無事。宣威之鄉有曰孫家邦者，盜藪也。村民千餘家，推豪猾者爲之雄長，招集亡命，攘奪民財，商賈不通，行旅裹足，垂三十年。君禽殘翦猾，殲厥渠魁，棃散其黨，於是宣威之道復通。非君之力，則滇黔蜀粵，夷庚永塞，此其所繫，顧不重歟？君又以昆陽者，滇之咽喉也，有楊正鵬者，賊中之梟也，雖已就撫，猶擁兵自守，官兵不得入城一步。君上書岑撫軍，謂：『此賊不除，則滇池以西非復我有。』乃與總兵張保和謀，以計禽正鵬，斬之，昆陽以平。凡此皆君之仁而兼勇者也。張保和初居卒伍，以事將見法，君奇其人，力請而免之，後立大功，官至專閫。楊正鵬既誅，其所居金銀珠玉，充牣無算，張悉以歸君，曰：『聊以報德。』君笑曰：『子不知我不愛錢邪！』手取敝衣一襲，曰：『以此領君雅意也。』張太息而去。此又君之廉而介也。君仕滇十九年，所至訪求利弊，扶植善良，勸課農桑，興起學校，近四十年來，滇南稱循吏，必首張君。卒於光緒十四年九月庚午，年六十有九。娶徐氏。子三人：鋆彦，縣學生；鏊彦，光緒元年舉人，皆先卒；鎣彦，縣學生，即見我於湖樓者也。孫三人：洵淦，洵蔭，洵侃。余惟滇中之亂孔亟且殆，卒就敉平，復爲樂土，固由師武臣力使然，而賢有司勞來安集之功，亦不可没也。如君者，非其卓然尤著者乎？余敘次其事，蓋深歎君之有造於滇者大也。銘曰：

蒙段故壤，隔絶中原。咸同之際，盜賊蔓延。爲蛇爲豕，爲狐爲㺜。偉哉張君，其才桀桀。惠過鄭僑，勇邁成覶。撫茲彫㓜，靖彼咻嚾。民曰慈父，賊曰好官。佳城既建，貞石斯刊。千載而下，視此銘言。

三等男爵長江水師提督黄武靖公神道碑

光緒二十年八月申寅，長江水師提督黄公薨於金陵行館。遺疏聞，天子震悼，有『忠勇性成，勳勞卓著』之諭，視提督例賜卹，予謚武靖。當是時，倭人渝盟，入寇東南，江海戒嚴，上下方倚公爲長城，而公遽逝，自朝廷大臣以逮兒童走卒，惜公之歿，異口同辭曰：『噫，黄公薨矣！』公諱翼升，字昌歧，湖南長沙人。曾祖某，祖某，父某，並以公貴，封贈皆一品。公狀貌奇偉，年十三，於長沙遇一道人，謂之曰：『若當以軍功顯，三十年後，必拜一品官，封五等爵，幸勉之。』公聞，陰自負，入長沙協標，充隊長。道光末，新寧李沅發倡亂，大軍討平之，公與焉。湘撫拔爲材官，以公事至廣東，總督葉公名琛，奇其才，堅留之。及粤寇起，從向忠武討賊，所至有功。咸豐三年，曾文正公統水師東下，妙選將才，而駱文忠公以公名薦，遂由廣西召之來，使充左營幫辦。時造戰艦，有龍降於其舟，長五六寸，其色青。曾文正亦臨觀之。嗣是每戰必見，每見則戰必克，是年收復湘潭縣及岳州府城。詔以千總用，賜鶡羽翎。自岳州轉戰至金口，十餘戰皆捷，遷守備，易孔雀翎。又以功遷都司，率水師右營剿賊，乘大霧襲賊於都昌，燬其舟數百，禽賊五十餘，又燬雞公湖賊船數百。七年，升授直隸提標左營游擊，未幾，有梅家洲之捷。水師之攻梅洲也，爲營者六，而公所率右營獨當其衝，洲礮林立，鋭不可犯，餘五營皆攻其對岸。公語部下曰：『五營皆藍幟，吾則白幟，有敢以白幟混入藍幟者，斬無赦。』一艘犯令，公手斫之，中桅桅折，皆崩角乞免。公曰：『有再犯者，視此桅。』鼓而進之，礮子皆逾舟而過，船進益近而礮益高，不能及。然餘五營皆卻走，賊爭逐之。公待其還，縱擊之，殺無算。賊又來劫營，五營皆失舟。公逆料其必來，滅炬待之，又殺賊無算，盡奪還所失舟。遂攻破梅家洲僞城，軍聲大振。會合李公續賓陸路之兵，克復九江府。詔加總兵銜，補授直隸河間協副將。九年，楚軍圍太湖城，僞英王陳玉成以賊十萬來援，副都統多公多隆阿等督師迎敵，曾文正命公往視之。多公議：『各軍分半進攻，留半以守。』公曰：『若然則進攻之兵恃其敗之有可歸也，戰必不力矣。請令各軍整隊，次第進攻，而留半爲之接濟，是則軍無反顧之心，又無軍械火藥不繼之患，戰必勝矣。』如其言，克太湖城。十年七月，戰塘田，戰張溪，皆捷。補授淮揚鎮總兵，且命先赴淮陽，督帶戰船。蓋朝廷倚重公，自此始矣。十一年正月，大破賊於黄溢鎮。有爲賊所虜之涇勇江百勝，自拔來歸公，命爲内應，又大破賊於方村。旋會陸師克安慶省城及池州府城，進攻銅陵縣，決縣城東北堤埂，率水師由決口入，克之。又進攻無爲州，先毁其泥汊口、神塘河各石壘，遂并運漕、東關兩處同時收復。賞剛勇巴圖魯名號，加提督銜。同治元年，曾忠襄公攻巢縣，公分兵，會克銅城牐及雍家鎮，遂進薄城下。初公之帥水師東下也，命具鉏畚。或曰：『非所需也。』公曰：『非若所知。』及追賊巢湖，乘勝深入，賊衆復聚於巢湖口，遏我歸路。公周巡隄岸，得其窄處，鉏畚並舉，不日而穿。船達外江，反出賊背，前後夾擊，賊遂大敗，城賊宵遁。進克含山，又克和州，奪取西梁山、東梁山兩要隘，又破賊於清水河，毀烈山賊壘，而進偪大勝關。是役也，公功爲多，詔以提督遇缺簡放。是歲，公之太夫人卒於裕溪口營次。公治喪甫畢，而今相國、肅毅伯李公率師至滬，請與公俱。公念東南事重，遂墨絰與李公俱東。有詔命公總統淞滬水陸各軍，自是以往，公之戰蹟在江南矣。公既至滬，首破周莊鎮之賊，遂克復青浦縣城，敗其援賊。俄而，諸路賊大至，公率礮船由洋涇濱過曹家渡，毀賊浮橋，揮衆登岸，會合陸師，毀其營。賊遁至北岸。復率水師，由吳淞江進擊，夜半又毀北岸賊營。於是滬防鞏固，始得由滬而籌進取焉。戰於蘆墟，大捷，戰於尤家莊，又大捷。賊爲氣奪。公以既克嘉定，賊必來援，命營官張光泰等扼要口以拒之。居無何，賊果大至，張光泰等被圍四江口。公督帥將士與賊死戰，殺賊數千，四江口之圍乃解。追至三江口，毀石壘四，土壘八，仍嚴扼青浦、泖澱各湖，以遏賊蹤。時我軍攻江陰未克，而常、昭被圍日久。公督師船抵福山，收復福山石城，遂解江陰之圍。又大破蘇、常來援江陰之賊十餘萬，僞廣王、僞薰王皆死陣中，遂克江陰。敘功賜黃馬褂。嗣是自春徂夏，月必數戰，於太倉，於崑山，於楊庫，於南北瀰，於麥市，於張涇，於羊尖湖，於謝家橋，於嚴家橋，於陳市。每戰，謀勇兼施，水陸環擊，或襲破其營，或堵截其路，生禽僞王僞將，及義、安、福、燕、豫諸有名號之賊數百，其餘賊蘇刃而死者數萬，賊勢大蹙。會其時臨淮有警，朝命公往援，李公曰：『蘇、常之復，機在此矣，不可坐失。』疏請緩公之行。而蘇賊知不可守，爭來乞降，惟僞慕王不可，爲其下所殺，慕黨逸出。公截擊於閶門，殺五六百人，解散數千人，於是遂克蘇州。時同治〔一〕二年八月也。李公以捷聞，且言蘇城面面皆水，水師之力居多。公艱難百戰，功冠諸將，詔賞雲騎尉世職。乃攻滸關賊營，平之。攻無錫、金匱、宜興、荆溪，下之。而常州之賊糾合丹陽、句容諸賊，犯江陰、常熟、無錫，圍常熟尤急。公自揚州折回，留一營守江陰，親督三營，由白茅口繞至常熟，與部將王東華夾擊。賊潰，圍解。進攻常州，賊率死黨立石呰，以槍礮拒我兵。公馳入，生禽其僞王二人，賊衆驚怖，跪而乞降，遂復常州城。蘇、常既定，時公已升授江南提督，統外江水師。會合陸師，掃平沿江賊壘，攻奪中關，攔江磯石壘，由旱西、水西兩門斬關直入，遂克復江寧省城。江南平，朝廷敘功行賞，而公得一等輕車都尉世職，並拜獎武銀牌之賜。時新設長江水師，天子以長江扼湘鄂三江之衝，責重事繁，非宿將元勳，莫勝其任。曾文正公力言公樸實果敢，愛士耐勞，長江之任，非公不可。天子俞焉，特授公爲長江水師提督。蓋長江提督之設，自公始也。公既拜命，以宏規初建，力求美善，添設四版船，巡緝支河，其分防汛地，各有定所，營規嚴肅，士卒用命。數千里内，枹鼓不驚，非公之威望，奚克至此乎？同治六年，捻寇由河南入山東，從鄆城、梁山撲沈口，於戴廟水涸處偷渡黄河。上命公赴清江、徐州會防，自馬家塘至射陽湖，皆以水師駐守。賊酋賴汶洸以千騎突出，公合陸師剿之，傴入高郵、寶應間，前截後追，禽其酋。疏聞，詔賞珍物甚衆。七年，又率水師自臨清上駛，直抵德州。賊酋張總愚自投徒駭河以死，其兄及弟及各賊目均斬於陣前，於是捻寇悉平。詔再加公一雲騎尉世職。公凡得雲騎尉世職二，一等輕車都尉世職一，以例上請，錫三等男爵。而先是道人之言驗矣。十一年，以傷發，請開缺調理，優詔許焉，自是歸鄉里養威重者垂二十年。光緒十一年，詔繪像紫光閣，十五年，今上親政，詔從優議敘，至十八年，又補授長江提督，入覲京師，賜紫禁城騎馬。二十年，恭逢皇太后萬壽慶典，賞加尚書銜。公以戎臣，渥承恩禮，始終勿替，每念遭際之隆，運會之艱，撫膺感泣，中夜旁徨。是年二月，溯江上巡，至於岳州，感受風寒，舉發傷疾。甫擬醫療，而倭事起，力疾東行，以鎮江爲防所，親駐金山。時秋暑甚熾，兩江總督劉公屢以函請回省就醫，不可。八月九日，病益不支，始還金陵，則距其薨止一日矣。劉公問疾，公述下游防務甚悉，且曰：『餘生何足惜，但能啜粥半甌，卽當馳赴防所。』而不圖是日大星遽隕也。公久歷戎行，大小數百戰，未嘗小挫。咸豐十一年，曾忠襄公圍皖，公駐張家灘，而建德防軍潰。其時統建防者，公故人也，徒步往省之。賊偵知所在，以千騎遏歸路。公佯走，誘賊至隘巷，當市門而立。一騎至，拔刀斫之，又一騎至，又斫之，兩騎皆負傷而遁，誤以爲有伏，不敢進。而江上礟聲如雷，則公已回舟矣。同治元年，以水師駐福山，數遇大風，師船數覆。公所乘舟亦覆，攀援出水，堅坐船背，頃之，風定潮平，始得登岸，復整成軍。公自此益自信死生有命，每戰必身先士卒。其將佐有爲賊所圍者，親往救出之，如貴州古州鎮劉士奇、四川阜和協副將況文榜、記名提督鄭國魁、張光泰，皆公所救也。其平捻也，將自張秋至德州，而運河高於黃河，舟不能進。公露禱三日，有神蜿蜒於水面，俄頃之間，風濤大起，方舟並進。吳橋、東光、南皮諸縣同日決口，環賊數百里，皆成巨浸。遂與陸師合擊，克成大功。公忠義之性，感動神明，其初起時，卽有龍降其舟，至此益信矣。公薨年七十有七。娶陳氏，繼娶余氏，並封一品夫人。子：宗炎，候選道；宗枏、宗錫，皆前卒。長女適同邑舉人、江蘇候補知縣李雋；次女許嫁永州王氏，早卒；三女許嫁寶慶陳錫玖；四尚幼。孫恩綬。天子篤念藎臣，命宗炎服闋後以道員卽選，恩綬及歲引見，蓋慰答前勳，卽以獎勵後世，意至遠也。公前歲至蘇，訪余於吴下寓廬。余時在杭，未得見。及公將葬，公子請銘其神道之碑，誼不敢辭。銘曰：

咸同之間，楚材大出。天佑聖清，掃除螢賊。堂堂文正，治師長江。舳艫千里，高建牙幢。赩赩黄公，磊落奇氣。束髮從戎，無戰不利。毁其堅壘，拉朽摧枯。禽其名賊，如豕就屠。論功行賞，天子曰都。俾之節鉞，爵以穀蒲。烟閣圖形，禁城策騎。戰績崇隆，主恩優異。大江上下，屹若長城。旌麾再莅，桴鼓不驚。臣力雖衰，臣心猶壯。氣懾郁夷，目營平壤。靈風肅肅，宰樹芊芊。千載而下，式此祈連。

【校記】

〔一〕同治，原作『光緒』，據上下文改。

春在堂襍文五編卷五

江蘇候補知府沈君墓誌銘

君諱瑋寶，字書森，沈氏。南宋初自河南沈邱遷浙江慈谿，明季又遷嘉興，遂爲秀水人。高祖祖蔭，生子范孫、袁孫，袁孫無子，以范孫子師曾爲後，師曾又無子，以范孫長子述曾之子洛爲後。洛字雪門，君本生父也。述曾長子濂，字蓮溪，道光三年進士，江蘇淮徐兵備道。官京師時，妻陸夫人卒，未有子，以君後之。其後蓮溪君繼娶李夫人，自有子，而君爲所後如故。君年十八入縣學，越兩載餼焉。蓮溪君外授郡守，陟監司，君從之官。而雪門君以樂清教諭謝病家居，得咯血疾，君往來省視。咸豐元年，雪門君卒，君自蓮溪君所耑歸，則病已篤矣，終身以爲恨。繼而蓮溪君亦解組歸，闔門數十口，無以具饔飧。君七應鄉試不中，慨然曰：『瓶之罄兮，惟壘之恥。敢忘毛生奉檄之義乎？』乃由議敘訓導入貲，以通判分發江蘇。蓮溪君勖以詩，曰：『矢願冬大裘，植節秋竹竿。』君終身誦之。始佐首府讞獄，又與海運之役，軍事起，辦團練，又辦江陰黄田口釐務，諸事皆治，上游重之。敘海運功，升同知。七年，蓮溪君卒，大吏馳檄徵調，命辦南渡鹽釐。時私販充斥，君招撫其魁一人，餘黨悉散，所撫者後竟積功至專閫云。俄，蘇杭皆陷。君奉母間關走兵火間，由海道至上海。時省中大僚，咸集於此，薛中丞聞君至，甚喜，仍命筦釐局。所治曰『得勝港』，與賊境密邇。君嚴於詰奸，寬於征商，曰：『無爲敺也。』同治二年，今大學士李公以蘇撫督師，命君於營務處審案。凡有俘獲，君詳詰之，全活甚多。蘇州既復，官兵與降賊交錯於衢，孑遺之民，時見淩虣。君遇事務持其平，民咸賴之。事定，奉旨補缺，後以知府用，更冠服，賞花翎。三年，署蘇州海防同知。四年五月，調署總捕同知，七月，兼署蘇州府知府，充學使提調官。士有懷挾文字入場者，學使命械以徇，君輒言而免之。及受代，仍留署總捕同知。乃迎本生母蔣太夫人至蘇，與李太夫人同居，一門之内怡如也。有旨免補本班，以知府卽補。七年，署太倉直隸州知州。君謂：『風化始於鄉里，人材始於童蒙。』書院義塾，力爲整理。又創立婁江文社，捐奉錢，付質庫，歲入其息，爲師弟子修脯之資。在任一年，士民頌之。以挑濬劉河工加道銜。時撫軍丁公鋭意興修水利，奏濬白泖河，知君諳練河務，卽以相屬。河長六千六百丈有奇，舊章：於得沾水利諸州縣中，按田出夫，民苦其勞，避不就役。君於常、昭兩縣募夫分挑，以軍法部署，兩閱月而畢功。丁公親至達觀，稱善慰勞，無他説也。君先是又奉海運津局之檄，時已二月，海運將發，乃啓壩通流，以蕆河事。越日，丁公飛檄命緩啓壩，則無及矣。至院上謁，丁公大怒。君侃侃辨，不少屈，然竟奏奪君官。旋以補挑如法，奏復君官。上游喜怒不可測，或謂別有私意存焉，然君於此役實有功無罪。後虞山楊太常泗孫爲《泖河記》，極稱其爲百年之利，則公論固自在矣。九年，總辦蘇松濬河局。君相度形勢，莫要於吴江長橋䃙，而七十二港次之，鮎魚口、寶帶橋次之，澱山、龐山等湖又次之，次第濬治，一律通暢。其太湖東偏，茭草叢生，魚簖林立，有礙水道，悉請禁止。大府咸採行焉。君宦吴垂二十年，於水利尤悉，造福於吴亦最鉅。歷保以道員補用，賜二品冠服。然君所藴實未盡展布也。性伉爽，胷無城府，而遇事介然不可奪。有某縣令，以私事激民變，怒甚，以獄上，應竿首者數人。大吏命君往按之。君廉得其實，曲實在官，民聚而鬨，亦有罪，然無死法。令餽百金，請從重比，不可。遞益之至五百金，使人委之君寓而去。君持金親至縣署，返之主計者。主計者不受，君曰：『然則，吾持此金投按察司矣，無悔也。』卒返其金，而此獄得不窮治。仁者必有勇，信矣。平居豪飲喜客，急人之急，不程其力。有告佽者，盡所有予之，己雖匱乏不顧也。妻唐夫人，與有同志。嘗刲臂肉，療其君舅之疾。當避寇亂時，謀航海，而人多資不足。或請棄諸臧獲，夫人曰：『若輩從我，艱苦倍嘗，其忍棄諸？』卒與俱免。宗族姻婭以緩急告必應，喜施舍藥餌，手自調製，乞者相踵，應之不厭。君之高義，亦夫人有以成之乎！君卒於光緒五年二月己丑，年六十有一。唐夫人諱如，海寧州學生作言公女，後公十二年，卒於光緒十六年三月辛卯，年七十有二。子八人：蕃，附貢生，福建候補同知；宣，增貢生，候選訓導；翰，附貢生，江蘇候補縣丞；桓，增貢生，中書銜候選訓導，充出使美、日、祕大臣隨員，君本生有弟瑩寶，無子，以桓子之；式、城，皆前卒；衛，光緒十四年舉人，十五年貢士，並夫人出。儀，側室吳出。孫十一人：保儒、怡儒、恂儒、鈞儒、炳儒、愷儒、彬儒、敬儒、惇儒、孝儒，其曰穆儒者，桓所出也。女子子三人，海寧蔣振墀、徐家修、震澤徐汝善皆其壻。君先葬於某原，十七年二月某甲子，蕃等奉唐夫人之喪合葬焉，禮也。以狀乞銘。銘曰：

槃槃大才，未竟其用。落落奇氣，殊異於眾。仕宦廿年，家無餘俸。齋廚蕭條，賓朋諠鬨。高談逾雄，豪飲彌縱。講求吏治，窾卻必中。上追龔黃，庶幾伯仲。高墉未登，雍門先慟。景彼英風，悲茲良棟。天之報之，子孫麟鳳。幽宅既營，貞石斯礱。刻我銘詞，世世歎誦。

蔣澤山墓志銘

往時峽山蔣氏藏書爲浙右甲，蔣生沐先生精於讎校，所刻《別下齋叢書》，學者珍之。余於咸豐癸丑歲曾至其家，圖書滿室，喬木蔚然，歎爲方雅之族。越二十餘年而蔣君澤山以詁經精舍高才生登賢書，名動公卿間，則生沐先生子也。余忝主詁經講席，君不我鄙棄，願隸門下，因得窺其所學，經史子集，靡弗研究，詩宗阮亭，文主桐城，駢儷文兼卷葹、儀鄭之長，詞則酷似竹垞、樊榭。又歎如君者，洵不媿蔣氏之子矣。君幼慧，生沐先生奇愛之，所蓄書，恣其觀覽，未成童，博綜羣籍。俄遭兵火，室廬盡毀，舊藏書籍皆散佚，生沐先生亦旋下世。君丁大故，又值亂離，而力學不倦。年二十應童試，時太守爲全椒薛公，善相士，見所擬《元道州舂陵行》，擊節曰：『此《長慶集》中詩也。』是年入學。又十年，始舉於鄉。當是時，浙中設局，刊刻書籍，廣延知名士任校勘，君亦與焉。晨鐙夜燭，賞奇晰疑，極友朋文酒之樂，有《聽園雅集圖》，盛傳於時。顧久困公車，年逾四十，循資以知縣注選籍。先是，曾參左文襄記室，敘功加五品銜，賜花翎。嗣又敘本省海運功，以知縣分省試用，簡發廣東。制府南皮張公久耳君名，檄司廣雅局，凡有文字之役，靡不與焉。光緒十五年，充鄉試同考官，每日閱卷至丙夜未休。或勸少息，謝曰：『吾久困場屋，疇昔所隱痛，何敢忘諸？』及揭曉，得朱秉鈞等七人，皆能文士也。君至粵後，與余書問不絶，及知君入闈，決其必得士，而頗怪君於試事畢後絶無一書。有自粵來者，問之，曰病矣。今年夏，其弟廷黻來，問之，曰死矣。余大詫歎，問病且死之狀，則君故有痞病，一庸妄子以藥下之，下白蠱甚多，遂委頓。有識者曰：『痞已散，不久且病腫。』已而果然。言於大府，乞歸，歸家甫一日而卒。嗟乎，君之病可以不死，而竟死，余『廢醫』之論所以作也。余方以有君爲蔣氏幸，今則又爲蔣氏惜。然君所箸《莪廬詩錄》二卷，《文錄》二卷，《駢文錄》一卷，《詞隸》一卷，《札記》八卷，皆可傳於世，則余終爲蔣氏幸也。君諱學溥，字長孺，一字澤山，莪廬其自號也。浙江海寧人，南宋初有諱興者從高宗南渡，是居蔣村。君高祖雲鳳，始居峽石，曾祖仁基，祖星槐，父光煦，卽生沐先生也。母馬，生母沈，生沐先生卒，馬以身徇之。君生於道光二十六年十月戊午，卒於光緒十六年閏二月丁卯，年四十有五。娶黄氏。子方泰、方復、方同，其第三子方咸，後君五十日殤。女子子二，其長者歸海鹽沈受康。孫斯翔，斯臧。孫女二。某年月日葬某原。銘曰：

以君之才之美，而止於此，吾惜蔣氏。然君之名，死而不死。文字之華，何必金紫？箸述之壽，何必年齒？吾銘其墓，又歎蔣氏之有子。

曾惠敏公墓志銘

昔在咸豐、同治間，盜賊磐牙，有震且業。天乃篤生惇龐耆艾表裏文武之臣，以剗袚荒茶，經緯區宇。而吾師曾文正公實爲中興元功冠。文正公薨，惠敏公嗣又繼之，以雄才偉略，爲國家宣布德意，奮揚威棱，談笑樽俎之間，折衝萬里之外。將天之鍾美於曾氏乎？乃天之篤祐我聖清也。光緒十有六年閏二月癸巳，惠敏公薨於位，越二日乙未，詔以公才猷練達，任事勤能，賞太子少保銜，照侍郎例賜卹。三月癸巳，又從大學士、直隸總督李公鴻章請，以其事實宣付史館，加恩予謚。明年某月某甲子，其孤奉公之喪，歸葬於長沙曹家坳之原，而乞文以銘其幽宫。余惟公以元功侯籍，弱冠登朝，智深勇沈，中外翕服，固不待余言以爲重。然公仗節出疆，慷慨辨論，有中外大局所關，不可不垂示後世者，則又安敢以不文辭。公諱紀澤，字劼剛，文正公長子。世牒炳然，可無述也。自幼究心經史，喜讀《莊子》、《離騷》，所爲詩古文辭，卓然成家。兼通小學，旁涉篆刻丹青，音律騎射，靡不通曉。從文正公在軍中十餘年，戰守機宜，山川形勢，咸得其要領。同治以來，與泰西互市，中外之事益繁。公遂精習西國語言文字，講論天算之學，訪求制器之法，海外諸大洲地形國俗，鱗羅布列，如指諸掌。先以正二品蔭生用户部員外郎，及文正公與歐陽夫人相繼薨逝，公連遭大故，哀毁幾不勝喪。然堊廬之中，仍潛心有用之學。服闋入都，襲一等毅勇侯。朝廷知公才，命以四五品京堂候補。同治四年，充出使英國、法國欽差大臣，賜花翎，以寵其行。是年，補授太常寺少卿，明年，遷大理寺少卿。公在海外，遇事侃侃，英人法人，多爲折服。朝廷益知公可大用。明年，遂有出使俄國之命。先是，中原多事，俄人竊據伊犁，至是議索還之。而侍郎崇厚實以全權大臣往，乃爲俄人恫喝，諸事多從其請，又以全權大臣例得專行，竟與定約而歸。上震怒，奪其官，治罪。改命公往，毁約更議。當是時，俄人要脅萬端，且自我毁約，使彼有辭，沿海震動，以爲兵事將起。公受命於艱危之際，力任其難，與其國外部書格爾斯及駐華公使布策諸人筆舌辨難，往復十數萬言，卒毁已成之約，更立新議。其大端有七：一曰交還伊犁。原約以伊犁西南兩境分歸俄國。而南境之帖克斯川實爲南北要區，尤重於西，若南境屬俄，則俄有歸地之名，我無得地之實，力言於俄，俾南境悉歸於我。二曰定喀什噶爾之界。原約所載地名，按圖懸擬，未足爲憑。俄必欲如原約者，乃爭蘇約克山口也。公與辨論再三，始定議，兩國各派大員勘定，不以原約爲準。三曰定塔爾巴哈台之界。前將軍明誼、奎昌等已分有定界，及崇厚至，俄以分清哈薩克爲言，於是爲俄所占者又三百餘里。公力爭於俄，乃於明誼、崇厚所定兩界間酌中勘定，更立新界。四曰嘉峪關通商。原約許俄商由西安、漢中行走，直達漢口。而向來通商，從無指定何處許西商減税行走之例。公與定議，嘉峪關通商如天津例，而『西安、漢中兩路及漢口』字均删去，不入載書。五曰松花江水道。松花江直抵吉林愛琿城，從前誤指混同江爲松花江，致俄船駛入無禁。崇厚許至伯都納，俄猶未饜也。公與力爭，竟廢此條。不特於新約奪其利，并爲舊約辨其誣矣。六曰烏魯木齊領事。公初意盡廢各城領事官，俄謂各領事廢，則烏魯木齊必須增設一員，公又與爭，乃改爲吐魯番增設一員，而烏魯木齊不增，餘領事並罷。七曰天山南北路税務。新疆兵燹之後，凋敝殊甚，轉運維艱。是以原約有『均不納税』之説。公改爲『暫不納税，俟商務興仍開徵，以充國課』。凡所定界務三端，商務四端，皆毁舊約，更立新章。而又有償款一端，改『兵費』之名爲『代守伊犁之費』，減盧布五百萬圓爲盧布四百萬圓。自光緒六年至七年，凡十閱月而議始定，前使者以頭等全權大臣僅得伊犁之半，而諸要隘盡棄以畀俄。公以二等使臣，又無全權之名，乃能取已成之約而更之，烏宗島山、帖克斯川諸要隘，仍爲我有，伊犁、拱辰諸城，足以自守，而又得與喀什噶爾之阿克蘇諸城，形勢聯絡，其有功於新疆甚大。旋補授宗人府府丞，遷都察院左副都御史。至九年而法、越事起，公任滿將代，詔留公任。公與法人辨甚切，法人憚之。又陳備禦日南之策六條，悉中肎綮。十年，補授兵部右侍郎，是年奉命與美國議定洋藥税釐并徵條約，增歲入銀二百餘萬兩。十一年，始有詔以江西布政使劉瑞芬代公。公在外蓋九年矣，歷使俄、英、法三大國，適值多故，憂勞備至，鬚鬢皆白。至十二年冬受代還朝，未至，卽命幫辦海軍事務，既至，又命在總理各國事務衙門行走。醇賢親王知公諳達洋務，每事必諮焉。調户部左侍郎，命筦同文館之事，又嘗攝刑部、吏部侍郎。公自以受恩厚，鞠躬盡瘁，不敢自暇逸。而在俄時，積受陰寒，得中消之疾。至十六年春，方與諸王大臣會議朝鮮事，咸欲取決於公，而公旋病，病且不起矣。年五十有二。醇賢親王親臨哭奠，謂：『年甫及艾，何遽至此？』有其才而不竟其用，惜哉！旬日之間，電傳中外，無不同聲太息，爲朝廷惜此柱石之臣。烏呼，如公者，真我國家之藎臣，而我師文正公之肖子矣。公娶賀氏，雲貴總督賀公長齡女。繼娶劉氏，陝西巡撫劉公蓉女。初無子，以弟子廣銓嗣，後生子廣鑾。公卒，廣銓賞員外郎，廣鑾俟及歲引見。女子子二，長適合肥李經馥，次適歸安吴永所。箸《奏疏》及詩古文若干卷，又箸《地輿輯要》，未成。其早年所撰，則有《佩文韻求古編》、《説文重文本部考》、《羣經臆説》諸書，均藏其家。公合中學西學而成一家之學，宜其所樹立者大也。銘曰：

天生文正，光輔聖清。掃除羣盜，東南砥平。内亂既平，外患未已。天成公志，畀以賢子。賢子維何，曰惠敏公。中學西學，一以貫通。始以小侯，躋登卿列。帝知其才，授以使節。俄恃其強，據我新疆。誰與定議，自毀隄防。公踵其後，十易八九。折衝樽俎，奪肉虎口。不辱君命，不激不隨。公此一舉，傾動四夷。方今隱憂，實惟平壤。俄所覬覦，我之屏障。安得如公，高議雲臺。雄圖未展，隆棟先摧。我作銘詞，刻其墓石。赫赫令名，千載無斁。

記名道劉君墓誌銘

君諱傳楨，字文楠，一字守齋，劉氏。其先直隸某縣人，明季有諱溶者，以兵備副使駐徐州，卒於官，其子象光於國初遷金陵，則君之六世祖也，自是爲江蘇上元人。曾祖崑南，祖天秀，父瑞庭，皆以積善稱於鄉里。曾祖妣柳、祖妣翁、妣李，三世並以君貴。自曾祖以下贈榮祿大夫，曾祖妣以下贈一品夫人。君昆弟六人，最居長。十三歲應童子試，學使者將錄取之，以年幼姑以佾生注籍，人皆惜之。君曰：『吾誠幼，何急也？』其明年，粤寇東下，江寧陷。其父於前一日密爲訓誡之詞，紉君衣褚中，託他事遣詣其師李君家，而自與李夫人率其第六子及諸女子子投壽星橋水以死。君聞而歸，大慟，倉卒無以斂，而橋旁故有庵，庵有棺十餘具，皆君父平日所製以施人者也，至是取用之，適如其數。君率諸弟間關出城，至吳中，依其叔父以居。每痛其父母死難之烈，又念其父所遺告誡之語，益自發憤，攻苦於學。而江寧淪陷，歲科試皆輟不舉，乃始出而從軍。初從袁端敏於皖北，轉戰江淮數千里間，晝據鞍馬，夜草軍書，嚴寒酷暑，未嘗告疲。時李世忠方奉詔幫辦軍務，端敏疑焉，使君輩數人參其軍，以伺察之。世忠見君，大疑且忌，不遣歸。君一日密以書報端敏，匹馬亡去，轉歷曾忠襄、富將軍諸軍中。其後喬勤恪公知其才也，復調赴皖，屢克名城，數禽巨寇。敘功以知府留安徽補用，權知廣德州，完殘奮怯，民賴以蘇。英果敏公以巡撫駐壽州，招君入幕府，倚之如左右手。捻寇北犯，果敏以皖軍追剿，君從焉。寇飄忽如旋風，與之角逐，日數百里，所過村落，皆爲邱虚，終夜露宿，終日或不能一飯。君素強壯，其有痰嗽之疾，實始於此。捻平，果敏疏言，君入運籌策，出冒鋒鏑，勤勞最多。於是有詔以道員記名簡放。果敏又密陳君才，詔下軍機處存記。君感念恩榮，又以軍事粗定，乃告歸，改葬父母及叔父與諸姑姊妹之同死難者，陳請恩卹，悉如典禮。君自出危城八載，衰絰不去身，亦未嘗論婚，曰：『吾父母死難，未得旌於朝，亦未得葬於兆域，敢以三年滿乎？』至是始釋服，妻石夫人來歸，君年三十矣。其至性之篤如此。皖地故瘠，亂後益凋瘵，君佐果敏招流亡，劑財用，詰盜賊，輯軍旅，民安其居，士樂其業，農歸其畝，兵守其伍。嘗於蕪湖立棚廠，具糜鬻以飤餓者，來者日數千人，歡愉之聲，溢於道路。果敏督粵，亦以君從。果敏俄罷歸，君内爲知己惜，外爲天下惜，退居邗上，杜門讀書，討論經籍，博覽史策，而尤孰於古今方域形勢。後馮展雲中丞應詔舉人材，稱君於中外形勢瞭如指掌，非虚語也。居五年，復官於皖，署安廬滁和道及鳳潁六泗道，均能舉其職。桐城有地曰『小缸窖』，其民以築隄交鬨。君履勘，寢其事。皖北有關山石路，歲久頽傾，商旅稽滯。君捐俸修築，行李便之。光緒七年大水，大吏使人運米振飢，飢民數萬，麕集江干，米船連檣至，見人多，寄碇中流，不敢泊步。君適以勘災經其地，立命檥舟設艞，以米徧賦飢民，民皆羅拜，無敢譁者。法蘭西以越南事搆釁於我，江督曾公、皖撫裕公命君籌辦皖防。親歷東西梁山、板子磯、攔江磯諸處，扼要置守，創設電線，以速軍報。皖省電線之設，自君始也。君以一身而兼筦七局，目覽軍書，手批案牘，耳聽諮稟，口授裁答，昕夕無間，兩鬢爲斑，君不堪其勞。而人則忌其才大，嫉其權重，造作蜚語，達於朝聽，遣使者按驗，無實。會裕公以憂去，忌者得逞，竟坐左遷。君不以措意，浩然東歸，曾忠襄公馳書慰之，君復書曰：『少遭先人慘烈，起家軍旅，横被國恩，洊至監司，叨竊逾分，幸無贓私，辜負聖明。今雖降官，而詔書尚言有肆應之才，以此歸里，亦云榮矣。』時楊勇愨公援閩，欲與君俱，駐蕪湖三日以待之，臺撫劉省三中丞亦以書招君，君皆謝不往。愛吳中山水，卜宅於姑蘇，自買墓地於光福山中，以味閑自號，有終焉之志。曾忠襄公以報銷一事千緒萬端，整紛剔蠹，非君不可，强以屬君。君念士爲知己者用，不敢固辭，數年以來，鉤稽出納，乘除贏縮，米鹽靡密，無有不當。十三年，直隸及安徽皆荒於水，君以直隸爲畿輔重地，安徽乃舊治也，竭家財助振。且曰：『此吾承先人之遺意，非以求名。』直隸總督、大學士李公以聞，有詔還君原官。然君固不復出矣。君少遭家難，壯歷戎行，辛苦艱難，極人世未有之困，中年以後，精力稍衰，時發宿疾。然與客劇談，興會飆舉，猶如故也。十七年十月乙卯，在江寧寓館食蟹，喘疾大作。丁巳，發電報召其長子自蘇至寧，子至，猶無恙。越日戊午遂卒，年五十有四。君勇於義，月以錢米存問三黨中之貧者，所交多當世賢豪，而於孤寒積學之士尤愛而敬之。爲人謀必盡力，論事悉中肎綮，然志趣宏遠，不欲以文章名，故身後無存稿焉。妻石夫人，吳縣人，乾隆五十五年進士第一人名韞玉，海内稱琢堂先生者，其曾祖也。名家之女，賢明有禮法。丈夫子七：家怡，候補知州；家諶，府學生；家熙，家禧，家愉，家燾，家龢，皆幼。女子子五。孫二：孝寬，孝廣。十八年十月己未，家怡等奉君之喪，葬於光福□□山之原，卽君所自定者也。以狀乞銘，銘曰：

造物生才，固爲世用。生而不用，終老菰葑。幸而得用，忌之者衆。劉君之才，爲鱗爲鳳。遭際盛明，閱歷倥傯。宜建高牙，爲時隆棟。寵命天頒，讒言市閧。鸞翮雖騫，驥足未縱。爲當代惜，非爲君慟。刻石幽宫，千載歎誦。

廣東巡撫劉公墓志銘

公諱瑞芬，字芝田，安徽貴池人，劉氏。曾祖駕夫，祖兆，考孝檍，並以義行稱鄉里，邑志有傳。曾祖妣徐、祖妣羅、妣姚、繼妣柯，三代皆以公貴，誥贈一品。公自幼穎悟，弗通經史，工爲文辭。年十九入縣學，歲科試輒居高等。咸豐元、二年應鄉試，並擬中，中額足，汰焉，同輩惜之。而是時大盜起粵西，竄於金陵，蔓於東南。公落落有大志，亦不以科第爲意，創青山詩社，與同志唱和，感懷時事，發爲詩歌，其志固已遠矣。曾文正公駐軍東流，旁求豪俊，公獻時務策，深爲歎賞，延置幕府。今相國合肥李公之以淮軍赴滬也，文正公以公才可用，命隨軍東下。時水陸百數十營，所需軍械火藥，皆取辦於公，指景而備，罔有不給。槍礮購自外洋，往往爲所紿，值高而器窳。公厎摘如神，無能欺者。李公得以肅清吳會，公之力也。積功，由知縣疊遷至以道員分發江蘇。迨李公移軍剿捻，而軍中所需，仍由公於上海宿辦。捻平，賜花翎，疊加按察使銜、布政使銜，筦軍械轉運局如故，又兼船捐捕盜局。海盜斂跡，商船相慶。會李公由湖廣改督直隸，兼北洋大臣，以南北洋輔車相倚。淮軍之饟，取給東南，南中歲入，莫大於釐，釐之所入，松滬爲甲。命公駐上海，主松滬釐局。公自是治釐務者十年。上海爲萬商之淵，賈貿坲鬻，舛錯縱横。公練核庶事，顜若畫一，無苛征，無逋課，商賈不疲，釐課饒足。光緒二年，奏署兩淮鹽運使。時淮北大饑，饑民十餘萬，蒙袂而南。蘇撫有令，曰：『毋渡江。』於是皆聚於揚。公於城外築圩十餘所，編列字號，按籍而授之居，計日而予之錢，病則醫藥，死則葬埋。懼其恃衆驛騷也，一月之中，爲宣講《聖諭廣訓》者六，懼奸宄之徒從而掠賣其子若女也，衛之以兵，晝夜巡數之。自冬徂春，資之而歸，所全活者，無慮六萬餘人。邗上農安於畝，商安於廛，不知饑民之雲集也。三年春，署蘇松太兵備道。公駐滬久，熟於夷情，從容裁決，悉中肎綮。會俄羅斯以我索還伊犁故，時以兵船至海口，滬上大聳。公密請大府，於小南門外增設新營，名爲汰老弱，實則募精壯，一月成軍，滬人安枕。以次年春，特旨命入見，異數也。皇太后垂詢中外情形，公言：『夷人以傳教引誘我愚民，其患小；以通商竭我中國之利，其患大。』並陳設海軍及造海船諸事。中國創設海軍，公發之也。俄補授蘇松太兵備道。公精於吏職，衎衎辯舉，而大局所係，有四事焉。華洋互市之初，定議浦江以北爲洋商船步，浦江以南爲華商船步，而夷情無饜，又欲侵占南岸。公設水利局於東門外，選方幹之員，常駐局中，專治船步。夷人覬覦之情乃絶。此一事也。故事，夷船進口，必納税於關，江海新關由此設也。而夷人欲於吳淞口起所齎之貨，則關虚設矣。公力爭之，事遂寢。又一事也。其時，有總税司英人赫德，獻議於總理各國王大臣，謂：『中國所產鴉片烟甚多，宜增釐税。』公曰：『是陽爲我，實陰爲彼也。釐税增則中國之烟貴，而外國之烟乃大售矣。』執不可，其計遂不果行。又一事也。夷人於租界中創設自來水、自來火，非一日矣。至是并欲推及城内。公曰：『城外固華洋襍處之地也，城内有華人，無洋人，人情樸茂，毋擾我民。』卒不許。又一事也。公之通達事理，主持大局，類如此。八年，遷江西按察使，入都陛見。知少司寇薛公精於律學，親詣諮訪。既至江西，清淹滯之獄，立保受之法：有恃衣冠以撓我法禁者，罪無赦；有植徒黨以擾我里閈者，罪無赦。行之一年，境内大治。九年，遷布政使，於州縣交代，剖豪析芒，無敢乾隱。而又不爲苛察激繞之政，人皆畏而感之。法人渝盟，江表戒嚴。公治饟治兵，仍如上海時。明年，奉命護理江西巡撫。論者謂：『公受知深，不久且即真矣。』而朝廷以海外諸國英吉利、俄羅斯、法蘭西最大，前出使大臣襲一等侯曾公久勞於外，宜受代，非公不足以繼之。乃以公爲欽差大臣，出使英、俄等國。十一年秋入都，皇太后召見兩次，授三品京堂，加二品頂戴。十二年，補授太常寺卿。十三年，改授出使英、法、義、比四國大臣。公駐西洋凡四年，遇事務崇國體，而亦不替邦交，惟於中國有不便，則力與之爭。俄人豔我漠河金礦之利，必欲得之。公曰：『此大利所在，非空言能拒也。』亟達總署及北洋大臣，請先自我舉辦，從之。於是俄人不再言。緬甸者，我之屬國也，英人據爲部屬，欲罷其朝貢。公執故事與英外部往復辨論，於是仍以貢獻歸於我。十四年冬，補授廣東巡撫。十五年春，回抵上海，鬚鬢皓然矣。以病乞休沐，至是年秋入都覆命，冬十一月，至廣東巡撫任。精練勤幹，與在上海及江右無異，吏民咸服。十七年，爲鄉試監臨官，以糜粥賦諸生，必躬嘗之。爲武鄉試主考官，終日坐堂皇，較射無倦，稱得士然。以積勞觸發在外洋所得肝疾，十八年三月戊辰薨於位，年六十有六。遺疏聞，天子震悼，賜祭賜葬，悉如律令。已而直隸總督、大學士李公又以公始終事蹟上聞，於是有詔宣付史館立傳，並附祀淮軍忠義祠。公生平孝於親，友於二弟，篤於朋友故舊，而勇於爲義。建宗祠，修族譜，創立仁安義莊，自本縣文廟以至忠烈、節孝諸祠，及府城水口廟宇，橋梁道路，與凡名賢遺蹟毀於兵者，咸修復之。金陵貴池會館，故有黃文貞公祠、翁夫人墓，皆葺治如舊。爲本縣修志書，於京師置池州試館，鄉人至今稱誦勿衰。直隸、河南、山西、江蘇、安徽、浙江各行省水旱之災，振助甚鉅。又於外國倡立華洋振捐，集洋錢至三十餘萬之多。非公盛德，奚克致此？所至不通苞苴，亦不矜崖岸。門無留賓，案無留牘，奏諮函牘，半由手定。公餘燕坐，惟以圖籍自娛。寒畯之士，遇之尤厚。故易簀之日，士民悲慟有失聲者，其德之感人深矣。娶姚氏，繼娶傅氏，皆封一品夫人。子：世琪，兩淮呂四場大使，前卒；世瑋，光緒十四年舉人，候補知府；世琛，貢生，候選主事；世瑛，縣學生，候選員外郎；世珩，縣學生，候選中書科中書；世瑗，尚幼。女子子四人，其長者歸南皮縣廩生徐乃昌。孫三人：詒讓、詒謙、詒訓。孫女九人。某年月日，世瑋等奉公之喪，葬於某原，以狀乞銘。銘曰：

天祐聖清，篤生羣彥。以靖妖氛，以清海甸。公本諸生，青燈黃卷。慨念時艱，投筆焚硯。惟曾文正，選士百鍊。許公國士，置公上選。惟肅毅伯，身歷百戰。誰任儲胥，誰供營繕。惟公司之，盡美盡善。巖巖武庫，青霜紫電。隆衝渠幨，金錫竹箭。以定東南，如湯沃霰。功業日崇，雲烝龍變。天子曰諮，東南汝奠。滬瀆一隅，估舶所便。汝往鎮之，海疆清宴。天子曰諮，庶事宜練。汝臬汝藩，汝歷方面。江南西路，萬户雷忭。天子曰諮，重洋廣衍。持節和戎，非汝莫遣。英俄法義，周歷幾徧。乃頒節鉞，乃乘郵傳。乃開幕府，乃置僚掾。五羊之城，風采眾見。宜升鼎足，長承天眷。如何不祿，始賀終唁。我作銘詞，銘公之羨。千載而下，知公之窆。佳城峩峩，宰樹蒨蒨。毋長荆榛，毋滋獲狿。

陳筱浦墓志銘

往者，吾師曾文正公以使相督兩江，其幕府羅天下之英才，龍蟠鳳逸之士，猋飛而景附，霅煜其間。余於同治六年五月謁公金陵，公止之宿，因得盡識其幕中諸君子。筱浦陳君其一也，與今侍郎錢君子密、副都御史薛君叔芸，並推重客。余與往返，心折其人。文正公薨，君仍留兩江幕府，沈文肅、左文襄、曾忠襄及今制府新寧劉公，咸相倚重。而君於事益習，所建樹益宏，蓋雖未嘗一日居官，而利澤及人者，固已遠矣。君殁，而其孤以志墓之文來請。余與君有一日之雅，不敢以辭。謹按狀，君諱坦，字諒衷，筱浦其號也，陳氏，浙江海寧人。曾祖紱，曾祖妣徐氏、楊氏、曹氏，祖惟德，祖妣倪，考烺，妣張。自祖以下，並贈通奉大夫，妣皆夫人。君生七齡，卽爲其伯父春海公所奇，曰：『吾家千里駒也。』年二十一入州學，冠其曹。事父至孝，父病，不解衣而息者百日，病爲小間，閱兩載始卒。君毁甚。母張夫人曰：『汝終鮮兄弟，毁而滅性，吾將安賴？』於是強飲強食，治喪葬，悉如禮。而生計日益瓠落，乃歎曰：『「瓶之罄兮，維罍之恥。」吾父已不逮養，豈可更以顑頷貽吾母憂乎？』將謀遠游，而以不得事母，意未決。張夫人曰：『汝婦賢婦也，躬親井臼，以勤恁事我，我甚樂之。勿以我爲念。』乃往從其伯父春海君於淮上。春海君，固諸侯老賓客也，悉以所學授之。且誨之曰：『古稱幕府之選，下臺閣一等。吾儕爲人剖判商榷，是攝是贊，卽古之幕職也，居心必公，謀事必忠。睚眥蔕芥非公也，睮睮諂夫非忠也，汝其戒之。』公一生以公忠自勵，本諸此。君出則佐春海君治公牘，研覈是非，雖老於事者謝弗及。入則事張夫人，中帬廁牏，躬自洗滌。張夫人卒，喪之如喪父。俄春海君亦卒，然君學已成，名譽日盛。喬勤恪公爲兩淮鹽運使，以禮延聘，此君治鹾務之始也。同治二年，曾文正駐師安慶。時鹽政益廢，公私皆困，大軍需餉甚巨，皆取給於鹽，鹽不治，軍不贍。公曰：『是非陳君至不可。』延之入幕，待以國士。君感文正知遇，知無不言，盻分殊事，悉得其要領。額減於前，餉增於舊，士飽馬騰，軍聲大振，遂以翦除大憝，耆定東南。君與有功焉。夫自粵賊竊據金陵二十餘年，窮天下之力而後克之，其時方召重臣，衛霍宿將，天下想望，若神人然。而軍糈半出於鹽鹺，鹺政一定於君手，按績論功，豈遜於麾城撕邑者乎？君恂恂儒雅，口不言功，治事之暇，手一卷不釋。補寫其先人所鈔《陳榕門先生五種遺規》，以訓其後人，并刊刻春海君所輯《歷代節義録》以行於世。余往時見之，粹然儒者也。然識力堅定，遇事不惑。沈文肅之督兩江也，有人言：『淮北竈田，撥歸海州，歲可增賦無算。』君曰：『如是則竈丁失業矣。』而又有言：『其地多盜，改隸地方，盜風可熄。』文肅惑焉。君曰：『是宜問之場員。』已而場員會議，僉曰不便，且以康熙間舊牘進焉，事乃得已。及左文襄時，或有以增引請者。君曰：『商力疲矣，不失舊額爲幸，何引之增？』議亦遂寢。此二事，一爲竈計，一爲商計，而皆以爲國計，未有商竈疲而國裕者，是君所見之大也。君所著有《淮鹺駁案類編》，至今治鹺務者宗之。曾忠襄籌巨款以振蘇、皖、浙三省之饑，所有函牘，皆君屬草，備陳三省被災之重與災民待救之急，情詞切摯，聞者感動，翕響揮霍，不期而集，全活者以億萬計。君義心清尚，穆行好施，家庭之間，悃悃款款，從弟少虎、又吉兩君早世，撫其遺孤，以逮於成；爲兩弟婦請立綽楔，以表其節。春海君之卒也，負人金若干，有操傅別來請償者，君曰：『家事從長，宜問我。吾弟在衰絰中，勿擾之也。』其弟曰：『吾父所負，吾則償之，豈以累吾從兄？』相爭不決，索責者歎息而去。金陵既克，自秣陵關至於句容，白骨滿塗，君出資募人盡掩之。光緒十六年，君六十歲，縣弧之日，盡取篋中所有親友借券燔之，曰：『此吾所以爲壽也。』是歲，又輸金助浙振。疆臣以聞，有詔獎焉。君雖在軍幕，不廢舉業，猶四應鄉試，屢經房薦。喟然曰：『是有命也。』厚聘幣，延名師，以課其諸子，其諸子皆嶄然有見於時。君顧而樂之。素無疾疢，六十歲生日前一月，偶患右手不仁，嗣是時劇時瘥。光緒十八年十月庚申卒於家，年六十有二。始於金陵克復，保五品銜候選訓導，入資爲部主事湖州，復加四品銜，賜花翎。又以其子銓郎中銜，封通議大夫，晉通奉大夫。妻邱氏，封夫人，卽姑張夫人所謂賢婦也。子四人：鑑，光緒十一年拔貢生，用教職，保知縣，前卒；鎔，兩淮鹽運司知事；銓，鏞，並光緒十七年舉人。女子子一，其壻爲同邑汪元誠。孫七。孫女六。某年月日葬某原。嗚呼，以君之才，使見用於時，安知不與同時幕府錢、薛諸君並以功名顯哉？然顯晦不同，可傳者一，是宜爲銘。銘曰：

幕府之中，大有英雄。穆羽相和，利澤無窮。君才之優，君學之充。誰其知之，曾左鉅公。何以知之，曰公曰忠。忠則不妄，公則明聰。卽君遺意，銘君幽宮。千載而下，式此高風。

湖北漢黃德道惲君墓志銘

君諱彥琦，字莘農，姓惲氏。南宋時，有諱繼恩者始遷陽湖，遂爲江蘇陽湖人，至君之考中丞公，以順天大興籍成進士，故又籍大興。高祖諱鍾僖，曾祖諱耕方，祖諱煜，父諱光宸，卽中丞公也。高祖以下，皆以中丞公官封榮祿大夫、振威將軍。高祖妣劉氏、強氏，曾祖妣項，祖妣李，皆封一品夫人。中丞公以道光十八年翰林，官至江西巡撫，兼提督，國史有傳。妣盛夫人，生三子，君其長也。自幼穎悟，中丞公知岳州時，訪延名師，以課君讀，皆許爲大器。咸豐元年，中丞公官江西按察使，例蔭一子，君應任子試，以外用，君志在科第，未就也。二年，鄉試取謄錄，仍還侍中丞公於江西。會粵賊自南康薄省城，中丞公登陴固守，君亦從焉。礮彈雨集，凝然不動，左右皆異之。五年，中式舉人，九年，成進士，授主事，分禮部。時中丞公已巡撫江西，其右耳旁故有癠肉如瘤，初不介意，及是忽浮腫。君聞之，亟請假歸，延粵醫治之，始有小效，竟以不起。君率兩弟治喪事，以道梗未得歸葬，乃於撫州城外卜地攢焉。同治元年服闋，入都供職。六年，以《玉牒全書》成敘功，遇缺即補。逾年補主客司主事。十年，升儀制司員外郎，仍掌主客司印。明年，恭逢穆宗毅皇帝大婚，典章繁縟，故事又無可據。君綜事精良，千緒萬端，指景取備，歷一年之久，晨而入，盰而歸，晝不足，繼以燭，所手定條目二百數十事，無不曲當。本部論功，請以道員簡放，格於吏議，改注選籍，仍加三品銜，賞戴孔雀翎，如本部原議。俄升主客司郎中，調掌儀制司印。光緒元年，又以襄理穆宗大行典禮，詔俟補道員。後加二品銜。君在禮部久，歷掌三司，兩襄盛典，積優成陟。大計羣吏，以道府記名。三年，選授湖北督糧道。鄂自胡文忠改征折色，事雖較簡，然諸務猶波湊。君躬自鉤稽，按月而定四柱，按季而定二撥，民咸稱便，吏不能欺，舊欠新征，畢輸罔缺，大府以卓異聞於朝。兩署湖北按察使，治獄得情，平反甚眾，歷年積案，十結其九。至於立社倉，編保甲，興蠶桑，至今循焉。七年，調漢黃德道，兼江漢關監督。中外通商以來，關務尤重，漢中華夷畜集，以非理要求者，無歲無之。君謹守條約，不爲搖奪。有外國教士，求委員護送至湖南長德府行教。君曰：『非約也，不可。』有行教於安陸縣者，多行不義。會值縣試，偶激士怒，遂聚眾毀其堂。其領事官請嚴治之，君曰：『堂毀宜償，餘事君無與焉。』其人怒甚，大詢。君聲色自若，卒持前議，彼不得逞而去。其始，諸領事皆甚不憙，而君接之以誠，喻之以理，久乃大服，終君任，無齟齬。八年三月，有亂民會聚謀叛，未及期而洩，捕殺四十餘人。漢口鎮有熊正標者，其魁也，響首轅門，而又有數十人者，訊之皆無據，欲活之。或曰：『奈何縱賊？』君曰：『得其情且爲哀矜，況未得其情乎？』

卒免之。先是，民間訛言，賊於某日在漢口鎮起事。漢口無城池，賊蹤去來聚散，莫可詰。君意變起必在暮夜，其地故有救火水龍四十餘具，龍一具，夫必四十人，糾集之，可一千餘人，每夜使之巡察市廛，聲勢甚壯，民賴以安。而七月中，訛言又起，君曰：『虚實均不可知，所得爲者，惟清釐户口，巡察街市而已。此外張皇，徒擾吾民，無益也。』如是者久之，遂以無事。九月，盛太夫人卒。明年，奉其喪歸常州。中丞公之柩先已自撫州遷歸，至是合葬焉。君性淡榮利，窀穸既畢，遂不復出。城北長生巷楊氏園，卽君七世從祖南田老人所客之東園也。君購而得之，易其名曰靜園，杜門謝客，惟以書籍自娱。陽湖惲氏，自明萬曆間遜庵先生以來，代有名儒，君承其遺緒，嘗校刊明遺老尹芮巖先生《瓠瓜錄》，以示指歸。著《損齋襍纂》四卷，采輯精粹，學者稱之。居官時，留意經世之學，嘗曰：『《文獻通考》諸書，止舉大綱，若不細究其名物，備考其因革，則無以覩得失之原，極古今之變。』持論雖高，而不合者多矣。古文學曾南豐，詩則右丞，而參以劍南，書法學柳誠懸，後又宗董思白，得其墨蹟數册，朝夕臨摹，數十年無間。亦稍治生計，凡所置產，手自紀錄，纖微不遺，亦見其精力之過人也。然素有腸紅疾，半生鞅掌，不皇休息。歸田十載，優遊家衖，宿疾稍蠲，乃以夏間感受微疾，旋劇旋瘥。十九年十月癸丑卒於里第，年六十有六。嗚呼哀哉！配呂夫人，福建巡撫諱荃孫公女。子毓嘉，乃弟之子也。君仲弟諱彦瑛，大理寺司務；叔弟諱彦瑄，同治六年舉人，内閣中書，俱先君卒。君教其孤，撫其女，皆克成立。中書君長子毓鼎，官翰林；三子毓德，四子毓巽，並捷京兆。而司務君長子，卽君嗣也，光緒十一年舉於鄉，十八年，以二甲一名進士改庶吉士。君可謂有子矣。孫三人：寶元、寶曾、寶榮。孫女一。毓嘉於光緒二十年十月己未葬君於陽湖新塘鄉潘家橋，蓋卽中丞公之塋焉。附葬昭穴，禮也。以狀乞銘。余舊出中丞公門下，則於君誼猶昆弟，其奚以辭。銘曰：

孔氏諸子，自言其志。禮樂兵農，各有條理。由求諸賢，固難兼美。君之在朝，所治者禮。大昏大喪，皆君所庀。出而治漕，窮端究委。民不告乏，吏不敢俺。亂萌初生，若粟有秕。君坐鎮之，而亂自弭。異族鳩張，外盜内宄。一語齟齬，長蛇封豕。談笑處之，其氣自靡。以靖干戈，以安井里。禮樂兵農，君其兼矣。懿歟吾師，有此賢子。新塘之原，高塚巍巍。於例宜銘，責在後死。吾言非諛，百世斯視。

浙江嘉興縣知縣王君墓志銘

君諱壽枏，字範九，別字介眉，太原王氏也。其先世由山西遷河南，又遷江蘇，遂爲江蘇太倉州人。曾祖昌期，祖仲瑛，兼祧祖仲珪，父駿德，並有聲庠序間。君弱冠入州學，旋以增廣生員中式光緒元年恩科舉人，三年成進士，以知縣籤分浙江。七年，權知孝豐縣，卽以清慎自矢。嘗曰：『吾五世祖寬齋公歷宰浙東遂安、永嘉、建德諸縣，所至皆有政績，後以平反一獄忤上官意而免。吾承其後，敢不勉繩其武乎？』縣多積獄，君至不二月，而積獄皆空。遇有小罪當笞輒免之，曰：『一犯官刑，終身之恥也。』其境内，土著與客民襍處，積不相能，君每與和解之。偶以事至省城，土客乘間起釁，羣聚而鬭者千餘人。君聞馳歸，父老跪於道左者相望，搢紳求見者滿於門，皆曰：『事迫矣，亟請兵。』君曰：『民既鬭，又剿之，是重傷吾民也。』乘輿張蓋如平時，率吏役以往。有死於路者五六人，皆客民也。君依常法驗其傷，反覆勸諭，使勿復鬬。訪得首惡者數人，縛以歸。越日，有三百餘人自安慶來，曰：『將爲死者復讎。』及聞官已爲區處矣，皆悦服而去，而土民亦遂以安堵。君曰：『客民悍戾，由無以教之也。』乃立客長，創月課，期年之後，頑俗丕變。及將受代，土客皆請留之，既不得，請執香以送者，數十里不絶。九年，權知臨安。臨安多盜，君首務治盜，禽獲甚衆。有一盜自鄰縣越獄而至，幕中諸友咸縱臾君曰：『獲鄰盜，君且遷官矣。』君曰：『吾豈以人命邀功哉？』命送還其縣。上游知君才，調署歸安。歸安爲湖郡首縣，事益繁，而君爲政仍如孝豐、臨安時。有巨室縛一人至，曰：『盜也，是立吾屋上，屋瓦硠磕有聲，餘黨必衆，請嚴治。』君詳鞫之，乃一良家子，年不滿二十，因負人博，進冀竊物以償之，入自旁門，見人至，緣樹而登屋。君笑曰：『是爲賊且不勝，豈盜哉？』召其父至，責以不教，麾使俱去。既而，巨室亦自知誤，謝君曰：『非君，則此人冤矣。』治歸安僅八閲月，而父老皆曰：『數十年來第一好官也。』十三年，補授太平縣。其俗富而好訟，無是非曲直，賂重者勝。又有曰罰款者，量事巨細，定罰重輕，若者一千貫，若者二千貫，甚者五千。君悉屏勿納，邑士非公事不與見，以其暇講求利弊。太平與黄巖壤相接，兩邑之間，有金清港者，衆流所滙也。宋時朱文公令黄巖，建閘凡六，歲久湮塞，水不得洩，偶因霪雨，田疇皆没，米價翔貴。姦民以平糶爲辭，聚徒數百，譁訕市廛。君曰：『非法無以禁莠民，非米無以安良民。』禽其倡亂者，梏而徇於市，禁貴價，使有恆賈，發常平之粟，立粥廠以飤飢民，閭閻綏靖，貧富皆安。君又曰：『此治其流也，欲治其源，必修六閘。』乃捐奉錢倡修之，又設分水閘於鹹田湖，以殺水勢，嗣是雖潦歲不爲災然。邑又多山，岡巒糾紛，爲盜淵藪，往往白晝劫人於市，民間稍有藏鏹，輒持械破扉，席卷而去。君名捕其渠魁，前後得數十輩，皆殺無赦，故在任四年，盜風衰息。後以任滿調任嘉興，邑之人惜君之去，以詩文送之，又以丹青張之，視去孝豐時尤惓惓焉。嘉興民多淹柩不葬，久厝於野，寖至暴露。君見而傷之，甫下車，卽下掩埋之令。有主者，使自葬，無主者，官爲葬，行之數月。適有獄囚，自省發還，中道而逸。君坐解任，邑人惜善政之未竟也，咸曰：『君之咎，官吏所常有，君之善政，百年所無，奈何以是奪我賢令乎？』君坦然不以爲意。寓禾中歲餘，嘗散步范湖之濱，又以扁舟泛鴛鴦湖，嘯詠終日，見者不知爲舊長官也。時撫浙者爲鎮青中丞，雅知君爲循吏，循例結案，疏請復任。詔下部議，從之。君乃得竟其前志，近郭十餘里內無一未葬之棺矣。又以士貴通經，謀於書院中增設小課，專課經史實學，期於次年正月之望進諸生而甄錄之，不圖其驟卒於官也。君年逾五十，精神不衰，是年春初，偶感風疾，藥之不瘥，浹辰而劇，半月而殂，時光緒二十年正月戊戌也，年五十有五。原配唐，繼配黃，又繼配薛。子：鳳璘，光緒十九年恩科舉人；鳳喬，太學生；鳳苞，鳳球，鳳柯，鳳禾，皆幼學；又三子，鳳占，鳳龢，鳳騫，皆早卒。君兄弟中多無子者，故以鳳璘爲兄後，以鳳球爲弟後，以鳳苞爲從弟後。女子子四人，長女許嫁吳縣馮氏，次女許嫁同邑聞氏。孫三人：鍾禧、鍾俊，皆殤，存者鍾傑。孫女三人。君性渾樸，喜怒不形於色，自爲諸生，以至通籍，中更離亂，家之由盛而破，破而復完，完而復盛，未嘗一日改其常度也。其處世外和而內介，雖遭横逆不忤，而干以非義，則必拒之。自奉甚嗇，親身之衣，屢經補綻，猶不之易。惟喜藏書，遇舊籍，重價不吝。嘗欲修家譜，置義莊，中年無祿，竟不逮也。簿書之暇，惟以文史自娛，文望甚著。浙江鄉試，充同考官五次，所得皆知名士。余孫陛雲卽出君門下，而君之子鳳璘玢如，又辱從余游，故知君最詳。光緒二十一年正月丁丑，諸子葬君於某原，以狀乞銘。銘曰：

古重循吏，貴由儒術。武健嚴酷，在所必黜。君長於才，而優於德。爲民除莠，去其蟊賊。爲國養民，足其衣食。絃歌之聲，百里洋溢。掩骼薶胔，九泉感泣。君齡不修，君德孔碩。伐石勒銘，後世是式。

楊母王夫人墓志銘

自古兄弟齊名，若《蜀志》所載之『馬氏五常』，《北史》所載之『李氏四括』，並流聲譜牒，馳譽邦家。此固由川岳鍾靈，人材輩起，而石氏一門，孝謹銅川，六世有述，川廣自源，亦家教然哉。然余謂：人之成名，成於其父，亦成於其母。何者？人之少也，於母恆暱，而於父恆疏，其性情嗜好，父知之不若母知之也。或有一言之失，一事之過，父不知而母無不知，爲之母者，必多方掩飾，不使得聞於其父，此學業所以隳而愆尤所以積歟！善乎！楊母王夫人之言曰：『子之不肖，由母蔽其過也。』嗚呼，使爲母者皆存此見，則天下無不令之子矣。楊氏丈夫子五人，存者四人，皆當代魁士名人也。其四、五兩君，與余孫陛雲並有同歲生之誼，故余得聞王夫人之賢。光緒十九年十二月甲子，王夫人卒，明年將葬，諸子乞銘其幽宮。余曰：賢母也，例宜銘。謹按狀，夫人爲慈谿王蒓竹先生長女，生於江蘇江陰縣尉署。九歲喪母，哀毀如成人。稍長，喜讀《女誡》諸書，年十八，歸同縣楊理庵太史。時舅姑皆無恙，事之惟謹，病則晨夕侍，或累月不解衣襦。舅先殁，姑又二十年而殁，佐太史治喪葬，一以禮。太史恆遊學於外，已而又官京師，先後兩主湘試。夫人則家居，以仰事俯育自任，日治米鹽，夜事縫紉，寢室中無一婢嫗，啓閉灑掃躬親之，晏眠蚤起，數十年如一日。其處先後娣姒以和，其御廝役扈養以恕，其處三黨之親以及夫兄弟之子若女，以謙和，以慈惠，無忿言，無慍色。太史或以事譴責諸僕御，必婉言解免之。而其於諸子也，愛之甚，督責之亦甚，曰：『吾非望汝曹富貴也，願汝曹讀書明理而已。』塾師或以夏楚威其子，則喜曰：『吾子庶有成乎？』家雖貧，於師之摯幣必豐，飲膳必精。自宗族親故，下逮鄰里鄉黨，有以緩急告，必賙之，待以舉火者若干家。聞一義舉，見一善事，輒命諸子助成之，曰：『毋吝。』惟不信佛氏之説，以檀波羅蜜請，勿應，比丘尼來，謝勿見。至采色之悦目，聲音之娱耳，尤所不樂，曰：『吾生平所喜者，惟婦女機杼聲，兒童誦讀聲耳。』讀書通經史大義，每稱述前言往行，以忞慔其子與婦。太史喜網羅羣籍，或得異書，索價高，力不給。夫人每解簪珥庚之。女適餘姚朱氏，亦嫻文墨，工吟詠。夫人以姚江故家，必多藏書，恒借觀焉。子：家馳，附貢生，早卒；家騋，同治十二年舉人，候選知縣；家騵，光緒八年優貢生，江蘇溧陽縣知縣；家駒，光緒十一年拔貢生，十五年順天鄉試舉人，刑部主事；家驥，光緒十一年舉人，十六年進士，翰林院編修。諸子皆有聞於時，當世所比之五常、四括者也。嗚呼，非太史之賢，善教其子，不能至是；非夫人之賢，佐太史以教其子，亦不能至是。女一人，即適朱氏者也。其舅朱詹事逌然，亦名翰林也，壻名續基，以優貢生官知縣。夫人故清臞，又積數十年劬勞，遂成恒疾，肝熾脾虚，時瘥時劇，竟以不起，壽六十有七。以家騵官，加級得二品封。時太史養望丘園，康強逢吉，諸子皆森然成立，又有孫六人，曰乘玠、乘瑗、乘璐、乘瑄、乘琦、乘瑄，孫女九人。疾革時，家騋及乘玠等皆侍側，歸朱氏女亦歸寧，親奉湯藥。夫人顧之，可以無憾矣。聞將終，異香滿室，殆亦生有自來者歟？余以其合銘例也，又重違諸子之請，乃撰次其事，而系以銘。

銘曰：

楊氏諸子，麟超龍翥。或登玉堂，或官郎署。或宰赤縣，並有駿譽。是惟太史，樹德有素。亦惟夫人，克爲之助。凡子不令，半由母故。是噢是咻，是煦是嫗。恃愛肆姐，浸成大誤。夫人曰嗟，余不汝護。汝勤汝學，汝謹汝度。端汝交游，慎汝舉措。賢哉斯人，美哉斯語。我作銘詞，薶石其墓。千載而下，賢聲猶慕。

定海廳學訓導莫君墓志銘

余於道光十七年始應鄉試，廁名副榜，同列副榜者十有八人，及殁而余表其墓者，一人焉，戴君商山也，乃今又志椿亭莫君之墓。莫君亦是科副榜貢生也。戴君以才節著，而君以學行稱。嗚呼，何是科副榜之多君子歟？君諱炳垣，字藜乙，椿亭其自號，莫其氏也，浙江山陰人。曾祖某，祖某，父某。君幼而孤，自痛不逮事父，其事母益謹，遇諸昆弟益篤，宗族鄉黨無違言。弱冠入郡學，工爲文辭，又精於小學，文名重一時。維時莫氏門第鼎盛，君從父竇齋公晉、豫堂公焜，並以名翰林官卿貳，羣從中多以甲科起家，宰赤縣，歷膴仕。而君累應鄉試，竟不售，及副賢書，已五十一歲矣。道光中葉以後，海釁始開，浙東告警。浙撫劉公韻珂知君之才，延入幕府，遽書警奏，皆出君手，軍符緐午，筆翰如流，會文切理，莫能損益。劉公甚器之，謂：『他日能吏才也。』而君恂恂儒者，澹於榮利，不樂仕進，以直隸州州判改就教職，從所好也。旋選授定海廳學訓導。定海爲唐之翁山縣，古稱甬東，其地乃海中一島，英人犯浙，實始據之，和議既成，軍務初蕆，而善後之事，萬緒千端，譬猶拾瀋。君奉檄襄理，衎衎辯舉，修葺學庭，編次户籍，米鹽靡密，百廢俱舉。兵燹之後，克復舊觀，君之力也。其教諸生，必勉以崇實黜華，砥行礪學。嘗兼主寧郡兩書院講席，論文一以清真雅正爲宗，士習文風，爲之振起。平居儉於自奉，晨起啜糜鬻一盂，每食陳饋，不過四簋，嘗曰：『飲食得飽便足，一飽之外，更縱口腹之欲，甚無謂也。』而性好施與，有以緩急告者，竭力應之，不少吝。又好爲人排難解紛，動以至誠，雖衆猥繳繞，一言立解。晚年喜讀《明史》，曰：『鑒於遠不如鑒於近，有明一代，亦是非得失之林，前事之不忘，後事之師也。』昕夕披覽，丹黄不輟，所著有《息游軒遺稿》，亂後失之。其訓迪子弟，首重孝弟謹信，而尤以有恆爲主。諸弟皆賴以成立，諸子稟受其訓，皆有軌範，一門之内，彬彬如也。道光二十九年六月，卒於定海官舍，年六十有三。妻陳氏，康熙間薦舉博學鴻儒無坡公孫女，永年公女，孝廉方正十峯公妹，有賢行，克相其夫。子三人：揚光，承家學，善舉業，十試順天，而薦者八，由謄録議敘州吏目；燦，光禄寺署正，游於蜀，蜀中當事者爭延致爲上客；啓光，有神童之譽，不幸早世。孫三人：焕，讀書求志，不慕名利；其德，附貢生；熷，江西候補巡檢。曾孫五人，皆幼。揚光等將於某年某月某甲子葬君於某原，而乞文以志其墓。余念與君同列副榜，至今五十九年矣，此十八人中，不知存者幾人。然如戴君之才節，及君之學行，皆同譜之光也。余既表戴君之墓矣，則銘君之墓，又奚敢辭。銘曰：

以君之才，而不大用。其學其行，爲時所重。講堂之上，夏絃春誦。弟子橫經，鄉閭罷訟。名位不崇，感孚者衆。天之佑之，子孫龍鳳。佳城既營，宰樹斯種。刻此銘詞，千載歎誦。

節婦王孺人墓碣銘

節婦王孺人，歸安之菱湖鎮人。父諱學海，邑諸生也。孺人幼受父教，通經史，明大義。年二十五，歸同邑鼎梅何君。事舅姑以孝，處娣姒以和，勤於治事，儉以持家，三黨稱賢婦焉。越三年，鼎梅君卒，時其舅錦江公年逾七十，而所遺孤子，生止八月，家又中落，無擔石儲。孺人上奉衰翁，下撫稚子，以鍼黹佐饔飧，早作宴息，不怨不倦。錦江公逝，盡出篋中衣帔釵鐶質錢，治喪殯葬如禮。其子馥泉君幼穎悟，讀書異常兒，因家貧，不能竟其學，棄而學賈。然少年誠謹，處事不苟，人皆倚重之。家以稍裕，人咸歎節婦之有子也。咸豐八年，孺人卒，時守節已三十年。其族姻列其守節年月，達於臺司，以聞於朝，旌如律令。馥泉君乃奉其父母，合葬弁山隖，春秋祭掃，經由山路，歷七八里之遠。訪知其間有半路亭，鄉人往來，於此少息，亂後圮焉。乃出貲重建之，曰：『吾爲鄉人計，非止爲吾春秋兩次往來計也。』邑令蕭公聞而善之，書亭額以識之。馥泉君益勇於爲善，城中仁濟局、育嬰堂，皆醵貲建立，卹孤頤老。啬用廣施，孜孜不懈，固天性使然，亦秉母教也。不幸早卒。其子烺熙，亦能世其家。光緒二十年，見我於吴中，請追爲志墓之文，乃次第其事，而係以銘。銘曰：

是以節旌，亦以賢著。雖曰庸行，百世猶慕。既有令子，又有賢孫。天祚節婦，福其後昆。

耕雲王君墓表

君諱克俊，字景生，以字行，别字耕雲，浙江黄巖人，瑯邪王氏也。宋時有諱昌元者，仕於台，遂家臨海。生四子，瓏、琥、珏、璵。琥與珏皆天聖二年宋郊榜進士，珏官屯田郎中，遷於黄巖之西橋，是爲西橋王氏。凡二十有九傳而至於君。曾祖宗祐，祖萬選，父修椿。自曾祖以來皆不仕，而鄉里稱長者。君之父尤有至性，少而孤，奉母、事二兄甚謹。一兄以疫卒，家人俱爲傳染，臧獲死者數人。咸曰：『是宜避。』君之父執不可，亦竟無他，人以爲孝悌所感也。嘗欲修宗祠，輯家譜，譜成而祠未建，臨殁猶以爲恨。君繼其志，經營七載，卒底於成。家貲不給，斥賣己小宗之田以給之，有餘即以爲大宗祭田，曰：『以吾子孫視高曾，則高曾重；推吾高曾之心視始祖，則始祖尤重也。』君有兄二，皆早世，時昆弟久分甑而炊，君割己田贍寡嫂，使不以貧而易節。後兩嫂皆以節旌，君之力也。又以先世以來，恆以掩骼埋胔爲事，然無經久之費，不能常亦不能徧，乃勼同志，醵巨貲，買田如干畝，歲入其租，以爲之費。暇日履行郊野，見棺槥暴露者，手自標識，歸而使人具虆梩從事，四肢六道，必檢視無失，一骨未全，一窾未合，再四覓求，必得之而後安。一夕，夢老婦人跪門外謝曰：『微公，吾一脛不具矣。』歲暮，必爲糜鬻以飤餓者，爲棉衣以衣寒者，其衣或綻裂，必補綴之，垢必煩擱之，曰：『吾生平不厭敝衣，然惡垢而忌裂，度人情亦猶是也。』其待人之誠如此。黄巖與太平，壤相接也，太平故有六閘，歲久湮廢。君曰：『六閘不修，兩縣皆病。』與沈夢賓諸君創議重修，於是數十里農田皆受其利。守令上其功，予縣丞職銜。然君志趣高遠，不慕榮達，隱居邑之五峙山，自號五峙山人。其地有鄉先哲吳給諫執御、柯參政夏卿讀書遺蹟，山水清曠，隔絶人境。君每歲必數月居此，焚香展卷，悠然自得。遇先儒格言，手自鈔録，又喜爲詩，多清微淡遠之音，如其爲人也。咸豐六年二月辛卯，以病卒於家，年七十有四。娶朱氏，有婦德，後君八年卒，年亦七十有四。子三人：華廣、贊廣、鏞。孫三人：士春、士均、士揚。曾孫七人：舟瑤、正閑、正心、正廉、正潔，其二人殤。元孫一人，敬禮。君子孫皆樸茂有家法，而舟瑤尤才，光緒十四年舉優貢生，十五年應恩科鄉試，中式舉人。嘗至杭州，肄業於詁經精舍，余忝有一日之長。因語余曰：『舟瑤之生，距吾曾祖之殁二年矣，故其言行不得而詳焉。然憶總角時，抱書入塾，鄉之父老，見之輒曰：「此王君之曾孫，它日必能讀書，昌大其家也。」及舟瑤試於有司，累竊微名，父老必曰：「是王君之所遺也。」然則吾曾祖之爲人可知矣。溯吾曾祖葬於西鄉之焦坑，歲月已久，墓木拱矣。當日既無文以志其墓，懼無以表示後世，敢乞先生一言，將伐石而刻之墓門。』余曰：『諾。』乃據舟瑤所爲行述而銘之，其辭曰：

德修於躬，不顯於世。雖曰不顯，於物有濟。原田每每，蒙君之利。枯骨纍纍，受君之賜。君之遺澤，久而不替。謂余不信，視其後裔。